维度

WEIDU

（上）

李易谦　著

中国科学技术出版社
·北　京·

图书在版编目（CIP）数据

维度．上 / 李易谦著．-- 北京：中国科学技术出版社，2024. 9. -- ISBN 978-7-5236-1053-4

Ⅰ. I247.5

中国国家版本馆 CIP 数据核字第 2024BV6554 号

策划编辑	王卫英
责任编辑	齐倩颖
封面设计	黄舒怡
插图绘制	方　圆
正文设计	中文天地
责任校对	吕传新
责任印制	徐　飞

出　　版	中国科学技术出版社
发　　行	中国科学技术出版社有限公司
地　　址	北京市海淀区中关村南大街 16 号
邮　　编	100081
发行电话	010-62173865
传　　真	010-62173081
网　　址	http://www.cspbooks.com.cn

开　　本	710mm × 1000mm　1/16
字　　数	564 千字
印　　张	37
版　　次	2024 年 9 月第 1 版
印　　次	2024 年 9 月第 1 次印刷
印　　刷	北京顶佳世纪印刷有限公司
书　　号	ISBN 978-7-5236-1053-4 / I · 95
定　　价	99.80 元（全 2 册）

目录

上册:

第一章

重力消失以后

2017-03-05 15：27：13 雨 于 W 市国际机场

降落的时候遭遇了一股气流，飞机颠簸较为明显，身体产生了失重的感觉——准确地说，调整高度的过程中，时而失重，时而增压，就像是乘坐路径极短的电梯上下往复，陌生而又熟悉。

小时候参加航天中心夏令营，因为年幼，未被允许尝试失重训练设备。如今有了条件和身体，却丢了那份憧憬，于是至今，仍未曾真正体会长时间失重的感觉。或许某日会再次尝试，但再也不可能找回一开始那股得不到的悸动了。

如果那件事最终还是无法避免的话，我希望它会发生在午休时间，就像那天中午在实验室小憩，因长时间劳累导致大脑产生错觉一般的时刻：身体逐渐远离倚靠着的沙发，飞到某一个被填满了传说和彩虹的地方，并长眠在那里，再也不回来。

如果那件事曾经发生过，且与那些传说所描述的一致，我坚信它一定也发生在午休时间。故事的字里行间写满了公正且不容辩驳的阳光，只是有很多细节，不幸未能被记录下来而已。

必须见到那个人，无论如何都得见到，只有东方才能真正地理解东方。

如果消息准确，先接近他，就可以得到一些线索。他们之间不可能毫无联系，一个人，是不可能真正从这个世界上完全消失的。至于待多久，则取决于多久之后才能完成接触。

一步都不能错。

这盘棋，一步，都不能错。

1. 午休时间

事情是在睡午觉的时候发生的。

首先遭殃的是兔子，没有半点预兆，草地上跳跃的兔子们一蹦就升上了天，像一支支箭矢斜着冲了出去。没有明显的加速度，可怜的兔子们在半空中抽动着腿脚，没等想明白发生了什么，就飞出地平线，再也看不到了。

青蛙的运气稍好一些，秋末的它们正忙着为来年的繁衍做准备，有不少都钻进洞穴准备冬眠。爱睡觉的青蛙因此保了命——在动物界，“懒惰”救了某些物种的命。

午休的人们连发生了什么都不知道，一个翻身，飘飘忽忽就上了天。在室内的，一头撞上天花板或是窗户，惊醒之后四肢乱动，手边有什么就抓什么。室外的，虽一时赶不上兔子，但不久便也飞向天边。路上走的、室外忙的、头顶没有掩体的人们手忙脚乱，不过半天，地上的人就消失了一半。

所幸，造物主似乎还有那么一丝仁慈，重力消失后的第一个午夜来临时，天空之上的某个位置，出现了一层看不见的柔性顶盖。那是一层柔柔的风带，速度过快的话它也无能为力，但慢悠悠地飘上来的东西，倒是可以略微阻隔。一大批人被困在了这个神秘的高度上，与死亡一线之隔。

随后，人们展开了自救，那些根基不算牢固的建筑，成了救下空中同胞们的关键。那些勇敢的人赌上了命，在最短时间内摸索出无重力环境下的移动技巧，通力合作将四散的建筑带上了天，组成了对抗死神的最后一堵墙。时钟滴答作响，这场赛跑中不知多少人失去了性命，等一切结束，整个社会体系几乎彻底崩盘。人们将不得不面对失重状态下，在高空生存下去的崭新挑战。

至于为什么重力消失之后空气还能流动却不逃逸、为什么还会有风和日升日落、失重的缘由等疑问，再也没有人可以解答。本就脆弱的经验主义知识体系，也随着社会的崩溃烟消云散。

而且人们知道，尘埃，在这个新世界里，再也不会落定了。

就此，两百年过去。人们找到了在新世界中生存的办法，但也似乎永远地忘记了，要回到地面这件事。

“一开始，这个世界是从天上掉下来的。”

阳光从教室的侧窗照射进来，洒在纽扣的身上。

垂着脑袋不再是一种休息，没有重力，脑袋处于什么位置没有区别。为了在老师的眼皮底下睡觉，纽扣让泛黄的书本飘在自己面前，挡住闭上的眼睛，任由脑袋来回轻微晃着。

我们赖以征服世界的知识体系崩塌之后，还能相信什么呢？人们选择了神学，老师就是这片区域最强大的巫师之一，拥有操控万物的神奇力量。

“孩子们从柳树丛里出来，身上盖着柳树叶。女人们发现了小孩，为他们缝制衣服。男人们拿着狗绳呼唤狗，柳树丛里，叶子就摇晃了起来……”

“老师，我、我有一个问题。”一个柔软的声音，揉碎了教室里那午后独有的昏昏沉沉，也打断了纽扣的梦。

“说吧，孩子。”老师笑着侧过头，眼前那本古旧的书飘在半空，在阳光抚摸之下，就像是一件圣物。

“什么是柳树丛？”名叫胡桃的女孩仰头问着问题，眼角却时不时瞟向纽扣。

“柳树丛就是很多很多的柳树。”老师笑着回答。

“那什么是柳树，什么又是柳树叶呢？”一个矮小的男孩问。

“柳树就是一种树木，柳树叶就是柳树的……手指。”老师勾了勾手指，双眼看着自己的手，似乎也在想象这一切到底会是什么景象。

“树木是什么？”“老师，我不明白！”“柳树叶像藤叶吗？”孩子们你一言我一语，争先恐后地提出自己的疑问。老师眼前的那本书上，一定会有答案吧？毕竟世间万物的答案都在那里啊。

“那都是‘过去’的事。”老师摆了摆手，宽松的袍子飘动起来，缓缓地扭动出各种形态，“总有一天，我们会再见到的……之后，男人和女人便在一起了，他们有了孩子，人类就变得越来越多……”

这个故事早就听过了。纽扣皱了皱眉头，百无聊赖地看向窗外。

资源实在是太紧缺了，人也紧缺，这一片区所有的孩子，无论年龄大小，都在这间教室里坐着。碎裂的墙壁，用先人们才知道的办法构建起来；裂缝中，阳光逗弄着尘埃起舞；墙角里，不知名的植物攀爬着棱角，在微微晃动的室内伸懒腰。

故事总共就那么多，纽扣已经十四岁了，该听过的都已经听过不知多少遍，现在他只想睡个迟到的午觉。低下头，纽扣找着新的乐子，却正好看到脚下的墙边，一个圆圆的脑袋也正看着自己。

“雪花病了！”是豆子。

“嗯？”纽扣皱起眉，“什么？”

“我说雪……花……病……了！”怕被老师发现，豆子边比画边用夸张的嘴型传达着这句话。

“你说什……”

“纽扣。”纽扣一惊，抬眼，正好对上了老师的目光。

“是不是豆子来了？”老师飘到纽扣身边，低头看去，豆子已经不见了踪影，在她眼前出现的，是那一片无穷无尽、波光粼粼的——

半空中的海。

2. 四重世界

刚才豆子说了什么？

纽扣不敢再往下看，脑袋在书本边探了探，又对上了老师的双眼，立马又缩回了书本后，假装认真看书。

学生们手上的书，是用宝贵的纸张手抄、装订起来的，内容不全，书页也早已破损不堪。不只是这一届学生用，等到纽扣他们毕业，开始捕猎之后，这书还得传给接下来的新学生们，谁都不能在书本上写写画画，更别提谁都没有笔这种东西了。

“人类越来越多，空间就越来越小。年岁大了之后，人们会老去，变得盲目，什么都看不到，也无法躺下。”老师没有继续责备纽扣，飘回教室前头，继续说着关于世界伊始的故事。

只有老师手上的那本书，记载了全部的故事。有时候纽扣他们也能看上一看，但不能碰，更不能自己翻页，万一这书损坏了，这五十三个故事或许就再也留不住了。据说，这是一本先人们留下的可以解答世间万物、一切因果的“圣书”，每一个故事、每一句话，都有独特的含义。

“那时候的人们没见过太阳，不知道日出日落，时间不会流动，所有人都生活在黑暗里。人们一直不会死，直到人实在太多太多，造物主，就降下了一场大洪水。”

年岁小一些的孩子们津津有味地听着故事，一字一句，都让他们或喜或悲或惊或恐，纽扣很羡慕这些反应。

“直到现在，山上还有贝壳的痕迹。”老师说，“灾祸过后，男人就减少了，黑夜中的大地上，到处都是哭声。”

那什么是山呢？这个问题每年都有人问，但老师显然也不知道答案。

“当时，有两个老妇人在水边说话。其中一个说，她想要永恒的黑暗和生命。另一个则说，她宁愿迎来死亡，也想见到短暂的光明。”

“后来呢？”学弟在一旁睁着大眼睛问。

“光明出现。”老师笑着对那孩子说，“死亡降临。”

教室里，静得吓人。

刚才豆子好像提到了雪花？听完自己最喜欢的这一段，纽扣的思绪又回到了妹妹雪花身上。低头去看，豆子还是没有出现。

“于是，人们开始死亡，尸体越来越多。大家想要去追赶太阳，就用石头掩埋尸体，但尸体却又复活了。”老师的话语间隙，纽扣分明听到了鸡皮疙瘩的声音，“那祈求光明和死亡的老妇人告诉复活的尸体：‘我们要去远行，要带很多东西，我们的雪橇太小，没办法带着你们一起走。’于是，死人只能继续待在石头堆里，再也不出来。”

纽扣和雪花的感情很好，对妹妹，他百依百顺。他还答应过雪花，要一起去看星星呢，虽然谁都没见过星星，因为星星不在这里。

“地上从此就有了光彩，我们继续打猎和旅行，追着太阳来到了寒冷的地方，虽然风雪漫天，但起码这里有太阳。死亡带来了太阳和月亮，而那些死去的人，就变成了星星。”老师右手举起，在书本上轻轻一抚，那书页就合上了，“故事结束在这里。”

小心翼翼地合起自己的书，纽扣再次低头，豆子的半个屁股蹲儿出现在墙角。

“老师。”胡桃又发问了，“我们失去了重力、飘浮在这里生活，也是神的计划吗？”

“神，自有它的玄妙之道，一切都是神的旨意。而你们所有问题的答案……”老师将圣书轻轻抚起，书页如海草般跃动，“都在这里。现在，下课。”

纽扣刚从教室下方的空洞飘出去，豆子就迎了上来：“你可算来了！我刚才飞过你家，听说雪花又病了，你快回去看看吧！”

雪花是纽扣的妹妹，但他们并无血缘关系。

社会体系崩塌，粮食极度短缺，各类资源都所剩无几，人们已经失去了神赋予我们的最最强大的“再生产”的能力。就像一夜之间回到了氏族社会，新世界里，传统意义上家庭的概念不再那么根深蒂固，孩子也变得奢侈、短缺。身强力壮的多养，普普通通的少养，身体不佳的便将婴儿带出来，让强壮的人们挑选，如果真心喜爱，随时都能带走，为孩子起上逝去祖先的名字，象征着故人重生。

曾经，纽扣的父亲就是这里最厉害的猎人，他不仅身强力壮，还能听懂鸟兽鱼虫的语言，出门捕猎从不空手而归。于是，生下纽扣几年后，雪花来了。两个孩子，一双父母，纽扣拥有着同龄孩子们最最艳羡的生活，直到……

“豆子，又没来上课哦。”老师不知何时来了，笑看着目光躲闪的豆子。

豆子挠着头，冲纽扣挤眉弄眼，纽扣心领神会：“他在帮我照看雪花，老师您知道我妈妈身体不好，我出门后，雪花突然病了，豆子正好还在村里，就去帮忙了。”

“雪花又生病了？”老师没有拆穿，“这个月第几次了？我记得她上次生病才刚好，还没来上过课呢。”

“是啊，虽然都是小毛病。”纽扣苦恼地摇头，“以前她身体也不好，但今年却特别……”

“那就祈祷吧。”老师单手一挥，圣书飘了过来。书页哗啦啦地翻动，里面方块状的字符一个个相互独立，都是先人智慧的结晶。

除方块字之外，圣书上还有一种完全不同的文字：它们个头小，结构简单，单个字符通常没有含义，要组合在一起才能表达某种意思。小字符被标注在方块字附近，如同方块字身边的随从。看起来就像是造物主先写了圣书，然后聪慧的先人们，再用一种崭新的文字进行注释补充。所有知识，都来自老师手边那唯一一本从前世纪留存至今的圣书。

如今的人们，相信万物有灵，也就是泛灵论。风、雨、鸟、兽，都有着自己独一无二的灵魂。灵魂们会在一次又一次的轮回中历遍六道、重归人身。在此之上掌控着世间一切的，是一头名为安奎特的神兽。它是神的执行者，是人间的管理员，是这片烈日之下、浮沉沧海的引路灯。

人们坚信，在前世纪，绝顶聪明的先祖们，一定做出了什么不得了的事情，触怒了造物主。于是，造物主就带走了世间的重力，并用每十年一次海啸般的大洪水来惩戒人类的不自量力。现在的人们，是在为先人们犯下的错误赎罪。

神明之中，只有神兽安奎特还对人类存有一丝怜悯。如果没有它，那层救下无数人性命的风带就不会存在。人们当然不能将安奎特的恩赐视为理所应当，所有人都必须研习、探究神的目的，忍受海啸无情的肆虐，直到所有的罪都被赎清，新的秩序才会再度降临。

万物有灵，众生平等，因此兔子大约是做了什么更加无法被宽恕的事情，才会遭到更为严苛的惩罚吧。

老师看向教室后方那威严俯瞰着整个人类世界的神像，深深地低下头，念着祈祷词。两个孩子有样学样，向神像鞠了一躬：“愿安奎特永远庇佑我们。”

石刻的神像看着像一个四足向下的动物，头部占了整个身体的三分之一，整体浑圆厚重，四只脚都不长，显得格外敦实。头部前方鼻孔的形状清晰可辨，嘴巴紧闭，有一道明显的隆起，象征着它的嘴唇，倒是它的眼睛已经看不太清楚了。头部上方的一处尖角较短，顶部曾经应该相当锋利，连风都可以劈开。如今岁月荏苒，锋刃不再，人们只能想象它曾有的英姿。

神像的制作工艺、原本的用途，现在的人们都知之甚少。甚至连安奎特这个名字，也是巫师通读圣书之后，从故事里对照出来的。传说，安奎特可以镇住水患，头顶锋利的尖角划破水面，海洋都会被震慑——对于主要靠海中猎物维生的人们来说，还有哪个神祇会比它更重要呢？

也有经验丰富的猎人说，曾经在海里见到过真正的安奎特。

“我的老天，那可真是大得吓人！”那猎人说，“它就在海水的正中间，上下左右都是无边无际的海。它一动不动，估计在睡觉，呼噜就像雷声一样响。很多很多的鱼儿围着它转圈，就像是它的护卫队。我哪敢打扰，小心翼翼地游开了……什么？你问我是怎么进去的？那可是个很长很长的故事了嘿。”

人们不敢证实猎人的话，因为没有人会发疯到潜入椭圆形大海的正中间，哪怕是水性再好的人，也只能在海水靠外的部分捕猎。猎人标配的皮划艇，可没有办法让人在海中央呼吸，只能在海面上来回划动——从海的上面，划到海的下面。至于圣书中提到过的大船“乌篷船”，现在的人们已经完全不会制作了。

“这边最近！”两个孩子离开教室，往下飘着，用掀开的衣服控制着速度和方向，沿着海面滑翔。豆子指路抄近道，纽扣跟上，鱼儿在他们身下跃出海面，嘎嘣嘎嘣地咬着嘴，小水珠飞起，又被看不见的力收回海面，没人知道是什么原理。

“纽扣，豆子！等等我！”胡桃的声音在身后响起。

男孩们双手微微张开，拎起了外套的两个角，就像一架风筝，靠着空气阻力缓缓停下。他们飘在海天之间的奇妙地带，下面是深不见底的辽阔海面，四周一望无际，在极远的地方，海和天融合在一起，分不出区别。

“雪花病了吗？我也下去帮忙！”胡桃边飞边喊。

所谓的下去，就是回到现在人们所生活的地方，在海的正下方。

经过两百多年的演变，如今的世界形成了四层空间：最上层，学校在最接近太阳的地方；第二层，是这无边无际的海；第三层是生活区，所有孩子的家就在那里；至于第四层，则是没人去过、只在圣书中存在的“地底世界”——或许就是先人们生活的“地面”吧，据说星星就在地底世界的天空上。

“我们这条路很危险，你跟不上。”豆子故意说，“要贴海面很近很近，还得在边缘最薄的地方穿过一小段，你敢吗？”

“纽扣，豆子吓唬人！”胡桃停下。

“别理他，又不是第一次这么飞，安全得很。”纽扣笑笑。

“哟，对大海不敬，小心路上叫海女抓了去。”豆子的小胖手往前一抓，“或者来场海啸！”

他们这一辈孩子，可从来都没见过海啸。

曾经，十年一次的海啸从不缺席，不像圣书里说的那样从下往上冲，反而逆流而下，从上往下冲。每次海啸来袭，像是天开了个口子，大海上方学校里的孩子们能活下去，而下边的生活区则会变成一片汪洋。房屋、食物、工具、皮划艇，包括那些可怜的人儿们，都会被海浪卷走。运气好的，在几里，甚至几百里外被人发现。运气不好的，则会就此消失。

好消息是，最近一次海啸已经是二十年前的事了。造物主似乎忘记了要惩罚人类这件事，或是神终于听到了人们百年如一日的祷告，又或是先人们的罪过，真的已经几乎赎清了。好日子离我们已经不远，一切都会变好的，所有人，都这么坚信着。

“哈哈哈，怕了吧？我先飞！”趁胡桃和纽扣还没反应过来，豆子一扇衣服就飞了出去，“最晚到的是笨蛋！”

“豆子你要赖！”纽扣和胡桃急忙跟上，海面上的孩子们欢笑着、嬉闹着上下翻飞，和鱼儿们打着招呼。

在海的边缘，水薄得一眼就能看到对面，孩子们憋了口气，一个猛子扎下去。浅海小鱼惊慌地逃开，眼睁睁看着几个不速之客穿越而过，丝毫没有注意到头顶遥远的太阳表面，一道细小的影子，正向下飞来。

3. 复 活

很久以前，有一只鸟，它希望娶一个女人。

它给自己制作了一件精美的海豹皮外套，因为它患有眼疾，就用海象牙齿做了眼镜，这样就能好看些。然后它来到一个村庄，将一个女人带回了家。

之后的日子里，它扮演着男人的角色，时常出去捕猎。有一次，它不小心弄掉了眼镜，妻子一看到它骇人的眼睛就哭了出来，因为它太丑了。

但她的丈夫只是笑了笑："哦，你看见了我的眼睛？哈哈哈！"之后便又重新戴上了眼镜。

有一天，她的家人们想她了，前来探望，见她丈夫不在，就把她带走了。

当它回到家，发现妻子不见了，非常痛苦，开始四处搜寻，用巨大的力量挥动翅膀，引发了一场暴风雨，因为它是一个厉害的巫师。

风暴来临，女人和家人的船开始进水，风越来越大。波浪卷起一阵阵白色的泡沫，船几乎要倾倒。船上的人们知道女人就是这场风暴的原因，就把她丢到了海里。

"不！救救我！哥哥！爷爷！"她绝望地抓住船的一侧，大声呼救。

"对不起，我的孩子。"她的爷爷为了逃生，拿刀用力一挥，斩断了她的手。

她被淹死了。

在海底，怨念使她化身为"海女"，她成了海洋中所有生物的统治者。当人们抓不到海豹的时候，巫师就会去找她。只有一只手，她无法给自己梳头，巫师们就为她梳头，作为感谢，她将海豹和其他生物放出来，供给人当作食物。

从此，人们称她为"内里维克"（Nerrivik），意思是"肉食"，因为她给了他们食物。

这就是大海统治者的故事。

回到村子，三个孩子的衣服已经被风吹干。胡桃刚到村口就被人匆匆喊回了家，豆子则听说有人看到了一只巨大的银色怪鸟，立马飞去看热闹。纽扣来到家门口撩开门帘，看到的景象，让他的心揪了一下。

“天上的和地下的助灵，请助我一臂之力，将病痛从这女孩的身上驱赶，为此我也将献上我的祭品。”

屋内有些昏暗，几扇窗户都被人用海豹皮罩了起来。这是巫师作法时必须要达到的条件，他们会召唤来善良或邪恶的助灵，帮助召唤者完成自己想做的事。助灵们不喜欢阳光，唯有烛光不会影响到它们，可以被点亮。

烛光中，四处都有邻居们飘着，每个人表情都不好看，不少人紧紧握着自己的护身符，一同为雪花祈祷。

雪花就飘在屋子中央，身下浮着一张海豹皮，小小的身体微微颤抖，嘴唇紧闭，小脸通红。

“雪花！”

“纽扣来了！”听到纽扣的声音，众人让开了一条通路，一边安慰，一边推着他往里去。

雪花比纽扣小三岁，这个可怜的孩子经受了无数折磨，自小就体弱多病，几乎就没有完全健康过，但严重成这样还是第一次。纽扣刚想上前，却被妈妈给拦住了：“纽扣，不要影响大巫师作法。”

“是，妈妈。”纽扣点点头，回头看着妈妈憔悴的脸，拳头紧紧地握着，很想要做些什么，却什么也做不到。再看雪花，她右手食指上，前几天不知在哪儿割破的伤口，这会儿正肿得厉害。

“你刚去学校，雪花就说头晕，我摸了摸她额头发现有点烫，不过平时她不也经常发烧嘛，我就没太在意，给她煮了些吃的。”妈妈的手捏着纽扣的肩膀，微微颤抖着，“到了中午，她烫得像火球，还开始吐。我就去请巫师，可是巫师很忙，刚刚才过来。都怪我，如果我早点发现……”

“不怪您，妈妈。”纽扣急忙摇头，擦开妈妈眼角的泪珠，盐水珠在空中飘着，空气里满是海洋的味道，“有大巫师在，雪花很快就会好的。”

“我已用盐水洗去了邪恶的气息，这间屋子现在纯净无比。”巫师飘在雪花身侧，一双手背在身后，凸起的手肘就像一对翅膀。在他脚边，有一个古旧的手鼓，此时却被巫师用一只脚轻轻地敲着，奇妙的节奏在每个人脑海中传递。这场景，让纽扣觉得有些似曾相识。

哦，对了，圣书里，就有这样一个故事……

很久很久以前，有一个巫师做好了万全准备，用盐水清洗了地板，随后敲着鼓。不多时，便有助灵穿过房门，来到他身边。

“让我去地底世界吧。”那巫师说，“我想去看看我死去的兄弟，还有我的老母亲。”

助灵答应了他的要求，巫师闭上眼，灵魂向下沉没，穿过地板，越过一块长满杂草的礁石，眼前出现了一个满是石楠花的大斜坡。

“你怎么来了，我的孩子？”巫师往前走了不久，看到他的母亲正在采浆果，见巫师来了，老母亲就想要去拥抱他。

“不要接触她。”助灵在一旁提醒，助灵的声音只有巫师才能听到，“也不要吃她给的任何东西。”

“起码吃点浆果再走。”老母亲拿起一捧浆果。

“我警告你，你只是路过。”助灵在巫师耳边低语，“吃了这些浆果，就再也回不去了。”

巫师不敢违背助灵的意思，拒绝了母亲给的食物。继续往前走，巫师见到了自己的兄弟，所有人都向他打招呼。

“你为什么要回去呢？为什么要回地面（Earth）呢？”老母亲问，“这里视野开阔，我们都住在这儿，有抓不完的海豹，从来不下雪，大海也从不起风浪，这儿是个多好的地方啊！”

“告诉她，等你死了之后就会来这儿的。”助灵提醒巫师，巫师也这么回答了。

“好吧，如果你执意要走的话，起码答应我一个请求。”老母亲最后说，“送一些冰块给我们吧，这儿太热了，我们想喝些冷水。”

“好的。”助灵没有说话，巫师就点头答应了母亲的要求，“但是妈妈……”

“图皮拉克（Tupilak）！！！”

突然，一声惊呼，将纽扣从故事中带回现实。眼前，巫师正大口大口地喘气，额头上汗珠一颗颗冒出来，形成了圆形的水珠，在空中不断飞散。

妈妈紧张地问："怎么了巫师大人？我的孩子怎么了？"

"是、是图皮拉克！"巫师说出的这个词语，让每个人都倒吸一口冷气，"这不是疾病，这是诅咒！有人做了一个图皮拉克，要置雪花于死地！"

整间屋子变得安静而又压抑，只有寥寥几人小声吸气。

"您说什么？这不可能！"妈妈不敢相信自己的耳朵，声音里带上了一丝哭腔，"巫师大人，请您再仔细地问一问助灵好吗？这一定是弄错了！"

所谓助灵，就是散布在天地之间，无所不在的灵体。

万物有灵，灵魂会相互穿梭，在一个躯体上死去，又会转移到其他的躯体上来。那些流落各处的灵魂，在还没有找到新的躯壳之前，可以四处游弋，不受空间的限制，想去哪里就去哪里。巫师能用特殊的方式呼唤它们，唤起它们曾经身为人类的那一丝灵魂碎片，进而帮助巫师，完成人类这副躯体无法完成的事情。

"不能质疑助灵！"巫师摇着头，面露惊恐，语调焦躁，"雪花被诅咒了，不找到那个图皮拉克的话，我在这里无论做什么都没有用，她的病永远都不会好。"

人群传出声声叹息，萦绕着纽扣母子俩，组成了一堵叹息之墙。纽扣捏着自己的护身符，那是一枚用木头做成的纽扣，表面有斑驳的古怪涂层，据说是爸爸和妈妈相爱时，在海附近捡到的。

每个人都拥有属于自己的护身符，大多都和自己的名字有关，大部分也都是用紧俏的木头做成的。雪花的护身符——木雕的小小雪花，此刻就挂在她胸前，随着虚弱的呼吸来回晃动。

纽扣想不通，雪花是有些贪玩，可罪不至此，为什么会有人如此大费周章，为了诅咒雪花，专门制作一个图皮拉克呢？老师不是说图皮拉克的做法早就失传了吗？

"爸爸，图皮拉克是什么？"人群里，有还未去过学校、没读过圣书的孩子，不明白这词语的意思。

"当有人极度憎恨你的时候，他便会用人类的头骨和动物的骨头，做出一个人形的怪物。那怪物长着长发，靠怨念复活，会一直嗅着你的气味，追杀你到天涯海角，永不放弃，这就是图皮拉克。”一旁的大人小声解释，声音颤颤巍巍，“当它锁定了目标，便会在暴风雪之夜接近他，追赶他，直到他筋疲力尽，再抓住他，将他的身体一片一片撕碎，甚至扒掉他的头皮，啃食他的尸体，最后只剩下一副骨架。到那时，图皮拉克才会停止，化为一个不会动的骨头雕像。”

“爸爸不要说了，好可怕……”孩子被吓坏了，一个劲地往父亲身后躲，虽然他压根就不知道什么是暴风雪，谁都不知道。

“可是巫师大人，”纽扣觉得不太对劲，“雪花只是病了，也没见图皮拉克来追杀她呀。”

“如果你被图皮拉克盯上了，那就只有两种结果。”巫师看向纽扣，似乎对自己的威严受到挑衅这件事相当不满，一字一顿地说，“要么在暴风雪中被撕成碎片，要么就会生病，无论如何都无法痊愈，直到你死去，图皮拉克就会出现，吃掉你的尸体，只留下鲜血和断掉的手指头。”

“哇！”那孩子直接哭出声来，孩子爸爸向大家道歉，带着孩子匆匆离开。

“现在已经没有暴风雪了，对吗？”巫师用他那有些骇人的眼睛瞪着纽扣，“所以只能生病，明白了吗？”

“可是……”

“明白了，我们明白了，巫师大人。”妈妈捂住了纽扣的嘴，“那么是谁呢？现在还有谁会制作图皮拉克？”

“没有，任何人都不会做。”巫师斩钉截铁地摇头，随后又像是想起了什么，“除了……不，那个人和你们无仇无怨，现在还活不活着都不知道，不会是那个人。”

“难道是因为纽扣的爸爸？上一次海啸的时候，他分明是最厉害的猎人，却说自己受伤了，没有出门救人，结果死了好多人，会不会有人因为这个……”

“嘘，别乱说！”有人胡乱猜测着，被旁人厉声打断，“纽扣爸爸确实受伤了，还是纽扣妈妈从海里把他捞起来，帮忙照顾好的呢。两人就这么有了感情成了家，这才有了纽扣。这些事全村都知道，还能作得了假不成？”

这番话得到了几乎所有人的认可，人们开始说起纽扣父亲当年的英姿，都是赞不绝口，也对多年后因捕猎时牵动了老伤而命丧大海的伟大猎人表达了敬意。

这些话触动了纽扣的不少回忆，听着听着，他做了一个决定，突然开口：“巫师大人，请告诉我，图皮拉克在哪里？”

“纽扣！”妈妈嗅到了不安的气息，“你问这个干什么？”

“照顾好雪花和妈妈是我的责任，我已经十四岁了，没有做到该做的事，我应该感到羞耻。如果雪花生病真的是因为图皮拉克的话，那么……”纽扣目不斜视，手指一松，护身符在空中飘荡起来，反射出点点烛光星火，“我就要去干掉它。”

“纽扣你疯了！”“你知道图皮拉克有多可怕吗？”“连大巫师见到图皮拉克都要躲着走！”“你才多大？去找图皮拉克就是送死！”屋内众人炸开了锅。

纷纷扰扰之中，唯有巫师一言不发，反倒是一脸狐疑地看着纽扣。

“纽扣，雪花变成这样，我不能再失去你了啊！”妈妈也护着纽扣，眼中泛着泪光。

“妈妈，您想，”纽扣用一个十四岁男孩能够给出的最大温柔，轻抚着母亲的肩头，“如果爸爸还在，看到雪花这个样子，他会怎么做呢？”

“他……”妈妈话到嘴边，却又说不出来了。

“他一定会去找图皮拉克，干掉那个怪物的。”纽扣的声音，让这个不断失去至亲的女人心头一颤，“巫师大人，请告诉我吧。”

真像他爸爸啊！不少人都在心中感叹着，随后看向巫师。

“地底世界。”众目睽睽之下，巫师闭上了眼，深吸一口气，像鼓足了什么勇气似的开口，“诅咒雪花的图皮拉克，在地底世界。”

所有人都愣住了。

“我知道，你不相信我说的，你觉得我是治不好雪花，所以才推到图皮拉克身上。”巫师苍老的眼睛里，带着对勇气的妒忌和敌意，还有一丝幸灾乐祸的邪恶，身子往前欺压过来，眼珠几乎要从眼眶里爆出，他一直凑到了纽扣耳边，如恶魔般低语，“行，那你就亲眼去瞧一瞧吧，你要真觉得自己有那个能耐，就去地底世界，看看那儿有没有图皮拉克，破除雪花的诅咒吧。”

“别怪我没提醒你，在那里，”巫师收回身子，在半空中盘腿而坐，嘴角扬起一丝残酷的笑容，“图皮拉克或许反而是最可爱的东西了呢，咯咯咯咯……”

"纽扣！"这时，豆子的喊声在门外响起，"大事不好啦！"

奋力推开人群，圆滚滚的豆子挤进屋子，人们被惯性带着撞在四处的墙壁上，抱怨不停。借力停在纽扣身边，豆子伸起脖子向里张望，"纽扣妈妈！麻烦您看一看雪花脸上有没有红色的斑？比较大块的那种。"

"没有……啊！"妈妈瞄了一眼，立马惊呼出声，"有、有红斑！大块的红斑，刚才还没有呢！"

"啧，和他们一模一样，要出大事了。"豆子的表情罕见地严肃起来。

纽扣愈发不安："还有人和雪花一样？"

"刚才我去看大鸟，鸟不见了，倒是不少人在说生病的事儿。"豆子比出五根手指，"算上胡桃她爸，就我知道的已经有五个了。"

"什么？！"这下轮到巫师惊呼出声了，身上的袍子随着他的动作飘动起来，看着就像某种人形的怪物。众人也是一阵骚动，立马有人意识到这病可能会传染，悄悄地往后缩，想要从门边逃走。

"其他几个都是大人，得病比雪花早。"豆子说，"大概三天之内，她的情况会稍微好转，但再过不了一天就会再次发病，到时候那些红斑会肿起来、起痘、流脓，接着……"

"纽扣，明白了吗？"巫师突然伸出手，不让豆子继续讲下去，"这不是普通的病，而是瘟疫诅咒！有人做了个图皮拉克，让它复活，诅咒的不只是雪花，而是我们所有人！"

霎时间，整间屋子鸦雀无声。

"纽扣，你不是要逞英雄吗？"巫师冷冷地说，"还有谁质疑我的判断？和纽扣一起去吧，到地底世界杀了图皮拉克吧。"

人们沉默着。这时理应有人站出来，自告奋勇去完成这个任务，但这些还没有染病的人们却像约好了似的，都一言不发。

"好。"良久，还是纽扣开了口，"只要杀了图皮拉克，所有人就都能痊愈了是吧？那就让我去杀了它。"

"纽扣！"妈妈忍不住喊了一声。

"爸爸是最厉害的猎人，那我就是最厉害的猎人的儿子。"纽扣看向母亲，

“这么说来，我也迟早会成为最厉害的猎人，不是吗？”

屋里屋外的人们都是一顿，随后不久，有人在后排喊了一嗓子：“纽扣说得对！”

这一声喊声，传染得比病魔还要迅疾，立刻有数人附和起来：

“没错没错，我们这些普通人，和纽扣的爸爸差了十头海豹。纽扣年纪虽然小，但也起码比我们厉害五头海豹！”

“说得对！我早就觉得纽扣这孩子有勇有谋，有情有义，和他爸爸一模一样，我果然没看错！”

“纽扣，大英雄！”也不知是谁，给纽扣冠了这么个名头，立马有人开始效仿。

“纽扣，大英雄！纽扣，大英雄！”

“你们……你们怎么能……”在这浩大的声浪里，妈妈的声音是那么的弱小，连近在咫尺的纽扣都听不清楚。

“咯咯咯。”巫师看着这一切，低声笑了一阵，抬眼盯着纽扣，“大英雄，那就靠你了。”

纽扣没有回答，只是深深地看了母亲一眼，随后对身边目瞪口呆的豆子说：“跟我来。”

“去哪儿？”豆子脸上写满困惑。

“去找胡桃。”纽扣转过身，在人们的簇拥之下飞出了屋子。

豆子急忙跟上：“找她有什么用……”

“去道别，我也得向你道别。”纽扣头也不回地往前飞着，“我不信巫师的话，但如果真有图皮拉克，就必须杀了它。要我看着雪花受苦，不如让我去死。”

“纽扣，大英雄！纽扣，大英雄！纽扣，大英雄！”

空中的村庄里，大人们在两侧列队，大声地呐喊着，组成了一条通往死亡的通路。每个人脸上都带着近乎狂热的火红色泽，地狱的烈焰在人间燃烧着，映红了这一个个灵魂。

地狱空荡荡，恶魔在人间，恶魔们就这样狂热地呐喊着、举手欢呼着，目送一位少年，捏着他的纽扣护身符去远行。

第二章 挑衅

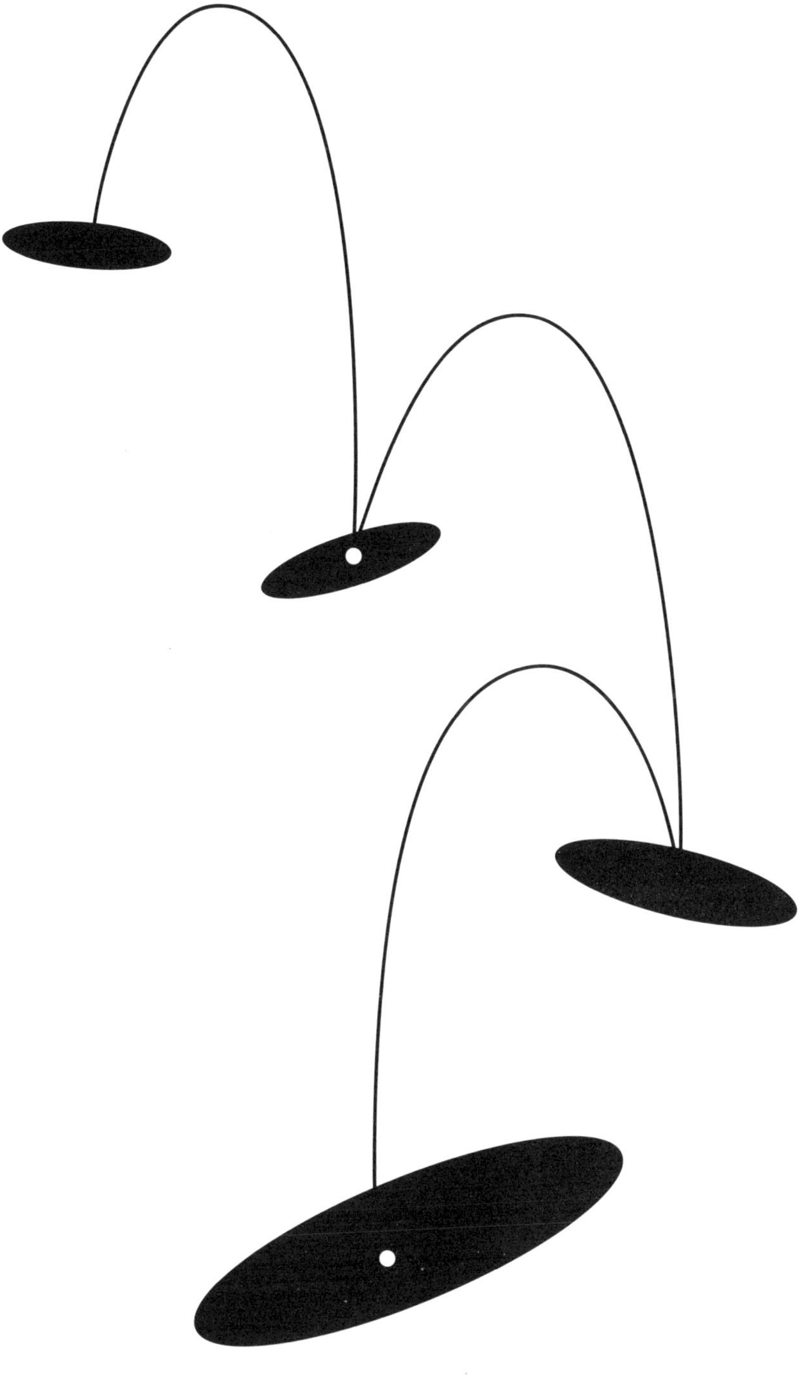

2017-03-06 07：42：33 晴 于 W 市刑警大队

已经 12 分钟了。

根据基金会提供的资料，他会在 7：30 前到达大院，从无例外。人类是被习惯支配的动物，尤其是到了这个年纪，不可能无缘无故地改变自己的生物钟。他没能在这个时间来到大院，一定有某个无法抗拒的理由。

比如一个案子。

这样事情就会变得复杂许多：快要退居二线的年纪，是什么案子，会需要这种性格的老刑警出马？应该分配多少精力在帮助他的本职工作上？虽然有趣，但这是不必要的精力浪费。

方案一：直接参与案件侦破，以最快速度帮他解决问题，再回到重要的事情上来。

方案二：不理会侦破进度，达成目的就离开。

以他的性格特质来推断，方案二显然不现实。所以，只能在最短时间内主导破案，然后再去做该做的事。

首先，要问出地点，到现场之后，要取得信任，最后完成诱使。让一个人付出信任，最简单的方式，就是帮助他排挤敌人。在前往现场之前，要先找出他的敌人，做好功课，有的放矢。

他是跳板，接近他，是为了找到那个人。不必担心对他的诱使是否能够成功，我已经做足了功课。

人类，是被习惯支配的动物。

1. 不得了的东西

公元 2017 年，初春。W 市市郊，河边。

“什么动静这么大？警车都来了？”

这是一条东西向贯穿 W 市的河流，是市里的水网主干道。靠近市中心的河边被做成了游步道，靠近市郊的部分则基本保持了原生态，低矮的河岸边，杂草丛生。平日里，这片河段很少有人下来，但今天却热闹得不得了。长长的警戒线外，不知从哪儿冒出来乌泱泱一大群人，穿着拖鞋拿着牙杯牙刷，边讨论边向下张望。路边的警车、忙碌的警察、维持秩序的辅警，这一切都在刺激着人们的神经，告诉他们，这里，一定发生了什么大事。

“喂，里面的，”外围的人喊，“到底在干吗啊？”

“挖出东西了！”里面还真有人大声回答，“就前两天死人那个地方，挖出来个大家伙！”

这一句话，让不少围观的人都不由自主地往后退了退。

几天前，就在河边的这个位置，有人大清早的发现了一具浮尸，已经泡得发肿，死亡时间推定是在四天前。死者不是本地人，追查身份信息后确认是个外来务工者，没多少钱，在当地也没什么“爱恨情仇”，倒是手机和钱包都不见了。尸体没有明显外伤，再加上有人提供证词，说死者之前喝了酒，所以案子暂时在“醉酒意外”和“抢劫杀人”之间徘徊，还没有定论。

虽说警方的动作很迅速，但人言可畏，不知怎么就有人开始传，说这河里有水鬼，每年都得死个把人。这下可好，平日里偶尔来钓鱼的、带着孩子抓青蛙的、洗衣服的人们，都不敢靠近这片区域了。甚至据说有人不小心掉了东西到河岸边，也不敢去捡，只是自认倒霉了事。

今天这一大早，又说在这邪门儿的地方挖出了一个“大家伙”，人们不害怕才怪呢。

“砰！”就在人们议论纷纷的时候，身后马路边，一扇车门被用力甩上，随后就是中年男人不耐烦的吼声：“让开让开！”

“哟，是老刘！老刘来了！”众人回头一看，来人正是他们的老朋友——刑警老刘。

“老刘，你可算来了！”立马有人上前，拍了拍老刘的肩膀，“这事儿你们可得查清楚，不然我晚上睡不着觉啊！”

“说什么呢说什么呢？”另一位老大不高兴地杠了一句，“天下哪儿有老刘破不了的案子？”

“就是就是。”这说法还得到了不少人的认可，“咱们这片，有谁不知道刘业刘警官的厉害？以前他在我们这儿当片儿警的时候，谁家狗丢了，谁家鹅死了，只要告诉老刘，人立马就能给查出……”

“闭嘴闭嘴！”老刘一边往里走，一边还不忘回头，伸手狠狠拍了那多嘴的人脑袋一下，皱着眉头骂，“别给老子戴高帽，我都不知道为什么叫我来，这种事儿我能帮个鬼的忙！”

“哎呀开玩笑，开玩笑……”居民们急忙顺着毛捋，看来是都知道老刘的性子，“前面的都让让啊！老刘来了！”

跟摩西分海似的，人群里分出了一条路。老刘也不客气，径直往里走了过去，过警戒线的时候一弯腰，传来的酸痛让他龇牙咧嘴，灰白的头发还被警戒线给刮了一下，惹得他又是一声咒骂。

“刘哥，您来了！”正在忙活的几个年轻警察见老刘到了，都赶紧立正，似乎生怕老刘一口就把他们给吞了。

“一个个舌头都他妈被鞋跟碾过吗？电话里说的是个啥！”老刘劈头盖脸先是一顿训，“一会儿‘镇河’，一会儿‘神兽’，这是办案子还是摆道场啊？！”

“老刘啊，兄弟们又没说错，确实挖出了个镇河神兽，不信你自己看哪。”老刘身后，一个听着年纪和他差不多的声音响了起来，“还有，出警得戴帽子，你怎么老忘？”

“年纪大了记性差，别说帽子了，要是以后这种事还叫我来，老子腰子都能落在这儿你信不？”老刘嘴上骂着，但嘴角已经有一丝笑意，微微侧首，和身后的人稍一点头，“你个老不死的也来了啊。”

“咱俩同年，我老不死，那你是什么？”那老刑警走上前来，瞄了瞄后边热闹的人群，笑道，“看来你在这片还是很有威望的嘛！”

“嘁，我再有威望，能比得过你老栾？”老刘一句双关谐音，引得一旁的年轻警察们都忍不住笑出声来。

“哈哈哈，嘴巴是你厉害。”老栾名叫栾俊杰，和老刘搭档多年，他笑笑没多说，指了指河边方向，“是这样，上回那个溺水案，上头说还得再追一追，上午就让几个辅警兄弟来翻草。结果你猜怎么着，居然给发现了一个……你找什么呢？”

老刘压根一个字都没听，嘴里不知什么时候叼上了烟，双手不停地在自己裤兜里摸，样子颇有点猥琐：“妈的老子打火机……”

“啪嚓”，打火机没找着，老刘眼前倒是凭空蹿出了一团火。

“唔……”刚想点烟，老刘突然本能地觉得不对劲，猛一抬头。一个模样清秀的小伙子，正手持打火机，几乎面无表情地看着自己。

小伙的衣着看着很普通，但丰富的社会阅历告诉老刘，这身衣服不便宜，甚至从合身程度上来看，指不定还是定制的。

富二代？职业病让老刘习惯性地开始推测小伙的各种信息，上下一打量，最扎眼的，是小伙脖子上挂着的那个吊坠。那是一枚木头材质的纽扣，表面的漆相当匀称漂亮，呈现出深邃而高档的棕色。

“前辈您好，我叫郭阳，是您的实习生，之前打过您电话七次，但您都没接。”老刘嘴刚张开，小伙就像是猜出了老刘要说什么似的，开口道，“半小时前——八点零五分，我到队里报到，也没见着您。前辈们说您早已接了任务赶往现场，我就自己来了。”

对方这种公事公办、礼仪用词上过分讲究的态度，让老刘一听就很不舒服。要让老刘接陌生来电，比登天还难，但他多少也觉得自己没接电话这事儿有点不好意思，思来想去，干脆头一偏假装没看到，冲着身边的一个小刑警道：“那个谁，火借我使使！”

“又来了，唉……”栾俊杰叹了口气。

小刑警给老刘点了烟，好奇地凑到栾俊杰身边，小声问：“栾哥，刘哥这是……”

“他就这脾气，不熟悉的人，不管对方是谁，直接拒人千里之外，这都是搞刑侦的老毛病了。”栾俊杰摇摇头，“不过据说这小郭的学历很厉害，留美回来的，学位证比咱全队的房产证加起来还多，愿意来我们这儿实习可不容易。”

“哇，那是高才生啊！”小刑警惊呼道，“刘哥要是好好培养，说不定又能教出一个高手来！”

“老子再过一个月就退居二线了，这种高才生又不可能留在队里。”老刘耳朵灵光得很，回头瞪了眼，“我能教个屁！”

“老刘！”栾俊杰急忙用胳膊肘推了推老刘，“人小伙听着呢……”

“就是说给他听的！”老刘也不知哪儿来的火气，看向一言不发的郭阳，故意大声道，“听到了吗高才生？我能教个……你这打火机哪儿来的？”

“哦，您说这个。”郭阳看了一眼打火机，“在队里等您的时候，我看到您桌上摆着打火机，没有烟，但是打火机上有烟丝粘着，说明您之前把火机放在烟盒里。我推测您是早上到了队里抽了一根，后来接到任务着急出门，没带上打火机，所以过来的时候就给您拿来了。”

说着，郭阳将打火机双手捧到老刘面前：“现在还给您……对了，前辈，身体要紧。”

这话让众人都是一愣，仔细看去，只见那打火机上“星辉国际”几个字格外刺眼……

老刘以“迅雷不及掩耳盗铃儿响叮当”之势一把抓过火机，嘴里还嘟囔着：“别乱动我东西……你们笑毛笑！老栾，带我去看现场！”

日头愈发地亮，看热闹的人群也散去了一些，上班的上班，营生的营生，吃早饭的吃早饭去了。

此时的老刘和郭阳却都还不知道，前方正在等待着他们的，是何等血腥而又诡谲的一桩奇案。

2. 刘　业

“小郭啊……我就叫你小郭吧？跟着我的步子踩，这段河边没做过底，土很软，小心脚下。”

老刘完全不想搭理郭阳，抽着烟一路往下，自顾自走在了最前面，头顶冒烟，跟火车头似的。倒是栾俊杰展现出了前辈该有的风度，一路走还不忘提醒郭阳注意安全。

“谢谢您。”郭阳点点头，不近不远地跟在栾俊杰身后，每一步几乎都精准地踩着别人的脚印走，速度上倒也没耽搁。

脑子很快。栾俊杰的眼睛也尖得很，注意到了这些细节，对这个文质彬彬的小伙子多出了几分好奇。

说起来，他和老刘都属于“粗人”那一挂，老刘可能比他还粗一点，但那是文化水平问题，根子上没多大差异。进刑大之前，两人都干过其他工种，几十年工作经验，形形色色的人见得多了。不同社会地位、财富实力、教育程度的对象，他们都接触过，大部分还接触得比较深入。海归高才生他们见得也不少，但不知为什么，郭阳给他们的感觉，却不太一样。

真让他们俩拿张纸拿支笔，罗列一下郭阳身上不对劲的地方，这俩大老粗可能也写不出个所以然来。不过郭阳那种过分讲究的礼貌、用词上的绝对“正确”、待人接物的“完美礼仪”，始终和同年龄段的人有所不同。

究竟是哪里不对劲呢？栾俊杰想了又想，直到看到郭阳跟在自己身后的步伐时，才抓住了一点思路。

“这儿有个坡，注意点。”

“好的，我一定注意，前辈。”

又是简单几句对话，栾俊杰借机半转身，仔细观察了一下郭阳的动作：

哪怕脚下略微打滑，身体不由自主地往前倾斜，郭阳也依旧尽全力，保持着和前方、后方人们之间的“礼仪距离”，没有半点越界。而且在时时刻刻思考着这种问题的情况下，他还兼顾了行走速度，不至于让前面的人走出太远，觉得好像是落下了他，也不至于让后面的人减速等待，迁就自己。

这简直邪门儿。

连以前栾俊杰他们见到过的所谓“上流人士”，在社会上摸爬滚打了那么多年，也不过将将做到这一点而已，有时候还会因为地位的提高，而露出些人性之中最根本的东西来。郭阳，却没有半点破绽。他的脑子里，究竟同时在想着多少件事儿啊？

“这什么玩意儿？”念想间，老刘已经第一个走到了现场。

“镇水神兽，兄弟们找到的就是这个。”栾俊杰快步跟上。

“怎么看着像个犀牛？”老刘蹲下身来，在镇水神兽待着的洞口仔仔细细地端详了一番。

“好像就是个犀牛。”栾俊杰点点头，“问过周边居民了，有几个老人说，好多好多年前，在别的地方看到过类似的东西。不过为什么是个犀牛，他们也不知……”

“犀牛身材敦实，能压得住场，头部较大，有威严感；牛角尖锐，入水时可以划开水面，看起来就像是有龙在水下，能吓唬作乱的水精水怪。因此，在一些水患严重的水域边放一头石犀，能起到镇水灾、平水乱的作用，这个习俗从汉朝起就存在了，也有可能更早。”郭阳那好似机器人一般的声音，在不远处响起，“但也不是所有的镇水神兽都是犀牛，有的地方会用石头雕刻趴蝮来镇水。趴蝮是一种龙头鱼身的怪物，据传是龙子之一，很多人会把它和龙生第六子霸下弄混，其实不是一回事。趴蝮有比较长的四足，背上的龟壳不明显，和霸下的样子区别比较大。我个人推测，霸下就是巨龟，而趴蝮应当是鳄鱼的一种。”

一番话说完，郭阳发现，所有人都在用听天书的表情看着自己，立马微微低头，胸前挂着的纽扣吊坠晃了一下，跟上一句：“不知道这些有没有帮助，前辈们。”

“嗯……”众人都沉默着，栾俊杰也摸着下巴“嗯”了半天，一句话也接不上。

“这玩意儿还蛮大的。”老刘还是假装没听到，压根就当郭阳这个人不存在，自顾自往洞里走了进去，绕着神兽转了一圈。

“高两米，长三米二，估计得有七八吨重。”栾俊杰终于有话说了。

“这种事要我们来干什么？应该叫文物局啊！”老刘摇摇头，突然又像是发现了什么似的，在洞穴最内部蹲了下来，拿出手电筒往地上照。

“看到了吧。”栾俊杰在洞外道，“这事儿有蹊跷，兄弟们怀疑会不会和溺水那案子有关系。”

“溺水案？”郭阳不解。

“哦，就是前几天，我们在这儿……”

“保密协议签了吗？啊？！”不等栾俊杰说完，老刘在洞里一声嚷嚷，脑袋从神兽屁股边冒了出来，“没签不能告诉你！”

“好的，前辈。”郭阳也不生气，依旧面无表情，“那请问有什么我能帮上忙的吗？”

“你一个高才生还用我指挥？爱干吗干吗去！”老刘不耐烦地摆摆手，独自在地上研究着什么。

“那个，小郭啊，别往心里去哈！”栾俊杰尴尬地笑笑，拍拍郭阳的肩膀，“老刘他刀子嘴豆腐心，就这么个脾气，不是针对你哈。”

“没事，我理解。”郭阳点点头，嘴角第一次挤出了一丝笑意。但栾俊杰知道，郭阳之所以笑，只是因为“这个时候应该笑一下，大家才都不尴尬”。

“刘哥，您看到了吧，兽脚下边有移动的痕迹，很明显的几条凹痕。”一个小刑警往洞里探进头，“这儿土质这么软，不可能是太久以前留下的，所以说，这东西它……”

“你们觉得它是自己走出来，在河边冒头的？”老刘低头在地上研究着痕迹，头也不抬地问。

“嗯……是。”

“是个屁！”噌一下站起身，老刘拿起手电筒就往那小刑警眼睛上照，“怎么的？干我们这行，你还给老子来封建迷信？照你的意思，是这个玩意儿自己走出来，把人推下水的？荒唐！”

“其实，这不算特别荒唐。”郭阳突然开口，用冷静得过分的声音道，“只要您愿意相信，这神兽确实会自己动。”

“你说什么？”老刘猛地扭头看向这个戴着纽扣吊坠的年轻人，心里没来由地发毛，“胡扯！”

老刘气鼓鼓起身，从洞里大步走出，来到郭阳面前，第一次面对面地正视对方，伸手指着不远处还在看热闹的老百姓：“别在这儿妖言惑众，什么神神鬼鬼的糟粕玩意儿，要是给人民群众听到了什么影响？！”

干刑侦这么多年，老刘心里清楚得很，自己这种表现，实际上是在用愤怒掩饰内心的不安和恐惧。不少嫌疑人最后不小心说出关键性证词，就是因为被自己抓住这种精神漏洞的时机，一举击破了心理防线。

他承认，眼前的这个小伙子确实让自己觉得深不可测，看对方一本正经的样子，显然也不是在说谎，估计是有自己的判断。但更深层次的理智告诉他，这就是胡扯。

“是我欠考虑了，前辈。”郭阳也不争辩，微微点头，一副认错的姿态。但他的目光却分明穿越了老刘的身体，正盯着洞里的镇水神兽仔细观察。

“前辈前辈，你是日本人吗一口一个前辈？”老刘受不了了，一把拎住郭阳的衣领往外一甩，大声嚷嚷道，“换换换！这高才生我带不了，出去学了点洋屁，连自己姓什么都不知道了。一点刑侦经验都没有就在这瞎扯淡，这种家伙谁爱带谁带，我带不起这样的实习生！”

“老刘你干吗呢！”栾俊杰急忙上前解围，用身子挡在俩人之间，冲身边小刑警使了个眼色，让人赶紧把郭阳带走，同时像哄孩子似的对老刘道，“人第一天来实习，就没见到你人，也算有心，直接来了现场，不懂规矩不是很正常吗？你发那么大火干吗？”

“可这小子他……”

“我知道，我知道。”不等老刘说完，栾俊杰就点点头，压低了声音，“我也觉得他有点奇怪。”

“是吧！”总算找到了知心人，老刘眼珠子一瞪。

“那你也不能当着这么多人面吼他啊。”栾俊杰是语重心长，“你也说了，人到国外留过学，开拓过眼界。结果一回来实习，就碰到你这么个暴脾气，人心里对祖国警察会怎么想？嗯？”

“我……唉！”老刘一时语塞，末了狠狠跺了跺脚，也不管其他人，又钻进洞里研究去了。

“小郭兄弟，刘哥他脾气就这样，我们都被他骂过，哈哈！”另一边，小刑警们也正在安抚郭阳，虽然看起来，郭阳完全不需要安抚的样子。

“可以理解，谢谢前辈们关心。”郭阳点点头谢过好意，但目光还在洞口附近晃，“前辈生气一定有他的理由，肯定是我的某句话，不小心触到了他心里的疙瘩，应该是我向他道歉才对。”

“你不是已经道过歉了嘛！”小刑警也拿这么个“机器人”没办法，苦笑着回头看向忙进忙出的老刘，叹了口气，“唉……”

“怎么了？”郭阳迅速注意到了这一声叹息，“前辈他以前是不是碰到过什么不好的事？”

“怎么说呢……”小刑警有些犹豫，显然是怕自己多嘴，到时候又得被老刘骂。

“没关系，不方便说我也可以理解。”郭阳立马“贴心”地跟了一句，“被人骂总是不好受的，有点胆怯也正常。”

“你这人怎么……唉，行行行，我告诉你！咱到边上点儿，别让刘哥听见……”小刑警哭笑不得，明知道自己被这实习生用简单的激将法给摆了一道，但这时候真的什么都不说，岂不是默认自己怂了？“我估计啊，可能是因为那溺水者的年纪比较轻，让他想到自己的儿子了……”

刘业刚从警校毕业的时候，走的不是刑侦路线，他本人也没那么大野心，想要破获什么大案子，据说曾经性子相当狡黠，脑子好，手腕比较灵活，属于典型的天生老油条。他的第一份工作是片儿警，负责的就是眼下这河段边的村子，妻子和孩子也和他一起住在附近。

心理上，刘业有点“平平淡淡才是真”的意思，但业务能力上，他可是拔尖的人才。

在过去几十年里，城郊的村子是国内社会成分最复杂、治安状况最难掌握的片区类型，没有之一。本地人、务工者、小作坊小公司、社会盲流、流浪汉……你能想到的所有人群类型，在这儿都能找到。

靠着自己的才干和能力，再加上一点黑白混不吝的小手段，刘业很快就把村里的治安管得有模有样，治安状况排名常年都在市里前列。片区老百姓都很信服刘业，什么家长里短都找他帮忙，刘业也从不推辞，能搭把手就搭把手，所以直到现在，这片的老居民们都还记得他。为此，分局、市局先后都给刘业颁过奖，什么“行业标兵”“最受群众信赖的好警察”“基层好民警”等称号，刘业一样都没落下。除了那些破了大案重案的能人，整个系统的基层警力中，刘业算得上是名列前茅的榜样。

本来按照正常的剧本，刘业得到升迁那是迟早的事儿，弄个小官当当不成问题。即便他自己没有要往上爬的意思，但以他的水平，想待在基层都难。

然后，那件事，发生了。

“我也是听说的，好多年前了，刘哥正是经验和身体都最棒的时候。”小刑警继续道，“那会儿咱们这儿出了个大案，本地人都听说过。有一伙人贩子从隔壁省流窜过来，专门找接合部的小孩下手，见到落单的孩子就偷，只有女人带着孩子就抢，转手立马往外运，而且只要男孩，卖到偏远点的地方去给人续后。”

刘业的儿子，在他眼皮子底下，在他自己的辖区里，被人给拐走了。

知道孩子丢了的时候，刘业正在巡逻，接到妻子的电话，立马就往回赶。为了找回儿子，从不求人的刘业几乎动用了自己能求到的所有资源，锁定了人贩子的车，和搭档一路追出了省。

追逐的过程中究竟发生了什么？除刘业和他的搭档之外，没人知道。

当天刘业回来的时候，几乎全村人都在村口候着，想要等一个好消息。行动不便、接受过刘业帮助的老人也出了屋，念叨着刘业的好，帮他祈福。

然而命运，从不留情面。

“人贩子抓到了，但可能是刘哥他们追得太凶，那几个狗娘养的起了杀心，把孩子给……”小刑警没有继续描述下去，只是略微沉默了一下，随后转了个话头，“那件事儿之后，刘哥就彻底变了个人，脸上几乎没了笑，发了狠地学习进修，不求升官不求发财，只为了可以调动到刑大来。”

刘业成功了，不过一年时间，就神奇地得到了调令，进了刑警大院。但他的家庭，他的妻子和女儿，却选择了另外一条路。

“你不知道，刘哥刚进队里的时候，除了些大案特案，其余时间专门查人口拐卖的案子。拐卖案涉及地域广，人员流动性大，证词证据链经常有明显缺失，办案难度特别高，得花很多精力。刘哥这个人又比较轴，有点工作狂，每天七点半就到大院，晚上加班、通宵什么的那是家常便饭。可能是因为这个吧，嫂子就带着孩子……”小刑警再一次打住，看着老刘和栾俊杰认真讨论案情的样子，深深叹了口气，“如果那孩子长大了，估摸着，也比你大不了几岁吧。”

“您刚才说前辈的搭档，那人现在……”

“喏。”小刑警用下巴指了指栾俊杰，“这不在那儿讨论呢嘛。”

怪不得这么默契。郭阳点点头，接着掏出手机不知道查了些什么，嘴里说道：“那我更得向前辈道歉。”

“在瞎叨叨什么呢？”老刘突然朝两人的方向扫了一眼，“有嘴扯淡，没手帮忙？”

“对不起，前辈，这就来。”和小刑警对了个眼色，郭阳快步来到老刘附近，先鞠了个躬，“前辈，刚才我口不择言，是我不对，请您原谅……”

“得了得了，别给我整这套。”老刘这气来得快去得也快，但脸上还是那副不耐烦的表情，摆摆手道，“说说吧，高才生。”

“嗯？”郭阳不解。

“这玩意儿到底是怎么回事。”老刘指了指沉默不语的镇水神兽，“有什么高见？”

附近几人都是一愣。

“你不是说这事儿不荒唐吗？那你给我说一说，它为什么自己能动？”老刘，居然开始向一个实习生讨教起来了？

“快说吧！”老刘身边，栾俊杰冲郭阳眨眨眼，那意思很明白：说动这个老顽固可不容易，接下来就看你的了。

“感谢前辈们的信任。”郭阳什么脑子，刚才发生了什么，这一眼就猜了个八九不离十，向老刘又鞠了个躬，恭恭敬敬道，“前年，我在美国求学的时候，跟一位导师参加过一个研究项目。在美国有一个死亡谷国家公园，地理环境比较特殊，里面有一片名叫‘赛马场’的盐湖。”

郭阳几步走到镇水神兽的脑袋附近，蹲下身来，伸手摸着这巨大的石块：“那片盐湖里，有一些形态较大的石块，有人发现，它们每年都会神不知鬼不觉地自己移动一些距离，短则几米，长的甚至超过十米，地上还会留下明显的拖拽痕迹，这些痕迹被人们称为‘死亡赛道’。并且石块似乎只在冬天公园人迹罕至的时候才会移动。开春之后游客增多，它们就待在原地一动不动了。”

“说重点。”老刘不耐烦得很。

“好。”郭阳点点头，依旧不紧不慢，“石块移动的原因，学界一直都有争议。20世纪70年代有人提出过一个观点：冬季和初春雨水结冰，摩擦力变小，遇到下雨天，水流冲刷，就可以带着石头在冰层上移动起来。就像在水槽里放上冰块，打开水龙头去冲，冰块自然会向下水口移动。”

“你是说……”栾俊杰微微皱眉，“这东西也是被水冲出来的？”

“不，那个理论是错的。”郭阳直截了当地摇头，“石块很重，想要达到水流可以冲刷移动的地步，现场的流体级别恐怕需要接近洪水，并且也不会留下拖拽痕迹。”

“那你说个屁！”老刘翻了个白眼，掏出烟叼上正准备点，看到打火机上的“星辉国际”，尴尬地咳嗽一声，侧头用手盖住火机，极为快速地将烟点着，然后立马将打火机塞回了口袋。

“经过反复研究，石块并不是每年都会移动，有时候连续数年都不动，有时候连续数年都移动。”郭阳继续道，“于是有人开始结合气候进行分析，逐渐确定结冰确实和石头的移动有关，但真正促使石头走动起来的不是水流，而是风。”

栾俊杰注意到，郭阳的右手，正轻轻地来回捏着那颗纽扣吊坠。

这在刑侦实践里被称作无意识动作，类似于口癖，是一种当事人没有办法控制的习惯性动作，连同微表情在内，都是现代刑侦学重点研究的人类行为习惯之一。至于为什么要在这个时候去分析郭阳的无意识行为，恐怕这也正是栾俊杰自己的一种无意识习惯了。

“风动理论认为，石块是在刚刚开春的时候动起来的。”郭阳捏着纽扣起身，绕着神兽，往洞穴深处走了进去，“比如现在。”

“初春气温上升，石块和土层表面的冰层都开始融化，但还没有彻底化水，此时摩擦力反而最小。前辈们，你们可以试一试，如果把两块冰贴在一起去滑动，摩擦力很大。因为这时两个表面之间几乎没有空气，甚至说得夸张点，分子之间的引力都会开始产生作用。再加上温度还很低，摩擦后产生的水分会快速地再度结冰，将两样东西凝结在一起……你们大致这么理解就可以了。”

旁边几人你看看我我看看你，都有点似懂非懂。倒是老刘挺认真地思考了一下，点头道:“所以那个什么磨砂的手机膜，反而用起来比较顺手？”

“对，就是这个道理。”郭阳微笑着点点头，“前辈您的理解力很强。”

“结论。”老刘可不领这份情，“我要听结论。”

“好的。”郭阳道，“如前所述，初春摩擦力最小的时候，不需要很大的风力就可以推动巨石缓慢移动，并会在土层上留下拖拽痕迹。当时我的导师做的项目，就是在巨石上装上 GPS 定位装置，追踪石块的移动路径，是否与同年初春的风向存在显著关联。”

“那有关联吗？”小刑警好奇地问。

“非绝对关联。”郭阳摇头道，“盐湖东部的巨石移动轨迹趋于线型，西部的巨石轨迹则比较分散，所以真正的原因还很难说。但我个人觉得，基础理论是没错的，只是还有一些我们没有掌握的变量罢了。”

“说好的结论呢？”老刘更不耐烦了。

“眼下的情况，原理类似。”郭阳扒开神兽脚底下的泥土，“这尊神兽雕塑的底座部分，已经被土壤里的水流侵蚀得差不多了，结冰之后再融化一些，冰下水流持续不断地推动浮冰，带着神兽整体位移，最后在河边洞口冒头。”

“那为什么以前不冒头？”栾俊杰问。

“因为神兽太重，水推不动。”郭阳解释道，“W 市在南方，冬天难得结冰。我刚查了过去三个月的气候情况，刚过去的这个冬天比较冷，河里确实有些微的结冰现象，但冰层不厚。入春后，冰层融化一些，减少了摩擦，多了些类似润滑的效果，才有可能造成神兽的移动。”

有学问就是不一样！这意想不到的推理方式，让众人叹为观止。

老刘沉默一阵，哼了声："算你说的有道理……所以你的意思是，这事儿和溺水案完全没关系？"

"不好说，这只是一种推论。"郭阳起身走出洞口，拍了拍手上的尘土，"口子上这是石板的痕迹吧？本来这儿有石板堵住洞口的吗？可能从这个角度入手，会更容易接近答案。"

看着郭阳仔细研究石板痕迹的模样，老刘眼中一道光彩闪过。这小子并不是纯显摆，还算有点脚踏实地的精神。不过这点称赞老刘可没说出口。吸完嘴里的烟，老刘大手一挥，烟灰飘了一地："收队。"

"我在仰望，月亮之上……"大家收拾东西的时候，老刘的手机响了，接起电话，他似乎不想和对面的人多说半句，语气相当糟糕："你干吗？"

"还好意思问我干吗？自己干了什么自己不知道吗？"电话那头，传来了一个中年男人同样不甚温柔的声音，"是不是又在现场骂人了？你知不知道现在老百姓的手机都能录像啊？你那丑样被人拍下来传网上了，这会儿全网都在骂你，说'警察当众辱骂实习生'，影响很差，市里都来电话了！马上给我归队报到！"

"你……"不等老刘骂出声，对面就已经挂了电话，气得老刘抓着手机就要往地上摔。

"前辈，抽根烟冷静一下。"郭阳回头眨眨眼睛，"虽然抽烟对身体不好，我劝您还是戒掉为好。"

"我抽你个大嘴巴子你信不信啊？！"老刘对郭阳好不容易培养起来的那一丁点好感，瞬间消失殆尽，但又不好再对郭阳发飙，只能冲着早已挂断的手机大喊，"骂实习生怎么了？现在的实习生这么金贵的吗？骂几句都不行？神经病！"

这一幕自然又吸引了附近群众的注意，不少手机被悄悄地举起。栾俊杰知道不管不行了，一边稳住老刘，一边让小刑警驱散人群。

"放你的屁！！"回手一扔，老刘还是没控制住脾气，把手机丢了出去。

"哇，这警察脾气真大哦，"不远处，立马有好事之徒开始起哄，"惹不起惹不起……"

"你说什么？有素质你下来说！"老刘什么耳朵，回头冲着那家伙伸手一指。

“打人了打人了，警察打人了！”那人嬉皮笑脸，大喊大叫着跑开，气得老刘浑身发抖。

“行了行了，差不多得了，还真想动手是怎么的？”栾俊杰捶了下老刘的胸口，“一把岁数的人了，怎么还跟小伙子似的火气这么大？你说是不是啊小郭？”

栾俊杰冲郭阳眨眼睛，意思让郭阳也上来劝几句。郭阳点点头，一副“我办事你放心”的架势，几步上前，恭恭敬敬地对老刘道：“前辈，您……”

“我说了别叫我前辈！！！”老刘喷了郭阳一脸唾沫星子。

“好的，老师。”郭阳点点头，果然换了个称呼。

“这还差不多。”老刘总算稍微消了气，白了郭阳一眼，顺手从衣服口袋里掏出保温杯打开盖子，啜了一口。

“配合您的习惯，是我作为实习生应该做的。”郭阳一本正经道，“老师，我发现您有情绪管理上的问题，我有心理学硕士学位，虽然不算专家，但基础知识略知一二。您有需要的话，我可以免费为您辅导。”

“噗！”老刘一口枸杞茶没进喉咙，一下子全喷出来了。

“您这个情况最好用‘冲击疗法’，也就是平时经常说的‘崩溃疗法’。您别担心，听着吓人，但冲击疗法被广泛运用于治疗恐惧症，是一套很成熟的心理治疗体系。只要平时有人多激怒您，提高您的愤怒阈值，情况很快就会好转。”郭阳似乎完全没注意到自己说错了什么，继续“语重心长”，“还有，最好还是别用保温杯了，里面的环境很容易滋养细菌，而且还容易烫嘴。”

老刘擦了擦嘴，双眼瞪着郭阳，嘴角直抽抽：“我……”

“喝矿泉水吧，或者纯净水、蒸馏水都是可以的。热饮养生是一种误传，现代生活完全没必要这么做，还有可能会烫伤食管。”郭阳继续道，“对了，枸杞泡水也不太好，枸杞的营养成分里比重最大的就是胡萝卜素，而高温容易破坏胡萝卜素，导致人体无法吸收……”

“闭嘴啊！！！”老刘简直要被烦死了，一声怒吼，保温杯也扔在了地上，老脸气得红里透黑。栾俊杰和小刑警，包括附近的辅警，终于还是忍不住了，压着声音笑个不停，一个个肩膀都在抖。

“好。”郭阳倒也“乖巧”，点点头不再说话，任由老刘气鼓鼓地指挥收队，跟着一块儿上了老刘的车。

一路上，老刘气急败坏地开车，各种加塞变道，副驾驶座的栾俊杰又担心又想笑，憋得那是相当难受。后排，郭阳一言不发，车里除了老刘急刹车和碎碎念骂其他司机的声音之外，安静得有点尴尬。

眼看着就快到大队院子了，郭阳觉得还是得说点什么，修补一下和老刘的关系，犹豫半天开口道："老师……"

"闭嘴！"老刘斩钉截铁地打断。

"哦。"郭阳老老实实地闭嘴。

进了大院，老刘一个甩尾，车正横在了一个车位前边，把里面规规矩矩的一辆车给堵了个严实。下车摔门，老刘跟半大孩子似的，走路都带着火，对一路上向他打招呼的后辈们视若无睹。

郭阳也下了车，回头看看被堵住的那辆车："栾老师，这车……"

"我们队长的。"栾俊杰耸耸肩，表情精彩，"得了，你别管那么多，我陪你先去办手续吧。"

刑警大队毕竟不是普通单位，郭阳各种保密协议就签了厚厚一叠，前后用了半个多小时，才跟着栾俊杰走进了办公区。里面相当热闹，刑警们各自忙碌，每个人桌上都是一大堆的案卷。

"坐会儿吧。"栾俊杰拍拍老刘的座位，"他那儿没那么快。"

"好。"郭阳点点头，等栾俊杰走开，回头就找老刘的踪迹。

"你牛个屁！"也不知是幸运还是不幸，不等郭阳细找，老刘的骂声就隔着房门传了过来。

而整个大开间办公室里，人们似乎都对这骂声习以为常，有人甚至还嘴角带笑，指了指大队长办公室："肯定是刘哥，哈哈！"

"就是这个实习生，对，就是他！"不远处，已经有同事在指指点点，"听说这小子在现场把刘哥气够呛，刘哥又发飙了，还和群众对骂。网上都是视频，队长从大清早骂到现在。"

"噢哟，刘哥那脾气，吃软不吃硬。队长也是把硬刀，天雷勾地火哟！"

"慌啥，又不是第一次了。再说了，惹事的是这个实习生，直接赶人就完了呗，还能开了刘哥咋的……”

郭阳脸上没什么表示，看不出半点情绪波动，起身往队长办公室走去，还没忘一路和人“老师，老师”地打招呼，反倒让嚼舌头的几个有点不好意思了。

来到办公室门外，郭阳敲了敲门，但正在对喷的两个人完全没有注意到。

“第几次了？我问问你这都第几次了？！”办公室里，队长敲着桌子，眉头紧皱，“要跟你说几遍你才明白，现在不是以前了！舆论压力大得很，上边天天盯着我们的宣传分，扣一分我要写多少检查你知道吗？”

“关我屁事。”老刘双手环抱在胸前，跷了个二郎腿，翻着白眼，“老子的工作是破案，又不是哄人民群众开心。”

“你！”队长气得手都哆嗦，狠狠一拍桌子，“行，跟实习生置气是吧？好你个刘业，我治不了你，还治不了一个实习生？我现在就让他滚蛋！”

“呵，谁说我跟实习生置气了？”老刘一声冷哼，摇头晃脑道，“我就是想骂看热闹不嫌事儿大的杠精，跟实习生没半毛钱关系，那实习生机灵着呢，我喜欢得很。你拿个实习生开刀算什么本事？有本事就整我，来，现在就打报告，说我刘业和群众对骂，让我下岗，来来来，别怂！”

“我……”队长气得脸一阵青一阵白，眼看着就要心脏病发作。

郭阳的声音，幽幽地在两人身后响起：“队长您好，我是实习生郭阳，今天现场的事不怪刘老师，是我贸然顶撞惹他生气了。”

“你要吓死老子啊？！”老刘完全没注意到郭阳已经进了屋，差点没从座位上摔下来。

“对不起，刘老师，辜负了您的谆谆教诲。对不起，队长，给队里添麻烦了。”郭阳冲两人分别鞠了躬，往后退了一步，“虽然只有短短的半天时间，但我也感受到了队里积极向上的工作氛围，老师们都对我很好。惹了这么大的麻烦，实在不应该，队长您千万别生刘老师的气，他那都是为了保护我。我去写个检讨给您交来，然后就离开大院，再次道歉，对不起。”说完，郭阳转身就要走，留下两个比他年长几十岁，却被狠狠情商压制的老男人目瞪口呆。

尤其是老刘，更是惊讶万分，看着郭阳的背影直发呆。他是真的没想到，这个半大小子居然会主动揽责，为自己开脱。

这小鬼……有点意思！

“你你你别走。”末了，还是队长叹了口气，冲郭阳招招手，“回来回来……小郭是吧？”

“是的老师。”郭阳回头，冲队长点点头。

“那个，老刘你已经认识了啊，都说不打不相识，你们这……也算相识了，我就不多说了。”队长摆摆手，“一块儿出去吧，这事儿我想办法，以后好好相处，走吧走吧。”

“多谢……”

“走了小鬼！”老刘一把拎住郭阳的衣领，像抓小鸡似的带着郭阳出了办公室，反手把门狠狠带上。

“刘老师，真的对不起……”

“好了别说了，我也不对。”老刘摇摇头，刚到自己办公桌坐下，就听到手机在响，一脸疑惑，“嗯？怎么在这儿？”

“您那会儿生气，把手机扔在现场。”郭阳接话，“我看到就捡回来了。”

老刘从牙齿缝里挤出一个“哦”字，拿起手机看了一眼，居然是队长打来的，骂了句“神经病啊”，顺手就把手机丢进了抽屉。

“刘业你为什么不接电话？！”不一会儿，队长的怒吼声就从办公室里传了出来，引起窃笑声一片。

“有话你不会过来说？没腿啊！！！”老刘回头一顿喷，嘟嘟囔囔地打开抽屉。

就在抽屉打开的一瞬间，郭阳看到抽屉里有一张老旧的照片。照片上，一个小女孩看起来十岁光景，几乎面无表情地盯着镜头。她的眼神如海，小小年纪，居然显得那么深邃。

“神经病，几步路还打电话，好大的威风！”迅速关上抽屉，老刘还是接起了电话，“喂”了一句之后，对面队长说个不停，他只是“嗯嗯啊啊”地点头。

郭阳恭恭敬敬站在一旁，不一会儿见老刘一只手在衣服口袋里摸索，立马不知道从哪儿掏出一个保温杯递了上去。

“嗯？”老刘接过杯子一愣，狐疑地看了一眼郭阳。

“您落在现场了，我顺手拿回来的，茶水换过新的了。”郭阳用嘴型回答，末了还伸手指了指手机，示意老刘管自己接听电话就好。

“唔。”老刘点点头，总算是体会到了有个善解人意的实习生是多么轻松，晃了晃手中的杯子，“谢了。”

这一声谢不要紧，老刘周围几个办公桌边的同事全都炸了锅。

“哟！我没听错吧？”一人惊讶得有些夸张，压低声音道，“刘哥居然在感谢实习生？”

“小伙子可以啊！”一个三十多岁的男警员凑了上来，一把揽住郭阳的肩膀，拖着往外让了两步，轻轻捶了捶郭阳胸口，“居然能得到咱刘哥一声谢，我都在队里干十年了，刘哥可从没谢过我！”

“哦，是吗？”郭阳没什么波动。

“也对，你刚来也不知道，刘哥的脾气，别说在队里，在咱们整个系统里那都是‘赫赫有名’。”那人就像是在说什么不得了的八卦似的，兴奋得很，“这些年，我看刘哥带过的实习生，不说五十也有三十个，没有一个能撑过一礼拜！”

“这么夸张？”郭阳眨眨眼睛，一只手捏着纽扣吊坠，不知道在想些什么。

“我跟你说那可老精彩了！”其余几人也凑上前来嚼起了舌根，“刘哥的要求高，自己业务能力过硬，对实习生从来没好脸色。在他眼里，实习生就是碍事精，基本上第一天，刘哥带的徒弟就会被骂哭一次，无论男女。”

“还真是，刘哥看实习生那眼神，就跟家猫看傻狗似的。而且他还爱骂人，心情不好立马开喷，上火了直接骂娘，刚进社会的年轻人哪儿受得了这个？不哭才见鬼呢！”

“上个月那个算坚持得最久的了吧？也就一礼拜。那天早上不小心碰掉了刘哥桌上的案卷，头都被骂烂了，当场崩溃，一路哭着跑出大院。据说回家在屋子里待了小半个月不敢出门，人家长还差点儿闹到咱们这儿来呢……”

大家你一言我一语，老刘在他们口中和魔鬼也没啥区别。也不知道他们说这些，是为了夸郭阳，还是看热闹不嫌事儿大，想要给郭阳更多心理压力，看看郭阳会不会像以前的实习生那样崩溃跑路。

“刘老师确实挺严格的。”一番话听罢，郭阳点点头表示认同。

“是吧！”几人道，“你小子有前途，扛他半个月，门口饭馆随便挑，哥哥们请你！”

“啪！”突然，一声脆响传来，老刘的保温杯在地上骨碌碌滚了过来，茶水和枸杞洒了一地。所有人都愣在原地，回头看到老刘捏着手机一言不发，没人敢上去问个究竟。唯有郭阳不动声色地矮身下去，麻利地收拾着保温杯。

过了一小会儿，见老刘电话快打完，几人立马作鸟兽散，都不敢待在他的“爆炸半径”里。

“好，我知道了。”老刘低声回应一句，挂断电话，一回头就看见郭阳端着新泡好的茶水递了过来。

“刘老师，怎么了？”将保温杯放在桌上，郭阳眨眨眼睛问。

“他……”老刘嘴巴张了张，话却卡在喉咙里没说出来，半晌，动手打开抽屉，从最底层抽出了一张泛灰的纸给郭阳，“喏。”

郭阳接过那纸仔细一瞧，是一份剪报，纸张都有些发脆了。

上方的日期栏里，标注着接近三十年前的一个日子：1987 年 7 月 22 日。当时郭阳还没有出生。郭阳目光往下移动，越是读下去，脸色就越凝重。

“杀人碎尸！江边小店内，风雨交加天！”

略有些惊悚的新闻标题黑体加粗，占据了大块版面。报道内容很简略，只是大致描述了一下尸体被发现的经过，因为过于离奇，所以看着特别像是地摊文学。

“……目前案件的具体情况，警方正在调查当中，附近群众如有线索，请与市刑警大队联系，地址……”

三十年前的碎尸案？郭阳不太明白老刘为什么要给自己看这个，问：“刘老师，这案子后来……”

“挂着，大部分人都忘了，但程序上还挂着。因为立案了，所以无限追诉。”老刘低着头，双眼看着打开的抽屉，后脑勺遮住了郭阳的视线，看不清他盯着的是什么。

而老刘的下一句话，让郭阳的心脏猛烈地抽搐了一下。

“如果没搞错的话，这家伙……”合上抽屉，老刘深吸一口气，“又动手了。”

3. 碎尸百段

“报案时间：1987 年 7 月 22 日，约中午 12 时。”

车子行驶在 W 市的街道上，午后的道路不算太堵。老刘没有开警笛，也罕见地并不焦急，居然没有骂路上的其他司机哪怕一句，显得异常沉默。

“已经有兄弟在了，早晚差别不大。”老刘这样回答郭阳的疑问，“你先看看卷子。”

郭阳坐在副驾驶座上，也算是得到了老刘的部分认可，总算有了一种团队成员的感觉。他一只手捏着纽扣吊坠，眼神随着案卷快速游移，阅读速度极为惊人，让老刘都为之侧目。老刘几次想要开口，最后还是憋住了。

“有什么不明白的就问，我还记得一些细节，卷子上可能没写。”老刘提醒。

“好的，谢谢老师，我会请教您的。”郭阳点点头，眼睛没有离开案卷，迅速翻到下一页。

郭阳正在看的这份案卷相当厚重，每一页都似乎被翻阅过无数次。而在他的膝盖上，同样厚重的案卷还有四卷，每一份都有点破旧毛边。在那个资料还远远没有数据化的年代，不难想象老刘抱着这些案卷，究竟看了多少遍。

案子本身并不复杂，甚至作为悬案，可以说简单得有点过分了。郭阳只是一个刑侦方面的门外汉，也能看得出来，现场一定留下了海量的证据痕迹。但在刑事侦缉学中，确实有这样一种观点：所谓的完美犯罪，有两种不同的倾向。

第一种是几乎完全没有证据，犯罪者极为老道，现场干净得不得了；又或者干脆连尸体都发现不了，死在哪里，甚至死没死都不清楚。不过近年来，随着犯罪痕迹学不断发展，新科技新设备不断投入，这种案子已经逐渐被认为是不可能达成的。“凡有接触，必留痕迹”，这条定律被称为罗卡定律，随着这些年互联网的蓬勃发展，以及华裔“神探”李昌钰博士的走红，成了老百姓最熟悉的痕迹学术语之一。

第二种完美犯罪，同样存在于理想状态中，但比起第一种，真正实现的可能性无疑要高上许多。其核心在于反其道而行之，不寻求将所有证据痕迹都消除掉，反而尽可能多地留下各种杂乱的线索，其中真假掺杂，百分之九十九都是无效信息，唯有那百分之一，才有一丝可能性导向真正的凶手。其目的是让刑侦人员在追寻无效证据的过程中，耗费大量人力物力以及时间。走过无数个死胡同之后，哪怕真的发现了有效痕迹，也有可能已经过了追踪的最佳时机。由此，犯罪者就可以掩人耳目、逃脱法律制裁。当然，要做到这一点，犯罪者必须有极为缜密的逻辑思维能力，并对警方的侦破顺序和习惯相当了解，安插的无效信息必须能够切实地吸引到刑侦人员的注意，在“合适的时间”被以“合适的方式”追查到“合适的地步”。大部分有效信息必须完全抹去，实在无法抹去的有效信息，也要进行后续处理。

不过这都是现代刑侦环境中犯罪者才需要考虑的问题，在三十年前，许多刑侦手段不完备，实现完美犯罪的难度，自然也会小很多。

“这桩案子简直不是人干的。”老刘开着车，拐入了一条车辆较少的道路，“一方面那会儿我经验不足，另一方面手段是真残忍，现在想起来我还竖寒毛……”

三十年前的那个夏日中午，W 市江边的一家小店里，店老板正在等一个特殊的人。

“啧，怎么还没来啊。”老板四十出头，二十来平方米的杂货铺里什么都卖。

当时正是 W 市市场经济开始萌芽的阶段，大型企业、单位里，不少职工选择下海经商。类似的杂货店在市里有数十家，并不稀奇。有开店做生意的人，自然也有挑着担子走街串巷的货郎，担子里从小吃到小商品应有尽有，根据季节不同，还有可能会出现盐水棒冰之类的时令货。

两天前的夜里，台风在这个沿海小城登陆，风雨交加，乌云遮天蔽日，雨水几乎像是倒下来一样汹涌。伞、雨衣之类的东西根本没用，几秒钟就能把人淋透。江边的这条街断了电，路灯全灭了，视野极差。店老板点了几支蜡烛，店门紧紧关着，算是打烊。他守着几点烛光，给自己斟了杯酒，决定等风小点再走。

具体的时间，老板记不清了，刑警们根据他对天色的描述，结合气象台数据推断大约是晚上 9 点。三十年前，台风之夜的晚上 9 点，这座小城里，已经不可能有路人了。

就在这个时候，那个人，来了。

“轰——”电闪过后，一声惊雷。老板喝着酒，眯眼侧头，透过窗户往江边的方向瞄了一眼。隐约之间，他似乎看到路边的风雨里，一个头戴斗笠的人，肩上挑着担子，身上还有些尖刺一样的东西，好像是披着件蓑衣，正一摇一晃地缓步走来。

“疯子。”老板一看就知道是个货郎，摇摇头叹口气，这种天气还出来卖货，不是疯子是什么？

“砰！”房门却是一震。

“有毛病吧？”货郎过来了？

货郎没有固定店面，卖东西不如开店的人方便，大家互通有无，进货出货，以物易物，都很正常。只是这么个天气，谁还想做生意呢？

“砰、砰、砰！”不算急促的敲门声。木质房门微微颤动着，灰尘落下，在摇曳的烛光中，好似无数细小的恶灵正在跳舞。

躲雨？老板这么想着，站起身来。都是做生意的人，相互可以体谅这份辛苦，如果对方是要避雨，那就让他进来坐坐，一起喝杯酒，也算有个伴。老板眯瞪着眼来到门边，嘴里嘟囔着“来啦”，用身子护住台子上的蜡烛，把门吱呀一声打开。风立马就灌了进来，将货架吹得作响，雨点带着一丝咸味，呛了他一嘴。

又是一道闪电，电光闪烁，江水的方向泛起一道刺眼的白，老板下意识地伸手去遮，透过指缝看到了那个货郎：他背对着白光，五官藏在斗笠之下，一片漆黑，几乎只是一个贴在眼前的剪影。

雷声震耳，在雨水疯狂的浇灌之下，货郎一言不发。或许是因为闪电的光芒，或许是因为喝了点酒，老板总觉得，这人的身子周边仿佛有些模糊。再加上那一身蓑衣斗笠，以及雷雨声中几乎耳不可闻的呼吸，他就像是……

“像假的，假人，故事里的人，你们明白吧？”老板录笔录的时候回忆道，“好像……鬼。”

那人开口说了句话，但老板听不清，又怕店里的货物被淋湿了，就让对方进了屋，关上门，拿了块布给对方擦拭。这货郎摆摆手没要，任由雨水顺着斗笠蓑衣滚落下来。

“他说，担子吸了水，很沉，背不动了。”案卷里，老板这么描述，“他说里边是纱面，就是那种很细的、小孩子满月的时候要吃的面。那个吸了水特别重，确实很难背。”

“吸了水的纱面还能吃吗？为什么不干脆丢掉，背个空担子回去？”刑警问。

“纱面很好保存的，沥干放生石灰就可以了。”老板说，“卖是不能卖了，自己吃还行。”

“然后呢？”

“然后他说，想把担子放在我这儿存一天。”老板说，“第二天早上来拿。”

“你答应了？”刑警问，“不怕担子里有问题？”

“哎呀，你们不做生意不知道。”老板摆摆手，“做生意要相互照顾的，这次我帮了他，下次他就可能帮我，给我点货、算便宜点什么的。还有就是纱面是风俗嘛，代表喜事的，拒绝了不好。”

于是，老板就让货郎把担子放在了店里一角，那货郎谢过，转身就推门出去了。

“没让他坐一会儿，等雨小了再走？”刑警问。

“台风天，谁不想早点回家啊。反正他早就浑身湿透了，差别不大。”老板这么回答。

第二天，台风的影响开始变小，老板守着约定，一早到店里等，却没等到人。可能有点什么事吧，也可能是感冒了，老板这么想。

第三天，也就是 7 月 22 号，老板又是一早开店等着，直到中午光景，对方还没来。店里的那个担子，却散发出了一股奇怪的味道。

“吓坏了，我平头老百姓，哪里见过这个。”老板说起来的时候，身子还往后缩。

担子里，确实有一些纱面，铺在最上方，打开盖子就能看到。纱面团里边，则有一些大约鸡架子大小的肉块。

那是一具尸体，一具被细细分骨、切碎，已经开始发臭的男人的尸体。

吓坏了的老板立刻报了警，在信息还不发达的时代，这个案子在江边这一带，甚至在整个 W 市，都引起了不小的轰动。

“卖货的那男的，以前见过吗？”刑警问。

“看不清啊。”老板摇摇头。

“声音呢？听过吗？是不是本地口音？”

“听不出来，说的普通话，带点我们这儿的口音，不过不是很重。”老板皱着眉回忆，“如果口音重一点，我能听出来地区，我见过的人多啦。”

“身材呢？大概多高？壮不壮？”

“穿着蓑衣戴着斗笠呢，哪里看得出来。”老板摇头苦笑，“大概跟我差不多高吧，一米六五？哎呀看不出来，真看不出来，穿成那样，就算是个女的我都看不出来。声音也嘟嘟囔囔的，搞不清楚。”

理所当然的，穿着蓑衣的人再也没有出现过。

“线索应该很多？”看完第一部分案卷，郭阳捏着纽扣来回摩挲着，“担子、纱面、时间、地点、蓑衣、斗笠等，这些线索都可以追。”

“没错。”老刘点点头，目视前方开着车，但眼神已经开始有点飘忽，“不过那会儿刑侦手段不发达，我们又是小城市，设备就放大镜、手电筒、显微镜三大件。再加上一场台风大雨，什么都给你冲走了，线索是多，但全没用。”

“嗯。”郭阳继续往下翻案卷，“当时，担子蓑衣这些东西还很常见吧？”

“放在现在会好查很多，线索容易追，还有监控天眼。”老刘回答，“但在那个时候，这些案子看着简单，查下去却特别难。”

“这……‘些’？”郭阳微微抬头。

“五具。”老刘空出右手来，比了个数字五，“总共五具尸体，全部是碎尸，手法和弃尸方法如出一辙。后面四个案子，队里给压下去了，媒体没报。”

郭阳似乎觉得，自己这会儿才是真正刚刚进入刑警大队实习。

“最难办的是动机。”老刘继续说，“五个死者之间毫无关联，出生地、生日、姓名、年龄、体态、工作、家境、失踪地点时间、亲友关系圈都八竿子打不着。咱们这儿是个小城市，理论上很多人相互之间都认识。但偏偏这五个人，完全找不到半点关系。”

车越开越偏，已经快到建设中的新城地界了。

“唯一的共同点就是死者全是男性，年龄在十五到二十五岁之间，比较年轻。人际关系都查过了，没什么有用的信息。案子都在两年时间里先后发生，都是夏天、台风天的时候弃尸。尸块加起来得有几百块，拼出人形都不容易。”

“看出来了。”郭阳摆弄着案卷里的几张尸体复原照片。

老刘开始踩刹车减速，脑袋往窗外探，眯着眼睛找地方：“这是我进队里以后参与的第一个连环杀人案，所以印象很深。后来这人就没再动手了，侦查也没什么进展，案子就挂起来了。一起办案的前辈们都退休了，就剩我一个独苗。”

“‘前辈’？”郭阳破天荒地笑了笑。

“呸，我是说老同事！”老刘啐了一口，随后自己也乐了。

“您说‘他’又动手了，指的就是这个案子的凶手？”郭阳问，“这么多年都没动静，突然再动手，可能性不高吧？”

当年的凶手能杀五个正值壮年的男人，自己的年龄应当不会太小。三十年过去，凶手少说也有五六十岁了，说不定已经结婚生子有了家庭，再动手杀人碎尸，不太可能。会不会是“致敬杀人”呢？郭阳回忆着来队里实习之前，自己突击看的那些国外刑侦资料。

“老师，虽然您说后续没有报道，但第一起案子是有报道的。现在资讯交流发达了，可能会有人看到这起案子的信息。”郭阳说，“如果是有人模仿的话……”

“到地方了。”老刘一个急刹车，车子一如既往地甩尾停稳，差点把郭阳甩出去。

“是不是同一个人，看了就知道。”丢下这么一句话，老刘开门下了车，径直往前走去。

车窗外是一幢造到一半的高楼，脚手架还搭着，灰砖裸露，里面显然没人施工，显得格外冷清，还有点诡异。前几年新城开发的时候，进驻了不少大大小小的地产商，高楼拔地而起。但这几年楼市低迷，小企业经受不住资金压力，跑路的屡见不鲜。

郭阳下车跟上大步流星的老刘，问："现场在这里边？"

"嗯，不算少见。"老刘点头，"监控不全，人流量小，如果你要找地儿杀人，烂尾楼是个好选择……见过凶案现场吗？"

郭阳摇头。

"等我一下。"老刘回身，快步跑回到车子边，脚步已经有些老态。

郭阳抬头看着这幢烂尾楼，觉得它就像是一座城市体内坏死的器官，不知为何，突然心底泛起了一丝悲悯。

这个世界，也是这样的吧？光鲜之下，总还是有一些坏死的地方，好似附骨之疽，除不尽，灭不完，不断地啃食着这副硕大而沉重的躯体。可悲的是，人们甚至不会多看这些地方哪怕一眼，也没有人想着如何修复，只觉得不波及自己就行了。

于是这一切便会逐渐蔓延开来，直到大厦将倾。

"喏。"郭阳想着有的没的，眼前突然出现了一个口罩。

"不知道有没有用过，脏是脏了点，但比没有好。"老刘眼睛故意没看郭阳，把口罩塞到了后者手里。

怕我闻到血腥味会吐吗？郭阳接过口罩准备戴上，突然想起了什么似的问："老师您呢？"

"我？"老刘从口袋里掏出烟盒，弹出一根咬上，"我有这个。"

"案发现场能抽烟？"

"不能。"啪嚓一声点上烟，老刘深深吸了一口，迈开步子就楼里走，完全没有要灭掉的意思。

郭阳眨眨眼睛跟上，戴上口罩："谢谢您，老师。"

"嘁。"老刘一声冷哼，"我只是不想看到有人吐，那样很不专业。"

"嗯，我明白了。"郭阳点点头，声音从口罩里传出来，显得有点闷，"您心里对我的接纳程度提高了，但您的性格属于闷骚型，不好意思说出来。”

“我……咳咳咳咳！”老刘呛了一口烟，瞪着眼睛盯向郭阳，“闷骚型性格？专业术语这么随便的？”

“我瞎编的。”说完，郭阳走在了前面。

“你这小子！给我慢点！”

阳光逐渐被灰砖挡住，老刘和郭阳，就像是落入墨水里的水珠，被黑暗快速吞噬。

4. 怪　物

案发现场，烂尾楼。

“这边警戒线呢警戒线？”

“可是领导，这儿也没群众啊……”一楼，几名辅警正在站岗，警戒线象征性地拉了一些，就一些。

“记者呢？你们脑子这么死的？”一名四十多岁的男人身穿制服，显得相当精干，横眉怒目鼻孔朝天，“跟队里宣传干事对接了没有？”

这人名叫鲁鹏，在队里待了二十来年，业务水平相当不错，但运气不太好。每次有大案子，最后要么往上交出去，要么有上头的人督办，哪怕破了案，功劳也算不到他头上。倒是他那骂人不留情面的样子，颇有某个老刑警的“风采”。不过那老刑警是只喷捣乱的权贵和不长眼没脑子的傻缺，鲁鹏则是逮谁喷谁，仿佛这样就能显得自己更有威望似的。

“对接过了，宣传干事说媒体都还不知道，也没人问……”

“所以就可以不拉警戒线了？一点警觉性都没有，干什么刑侦？！”不等手下说完，鲁鹏开口就喷，眯眼往入口处一瞧，瞄到了两个人影，“看看看看！有人摸过来了！警、戒、线！”

“嗓门这么响，小心闪到舌头。”老刘似乎对鲁鹏不太喜欢，也没正眼看他，带着郭阳径直往里走。小刑警和辅警们不敢阻拦，反而个个向老刘打招呼。

“哟，我说是谁大驾光临啊。”看清楚来人是谁，鲁鹏嘴角挂起一抹嘲讽，上下打量了老刘一番，“刘哥，我说您都快退休了，还不放弃立功的机会？您荣誉够多了，就别抢我们饭碗了嘛。”

老刘使出“听不到大法”，一路往楼梯走去，路过辅警身边，还不忘伸手拍拍后者的肩膀：“兄弟辛苦了。”

“不、不辛苦！一点都不辛苦啊刘哥！”那辅警受宠若惊，立马立正站直，居然冲老刘敬了个礼……

被无视的鲁鹏心里窝着一包火，快步走到楼梯口，瞪着老刘上楼的背影，手指戳着老刘脊梁骨怒声道：“刘哥你……”

“不好意思借过一下。”话没说完，鲁鹏就被一只手给推开，脚下没站稳，差点摔个狗吃屎。

“谁？！”气火攻心，鲁鹏回头就要开骂，又被郭阳机器人一般的脸庞吓了一跳。现场有人忍不住笑出声，气得鲁鹏怒目圆瞪，用嘴型一个个恐吓了一番。

这面子必须争回来！

三步并两步跟上，鲁鹏硬生生弯道超车来到老刘和郭阳前边，边走边显摆似的说：“案子一报过来，我们马上就出动了。报案人一开始还吞吞吐吐说不清地点，还好有我在！几句话就问了个门儿清。现在天气变得快，不第一时间到现场，证据就全都被破坏……”

“小郭啊，我保温杯呢？”老刘回头看着郭阳。

“在这儿呢，老师。”郭阳那是相当配合，目不斜视地将保温杯递了上去，“已经不烫了，正好喝。”

“你……”

“唔，谢谢。”老刘接过杯子，打开盖子喝了一口，“嗯，刚刚好。”

“你们……”

“有点淡啊。”老刘仔细品了品，皱眉问，“多少茶叶？”

“比您平时放的是少了点。”郭阳点点头，“老师的味觉好厉害，这都瞒不过您。”

“你们两个！”

“哈哈哈，那是！”老刘得意地拍了拍胸口，“老子喝茶几十年了，少一片叶子都尝得出来！”

鲁鹏七窍生烟，一直到二楼现场，都找不到气口插进哪怕一句话。

“刘哥好！”二楼人手明显多了不少，每个人见到老刘都恭恭敬敬地打招呼。

“兄弟们辛苦了。”老刘摆摆手算是回应，将嘴边的烟头扔下，用脚踩了踩，顺手又拿出一根准备点。

“你别破坏现场！”鲁鹏总算抓到了把柄，几步上前就要夺烟。

“嗯？”老刘什么脾气，胡子一吹就要瞪眼。

“这位老师，”郭阳一只手玩着纽扣，在一旁幽幽地说，“您既然带队到现场已经很久了，那我想，该采集的证据也应该都采集好了才对。可看您这么紧张，该不会……连这点基础的事儿都没做好吧？”

“我……”鲁鹏瞬间哑口无言，老刘的做法当然不对，可这个小伙子说的似乎也有那么点道理……

嘿嘿，不错！老刘真的是对郭阳越来越喜欢，尽力控制住表情，点着烟抽了起来。

鲁鹏牙关一咬：“老刘你给我……”

“证据采集好了吗？”郭阳跟个魂儿似的，飘到鲁鹏身边追问，“这位老师？”

“妈的我又不是打杂的！凭什么脏活累活全我干？！还有，你他妈是谁？工作证呢？没证件给我滚出去！”鲁鹏说着就想把郭阳推下楼，却被老刘一拦。

“他叫郭阳，我的助手，高才生，‘高才生’三个字你会写吗？”一瞬之间，老刘的眼神变得犀利无比，在嘴角飘起的烟气中，显得魄力十足，“人读过的书比你骂过的娘都多，别在这儿丢人现眼！”

“我……”

“对了，刘老师。”不等鲁鹏骂出来，郭阳就眨眨眼睛问老刘，“这位是？”

“鲁鹏。”老刘眯着眼咬了咬烟嘴，“打杂的。”

“哈哈哈哈……唔忙忙忙！”周边正在忙活的人们笑声刚出喉咙，就被鲁鹏一个凶神恶煞的眼神给顶了回去。

“鲁老师您好。”郭阳上前一步，落落大方地对鲁鹏伸出手来，“您比较年轻，肯定看过港片，电影里都管尊敬的警察叫阿 Sir，我就叫您一声‘鲁 Sir’吧！”

刚才还假装忙碌的几个年轻人，一口盐汽水都要喷出来了。

“笑笑笑笑屁啊！没活干了是不是！”鲁鹏又气又恼，没好气地一顿吼，也不自讨没趣了，找了个角落画圈圈诅咒这一老一少。

“Yes！鲁 Sir！”几个胆儿肥的，比了个敬礼的手势，冲鲁鹏做了鬼脸，随后纷纷冲郭阳眨眼睛。

“位置这么深？”老刘立马进入工作状态，找了个小刑警带路，往二楼里边走了几个框架间，指着一个不起眼的担子，“没动过位置？”

“报告刘哥，没动过！”负责证据收集的兄弟们，正围着担子拍照固定证据，见老刘来了，一个个都站起身来，先打过招呼。

郭阳趁机看清楚了担子的模样。

作为挑杆的扁担已经不见了，现场只剩下个竹草编的箩筐，下方渗出了些血迹，另一头挂的是什么东西，现在已经没人知道。在南方农村或是郊区，这种箩筐不少见，材料、编织手法上如果没有什么罕见的特点，很难当作追查突破口。

箩筐的盖子被掀开放在一边，露出里边的碎石块，中间有一处凹陷，想必尸块就在里面。周围地面上也整齐地摆了一些石块和几枚硬币，旁边都有证据贴条编号。老实讲，血腥程度比郭阳想象的要好多了。

“用石头盖着尸体？”郭阳自语一句，总觉得这一幕有些似曾相识，脑中似乎有什么东西一闪而过，但又抓不真切。

“是第一现场？”老刘又点起一根烟。

“不清楚，从鲁米诺反应来看，附近没有血液飞溅的痕迹。但也不排除对方有专业手段，或者垫了东西之类的。”有人回答。

“可能性不大。”老刘摇摇头，深吸一口烟，“带到现场的东西越多，可能被追查到的有效线索就越多，后续要处理起来也就越麻烦。再带什么塑料布的话，意味着凶手在这个烂尾楼里待的时间会延长，不是他的风格。”

不用问，郭阳也知道老刘指的是三十年前连环碎尸案的凶手。

“零碎的都先告诉我。”老刘冲现场刑警们点了点下巴，几步上前蹲下身，观察着箩筐四周，一双老眼突然变了模样，几乎要放出锐利的精光。

“死者身份基本确认。”一旁的刑警拿着勘查表开始汇报，“姓王，C 镇 S 村人，三十三岁，无业。家里有多个兄弟，父母尚在，不过都跟死者几乎断了联系。”

“为什么？”郭阳问。

“呃，这个……”小刑警有些为难，看了看老刘。

“说，没什么好顾忌的。”老刘正在研究箩筐一边的编织结构，摆了摆手，“小郭脑子比我们都好，说不定有他的想法。”

“说是因为这人性格做派上不太好。”刑警斟酌着语言，好像和郭阳这样的高才生对话，自己一句话说错都会很丢脸似的，“基本靠坑蒙拐骗维持生计，欠了很多债，天天有债主上门，家里人就不太和他联系了。刚才我们打电话请死者家属来确认尸体，一开始他们都说没这么个兄弟，后来承认了，还不太想来呢，说死就死了，和他们没关系什么的……”

作风不正、树敌颇多、社会盲流……郭阳在心里给死者贴着标签，搜寻着潜在“动机”。

“死亡时间初步推定在前天夜里，尸体太碎，很多特征情况有变化，还有些检测现场没法做，详细报告回队里才能出。”说到这儿，刑警挠了挠头，“不过这种人也死不足……”

“闭嘴。”老刘微微侧首，冷冷一句话，让刑警立马噤声，“这世上的每一个人都不会死不足惜，再怎么混蛋，也不应该被谋杀。恶棍只能被审判，这是作为一个刑警，必须要有的觉悟。”

几个刑警相互对视，耸耸肩不再说话，回头去看，却发现郭阳不见了。

“嘁，大道理一套一套。”鲁鹏不知道从哪里冒了出来，居高临下地看着老刘，冷哼一句，“有的人就是死不足惜，你比谁都清楚。”

现场的气氛瞬间凝固，老刘的动作一顿，就在所有人的心都跳到嗓子眼的时候，他却什么都没说，继续勘查了起来。这让鲁鹏有些尴尬，咳嗽几声，想说让大伙各自忙活去。

“是他。”老刘突然直起身来，握紧的右拳微微发抖，神色凝重，“碎尸的手法、抛尸的时间、箩筐扁担……太熟悉了，就是他！”

“刘哥在说谁啊？”不少年轻人不知道三十年前的案子，心生疑惑，小声交流着。

“小郭。”老刘双眼直勾勾盯着箩筐，“小郭！小郭人呢？”

“老师，我在这儿。”郭阳的声音，从隔壁框架间里传了过来。

“你过来，”老刘说，“我跟你说说细节。筐底作圆，七根一股，四股走米字，两股从外向里逆时针走半圆找平，这种编织习惯，是西边村镇的人……你在干吗？”

“有个……东西。”郭阳的脑袋，从一根立柱边探了出来，“老师，这儿有个东西，我觉得您得来看一看。”

“神神道道。”老刘摇摇头快步走去，一看到立柱另一侧的景象，脚步立马就停了，“这……这是什么？”

立柱边，可能是用来挑箩筐的扁担，立着架在那儿。扁担上，一些不知是什么动物的骨头错落有致，拼接成了一个接近人形的样子。这人形怪物的“手部”沾着血迹，看起来似乎就是它肢解了那具尸体。

“不知道，看着像什么诅咒仪式，有点瘆得慌。”鲁鹏也走了过来，气鼓鼓的表情变了样，咬着牙根说，“刚发现的时候我也问了这个问题，但没人见过……”

“图皮拉克。”郭阳开口，打断了鲁鹏的话，“如果我没认错，这个东西叫作图皮拉克，虽然我也是第一次见到实物。”

“什么客？”老刘的脑子简直要爆炸了。

“图皮拉克。”郭阳的额头上，居然滚下了一滴汗水，“咒人死无全尸的……一种怪物。”

骨架怪物的嘴角，似乎带着一丝残忍而又挑衅的笑。

第三章 去月球

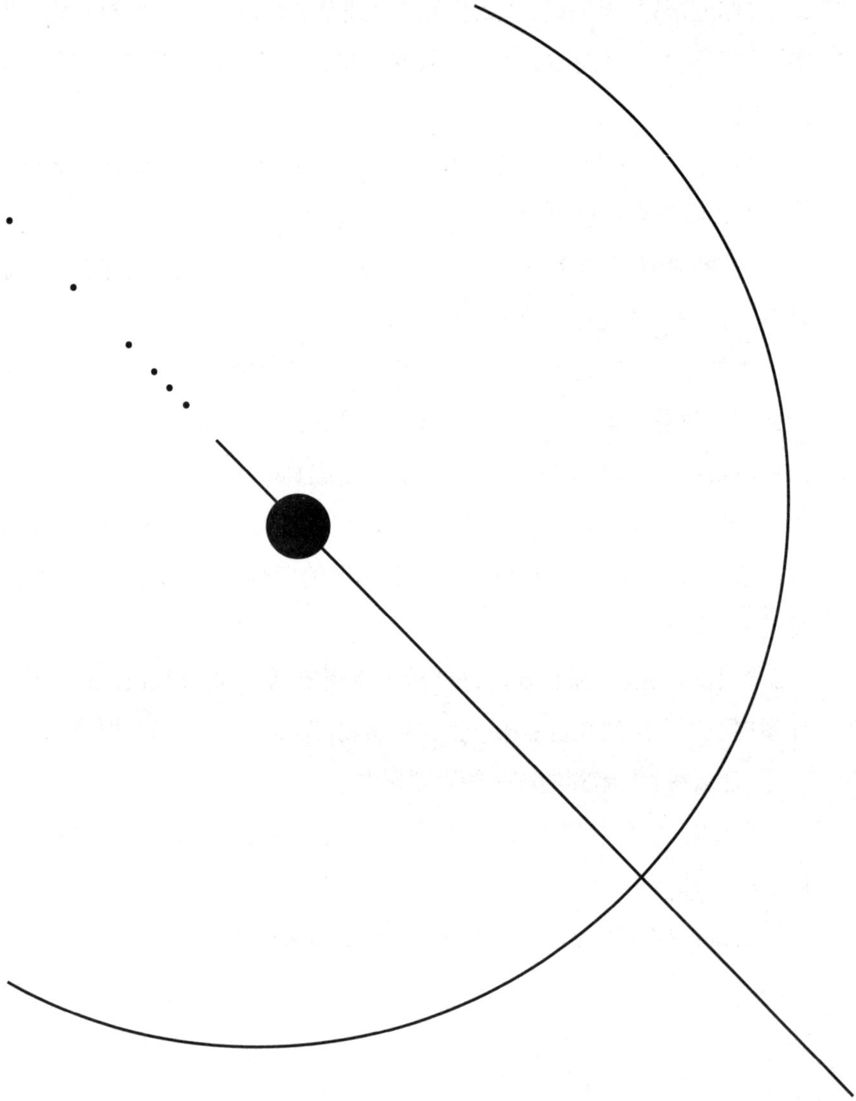

2017-03-06 11：29：01 晴 于抛尸现场

从科学的角度来说，我拒绝接受宿命论，更拒绝接受所谓的天启。

从科学的角度来说，我又不得不接受熵增原理这既定的宿命，更不得不接受那早已展露在我面前的、无从躲藏的天启。

河边的雕像、手中的案卷、现场的 TUPILAK 以及抽屉里的照片，组成了无法回避的命数，所有的拒绝承认，不过只是自欺欺人。她与案子的联系已经昭然若揭，不久之后，他就会了解。

问题在于，他何时才会对我和盘托出？我又是否应该在那之前，就通过其他方式恰好知道了那个信息？是让他告诉我，还是让其他人说出来，哪种方式，可以让他更加信任我的判断？

邦克先生，我该怎么做？

邦克先生，自从那天的长谈之后，我便再也无法安眠，尤其是当您说出“月男长了一张你的脸”。他从天而降，计算着时间，虚弱的面庞上猩红点点，带您来到崭新的世界，又在春日暖阳中消散如烟。

我知道他是谁，就像您期待着他的出现。这是命运，是不可翻越的巨石，是必定会拦住我们去路的天堑。您跨过去了，用您的智慧和坚持。而我的前路，荆棘一片。

时间太少，节奏太快，线索太密集，能不能容我缓一口气？

容我，缓一口气。

（该部分记录未完）

1. 月　男

很久以前，有一个世界上最顽固的人。

他的脾气很大，大到没有人敢靠近他。任何事情，只要不合他的心意，他就会破口大骂。

他也有优点，碰到任何困难，无论被打倒多少次，他都会站起来继续努力，拼了命地解决。但他的脾气实在是太差了，以至于这个优点，几乎没有人能发现。

有一天，他的妻子正在哭泣，因为他们的孩子死了，她就只能闲在家里——这个时候做任何事，都被认为是对死者的不尊重。男人对此很生气，让妻子去缝好皮划艇。妻子泪眼婆娑地解释，只换来男人的呵斥。

妻子来到岸边，边缝边啜泣。男人远远地看到了，非常生气，上前把妻子赶回家，自己动手缝皮划艇，一直骂着："真是没用，真是没用！"

突然，海水开始翻滚，他刚刚起身，海里就浮出了一个长得像狗且巨大的怪物。

有吃的了，男人想。他冲了上去开始捕杀，可狗的身子很硬，他费尽脑筋也不知该如何剥皮。海水再次翻涌起来，狗的主人出现了。

这个人，就是月男。

"你毁了一切！"月男喊叫着，落在男人身上。顽固的男人寸步不让，翻身上来，掐住月男的脖子，越来越紧。

"你勒死我，就不会有潮汐了。"月男挣扎着说，顽固的男人并不理会。

"你勒死我，海豹就不繁殖了。"月男拍打着男人的背，顽固的男人还是不理会。

"你勒死我，就不会再有黎明日出！"

男人犹豫了，他可不喜欢活在黑暗里。男人松开手坐在一边，看着月男救活了他的狗，准备离开。

“你从哪里来？”男人问，他觉得月男的衣服很奇怪。

“上面。”月男指了指上空，把那只活过来的狗扔上天，狗就在空中停住了。

“月亮？”男人抬头看了看，太阳太热了，不可能在那里生活。

“算是吧。”月男回答，一跃翻进了那条狗的肚子里。

“我可以去月亮上拜访你吗？”男人问。不知道为什么，突然间，他就是想要这么做。

“那么……”月男说，“你就帮我一个忙吧。”

月男给顽固的男人留下了一个任务，男人似懂非懂，但他的顽固，让他答应了下来。

“来找我的时候，如果你看到一块大石头拦住了去路，就要小心地从后面绕过去，不要走向阳的那一面，否则你的心脏会被撕扯出你的身体。”月男离开前，留下了一样东西，“背着这只火鸟来找我。”

月男飞走了。

男人开始为登月之旅做准备，尝试去做月男留下的任务，可惜没有成功。他满身疲惫地回到家，找出那只安静的火鸟，背在背上就出发了，没有向妻子道别。

半空中，他遇到了一块大石头。

“为什么要绕着石头走？不绕石头我也能直接上去，我要走向阳那一面。”男人顽固地想。当他沿着巨石经过时，听到有个年迈的女人在唱鼓歌（Drum Songs），并霍霍地磨刀。他试图碾过这个女人，但却失去了重心，然后昏迷了。

等他苏醒，他的心脏不见了。

“看来我得听月男的，最好绕着走。”男人走了背阴的那一面，顺利到了月球。

“我的心脏不见了。”见到月男，男人打开自己的胸膛，里面空空如也。

“躺下。”月男说，并在男人身下垫了一张海豹皮，从女人那里拿来心脏，帮男人重新塞了回去，那颗心就怦怦跳了起来。

“我没做到你说的事。”男人羞愧地说。

“我知道。”月男拿出一块闪亮的、中间有一个空洞的石头，递给了男人，“往下看。”

男人照做了，他看到妻子辛苦地劳作，喂养他们的另一个孩子，时不时抹着眼泪。男人感到愤怒，却忘了正是自己让妻子在哀悼的时候开始工作。

“她很辛苦。”月男说，男人点了点头。

“现在过来。”月男收走那块石头，在入口处打开了一扇门，男人往里看，看到一个地方，有很多海象，多到相互叠在一起，他很兴奋，想用鱼叉去捕猎。

“但是你不能这么做，”月男说，“你应该回去陪你的妻子。”

月男拿出自己的食物，想和男人一起分享。但男人拒绝了，他从月男的仓库里拿出了一支鱼叉，用强壮的身体叉死了一只海象，又叉死了另一只，最后和月男约定以后再见，离开了月亮。

从月男那里回来之后，他不再顽固，也不再强迫妻子在哀悼的时候工作了。

1957 年，加拿大魁北克，极北地区。

“所以你要记得，邦克，你要记得。”冰屋里，爷爷躺在一张干燥的海豹皮上，虚弱得连一根手指都抬不起来。

“我记得，爷爷。”邦克点点头，眼神清澈得就像初春融化的雪水，“我会等月男回来的。”

“一定要记得，邦克。”爷爷说，“月男说了，他一定会……再回来……”爷爷的眼睛闭上了，邦克探了探，呼吸还在。邦克想，得出去找点吃的。

“哟，邦克。”刚出冰屋，邦克就见到了村里的几个同龄人，“又在听你爷爷讲胡话啦？哈哈哈！”

“那可不是胡话。”邦克并不生气，他们总是这样，“爷爷的故事都是真的，他见过月男，还有白皮肤的人来听爷爷讲这些故事呢。”

“那又怎么样？白人只是好奇，好奇我们这些落后的人是怎么活下来的。”同龄人戏谑地说，旁边几人都笑了。

“我们不落后。”邦克摇摇头，清澈的眼睛眨了眨，“只是相信的东西和他们不一样。”

“算了算了，他哪里能听得进去？”其中一人说，“快走吧，我还等着住石头房子呢！”

“这么好的条件也不搬走，真不知道这傻子在想什么。”

“被他爷爷的胡话迷住了呗，哈哈哈哈。”

看几人开怀大笑，邦克也觉得很高兴，附和着笑了笑。

“哈哈哈，你们看你们看，他还笑呢！傻子！”几人对他指指点点，“傻子！傻子！信爷爷的傻子！”

异口同声的嘲笑，邦克充耳不闻，因为他有更重要的事情要做。

“快离开这个鸟不拉屎的地方，到外面去转转吧。你爷爷的故事都是假的，除了你，没人会当真。”其中一人，平日里和邦克的关系不错，他是最早离开村子的人，也是最见多识广的一个。现在，正是他和那些白皮肤的人合作，来劝说村里人都搬走，搬到一个白人准备好的、“富丽堂皇”的地方去住。

“可是真的有人来听爷爷讲故事。”邦克说，“还说要把爷爷的故事记录下来，给更多的人看。”

“传教士，对吗？”伙伴说，“我见过好几个传教士，你知道他们怎么说我们的故事吗？”

邦克摇头。

“人家说这是民间传说，传说你懂吗？你爷爷的故事是被记录下来了，但只是一本手抄本，压根就没出版，外面的现代人根本就在当笑话看。”说着，伙伴帮一个同龄人背起行囊，“你爸爸和妈妈去世得早，爷爷又特别顽固，不肯去外面转转，所以什么都不知道。我想你可能也不知道，村子里的人们都说，当年的瘟疫，就是因为你爷爷有一次打猎，带回来了一个魔鬼……你往那边看，看到了什么？”

顺着伙伴的手指，邦克看向了南方：“冰雪。”

“对，冰雪，没错，我的邦克。”伙伴双手搭上邦克的肩膀，语重心长地说，“在这里，东西南北都是冰和雪，除这些之外什么都没有。你知道在我们的新住处有什么吗？你见过电视吗？见过城市吗？见过跑得比雪橇狗还快的汽车吗？”

“没有。”

“这些东西，我们的新住处都有。”伙伴的手，离开了邦克的肩，“你爷爷的情况，你比我更清楚，到了新住处，我会让医生来给他做检查，他可以多活很多年。”

伙伴转过身去，走向嘻嘻哈哈的同龄人们，留给邦克一道悠长的影子：“什么时候想通了，就什么时候来找我。这里的东西都不用带，我会带你熟悉新环境的。”

说完，一行人就离开了，留下邦克一个人，站在这无边无际的冰雪之中。

“得给爷爷弄点吃的。”邦克告诉自己，抓起鱼叉，走进了茫茫的无尽风雪。

20 世纪 50 年代中期，加拿大政府实施了一个或许是人类历史上为某一民族带来最大变革的计划。计划名叫“再安置”，实施对象是一群神秘而又奇特的人——因纽特人。他们的另一个名字流传更广——爱斯基摩人，据说这个称呼源自北美洲的原住民印第安人。在印第安语中，“爱斯基摩”的意思是“吃生肉的人”。

在无人知晓的漫长岁月里，因纽特人从亚洲出发，一路追随猎物和海水走向西方。目前学界最流行的说法是冰川期后气候变暖，导致海豹向北迁徙，而海豹是因纽特人最主要的食物来源之一。为了继续捕猎维持生存，这个伟大而隐秘的民族随着海豹的踪迹，一步一步、一桨一桨地来到了北极圈附近，并顺着还未彻底融化的冰面，散布到了世界各地的极寒地区。

这个过程中，因纽特人学会了在极寒环境下的生存法则。来到北美洲之后，他们曾试图南下，却遭遇了印第安人的攻击，“爱斯基摩”这个称呼就此叫响。印第安人认为，吃生肉的因纽特人愚昧、落后、野蛮，所以对这批远渡而来的黄种人充满敌意——即便他们自己也分明是黄种人的后裔。

因纽特人且战且退，被赶回到了树线以北。极寒地区的环境太过恶劣，即便是骁勇善战的印第安人也打了退堂鼓，不得不撤回自己的居住地。在那之后，无论是印第安人，还是日后霸占这片土地的移民们，都一度认为，这个只存在于民间故事里的民族，早已被寒风吞噬，消亡殆尽了。

16 世纪早期，欧洲的渔民和捕鲸人每年都会穿越大西洋到加拿大东海岸捕鱼，不可避免地与因纽特人有了接触。也曾有一些民族，比如彪悍的维京人曾试图在此安营扎寨，但最后还是没有逃脱被北极的凛冽寒风抹杀的命运。

一直到 19 世纪中叶，因纽特人几乎成了加拿大北极地区唯一的主人，自给自足，维持着氏族社会一般的原始生活。

时间来到 20 世纪，欧裔加拿大人开始大规模进入北极地区，毛皮贩卖商、传教士以及加拿大皇家骑警队穿梭于此。与早期的捕鲸者不同，这些人在这里有了永久的居住地，也逐渐对因纽特族群的社会和知识体系产生影响。

不过"二战"之前，加拿大当局的注意力更多地放在了西北方向的印第安人居住区。在东北极的因纽特人数量极少，占据的土地寒冷贫瘠，不足以引起白人们的兴趣。其他原住民多多少少都和政府签订了迁徙条约，或欢喜或不情愿地离开了自己的故乡。唯独因纽特人，从未与白人政府签过任何协议，不曾被赶进保留区，经济模式和社会体系也都没有发生根本性的变化。

可以说，20 世纪 50 年代前的因纽特文明，就是人类氏族文明历史的活化石。越是细想，便越会觉得，这件事发生在科技跨越式发展的 20 世纪，是多么不可思议。

之后几年，加拿大发展迅速，北极地区的经济和战略意义不断凸显。因纽特人对极寒地区的绝对掌控，在当局看来，仿佛是对其主权的一种挑衅。

上千年的离群索居，让因纽特人对现代世界中的许多疾病都没有抵抗能力。与白人的频繁接触，导致各种如今我们看来稀松平常的流行病找到了新的沃土，哪怕是最最普通的流感，也能要了因纽特人的命。这种情况并不是第一次发生，许多年前，外部世界天花、鼠疫大流行的时候，便曾有传教士将这些病原带到了因纽特人身边。

因纽特人的血型几乎不是 O 型就是 A 型，两种血型各占近百分之五十。而糟糕的是，现代病理学研究表明，O 型血容易感染鼠疫和霍乱，A 型血则对天花和支气管肺炎抵抗力较差①。这几个恶魔，在人间肆虐了数百年之后，随着传教士一同降临冰原。在西方信仰冲击因纽特人传统泛灵论信仰的同时，天

---

① 见于荷兰瓦赫宁根大学基因病理学专家提尔德·基曼（Tjeerd G Kimman）2001 年所著《传染病易感性基因学》（*Genetics of Infectious Disease Susceptibility*）一书。

花和鼠疫也带走了他们数以万计族人的性命。惨烈的历史唤起了加拿大民众泛滥的爱心。新的魔鬼来临之后，加拿大人义愤填膺地要求联邦政府派驻医疗团队，帮助因纽特人渡过难关。

这次医疗派驻，成了政府重夺“地区实际主权”的大好机会。

打着医疗援助的名号，当局开展了筹谋已久的“再安置”计划，鼓动因纽特人离开居住地，前往政府为他们打造的、“富丽堂皇”的安置区定居。再安置的地区被选定在努纳武特——甚至比因纽特人原本居住的魁北克北部气温更低，且没有足够的野生动物可供捕猎。为了让一切看起来更像那么回事，加拿大当局还自作聪明地为因纽特人发放了垦殖地，妄图以农耕文明的方式来改造狩猎文明，之后便不再给予更多支持，让孤立无援的因纽特人独自面对陌生的环境和不见天日的恐怖极夜。

数十年过去，当因纽特后人们逐渐醒悟过来，开始向政府施压谈判的时候，人们才意识到，当年的自己，究竟做了一件多么愚蠢又残忍的事。部分北美历史学家，甚至将再安置计划称为“高纬度流放”。这次毫无人道的流放，彻底摧毁了人类现代社会中最宝贵的历史纪念碑式文明之一。

不过这所有的一切，邦克的族人们此时还并不知情。他们还天真地以为，自己终于从落后传统的愚昧中解脱，即将迎来崭新的黎明。

“爷爷，我回来了。”邦克捉了几条鱼回到家中的时候，风雪停下，天已经快黑了。准备好晚餐，邦克盘腿坐在爷爷身边，一口一口地喂老人吃着冰冷的鱼肉。

“邦克，天亮的时候你出门，我听到门口有人说话。”吃了些鱼肉，爷爷便吃不下了，最近几个月，老人一直这样，“是巫师大人吗？”

“不是的爷爷。”邦克摇摇头，“是村里的伙伴们，他们说要去新地方住呢。”

“新地方啊。”爷爷的双眼混沌，看着高处的干燥架，“那地方好吗？”

“他们说好得很。”邦克老实地回答，“富丽堂皇，还有一种叫电视的东西。”

“那你想去吗？”

“不想。”邦克果断摇头，“村子已经搬空了，我走了，就没人照顾您了。”

“好孩子，我的好孩子。”爷爷颤颤巍巍地伸手，想摸一摸邦克的脸。

“爷爷，我有个问题。”邦克抓着爷爷的手放在脸旁，感受着岁月的粗糙，“他们说您的故事是假的，别人都当笑话看。”

“所以呢？”爷爷问。

“所以……”邦克抬眼，透过窄小的冰屋入口，看向空中高悬的那一轮明月，“月男……还会来吗？”

“你相信吗？”爷爷微微侧过头，混沌的双眼看着邦克，抑或是看着邦克身后的那轮明月，“你相信我说的事情吗？”

“相信。”邦克毫不犹豫地点头，“但我不知道月男会不会信守诺言。”

“他是个黄皮肤的人，是从我们的故乡来的。”爷爷说，“我们因纽特人最信守承诺，所以他一定会回来的。”

邦克还是有些犹豫：“可是……”

“孩子，听着。”

这一次邦克可以确信，爷爷的眼睛，真的在看着自己。

“这个世界，是一片冰湖，上面倒映出来的，永远都是你自己。”爷爷说，“你相信什么，那这个世界就是什么，你要始终记住这一点。”

邦克认真地听着。

“你在湖面上做出什么动作，湖面就回应给你什么动作。你对它笑，它便也对你报以微笑。你对它哭，它便也会流下泪来。你愤怒地锤击湖面，寒冰便会把你冻伤。这个世界也一样，一样冰冷，但是诚实。”爷爷的手指颤了颤，似乎想起了什么久远的往事，“无论今后去了哪里，遇见了怎样的人，邦克，你都要记住这一点，知道吗？”

“世界是一片冰湖。”邦克点头，“我记住了，爷爷。”

“很好。”爷爷的眼睛缓缓闭上，“很好，孩子，我的孩子……”

坐在爷爷身边，邦克半睡半醒，守了一夜。

第二天一早，邦克拿上鱼叉出门的时候，村子里已经没有了半点声响。所有的冰屋都敞开着，海豹皮门帘被随意地丢在雪地上，屋内空空如也。风雪再次呼啸起来，邦克裹紧衣服，走向了一片冰湖，立着鱼叉站在湖边，静静地等着，等着一个气泡，为他带来一天的好运。

“虽然我笨，虽然我不是一个好猎人，但我有耐心。”感受着寒风，邦克想，“厉害的猎人们都搬走了，以前该被他们捉到的鱼，现在也就该被我捉住了。或许会慢一点，或许会少一些，但最终，我总会捉住几条鱼的。”

就像顽固的爷爷，认定了月男会回来，就不离开这里，在这儿等，用他的生命去等。爷爷不走，那我也不走，陪爷爷等着。总有一天，月男一定会回来。只要我有充足的耐心。

耐心的邦克，在世界尽头陪着他的爷爷，一等，就是五年。

“噗。”有了。

又是一个春天，在冰湖边等了许久的邦克，终于听到了那一声诱人的声响。开裂的冰面一角，一个小小的气泡冒了上来，邦克蹑手蹑脚地走去，将鱼叉高高举起，一动不动地等着。他的耐心得到了回报，鱼儿冒头的一瞬间，他的鱼叉狠狠刺进了鱼身。抬起鱼叉，看着尖头上扭动挣扎的鱼，邦克默默地感谢过赐予他一切食物的海女，转身回家。

“爷爷！”高兴地回到家，邦克正要向爷爷分享喜悦，却发现爷爷躺在海豹皮上一动不动。

“爷爷？”上前摸了摸，爷爷的额头烫得就像火焰。

邦克慌了神，他是个愚钝的猎人，从小连说话都比别人慢半拍，根本不知道如何治病。村里的巫师早在五年前就跟大家一起搬走了，要是没有巫师帮忙，爷爷的身体……对了，我们村的巫师搬走了，那么其他村子呢？

邦克背上意识不清的爷爷走出冰屋，寒冷的风几乎将他吹倒。

“邦克……”这一阵风也将老人吹醒，“你回来了。”

“爷爷您病了。”邦克回答，“我这就带您去找巫师，您可千万别再睡着了。”

“那你可有一段路要走了，孩子。”爷爷说。

“我知道，爷爷。”邦克点点头，“我知道。”

如果邦克没记错的话，最近的还有人的村子，应该在三天之外。狗拉着雪橇一天就能到，但邦克已经养不起狗了。

“爷爷，再给我讲一遍图皮拉克的故事吧。”风雪中，邦克一脚深一脚浅地走着，为了不让爷爷睡着，他得时不时说点什么。

“啊，暴风雪的天气，讲图皮拉克的故事正是时候。”爷爷笑着讲了起来。

走了一段路，雪逐渐小了，遥远的天边，罕见地有雷光闪烁。邦克说：“爷爷，能告诉我雷霆之魂的故事吗？”

“正是打雷的时候，讲雷霆之魂的故事最合适了。”爷爷便说起了雷霆之魂的故事。

就这样一路走一路讲，他们从雾灵讲到了巨人，从食人族讲到了铜面人，邦克最喜欢的几个故事，爷爷都绘声绘色地又讲了一遍。不过爷爷确实老了，每次讲的细节都有些不一样。邦克便借着机会多问了些问题，让爷爷一一解答。

只有这样，爷爷才不会沉沉睡去，再也不醒来。

在极寒之地，最可怕的不是寒冷，而是困意。捕猎的时候，老道的猎人会随身带一根海狮的牙齿，困了就用牙齿尖戳自己的大腿，让自己清醒过来，不至于去往亡者之地（Land of Ghost）。

第二天夜里，邦克用带来的皮毛打着些火，让爷爷烤烤身子。持续两天的风雪差不多散去了，天地之间，辽阔无垠的冰原之上，安顿好爷爷的邦克，坐在一旁抬起头，看向头顶苍穹。

皓月当空，漆黑一片的冰寒中，漫天繁星就像安奎特随手洒落一般，点缀在黑夜里。

听着爷爷均匀的呼吸声，邦克揉了揉酸痛的腿脚，随后躺下，将双手放在脑后，身下的海豹皮传来冰雪的极寒。

“月男，”想着爷爷最爱说的那个故事，邦克眼前的月亮之上，似乎有一个穿着怪异的男人，也正隔着无边星海遥望着自己，“你什么时候才会再来呢？”

想着想着，邦克睡着了。

第三天清晨，邦克背上爷爷再度出发。老人的情况比前一天差了一些，但还能支撑。只要见到巫师大人，再严重的病也会好的。而那村子，已经不远了。

“爷爷，再给我讲讲月男的故事吧。”

“大白天，没有月亮，月男的故事不合适。”爷爷摇头，声音很是虚弱。

“我爱听。”邦克说，“再说一遍吧。”

“听不厌吗，孩子？”

“听不厌。”一朵不知从哪里飘来的雪花，落在了邦克的眼里，很快便化成了水，沿着他的面颊流下，“您的故事，我永远都听不厌。”

故事讲到男人的心脏不见了的时候，村子到了。迎接邦克的，不是记忆里那些热情的族人们，而是落魄荒芜、几无人烟的废墟。积雪埋掉了冰屋的半个入口，空荡荡的村子没有半点族人活动的气息，唯有再度吹起的寒风，和一股衰败死寂的味道。

“巫师大人，您在家吗？”邦克循着记忆，背着不再动弹的爷爷，来到了巫师家门口。海豹皮门帘从里面被掀开，露出了巫师的脸。

“你是……邦克？”巫师还记得邦克。小邦克生病的时候，自己村里的巫师不知为什么，就是不愿意给邦克治病，爷爷就会带着邦克，来求这位当时还很年轻的巫师帮忙。

“巫师大人，是我，邦克。”邦克高兴地点头，“爷爷病了，我村里的巫师搬走了，所以就来求求您。”

“可是你看，我们这儿也搬空了。”巫师将门帘撩起一些，让出半个身子，引邦克的目光往里看，“我也准备走了。”

“可除了您，没有人能救爷爷了。”邦克失望地看着巫师打包好的行囊，“您能帮爷爷再召唤一次助灵吗？”

巫师有些为难：“可是我的东西都已经装好了，我……”

“一次，就一次。”邦克几乎央求着，弯着腰将背后瘦骨嶙峋的爷爷给巫师看，“您看，爷爷真的撑不住了。”

“实在对不起啊，邦克。”巫师摇摇头，神情有些游离，“你可以到新住处去，那儿有白人可以帮你们。而且我也在赶时间，要是现在不走的话，我可能就赶不上……”

“就一次。”邦克跪下了，膝盖在雪地上砸出了两个坑，“我求您了，就一次。”

“唉。”巫师长长地叹了口气，半晌没有说话。

“爷爷经常提起您。”邦克低着头，双手紧紧抓住身后行将消逝的灵魂，

“他一直说，您才是这附近最厉害的巫师，让我一定要记得您的好。”

巫师还是沉默着。

“要不是这五年爷爷动不了，我实在走不开的话，我还会每年给您送一头海豹来，就像以前一样。”邦克说，“这几年欠您的海豹，我会努力抓到，一并送给您。”

村口方向来了几个人，正在大声呼唤巫师，说他们先走了，让巫师快些追上来。

“爷爷说，这个世界就是一片冰湖，我怎么对它，它就会怎么对我。”抬起头来，邦克对上巫师焦急不定的目光，“我对您这么信任，从未有过半点不敬，您一定会帮我的，对吗？”

“我……这……”看着村口的人越走越远，巫师很想说些什么，却又说不出口。

“巫师大人，请您救救我的爷爷，我没有爸爸，没有妈妈，我只有爷爷。”邦克真诚地说，“您这么厉害的巫师，一定可以救下爷爷的，对吗？只要您救下爷爷，今后我就是您的雪橇犬，您要我做什么，我就算豁出性命，也一定……”

“够了！”邦克还想继续恳求，巫师却突然大吼一声。

邦克愣住了。

“我要怎么说，我要怎么样才能告诉你……为什么别人都明白了，只有你还……”巫师不住地摇着头，眉头深深地皱了起来，看着邦克疑惑的眼睛，突然像是下定了某个决心似的说，“我是假的，你明白吗，邦克？”

“您说……什么？”邦克被搞糊涂了。

“我是假的，假的！我是骗人的，是个骗子！”巫师什么也顾不上了，有些歇斯底里地喊道，“我不是巫师，根本就没有什么神力，是村里人说我是巫师，我才以为我是个巫师。其实世界上根本就没有巫师，那些故事都是假的，假的！你明白吗？”

邦克摇摇头。

“我……”巫师语塞，末了回身走进屋内，打开自己的行囊，将一整套作法时穿的衣服都拿了出来，丢在邦克面前，“我不会作法，更不会召唤助灵，不对，这世界上根本就没有助灵，更没有什么神奇的巫术。以前那些事都是巧合，巧合你知道吗？”

“我不太……明白您的意思。”邦克的神情，从困惑变成了肃穆。

“你……”巫师咬咬牙，看了一眼沉睡不醒的老人，“你爷爷的故事都是假的，骗人的！”

嘣的一声，邦克脑中，有一样伴随了他二十几年的东西，突然断了。

“要治病，就赶紧到新住处去，那里的白人会治病，我不会！”巫师拎起行囊，迈步走出冰屋，“没有助灵，没有巨人，没有食人族，没有从月亮上来的人，没有海女，没有安奎特，什么都没有，我从来都没有见过！”

“巫……巫师大人。”邦克回过头来，看着巫师快步远离的背影，就像是在看着自己的信仰一步步走向地狱，“您的巫师袍，还有巫师帽和脚鼓……”

“送给你了！你要相信你去当巫师吧！”

“您去哪儿？”

“新住处。”巫师没有回头，继续大踏步地走着，“我感冒了，身体里有细菌，需要白人的抗生素！”

说完，巫师一路向南走去，就此消失。

风雪越来越大，落在邦克的帽檐和睫毛上，形成了一层细密的雪粒，久久没有融化。

我得找些吃的，邦克想。

入夜，分明已是春天，但雪还是没有停止的迹象。将爷爷安顿在巫师的冰屋里后，邦克出门忙活了半天，只叉到一条鱼，有些挫败地回来，仔细地将鱼剥了皮，用海狮牙切碎了肉，等着爷爷醒来。

空无一人的村落里，寒风不断吹拂，漫天飞雪之中，一朵厚重的黑云将月亮遮住。邦克探出头，想要看看外面的天色，却只看到了漆黑的冰原，便抬头望向空中的那朵云。

好像一片海，邦克想，这云看着好像一片半空中的海。

“邦克，咳咳……”爷爷醒了。

“爷爷，吃东西。”邦克用冻僵的手将细碎的鱼肉送到老人嘴边，老人却摇了摇头。

“不吃了，”爷爷气若游丝，“吃不下。”

“可是昨天您的胃口还不错。”邦克有些困惑。

“老人快要死去的时候，精神会好一些。”爷爷摸了摸邦克的脸，虚弱地笑着，“有什么想听的故事吗，我的孩子？”

“您需要吃点东西。”邦克的视线有些模糊起来。

“吃不下，我的孩子。”爷爷的目光越过邦克宽厚的肩膀，看向了屋外的冰原，“外面为什么这么黑？”

“下着大雪，爷爷。”邦克回答，“月亮被遮住了。”

“月亮啊……”爷爷似乎想起了什么，双眼也变得白茫茫的。

“爷爷您吃点东西，明天如果雪停了，我就带您去下一个村子。”邦克将鱼肉送到老人嘴边，“下一个村子也有巫师，我还记得怎么走。”

“如果也搬走了呢？”爷爷问。

“那……那就去再下一个村子！”邦克的脸颊上，两条清澈的小河流淌而下。

这两条重生之河，一头连接着邦克的记忆，另一头滴落在爷爷的灵魂深处，也滴落在这个文明最深邃的眼眸里，发出沉闷的回响。

“你想听什么故事，我的孩子？”爷爷又问了一遍。

“月男。”邦克擦了擦眼睛，低着头说，“上次说到男人的心脏不见了。”

“好，月男。”爷爷抚摸着邦克年轻的脸，“我有没有告诉过你，月男有一个护身符？”

邦克摇摇头。

“就是这个。”爷爷的另一只手，从怀里掏出了一样东西递给邦克。

那是一枚木制的纽扣，宝贵的木头，只能用来做成护身符。

“这是月男的护身符吗？”邦克问。

“或许是，我……”爷爷的手，微微地颤抖了起来，开始向下滑落，“我记不得了。”

“您能想起来的。”邦克俯下身去，将脸再一次探入爷爷的手掌心，“仔细想想，您能想起来的。”

“我们说到哪儿了？”爷爷问，手上不再有什么动作。

“男人的心脏。”邦克的鼻子酸得要命，“男人的心脏不见了，爷爷，后来发生了什么？”

“啊，男人的心脏。”爷爷的声音越来越轻，“男人的心脏不见了，见到月男之后，他就让月男帮他安回了心脏……”

“然后呢？”

“然后男人羞愧地告诉月男，没能完成月男交给自己的任务……”

“您从来都没告诉过我，那任务到底是什么。”

“任务，那个任务，我……”爷爷的眼睛闭了起来，悠长、悠长地，出了一口气，“我记不得了。”

粗糙的手掌落下，轻轻地落在残破的海豹皮上，再也没有抬起来。

“然后呢？”邦克的胸膛，就像被撕裂了一样疼，“然后呢，爷爷？后来发生了什么？”

风雪，透过没有门帘的入口灌进了冰屋，在老人身边稍做停留，带上了某样东西，旋即离开。

“后来发生了什么呢，爷爷？那个顽固的男人到底有没有回家呢？”

“爷爷。”

“……爷爷？”

世界的尽头，这个被人类彻底抛弃的小小冰屋里，风乍起。

按照古老的习俗，第二天一早，趁着风雪停歇的时候，邦克找遍整个村子，搬来了一些碎石。“只有用石头埋葬的人，才得以安魂，不会从死亡中复苏。”这是爷爷告诉他的事。

巫师的冰屋里还有几张海豹皮，邦克用骨针和鱼刺粗糙地缝制了一个背囊，将石头以及那一整套巫师服饰都装了进去。

“如果见到巫师，我得还给他。”邦克这样想着。

背上爷爷，拎着背囊和鱼叉，邦克走出冰屋，走出这个荒芜的村落，向东北方向走了半天，便到了那片冰湖。气温终于稍微暖和了一点，太阳远远地照耀着，将湖面染上了一层明黄。冰面发出咔嚓声响，已经可以见着几处明显的裂痕。不过邦克知道，要彻底化冰，还得等上大约九十个日夜。

这片湖邦克非常熟悉，熟悉到湖边的每一寸冰面都已经被他起了名字。从小，他就经常跟着爷爷来这儿捕猎。虽然故事里说的是在海边，但爷爷告诉邦克，自己年轻的时候，月男就是从这片湖水下冒出头来的。

“年轻的时候，我还以为这片湖就是海呢。”爷爷笑着，这样解释。

如果不是邦克，换了任何一个孩子跟在爷爷身边，听到这样的说辞，一定都会从心底深处产生出怀疑的吧？无论是这个故事，还是更多爷爷说过的故事，其实都漏洞百出。故事里出现的所有怪物，除爷爷之外根本没有人见过。巫师或许见过，但昨天那巫师不是也说，自己从未见过传说中的那些东西吗？

任何一个人，任何一个稍微懂得变通一丁点儿的人，都会怀疑从小听到的一切会不会是爷爷精心编织的、巨大的谎言。

可邦克不会，因为邦克是一个愚笨的孩子。

邦克循着清晰的记忆，来到爷爷告诉过自己的那个地点，在冰湖边的雪层上挖了一个深深的坑。把爷爷的身子小心地放进去，盖上陪了爷爷一辈子的那张海豹皮，邦克活动了一下身体，开始往爷爷身上叠石块。

忙完这一切，邦克疲惫地坐了下来，晒着春日的太阳，这才想起鱼肉碎被落在了巫师的冰屋。于是，他拿起鱼叉，蹲到了冰湖边，眼睛四处扫视，借着阳光的反射寻找那些细小的气泡。这一瞬间，一个画面突然闯入了邦克的脑海：几十年前的那个春天，爷爷，是不是也是这样蹲在湖边，缝着他的皮划艇呢？

然后，月男就来了。

那么要是我继续等下去，一直一直地等下去的话，月男，会不会再来找爷爷呢？

邦克有些犹豫，毕竟这里只剩下他一个人了。他想要在这里守着爷爷，等着月男，告诉月男爷爷死去的消息。但要守在这片湖边，就意味着离群索居，意味着他几乎不可能去到任何一个更远的村落生活。

“你知道在我们的新住处有什么吗？你见过电视吗？见过城市吗？见过跑得比雪橇狗还快的汽车吗？”伙伴的话语在耳边响起，“什么时候想通了，就什么时候来找我。这里的东西都不用带，我会带你熟悉新环境的。”

如果我现在出发，还来得及追上他们吗？我一直都没有骗过伙伴，他也一定不会骗我。我也从未骗过白人，那么白人也绝对不会骗我，对吗？所以只要我过去，和他们一起生活，他们就会给我吃的和穿的，毕竟我有吃的和穿的时，也会分给他们。

因为这个世界就是一片冰湖啊。

没有气泡，也没有鱼儿游动的痕迹，甚至连冰层都停止了开裂，时间，仿佛静止了。

不知怎么的，邦克觉得，湖面上出现了一道阴影，有风吹了起来。

如果这个世界真的是一片冰湖，那么对月男来说，也是一样的吧？他也觉得世界是一片冰湖，所以他向爷爷承诺他会回来，他也希望着爷爷给出一样的承诺，会在这里一直一直地等着他。现在爷爷死了，他生前的承诺，该由谁来继承呢？

“那么，理应就是我了吧。”邦克这么想着，看着湖面上的阴影不断扩散，变成一艘皮划艇那么大。

他抬起了头。

“哗——”一样巨大的东西，就这么凭空出现在邦克的视野之中，随后狠狠砸进了湖面。冰层碎裂，迸发而出，散落四周。邦克被冰冷的湖水溅了一身，凑上前去，探头看向不断激荡的湖水。

浪花飞溅，湖水之下，一只乌篷船般大小的狗，破水而出。

这狗通体闪耀着金属光泽，在阳光下一尘不染，发出嗡嗡声响，在邦克的凝视中缓缓升上半空，随后向着岸边飞了过来。邦克条件反射地举起鱼叉，正要和这巨大的怪物决一死战，“嗤”的一声，狗的背上却有什么东西打开了。

“为什么？”一个人在狗背之上立起，穿着古怪的紧身衣物，一双眼睛警惕地看着四周，“为什么只有时间轴变化？！”

这人操的语言很奇怪，每一个音都分得很开，却又似乎能组成一整段复杂的含义，邦克一句都听不懂。但他知道了一件事。

“又是这片湖，为什么又是这片湖……一定有原因，这里面一定有什么我忽略了的细节……”狗背上的男人自言自语着一步步走了下来，落地的时候身子有些颤抖，似乎相当虚弱。

男人也是黄色皮肤，脸上和脖子上明显的红斑和伤口引人注意，不知是天生就有，还是患上了什么怪病。邦克记得小时候，村里就有人得这种病，不多时便死了。伙伴说有人怀疑，是爷爷外出打猎，将魔鬼带了回来。

“见鬼，这样下去时间可就不够……嗯？”男人猛一抬眼，似乎到这会儿才注意到邦克的存在，“你是……”

邦克听不懂男人在说什么，只觉得这人已经快要神志不清了，只好自我介绍：“你好，我叫邦……”

“你居然真的在等我！”不等邦克说完，男人就兴奋地高喊了一句快步走来，却腿脚一软就要摔倒，邦克急忙伸手，一把抱住了虚弱的男人。

邦克抱住的，不只是一个旅人近乎绝望的心。他还抱起了爷爷乃至一个民族被误解、蔑视、践踏的灵魂。

月男。

微微侧首，邦克看向埋着爷爷的那堆石头，开心地笑着。

爷爷，你看。

“我等到他了。”

2. 归　来

或许是月男太过虚弱，眼神已经不太好使了，又或许是邦克穿着的衣物，和爷爷年轻时候实在有几分相似。一开始，月男显然认错了人——虽然他看起来和邦克岁数差不多，但既然他和爷爷年轻的时候就相识，那么他应该也已经是一个老人了。

“我以为是他，我真的以为是他……”月男说的语言，邦克听不懂，而邦克说的语言，月男却似乎可以听懂一些，“过来，孩子。”

邦克扶着月男来到了那条大狗身边，月男艰难地爬上狗背，从里边掏出了一个像大鱼刺一样的玩意，凑到邦克的脑后。

“别怕。”月男说，手腕颤抖着，“一点都不会疼。”

就像是被针扎了一下，邦克连眉头都没有皱。突然间，月男说的话，他就能听懂了。

“能听懂吗？”月男问，“你叫什么名字？”

“能。”邦克点点头，开口说出的语言，似乎是白人说的那种话，“邦克，我叫邦克。”

怪不得白人来到村子里的时候，会听爷爷讲故事，经过月男的帮助，爷爷是唯一能够跟白人交流的老人。

“卡尼。”月男问，“你认识卡尼吗？你长得很像他。”

“他是我的爷爷。”邦克指了指那堆石头，“昨天晚上，他就去亡者之地了。”

“唉，愿安奎特保佑他。”月男轻叹了一声，眼神中藏着一丝落寞，“现在是什么时候，你知道吗？我的……狗，我的狗有点问题，认不出时间。”

狗怎么会认得出时间呢？邦克还是如实回答了：“现在是春天。”

“我是说年份。”月男摇摇头，“就是……就是白人的那种纪年方式，一九几几年之类的，你知道吗？”

“他们走的时候是1957年，后来又过了五个冬天。”邦克不知道怎么计算。

“1962年……可以了。”月男自语一句，虚弱颓废的精神振作了不少。

“你是月男吗？”邦克问。

“月男？我……”月男愣了一下，目光扫向那堆石头，沉默一阵，点头，“是的，我就是月男。”

“所以，”邦克试探着问，“你见过爷爷？”

“卡尼？见过，当然见过。”月男点点头，“就在不久之前，当时他还……”月男没有继续说下去，双眼始终停留在石头堆上，嘴巴半张着，呼出一口口热气。

“所以，爷爷说的是真的？”邦克笑了起来，“你真的见过他，然后他真的去月亮上找过你？”

“其实那并不是……”月男回过神来，条件反射地冲邦克摆摆手，随后像是想起了什么，话语一顿，“是的，他来月亮上找过我，没错。”

爷爷没有骗人。邦克的情绪有些复杂，说不上高兴，也谈不上痛快。似乎这一切都是那么地顺理成章：月男迟早会来，爷爷的故事迟早会被证明是真的，人们的误解迟早都会烟消云散。

但可惜，这里只有他一个人，只有他一个人知道，爷爷从未说谎。

“对了，死去之前，卡尼……你爷爷的身体好吗？”月男靠在大狗的头部，不时喘着粗气，“身上有没有我这样的斑点，或者坑坑洼洼的？”

“没有。”邦克摇摇头，“红斑的话，村子里很久很久以前好像有人得了，但后来都死了。”

“人数……多吗？”

“大约一半。”邦克回忆着村里人说起过的往事，“那之后，村子里的人就越来越少了。”

“唉。”月男又叹了口气，脑袋垂了下去，看着脚下的雪地，“可能是因为我，不，一定是因为我。卡尼是O型，有天生的抵抗力。但其他人里有很多A型，如果不是我，村子里的人不会少得那么快……”

“不是因为你，是因为白人。”邦克听懂了一些，更多的部分完全听不懂，但还是开口安慰，“让他们搬走的是白人，白人说是有一块新地方，富丽堂皇的，和这里不一样，都是雪，只有雪。”

“你想去吗？”月男问了一个邦克一直在回避的问题。

“嗯？”邦克的眼神有些游移躲闪。

“富丽堂皇的地方。”月男问，“你想去吗？”

“我……我不知道。”邦克真的不知道。

月男已经来了，消息也传达到了，再一个人留在这里，总归是不便。可不知道为什么，他本能地觉得，那所谓的富丽堂皇并不一定会让他开心。

“你爷爷有很多有趣的故事。”念想间，月男开口，像是看穿了邦克的心思，“很离奇，但非常有趣。”

“你相信那些故事？”邦克有些欣喜。

“我在他的故事里吗？”月男反问。

“在。”

“那我，现在在你面前吗？”月男虚弱地笑笑，和身后的冰湖，以及那只金属巨狗，组成了一幅古怪却格外协调的画面。

“当然在。”邦克碰了碰月男的胳膊，“我能摸到你呢。”

“所以关于我的故事是真的，对吗？”月男笑着说，“这说明你爷爷不会撒谎，他说的都是真的。那么其他的故事，也就一定是真的，你说呢？”

“可是其他人说……”

“听着，邦克，你叫邦克对吧？”月男往前微微探出头来，看向邦克身后那小小的石冢，“我的……爷爷曾经告诉我一句话，我告诉过卡尼，现在也要告诉你。”

这一瞬间，邦克依稀看到，眼前的月男身上有一团奇妙的光晕亮起。光晕后面，年轻的爷爷正手握鱼叉，静静地看着自己。

“‘你相信什么，这个世界就是什么’。邦克，记住这句话。”月男说，“你相信卡尼，那么他说的故事就都是真的。或许没有在你身边发生，或许没有在我身边发生，但在这个世界的某个角落，某一段被遗忘的时光里，那些故事，一定在真实地发生着。到底是谁经历了故事里的情节并不重要，重要的是，你，始终相信，这就够了。”说完，月男缓缓低下头，不再言语。邦克还在思考刚才那番话里的含义，就看到月男的身子一软，瘫倒在了冰雪之上。

等月男再度醒来，天已经黑了。

“抱歉，我……”月男试着起身，但身子有些不听使唤。

“你病了，脑袋烫得厉害，不过不用担心。”邦克出现在月男的视野中，正在忙活着什么，“这里最不缺的就是冰，来。”

月男接过邦克递来的冰块，顺从地放在自己的额头上。刺骨的冰凉，让他的精神恢复少许，可手脚依旧乏力，撑不起身体。

“你现在需要躺着。”邦克继续忙碌，不多时便拿出了一些鱼肉，切得碎碎的，“爷爷最后几年就一直这样，我有经验，吃些鱼肉碎就好了。”

“不用，谢谢你。”月男拒绝了邦克的鱼肉，艰难地翻身起来，发现自己正在大狗的肚子里，“你把我背进来的？”

“里面暖和一些。”邦克小心地收好鱼肉，搓了搓手，“我也冷得不行。”

“这艘……这只狗，有没有跟你说一些奇怪的话？”月男似乎有点紧张，目光不断往狗头的位置看。

“我们已经认识了。”邦克笑笑，拍了拍狗的肚子，“是吧，埃普？”

“是的，邦克先生。”名叫埃普的狗，似乎并不介意有人住在它的肚子里，“很高兴认识您。”

“你跟他说了什么？你都跟他说了什么？！”月男却突然生气了，狠狠捶了一下狗脑袋里几块发光的板子。

“什么都没有说。”狗冷冰冰地回答，语气就像是在描述一个坏天气，“邦克先生很热情，我只是与他闲聊了几句。”

“怎么可能？！”月男喊了起来，眉头紧皱，呼吸也变得格外急促，“你这个魔鬼，你这个披着机器外壳的魔鬼！”

“我不是魔鬼，我叫埃普西隆 2.4，您也可以叫我埃普。从严格意义上说，”狗回答，“我是一个交通工具。”

“月男。”邦克在一旁，并没有听懂一人一狗的对话，眨了眨眼睛说，“我想好了。”

“你这个魔鬼，你早就应该去地狱向所有人忏悔，你……”月男又骂了几句，才意识到邦克在和自己说话，动作一顿，缓缓回过头来，“嗯？”

“我说，你问我的那个问题，我想好了。”邦克认真地说，“既然无论去到哪里，只要我继续相信，世界就会是我相信的样子，那么我留在这里，就没有什么意义了。”

月男这才反应过来，邦克是在说要不要去富丽堂皇的新居住地的事。

“我想离开这里。”邦克继续说，“你能帮我吗？”

“我……”月男迟疑了一下。

“去哪里都行，不一定是新住处。”邦克补充道，“爷爷死了，我也见到你了，想要的答案我都已经知道了，我的心里已经没有了疑惑，所以去哪里都没有区别。”

说着，邦克转过头，透过透明的狗肚子，看向那片暗夜中的冰湖，某一处，有小小的气泡正在翻腾。“住在这里也很好，但吃的东西越来越少，不知道什么时候就会抓不到鱼了。所以我还是走吧，地点无所谓，只要你顺路，随便把我放在哪里都行，我能活下来的。”

月男还是沉默着。

“没想到。”倒是狗先开口了，“这个情况，很有趣……您是个可靠的人，邦克先生。”

“谢谢你，埃普。”邦克笑着点点头。

“你可以让他帮忙，如果你还想做那件事的话。”狗对月男说，“虽然我不建议你继续做无用的努力。”

“你给我闭嘴！”月男对狗吼了一句，随后身子一软，瘫坐在一张椅子上，双手垂下，气息紊乱。

“我可以闭嘴，但你不得不面对一个事实。”狗没有理会月男的怒吼，自顾自继续道，“洞口稳定性越来越差，是你让我注意记录的，我必须把情况反馈给你。”

“我知道。”月男的情绪低落，垂下了头。

“窗口已经越来越小了，想拿到那些东西，赶在窗口彻底关闭之前回去，你还有不到 22 个小时。”

“我知道。”

“准确来说，是 21 小时 43 分 19……”

“我知道，埃普。”月男无力地挥了挥手，打断了狗的话，“我知道……”

这一次，狗不再多说什么。良久。

“邦克。”沉默的月男抬起头，疲惫的双眼对上邦克清澈的目光，“让我想一想，好吗？”

“都听你的。”邦克点点头，起身就要往外爬。

“别！”月男抬手制止，“别……别出去了，外面很冷。今天晚上，就在这里睡一夜吧。”

“可是我的东西还在……”

“明天再拿。”月男笑着，笑容深处，藏着没人能懂的苦涩，“明天再拿，好吗？今天晚上就先睡下，或许你可以……陪陪我。”

“我怕万一下雪，明天就找不到了。”邦克说，“我去去就回来，很快。”

“不用。”月男摇头，“埃普会处理的。”

“任您差遣，邦克先生。”埃普说。

“我不太会聊天。”邦克有些不好意思地挠挠头。

“没关系。”月男的声音变得很轻，“陪我一会儿，就在这里，陪我一会儿就好。”

一夜过去。

第二天，月男再度从沉眠中醒来，眯眯瞪瞪睁开眼，发现邦克没在狗肚子里，他有些失望。当他蜷起身子的时候，却感觉到了身上的轻微重量。

“海豹皮。”冷冰冰的埃普替月男说出了答案，“盖在你身上的是一块干海豹皮。”

“我知道。”月男烦躁地将海豹皮拎起，准备丢向角落。

“你醒了，太好了！”邦克的脑袋从上方探了出来，“我抓了鱼，运气很好，我抓到了两条鱼，吃点吧！”

“不了。”月男不知为何，居然松了一口气，“谢谢你的海豹皮。”

“是巫师的。”邦克灵活地翻身进来，乐呵呵地将一条嘴巴还在一张一合的鱼递了过来，“吃点吧。”

“真的不用，我……不用吃这个。”月男摇摇头，随后不知从哪里摸出了一个小玩意，丢进了嘴里。

“中午好，埃普。”邦克向埃普打了个招呼。

“中午好，邦克先生。”埃普回答，“很高兴又见到您……”

“已经中午了？”月男却紧张了起来，试着起身去看太阳的位置，却又跌坐回椅子上。

“我的时钟准确无误，你完全可以相信我的时间。”埃普说，语气就像是长辈在提醒晚辈。

“还有多久？”月男尽力调整呼吸，双手开始忙碌了起来。

“3 小时 26 分 47……”

“出发！”随着月男的动作，埃普突然发出了一声奇妙的声响，就像是有什么东西被瞬间激发了。

“您想去哪里呢？”埃普问。

“去……华盛顿！”月男思索了一下，说出了一个邦克从未听过的地名，“别的地方不一定，但这个时候应该会有华盛顿！”

“请授权。”埃普说。

月男的手指在那块发光的板子上点了一下，口哨一般的哔声响起，邦克感觉到脚下微微一晃。

“你的东西都拿上来了吧，邦克？”月男双眼看着前方。

“拿上来了。”邦克点点头，拎起脚边的背囊，“埃普帮我保管了一夜。”

“很好，现在我带你去一个地方。”月男头也不回地说，“一个真正富丽堂皇的地方，你能想到、想不到的东西，那里都有。”

“谢谢你，月男。”邦克兴奋起来，眼中闪着别样的光。

“不过你也得帮我一个忙。”月男说，“一个当年你爷爷没帮上的忙。”

是任务，邦克竖起耳朵仔细听着。

“抗生素。”月男又说出了一个邦克不理解的词语，“你要找一个叫作药店的地方，我会和你一起找，然后你进去帮我买些抗生素来，越多越好。我这副样子很难进入药店。”

“药店？”

“你看到就知道了。”月男没有多做解释，双眼始终看着前方。

下一秒……

“嗖——”传说中翱翔于天际的皮划艇，在荒无人烟的冰原上骤然加速，向着大陆的东南方向疾驰而去，一眨眼就不见了。

几十公里之外，一只正在觅食的鸟儿感受到了一股气流，一声啼鸣后扇翅而起。当它低头去看的时候，除了冰原上那道鬼魅的痕迹和翻飞的雪花，天地之间，什么都没有。

3. 去月球

从冰湖出发，来到这个名叫华盛顿的地方，只用了不到一小时。

“不能太快，我不太清楚现在的探测手段发展到什么程度了，太快容易被发现。”月男这样解释。

“我可以帮你找到答案。”埃普说了一句。

“你给我闭嘴。”月男和埃普之间，似乎有什么不可调和的矛盾。

一路上，邦克几乎一直趴在埃普的肚子里往外看，映入眼帘的所有景物，对他来说都是那么的新奇古怪。埃普在无尽的冰原上疾行，随后突然飞高，脚下的一切都变得渺小无比。一个个村庄过去，随后是更大一些的村庄，再到后来出现的那些聚居地，邦克甚至不知道该怎么称呼。

“城市。”月男解答了邦克的疑问，“人特别多、建筑特别高耸的地方叫作城市。”

“城市。”邦克重复了一遍。

邦克本以为，他看到的第一个城市，就是这个世界上最富丽堂皇的地方了。但随着旅程的继续，城市的规模也越来越大。等到埃普安静地降落在一处郊区的时候，邦克顺着埃普脑袋的方向看去，看到了一座他此生都不会忘记的都市。

“华盛顿到了。”埃普冷冷地说，“希望两位旅途愉快。”

“闭嘴。”月男起身。

邦克的鼻子贴在埃普的透明肚皮上，被压得变形，呼出的热气形成了一片片薄雾。伸手擦拭之前，那雾气就已经自行消失。

邦克确信，一路上有好几次，埃普几乎是擦着一些高耸建筑的顶部飞过，里面的人只要一回头，就能看到他们翱翔天际。其中部分人也确实回头了，但无神的双眼扫过天空，却没有在埃普身上停留哪怕一秒。

他们已经习以为常了吗？邦克想，又或者现在的他们，根本就看不到埃普呢？

“在这儿等我。”月男离开埃普的肚子之前说了这么一句，埃普没有回答。

“邦克，来。”转向邦克，月男虚弱地笑了笑，“扶我一下。”

邦克扶着月男离开埃普的肚子，又返回去拿上了自己的背囊。

“再见，埃普。”邦克冲那块发光的板子挥了挥手，向埃普道别，“很高兴认识你。”

“任您差遣，邦克先生。”埃普还是那句话，“任您差遣。”

月男不知是不是来过这个名叫华盛顿的地方，邦克跟着他一路前行进入城内，彻底迷失方向的时候，月男总是可以在短暂的闭目沉思之后，就给出下一步的路线。

行色匆匆的人，穿着整洁挺拔的衣服，走在名叫马路的直线上。窈窕婀娜的女士，穿着各式精致的服饰，瘦得连一只狗都牵不住，笑声如银铃般动听，露出的白皙皮肤，让邦克不好意思直视。每一幢房子都像一座山那样高，虽然邦克从来都没有见过真正的山脉，但他想象中的群山大约就是这副模样。邦克还见到了伙伴口中名叫汽车的东西，速度确实比狗拉雪橇要快多了，但喧嚣的声响比狗叫还刺耳，吐出的黑雾让他避之不及。

这就是城市吗？邦克来到一处拐角，呼吸着寒冷而忙碌的空气，一瞬间，整个世界被打开了一扇崭新的门。

“就要到了。”月男越来越虚弱，没有邦克扶着，几乎已经走不动路。月男的衣服和城市里的白人们也完全不同，再加上邦克的因纽特服饰，倒也吸引了不少人回眸细看。

就在邦克开始怀疑，华盛顿是一个没有边界的巨大迷宫的时候，他们抵达了目的地。

“记住，抗生素。”月男喘着粗气抓着邦克的肩膀，脸上的红斑和创口愈发明显，“跟着我重复一遍，抗生素。”

“抗生素。”邦克照做了。

“很好，邦克，你很聪明。”月男欣慰地点点头，“就是这间屋子，进去之后有人问你要什么，你就说……”

“抗生素。”

“对，就这样回答。”月男笑着，双手一放开邦克的肩膀，就直接瘫坐在地，“我在这个巷子里等你，快去吧。”

“好。”邦克点点头，默念着那个词，转身走向巷口对面的那间房子。

“邦克。”月男的声音在身后响了起来，邦克回头，看到了月男即将枯竭的笑，“谢谢你，真的，谢谢你。”

“不，我要谢谢你。”邦克报以冰湖一个灿烂的笑容，“你让我没有了困惑。”

邦克暂时别过月男，小心翼翼地穿过马路，走进了那间房子。

“有什么可以帮您……哟，爱斯基摩人！”架子排排陈列，上面的东西琳琅满目，一个半人高的柜子后边，胖乎乎的、前额光秃秃的中年白人瞪大眼睛看着邦克，像是在看一个没有危险的怪物。

“是因纽特人。”邦克纠正道，“抗生素。”

“哈哈，爱斯基摩人，我的店里来了一个爱斯基摩人！真是稀奇！”秃顶白人并不在意邦克的纠正，回手向身后的一扇小门招了招，“崔迪，艾玛，快来看看，来了一个爱斯基摩人！”

是因纽特人。邦克没有争辩，走上前去重复了一遍：“你好，我需要抗生素。”

“当然可以，我的伙计。”白人乐呵呵地上下打量着邦克，“我们美国人愿意和全世界做生意，当然也欢迎爱斯基摩人……你这一身是用什么做的？狗皮吗？”

“熊皮。”

“哦对啊，熊皮，我的错我的错，你们的衣服当然是用熊皮做的，哈哈。”白人笑笑，又看向邦克的衣服下摆，“哟，下面开口的？”

“没错。”邦克拎起左侧下摆，“方便打猎。”

“里面什么也不穿？”看到邦克的腿，白人有些吃惊，“可真够新潮的，有意思。你看起来就像黄种人一样，亚洲人，你知道吗？”

“我的皮肤本来就是黄色的。”邦克放下下摆。

“你真像个亚洲人，希望你别抢我们的生意。”白人笑笑，完全就是在自说自话，“爱斯基摩伙计，你刚才说你要什么？”

“抗生素。”

“有，注射用盘尼西林？”白人好像想到了什么，突然有些警觉起来，“你该不会得了肺病吧，那我可得请你走远一点了。”

“我需要抗生素。”邦克完全听不懂白人在说什么。

“好吧好吧，我们美国人不会拒绝顾客的要求，连菲尔德都说顾客优先[①]……”白人嘟嘟囔囔地从柜子后走出来，从一个架子上拿下一盒一盒的东西，“要多少？”

“我……不知道，多一些吧。”邦克没想到这件事会这么麻烦，到邻居家拿一块海豹肉可不用说这么多话，“谢谢你。”

“多一些，好的，那就给你多一些。”白人一盒一盒地拿，最后两只胖手都抱满了小盒子，堆在柜子上就像是一座小山，“就这些了，一共……我说我的爱斯基摩伙计，你准备从哪里掏钱呢？”

钱？邦克懵了，钱是什么？

“等等，你这是什么表情？”白人的眉头瞬间皱了起来，双手尽力拢住小山般的盒子们，“还是说你准备用运通卡？嗯？”

白人说的每一个词，邦克都听不懂。

“什么都没有，嗯？”白人的神情由抵触逐渐转化为鄙夷，“你以为这是哪儿？你们爱斯基摩丛林里吗？”

“我们不住在丛林……”

“谁管你住在哪里，没有钱就给我滚！”白人伸手一指门口，气势汹汹道，“这里是美国，是亚美利加，没有钱就给我滚出去，我们不欢迎你！”

可你刚才还说欢迎我呢。这句话邦克没有说出口，因为眼前的冰湖正在向自己咆哮，说明自己肯定做错了什么。

“黄种人，到处都是黄种人，抢我们的工作，抢我们的钱，随地扔东西，咕嘟咕嘟煮猫肉，比黑人还不如！”邦克转身离开的时候，白人还在柜子后面

---

① 19 世纪美国企业家马歇尔·菲尔德（Marshall Field）以“顾客优先”（customer first）为营销理念大获成功，其影响力延续至今，一般被认为是“顾客就是上帝”的原始出处。

大声嚷嚷着，“给我躲着货架，知道吗，躲着货架！碰坏了你可赔不起，没钱的鬼东西……”

邦克走出门外，浑浑噩噩地继续往前，一声急促的怪叫吓了他一跳。

“没眼睛吗你个瞎子！”一辆汽车里，一个男人探出头来，冲着邦克怒吼，“滚开点！奇装异服的嬉皮客！”

“我是因纽特人，不是嬉皮客。”邦克急忙退开，向男人难堪地笑笑，回答他的只有汽车喷出的刺鼻黑雾。

回到巷子，月男正靠在墙角，脑袋耷拉着，坐在邦克的背囊边一动不动。邦克走上前去，不好意思地说：“月男，我……”

“嗯？”月男似乎刚刚从一个长梦中醒来，眯瞪着眼看向邦克，“怎么了？”

“钱和运通卡。”邦克回答，“我没有这些东西，那间屋子里的人不愿意给我抗生素。”

“该死。”月男长叹一口气，低头咒骂了一句，许久才抬起头，表情近乎绝望。

“月男，对不起，我不知道……”

“我得走了。”不等邦克说完，月男就一手撑着墙壁，艰难地站起身来，垂着头自语，“就要来不及了，我必须要……”

扑通一声，月男再度摔倒在墙角。

我得帮他，邦克想，爷爷没有做到的事，我必须做到！他拎起背囊，再次跑向巷子口。那白人不是坏人，只是我没有他需要的东西。如果可以用背囊里的东西换来抗生素，我就能帮月男了！

刚离开巷口，邦克就撞上了一个人。

“我的天，今天到底是怎么了？！”这是一个有着硕大鼻子的男人，他身材瘦长，眼袋深得像一年没睡过觉，身上的衬衫发皱，黑色长裤洗得褪了色，看起来有些灰扑扑的。

男人手中拎着一个扁平的皮包，表面褶皱很多，似乎用了多年。被敦实的邦克一撞，皮包摔在地上，飞出一大堆纸。这些纸上密密麻麻写满了字，还有不少标注着数字的图案。其中一张纸上，一个树一样的东西一柱擎天，顶部尖尖的，周边满是鬼画符一样的数字和符号。

“对、对不起，我不是故意的。”邦克急忙伸手去扶，把背囊丢在一旁，粗糙的鱼刺接口断开，里边的巫师袍子露了出来。

“啊，算了，我也没看路，我正在……因纽特人？”回头看到邦克的一瞬，男人迟疑了一下，居然说出了邦克一族正确的名字。

“没错，我是一名因纽特人。”邦克很高兴，将男人扶起来，随后矮身去拾地上的纸张。

“哈哈，老天在跟我开玩笑吗？先是‘那件事’，然后现在又让我在华盛顿撞上了一个因纽特人？”男人也不知是高兴还是自嘲，好奇地看着邦克忙碌的样子，还低下头仔细地看了看邦克的脸，目光最后落在了那件巫师袍子上，“那是什么？”

“一件巫师袍。”邦克回答，“昨天我在村子里……”

“你是个巫师？因纽特巫师？谢天谢地！”没等邦克说下去，男人就苦笑着说，“快帮我祈祷一下吧巫师大人，我的天，我已经走投无路了！见鬼我到底在干什么，哈哈哈。”

邦克收好纸张放回男人的皮包，摆了摆手：“可是我……”

“啊，我知道。”男人不知受了什么刺激，“代价，是吧？求巫师做些什么，都得付出相应的代价。”

“其实没有……”

“说吧，我能做什么？”男人问，“我都已经开始向一个在路上撞上的因纽特巫师求助了，还有什么是我不能失去的呢？哈？”

邦克有些苦恼：“我确实需要一些抗生素，但是……”

“抗生素？盘尼西林吗？巫师大人也用盘尼西林？”男人戏谑地笑笑，转头看向马路对面的药店，“你等着，我这就去给你弄抗生素来，一大堆抗生素，一大堆的抗生素啊！”

男人近乎疯狂地嚷嚷着走过了马路，走进邦克刚刚“滚”过的那扇门，不多时便出来了。

“够吗，巫师大人？”男人拎着一个袋子，里面装满了那些小盒子，“这是你的盘尼西林，现在我可以得到我的祈祷了吗？”

“谢、谢谢！”我为他做些什么，他便会也为我做些事情，邦克这么想着，高兴地接过那一袋抗生素，“非常感谢你，我马上就回来！”

冲进巷子，月男还倒在那里。

“月男，有了！”邦克递上那个袋子，笑着说，“你要的抗生素！”

“你怎么做到的？！”一看到袋子里的东西，月男立马睁大了眼睛，“邦克，我……我都不知道该如何感谢你！”

“其实不是我。”邦克回头看向巷子口那个还在自言自语、冲着天空嚷嚷的男人，“是他……月男？”

等他再回过头来，月男已经不见了。

空荡荡的巷子里，一只野猫呼唤着春日，在一堆垃圾中扒拉着，就像是饿极了的雪貘正在水中找吃的。不一会儿，那猫也不见了踪影，只留下邦克自己，面对着巷子中的一片死寂。

月男会去哪里呢？邦克抬头看着巷子顶的方形天空，那里没有一片云。既然他是月男，那么离开之后，当然是……

“去月球！”

巷口，癫狂的男人突然吼了一嗓子，引得不少路人侧目避让。

“去月球！哈哈哈，伟大的美利坚，天佑亚美利加，我们征服了世界，现在还要去月球！哈哈哈哈！你信吗？你们相信吗？哈哈哈哈哈……”

对，去月球。邦克点点头，深深地吸了一口华盛顿混沌的空气。手心那枚木制纽扣还没来得及还给月男，他便已经去了月亮。虽然不知道月男为何如此虚弱，更不知道他要那些抗生素做什么，但能够让一个男人如此执着、拼上性命也要完成的，能让另一个男人陷入癫狂、向路人和天空声嘶力竭怒吼的，便只有“拯救”。

一个人，一些人，一个地方，一个梦。在巷子的两端，邦克遇见的两个即将彻底改变他命运的男人，一定在试图“拯救”着什么。

光线游移，色泽变得金黄，就像大火那无情的鞭子，一步一步从巷口爬了进来。

华盛顿的下午，太阳向西边，缓缓坠落。

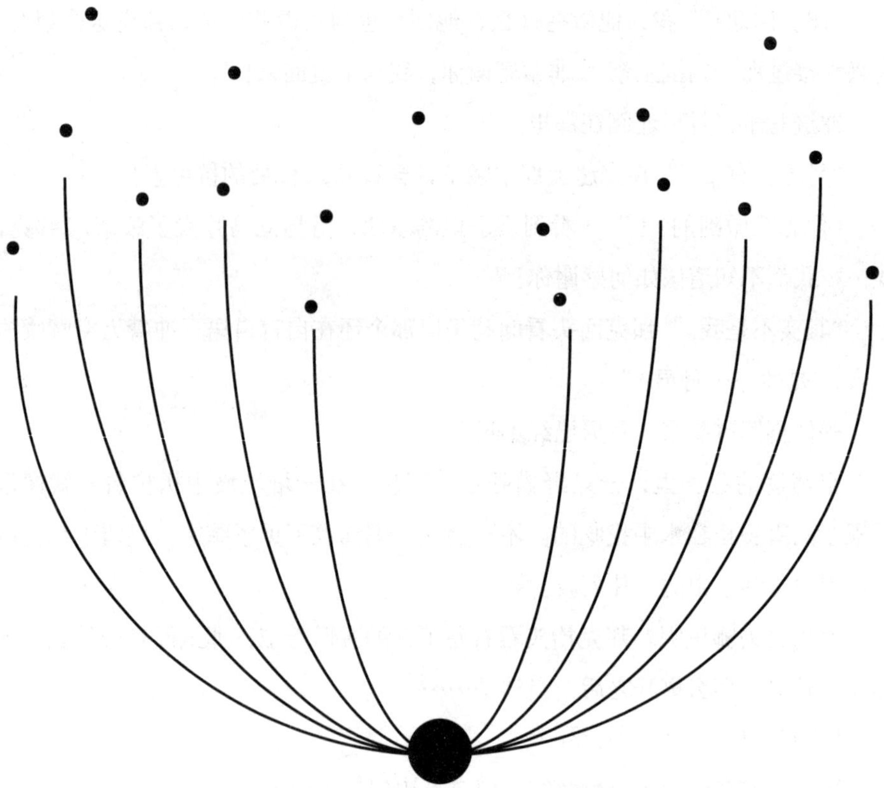

第四章 金星开采计划

2017-03-06 11：29：01 晴 于抛尸现场

（该段记录第二部分）

但我清楚地知道，没有时间可供我喘息。

埃普的话语通过邦克先生的记忆曲折地传递到我这里的过程中，究竟发生了多少变化，站在这个节点上的我，无法真正分辨清晰。我只能暂且以大致无误为前提，对步调进行梳理。

必须尽快进入帕克项目组，并在最短时间内掌握话语权。这样一来，当它掠过维纳斯的时候，我就能清晰地判断出，邦克先生的记忆究竟有没有出错了。

如果一切顺利——请掌控秩序的存在保佑一切顺利，无论你是不是科学本身——在探明维纳斯真相的同时，人生的休憩时刻便永远结束了。再也没有时间可以被浪费在兴趣和爱好上，每一次秒针跃动所经过的距离，都必须被使用在最重要，也是唯一重要的事情之上。任何影响或可能影响到棋局进展的人、事、物，都必须被改造，或是摧毁。

这是他们的宿命，也是我的宿命，更是人类的宿命。

这本笔记本上的记录，作为一种爱好，也应当会停止在眼下的这个案子结束之后。相信到那个时候，我已经找到了该找的人，得到了应有的信息和理解。

至于踏上金星之后要做的事，我只能、也必须从现在就开始谋划，不能有半点闪失。那时，我恐怕早已走不动路，甚至死去，带着计划飞抵维纳斯的，无论是不是我的血脉，都不可能得到我完全的信任，人与人之间，是不存在毫无保留的信任的。

能够被充分信任的，只有恐惧本身。

（该部分记录未完）

1. 院墙内的神

“五分钟倒计时！”

耳道内的全频段降噪声场发生模块、视网膜上的无级焦平面光场发生仪、头部的可仿手控交互贴片，是人类享乐主义的极端体现。自从这些效果堪比私人实景交互影院的随身设备商品化以来，曾经只有富裕阶级才能享受的高沉浸式娱乐体验，早已成了普罗大众都能沉迷的精神毒药。当然了，此时的富裕阶级，自然也拥有了属于自己的崭新玩物。

“郭，感觉如何啊？哈哈。”

双手死死抓住座椅两侧的扶手，耳道模块忠实地传递着其他船员的嘲笑，郭杰的呼吸几乎要停滞，从牙缝里挤出一句：“还……还好。”

“不用紧张，郭，因为这样的飞行，今后还会有很多次呢！”

“哈哈哈哈哈……”

除郭杰之外，飞船上的其他人都是身经百战的“太空老兵”。虽然眼下他们正在做的事情，必将在人类历史上留下不可磨灭的印迹，但对这些“老江湖”来说，这不过是又一次飞行罢了——起码他们可以这样告诉自己。

而第一次感受到长时间的第二宇宙速度，就来到如此遥远空间的郭杰，可没法放松心情。

“对了，郭，起飞前你带的那个雕塑，好像是你家族的‘守护神’吧？”

“嗯，是的。”郭杰确实将一尊小半人高的石雕带上了飞船，这都多亏了这次计划的资金技术“双合伙人”、郭杰家族的老朋友——邦克基金从中斡旋，“那是一尊神兽雕像，在我故乡的文化里，它能够平息水患，有‘平安顺利’的寓意，是我的爷爷……”

“那你们有没有什么特别的祷告词？”首席工程师佩林卡语调轻松，“教教我们呗？”

“你们又不紧张。”郭杰尴尬地笑笑。

“都是装的。”佩林卡居然还跷起了二郎腿，“飞这么远，待这么久，任务这么重，我们也是第一次啊。”

“没错，我怕得要死，现在是强装镇定。”航线副官雷因斯多夫的任务眼看着就要完成一半了，“教教我们吧。”

“是啊，教教我们吧。”频段里，不少人都“诚恳”地说着。

“好吧。”郭杰闭上眼调整呼吸，强迫自己回忆记忆深处那最不愿想起的场景：与爷爷共进晚餐的时刻。

昏暗的餐厅，狭长的深色餐桌，按中世纪贵族礼仪强迫症般精确摆放的烛台和餐具。火光摇曳，神兽雕像趴在高台上，面部轮廓明暗相隔，头顶的尖角高耸，将不小心路过的尘埃划成两半。空气中满是罗勒碎的诡异香味，窗外夜色已深，本该吵闹的家猫和野狗安静无声。

因为它们早已被埋在了花园那潮湿的泥土之下，碎尸百段。

年幼的郭杰坐在餐桌一头瑟瑟发抖，双手因为紧张而不知该放在何处，直到那一道目光刺来，才急忙战战兢兢地拿起刀叉。

“该祷告了，郭杰。”餐桌另一头，老人的声线柔和，却冷若冰霜，“难得有机会一起吃饭，先向安奎特祷告吧。”

安奎特，是那尊神兽的名字。

时过经年，郭杰长大一些之后，曾仔细地搜索、研究过关于安奎特的信息，在历史的夹缝中发现了一个早已被同化、消失的民族。但即便是在这个民族经由其他文明之手所留下的只言片语里，安奎特的戏份也少得可怜。身为东方人的爷爷，为什么会对这个本不属于他民族的守护神——或者准确地说，“助灵”——产生如此浓厚的依赖？这个问题的答案，郭杰一直都没能找到。

爷爷对安奎特偏执的信任，就像是邦克基金对爷爷那莫名的无穷信赖一般，早已无法探究缘由。过往的故事变得太过模糊，曾经的波澜壮阔和曲折婉转，被永远埋葬在了院墙之内的泥土下，难以理清踪迹。

就像那一夜之间消失的家猫与野狗，它们做了什么？是谁将它们埋入土中？为何会有一根猫脊椎留在了爷爷的书房里？泡在液体中的它们的眼球为什么永远看着惨白的月光？那晚爷爷说的“真是聒噪”又与它们的死有什么关系？

郭杰想知道，但更想活下去。

他只知道，爷爷向来讨厌“没有秩序”的事物，对“毫无意义的行为”深恶痛绝，已经形成的“规律”和“排列”绝不容破坏，“不公”和“影响他人”是他最厌恶、却也日日在被动“享受”的事情。“礼貌”，则是凌驾于万物之上，最最重要、决不能忘记的东西。冰川般寒冷的绝对理性，和火山般炽烈的磅礴情感，在世所罕见的绝顶智慧下仍无法调和。时而宁静无边，时而暴雨倾盆，唯独不见暖阳升起时的和煦与明媚。爷爷身边的天气，永远很糟糕。

而郭杰也太聪明了，所以伴自己长大的家猫不见了，他不敢多问。最爱的玩具消失了，他权当不知。摆错餐刀方向的家佣失踪了，连带着他的行李与家乡的照片一起人间蒸发，仿佛从未来到过这个世界上一般，郭杰也闭口不言。

直到那一天，父亲并未如约定好的那样带自己回家，甚至连讯道都无法接通的时候。郭杰才真正地明白，自己的人生，已经别无他路可走。一切，早已注定。

院墙之外，爷爷是人尽皆知的学界泰斗。

院墙之内，爷爷，就是掌控一切秩序的神。

“……愿安奎特永远庇佑我们。”冗长的祷告词终于念完，郭杰睁开双眼，那颗橙黄色的类地行星映入眼帘。

“有点长啊，没记住。”雷因斯多夫的声音传来，“能不能再念一遍？这次我肯定认真记。”

“郭，我也没记住。”立马有人跟着起哄，“再来一遍再来一遍！”

“刚才我在对地讯道，没听到，现在切进来了，郭，再来……”

“能让他一个人待会儿吗？”就在郭杰开始不知所措的时候，那个让他心生安定的声音终于响起，“都没有活儿要忙了？两分钟倒计时！”

“好的好的，金星女王大人，”通信维护组的泰里耶撇了撇嘴，双手一扬，“都听你的。”

其他人也收起了玩笑，把精力放到了自己的工作上，即便此时此刻，他们其实也没什么可做的。

“别理他们。”私密讯道里，那声音变得柔和了许多，“这帮人就这样，你越退让，他们就越得寸进尺。”

“嗯，谢谢你。”郭杰点点头，“刘博士。”

“哎呀不要这样叫我，很奇怪呢。”讯道那头的声音变得俏皮起来，“不然我也叫你郭医生？英文里是一样的。”

“但是一个大写一个小写，而且……”郭杰回答，“没有您，就没有这次的计划方案，没有我，还可以有很多替代者。”

“基金会推荐了你，那你一定就是最棒的。”对方笑着说，“不要妄自菲薄。”

“谢谢。”郭杰的心跳速度终于减缓了一些，“我还以为您的中文没那么好。”

“哈哈，为什么？就因为我是混血？”声音甜甜地笑着，“不科学地说，我体内流着四分之三的中国血统呢，那么我的中文也应该比英文要好三倍。”

“哈，这可……太不科学了。”郭杰腼腆地笑笑。

“我只是想让你放轻松。”对方说，“既来之则安之，没什么可担心的。要不是因为上头不想给机器太高的权限，这次任务压根就不用派人类过来，机器的部分是不会出错的。闭眼休息休息，再有一分钟就到了。”

“嗯，还是谢谢你，刘博士。”

“咦，都说了不要这样称呼了，叫名字就好。”对方说，“我喜欢我的名字。”

“好的，刘可小姐。”郭杰鼓足勇气才说出了这句话。

“这就对啦，最好连称谓也去掉。”

“好，刘可。”

“嘿，我的名字真好听，你的声音也很好听。”刘可的声线听着就像是一名少女，“希望这一次你‘没有任何工作’哦，郭杰。”

“嗯。”郭杰犹豫了一下，还是点头，“希望如此。”

“30 秒倒计时！”虽然倒计时提醒这种简单得不得了的工作，机器早已能够代劳，但终究比不上人声来得有仪式感。

橙黄色的星球表面在视野中不断变大，再过几十秒，飞船就将进入它那千变万化而又致命的大气层。不过风险却近乎为零，正如刘可所言，机器是不会出错的。而制造出这些超高自动化机械的人类的命运拐点，还要回溯到几十年前那或许是人类历史上最伟大的一次远航，也是设想中，人类未来无数伟大远航的起点。

2018 年 8 月，NASA 主导设计、制造的帕克太阳探测仪，于肯尼迪航天中心发射升空。按原计划，探测仪将于同年 10 月抵达金星轨道，之后飞往太阳。在其长达 6 年 11 个月的飞行任务中，帕克探测仪将绕太阳飞行 24 次，其间先后共 7 次利用金星引力加速，并借此修正其指向太阳的椭圆轨道，不断推进最小近日点的位置，最终进入日冕轨道范围，在距离太阳表面仅 650 万公里的高度，观测、探索、记录太阳那深藏数十亿年的秘密。

凭借着无与伦比的距离优势，帕克探测仪得到了研究太阳风的速度、太阳风暴现象的原理、绘制带电粒子洪流分布图、日冕取样、测量绘制太阳磁场细节等课题的机会，还能进一步探索日冕高温之谜、探寻极端加速原理。可以说，作为“伴星而生”（Living With a Star）计划的一部分，帕克探测仪成了人类真正开始探索整个太阳系的先头兵，必将使得人类对地日系统的认识更上一个台阶。其带有悲壮色彩的结局，也如同古代攀上高墙的死士般豪迈：2025 年 6 月任务完成后，它将坠向太阳，成为浩瀚宇宙的一部分[①]。

因为有着多次经过金星轨道的机会，帕克探测仪也肩负了一定的金星探索任务。一次发射带来双重收获，效率，主宰了人类所有行为的方方面面。

在大众所接收到的信息中，帕克探测仪完美地完成了任务，传回了大量极为宝贵的资料，并于之后的几十年时间内，快速推进了人类空天技术的发展。然而只有少部分人知道，整个太阳探索计划，在开始仅仅两个月之后，就已经彻底改变了基调。

第一次掠过金星的帕克探测仪，发现了一个秘密。这个秘密，才是之后人类科技全方位快速发展的真正动因。

秘密的名字，叫作恐惧。

---

① 这一计划由美国国家航空航天局（NASA）启动，正在你我身边的现实中不断推进着。

“接触点！”

飞船穿过极为厚重的霾，进入了金星大气层。

“嗡——”人类目前最尖端应用科技的化身——邦克号坚固无比的船身剧烈抖动着，万向平衡系统开始运作，与金星大气层外围的超高速大气环流相抗衡，尝试在超过金星自转速度60倍、秒速破百米的飓风中站稳脚跟。

“你们看到‘荣光’了吗？”佩林卡看向正下方的狂躁气流，嘴角带笑，仿佛看着他最心爱的姑娘，“太美了。”

郭杰也往下看去，头部贴片捕捉到他的思维，为他将脚底下的舱壁化为透明。地狱般的景象刚一出现，郭杰就瞬间头晕目眩，腿脚止不住打战。

黄色的飓风，如过往的亿万年般疯狂流动，越往下颜色就越是深邃，光场发生仪实时演算着凭借肉眼理应无法看清的远方：不知多少公里的深处，金星表面被一层接近流体的浓稠大气覆盖。橘黄甚至深红的色泽并不均匀，随着燥烈的风不断变幻形态。不规则的硫酸云仿若传说故事中的恶灵，在宇宙尺度上与我们近在咫尺的星球上空，舒展着它致命的腰肢。

越是接近地表，风速就越是减缓，最低不过每秒3米左右的风力，哪怕在地球上也不过是阵阵徐风而已。但93倍于地球的大气压，以及超过460摄氏度的高温，却让这和缓的风成了一片名副其实的死亡之海。

密度达到地球表面液态水6.5%的表面大气整体状态暂且不提，由于高压而化为超临界流体的二氧化碳也不过是开胃菜，隐藏在这片另类海洋之中的各类氯化物和硫化物成了恶魔的爪牙，长达2796个小时却看不见阳光的白昼，以及长达1400个小时且温度依旧足以熔化锌的黑夜，伴随着被厚重的“大气洋流”推动、兀自行走的巨石……这里所有的一切，都可以将任何一名敢于挑战这人间地狱的勇士逼疯。

而来到地表只是挑战的开端，高压大气、恐怖高温以及大气成分那独特的比例结构，造就了更为骇人的场景：金星上的闪电，出现概率约为地球上的二分之一，但其持续时间却长得吓人，甚至可达15分钟之久。

这里有火山，有地幔，凌空浇下的硫酸雨还未来得及落地，就被高温蒸发、再度上浮，重新成为飘浮于空中的硫酸云。近流体状态的空气中，声音的传递也变得扭曲诡异，仿若身处百米海水之中，沉闷并让人感到窒息。人类文艺作品中所有用来描绘地狱的表达，都在这里成为现实。

值得玩味的是，占地超过金星表面七成的广袤平原之上，有时会兀然冲起一座哥特式建筑尖顶般的鬼魅山峰。极难通过无机过程产生的羰基硫，如同穿越四十亿年的古老幽灵，徜徉在这高耸的灵魂熔炉之中，不断提醒着来人：这里，或许也曾孕育过某种早已消逝在迷雾之中的生命。这些微生物在如此极端的环境下挨过了不知多少孤独岁月，用硫化物抵抗着太阳辐射，静静地蛰伏着、等待着，等待着那一阵闪耀仁慈之光的太阳风，将它们带到一颗蔚蓝的星球之上，在那里延续它们的命脉，谱写出一曲又一曲悲壮惨烈的进化之歌。

暴走的温室效应，蒸发了或许曾经存在于这颗星球上的液态水，并大幅增加了大气中的温室气体比例。虽然有电离层隔离了太阳磁场，并在一定程度上分离了金星大气与宇宙空间，使其免受太阳风的直接肆虐，但水蒸气的比例在金星大气环境中实在是太低了。水从地表蒸发成气态之后，水蒸气进入了均分为四个独立环流的哈得来环流圈，一部分运气好的，会被抛进位于金星两极附近、夹在环流圈与双风眼极地涡旋形成的 S 形云结构之间，获得短暂的休息——这个“地狱中的庇护所”被称为“极地衣领”——随后被涡旋抓住，继续向高层大气进发。

来到热气层昼夜半球间环流带，水蒸气彻底失去了对自己命运的掌控能力，飓风如厄运的皮鞭，在它们身后呼呼作响，一路撵着它们来到背阴一侧的中心点。诱发磁层在这里开始发泄它那暴躁的脾气，将包括水蒸气、氧原子、大气光在内的所有它不喜欢的家伙，全都狠狠扫地出门，磁尾将会带着这些倒霉蛋冲入宇宙空间，永远都无法回来。

至此，金星维纳斯，别名“山桃”的爱与美之神穆耳忒亚，终于完成了她那不可逆的死亡循环。

然而，即便是如此绝望的生命禁区之中，希望也依旧存在。

“啊，看到了看到了！”邦克号继续向下进发着，刘可兴奋的声音传遍了整个讯道，“我看到‘荣光’了！”

郭杰努力控制住昏厥的冲动，强迫自己继续往下看去：就像是造物主头顶的光环，地狱飓风之下，一圈接近金色的圆形彩虹出现在了邦克号的正下方。

不同于地球大气中直径10到40微米的水滴所形成的多色圈彩虹，金星大气中的硫酸颗粒直径不过1.2微米，所能够“留住”的色彩分布极为有限，其最终呈现出的彩虹因拥有这种耀眼而缥缈的金黄色泽，被称为金星上的荣光。

这可不是每一次来金星都能看到的景象，独特的折射角度，使得观测者只有处于其正上方的时候才能用肉眼发现这道荣光。在如此争分夺秒的降落过程中，其观测条件可以说相当苛刻。而看见了“荣光”，也就意味着这趟旅程即将接近终点。

“实时高度？”分明能直接从光场发生仪中看到答案，项目总指挥拉哈尔还是要用他那浓重的印度口音问上一问。

“距离表面63千米。”雷因斯多夫说完这句之后，郭杰听到了航线副官一声极为轻微的冷哼。

“还有不到10千米，都打起精神来！”拉哈尔忽略了那声嘲讽，大声道，“该检查的都最后确认一遍，每一个步骤完成时都要向我汇报！这是必将名垂青史的一次任务，‘就位’过程不容有失！”

“收到，长官！”忙碌之声在讯道中“刻意”地响起。

郭杰抬起头，脚下的透明舱壁变回了金属模样，通知交互贴片关闭公共讯道的声音接入，他的身子往后一靠，大口大口喘着气，闭上双眼，试图平复一下又一次加速的心跳。

邦克号的目的地，不是金星那令人生畏的表面，而是其上空53千米处的疾风带。那里是金星大气对流层和中气层的边缘，类似于地球大气中的对流层顶，虽然风速仍在每秒百米上下，但温度却出奇地适宜。其中52.5到54千米处的温度区间为20到37摄氏度，舒适得就像迈阿密的海滩，关键的液态水在这个区间内可以轻易保存。而且如果将高度再往下降一些，来到金星上空49.5千米处，气压将会与地球海平面大气压基本对等。

综合这两个条件，通过足以忽略不计的飞船内温度或气压补偿，这片区间将会成为人类探索金星最好的起点。

更美妙的是，金星大气中二氧化碳的比例超过了96.5%，然后是比例第二高的氮，以及少量痕量气体。对抗超高的风速或许是个工程学难题，但由于海量二氧化碳的存在，这些比人类的可呼吸空气（氮和氧）更重的气体，将会成为飞船乃至合适的可持续居住建筑结构的“浮力”来源。带着较轻气体的飞船或建筑结构，可以如海中的船一样，自然地浮在金星的半空之中——星际移民，有什么会比一艘“船”更加合适呢？

“很紧张吗？‘郭医生’？”刘可的声音通过私密讯道传来。

“老实说，有一点。”郭杰睁开眼，看着忙碌的船员们，双手紧紧攥着拳。

“只是好奇哈。”刘可说，“你是太空医生，绝对的稀缺职业。原本要来的医生不知道什么原因突然失联，基金会立马推荐了你，说明你一定是个顶尖人才，跟过的任务大大小小比我们只多不少，应该已经习惯了航行才对啊，为什么还会紧张？”

“以前我最远也只去过地球卫星轨道，”郭杰咽了口口水，“这么远的地方，还是外星球，我从来没有……啊！”邦克号突然晃动了一下，吓得郭杰惊叫出声。

“放心放心，放轻松。”刘可急忙安抚，“邦克号是专门为这次任务设计的最顶尖的飞船，展开之后就是完美的浮空建筑结构，整个过程都不需要任何人为介入，没事的啦。”

“我、我知道，邦克号也是你设计的，肯定没问题。”郭杰稳住呼吸，不想在刘可面前丢脸，“只是……啊！”又是一次晃动。

“会不会唱歌？”刘可突然抛出了一个不合时宜的问题。

“我……不太唱歌。”郭杰摇摇头。

“你需要放松身心，唱歌可以转移注意力。唱个什么呢，嗯……《送别》，会吗？来，跟我一起唱，预备备，起！”刘可一本正经地哼唱起来，“长亭外，古道边，芳草碧连天……”

再次闭上眼，郭杰跟着哼，心逐渐逐渐地平坦了下来。是啊，没事的。我的工作都还未开始，又怎么会有事呢？

一定会没事的。

“晚风拂柳笛声残，夕阳山外山……”

1686 年 8 月，法国天文学家乔凡尼 · 卡西尼宣称，他发现了金星的一颗卫星。

卡西尼对这颗卫星进行了多次观测，测定其直径为金星的四分之一，这个比例接近地球与月球的直径之比。根据卡西尼公布的轨道数据，不少天文学家都进行了观测，并都声称自己看到了这颗神秘的卫星。

有资料显示，更早一些的 1671 年，一个叫蒙太尼的人也对它进行了多次观测，并留下了记录。德国的拉姆皮特还重新计算了金卫轨道，认为其轨道半长径为 40 万千米，绕金星的公转周期为 11 天 5 小时。直到 1764 年，还有三个天文学家（两个在丹麦，一个在法国）先后报告过金卫的相关情况。然而自此之后，就再也没有人见过它了。

随着人类的科技发展，太空望远镜、射电望远镜、雷达、宇宙飞船等工具的观测结果都显示着一个不可辩驳的事实：金星，没有天然卫星。

往前翻查历史，比卡西尼更早的天文学家，如伽利略等人，也从未留下过任何与金星卫星相关的记录。也就是说，这颗神秘的卫星，在人类天文观察史上至少存在了 93 年，随后，带着它那超过 3000 千米的直径、几千亿亿吨的质量，毫无预兆地消失无踪。

金星卫星之谜困扰了天文学界数百年之久。一部分人认为，当年卡西尼等人的观测存在严重误差，从根本上否认金星卫星的存在，这一切不过只是人类对维纳斯所产生的一个美丽的误会。另一种观点则认为，所谓的金星卫星，不过是一颗在宇宙空间中流浪的星体，机缘巧合之下被金星引力捕捉，绕着它旋转了 93 年。之后由于金星与太阳之间的距离过近，这颗迷途的星体最终被强大的太阳引力带走，逐渐远离金星，投入太阳那炽热的死亡怀抱，化为一束绚烂的火花。

但无论哪种观点，都很难完美解释所发生的一切，金卫之谜，也就此成为了历史长河中的又一桩悬案，再也无人能够知晓答案。

2018 年 10 月，帕克探测仪带着全人类关注的目光，第一次经过金星轨道的时候，发现了一处之前从未被探测到过的奇观：一个虫洞，以人类现有科学无法解释的方式，被固定在了金星的卫星轨道之上，仿若浩瀚宇宙中的索伦之眼[1]，幽幽地盯着近在咫尺的地球。

经过激烈的争论，这个发现被暂时向大众隐瞒，探测仪继续飞往太阳，执行着它的任务和使命，但极少部分人类的心却被永远地留在了金星。之后几年，大量针对这个虫洞的研究火速展开，无数种声音在学界响起。可当人类终于下定决心，要对这个虫洞进行机械穿越实验的时候，更不可思议的事情发生了：虫洞，拒绝了人造机器的探访。

飞行物无论如何竭尽全力地接近虫洞，最终都会在某一个不确定的时空节点上回到原地，回到或许是虫洞认为的“安全距离”之外。这匪夷所思的现象彻底动摇了人类科学精英们的世界观，一时间学界哀鸿遍野。没有辐射，没有能量波动，没有任何人类可探测的信息变化。无法解释，无法理解，无法用任何现有的科学理论乃至是猜想自圆其说。

就像是无所不能的造物主突然无聊了，想要看看人类这个脆弱文明挣扎崩溃的模样，于是在宇宙中信手落下一枚棋子，金星边的虫洞，如尖钉般死死钉在了全人类的心脏之上。

恐惧，开始蔓延。

2025 年 6 月，帕克探测仪结束了自己的使命，壮烈地坠向太阳。深陷极度恐惧中的人类那更加宏伟的篇章，也就此徐徐展开。

恐惧，鞭策着人类发了疯似的垂死挣扎，针对虫洞的各项研究，因祸得福地推动了人类的科学进步。如技术爆炸般的飞速进化，使得人类在自己可知的领域中拼命攀爬，多少年前的一个宏伟计划、一个在技术实现上近乎荒诞的构想，被再一次放上台面：戴森球，1960 年由美国物理学家弗里曼·戴森所提出的思维实验，成了人类绝境中所能抓住的最后一根稻草。

每个类人技术文明（恒星 - 行星系统中的文明）对能源的需求总是在恒定地增长着，如果该文明能够延续足够长的时间，那么必然有一天，它的能源需求会膨胀到需要利用其所在星系中最大的能源持有者——恒星的全部能量。而这个文明此时若是还想要继续延续、发展下去的话，就需要建立一个环绕恒星

---

① 奇幻作品《魔戒》中，注视着中土大陆的一只巨眼。

的壳状轨道结构，尽可能收集该恒星所辐射出的全部能量，化为己用。届时，拥有了几乎用不完的能源，该文明才有能力延续它的“香火”，并达到理论中的“Ⅱ型文明”（能够收集并处理其所在系统中恒星的所有能源）阶段，进一步向“Ⅲ型文明”进发。

21 世纪上半叶的人类文明，甚至还远未达到“Ⅰ型文明”（能够开发并利用其所栖息之星球的所有自然资源）。某些并不严谨的计算结果显示，如果将“Ⅰ型文明”的资源利用程度定义为“1”的话，那么人类才不过来到“0.73”这个节点而已。这样的人类，在恐惧的驱使下，试图直接跨越到“Ⅱ型文明”的高度，先完成能源收集与利用上的“跳级”，再继续发展科技，其根源动机，不过是想要尽可能地保护自己罢了。

宇宙是否会同意这种跨越？疯狂的应用科学发展，又会不会限制或许本应存在的、属于文明发展方向的更多可能性？这些问题人类已经无暇顾及。这个偏居一隅，一直按照自己的节奏蹒跚学步的文明，甚至来不及学会走路，便已经被那超越认知的虫洞逼迫着拼命向前跑去。

想要完成戴森球计划，人类要做的第一步，就是获得足够多的制造“材料”，这是一个天文数字。且不论从地球上将材料运送到设定中的既定地点需要浪费多少能源，就是人类直接将地球上可用且不会影响到人类生存的部分全数分解，材料缺口也依旧严重。于是，一位泰斗级的科学家，提出了一个可以预见、具有实施可能性并且或许是唯一可行的方案：太阳系行星开采计划。

这个方案的核心思想，是将拥有制造戴森球所需集能设备能力的飞船，或者干脆是某种建筑结构，送到集能设备所需要停留的空间附近，随后就地取材，将距离最近的行星作为材料来源，进行采集加工、原地制造、原地安置。在第一批集能装置被放置之后，继续利用装置带来的能源推进更多装置的材料采集、制造工程。就此一步一个脚印地逐步完成戴森球的整体构建。

虽然开采计划实施之后，太阳系中各大行星与太阳之间的质心点位置将会受到巨大影响，甚至可能冲击整个太阳系的体系稳定性，但这些问题，好歹依旧处于人类可以理解的范畴之内，只要科技继续发展，终有能被解决的一天。相比起那或许永远都无法被人类理解的虫洞，这些压力只不过是“小”问题。

之后的几十年时间里，技术爆炸的人类，果然逐步清理掉了计划实施过程中可能会遇到的大部分麻烦。这如同科幻小说中才会出现的“最后的救赎”，也终于到了开始实施的那一天。

第一站，就是金星。

邦克号飞船，承载着人类迄今为止最尖端的技术实现方案，带着一队最顶尖的太空老兵，来到了愤怒的维纳斯身边，开始尝试人类历史上第一次外星球高空殖民。临时顶班的郭杰，坐上了飞往金星的末班车，成为其中一员。

“还紧张吗？”不知不觉间，歌声告一段落，刘可那天生带着笑意的声音，将郭杰从休憩中唤醒。

“好多了。”郭杰点点头，“谢谢你，刘可。”

“我们是先头兵啊。”刘可没有回应郭杰的感谢。听着她的声音，郭杰甚至可以想象这个天才工程师得意扬扬的俏皮模样，“我们是人类的先头兵，所有的希望都在我们身上，这是一种‘荣光’哦。”

郭杰脑中浮现出方才看到过的金星彩虹，苦笑摇头：“别提那个玩意了，我又要头晕了。”

“虽然我对妈妈已经没有任何印象了，也从来都没有见过爸爸，但养父母告诉我，我的家族有一条祖训。”刘可的声音轻灵，说出的话，却沉重得好似背负了一整个文明的命运，“‘你的余生还有多长，就取决于你往前拼命爬了多远’。”

适应着邦克号最终定位时发出的阵阵战栗，郭杰不自觉地伸出右手，摸索着胸前的纽扣吊坠。

“郭杰，你要相信，相信你所相信的。”刘可说，“只要相信，好事就一定会发生。”

2. 双　眼

“重合度 0.94……0.97……0.99……”邦克号上，全员屏息，合成音温柔地说，“校准完成。拓荒者们，欢迎来到金星基地。”

郭杰长出一口气，后背已被汗水浸湿，贴片第一时间通知座椅，自动调节系统不紧不慢地工作着，舒爽干燥的风微微吹动。

“肯尼迪！呼叫肯尼迪！”拉哈尔自然不会错过这个绝佳的抛头露面的机会，立马切换讯道，向地球指挥部大声宣布，“世界时 13 时 29 分 41 秒，距离金星表面 53 千米，邦克号就位成功，悬浮位置稳固，一切顺利！”

通信延迟过后。

“肯尼迪收到，肯尼迪收到，恭喜你们！”地球指挥部的欢呼声传来，郭杰甚至能听到有人正在高声地吹着口哨，“感谢邦克号上诸位的努力和坚持，感谢拉哈尔先生的指挥若定，更要感谢刘博士为金星开采计划所做出的卓越贡献，全人类都会记住你们的丰功伟绩，你们必将名垂青史！”

这是希望的欢呼，是全人类的欢呼，在可以预见的未来，再也不会有能源危机。眼下，邦克号上的每一个人，就是全人类的英雄！

留下拉哈尔做他最喜欢的公关工作，其余船员们按捺不住激动的心情，纷纷从座位上站起身来，相互击掌拥抱。被点名表扬的刘可，毫无疑问地得到了最为热烈的簇拥。每个人心中都很清楚，没有她，就没有金星开采计划，更不会有载着他们来到这片地狱之中的邦克号。即便刘可对于航空操作本身起不到多少作用，随船前来的主要目的也只是为了见证自己天才般的设计如何化为现实而已，人们依旧对她充满敬意。

“感谢你，女王殿下。”泰里耶更是直接，自认优雅地走到刘可面前，单膝跪地抓起刘可的小手，在嘴边吻了一口，使得不远处好不容易挤出僵硬笑容、想要上前与刘可攀谈的郭杰又停下了脚步。

“够了够了。”见泰里耶起身之后还想和自己来一个法式拥抱，刘可急忙双手将他推开，哭笑不得地摇头，“我们东方人不习惯这样。”

“刘博士，你从小就在美国长大，体内还流着四分之一的美国血液，没必要用东方礼仪束缚自己。”佩林卡看热闹不嫌事儿大，在一旁瞎起哄，“不喜欢法式拥抱，不如来一次美式拥吻？”

“不行，从我眼前消失，立刻。”刘可右手往侧边一指，鼻梁上的眼镜晃了晃，衬着看起来顶多二十出头的脸庞，像是面对差生调笑的学习委员，“面对愿意接受的人，我那四分之一的美国血统才会起作用。而碰到我不愿意接受的人，我的血管里就只有东方血液。”

“薛定谔的血统是吧？”雷因斯多夫抬了抬眉毛。

“在我观测到工作进展之前，你们的假期还处于叠加态。”邀功结束的拉哈尔不知何时走了过来，又开始吆五喝六，“趁它还没坍缩为无，每个人都给我动起来！”

“就位”只是邦克号万里迢迢来到金星后的第一步，真正艰辛而漫长的任务，此时才刚刚开始。

“我们在这里要制造机器，培育经过基因编程的物种。理论上这些物种经过十次之内的迭代，就可以适应这里的实际环境，着手建造第一登陆点啦。”刘可迈着有些欢快的步子，溜达到了郭杰身边，笑眯眯地说，“地球时间最多三天，三天之后，我们在这里就可有可无了。”

“我现在就觉得自己可有可无。”郭杰苦笑一声，看了看船员们手臂上的广义生命体征收集钉，又瞄了一眼正在不间断工作的病症库比对程序列表，“医生是一个正在消亡的职业。”

“转变了形式而已。”刘可说，“疾病也在飞速进化，需要医生不断攻坚克难，否则病症库谁来更新？”

“很快就会被 AI 取代。”郭杰摇摇头，“一线实验室里已经有可以根据各项指征自动演算迭代病症库的 AI 了，接到登船通知之前我就在参与这样一个项目。”

“短时间内不可能覆盖全球，欠发达地区肯定还会需要‘赤脚医生’。”刘可笑着安慰，“不要这么悲观嘛，白衣天使。”

“好古老的称呼。”郭杰也笑了，“以后都会变成二进制天使了。”

“照这么说，我也迟早会被‘二进制工程师’取代啰？”刘可扶了扶眼镜。

“怎……怎么会，您说笑了。”郭杰急忙摆手，“你们做的是开创性工作，永远都不会被取代的。”

“只有病毒在做开创性工作，人类不过是在努力追赶它们的脚步罢了。”刘可耸了耸肩。

“嗯？怎么回事？”不远处指挥台边，拉哈尔的声音传来，“奇怪，为什么连不上？佩林卡，佩林卡！”

“又怎么啦，贝拉米船长？”佩林卡拖着长音懒洋洋地走了过去，用18世纪臭名昭著的“海盗王子”萨缪尔·贝拉米咒顶头上司短命——这位史上最富有的海盗28岁就死了。

“通信有问题。”拉哈尔皱着眉头，显然没听懂佩林卡的“诅咒”，“展开结束，得和地面通报一下，不知道为什么连不上，你们是用脚做的工程设计吗？”

虽然在如今所在的空间位置上说“地面”这个词，很容易被误解为是金星表面，但这也算是宇航员们的约定俗成：无论身处宇宙哪一个角落，只要说到地球，就会用地面来指代。仿佛这样称呼，就能让自己离家更近一些似的。

至于所谓的“展开”，指的则是邦克号最重要的功能：由一艘符合任何意义上航天需求的宇宙飞船，通过复杂的机械变动，扩展为一个类似空间站的球体，作为金星开采计划的大本营。相同量级的材料消耗度下，球体的内部空间最大，并且在抵御金星无休止的死亡飓风时，最易于调整，以便于稳固地“定”在空中。球体采用双壳层设计，内层可以通过保持三个相对坐标恒定的方式动态调节对地方向，无论外层如何疯狂转动，居住在内部的宇航员们都能保持“双脚向下”。

曾经只能在动画片里看到的场景，之所以能在众人眼前成为现实，还得感谢刘可那天马行空的创造力。展开后的邦克号，被刘可命名为“露娜舱”。在她看来，这种形态的邦克号，就像是金星上空的一轮金属月亮，为这个没有卫星的星球，带来混沌而浪漫的夜色。

实际上不仅仅是露娜舱，整个计划中所有经由刘可之手设计出来的产物，全都被她起了各种各样稀奇古怪的名字。要不是高层出面与刘可深入探讨了一次，在登陆点、对接点等关键位置依旧采取传统编号形式称呼的话，恐怕等到计划完成、开始运作的时候，金星就会变成一个充满神话传说的世界了。

“老大，你在开玩笑吗？”听到拉哈尔的抱怨，佩林卡脸上的嫌弃几乎要滴下来了，“通信应该找泰里耶他们啊，和我有什么关系？”

“你们……你说得对。”拉哈尔一愣，又开始扯着脖子呼唤泰里耶，“泰里耶！马上给我滚过来！”

“耳朵要聋啦！”刘可眉头微皱，让贴片关闭了公共讯道，看着泰里耶优哉游哉去和拉哈尔扯皮，“分明有讯道通信，正常音量说话就能听清了，还要扯嗓子喊。这个拉哈尔，官儿不大，威风倒不小。你说是不是郭……郭杰？”

一回头，刘可就看到郭杰脸色煞白，一副吓坏了的样子，急忙问：“你怎么了？哪儿不舒服吗？”

“没……没有。”郭杰摇摇头，呼吸急促得不太正常，“我只是……对地通信怎么会断了呢？”

刘可是真没想到，郭杰居然会对这次任务如此担忧，开口劝道：“说不定是太阳风，也有可能是就位过程中出了问题，毕竟这里环境特殊嘛，不要害怕，没事的啦。”

“我没有害怕。”郭杰摇摇头，双眼却依旧没有焦点，“我就是有点……紧张。”

“啊对对对，你不是害怕，你是紧张。”刘可被郭杰的小小倔强给逗乐了，甜甜一笑，一把抓住郭杰的胳膊就往外拽，“来，我陪你去转转……对了，音乐，去听音乐吧！我每次紧张的时候都会听音乐，来，到我舱间去，给你听古典音乐。”

“舱间？”郭杰不解，“贴片就能进行讯道点播啊。”

“那多没劲，要听就听现场的嘛。”刘可继续抓着郭杰往舱间走。

“说得好像你带了个乐队来似的。”

“我的特权还没夸张到那个地步。”走进通道，刘可回过身来面对郭杰，右手变戏法似的从背后掏出了一样东西，“但带这个就没问题啦。”

郭杰很想伸手揉一揉眼睛，眼前的场景实在是有点超现实：露娜舱外，狂躁的异星风暴正尽情地肆虐着，而在这人造月亮的中心地带，天才工程师刘可，居然掏出了一支中国笛。

与此同时——

“该死的舱外作业……就不能让机器去吗？”通信组的工作人员一边咒骂，一边四肢张开，等着贴片为他们送来舱外作业服。

“抱怨有什么用呢？还不如先干活。”泰里耶依旧保持着法式慵懒，“我带了一瓶 1944 年的罗曼尼，回来分你们点。”

安抚好同事，泰里耶回到工位唤醒光场发生仪，不知从哪里摸出了一块黄油千层酥，咔嚓咔嚓吃着，实时监看舱外情况。

虽然早已有了更为先进的通信解决方案，但考虑到金星怪诞的环境，邦克号仍然在舱外留下了一个通信模块。拉哈尔一通脾气发完后，泰里耶第一时间检查了舱内模组的运行状况，结论是一切正常，由此判断应该是舱外模块出了岔子。

全息监看画面中，橘红色的飓风如海浪般在露娜舱的金属外壳上呼啸而过，两名工作人员穿着不算厚重的短时效户外作业服，双脚贴在圆形舱壁上向前行进。作业服外，一层半透明的反辐射柔性膜发出诡谲的幽幽光彩，让他们看上去就像是两个幽灵，正行走在异星狂风之中。

“多注意几个应力集中点的部件状况。”泰里耶虽然看起来不太靠谱，但能登上邦克号的都不是等闲之辈，“如果发现需要替换的部件告诉我，我放权限给你们，让‘露娜’带出来……咔嚓咔嚓。”

“你在吃什么？”一名工作人员听到了泰里耶嘴里的声响。

“有法国人的地方，就有黄油千层酥。”泰里耶咧嘴一笑，让贴片把手中剩下的半个千层酥画面传了过去。

“回来我就洗劫你的舱间。”工作人员手上的柔性膜凸起一块，那是一根中指。

“谁说我会放在舱间？”泰里耶笑得很欠扁。

“啊这该死的工作，我恨我的生活……嗯？”说话间，两人来到了模块附近，矮身稍做检查，眉头逐渐皱起，“泰里耶，我有个问题。”

“你说。”泰里耶美滋滋地吃完最后一口美味。

“讯道现在‘干净’吗？”传来的声音，分贝明显降低。

“我们的？”泰里耶瞄了一眼讯道监控列表，“只有我们三个，怎么了？”

“能‘锁’吗？”工作人员问。

泰里耶的动作一顿，装作不经意地转动座椅，扫视了一圈，发现没有人注意到自己这边，这才开始添加“锁”——也就是讯道加密操作：“7级够不够？”

“用你的最高权限吧。”

完成操作，泰里耶表情如常，还是那副懒懒散散的模样，声音却变得严肃起来：“说。”

“修不好。”工作人员回答，“损坏的是不可替代件，带权限的。”

泰里耶心中一咯噔，知道不妙。

理论上来说，邦克号展开成露娜舱之后，金星计划中所需要用到的任何部件，都可以通过内置的“零件工厂”制作出来，就部件本身而言，这里没有什么是真正“不可替代”的。

但金星开采计划实在太重要了，邦克号也实在太重要了。人类最喜欢做的事情，就是把一些本该简单的东西复杂化。如此重要的工作中，没有几个“自带权限”的不可替代件，又怎么能让“上头”满意呢？即便这些部件相当耐用，几乎不存在损坏的可能，可对于有些人来说，真正重要的只是“拥有权限”这件事本身。

“Mince[①]……”泰里耶用母语咒骂一声，眉头也终于皱了起来，“原因呢？”

“超过应力极限。”工作人员回答，“泰里耶，你真该看看这个。”画面被传递过来。

“他们是给我们拿了个样品来吗？”看到部件状况，泰里耶火冒三丈，“这鬼东西起码被用过一万次了吧！”

“这就是问题所在，泰里耶。”工作人员说，“出发前我们检查过多少次，

---

① 法语 merde 的变隐音，表示粗话的口语用词。

你还数得清吗？”

“废话，这是我们的职责，检查一万次都算少的，从编号到细节，我自己就查过不下一百……”说到一半，泰里耶的嘴巴张着，后半句话却说不出来了。

是啊，这么多次，我们分明检查过这么多次。不只是我们，整个计划里涉及通信作业的工作人员，前前后后反反复复地检查过这么多次，甚至连刘博士都亲自查验过一切。人可能还有极小的概率出现失误或偏差，但最后那几次全机械检查呢？不可替代件这么重要的东西，就算骗得了人，也不可能骗过机器啊。

至于金星暴虐的脾气搞坏了相关部件的概率，几乎可以忽略不计。如果连这点防护都做不好，邦克号压根就飞不到这里来。这到底是……

“是个高手。”工作人员的声音将泰里耶从回忆中拉回现实，“无论是谁做的，这人都是个高手，而且是有着 9 级以上权限的高手。这个人熟悉邦克号上的一切，对整个通信模组了如指掌，破坏方式、手法、对应力极限的把握程度都堪称完美，正好卡在了就位后拉哈尔第一次对地通信结束的节点上坏掉，一次不多一次不少，而且硬说是受到环境影响才破损的也说得过去，毕竟出现隐性残次品的概率始终是存在的。”

这个人到底是谁？为什么要这么做？在展开结束，一切开始运作的时候，切断邦克号与地球方面的通信，会给什么人带来什么好处呢？又或者说……

“一个人恐怕做不到吧，有那么高权限的人里很少有技术骨干。就算有，除了刘博士之外也都是专精向的，不可能对通信模组如此了解。至于刘博士……”四下一看，泰里耶没找到刘可，“她是个天才没错，但现在和几百年前不一样，只有天才，不可能有全才。”

“你的意思是……”工作人员说，“不止一个？”

“只能这样考虑。”泰里耶回答，“要么是这儿的技术团队里有问题，要么……”

“地球？”

“我什么都没说。”泰里耶擦了擦嘴角的千层酥碎屑，“记好数据，先回来吧。”

切断讯道，泰里耶装作无事发生，飘着步子走向拉哈尔。

如果是船上的问题，或许还好办。但如果问题出在地球，就证明有人打定了主意，要将远在金星的邦克号，变成一个对于地球方面而言绝对的“异星密室”。

“那可就真的麻烦了。”

世界时 20 时 16 分，刘可得知了这个消息。在她的强烈要求下，尚未将消息在露娜舱彻底公开的拉哈尔唤来了郭杰，又复述了一遍发生的状况。

“下一次再有人来是什么时候？”郭杰紧张地问，“我记得是……五年后？”

“没错。”拉哈尔点点头，“其他行星的开采计划也在逐步落地执行，频繁往一个星球派送人手是不现实也没有必要的举动。”

“郭杰，你怎么看？”刘可问，“我们已经和各个技术组的负责人谈过了，开采作业方面没有问题。船员健康呢？有问题吗？”

“坚持五年不和地球联络？”郭杰有些为难，“除非金星上有什么我们从未探测到过的生物，否则不会有生理上的问题，但是……”

“那就继续任务。”拉哈尔一拍桌子，大义凛然地说，“我们是远征军，这点困难都克服不了，还执行什么任务？”

郭杰急忙劝说：“但是从船员的心理健康角度出发，我还是建议……”

“不能返航！”拉哈尔粗暴地打断了郭杰的话，沉浸在自己臆想中的悲壮氛围里，“这可是人类历史上最伟大的一次远航，就算我们丢了性命又怎么样？只要‘生命之河’开始流动，计划就能推行下去。至于我们，不过是一帮需要吃喝拉撒的监工罢了，根本无足轻重。再说了，就算没有我们监工又如何？机械监工已经在组装，很快就要下流水线了，等它们上了岗，我们就真的什么都不用干了。是这样吗，刘博士？”

“确实如此。”刘可点头，然而眉头还是紧皱，“但我个人认为，郭医生的说法也不无道理，是不是应该先把情况告知船员，让大家共同决定是否返航？”

“刘博士，没有不尊重你的意思。”拉哈尔的眼神一冷，像一把军刀般剐向刘可，“你是专家，是工程方面的天才，有着我这一辈子都无法企及的智慧。

但我也有我的专业，那就是忠实无误地执行命令。”

拉哈尔右手一挥，用船上最高权限，强行打开了刘可和郭杰的光场发生仪，“生产车间”的画面出现在两人眼前。

机械冰冷而坚硬的声响，随着“生命之河”的流动响彻四周，光亮的金属部件源源不断地“流淌”而下，伴随着阵阵轰鸣，经过一道又一道组装塔，每经过一道，部件就更加成型一些，最前端的甚至已经展现出了类人形态。军队列阵般整齐划一的景象，居然让郭杰心中也不由得产生了几分磅礴之感。

画面一切，数间“造物车间”的实况又被推送到两人面前。或大或小的柱状培养皿鳞次栉比，浸润在液体中的生物组件以不可思议的速度增殖扩张。被完美控制的光照节奏分明地闪烁变换，仿如上帝正在把玩它那万能的生命调色盘。

“看到了吗，刘博士？”拉哈尔的声音响起，坚定稳固，没有丝毫印度英语特有的颤动，仿如低音军号吹响，并不嘹亮，却格外激昂，“这不是普通的流水线生产，这是一支军队！我们来到这里也不是做一次科研探索，而是征战！”

“这么说有点夸张了吧。”

“夸张吗？一点都不！”拉哈尔噌地起身，在封闭会议室里踱起了步子，“你们要时刻记得，全人类正在面对危机，我们所做的一切都必须以完成开采任务为前提。在这个大前提之下，我们的生命根本不重要！”

那是你的生命不重要，刘可的生命重要得很！郭杰当然没有胆量把这句话说出来，只是微微别过头去，轻轻叹气。

“刘博士，郭医生。”走到两人面前，拉哈尔居高临下地说，“这个消息，还希望二位暂时向不知情的船员们保密。作为这次任务的指挥官，我不希望战士们被这种无关紧要的事情扰乱心神。”

“无关紧……我真是不知道该说什么。”刘可无奈地摇摇头，“现在他们是不知道，但等到他们准备和家人联络的时候呢？这个秘密迟早要曝光，你这么做毫无意义。”

“刘博士。”拉哈尔话锋一转，“你听过《喀秋莎》这首歌吗？”

“当然听过。”刘可狐疑地问，“怎么了？”

“张鼓峰事件发生的时候，伊萨科夫斯基看着珲春地区的春光，写下了这首诗。勃兰切尔看到诗句，将它谱成了曲。但是这么好听的歌却没有马上流行开来，而是在苏联卫国战争打响之后，才开始在将士们之间传唱起来，你知道为什么吗？”拉哈尔问。

刘可和郭杰都没有回答。

“因为收不到家书。”拉哈尔说，“德军一路长驱直入，攻占了大片苏占地区，大肆破坏各地交通设施，迂回攻击、切断苏联人的背后通道，使得军属家书的传递变得极为困难。您能想象，在绞肉机一般残酷的斯大林格勒战场，将士们看着尸横遍野的惨烈战场，本就心生忐忑，此时再收不到家书，会是什么样的心情吗？”

郭杰大致猜到拉哈尔想说什么，但又没有勇气开口打断眼前这个满脑子都是战争的男人。

“这个时候，将士们就需要一个‘偶像’、一个‘念想’，一个可以让他们寄托思乡之情的‘存在’。《喀秋莎》就这样被传唱开来，她既是多管火炮，又是大众情人，没有她，就没有现如今的世界格局。”

回到座位边，拉哈尔坐下，身子往后一靠，双手张开，扶着宽阔的椅背：“但是家书，真的不能被送到前线吗？父母妻儿的思念、问候，真的无法被传递到将士们身边吗？德军在破坏道路桥梁，苏军不是也在拼命地赶工修复吗？可为什么即便如此，前线却还是收不到早就该送到的家书呢？”

说完这番话，拉哈尔也不多做解释，傲慢地偏了偏脑袋：“这些细枝末节的事情两位就不用多管了，你们聪慧的头脑应该用在更重要的地方。我对你们的要求只有一个，那就是保持缄默。请回去休息吧，我还有其他事情要忙。”

拉哈尔下完逐客令，郭杰与刘可眼前的画面也同时消失，身后房门打开，两人知道继续与这个顽固的家伙沟通没有意义，只得起身离开。刚走出会议室，他们就听到了同事们的欢呼。

对视一眼，郭杰从刘可的眼中看到了答案：第一批“劳工”已经顺利下线。

接下来，就是“下潜”。

来到操控中心，兴致缺缺的刘可说自己有点累，先回舱室休息。郭杰则回到工位坐下，让发生仪将实时画面传递过来。

诡异的金星飓风中，露娜舱的金属外壳好似洪流中的滚珠轴承疯狂旋转。随着一声闷响，舱体下方一扇巨大的舱门开启，几秒之后，数不清的胶囊防护舱飞出这颗人造月亮，带着机械劳工浩浩荡荡地向下俯冲而去。

想完成金星开采，光有一个落脚点肯定不够。在刘可设计的整体思路中，先遣队在空中就位只是第一步，随后轮到机械劳工登场。这些不死不休的工人，会一路飞往金星北极①，穿过环流带，进入极地衣领，最后在S形气旋的两处风眼分批着陆。

劳工们会就地取材，在极地建造出一个椭圆球状的巨大建筑，小部分露出金星表面之上，大部分则埋在地下。这个建筑被定名为“极地中心”，权限分级是“第一登陆点”。在那里，劳工们会搭建出更多条权限较低的生命之河以及造物车间，并设立直通露娜舱的对接点。拥有坐标对接权限的穿梭机，可以在对接之后完成类似“一键返航”的操作。

等极地中心开始运作，自适应程序会实地分析地表及浅层地壳下的环境情况，并以此为依据调整造物指征，进而创造出能够适应新环境的机械及生命体，并在整个开采计划实施的漫长岁月里不断自我纠错、改进。经过核算，在金星的特定环境条件下，制造、喂养、繁衍生物劳工的成本，反而比制造机械要小很多。

完成这一切，混合编制、用于满足不同作业需求而呈现出不同生命特点的生物劳工，会在机械监工及内置基因的指令下，开始挖掘穿透金星地壳的通道。

幸运的是，金星地壳相当薄，地幔富含硅、氧、铁、镁等元素及其化合物，是绝佳的可利用材料。通道建设结束，极地中心就会利用这根“吸管”开始“汲取”金星厚重地幔中的丰富“养分”，并逐步转化为真正可使用的材料，再由庞大的机械组制作成戴森球所必需的能量收集装置，最后送入宇宙空间并定位，点缀这片孤寂的星域。

至于那颗半径约3500千米的铁－镍内核，自然也不会被浪费，地幔被挖空后，内核会被改造成一个发光的“第二对接点”，承载起内部照明、接驳各

---

① 遵循学界惯例，以地球对应方位定义。

类载具的任务。整个开采计划中最妙的部分就在这里：材料开采得越多，能够制造的劳工也就越多，等到挖掘出了一定空间之后，生物劳工就能居住在金星内部，成为名副其实的“地底人”。

收集大气层中逃逸的水蒸气制造“球内海洋”作为食物工厂，以内核为基础制成“太阳”供给照明，最后调配好地底人所需的空气比例，增加人工重力……金星内部就会成为一个“密室版”的反向地球，生物劳工们甚至可以在其中繁衍生息，自我迭代，通过一定的监督控制，源源不断地为人类产出一代又一代奴隶。

等一切布置妥当，人类就可以通过穿梭机自由往返于第一、第二登陆点及露娜舱之间，完成一些必须要人类权限才能做到的工作。

如果说第一个提出金星开采计划的人是一个名副其实的天才的话，那么进一步完善该计划、使其拥有实施可能性的刘可，则是站在巨人肩膀上，第一个摘到苹果的人。

郭杰关闭发生仪，一动不动地坐在座位上，看着兴奋异常的船员们，脑中一些奇妙、古怪的念头不断耸动。如若那些生物劳工也存在着所谓灵魂的话，那么人类在金星上正在做的事情，就是展露神迹。

我们是造物主。

虽然才刚刚起步，虽然技术手段还远未完美，虽然还会有这样那样的问题，但在金星，毫无疑问，我们，就是神。

“刘可，那个，”无事可做的郭杰打开私密讯道询问刘可，“你在哪里？”

“我在舱间哦。”刘可轻松的声音传来，似乎已经安顿好了情绪，“发生什么事了吗？”

“啊，没有没有。”郭杰急忙摇头，“只是……我在这儿也没什么事做，有点无聊，所以……”

“哈哈，你分明是想关心我吧？”刘可一句话就戳中了郭杰的心思，“我没事啦，拉哈尔就是这样一个人，虽然我不认同他的做法，但有一点他说得没错。”

“什么？”

“‘任务优先’。”刘可回答，“无论发生什么状况，完成开采任务才是最重要的事情，这一点我表示认同。”

是这样吗？郭杰有些茫然，对船上发生的一切，以及自己必须要做的那件事，都有些茫然。

“没事做就来找我玩啊，”刘可说，“开始阶段对船员们来说很有趣，但我是觉得有点无聊啦，毕竟在计算机上模拟演算过那么多次，都快能背下来了……我的舱间你知道在哪儿吧？”

“嗯，知道的，那就……打扰了。”郭杰点点头，起身走出操控中心时，甚至没有人发现他来过。

郭杰走过曲折的生活区通道，来到刘可舱间门外，自识别门禁捕捉到了他的生命特征，房门自动开启。

“来啦。”走进屋内，刘可正坐在床边，膝盖上摊着一本款式相当古旧的随身笔记本。

“抱歉，这么晚还来打扰。”郭杰仔细瞄了瞄那本本子，发现上面写着的字大部分是中文，“这是？”

“因纽特故事集。”刘可大方地将笔记本一合，递给了郭杰，“养父母说，是我早逝的妈妈留给我的，据说是我外公写的，大致就是一些因纽特故事的中文翻译……你知道因纽特民族吗？”

“我知道。”郭杰有些诧异地接过书，没想到刘可的祖辈居然也对因纽特文化感兴趣。

“哇，难得。”刘可为终于找到同好而兴奋，“这里记了总共 53 个因纽特民间故事，翻译前的文本应该是英文，你看，还有些英文注解。”

郭杰翻着书点点头。

“不过我查了资料，据说英文文本是来自丹麦文原本，而丹麦文原本则是一位传教士在因纽特民族居住地采集得来的，真正的源头应该是 19 到 20 世纪之间某个因纽特族老人的口述。”刘可说，“很可惜，没办法听到老人亲自说这些故事了。”

“最后好像被撕掉了一些？”翻到书尾，郭杰看到了明显被撕扯过的痕迹，“是第 54 个故事吗？”

"不知道，不过应该不是。"刘可摇摇头，眼镜微微晃着，"第 53 个故事下面有个'完'字，应该是说故事到此为止了。被撕掉的是什么我也不清楚，我找资料恢复专家尝试过，可惜时间太久了，没成功。你看开头有不少页数其实也没了，本来应该是类似封面、扉页之类的东西吧。"

郭杰翻回本子的开头，确实看到了页数缺失，不过似乎是被人用裁纸刀之类的东西给整整齐齐切下来的，断面相当工整。

"可能有点唐突，不过请问……"一个念头，闯入了郭杰的脑海，"你的外公叫什么名字？"

"不知道。"刘可迅速摇头，仿佛触碰到了什么久远的禁区，"养父母不告诉我，他们连妈妈的名字都不告诉我，只说妈妈死于交通意外。外公好像是做过什么不太好的事情，所以被剥夺了探视权，一辈子都不能与我有任何交集。"

外公做过坏事，不让刘可知道名字，这一点不难理解，但为什么连妈妈的名字也不能说呢？这好像没什么大不了的吧？除非……郭杰思索着，除非刘可母亲的名字这个"信息"，可以让刘可非常精准地得知外公的身份，反之亦然。

并且如果刘可知道了母亲的信息，并开始试图查找、拼接母亲的人生轨迹这个"行为"，也能让她的外公迅速锁定刘可的身份的话，那么养父母为了保护刘可而不告诉她母亲姓名这个做法，就能得到合理的解释了。毕竟外公"想要探视外孙女却不被允许"，才是一个合理的"动机"。

可如今地球上破百亿人口，华裔人口早已突破 20 亿大关，与刘可情况类似的人数不胜数。有谁能够有如此大的能力，只通过一个名字、一个行为，就从中精确找到自己想找的人呢？刘可的外公究竟有着怎样通天的能耐？

他，到底是谁？

"这些故事特别棒，虽然是古老民族的民间传说，但这本书，怎么说呢……"刘可的声音，将郭杰从没来由的推理中唤醒，"常读常新，每次读都有收获，特别有意思。"

"是吗？"郭杰回忆了一番，他在查询爷爷的安奎特雕像之信息时，也读过一些碎片式的因纽特故事，"我以为只是普通的民间传说而已。"

"不，你不懂，因纽特人非常厉害。他们繁衍迁徙的轨迹与上一次大冰期紧密相关，这些故事的成型年代可能是一万年前！”说起故事，刘可的兴致相当高涨，“故事里居然能看到那么多科学时代才有可能探知到的事情，你不觉得很奇妙吗？”

郭杰一愣：“科学？”

“你可以让贴片记录下来，有空的时候读一读，这里面什么都有！”刘可指了指本子，“在人类甚至还没有文字的时候，他们就已经知道地球是圆的，两个向相反方向行进的人，最终会在另一端重遇。他们知道从宇宙中看到的地球是蓝色的，并在故事里非常明确地说到了‘蓝色地球’这个词——取决于你怎么翻译‘earth’了。

“他们有轮回的观念，一个生命死后灵魂会不断转移至其他载体，甚至依附在某个物件上，所以某些族人动手杀人的时候，不觉得自己是在杀人，而是在给予他人新生。他们的巫师可以通过吹气的方式让某样东西获得生命，听起来是不是很像女娲造人？所以我认为，中国文化中的某些特质，和因纽特文化是有共通之处的。”

刘可越说越起劲，眼神中闪耀的光彩，让郭杰几乎忘了呼吸：“他们说死者会去天堂，说的不是‘to heaven’，而是‘go up into sky’。这不是去天堂，分明是航空航天，就是我们在做的事情啊！”

有点牵强附会了吧？郭杰没说出口。

“而‘飞上空中’的人，还会遭遇‘天上一天地上十年’的诡异经历，这不正是在影射相对时空的概念吗？他们的世界观里没有神明，没有造物主，没有来生的惩罚，有的只是想要‘活下去’的原始渴望。飘荡在人间、看似无所不能的‘灵体’被他们称为‘助灵’。发现了吗？助灵，连不可知的力量，都是他们得到助力的帮手而已。这是多么可怕的觉悟，多么高昂的斗志啊！”

是有点意思，可是……

“他们笃信泛灵论，整个信仰体系说白了就是‘没有信仰’。他们所说、所做、所努力的一切动机，都来源于两个字：恐惧。”刘可跟着了魔似的说着，“他们认为人拥有两个灵魂，一个掌管呼吸和生存，另一个是私人灵魂。怎么样？有没有想起笛卡尔的‘心物二元论’？”

“这……”郭杰不知道该如何回答，才不会扫了刘可的兴致。

“哈哈，没事，我知道，说起因纽特故事的时候，我确实像个疯子。”刘可倒是大方地承认，“但你不能否认，这个民族的一切确实很让人着迷……啊对了，我告诉过你他们还会踢足球吗？”

“还没有……”

“是的，他们会踢足球，有进行体育运动的传统。他们管理雪橇犬的方式值得所有企业家好好学习。”刘可说，“你知道在因纽特故事中，金星是怎么来的吗？”

郭杰摇摇头。

“一名巫师变的，哈哈。”刘可笑道，“故事里说，历史上的第一名巫师有着移山填海的神力，能在空中自由地飞行，还能让足以使人精神崩溃的无边迷雾精确无误地降临到某个人身上，让他永远也无法到达‘真实之地’。”

郭杰憋了半天，也没能接上一句话。

“嗯，我明白了，你觉得有点平庸，其他文化里也存在类似的故事，对吧？”刘可笑着扶了扶眼镜。

“啊我不是那个意思……”

“那么来听听这个。”刘可从郭杰手中拿过本子，甚至没看上一眼，就直接翻到了她需要的那一页，“故事叫作‘月男’，你猜猜讲的是什么？”

“月男……”郭杰复述了一遍故事的名字，“月亮上的男人？”

“没错！”

听到这两个字的时候，郭杰确信，刘可是真的有点疯。

“准确地说，是‘居住在月亮上的男人’，他会从一条巨大的、闪烁着金属光泽的狗的肚子里走出来，从天而降落入水中，他是个宇宙人！当月男和人类成为朋友之后，就会把一只会喷火的鸟送给对方，对方可以背着这只鸟飞到月球上去找他。”刘可越说越来劲，“仔细想想，闪烁金属光泽的巨狗，指代的一定是某种小型飞船，而那只会喷火的鸟，应该就是我们的救生舱里配备的随身短途升降背包了。看，一万年前的因纽特人，就已经预言了我们直到现在才能制造出来的航空设备，奇妙不奇妙？我甚至怀疑曾经有因纽特人见到过乘坐小型飞船的外星人！”

“嗯……蛮奇妙的。”郭杰让贴片把刚才扫描下来的故事内容调了出来，并定位到“月男”那一页。

“哈哈，你能不能敷衍得再明显一点？”刘可并不介意郭杰的看法，“老实讲，第一次看到这些故事的时候，我的想法和你一样，但多看几次感觉就完全不同了。我高度怀疑，这些故事里的一部分说不定是真的。哦对，我还用因纽特传说里出现的名词，给这次计划中的不少东西命了名呢。”

“是吗？”这倒是引起了郭杰的兴趣。

“来来来，我们一起去转转，我当导游！”见郭杰终于开始认真听，刘可那兴奋的劲头立马回来了，收好本子，起身推着郭杰就往外走，“故事里有一种生物叫作‘内陆人’，据说长着长长的尾巴，居住在远离大海的地方。等到计划有了初步规模之后，我们带着输氧管进入金星内部，是不是看起来和内陆人很像？”

“你这么说感觉有点滑稽。”郭杰想象了一下。

“你可真会聊天。”刘可瞪了郭杰一眼，带着他来到一间机房门外，自感应照明系统察觉到了两人的到来，柔和的灯光以人眼最舒服的亮度和角度，从四周舱壁内侧亮起。

“这是基因编程机组。”刘可介绍说，“除了给生物劳工进行可自动迭代的基因编制之外，我们还能在这里制造出针对某一特定基因特征发动追踪打击的基因制导武器，用来在必要的时刻控制劳工种类与数量。因纽特故事里的巫师可以吹出一种带有魔力的箭，追踪目标直到击中，也就是我们的基因制导武器啦。”

郭杰还没看清那些制造中的圆球状“子弹”，就被刘可拉着继续往前走去，一道通道隔离门感应到两人，自动打开。

“故事里的巫师有着类似‘感知力’一样的超能力，可以在没有看到的情况下，感知门外是否有人、来者是谁等信息，并呼唤助灵将门自动打开，还可以隔空说出某人正在某处做什么事，从不出错。”

走过门洞，刘可说：“现在我们也能做到了，只不过靠的是监控系统，以及无处不在的感应元件。类似的原理还能被用在生物劳工身上，特定的基因片段，可以被设计成对某一波长或特征的指令传达格外敏感。我们坐镇千里之外，便可以让劳工们乖乖地听凭差遣。”

科技，真的可以让人变成神明，郭杰深刻地体会到了这一点。

“这是生命之河。”不多时，两人来到了机械制造车间门外，“低权限的机械劳工要承担一定的劳作任务，同时也要监督生物劳工的作业情况。虽然说起来很残酷，但生物劳工毕竟不如机械般绝对服从命令，万一有点意外，机械劳工就会把不听话的家伙揪出来，撕成碎片。”

“那是什么？”郭杰被生命之河一头一个魁梧的人形机器给吸引了。

“图皮拉克。”刘可说出了一个郭杰似乎在哪里看到过的名字，“因纽特故事里的恶灵，用骨骼搭建出来的怪物，会不死不休地为它的创造者实施复仇。在我们这里属于中等权限机械监工，有 4 级权限。”

这个权限接近未来可能会出现的“金星矿场访客”。郭杰回忆着出发前被要求背熟的权限分割表。

“我们会用涌动振膜聚集水源，制造海洋。”参观继续，刘可的讲解也在继续，“生物劳工需要食物，海洋就是最好的食物来源。用于制造海洋生物的总机组名叫‘内里维克’，因纽特语里的意思是‘肉食’。纳米集聚线束阵列组成了它长长的‘头发’，与全机组设备相连，总控所有海洋生物的繁育和进化。有足够权限的人类，可以通过手部触摸线束的方式验证生命信息，以启动、关闭、检修、更改设置参数。这个时候它会说‘帮我梳头吧’，小彩蛋，幼稚吧？”

刘可将动态设计稿传给郭杰的贴片，郭杰看到如小岛般巨大的总机组深藏海底，总控中心里，一个硕大的头颅监视着海中的一切，密集线束随着海水起伏不断涌动。

“所有海洋生物都会听它的话，定点定时放出定量鱼群，供劳工们享用。”刘可说，“如果有劳工找到了机组，它也有自主权限可以让鱼群发动攻击，不需要我们额外费心打理。”

“那是……一只狗？”一间车间里，郭杰看到了一只火红色的金属小狗，站起来也到不了人的膝盖。

“中和雷电的。”刘可解释，“这里的闪电太持久了，就像故事里的‘雷霆之魂’一样。这家伙叫‘赤犬’，可以飞到空中释放纳米机械调和器，一定程度上控制天气。”

“它叫赤犬该不会是因为故事里的雷霆之魂，恰好害怕一种红色的狗吧？”郭杰半开玩笑地说。

“是啊。”刘可点点头，“就是这样。”

看来真得好好读一读这些故事。为了和刘可找到更多共同语言，郭杰暗下决心。

“生物劳工的种类会很多，有的擅长挖掘，有的擅长搭建，不过最重要的还是‘运输’。”在造物车间，刘可指着一个极为硕大的培养皿说，“这里面会制造出一种叫作‘巨人’的劳工，智能较低，但是身体机能极佳，搬运重物是一把好手——这个名字听起来有点没诚意，但也是从故事里来的。”

“万一通道塌方，巨人们会死吗？”郭杰皱起了眉头。

“不用担心，它们的尸体不会影响工程进度。”刘可完全会错了意，“‘大火’会清扫一切的，火力、火舌的角度、蔓延速度、方向都可以控制，配合带有致命毒素的‘雾灵’，可以应对几乎一切生物劳工作业事故。”

人类，终于成神了。郭杰心中生出了一丝敬畏，不知道百万年前那第一个举起火把，向空中不存在的神兴奋起舞的智人，如果看到了如今这副疯狂的景象，会做何感想。

“还有一些东西暂时没有上线制造，目前还用不着。”刘可说，“比如大体量穿梭机‘巨鹰’和重运载空行航母‘巨鲸’，大规模迁徙或者发生劳工暴乱的时候，这两个巨型机械会派上用场的。”

“劳工暴乱？”

“生物劳工毕竟是生物，而且是拥有一定智能的生物，不然没法完成它们的工作。”刘可不以为然地耸耸肩，“不过概率很小啦，放心放心，不紧张哦。”

“我没有紧张。”郭杰有些无法接受刘可这漠视生命的态度，可细想又觉得其实根本无所谓。

“总之，在这里，我们就是神。”参观完毕，两人闲逛着走进监控中心，刘可回过身来，颇有些得意地看着郭杰，背后是被分割出无数画面的、恢宏无比的“造物进程”。

“就像故事里说的一样，世界的开端没有光，我们的寿命对于劳工来说几乎不老不死，在如此厚重的金星大气下，是我们给它们带来了光明。科技让我们成了无所不能的巫师，监控遥控就是全知全能，利用造物体内的基因片段远程呼唤就是召唤助灵，我们凌驾于万物之上，为这片死亡之地带来它们所需要的一切……我们，就是创世之神。”

这对吗？

郭杰突然有些头晕目眩，身子往后一靠，右手背在身后，避开刘可的目光，轻轻抚上了一根操控杆，正准备偷偷使用，某种金属撞击的声音在身后响起，一只手死死捏住了他的肩膀。

“转过来，面对我。”机器合成的低沉男声，就在郭杰耳畔，“权限不足的人类。”

“住手，图皮拉克！”眼前的刘可一声高喊，双眼看向郭杰身后更远处，“还有你，铜面人，马上给我离开这里！”

肩上的金属手掌松开，郭杰就像捡回了一条命似的几步跑到刘可身边。回身看去，一个图皮拉克从操控杆边向后退去，每一步都有金属回响，泛着冷光的身体消失在了黑暗之中。

门外那条笔直的通道远端，一个双眼发出红光的人形机器若隐若现，郭杰不过眨了眨眼，那机器就消失了，没有半点声响。

“你碰到什么了？”刘可此时才大喘了一口气，捶了捶郭杰的肩膀，“图皮拉克应该是得到了系统指令，叫你回头是为了扫描你的生物信息确认身份。还好我在，要不然你已经被撕碎了！”

郭杰也有些后怕：“可……可是，我是人类，我的权限等级……”

“图皮拉克的权限确实没你高，但铜面人不一样。”刘可心有余悸地看着漆黑的无尽通道，“它是整个开采计划里权限最高的机械体，和人类相当，甚至比部分船员的权限还要高。它有一定的自主意识，智能水平不容小觑。只要它想，就可以调动包括露娜舱里部分设备在内的几乎所有装置，是机械层面的最后一道保险栓。”

“铜面人？”虽然通道里分明已经空无一物，但不知为何，郭杰放眼看去，却总觉得还能看到那双鬼魅的猩红之眼。

“还记得我跟你说过，因纽特文化中没有神明吗？”刘可淡淡地说，“铜面人，就是最接近神的存在。”

平复着心情，郭杰试图转移自己的注意力：“我还是有些在意，特别是关于生物劳工这一块。”

“其实……”刘可微微低下头，右脚尖无意识地在地上画着圈，“生物劳工的问题，我也很在意。”

果然还是觉得残忍了吧？郭杰居然有些欣慰。

“生物劳工的生产、迭代、进化体系是半开放式的，会根据周遭环境自动调整路线。”然而刘可所揪心的并不是那么回事，“挖掘工作每进行一段时间，金星内部的环境就会变化许多，需要编制机组进行自我修正，整个过程完全不需要人工参与。如果没有出现预料之外的变异的话，最高三十年的预期寿命，可以保证系统的响应速度，用最短世代淘汰不适应新环境的生物批次。这样做确实很省力，可如果迭代速度太快……”刘可眉头微皱，双手环抱在胸前，“金星矿场就成了一个……一个蛊盅。”

“蛊盅？”郭杰有点没跟上。

“适者生存，过时的家伙被淘汰。任何一个生命体系的进化，其本质都是在养蛊，能够存活下来的物种，一定是最强壮、最聪明、天敌最少的。”刘可的目光悠远，“而我们在这里加速了这个进程，环境变化越快，养蛊的进程就越快，未来的某一天，金星矿场内部，说不定会进化出什么不得了的东西来。”

刘可的这个假设，让郭杰起了一身鸡皮疙瘩。

“想象一下，如果有朝一日某个生物劳工拥有了足够强大的理解能力，学会运用部分我们留下的设备，那么在它所在的‘村落’里，它就成了神一般的强大巫师，拥有无上的权力。任何动摇它权威的劳工，恐怕都很难好好活下去了吧……哈哈，怎么，又害怕啦？”刘可语调一变，饶有兴致地看着郭杰沉思的样子，突然伸出小手，在郭杰的鼻子上刮了一下，“男子汉大丈夫，有什么好怕的。”

“刘可，你的这个说法非常不科学。”郭杰试图掩盖自己的尴尬，“是不是男子汉大丈夫，和会不会害怕之间不能画上等号。”

“是啊，确实不科学，但是因纽特故事呢？”刘可双手背在身后，双脚好似跳着某种舞步，华丽地转过身，头发上的金橘清香，溜进了郭杰的心，“一万年前的因纽特故事，为什么能预言现在发生的一切？郭杰，这科学吗？”

四目相交的一瞬，郭杰确信自己在刘可的双眼中，看到了一个宇宙。

“露娜舱巡游项目体验到此结束，郭杰先生，感谢您选择我们的服务！”刘可古灵精怪地冲郭杰敬了个礼，“请为向导刘可打分，1为最低分，10为最高分。”

“哦哦，10分。”郭杰急忙回应。

“非常感谢您的反馈，希望下次还能为您服务！”像向导小姐似的鞠了个躬，刘可眨了眨眼睛，“我去操控中心监工，一起来吗？”

“还是算了吧，刚才已经看过了，很震撼。”郭杰摆摆手，保持着礼貌距离，“时候不早了，今天一整天……你也看到了，我光顾着害怕，都没来得及休息。”

“懂得自嘲了，不错不错。”刘可笑得很好看。

郭杰飘开目光：“那我回舱间休息一会儿，先告辞了。”

“应该叫‘告退’。”刘可戏精上身，“去吧去吧，小郭子陪朕赏园有功，必有嘉奖！”

“谢主隆恩。”郭杰也有模有样地学了句古装剧里的台词，“皇上，这御赐的奖赏……”

“尽管提！”刘可大气地一挥手，“只要朕高兴，这御花园都能赏给你！”

“小的不敢，小的不敢。”郭杰相当配合，做出一副战战兢兢的样子，“小的只想，明天还能陪皇上赏园。”

刘可一愣，几秒钟后才回过神来，脸上居然泛起了一丝红：“呀，学会油嘴滑舌了。”

郭杰不好意思地挠挠头：“那明天……”

“明天的事，明天再说！”

看着刘可脚步轻快地走出监控中心大门，一拐弯从一处通道岔口消失，郭杰第一次体会到了女孩的心思到底有多难猜。

直到那双猩红的眼睛再一次出现在通道尽头，幽幽然好似鬼火。

“刘可走了，我的权限又不够了。”迅速意识到这个事实，郭杰不敢在监控中心久留，快步走出通道，几乎是闭着眼随便找了条岔路跑了出去，全程没回头，好不容易回到独立舱间，关上房门，心情才有些平静下来。

但随即，一股真切的恐惧涌上心头。

只要不是A。

坐在床沿，郭杰让贴片将刘可的身体档案信息传到眼前，却又不敢睁眼去看。他多希望自己记错了，多希望自己这什么都忘不了的大脑，记错了刘可的血型。什么血型都好，B型、O型、AB型、特异血型，什么都好，只要不是A……

“姓名：刘可；血型：A型。”

睁眼确认的瞬间，郭杰的身子往后一仰，重重地躺倒在床上。

斗室之中，时间一分一秒地流逝，没有半点声音。郭杰就这么躺着，什么都没有做，似乎这样就能等到永远都不会出现的某个解答。

不知过了多久，一小时，两小时，还是六小时。他再度起身，走向摆在舱间一侧的那尊神像，双腿颤抖得几乎无法站立。

为什么？为什么我来到这里，偏偏是为了做这件事？

郭杰取下胸前世代相传的纽扣吊坠，将它嵌入安奎特雕像口中一处形状大小完美契合的凹槽。灯光伴着极其轻微的提示音亮起，从凹槽里放射出来，一束光芒穿透了纽扣，落在郭杰的指尖上，顺着指纹快速扩散，很快便攀上了他的眼睛。

为什么我的人生从来都不是我自己的？为什么即便爷爷已经走了，我却还是感觉，自己的命运，依旧被他牢牢地攥在手心呢？

身份确认，咔嗒一声轻响后，安奎特头顶的尖角往上一升，分为三瓣展开，如同一株后现代的三叶草，每一片草叶上都有一处凹陷，嵌着总共三个透明的小瓶子，瓶身上都贴着一模一样的标签：“SMALL POX”。

郭杰颤抖的手指向内探去，拿出其中一个瓶子，安奎特悄无声息地恢复了原状。全世界，能够躲过邦克号升空前那全人类最高级别安全筛查的暗格，只能出自邦克基金之手。

做吧，反正始终还是要做的。随船医生说消失就消失，对地通信说断就断，无数人挤破脑袋想登上的邦克号，自己轻而易举地就临时登船……郭杰知道爷爷有着惊人的权力，培养了骇人的势力，但直到雕像几乎不做检查地入舱时他才明白，到底有多少双眼睛盯着自己，想要逃脱又是多么异想天开。

郭杰不断调整着呼吸，双眼始终无法离开手中的小小恶魔。他知道之所以选中自己，不过是因为连有血脉，相对值得信赖。无论自己何时失控，都立刻会有暗中的手接替上来，自己的头颅会被摆在玻璃罐里，警醒着接替者可能面临的未来。

突然，几乎已经在现代社会绝迹的敲门声响起。

“哪、哪位？”郭杰手忙脚乱地收好瓶子，逃也似的从安奎特身边弹开。

“小郭子，你已经睡了很久了哦。”贴片将门外的画面传到他眼前，是刘可。

“我，呃，刚醒！”郭杰的心终于放下一些，但说话还是有点不利索。

“既然醒了，怎么还不来陪朕赏园啊？”刘可憋着笑站在门外，“地球已经天亮了，御膳房备了早点，快来陪朕用膳。”

“啊？”郭杰有点懵。

“哈哈，开饭啦。”刘可终究还是笑出了声，又敲了敲房门，随后压低声音笑着摇头，“呆瓜。”

自己怎么走出舱间，如何来到饭厅，怎样在餐桌边坐下，整个过程，郭杰完全没有印象。回过神来的时候，他正从刘可手中接过餐点，呆呆地说了句“谢谢”。

“吃啊。”刘可有些哭笑不得，指着郭杰的右手，“一只手放口袋里干吗，扮酷吗？”

“啊？不是。”郭杰这才发现自己一直攥着那小小的恶魔之瓶，急忙抽出手拿起餐具，“在……想事情，所以有点走神了。”

“看出来啦。”刘可故作嗔怪地冲郭杰皱了皱鼻子。

“也可能还没彻底睡醒。”郭杰继续试图掩饰。

“郭，我看你不是没睡醒。”一旁的佩林卡笑道，“你是被某位姑娘给迷住了吧？”

“哪……哪里……”

“啊，如果我有罪，就给我个痛快吧！”雷因斯多夫夸张地把餐刀扔在桌上，“我只是来吃个早餐而已，为什么还要用这种方式提醒我只是个单身汉？”

“不，不是，我没有……”

“嘘。”泰里耶做出了噤声的动作，浮夸地四下扫视，侧着耳朵到处听，“你们有没有听到一种声音？一种奇怪的、像水滴一样的声音？啊！我知道了，这是恋爱之泉开始流淌的声音啊！”

“哈哈哈哈哈！”笑声中，郭杰恨不得把头埋到餐盘里。

“好了好了，不开玩笑，说真的。”佩林卡嘴里嚼着食物，先后各看了一眼刘可和郭杰，“刘博士，郭医生，你们都是中国人，嗯，我的意思是，起码‘大部分’是中国人。两个中国人在金星相识相知，这是多么浪漫的一件事，难道就没有点什么想法？”

“闭上你的嘴然后吃饭！”刘可一句笑骂。

“闭上嘴我没法吃饭啊，你这句话说得可不像是一位博士。”佩林卡笑着继续起哄，“而且我没开玩笑，你们想，我们刚刚来到一颗即将被人类殖民的星球，你们如果真的在一起了，那不就成为金星的亚当和夏娃了吗？”

“算了吧，中国传说里只有牛郎织女。”刘可翻了个白眼，“那两位的结局可不怎么样。”

“对了，你们有谁见到鲍尔默了？”佩林卡转了个话头。

“谁知道呢，估计调参数去了吧。”雷因斯多夫一脸的不在乎，“他不就喜欢钻到各种角落保养他那些监控设备嘛，随他去啦。”

“说起来，大约半小时之前，我正在修剪我绝美的胡子的时候，见到过鲍尔默。”泰里耶老神在在地搭话，“他好像是说了句什么‘空气自循环系统附近的监控时灵时不灵’之类的话，具体的我也没听，毕竟我正在修剪我绝美的胡子呢。”

“就别天天弄你那几根臭胡子了。”雷因斯多夫伸手去揪泰里耶的胡子，被后者用一个拳击动作躲开，“空气自循环系统附近的监控？那附近也有监控？”

“露娜舱里到处都是监控。”刘可不咸不淡地说。

“哈，什么意思，还怕生物劳工在我们的空气里下毒不成？”佩林卡不屑一顾，“有这点闲钱，还不如给我弄台啤酒机。”

“为了安全，花多少钱都是值得的。”刘可对其他人说话的语气，和对郭杰的完全不同。

“我吃饱了。”郭杰收起餐盘站起身，略带歉意地欠身，“诸位慢慢吃，我回去跟进一下大家的身体数据。”

“要我帮忙不？”刘可急忙放下餐具，冲郭杰眨了眨眼睛，不出声地用嘴型说，“朕要赏园。”

“啊，不……不用了。”郭杰摇头，“我自己来就好，很快的。”

“十分钟？”刘可的大眼睛眨个不停。

“这么多人，十分钟恐怕不够。”郭杰苦笑。

“半小时。”见郭杰又要开口，刘可霸道地回过头说，“不管，最多半小时。”

“好。”郭杰只能点头。

在佩林卡持续不断的“老子健康得很但没有啤酒就会在一纳秒内抑郁起来！”的嘟囔声中，郭杰将餐盘交给机械臂，不紧不慢地走出了饭厅。

一离开众人的视线，他的步子立马就加快了一倍。郭杰让贴片调出露娜舱地图，一边走一边尽量用轻微的动作观察四周，避开能避开的人——这个行为其实并没有多少必要，露娜舱实在是太大了，船员人数又不是很多，胡乱闲逛碰到人的概率，可能比碰到图皮拉克的概率还低。但是紧张，却死死抓住了郭杰的心。

大约十分钟后，郭杰来到了目的地：空气自循环系统机房。

鲍尔默……该不会正好在这儿吧？郭杰蹑手蹑脚走进机房，警觉地四下观察。

应该不会的，影响监控的是病毒代码，除了这里之外，所有区域的监控都会出现看似随机的失灵现象，鲍尔默没有理由只在这里转悠。以他的能力应该会很快察觉到问题所在。而要解决这个问题，必须从露娜舱本体的系统层级下手，得在中心机房操作修复。

而我所需要的，只是一片恰好处于“随机”损坏的监控下的“视觉盲区”。

在口袋里摸瓶子的时候，郭杰的指甲不小心敲到了瓶体，发出一声轻响，吓得他急忙双手抽出口袋，静静地等了有五分钟。确认没有动静，他才小心翼翼地取出瓶子，用右手手掌藏住，在胸口附近将瓶塞压在纽扣吊坠上，一道隐秘的光一闪即灭。

完成这一切，郭杰悄无声息地靠近空气循环管道“静脉”入口，本应超出他权限范围的操作在他眼前发生：接驳处的检修预留孔，无声地打开了。

郭杰手腕一抖，将瓶子扔了进去。

长舒一口气，郭杰自己也不清楚心里到底是什么感觉，呆呆地看着预留孔关闭，许久才回过神来。

这样，我该做的事情就都完成了，下一步就是离开金……

“转过来，面对我。”如同冰川一样冷的金属手掌搭上了郭杰的肩，合成音冷冷地说，“高权限区域，请配合身份校验。”

郭杰浑身不受控制地一颤：这只图皮拉克，看到我做的事情了吗？

“请立即进行身份校验。”

郭杰硬着头皮转过身，两个漆黑的空洞出现在眼前。

“身份校验成功。郭医生，您好。”图皮拉克的手从郭杰肩膀上落了下来，“这里不是您的无限制活动区，请问您迷路了吗？”

“是……是的。”郭杰不自觉地向后退了半步，“我迷路了。”

“明白。”图皮拉克说，“回到无限制活动区的路线引导已经发送至您的贴片，请调取，需要我随行吗？”

“啊，不！”郭杰触电似的接连向侧面撤了三步，快速摆手，“不需要，谢谢你。”

“很高兴能帮到您，您在本区域的活动时限为二十分钟，根据隐形门禁通过记录……对不起，没能查询到记录。”图皮拉克冷冷地说，“请在时限内离开。”

“好的，再见！”倒退着离开机房，郭杰的脚跟刚刚接触到门外地面，就立马转身，飞也似的跑了起来。

沿途拒绝了露娜舱温柔的“辅助移动地表推送”，郭杰一边跑，一边在心中祈祷：“没事的，A型血也并不意味着百分之百的感染率，她能活下来。”

刘可，一定能活下来！

在某个瞬间，一个极为冲动的念头在郭杰脑中一闪而过：带她走。带着她一起离开这里，回到地球，找个偏远的国家生活下去，听她眉飞色舞地讲那些传说故事。

但这个念头，也只能一闪而已。以刘可的头脑，在郭杰提出这个请求的瞬间，她就能猜到所发生的一切。

“你的余生还有多长，就取决于你拼命爬了多远”？呵，没有用的。郭杰突然有点想哭，却一滴泪也挤不出来。无论怎么爬，都不会有半点用处的。我的命运从一开始，就被封进了这小小的瓶中，与恶魔共舞，塞上塞子，贴上标签，无论出现在哪里，都必将带来灾难。

一切，早已注定。

气喘吁吁地跑出受限活动区，郭杰用了三分钟平复呼吸，然后回到舱间，快速浏览了一遍船员们的指标情况，一切正常。等他再一次出现在饭厅的时候，时间正好过去了半个小时。

“嘿，还挺守时的嘛。”其他人已经各自忙碌去了，饭厅内除了打扫残局的小型自动机械，就只剩下笑吟吟的刘可。

“是不是还顺带祭拜了一下你们家族的那个守护神？”让郭杰坐下，刘可好奇地问。

“啊，是啊。”郭杰点点头。

“能让我看看吗？”刘可问，“我很好奇。”

“皇上想看，随时都可以来我的舱间。”郭杰笑笑，“不过就神像来说它没什么特别的，恐怕会让你失望。”

“其实吧，我好奇的不是神像本身，而是你那个能量大到可以让你额外带上这么尊神像的家族。”刘可一只手托着脸，饶有兴致地看着郭杰，“能跟我讲讲你爷爷吗？一点点就好。”

“这个……”郭杰面露难色。

“一点点，就一点点嘛！”刘可居然撒起娇来，拽着郭杰的袖管来回晃，“我好歹也是个工程师，肯定会对你爷爷感兴趣的啊！你不知道，我小时候就把你爷爷当偶像，全息课本的开机画面都被我改成你爷爷的照片了。”

“可是……”

“就讲一点，一点点就好，我保证！”刘可坐直了身子，郑重其事地点点头。

“那好吧。”叹了口气，郭杰的心变得软软的，“爷爷他是一个……特别勤奋的人。”

“勤奋？”刘可的身子凑了上来，呼吸轻吐在郭杰脸庞，让他心神恍惚。

“其实我和爷爷一起待的时间并不算太长，我是和他一起住过，但除了吃饭之外，大部分时间他都窝在书房里，不许任何人进去。”郭杰回忆着，“包括我。”

“那你进去过吗？”刘可兴致勃勃地问，“偷偷的那种？”

“有……是有啦。”郭杰不好意思地挠头，“就是……”

烛火。

“就是什么？”

“就是……在里面……”

一道烛火。

郭杰微微甩了甩头，再次睁眼的时候，那烛光消失了，但视觉暂留效应所留下的色彩偏差却依旧存在。

“里面有什么？”刘可焦急地问，“哎呀别吊我胃口嘛！”

“里面有一张书桌，还有椅子，可以转动的那种。除了门和窗户之外，其余墙面上都有书柜，书柜上……”

“呼——”风，吹灭了蜡烛。

“书柜上摆着很多书，很多很多的书，大部分都很古旧了，几乎全是纸质的。书柜上下都有滑轨，有一道梯子，可以顺着滑轨滑动到任意一个书柜前，拿到高处的书。有一次……”

哐的一声，窗户被风吹开，郭杰吓了一跳，小小的身子因为恐惧而动弹不得，虽然连他自己也不知道到底在害怕什么。这里不过是爷爷的书房而已啊，就算被发现了那又如何呢？他是我的爷爷，总不可能杀了我吧？

“有一次我爬上梯子，用脚蹬着书柜移动，想看看里面都放着些什么书。我伸手拿下一本书，里面还有一层，又拿下一本，还有一层。每一个书柜都是这样，每一格都是这样，里里外外总共有三层书，什么门类的都有，包罗万象。”

“然后呢？”

“然后，我用右手摸着书脊，手指在一棱一棱的书本之间摸着，指尖每离开一本书，就会自然地搭到下一本书的书脊上，发出‘哒哒哒’的声音。”

梯子滑过了拐角，郭杰又蹬了一下书柜，圆滑的轨道转了个弯，带着他来到了爷爷座椅的正后方。

“在最上面一格，有一本特别厚重的书，书脊很宽，我一只手都抓不太过来。我想，这本书一定很厉害，爷爷应该就是看了这本书所以才会这么聪明，我也要拿下来看一看。”

郭杰的脚在梯子上踮了踮，右手伸高到了极限，还是触不到那本书。为什么爷爷不开灯，却要用飘忽不定的烛光来照明呢？

“我够不到，所以从两旁拿了几本书垫在脚下，这样我就可以站得更高一些。做完这件事，我再一次伸手去够，这次够到了。”

郭杰用力往外一抽，但书比想象中轻很多，他没能控制好力道，右手顺着惯性往后一甩，书被带着飞了出来，砰一声落在地上，平整地摊开。里面，没有书页。

“我吓坏了，以为自己弄坏了爷爷的书，但借着月光仔细一看，那只是一张精装书的书皮罢了。我定下心，再次抬头去看，想要知道书皮里边的空间到底藏了什么东西。就在我看向里面的时候，书房外的楼梯上……”

吱嘎，响起了爷爷的脚步声。

“我手忙脚乱地下了梯子，捡起书皮再重新爬上去，想要物归原位。时间紧迫，但我的运气不错，爷爷走到一半就被新来的管家叫住了，说自己有事要回老家一趟，希望爷爷能准个假。不过我知道，这管家一定也会和之前的那些管家一样，走了就再也不回来，因为他们都受不了爷爷定下的那么多规矩。”

这场简短的谈话给了郭杰时间，也给了他掩盖声音的机会，爷爷的耳朵已经不太好了，好像是因为之前出过什么事没能及时治疗，留下了后遗症。

“我必须在几十秒之内，先把书皮放回去，再将那些用来垫脚的书也放回去，最后把梯子推回原来的位置。爷爷能记得所有事，所以一点都不能马虎。”

只要动作够快，被管家的哭声扰了耳朵的爷爷，应该不会听到屋里的响动。这间书房的隔音很好，好得甚至有些过分了，简直就像是故意做成了单向隔音房一样，外面听不到里面的动静，里面的人却能通过扬声器听到外面的所有声响。

当然也包括花园里，猫狗的叫声。

物归原处之后，郭杰就可以爬上窗台，沿着他自己发现的一条“路”跳到二楼阳台，最后回到自己的房间，假装正在睡觉——之前他就是从这里爬上来，才能进入上锁的书房。

“我想着很多事，很多事都要快速完成，所以有些忘了一开始的目的。但是当我把书皮放回去的时候，我看见……我看见……”

一个罐子。

“看见什么？”

一个透明的，直径大约三十厘米的圆柱形罐子。

“我……我看见……也可能是我看错了……”

不，没有看错。惨白的月光，通过唯一可行的角度照射向那个罐子。郭杰，你没有看错，从来都没有。

“里面有什么？书皮里面放了什么啊？”

头。

罐子里装满了微黄的液体，液体之中，浸泡着一颗头颅。一颗人类的头颅。

“郭杰，你快告诉我！”

郭杰，你认识这双眼睛。这是你来到这个世界的第一天，就满心欢喜地注视着你，为你唱摇篮曲的那双眼睛。

这是爸爸的头颅。

“郭……”

“书。”郭杰突然起身，侧过头去，面无表情。

刘可一愣，以为自己听错了："什么？"

"书，是书。"迈步走开，郭杰背对着刘可，淡淡地说，"书皮里面藏着几本很少见的书，年份有些久远了，所以破破烂烂的，需要用书皮护着才不会散。"

说完，郭杰走出了饭厅，留下满心疑惑的刘可独自坐在桌边。

走上通往舱间的走廊，郭杰的双脚，却好似还站在窄窄的窗沿外，听着书房门被打开的声响，不受控制地颤抖着。

管家的哭声停了。

郭杰一跃而下。

3. 咒　语

邦克号抵达金星的第五个地球日，所有自动程序都运作正常。

"哈——欠。啊，好无聊。"雷因斯多夫靠在自适应各异体态的座椅上，双手向后摊开垂下，身子倾斜于地面，百无聊赖。

一切都是自动的，露娜舱上的所有一切，全都在出发之前就调试完毕，而且都具备自适应学习演算能力，船员们甚至连偶尔更改个参数以应对环境变化这点事都不用做。他们的工作，只剩下盯着不断跳动的数字发呆。

"为什么我要飞跃千万公里来到金星无所事事？待在家里不也一样？泰里耶，泰里耶！"雷因斯多夫的喊声整个操作中心都能听见，"我想我的妈妈了！"

"那就为她祈祷啊。"泰里耶正在吮吸手指上沾着的奶油，"我可不是你的妈妈，还有，能不能用讯道说话？大喊大叫很不优雅……唔，美味。"

"装傻是不是？"雷因斯多夫的头从椅背上方倒挂下来，双眼瞪着不务正业的泰里耶，"对地通信到底修好没？"

泰里耶的动作一顿，随后立马恢复了那副美食家神情："没有。"

"这是你唯一的工作啊我的老天！"雷因斯多夫眉头一皱，"我想见我妈妈！"

"去投胎啊。"泰里耶认真地吮着中指。

“混蛋，兄弟。”雷因斯多夫直接竖起中指，“混蛋。”

不远处，郭杰不动声色地站起身，迈步向外走去。

“小——郭——砸——”刘可的声音让他脚步一停，“去——哪儿——呀——？”

“我……”缓缓转过身，郭杰从嘴角挤出了一个相当僵硬的笑，“想回舱间。”

“又要跟进数据了对不对？”刘可两只手在背后相互抓着，手臂伸直，左摇右晃地凑了上来，满面春光，“三天没赏园了，今儿个不准备陪朕转转？”

郭杰一愣：“这个……”

“同意啦？那太好了。”刘可一如既往地自说自话，一把抓住郭杰的胳膊就往外拽，“第一批生物劳工快要开始测试了，走，看看去！”

被刘可拉着，郭杰别无选择，又心生欢喜，分明狭长的通道，此时也显得不够长、不够窄，几乎是一眨眼的工夫他们就已经到了地方：生存沙盘。

比普通车间还要大上三倍有余的透明沙盘里，金星标志性的飓风被人为模拟了出来，由机械劳工带回来的地表、地下以及空气样本，按照一定的比例和层次将其填满。虽然计算机早已能够模拟演算，刘可所率领的技术团队也在地球就已经做过无数次沙盘实验，但一定程度的实测依旧有必要。

“我们无法确定手头拥有的数据中，金星各个层级的元素含量是否完全正确。”站在巨大的透明墙边，刘可侃侃而谈，“虽然可能性极低，但不能排除金星上存在某些我们还未接触、研究过的特异成分。虚拟模拟毕竟只是在‘已知’的基础上推演，万一涉及某些‘未知’，计算机也无能为力。”

郭杰没有搭话，他的注意力，被沙盘一角正在蠕动的一样东西给吸引住了。

“形态、身体构造、智能高低等细节都可以调整，很方便。”刘可说，“所有生物劳工的基础适应性是一样的，所以只要确定我们编制出的生命体能在沙盘里存活、繁衍就可以了。实验会进行两个地球日的时长，这些小东西比朝生暮死还要短命，迭代速度极快，两个地球日足够它们繁衍数千代，资料足够多，样本也足以撑过开采计划全程了。”

郭杰看到的小东西以不可思议的速度变换着形态，应当是某种微型多细胞生物的聚合体。

“所以两天之后，也就是我们来到这里第七天的时候……”刘可粲然一笑，“我们，就正式征服金星啦。”

一生二，二生三，三生万物。沙盘就是小小的金星，金星内部，也将成为小小的地球。人类正在用匪夷所思的科技，将大自然用了数十亿年才走完的进化之路，压缩到七天之内。

“有个问题。”郭杰想到了一件事，“不知道该不该问。”

“说啊。”刘可说，“知无不言。”

“开采结束之后，”小东西已经从一开始类似蠕虫的样子，变成了一朵海葵般的花，“这些劳工怎么办？”

“运力不够，不可能带走。”刘可回答，“而且它们只是适应金星环境而已，到其他星球起不了作用，自生自灭吧。”

“可是它们也有智能，迭代速度又快，说不定用不了多久，就会出现更加高级的物种。”

“那又能如何呢？”刘可的声音格外冷，“郭杰，那又能如何呢？”

郭杰也不知该如何回答。

“开采结束之后，两个登陆点以及露娜舱都会留在这里。还有一些用于维护戴森球分体装置的飞船会陆续来到附近。”刘可继续说，“这里是最佳集能距离，其他星球的开采任务接近尾声的时候，还会有更多飞船把散落在太阳系各处的分体装置送过来，让整个戴森球的集能效率达到最高。当体量巨大的飞船靠近或是离开，可能还会引发金星内部海洋的剧烈潮汐呢。”

“体量巨大？”郭杰有些不解，分体装置本就自带推进组件，计算完备的话根本不需要多少推力就能在有限空间里自由定位，要体量巨大的飞船做什么？

“积攒足够多的能量之后，我们就可以出发了。”刘可说，“会带很多人，所以飞船的体量一定很大。”

“出发？”

“对啊，出发。”回过头来，刘可认真地看着郭杰，眼神中还有一丝疑惑，“怎么，你该不会真觉得，我们费那么大工夫建造戴森球，只是为了解决地球上的能源问题吧？”

难道……不是吗？

“距离我们不远，就在金星的卫星轨道上，有一个虫洞。”刘可伸手，指向露娜舱上方的无尽苍穹，“一个我们无法解释、无法理解甚至无法靠近的虫洞，一个彻底超越了我们所有想象极限的怪物。以你的头脑，难道还不明白吗？”

郭杰突然觉得有些天旋地转：“我不明白，这……”

“这是警告，郭杰。”刘可幽幽地说，“这是我们已经‘被锁定’的警告。”

“可是虫洞直到现在都没有对我们做过什么……”

“唉，这么说吧。”刘可叹了口气，正色道，“我们生活的地方，是银河系第三旋臂的边缘，如果宇宙是一座超级大都市的话，那我们就是住在万里之外荒原上一棵枯树下的蚂蚁。之所以没有‘人’来捣毁我们的巢穴，不是因为我们强大，而是因为它们压根就没有来到这个荒芜角落的必要。对于它们来说，我们存在或者不存在没有任何意义，也根本不值得关注——你会在工作蒸蒸日上、升职加薪，家里老婆闹离婚，孩子考试不及格的时候，突然坐自悬浮车去荒山上，只为了找到某一个‘特定’的蚁穴，然后一把火烧了它吗？”

郭杰思考着，但更让他在意的，是刘可说这番话时突然流露出来的那种咄咄逼人的感觉。不知为何，这让他想起了影视剧里那些经验丰富、脾气暴躁的老刑警。

“15 世纪末欧洲人就开始殖民美洲了，因纽特人直到 20 世纪才搞清楚状况。不是欧洲人不想侵略因纽特人，而是欧洲人觉得因纽特人根本就无足轻重，他们从未也不想涉足那些冰冷刺骨的死亡之地。”刘可说出的话，愈发残酷无情，“之后加拿大人出现，通知因纽特部落进行‘再安置’，是因为他们好心吗？从未出现过的高等文明，突然出现在一无所知的低等文明面前，接下来，绝对不会发生任何‘好事’。”

“因纽特人一度活得很好，吃穿不愁。”郭杰本能地反驳，“他们有了房子，有了暖炉，还有了电视……”

“那么，现在呢？”刘可苦笑，“现在，因纽特人在哪里呢？”

郭杰哑口无言。因纽特人，已经进入了文明墓地。

“你说虫洞还没有对我们做过什么，是，在我们的角度来看，虫洞确实什么都没有做。但你想过吗，到底是虫洞什么都没做，还是它一直都在做着什么，只是我们根本就无法理解？”刘可说，“虫洞出现，就一定有它出现的‘动机’，任何一种非自然的‘变化’，都预示着某些文明‘有所图’。说不定虫洞一直都在传递着信号，但我们的科技太落后，听不到它要表达的事情。假设一个五十年前的人，穿越时空进入了露娜舱，大家都在用贴片讯道沟通，他却拿出一个，叫什么……对，手机，他的手机搜不到任何信号，也接不到任何一通电话。于是，他认为露娜舱已经被遗弃了。”

说着，刘可颇有些“怜爱”地看向如此纯洁的郭杰：“事实，果真如此吗？”

郭杰沉默了一阵，又垂死挣扎般开口，语气中甚至带有一丝祈求：“但我们不能在没有确定的情况下，就认为这个虫洞是恶意的。”

“我没有说它一定是恶意的，我只是在阐述一个很基本的事实。”刘可摇摇头，“加来道雄打过这样一个比方：森林中间有一座蚂蚁山，山旁边正在建造一条十车道的高速公路。蚂蚁会明白十车道高速公路是什么吗？蚂蚁会明白建造公路的物种的意图吗？”

“我们又不是蚂蚁……”

“对，我们比蚂蚁还不如。”刘可说，“我有时候也在想，或许我们不是接收不到虫洞传递的信息，或许它‘出现在这里’这件事本身，就是信息的全部了。只是我们根本不能理解在这里放置虫洞的那个文明的意图，它们也完全没有和我们交流的必要。传教士到达因纽特部落，带去了耶稣和天花，记录下了故事和传说，他们当然会和因纽特人打交道，因为他们是人，是和传教士一样有手有脚、有智能和头脑的人类。但你觉得，传教士会不会在暴风雪中走个三五天前往某个冰湖，试着向鲑鱼布道？会不会教水草唱赞美诗？他们对雪藻是善意还是恶意？会不会因为在海豹身上花了太多时间，而对它们产生感情？当他们将十字架立起的时候，路过的海雀会明白这个形状的意图吗？”

郭杰，彻底沉默了。

“善恶与否，是建立在双方处于同一‘进化维度’的基础上，才能讨论的东西。”刘可说，“当双方差距实在过于悬殊时，善恶，根本就没有任何意义。”

郭杰的呼吸变得有些困难，双眼止不住地往那株顽强抵抗着人造飓风、随风飘舞的海葵上看。

“无论放下这个虫洞的是谁，它们的目的是什么，我们与它们之间的差距，都远远大于我们和生物劳工之间的差距。”刘可也看向了那株海葵，“等我们离开金星、离开太阳系的时候，让劳工们能站在‘地上’的人造内重力系统就会失效，劳工应该会死伤过半，剩下的也许可以挣扎一段时间，但也活不了太久。我知道这听起来很不人道，研讨会上也有相当一部分人情绪激动地说，到时候会不惜一切地救下它们。不过很可惜，没有了重力，那些想要救生物劳工的人，恐怕会在‘内太阳’附近的高空里失去自我控制能力，拖着长长的输氧管等着体内的生命耗尽，最后永远飘浮在那里。所以我希望没有人会蠢到去做这种事——虽然到那一天，恐怕还得再过两百多年。”

“我们必须逃离这里。”刘可说，“从虫洞出现的那一刻起，我们就注定要逃离太阳系，向无限广阔的宇宙空间拼命逃生。我们无法确定，放下虫洞的那个文明，是不是也要在我们身边建造一条‘十车道高速公路’，而我们又会不会恰好是那座蚂蚁山上的蚂蚁。所以不用给自己太多负担，郭杰，从这一点上来讲，我们和生物劳工没有本质区别。它们要在重力消失以后拼命求生，我们也一样。就像我的祖训说的那样，我们的余生还有多长，就取决于我们拼命爬了多远。人类从来都不是一个轻言放弃的种族，我们只能、也必须一步一步地往外爬。”

“现在有一百亿人。”郭杰终于再次开口，“两百年后，加上戴森球带来的能量和空间红利，全世界的人口数量会指数级上升。想要逃离太阳系的话，我们的运力……”

“当然不可能所有人都走。”刘可摇头，“只有极小的一部分人能离开。目前的计划是十年一批，戴森球完成，相关技术成熟之后，每十年左右，就会有一批人从金星附近出发，离开太阳系。”

“从一开始就已经计划好了吗？”郭杰甚至已经有点麻木了，“戴森球计划一开始就是为了逃离太阳系吗？”

“不，不是戴森球计划开始的时候确定的，是‘伴星而生’计划开始的时候。”刘可笑了，笑得很神秘，“准确地说，是帕克号探测仪，在金星轨道上发现那个虫洞的那一瞬间，一切就已注定。”

角落里，生存沙盘中的飓风终于还是将顽强的海葵吹散，落在四方。

“还有细节要调整啊。”刘可一只手拢了拢头发，让贴片打开光场触摸盘，认真地忙碌了起来。

郭杰站在一旁，魂不守舍。

大约五分钟后。

“郭医生，郭医生！”讯道里传来了雷因斯多夫的喊声，“操控中心，快！”

“马上来。”郭杰收起心中的不安，向刘可打了个招呼，快步往操控中心走去，“发生什么了？”

“泰里耶，是泰里耶！”画面被传递过来，“泰里耶突然昏倒了，你没收到系统提示吗？”

“没有。”郭杰撒了个谎，“我马上把信息调出……有了。”

“38.7℃。”考虑到隐私安全，只有郭杰才能看到的船员体征信息出现在他眼前：“通信工程组组长阿尔杰农·泰里耶，A 型血”。

“发热。”郭杰调转方向，“让露娜把泰里耶送去诊疗室，在那里碰头。”

“好的！你可要马上过来啊！”雷因斯多夫平日里和泰里耶经常拌嘴，但那也是因为他们俩的关系特别好，此时他显然有些紧张过度。不，也不能说是过度。

体温从严格意义上来说并不高，但那个恶魔带来的初期并发症状、过久没有接触恶魔的人类对其特异抵抗力不可避免的降低以及泰里耶爱吃甜食的毛病，加重了他的身体负担。至于病程会不会加速，这一点根本无关紧要。这个缠绕了人类文明上万年的附骨之疽，在索取性命的时候，从不心慈手软。

A 型血……走过第一个拐角的时候，郭杰脚步一顿，回头望了一眼还在沙盘附近忙活的刘可。

“我来了。”几分钟后，郭杰来到了诊疗室，雷因斯多夫正在室内焦急地来回踱步。

航线副官就像是见到了上帝一般激动，匆忙几步跑上前来，有些语无伦次地说：“刚刚还好好的，我是听他说这两天不舒服，但他还在吃糕点，所以你知道，我……”

“别急。”郭杰稳住雷因斯多夫，走向诊疗台，“先看看情况。”

横躺着的泰里耶双眼紧闭，眉头微微皱着，手脚因为剧烈的人体免疫系统自我保护反应而时不时轻微抽搐。郭杰虽然知道自己已经暴露在同样的空气下三天时间，这么做意义不大，但还是调出诊疗室操作界面，让系统降下了透明隔离罩，将泰里耶封在其中。

“是流感吗？”看到这一幕，雷因斯多夫有些不解，“可是这没有道理啊，登上邦克号之前我们都经过彻底的身体检测。”

“不好说，只是以防万一。”郭杰让诊疗室运行一级消毒程序后，绕着泰里耶走了一圈，仔细观察着，“有相当一部分发热症状是免疫系统的过激反应所致，我必须考虑存在感染性的可能。”

“您、您说得对。”雷因斯多夫居然破天荒地用起了敬语。

“不好意思，请退后一点。”郭杰伸手往后比了比，撸起双手袖管，向隔离罩伸去，一接触到手指，隔离罩就化为一层软膜，随着他的手指变换着形状。

“39 摄氏度了。”郭杰盯着实时体征数据说，“还在升高。”

“知道原因了吗？”雷因斯多夫很着急。

“稍等一下。”郭杰右手轻轻垫在泰里耶脸颊一侧，将他的头偏了过去，有了，“这里有一处发红的散状斑块，可能和皮肤有关，已经在对比数据库了，不过……”

“不过什么？”

“不过这很罕见。”郭杰触摸着泰里耶的脉搏，“与皮肤有关，引发快速的高热反应，病程迅速，看起来很像是某种传染性极高的烈性传染病。”

“烈性传染病？”雷因斯多夫重复了一遍，“大部分这类型的病不是已经……”

“对，邦克基金花了近百年时间，投入了无数人力物力，不说百分之百，但百分之九十常见的烈性传染病都已经绝迹了。”郭杰点头，“问题就出在这里。”

雷因斯多夫愈发紧张：“您的意思是说……”

“活跃病症库的比对结果是零。”瞄了一眼早就知道结果的数据，郭杰眉头紧皱，“这种级别的传染病，势必有一个传染源，而我们所有人在登船之前都经过了严格的身体检查，病原体不可能是我们带上来的。露娜舱拥有全世界最高规格的整套自动消毒程序，舱内环境也不会出问题。病原体是从哪里来的？这个问题很关键。”

“比对结果是零？”雷因斯多夫压根没听郭杰后半段说了什么，“这怎么可能？”

“确实很蹊跷，要么是泰里耶携带了一种尚未被我们明确的新型病症上船，要么……”郭杰假装对这个情况毫无预估，“你感觉怎么样？”

“我还好，就是……”雷因斯多夫明显退了半步，“就是有点疲惫，您知道的，毕竟在船上待了这么久，精神疲惫也很正常……”

“不是精神，是身体。”郭杰说，“身体上有没有什么特别的反应？”

“那倒还好。”O型血的雷因斯多夫摇摇头。

“发热、红斑、暂时昏厥……”郭杰装作仔细思索的样子，装模作样地检查着泰里耶的身体，“总觉得在哪里看到过类似的症状……”

“会不会……是金星的原因？”雷因斯多夫试探着问，“金星上说不定还有一些我们没有掌握的东西。”

“有这个可能性，但我们最好祈祷不是这样。”郭杰回答，“因为如果真是如此，我很可能会束手无策。”

“束手无……等一下，郭医生，”雷因斯多夫一个激灵，“这……难道还会要了泰里耶的命？”

“不好说。”郭杰说，“病程非常快，必要的保守手段已经让系统在用了，但是这么快的病程很罕见，白细胞还在上升，体温也……已经39.3摄氏度了。”

“不……不会吧。”雷因斯多夫显然被吓坏了，摇着头自语，“不可能的，泰里耶他刚刚还在念叨着红酒……”

“等等，发热、红斑、意识模糊……难道？！”郭杰知道，有雷因斯多夫这个完美的证人在身边，戏演到这里就差不多了，“露娜，把灭绝病毒库给我，我要灭绝病毒库！”

郭杰的表现其实有些浮夸，但用来蒙蔽丢了魂的雷因斯多夫却早已足够。郭杰刻意将比对程序投射在诊疗室内，好让“证人”也能看见，一切如他所料，比对结果瞬间出炉。

“SMALL POX……”未等郭杰开口，雷因斯多夫已经震惊得双眼瞪大，一脸不可思议，“天……天花？泰里耶感染了天花？在金星上？！”

“机器是不会出错的。”郭杰沉沉地点头，“症状也全都吻合，是天花，我们只能认为，泰里耶感染了天花。”

匪夷所思！雷因斯多夫无法相信自己的眼睛，但事实却又明摆着就在眼前。

距离地球千万公里之外，第一颗真正将被人类殖民的异星球上空，无休止的飓风无情吹拂，与世隔绝的露娜舱化为巨大的太空密室。近乎完美的消卫系统 24 小时不间断工作着，几个小时前还懒洋洋吃着糕点吮着手指的通信工程组组长泰里耶，感染了已经灭绝百年的天花。

茫茫宇宙之中，还会有比这更加离奇的事情吗？

“郭医生，我没记错的话，”雷因斯多夫的声音颤抖着，“天花的传染性……”

“极高。”郭杰毫不留情地回答，“马上通知拉哈尔，全员体检，清空出足够多的房间，每名船员都必须单独一间。”

“为什么？”雷因斯多夫没跟上郭杰的思路。

“大部分活跃烈性传染病病原体灭绝之后，禁用抗生素的呼声越来越高，你应该知道，十年前的国际约定，就已经给抗生素判了死刑。”回过头来，郭杰一字一顿地说，“出发之前，我极力要求带上一些抗生素，以备不时之需，被上头驳回了。他们信任露娜的自净化能力，更信任船员们的身体检查结果，做出这个决定无可厚非。我拜托邦克基金，让我以个人名义带了一些抗生素上来，但数量非常有限。如果只有泰里耶一个人感染了天花，那还好办，但如果病毒在潜伏期就已经散播开来，在不同的人身上安家、制造创面，出现不可控的细菌感染，我带的那点抗生素，可能撑不过一天。天花是有着极高致死率的一级烈性病，直到我们将它灭绝，人类都没有找出真正行之有效的治疗方法。而在它灭绝之后，对它的研究工作自然也就逐渐停止了。也就是说，现在我们对付天花的办法，和一百多年前没有任何区别。”说着，郭杰将双手从隔离罩中抽出，走到雷因斯多夫面前，“给足营养，视情况给予抗生素，隔离，观察，进行必要的养护……就这些了，我们对天花能做的事情就这么多。这种疗法叫支援治疗，意思是其他人只能提供支援性的帮助，能否活下去，全靠患者自己的身体机能作用。换句话说，就是在‘赌命’。”

“如果抗生素不够，”雷因斯多夫的呼吸越来越急促，“会怎么样？”

“百分制的考试，你最擅长的科目原本能考到 95 分，因为有人不停地干扰你考试，于是成绩最终定格在 80 分。而如果没有了干扰呢？正常发挥的话，哪怕考虑到样本波动，你考到 90 分也不在话下。这个比方可能不太严谨，但支援治疗也是一样的道理，充足的营养能降低一丁点致死率，良好的环境又能降低一点。至于抗生素……天花是病毒，抗生素没有直接的效果。不过天花感染通常伴随着大量创面，露娜舱的配备条件，理论上可以创造无菌环境，可如你所知，这个世界上不存在真正的‘无菌’，所谓的无菌环境，只是符合了医疗标准要求的‘低菌密度空间’而已，细菌感染会让情况一下子变得极为糟糕。作为医生，我必须考虑到所有的情况，尽我所能地干扰天花挥舞镰刀，让它无法轻易‘考到高分’。”

郭杰沉声道：“在杀人这门学科上，天花是‘学霸’级别的高手。采取最保守的估计，光是 20 世纪这一百年间，天花病毒就杀了将近三亿人，这个数字比一战二战全世界的总死亡人数加起来还要多两倍。没有了抗生素的干扰，你猜这次，天花能考多少分？”

雷因斯多夫只觉得口干舌燥。

“必须隔离，所有人。”向来腼腆的郭杰，在自己的专业领域上有着不容辩驳的魄力，“去把拉哈尔叫来，立刻！”

几分钟后，整个太阳系中最孤独的一群人被集合在了一起。

执行长官拉哈尔的行动力确实超群，了解情况后第一时间用他的铁腕完成了郭杰“分配”的任务。船员们被迅速安置在相互隔离的房间里，露娜舱在每一间房外都落下隔离罩，太空密室之中，又多出了许多小型密室隔间。

绝迹百年的恶魔，在空无一人的走廊上，幽幽地飘荡。

房门开启的时候，刘可正坐在床边翻看故事集。

“小郭子？”抬眼看到郭杰来了，刘可笑眯眯地说，“舍得来看我啦？”

“那个……有点忙。”郭杰确实忙得够呛，正一间一间排查每个人的身体状况，“本来以为会度过百无聊赖的五年，没想到一开始就有工作了。”

“怪我乌鸦嘴。”刘可耸耸肩，“说什么‘希望你没有任何工作’，呸呸呸。”

“这怎么能怪你呢。”郭杰有些不好意思，“谁也料不到会发生这种事。”

“真蹊跷啊。”刘可皱起了眉头，“泰里耶怎么会感染天花？病原体从哪儿来的？”

“我也在追查源头。”郭杰的情绪非常复杂，整理了一下消卫防护服，“不过原因现在并不关键，关键的是……”

“抗生素吗？”刘可好像什么都懂一些，“确实是个难题，唉，又不可能派人回地球拿。”

郭杰一直在等的就是这句话，只不过他无论如何都没有想到，第一个提出这个建议的居然会是刘可。

“其实……”郭杰斟酌着语句，“如果能够从地球拿来一些抗生素当然最好不过了，空天穿梭机速度够快，来回一趟还来得及，露娜舱上最尖端的生命维持设备，应该可以让泰里耶撑过第一段危险期。等抗生素送到，所有人都可以用上，我就能最大限度降低死亡率。”

露娜舱当然配备了可以应付突发情况的空天穿梭机，郭杰作为随船医生，理论上此时不能离开露娜舱，可天花这种病症最“妙”的地方就在这里：病人感染天花之后，陪护的无论是专业医生还是门外汉，甚至是机器，都没有本质上的区别。

为了能够拿到最“准确”的药物，让郭杰回去自然是最佳选择。一艘空天穿梭机正好核载两人，如果这第二个人是刘可的话……

“空天穿梭机？”刘可说，“不行啊，没有能回到地球的空天穿梭机啊。”

郭杰瞪大了眼睛：“你说什么？”

“我说，露娜舱上没有能回到地球的空天穿梭机。”刘可苦笑着，“本来是有的，但现在没有了。”

“为什么？！”郭杰上前一步，情绪有些激动，“不可能！我看过计划书，露娜舱配备了具备紧急返航能力的穿梭机，就在 4 号停机舱，而且有两架！”

“原本是这样没错，我设计的时候考虑过紧急情况，出发之前也实装在邦克号上了，但是启航前……”刘可的笑容里，带着深深的无奈，“拉哈尔写了一份长长的报告，特地提醒上头，绝对不能带返航设备。”

郭杰如雷轰顶。

“‘邦克号带着返航设备去金星，就像战士带着逃跑地图上战场，人类会本能地感到胆怯，有了后路可走，就再也没有人能坚持到底了。’”刘可说，“拉哈尔是这样说的。”

郭杰无法相信：“可这不合规定！”

“规定？”刘可叹了口气，“郭杰，你觉得对拉哈尔这种人来说，规定，有意义吗？”

这次任务中大部分时间无所事事，船员们要在金星待上整整五年，谁都知道存在着两架返航穿梭机。一开始或许不会有事，但随着时间的流逝，为了回家，会有多少人明里暗里地想办法，登上这两艘归乡之船呢？万一真的发生了紧急情况，两架穿梭机，只能带四个人回去，谁走谁留？什么样的决定才能服众？

答案是没有，没有任何一种决定，可以让所有人满意。

从这个角度来说，拉哈尔的提议并非毫无道理。上层也是考虑到了这一点，在最后时刻取消了穿梭机登船的计划，让邦克号“没有退路”地冲向金星。

但这秘而不宣的改动，却将郭杰的计划彻底击碎。

“郭医生！郭医生请您快来看看吧！”讯道里，雷因斯多夫的喊声响起，“是泰里耶，我看到泰里耶的眼睛在出血！”

两个好友被安排在了相邻的两个隔间，为了照顾雷因斯多夫的情绪，拉哈尔“仁慈”地将隔间墙壁转为透明。

“眼睛出血？我……我马上来。”郭杰还没从刘可的消息里缓过神来，浑浑噩噩地点头，转身走向房门。

“是泰里耶吗？”刘可在身后问，“他的眼睛出血了？也是因为天花？”

“是的。”背对着刘可，郭杰点点头，“出血性天花，症状中最凶险的一种，泰里耶……他的运气不太好。”

“但是你有办法的，对吗？”刘可说，“你一定会有办法的，泰里耶还有希望的对不对？”

“我……”郭杰的脚步停住，憋了半天，还是没能说出一句完整的话来。

办法？希望？笑话。

郭杰最后还是什么都没说，迈步走出了刘可的舱间。

不可能有办法的。这个计划，是由或许是全人类历史上最冷血的一个人制定出来的。他的计划，从来不留希望。

郭杰走出门外，疲惫地靠在房门上，仰起头看着通道顶棚。屋内，刘可咳嗽的声音传进讯道，让他的身体微微颤抖。

他忘不了刚才在刘可脸颊和脖子上看到的，那一大片猩红的斑块。

接下来的两天时间里，露娜舱上确诊天花的人数接近了四成，根据个人体质的不同，潜伏期也有所不同，按照郭杰的估算，实际感染人数应该早已过半。

太久没有和恶魔做交易，让人类在这场不期而至的赌局中节节败退。无所不能的露娜舱，偏偏无法制作出最最简单的抗生素——没有需求，技术也会被迭代淘汰。在各个方面不断试探着规则底线的露娜舱，偏偏在这一点上完美地执行了国际约定。

时间过得很快，又格外漫长，郭杰二十四小时连轴转，一秒钟都没有休息。虽然他所做的一切，不过是给这些将死之人带来些心理安慰罢了，但身为随船医生，郭杰若是什么都不做，自然更容易引起怀疑。

泰里耶被确认感染天花的第三天晚上，生龙活虎的拉哈尔将郭杰叫到了自己的舱间。

“只能听天由命了。”坐在拉哈尔的沙发上，郭杰的眼皮止不住地打架，“能做的我都做了，撑不撑得过去，全靠大家自己了。”

“郭医生，你确定吗？”拉哈尔的眉毛一抬，话里有话，“你确定你能做的都已经做了吗？”

“当然。”郭杰有些警觉起来，不解地看向执行长官，“你是在质疑我的职业道德吗？”

“哦，不，不是，当然不是那样。”拉哈尔摆摆手，神态如常，仿佛这艘即将沉没的战舰与他毫无关系，“我不是在质疑你的职业道德，我只是在想一件事。”

郭杰的身子往后缩了缩：“什么事。”

“郭医生，你做的一切，都只是‘在露娜舱上能做的事情’吧？”拉哈尔歪过头，眯着眼睛看着郭杰，“如果有人能够回到地球拿来一些抗生素，情况会好很多，对吧？”

“不是‘好很多’，是‘好一点点’。”郭杰回答，“问题是我们没法回去。”

“没法‘直接回去’，对不对？”拉哈尔笑着说，“没有星际穿梭机，所以我们没法直接回去。但是我们有足以在金星大气层和地表之间，乃至今后会出现的地底世界里来回穿梭的载具，而且有很多，不是吗？”

“你想说什么？”郭杰隐隐猜到了拉哈尔的想法。

“虫洞。”拉哈尔站起身来，缓缓地在屋内踱步，“在我们头顶，金星的卫星轨道上，不是有一个虫洞吗？”

“和我们现在的处境有什么关系？”

“没有‘直接关系’，因为我们进不去，也不敢进去，派出去的机械都被它拒绝了，是吧？”拉哈尔脚步一停，转头看向郭杰，眼中满是疯狂，“但如果……是人呢？”

这个疯子……

“如果我们进不去虫洞，不是因为它不让我们进去，而是因为我们派的是机器，所以才进不去呢？”拉哈尔的语调开始变得高昂，“如果派一个人靠近它的话会如何？它还会像以前一样逃跑吗？会不会它其实一直在等，就等着我们之中的某个勇士，尝试穿越它呢？科学家都说，这个虫洞一定是某种所谓的高等文明放在太阳系内，用来监视我们人类的，我认同这个看法。就像是在敌军的阵地外围挖了一条地道，侦察兵可以趁着夜深人静，悄无声息地穿过地道，来到敌军军营刺探军情。这个虫洞既然出现在太阳系，无论它到底有什么作用，都一定跟我们人类有关，对吧？我们是太阳系唯一的高智能生物，那些高等文明想要在这儿做些什么，当然会拿我们下手吧。管它什么高等文明，再高等的文明也要打仗，战争的原理就那么几条，任何时候都需要想办法深入敌人腹地了解情况，知己知彼，是永恒不变的获胜条件。如果我没记错的话，这可是你们中国人留下的名言。”

“你是说，”郭杰说，“你觉得这个虫洞它……”

“是通道！”拉哈尔猛然将身子往前一压，死死盯着郭杰，“这个虫洞，一定是通往地球的一条隐秘通道，进可攻，退可守！我们不知道敌人从哪里来，也不知道它们会撤退到什么地方，但我们可以确信的是，如果它们要进攻的话，一定会朝着地球开火！所以它是一条通道，一条可以让敌人穿越空间、迅速降临到地球的秘密通道！”

郭杰知道，拉哈尔已经彻底疯了。

“任何事情都要有个第一次，而第一次尝试，总需要一个勇敢的人。郭医生，如果你能当这第一人的话，你的名字，一定会被永远留在人类历史的丰碑之上。”拉哈尔的眼球上布满血丝，“‘恒河不为懦夫流泪’，这是我家乡的一句谚语。想要抓住荣耀，就必须用勇气武装自己。你想一想，如果你能乘着穿梭机穿越虫洞，顺利地回到地球，带上抗生素再来拯救我们的话，你就能让恒河流泪，你会成为全人类的英雄！”

是你作为“果断”下达命令的指挥官，会成为人类英雄吧！

“是成为一名面对已经被人类征服的疾病却束手无策，眼睁睁看着船员们一一死去的懦弱医生，还是为了救下船员奋不顾身，舍命穿越虫洞的超级英雄？”直起身来，拉哈尔幽幽地说，“郭医生，就看你的选择了。”

“我拒绝。”郭杰毫不犹豫地摇头，“虽然你是指挥官，如果你下达命令，按规定我必须服从，但我现在就明确地告诉你：我拒绝。”

“我不会下达命令的，这可是要豁出性命去做的事情。”拉哈尔揶揄地一笑，“一个仁慈的指挥官不会下达这样的命令。”

仁慈个屁！郭杰牙关紧咬，恨不得掀了桌子就走：“不可能的，我的工作是治病，不是送死。”

“我会为你挑一艘牢靠的穿梭机。”拉哈尔眼神一沉，挥挥手，“去准备一下吧。”

“你……”

“请离开受限制活动区！请离开受限制活动区！”露娜冰冷的声音响起，

门外，拉哈尔叫来的图皮拉克已经抵达。

“送郭医生回舱间，帮他把该带的东西都带上。”拉哈尔坐回椅子上，傲慢地挥手，对门外的四个图皮拉克说，“半小时后出发。”

“拉哈尔你……放开我！你们放开我！”郭杰被图皮拉克拖出房间，奋力地挣扎着，根本无法撼动那几双金属手臂。

“祝您好运，郭医生。”屋内，拉哈尔拿起了一个酒杯，冲郭杰举了举，“别怨恨我，每个人都有自己必须要做的事，不是吗？”

这句模棱两可的话让郭杰一愣，随即他明白过来，这位总指挥官就是盯着自己的眼睛之一。

图皮拉克拖着郭杰回到舱间，在他反抗之前迅速关闭房门。郭杰打开讯道，试图向刘可说明情况，却发现自己的权限被进一步降低，甚至连私密通信的权利都没有了。

公共讯道！

郭杰知道，坐着穿梭机穿越虫洞，自己恐怕活不过一秒。无论这虫洞是不是拉哈尔所设想的什么“战地通道”，人类都没有任何理由可以成功穿越，毕竟从一开始，这条通道就不是为人类所设计的。要把拉哈尔的想法，在公共讯道全部曝光出来！

郭杰愤怒地调试讯道，传入耳中的却只有呲呲的杂讯声响，这才意识到自己连公共讯道的权限都没有了。

“郭医生，您的准备时间还有 20 分钟。”露娜温柔地提醒，“载具已经选择完毕，由执行长官拉哈尔为您挑选的‘埃普西隆’型穿梭机将于 10 分钟后在 7 号停机舱就位。”

“埃普西隆？！”即便不是航空航天专业出身，郭杰也知道，埃普西隆这个型号，是第一代具备实操机能的中长距离穿梭机，早就应该被丢进博物馆了。要我穿越虫洞，结果给我配备了一台老爷车？拉哈尔他……

“他是想等着我的穿越结果，如果成功的话，再自己坐着新型号穿梭机，风风光光地进行二次穿越吗？”郭杰终于彻底明白了拉哈尔的意图。

这个十恶不赦的混蛋！

“呲呲……郭……”讯道响了。

“郭……呲……郭杰？”是个女声。

“刘可？”郭杰调出权限页一看，自己的权限依旧连狗都不如，“为什么你可以……”

“改的，我自己动手改……咳咳……”刘可的声音听起来很虚弱，但或许是为了照顾郭杰的情绪，语调依旧轻松，“你是不是忘了我是个天才啊？”

“啊不是，我……”郭杰急忙摇头。

“刚才很难受，我又不想睡，就想找你说说话，问问你在忙什么，咳……”刘可说，“然后就发现你的权限被改了，而且有高权限命令，让露娜在 7 号舱准备载具，我觉得有些不对劲，所以……发生什么了？你是和拉哈尔吵架了吗？”

郭杰的嘴张了张，又旋即闭上。真正到了能说的时候，他却不知该从何说起了。

“来，告诉我。”刘可轻轻地说，“有我可以帮忙的地方吗？拉哈尔的性格就是那样，有时候做的决定确实让人很难理解，但他也有他的逻辑。你不能和他硬碰硬，想要说服他，你得……咳咳咳咳！”

“别说话了！”郭杰非常清楚刘可的病程，急忙高喊，“好好躺着，不想睡也要躺着，我马上过……”

“你过不来啊，郭杰。”刘可一声苦笑，“你现在的权限，连门都打不开。”

郭杰无话可说。

“看来你很着急哦。”刘可带着笑意，“说明你很关心我嘛。”

“我……我是随船医生。”郭杰说，“关心船员是我的工作。”

“嘿嘿，得了吧，在我这儿你还嘴硬什么？”刘可戳穿了郭杰的伪装，“说吧，你要去哪儿？是不是拉哈尔想到对地通信的办法了，然后强迫你当对接人，去和地球来的救援船对接啊？”

“不，其实……”

“没事啦，如果你不想去，我去跟拉哈尔沟通，他还是要卖我些面子的。”刘可说，“不过他也真是的，凭什么让医生去对接？这种时候应该是身为执行长官的他挺身而出才对。这家伙就是这样，又激进，小心思又多，总是想要出风头，又不愿意承担风险。”

“刘可，你别说话了，我看到你的体征指标不太稳定。”

“我没事，倒是你别太过紧张，我会尽力说服他的。”刘可说，“哪怕实在不行，你也别担心，新型号的穿梭机作业能力很强，安全不成问题。”

“你还是休息休息……”

“是地球送抗生素来了吗？”刘可忽略了郭杰的建议，“这么快，是货仓机吧？没有随船人那种？那就更方便了，对接是全自动的，你就当玩儿了趟全息游戏。”

“你的体征……”

“你们动作可真够快的，这几天我实在提不起精神，没跟进外边的情况，没想到你们连抗生素都已经弄来了。”刘可笑着说，“有你的啊小郭子。”

这样也好。虽然刘可的推测全都错了，但不知为何，郭杰突然觉得这样也好。

“是的。”有些事情，这样就好。

“拉哈尔很果断，我提了要求之后，他马上想办法和地球联络了，货仓机再过半小时就到。去对接是我个人的决定，因为我最清楚所需的药物种类，需要现场清查。”郭杰，平静地说，“不过这些你都不用担心，我们会处理好的，你只要好好休息就好了，听到了吗，刘可？”

“嗯嗯，我知道我知道。”刘可说，“你好啰唆哦。”

该出发了。

“我该走了。”站起身来，郭杰看着房门，尽力对抗心中的胆怯，“你睡一会儿，睡醒，我就回来了。”

“说得我好像这一辈子就盼着你回来似的，不要脸。”刘可的声音越来越轻。

“我是医生，你生病了，不盼着我回来，还能盼着谁回来呢？”走到门边，郭杰等着图皮拉克们将房门开启。

“生病真难受。”刘可的声音轻得就像是一只小猫。

“所以要多休息。”郭杰回答。

“你相信平行宇宙吗？”刘可突然问。

“一个很美的假设，可惜被科幻作品玩烂了。”郭杰说，“为什么说这个？”

“如果在某个平行宇宙里，我没有生病，那该多好。”刘可气若游丝，“说不定在那里，一切都很顺利，没有人生病，没有天花，没有死神的威胁，你也不用出发，我们还可以一起赏园，一起……一起……”

门开了。

“刘可……”郭杰眉头一皱，“刘可？”

“啊，我在呢。”刘可回答，“就是有点想睡了。”

但郭杰眼前的数据，却给出了不同的答案。

“那就好好睡一觉，我很快回来。”

“拉钩。”刘可说。

“拉钩。”郭杰点头。

“不行，我不放心。”刘可的体征数据有一些波动，“我得绑住你。”

“嗯？”图皮拉克“扶”着郭杰的手臂，将他往7号停机舱拽去。

“我得给你个东西，让你回来还给我。”刘可似乎从床上起来了，“这样你心里就会有挂念，一直记着要还我东西，我就绑住你了，你必须回来，而且是尽快回来。”

郭杰笑了：“你在说什么胡话呢？”

“你不懂，咳咳……你怎么会懂，你这个傻子，你什么都不懂……图皮拉克！我需要一个图皮拉克！”刘可不知忙活了些什么，郭杰几次试图呼唤，都没有得到应答。

她把讯道关了。

走进7号停机舱，郭杰耳中的讯道依旧空空如也。

“郭医生，请入舱。”一架埃普西隆静静地停在不远处，机内操控盘的背光亮着，等待着郭杰的光临。身后，图皮拉克们整齐地排成一排，如果郭杰有什么预料之外的举动，恐怕会被这支拉哈尔的亲卫队当场撕成碎片。

郭杰靠近穿梭机，顶舱盖自动打开。看来拉哈尔已经将郭杰的个人信息交给了这艘穿梭机，起码在这艘小小的载具上，郭杰应当会拥有相当程度的控制权。

埃普西隆这个型号虽然老旧，但老旧也有老旧的好处，那就是宽敞。核载只有两人，内部空间却足以容纳三到四人，甚至还有富余空间可以放置物品、小范围地来回走动。埃普西隆的设计初衷，是用于地球卫星轨道内空间范围穿梭，用料扎实，外壳极其坚固。近地空间的相关技术已经非常成熟，所以它有更多的仓储容量可以用来进行微量运输。正是这种特点，使得它在面世之初就拥有了一个不太“高大上”的绰号：太空货车。

“您好，郭医生。”配备初代 AI 助手的埃普西隆，向郭杰打了个招呼，“我是埃普西隆 2.4，您可以叫我埃普，很高兴能为您服务。”

郭杰根本不想理会这种低级的智能程序。

“目的地为金星卫星轨道虫洞，请问您需要确认一遍坐标吗？”埃普问。

“不，”郭杰简短地说，“出发。”

“检测到您的心率过快，距离预定对接窗口时限还有 5 分钟，需要我为您讲解一下埃普西隆 2.4 完善的安全防护系统吗？”

“不需要。”郭杰有些烦躁起来，“出发。”

“您的心率还在进一步加快，根据《空天穿梭规章》的相关内容，您最好能进行一次身体检查。”埃普说，“不必紧张，我会为您放送和缓的音乐，帮助您缓解紧张情……”

“闭嘴！出发！”郭杰捶了一下操控盘。

埃普沉默了一阵：“检测到舱外动能靠近。”

郭杰真是烦躁透顶：“你说什么？”

“有动能正在靠近我们，郭医生。”埃普的舱顶盖自动开启，“是一个图皮拉克。”

“没得到我同意为什么开启舱顶盖？！”郭杰一回头，就看到了图皮拉克那双空洞的眼窝。

“‘露娜’层级指令，绕过防火墙的‘耗子洞’。”埃普回答，“我无法拒绝该指令，郭医生。”

一样东西被图皮拉克递了进来，郭杰本能地接过一看，顿时愣住。

“中国笛，郭医生。”埃普说，“来自刘可小姐的礼物。”

郭杰怔怔地自语：“刘……”

“嘿嘿，喜欢不？”讯道又被打开了。

“这支笛子是我最喜欢的宝贝，嗯……可能比因纽特故事集稍微低那么一点点，不过也是妈妈留给我的，所以很重要……咳咳！”刘可气若游丝，“现在我把它交给你，你要记得，我很宝贝这支笛子，所以你必须要给我带回来……听到了吗？”

顶盖缓缓关闭。郭杰手中的笛子造型非常普通，却有着一股别样的重量。

“你需要休息。”

“不要小看这支笛子哦，小郭子。”刘可的声音伴随着越来越重的杂音，“这可不是一支普通的笛子，这是一支魔法笛。”

埃普西隆提醒郭杰坐稳身姿，窗口时间已经到了。

“我在这支笛子上施了魔法，别不相信我，我可是天才工程师，嘿嘿。”刘可说，“我施下的咒语就是：你，郭杰，无论发生什么情况……”

后方，7号停机舱的大门关闭，眼前，通往无尽星途的出口徐徐打开，橘红色的雾，随着飓风，不断变幻出诡谲莫测的形态。

“无论发生什么情况啊，郭杰……”

“太空货车”开始启动，后坐力将郭杰死死按在了座椅上，笛子被他捏在手中，很紧。

“你，都必须回到我的身边。”

“轰——”一道银光，刺破了金星沸腾的迷雾，将郭杰和他的埃普西隆抛入了汹涌无边的死亡之海。

“刘可，刘可？”本应不会受到影响的讯道，不知为何在这一瞬间变得嘈杂而又寂静，郭杰奋力起身，伸手在埃普西隆古旧的操控盘上四处寻找，想要手动调节讯道频率。

“长……古……”断断续续的，好像有什么声音，穿透这漆黑的永夜，来到了郭杰耳畔。

“检查讯道！”郭杰狠狠捶着操控盘，“埃普，马上给我检查讯道！！”

“抱歉，郭医生。”埃普彬彬有礼地回答，“您没有权限。”

该死！

郭杰急得几乎要落下泪来，讯道为什么会受到干扰，其实他心中早已有了答案：一定是正在监控着自己一举一动的拉哈尔搞的鬼，而虚弱万分的刘可，一定也在用自己的办法，和拉哈尔在船上的无上权威抗争。

然而郭杰，甚至连向拉哈尔咒骂的能力都没有，因为他没有足够的权限。

郭杰挣扎着脱开自束缚安全带，不顾埃普的连番警告站起身来，几步跑向舱尾，双眼几乎贴在透明舱壁上，半张着嘴，看着在飓风中沉默的露娜舱。

刘可，就在那里。

突然，讯道里又传出了声响，刘可似乎用什么办法屏蔽了干扰，再次将她舱间内的声音清晰地传了过来，图皮拉克们仓皇的脚步声响起。

"刘……"

"晚风拂柳笛声残，夕阳山外山。"

无法想象此时的刘可，究竟身陷何种绝境，可传入郭杰耳中的歌声，却依旧温柔而坚定。

"天之涯，地之角，知交半零落。"

埃普，已经彻底飞出了金星大气，一言不发的露娜舱被遗弃在了无尽狂风之中，从郭杰的视野里消失了。

"郭医生，距离虫洞还有 10、9、8、7……"埃普的声音无所不在，萦绕在郭杰四周，但郭杰一点也听不到。他只能听到，那飘零的歌声。

"刘可，我……"

"一壶浊酒尽余欢……"

"我……"

"今宵别梦寒。"

"我会回来的，我会回来救你的！等着我，等着我啊刘可！！！"

讯道，寂静无声。

周遭一暗，郭杰眼前的金星，在一瞬之间扭曲变形，像是被什么不可阻挡的力量一把捏扁，随后消失。

"抱歉，郭医生，您的最后一句话没能传递过去。"埃普说，"我们已经进入……稍等。"

郭杰呆呆地趴在后窗上，看着眼前的无尽黑暗，从身体到灵魂，都感受不到一丝重量。

“恭喜您，郭医生。”埃普的声音再次响起的时候，郭杰眼前的那片墨海骤然消失，苍穹彷如一个巨大的肥皂泡，柔和地在他身体两侧渐渐出现。同样的黑，但此时的黑，却莫名显得有几分空旷辽远。

“恭喜您成为历史上，第一名成功穿越虫洞的人类。”此时，郭杰才开始认真听埃普所说的话，“现在请您转过身来，我想您或许会对眼前的景象感兴趣。”

我……没有死?

呼吸变得急促，怦怦心跳声震着胸膛。郭杰一只手撑着后窗，闭着眼，不断为自己做心理建设，终于缓缓转过身来。

不要慌张，郭杰。无论即将看到什么，都千万千万不要慌张。哪怕已经来到了宇宙的另一端，也不要慌张。

要记得，刘可还在露娜舱等着你，这支笛子，你必须还给……

“嗯？！”猛然睁开眼，郭杰彻底惊呆了。

“有趣。”埃普说。

前窗之外，苍茫的宇宙之中，一颗蓝色的星球，静静地悬浮着。

“这可……”埃普停顿了一下，“真的很有趣。”

这颗星球的卫星轨道区间中，一块丑陋的圆形巨石苍白地飘着，除此之外，空无一物。

第五章 画虎

2017-03-06 11：29：01 晴 于抛尸现场

（该段记录第三部分）

恐惧，源自未知。

对未知的事物感到恐惧，是人类的本能，也是人类这种文明载体，永远都无法超越的极限所在。偶尔的零星个体如果超越了恐惧，要么成为推动文明进步的蒸汽机，要么化身汉伯宁街的开膛手，走向截然不同的两个极端。

无论是科学怪人还是连环杀手，其本质其实没有任何区别，他们都在恐惧的边界上开疆拓土，他们的所作所为、所言所行，在常人看来都几乎就是恐惧的化身。常人之所以会感到恐惧，其根源，也不过是发自内心的不理解——无法理解他们看待这个世界的方式。

在现场的那个图皮拉克身上，我感受到了连接。我，或许可以理解对方如此作为的原因。

本质是动机。

探明案件真相所必须要找到的钥匙，就是动机，我相信他也是这样认为的。如此一来，我和目标之间就已经拥有了两种潜在的接近方式：对动机的依赖，以及对文化的认同。

留下图皮拉克，不可能仅仅是为了营造恐惧的氛围，这个行为本身，一定有着更加表象化的用途。与目标完成接触、交流，是一种方式。探究真相、不断靠近目标的过程，又是另一种方式。

他是跳板，但他并不知道自己的作用，而我，会成为他的引路人。

他走出来了。

（该段记录结束）

1. 读　心

“小郭，你再说一遍，这玩意儿是什么故事里来的？”烂尾楼一楼门外，老刘一口一口抽着烟，看向郭阳的眼神，仿佛在看一本行走的百科全书。

“爱斯基摩，或者说得准确点，应该叫‘因纽特’。”郭阳摘下口罩，深呼吸几口，空气里的烟味并没有呛到他，“生活在冰天雪地里的一个民族，主要的聚集区原本是在北欧和北美的树线以北。20 世纪 50 年代，加拿大政府进行了一次名叫‘再安置’的行动，如今北美因纽特人的主要聚集区已经变成了……”

“努纳武特。”郭阳话没说完，老刘突然开口，说出来的话让郭阳也是一愣，“好像是叫这个名字？”

“对。”郭阳点点头，眼神中浮现出一丝讶异。

爱斯基摩人的存在众所皆知，但“再安置计划”“爱斯基摩人的最终去处”这些信息，没有专门查阅过资料，一般人几乎不可能知道。无论怎么看，老刘都不是学究型的人，居然能知道这么偏门的知识点，只有两种可能。一种是曾经的某个案子牵扯到因纽特文化，老刘为了破案特地翻找过资料。可在国内，牵扯到如此小众知识的案子，发生的可能性极低。三十年前的案子，郭阳看过案卷，其中并未提到任何相关的内容，老刘的信息不是从那儿来的。

因此，第二种推测相对比较靠谱：老刘认识且熟悉某个研究因纽特文化的人。

“刘哥，完工了！”老刘又点起一根烟的时候，一名刑警走出烂尾楼，“证据都固定好了，您要不要……”

“嗯。”老刘点点头，转身往楼内走去的时候，冲郭阳点了点下巴，“在这儿等我。”

“好。”目送老刘进去，郭阳回头看向身边的刑警，“请问刘老师为什么还要进去？”

“你倒是鸡贼啊，知道问他会被骂，就等着问我是吧？”小刑警很年轻，笑着说，“这是刘哥的老习惯，所有证据固定完以后，再回现场转一圈，根据环境来模拟犯人的行动路线，站在犯人的角度去观察现场，找找灵感。”

“破案的灵感？”郭阳问，“大家都会这么做吗？”

“哪里，一般都不会。”刑警摆摆手，表情似乎在说，这都是老掉牙的刑侦手段了，“现在科技发达了，该收集的证据都能收集到，技术手段收集不了的证据，用眼睛看一万遍、用脚走一万遍也发现不了，谁还用那一套啊……哎你可别把我的话告诉刘哥啊！”

“不会，放心。”郭阳笑笑，“鲁 Sir 呢？”

“也在‘重走犯罪路’呢！”刑警叼上一根烟，“这师徒俩啊，真是欢喜冤家。”

“师徒？”郭阳敏锐地抓到了这个词，“鲁 Sir 是刘老师的……”

“徒弟，而且应该算是最得意的门生了吧。”刑警眯着眼说，“好多年前的事儿啦，我也是听老同志们说的。那会儿鲁 Sir 算是我们队里来的高才生了，跟着刘哥见习，学了很多东西……”

鲁鹏进入刑警大队的时候，学历是全队最高的，虽然远远比不上郭阳，但在那个时候，也算是引起了不小的讨论。他头脑灵活，行动力强，有刑侦理想，是个不可多得的人才。上头很重视这个高才生，秉着“严师出高徒”的理念，把鲁鹏交给刘业带入门。

一般来说，刑侦行当里，徒弟跟着师父有几个月时间也就够了。熟悉了办案流程，学到一些经验知识，不说单飞，起码也能进个案组出出力。但不知为何，向来动不动就要赶徒弟走的暴脾气刘业，却把鲁鹏锁在身边足足一年。一年后鲁鹏虽然名义上已经是独立刑警，可接案子的时候，还是像跟屁虫一样跟在刘业身边，没有半点自主权。

“心浮气躁。”上头找刘业谈话的时候，老刑警皱着眉头抽着烟，表情说不出是不满，还是不甘，抑或是不放心，“小鲁太毛躁了，老想着一口吃成胖子，还嫩了点。”

刘业的业务能力那是没的说，看人的眼光也很准，上头很信任他，就依了他的意思，让鲁鹏继续以类似助手的身份跟着。虽然老刘一如既往地严厉苛刻，鲁鹏却也安生，随老刘怎么骂都不顶嘴，让往东绝不往西。

那会儿，刘业已经和前妻分居，一心扑在工作上，连续破了几个大案子，上头也有想法给他升个职。如果一切顺利，刘业往副队长的位置一坐，鲁鹏正好彻底出师，能接上刘业的班，成为队里的王牌刑警。

可偏偏在这个节骨眼上，出事儿了。

“举报信。”小刑警说，“有人向纪委写了举报信，说刘哥有过孩子还领养孤儿，满脑子都是传宗接代，思想觉悟有问题。正好那阵子查得严，刘哥吃了不少苦头。”

“可是我听说，刘老师的儿子他……”郭阳不解，“按规定，领养孤儿应该没问题吧？”

“规定是规定，身份是身份。”刑警拍了拍身上的制服，“我们这身份特殊啊，多少双眼睛盯着呢，要不然你以为刘哥这么好的本事，为什么不是队长啊？”

出了这事之后，刘业消沉了一段时间，上头也不给他派活儿，让他先“处理好个人问题”。

刘业是如何联系上早已出国的前妻和养女的，没人知道。等他的强制休假结束，重新回到工作岗位的时候，个人资料上，婚姻状态一栏就从“已婚”变成了“离异”。子女一栏上也增加了一些信息，并附上了一张十岁女孩儿的照片。

而这一段时间里，鲁鹏自然也名正言顺地出了师，开始单飞了。

或许是因为跟着老刘的时间久了，鲁鹏单飞之后也是脾气见长，有时候甚至比老刘还不讲道理，但毕竟业务水平过硬，总能完成任务，时不时还可以力挽狂澜，大家也就听之任之，看着他一步步往上爬，最终取代了老刘的“王牌”之位。

至于当年的那封举报信到底是谁写的，这人又为什么要找刘业的麻烦？或许有人知道答案，但事情已经过去，也就当作自己不知道了。

“头骨的部分，是用很多种动物的骨骼拼接起来的，做成了人头的形状，并不是人骨。”门边闲扯结束，郭阳身后响起了鲁鹏的声音，“身子和四肢，也都是用各种动物骨骼拼起来的。来路我都查过了，大部分没法追，随便找个菜市场、饭馆儿都能买到，直接捡也行。”

走出烂尾楼，鲁鹏的步子刻意快了一些，似乎故意要挤在老刘前边出来似的，也不知道在较什么劲：“作为‘脊椎’的那种整根羊脊椎骨，确实散卖的不多，大部分都被羊蝎子店买去剁了。不过这也没啥难度，城里羊蝎子店就几家，那些个散户买去的也比较容易追，过不了多久就会有线索。”

走到郭阳面前，鲁鹏傲慢地缓缓转身，双手背在身后，一副赢家姿态，神情得意扬扬：“这种案子，放在三十年前可能是个悬案，那是因为侦查手段不够全面科学。某些老刑警啊，就知道靠着自己的经验胡来，当然找不到嫌疑人。现在有我们新生代顶上来，这世上的悬案可就少多咯！”

“得了吧，就你还新生代。”老刘抽着烟，不屑地扫了一眼鲁鹏的脑门儿，“头发都没几根了还新生代，出门跟个灯泡似的，赶紧买顶帽子去吧！要不要脸了就新生代，呵。”

跟老刘斗嘴，鲁鹏确实还嫩了点，伸手捂着脑门儿，脸都气红了：“你！”

“刘老师，也不能这么说。”郭阳不咸不淡地补了一刀，“不是鲁 Sir 的发际线在后退，而是他在不断前进啊。”

“哈哈咳咳咳！”老刘嘴里的烟头笑得一抖，火星在风里飞溅出一个感叹号。

“你个没大没小的东西！”

“注意用词！”老刘一声吼，鲁鹏条件反射地缩了缩脖子，仿佛时间一下子回退了十几二十年，他又变回了那个唯唯诺诺的见习生，“前期工作做得确实不错，该追的线索也都去追了，这一点值得肯定。但思路不对，跟你说过多少遍了，任何命案都不能单纯地追线索，那样只会永远被凶手甩在后头。只会追线索的刑警不叫刑警，那叫警犬。”

郭阳竖起了耳朵，他依稀觉得，老刘这番话，与其说是说给鲁鹏听的，还不如说是说给自己听的。

“追查线索只是治标，要抓人，还得从深层次分析才能治本。做了什么、留下什么线索那是其次，重要的是‘为什么’这么做。”老刘继续说，“动机，任何案子、任何手法都一定有它的动机，一个人对另一个人‘有所图’，所以才会对那个人下手。不找出这个动机，那就永远是瞎猫抓老鼠，不碰到死耗子，就只能饿死。”

“嘁，说得热闹。”鲁鹏翻了个白眼，“那我问问你，当年的碎尸案你破了吗？现在我快要查到线索了，你就不爽了是吧？我倒想听听你的高见，这怪物有什么意义啊？它的动机是什么啊？你说啊！”

气氛一下就变了。

鲁鹏显然是上头了，上来就揭伤疤，怼得有点不讲道理。但如果老刘啥都说不出来，那还真不如鲁鹏那一招追线索来得实际，好歹这路子还有点希望不是？这下，所有人的目光都火辣辣地盯着老刘。

“我明白了。”一旁一直玩着纽扣挂坠的郭阳，突然开口了，“刘老师，您果然神机妙算！”

“呃……啊？”刘业狐疑地看向郭阳。

“怪不得您一看到那个怪物，就立马把注意力转到‘动机’上来了，这就是凶手留下的最致命的线索！”郭阳扯起谎来是面不改色心不跳，“虽然图皮拉克是因纽特民间传说中的怪物，但只是看到一个动物骨架做成的东西，我们还不能确认这就一定是在影射因纽特传说，对吧？”

众人也不知该点头还是摇头。

“可箩筐里除了尸块之外，上面还盖了一层碎石。这就是您之前跟我说过的，因纽特人埋葬死者的独特方式。他们相信，只有用碎石盖住的尸体才不会复活，类似咱们传统文化里说的‘入土为安’。”

“我……说过？”老刘也有些搞糊涂了。

“对啊，就刚才，在门口抽烟的时候，您说要破一个案子，就得了解与案子有关的所有细节和相关知识。”郭阳看向刘业，一只眼睛眨了眨，“通过这两点我们基本可以确定，这次的命案多多少少会和因纽特文化有关。毕竟同时满足这两个要素的文化体系，全世界也找不出第二种来了。”

“那、那又怎么样！”鲁鹏呛道，“知道这些有什么用？对破案有什么帮助？”

“当然有帮助咯。”郭阳睁大眼睛，一脸的人畜无害，“因纽特文化是一个非常非常小众的文化体系，相关文献资料少得可怜。唯一清晰记载了这些内容的文本，是 18 世纪末的一本丹麦文手抄本，是由一名传教士在因纽特部落中收集起来的。53 个故事中，有不少连现在的因纽特后裔都不一定清楚。而这本手抄本只在 1921 年有过英译本，并未正式出版，更从来都没有过中译本[①]。”

“所以呢？”鲁鹏还有点转不过筋来。

“所以在 W 市，甚至在国内，知道这些知识的人……”郭阳回答，“屈指可数。”

“哦！”方才与郭阳闲扯的刑警恍然大悟，一拍大腿，“顺着这条线去查，应该很快就能锁定嫌疑人范围！”

“说得轻巧，路子呢？”鲁鹏还在硬撑，“你都说了，知道这些东西的人少得可怜，说不定全市都没人知道，我们去哪儿问？怎么确定范围？而且你和刘哥都知道这个什么特的故事，那我是不是也能把你们当作嫌疑人啊？”

“理论上我和刘老师确实也有嫌疑。”郭阳居然一本正经地点了点头，随后又摇了摇头，“但没有必要。”

这都什么跟什么？大家都有点糊涂了。

“刘老师反复强调，破案，最重要的就是了解动机。”不知不觉间，实习生郭阳，居然成了一帮刑侦好手们的指南针，“如果我和刘老师是真凶，我们为什么要这么做？为什么要特地在现场增加因纽特文化痕迹？这么做的意义是什么，动机又是什么呢？”

这一问，没有人能回答得上来。

不过郭阳注意到，老刘的嘴动了动，似乎想说点什么，最后还是忍住没说出口，只是又点了根烟，狠命地抽着。

“这种专业性极强的知识，其传播轨迹是完全可循的。”郭阳也不打算现在问，继续道，“国内没有任何一所大学开设因纽特文化专业，或许某些了解这些知识的讲师，会在相关课程中进行一定的普及，但这种概率极低，听课学生继续深究学习的概率只会更低。将这些概率代入到‘W 市及周边地区’中来的话，辐射人群更是可以缩小到几乎不必考虑。”

“同理也可以推广到社会学习机会中去，因纽特文化传播的广泛性，在眼

① 史实，本书所摘录的文本也是因纽特传说故事集的内容第一次以中文形式出现在公众面前。

下是可以忽略的。而某些特定的深入研究者，也理应会给相关知识的‘源头’留下深刻印象。所以，只要找到一个或几个源头，就可以比较清晰地画出嫌疑人范围区间了。而这些源头，刘老师……”双眼看向刘业，郭阳试探着问，“您该不会刚好认识其中某一个吧？”

这小鬼，会读心的吗？刘业嘴边的烟一顿，刺鼻的烟气上升，让他眯上了眼睛。同时涌上来的，还有那潮水一般的回忆。

“我在仰望……”“喂，老栾，嗯，我在现场……什么？你过来干吗？线索都差不多……你说什么？！”接起电话，老刘突然提高的音量，让正准备收队的刑警们都停下了手上的动作。

“好，我知道了，对，我开车了，坐我车去吧。”挂断电话，老刘吸完最后一口烟，把烟头丢在地上用脚踩灭，随后一挥手，“收拾完东西都别急着走，去下一个点。”

“下一个点？”鲁鹏眉头一皱。

“刚刚发现了第二具尸体，箩筐、碎尸、石块，除了地点不一样，其他和这儿一模一样。”老刘的眉眼一沉，右手不自觉地握紧了拳头，“这家伙的动作，还真够快的。”

2. 挑　衅

“叮。”

手机响起的提示音不太熟悉，栾俊杰一愣，摸出手机看了半天，才确定这是一条微信好友申请——傅科摆：请求添加你为好友。

这什么名字？

不太熟悉手机操作的栾俊杰，靠着刑警的直觉，在下面找到了一行小字：“对方通过搜索手机号添加”。

唔，知道我号码的人。栾俊杰依稀记得，这个微信号是孩子用自己的生活手机号注册的。能够通过非工作号码找到这个微信号的人，应该是私人关系认识的，不太可能是工作中……

“栾老师，是我。”就在栾俊杰运用他的刑侦知识分析推理的时候，身边，一个明显压低了的声音响起，“‘傅科摆’是我，小郭。”

回头看到郭阳眨着眼睛冲自己点了点头，栾俊杰点下“通过验证”：“哦哦，我说呢。其实我不太用微……”

“叮咚——”傅科摆：“您好，栾老师，我是小郭。”

“哎呀我知道，你不用发微……”

“叮咚——”傅科摆：“栾老师，有一个问题可能有点唐突，但基于某个理由，我很想知道答案：请问刘老师的前妻，是一名文史研究员吗？”

……这小子怎么什么都知道？！栾俊杰有点蒙，刘业平时可不会把这种事放在嘴边讲。

“那看来我是说错话了。”“傅科摆”的第三条消息发来的时候，栾俊杰终于明白，郭阳为什么明明就在自己身边，却还要给自己发微信了。

“吵死了，调静音不会啊？”前排驾驶座，老刘粗暴地开着车，加塞之猛，转弯之急，让副驾驶座的鲁鹏吓得是心惊肉跳，敢怒不敢言。

“行行行，你也别着急，现场已经有兄弟在了，跑不了。”栾俊杰几句话安抚了刘业，用余光瞟了一下郭阳，发现后者正抱着手机目不转睛，看来是打定了主意要和自己当网友。

心如止水（已戒酒）：“你怎么知道的？”

栾俊杰艰难地用手写输入法发出这条消息，还没锁屏，郭阳的消息就回过来了。

傅科摆：“一些推理，加上一点运气。”

这都能推理出来？栾俊杰皱了皱鼻子。

心如止水（已戒酒）：“想日什么？”哎呀这个手写识别率。栾俊杰急忙又补充了一个“问”字。

傅科摆：“或许有点不礼貌，但我想知道，刘老师和前妻分开的时候发生了什么？如果不方便说，我可以理解，抱歉为难您了。”

我不说，这小子也能“推理”出来的吧？栾俊杰苦笑摇头，继续眯着眼手写。

心如止水（已戒酒）：“老刘儿子的事，你知道了吧？那是1986年初，1987年他就调动进大队了，我晚了三年才进来，所以有些细节倒也不是很清楚……”

1987年，刘业以不可思议的毅力，成功通过了罕见的内部调动考察，顺利进入刑警大队，开始了他的重案刑侦生涯。

同年7月，碎尸案发生，刘业进入专案组。从那时起，他回家的次数就越来越少，和前妻之间的感情也多少有些疏离。彼时，刘业的前妻正在W市大学任职。作为一所非重点院校，W大聘请她的目的很简单：她研究的领域实在是太小众了，随便一篇论文都可以稳稳获奖。哪怕几乎不参与任何教学工作，就凭着这些奖状，学校发给她工资也一点都不亏。

前妻工作上不能说顺风顺水，但也没什么压力。相比之下，刘业的工作又过于艰辛了一些，一个家庭中，如果有一人整日忙得昏天黑地，另一人却相对比较轻松，内外平衡失调是迟早的事。越来越多的争执，以及那始终压在心头、双方却都不愿多说的往事，让刘业产生了一个念头：领养一个孤儿，让妻子可以找到新的生活重心。

1988年底，夫妻俩办妥了手续，领养了一名年内出生的女婴。

孩子有些先天毛病，或许是因此才被亲生父母遗弃。刘业夫妻俩，或者准确地说，是刘业的前妻花费了不少心力，才治好了孩子的病，但也留下了一个后遗症。

“斜视，而且是比较罕见的一种单眼斜视，平时不太看得出来，但如果盯着一样东西看久了，思维开小差，一只眼睛就会不由自主地往外斜。那会儿河边片区还有迷信的老人说，这孩子开了邪眼，一只眼睛能看见鬼。如果盯着你看久了，你会觉得她不是在看你，而是在看你身后的某个地方，确实有点邪乎。”栾俊杰继续发着微信，眼睛盯着小屏幕，都快单眼斜视了。

为了帮孩子矫正这个毛病，刘业的前妻遍寻名医。孩子到了两岁，稍微能和大人交流时，斜视的情况略有好转，只是“看人身后”的感觉还在。

那会儿正是1990年年初，碎尸案挂起来了，刘业连续破获了几起大案，事业蒸蒸日上，工作也愈发忙碌，还得到了系统上给分配的城区宿舍。孩子给了刘业的前妻不少安慰，可没有丈夫的陪伴，日子总不是个滋味。于是某一个夜晚，刚刚做完案卷的刘业满身疲惫地回到家中，面对妻子歇斯底里的指责时，暴雨，降临了。

“那会儿我还在河边当片警，吃完夜宵就听说老刘家吵架了。我还觉得奇怪呢，他们早就搬到宿舍去住了，怎么还回郊区老房子吵架？赶过去的时候，嫂子和孩子都不见了，就剩下老刘一个人坐在床边抽烟，脸臭得不得了。”

根据栾俊杰的回忆，气疯了的刘业砸了不少东西，断断续续地告诉他，吵架的时候一不小心，说出了孩子是领养的这回事。两岁的孩子或许还没有清晰的记忆，但母亲护犊心切，认为这会给孩子留下心理阴影。两人大吵了一架不欢而散，母亲带着孩子连夜离了家，再也没有回来。

“再后来，老刘就几乎没回过老房子了，有没有找过嫂子，我也不清楚，总之是断了联系。村里有人认识嫂子的娘家人，据说娘儿俩也没回过娘家，几年后倒是来了消息，说是出国了……”

“后座两个能不能专业一点？工作期间不要玩手机！”老刘一声吼，栾俊杰急忙点了下发送，飞快收起手机，笑呵呵地点头道：“知道了刘哥，您别生气，喝茶不？”

“你……啊算了算了。”老刘的七寸被栾俊杰捏了个结实，有气也没处撒，狠狠拍了下方向盘，一个急转弯，让整车按下了静音键。郭阳默默拿出保温杯攥在手里，时刻准备着。

不一会儿，第二个现场到了。

“又是烂尾楼？”四人下了车，日头已经跑到了西边，老刘点上烟，嘟囔了一句，“存着心要避天眼嘛。”

警戒线已经拉了起来，不少刑警忙进忙出。栾俊杰本就知道些细节，又上前了解了一下新进展，回来向几人知会情况：“死者身份已经确认，姓许，H镇Z村人，35岁，目前无业，死亡时间推定是前天中午左右。”

“Z村？”老刘皱着眉头往里走，“山区啊，离这儿很远，家里人没发现失踪了？”

“说是家里人不太待见他，平时也是独居，发现尸体之后联系上，家属才知道人已经死了。”栾俊杰回答。

“又是社会盲流？”鲁鹏也有些严肃起来，“有案底吗？”

“说不上案底，只能说是边缘嫌疑。”栾俊杰揉了揉脖子，“这人有个兄弟，长他几岁，之前生意做得不错，赚了不少钱，两年前意外死了，好像是在车里睡着了，手上烟头点燃了座椅，然后就……”

“栾老师，您的意思是有人怀疑，这不是意外？”郭阳眨眨眼睛问。

“有这么个说法，当时也做过调查，但没有任何证据。”栾俊杰点头，“动机倒是有，那兄弟死了以后分了家产，这个死者拿到了不少钱。跟家里人闹僵，也就是分钱的时候吵的。”

二楼到了。

“最快什么时候能安排尸检？”老刘走向被刑警们围着的箩筐，问，“从死亡时间来看，这才是第一个死者，要不排到前边去？”

“尸检的问题嘛……”栾俊杰却有些犹豫，“恐怕有点难度。”

“这能有什么难度？”老刘不乐意了，大步走上前去，刑警们纷纷让开，“又不是让他们破案，给个大致报告就……”

话说到一半，老刘不再言语，双眼看向箩筐内部，眉头皱出了三座山。郭阳也快步上前，顺手戴上口罩。

“太碎了。”栾俊杰双手插在口袋里，微微摇着头，“这具尸体，实在是剁得太碎了。”

郭阳看到了让他永生难忘的一幕。

箩筐里，尸块密布，其中一部分已经被拿了出来，整整齐齐地摆在地上，都编上了号。

每一块碎尸都不过小肉丸大小，骨头剁得稀碎，一点都不干脆。断口位置沾着肉泥，混合着已经凝固的血迹，显然是用剁骨刀，靠着一次又一次的蛮力生生敲碎，之后也没过过水，直接就扔进了箩筐。看起来就像是一个不太熟练的厨子，第一次料理猪大骨似的。

死者的前额头骨被生生削掉了一块，头皮连着头发一起被撕了下来，手法也不专业，被撕下的头皮好似一块破布，被平铺在证据袋上，破破烂烂的前端还粘着些碎骨。头皮边上摆着些小玩意，郭阳仔细一看，一股胃酸几乎要涌上喉头。

那是死者破烂的眼球、鼻子还有耳朵，两条肉条似乎是嘴唇。

老刘蹲了下去，眼睛凑上一堆肉渣：“这是？”

“生殖器。”一旁负责证据整理的刑警回答，脸色很不好看，“应该是连根剁下来的，然后像切肉臊一样给剁碎了。凶手剁的时候可能在抽烟，落了一丁点烟灰，所以这里有点变色。扔进箩筐的时候血已经凝了，肉就没完全散开，这得多大仇啊……”

郭阳很想深呼吸，却又如鲠在喉。老刘、栾俊杰、鲁鹏三人虽然也眉头紧皱，却似乎并没有什么特别的生理感觉，依旧在认真地观察着现场。

“那么这是第一起案子，新城那具是第二起。假设凶手是同一人，前天下午在Z村动手，晚上赶到S村去，来得及吗？”鲁鹏的架势终于变得专业了一些。

“开车的话勉强能赶上，具体得看尸检结果给的具体死亡时间。”栾俊杰回答，“这条线可以追一下，当天从Z村……不，从C镇出发开往H镇的私车公车都得查一下。”

“这就安排。”鲁鹏虽然平时和老刘处处较劲，但到了关键时刻还挺靠得住，立马起身打电话去了。

“附近天眼不全吧？”栾俊杰又回头问老刘，“我记得两个现场附近的监控线路都在改造来着。”

“得确认一下，不能想当然。”老刘点点头，“我倒是在想另一个事儿——为什么专门找有‘污点’的人下手呢？”

“动机？”栾俊杰果然是老刘的老搭档，一下子就猜出了老刘的心思，“原来那案子有这个特征吗？”

“说有也有，但没这次这么明显。”三十年前的案子，所有资料全都在老刘的脑子里，“总觉得‘狐狸’的‘气味’变了。”

“不可能。”栾俊杰毫不犹豫地摇头，“这么多年，哪只狐狸变过味儿？会不会是那会儿的资料不全，很多档案没联网，挖得不够深，所以气味不够明显？”

“我们就差把地给挖穿了。”老刘苦笑，随后又仔仔细细地看了一遍箩筐，

“不过要是有人刻意隐瞒，倒也不是不可能……对了，有发现那个吗？”

“也有，不太一样。”站起身来，栾俊杰伸手捶了捶腰，对忙碌的刑警们喊，“怪东西在哪儿？”

一名刑警带着路，两个老刑警跟上，郭阳也追了上去。来到一根柱子边，一张普通、陈旧的床单堆在地上，里边的东西已经被取出，也编上了号，放在一旁。

“削掉的头骨？小郭，你说的故事里……”

“故事序号35，一个老妇人为自己死去的孩子报仇，化身成了恶灵，披上床单变成了一头熊，把凶手撕成碎片，而且，”郭阳说，“撕下了凶手的头皮。”

“这块骨头呢？”没有理会栾俊杰诧异的目光，老刘追问。

“后来人们杀了那只熊——也就是那个老妇人，床单里面是一副骨架。”郭阳回答，“细节上有点出入，但应该对应的是这个故事没错。”

“你们在说天书啊？”栾俊杰一脸困惑。

“别打岔。”老刘摆摆手，“动机，你怎么看？”

“两起命案，对应了两个故事，死者都勉强算得上是有罪之人。如果我是凶手的话，这么做的原因可能是……”郭阳顿了顿，“自认为在‘替天行道’。”

“你小子是不是有点反社会人格？”老刘也不知是不是在开玩笑，上下打量了郭阳一番，“证据呢？”

“之前那具尸体的箩筐里有几枚硬币，死者生前恰好有经济问题。这次的碎尸有烟灰，死者生前又刚好被人怀疑用烟引火烧死了兄弟。”郭阳说，“很难把这些都看作是巧合。”

“嗯……”老刘点点头，“就算是替天行道吧，两个死者的事情基本都只有本村人才知道，凶手从哪儿得到信息？”

“只是头脑风暴，推测而已。”郭阳说了个前提，拿起手机晃了晃，“网络。”

老刘没有说话，因为话题已经转移到了他不太熟悉的领域。

“国内应该没有，但境外是有类似网站的，来实习之前我突击学了点资料，查到了相关信息。”郭阳继续说，“有一些人，会把他认为‘罪该万死’的仇人的信息，放到一些特殊的网站上，描述为什么这个人该死，然后借助网络呼唤反社会的人，来当他们的……‘蝙蝠侠’。”

虽然蝙蝠侠不会凌驾于法律之上，私自裁定恶人的生死，但这样说，或许能让老刘和栾俊杰容易理解一些。

“还有这种事？”老刘当然也接触过类似的信息，但那都是研究国外大案侦破过程的时候了解到的，从来没想到居然会发生在自己身边。

“刘老师，只要您相信，这个世界上……”郭阳面无表情地点了点头，“任何事情，都会发生。”

鲁鹏回来了。

“安排好了，马上开始排查监控录像，公交公司那边也通知了，如果查到有带着箩筐上车的，马上会给我消息。哼，我早就说了，这种案子放到现在，那根本就不叫案……这是什么？”收起手机，鲁鹏一看到床单和头骨就懵了。

“床单。”老刘抽了口烟，一脸嫌弃，“提醒你别胡想瞎想，早点洗洗睡吧。”

“骨架呢？”鲁鹏知道和老刘斗嘴没好果子吃，干脆也不反驳了，四下看看不解道，“为什么不用骨架了？”

“不想留下太多证据吧。”郭阳插了一嘴，“而且还能合上那个故事。”

“你懂个锤子……”

“应该是这样。”打断鲁鹏的牢骚，老刘点点头，“不过也有可能是因为没时间。”

“嗯，刘老师说得有道理。”郭阳在心里算了算时间差，“杀人，分尸，赶到第二个受害者住处，继续杀人分尸，然后在城区两头抛尸，还得找到一大堆动物骨骼来做成图皮拉克的形状，时间上确实比较赶。但如果第一现场不是死者住处附近的话，可能性就比较多了。”

头脑还真是清楚。老刘看了一眼郭阳，居然一瞬间有些心痒痒：如果有办法把这小子留下来，正儿八经干刑侦，不出三年，一定会出大成绩。

“重新梳理一下两个受害者最近几天的行踪，床单这边也去追一追。”几句话打发鲁鹏去干活，老刘也抽完了烟，见郭阳正忍着生理不适，努力地观察现场痕迹，心里突然有了个想法，“小郭，我问你个事儿。”

“刘老师，请讲。”郭阳立马凑上前来，依旧在最完美的位置停住，和老刘保持着师徒之间的最佳礼仪距离。

“在前一个现场，你说这些因纽特故事有一本书，是吧？”

“是的。”郭阳点点头。

“什么时候给我看看呗？”老刘试探着问。

郭阳居然面露难色：“这个可能……”

“怎么了支支吾吾的，现在那什么网上不是什么书都有吗？”

“网上是有，可惜只有英文版。”

“那不行，它认识我我不认识它。”老刘摆摆手，“你看的什么版？”

“丹麦文原版。”

老刘无语。

“如果您想看，我尽快做个简单的中文翻译。”郭阳急忙跟了一句，随后眨了眨眼睛，“刘老师为什么不直接问一问……”

“为什么两具尸体都抛在烂尾楼？”老刘知道郭阳想问什么，直接打断，“你怎么看？”

“一方面就像老师您说的，尽可能避开天眼。另一方面，烂尾楼时不时会有流浪者、拾荒者进来，尸体会相对比较容易被发现，这也符合之前的推测，如果凶手真的自认为是在替天行道，多少也会希望自己的‘功绩’被人发现吧。”郭阳正色道，“和三十年前的行为类似，本来完全可以抛尸江中，利用台风洗清痕迹，尽可能延缓尸体被发现的时间，但凶手特意把尸体放到江边小店里去，甚至还特意与店主见面，留下人证，这种行为……很中二。”

“中二？”

“就是初中二年级，形容青春期的年轻人为了展现自己的与众不同，刻意地特立独行。”郭阳简单解释了一下，“网络流行词。”

“中二吗？或许吧，不过我觉得另一个可能性更大。”老刘双眼一眯，看着地上那块碎骨，“挑衅。”

郭阳心中一颤。

“这家伙想要证明，就算三十年过去了，我们还是抓不到他，他还是可以在我们的眼皮子底下杀人分尸，绕过天眼，想去哪儿就去哪儿。他可以神出鬼没、无所不在，任凭心意地处置他认为‘有罪’的人，然后对着我们吭哧吭哧追线索的样子哈哈大笑，嘲讽我们三十年来没有半点进步……这，是一种挑衅。”

又弹出一根烟，老刘的嘴角微微抽搐了一下，牙关紧咬：“我要抓住他，这一次，无论如何……老子都要抓住这个混蛋。”

郭阳知道，老刘是要和自己的过去，做一次总清算。

“告诉我吧，小郭。”点上烟，老刘看向郭阳，双眼炯炯有神，“先把这两个案子对应的故事，告诉我吧。”

3. 画　虎

在遥远的南方，有一个独身的男人，被兄弟们养活着。

有一天，兄弟几人划着独木舟来到一个漂亮的岛屿，分头捕猎。独身男人转了一圈，没能找到猎物，翻过一块石块，却看到一个兄弟正低头做着什么。为了看得清楚一些，他不动声色地接近。

“咬死他，复活之后就去咬死他！在冰天雪地里把他撕成碎片，趁着暴风雪扼住他的喉咙，拧断他的脖子，剖开他的肚子，用肠子绕成一个圈！”

兄弟正在雕刻一个图皮拉克。男人知道，自己必须动手，他跃上前，一巴掌拍在兄弟的后脑。对方翻滚着身子摔了下去，头部磕在地上，血流汩汩。

此时，那已经做完的图皮拉克动了起来，探着头四处嗅着。男人感到害怕，慌不择路地跑了，回到皮划艇边静静地等，直到天黑。

第二天天亮的时候，其他兄弟们回来了，发现少了一个人，就一起出发寻找，男人跟在最后面。他们一直走到岛屿的最南边，才找到了尸体。

“那是什么？”有人指着尸体旁的东西问。

“是一个怪物。”

“是图皮拉克，有人做了一个图皮拉克！”

饿极了的图皮拉克正在啃食着兄弟的尸体，把肉和骨头都撕碎，一块一块地吃，直到吃饱，随后起身摇摇晃晃地走出一些距离，变成了一尊雕塑。

几人合力砸碎了几块石头，将碎石铺在碎裂的尸块上，最后离开了岛屿。

后来，独身的男人活得最久，但始终都没有后代。

“这是故事序号4。”讲完故事，郭阳抬起头来，左手上的手机屏幕亮着光，密密麻麻都是外文。

“嗯。”老刘眯着眼开着车，慢慢点头，嘴角的烟头晃了晃，“对应的是第一具尸体，也就是时间顺序的第二起案子，对吧？”

“应该是这样。”郭阳快速滑动着手机屏幕，很快就找到了想找的内容，“接下来是故事序号35，就是老妇人复仇的故事，稍微长一些。”

曾经有一个男人名叫帕皮克，经常和妻子的兄弟艾拉克一起出去打猎。每次艾拉克总能带着海豹回家，而帕皮克空手而归，被人嘲笑，这使他的嫉妒日益增长。

有一天，两人又出去打猎，帕皮克回家时沉默不语，艾拉克则根本就没有回来。一家人等到深夜，艾拉克的母亲看着帕皮克，开口说：“是你杀死了艾拉克。”

“不，我没有。”帕皮克回答。

老太太站了起来，大声哭喊着：“你杀了他，还什么都不说。终有一日我会把你生吞活剥，因为你杀了艾拉克，只会是你！”

离开家人，老太太前去赴死，因为她想成为恶灵，为儿子复仇。她把她的熊皮床单罩在身上，然后坐在岸边，靠近水面，让潮水升起来淹没她，直到死去。

在此之后的很长一段时间里，帕皮克根本没有去打猎，他非常害怕老太太的威胁。但最后什么也没发生，他便不再担忧，重新外出打猎。

有一天，帕皮克和许多人一起打猎，他站在较远的地方，盯着冰面上的呼吸孔，寻找海豹的踪迹。

然后，它来了。

“吱吱嘎嘎”，积雪被翻动着，一声凄厉的尖叫传来，向帕皮克快速移动。一团雾落在了冰面上，人们听到一声愤怒的嘶吼，还有一个人在恐惧地尖叫，随后雾气散去。

怪物落在帕皮克身上，吞噬了他。

“快跑！”人们纷纷逃往陆地，路上遇到了捕猎的雪橇队，便劝说猎人们扔下装备一起逃命。

他们回到村庄，聚集在一间冰屋里，但很快就听到怪物越来越接近冰屋，所有人都挤向入口。他们互相推搡，一个没有父亲的男孩被推到一边，落入一个装满鲜血的浴桶里。当他起身时，血液从他的衣服中流出，无论他们去哪里，雪面上的血迹都透露着他们的行踪。

“我们逃不掉了。”他们喊道，“因为那个可怜的男孩用血迹标记了道路。”

“那么，让我们杀了他。”一个人说，但其他人对男孩表示同情，让他活下去。

这时，恶灵钻出了冰面。

它的耳尖在小丘上悄悄地翻过来，映入人们的眼帘，当它到达房屋时，狗不敢吠，也没有人敢试图包围它。千钧一发，一位老妇人向狗大喊：“吼它！攻击它！它并不是真正的熊！”

狗从束缚在它们身上的魔法中解放，不要命地冲了上去，人们也向前冲去，用鱼叉攻击那个东西。当他们肢解熊时才发现，它的皮肤是老太太的床罩，骨头是人的骨头。

做完这一切，人们乘着雪橇出发，去寻找他们留下的装备，但一切都被撕成了碎片。当他们找到帕皮克时，他的每个部分都被切断了。眼睛、鼻子、嘴巴和耳朵被砍掉，下身被剁成了肉泥，头皮从头上撕了下来。

这位老妇人为儿子艾拉克完成了复仇。

后来有人说，这老妇人就是世界上第一个巫师，死后的她升上了天空，成了天亮前最明亮的那颗星星，永远挂在天边。

我从那些从大海远方来到我们这里的人那里，听到这个故事。

故事讲完的时候，车子正好回到大院。

“啧。”下车走了没几步，还在思索故事里隐含信息的老刘，突然眉头一皱，伸手摸了摸一辆私家车的引擎盖，随后伸腿狠狠踹了车胎一下，“这狗东西，不是说好了回来前先告诉我们的吗？”

郭阳猜，这一定是鲁鹏的车。

之前在现场大家约定，无论哪一边有了消息，都得先相互通知，所有线索汇总过之后再向上头统一汇报。留在现场的老刘、栾俊杰、郭阳三人，不过是要“重走犯罪路”找找遗漏的细节，速度肯定会比外出追线索的鲁鹏要快。然而他们才刚回来，鲁鹏的车都已经凉了，说明他早就回了队，根本就没有亲自去追线索。至于原因，不用老刘说，郭阳也猜得到。

“岂有此理！”

走进队长办公室，鲁鹏果然坐在一边，手上捧着个笔记本正襟危坐，显然早已汇报结束。

“被人踩在脸上连续作案，一天下来连个屁都没查到，我们大院的脸往哪儿搁？”队长一见到老刘就气不打一处来，拍着桌子吼，“好几拨记者来过电话了，采访对接函跟山似的，我一个个推掉。上头也知道了，说这案子性质极其恶劣，如果传到社会上会引起恐慌，让我们最快速度侦破，不然全都吃不了兜着走！”

狂风骤雨中，老刘顾自找了张椅子，坐在队长对面，跷起二郎腿，看着就像个社团头头。栾俊杰和郭阳则对视一眼，不约而同地后退几步，站在门边两侧，就像头头身边的两条狗腿子。

“三十年前破不了，是技术手段不够先进，被人钻了空子。”队长瞪着老刘，“三十年过去了，同一个人，同样的手法，同样的区域，一天之内两起案子，你还能坐得住？”

“我这不刚回来嘛。”老刘弹出一根烟叼上，晃了晃腿。

“我两年前就该让你退二线！”队长回头看向鲁鹏，“小鲁，把你的进展再说一遍，好好给这帮吃干饭的上上课！”

“不敢当不敢当，我哪儿敢给刘老师上课啊，他是我师父，应该他给我上课才对。”鲁鹏那个得意啊，嘴角都快咧到耳朵根了，“首先是担子，扁担和箩筐都很干净，指纹处理过了，黏上的血迹碎肉什么的反而没动，取样很困难。这么看是个老手，应该就是三十年前那家伙没跑了。”

郭阳注意到，老刘的鼻子抽了抽，似乎有什么想说的。

“箩筐里石头的来源查清楚了，就是今天上午发现‘犀牛雕像’那个口子上的石板，敲碎以后放进去的。根据‘犀牛’被发现的时间，以及两具尸体的大致死亡时间来推断，敲石头可能是前天凌晨到昨天夜里做的。我已经让兄弟们去还原石板了，一有线索立马会来消息。”

鲁鹏鼻孔朝天，看着手中的笔记本，炫耀似的继续道：“用来做怪物脊椎的羊蝎子这条线，目前也锁定了几个嫌疑人，正在一个个排查，今天晚上就能出报告。监控方面，两个现场都在线路改造范围内，决定性的录像很难找，不过肯定会有区域性线索。挑担子的人、嫌疑车辆等信息也在排查。老案卷我已经翻过了，种种迹象都表明凶手是同一个人，只不过这一次，他面对的侦查力量不一样了，我相信很快就会水落石出，队长……”双眼看向队长，鲁鹏半邀功半嘚瑟地点了点头，嘴角带着隐忍的笑，“挂着的案子，又会少一个了。”

“很好。”队长还真吃这套，满意地点头称赞，随后颇有些不耐烦地看向老刘，“你呢，有什么线索？”

“线索嘛……”老刘欻的一声点着烟，慢慢吸了口，“暂时没有。”

“你……把烟给我灭了，室内禁烟！”队长恨不得把烟灰缸直接拍老刘脸上，“什么进展都没有，还敢在我面前跷二郎腿，刘业，你脸可真大啊！看看人小鲁，短时间内做了这么多工作，都卓有成效，这才叫专业！”

鲁鹏咳嗽了一声，转头假装看风景。

“领导，不好意思打断您一下。”这时，郭阳突然上前一步，向队长微微鞠躬，随后看向老刘，“刘老师，您刚才说‘线索暂时没有’，那就是在其他方面有进展咯？”

“哈哈哈算有吧。”老刘真的很想现在就给郭阳送一面锦旗，纯金的那种。

“别给我摆谱，有话说有屁放！”队长是真受不了老刘这副做派。

“也不能说进展，只是一个推论。”队长越是着急，老刘心里就越是高兴，优哉游哉地坐直身子，四下看了看，把手伸向鲁鹏，“本子给我。”

老刘从不情不愿的鲁鹏手上拿过笔记本，压根没看上面写了些什么，信手翻到空白的一页撕了下来，然后就把本子丢回给鲁鹏。

“你有病啊？”鲁鹏瞪着眼睛怼了一句，急忙低头心疼地翻看笔记本。

“有，腰肌劳损，血糖偏高，去年体检还查出轻微白内障，你有偏方？”

老刘一边说着，一边把那张纸卷了个锥形，尖端一折封了口，给自己做了个简易烟灰缸，烟灰往里一弹，“先说结论：我觉着吧，不是原来那人干的。”

众人闻言都是一愣，队长问：“为什么？”

“一开始我也感觉是他，无论是手法还是习惯，都明显是他。”老刘抽着烟，“但刚才回来的路上我细想了一下，总觉得有点不对劲。”

“是因为那个骨架怪物吧？”鲁鹏翻了翻笔记本，“你那实习生说叫什么客……”

“图皮拉克。”老刘摆摆手，“不是因为那个，是因为抛尸的地点。”

郭阳安静地听着，试着跟上老刘的思路。

“以前他抛尸，都是放在小店里。”老刘说，“这次却抛在烂尾楼。”

“你这不是废话？”鲁鹏跟看白痴似的看向老刘，“现在哪家店没监控？一般店主也不让陌生人放东西了，你以为还是三十年前啊？再说了，这会儿才刚开春，没有台风打掩护，傻子才会把尸体丢店里。”

“你还是老毛病。”老刘的目光，透过袅袅升起的烟雾，深深地看向鲁鹏，“只顾着考虑某种做法的‘后果’，从来都不知道去分析这么做的‘原因’。”

郭阳脑中闪过老刘挂在嘴边的那个词：动机。

“挑衅。”老刘掐灭烟头，把“卷纸烟缸”的开口也封上，用力一捏，“那家伙的目的是挑衅，这一点我们三十年前就确定了，也做了性格肖像。既然是挑衅，那他一定会选最出挑、最容易引起轰动的地方抛尸。抛尸在店里，选择台风天，甚至是挑个扁担、穿着蓑衣等这些动作，根子上都不是为了洗脱嫌疑，而是为了‘引发话题’。那个时候，小店是最容易传播消息的地方，他这么做，是为了让全市都知道：有一个恶魔正在杀人，持续不断地杀人，警察拿他没有半点办法，并且……”老刘的眼神一落，“他还乐在其中。”

几人的表情都有了些变化，哪怕是干了刑侦这么多年的栾俊杰，都免不得心肝儿一颤。

“但现在这个做法不对劲，不是他的风格。箩筐丢在烂尾楼，消息传得太慢了，如果我们动作干净点，说不定社会上压根都没人知道。”老刘顺着自己的思路继续道，“这次选的抛尸地点明显比上次要谨慎得多，是在刻意避着侦查。说句不太合适的，以前的他，艺高人胆大，就在我们眼皮子底下作案，也有十足把握绝对不会被抓。而现在的他，畏畏缩缩、瞻前顾后，想延续以前的风格，却又没那个胆子和手段。不是想要告诉大家‘这市里有个杀人魔’，而是在针对性地向我们传递信息，告诉我们、提醒我们、唤起我们的记忆，让我们知道他又‘回来了’。”

“会不会是年纪大了，顾虑多了，又怕我们的刑侦手段上去了，所以胆子小了？”队长问，“毕竟三十年了，人的性情也会变的吧？”

“刚才在现场，老栾提醒了我一件事。”老刘看向老搭档，“‘狐狸就是狐狸’，样子可能会变，动作可能会变，眼神可能会变，但那股味儿，绝对不会变。”

郭阳似乎听明白老刘想说什么了：“刘老师，您的意思是？”

“我们都被耍了。”老刘把“烟缸”丢进垃圾桶，站起身来，目光在办公室里转了一圈，“有猫，在学老虎。”

几人之间的小会开完，老刘带着郭阳先走出了队长办公室，留下鲁鹏、栾俊杰两人继续和队长讨论线索追查方面的问题。回到工位，老刘一坐下就开始龇牙咧嘴，一只手捂着腰，疼得冷汗直冒。

郭阳泡好枸杞，将保温杯递上：“刘老师，您应该看看医生。”

“没用……哎哟我的个老天爷。”老刘想把手伸进外套口袋，肩膀一动又疼得咬牙，“帮、帮我拿下烟。”

郭阳急忙上前，从老刘的外套口袋里掏出烟盒和打火机，随后回头看了一眼墙上的禁烟标志。“禁止吸烟”的“止”字被烫出了两个洞，下边还歪歪斜斜得烫出了一条弧线，看着跟笑脸似的，显然是老刘的“杰作”。

“刘老师，您真觉得不是原来那个凶手干的？”

“本来我只是有这么个感觉，刚才路上听你讲了那两个故事，就更确定了。”抽了口烟，老刘似乎舒缓了许多，“你找张椅子来坐，对，就那张，鲁鹏的，拉过来就行。”

郭阳想了想，还是拿了张闲置的椅子过来。

“你想，原始的案子里，没有任何细节跟因纽特故事有关系，为什么这次出现了？”老刘看着郭阳，示意他先按自己的思路思考一下。

“会不会是这些年里，凶手接触过相关资料，突然产生了某种奇怪的执念？”

郭阳试着推测，“比如觉得自己是个巫师，身上肩负着什么使命之类的？又或者其实当年他就有类似的错觉，只不过还没接触到因纽特故事，因此没有留下‘记号’。这样推测的话，也能够解释他为什么这么多年没动手，最近却突然动手，说不定就是因为接触到了相关资料，又唤醒了心里的那股冲动？”

“小郭，你听着。”对于郭阳的推测，老刘不置可否，只是叼着烟默默地听完，最后才开口，“因纽特故事确实是相当不错的一个切入口，也一定可以给我们带来很多帮助。但本质上，这和现场的痕迹、羊蝎子的来源、监控录像、行凶手法等一样，都只是引导我们破案的线索而已。要找到人，让他露出马脚，心甘情愿地认罪，关键中的关键，还是摸透他的‘动机’。”

老刘背后，队长办公室方向，传来了鲁鹏和栾俊杰说话的声音。

“比如鲁鹏，他明明和我们有约定，却还是提前回来，一定要赶在我们之前向队长汇报情况，目的是什么？动机是什么？邀功，想要升官，这都没错，但往深了去的动机不是这些。”

郭阳目光越过老刘的肩膀，看到鲁鹏和队长点头哈腰地道别之后，双眼颇为急切地扫了过来，发现老刘背对着自己，似乎有些失落，悻悻走开。

“他的动机，是想要向我证明：他比我强，不用跟在我身边学个五年十年，也能用他的办法破案。”老刘的眼中，微光闪烁，“这个案子也一样，只要是案子，就一定是人做的，只要是人做的，那么所有的细节，就一定会有他的动机和原因。引用了传说故事，就一定是为了掩盖某些东西，或者是转移我们的视线，引导我们走错路。为什么杀这两个人？为什么非得是他们？死者之间到底有什么联系？为什么要碎尸？碎尸这个行为，难道真的只是为了迎合因纽特故事吗？不可能，既然这么做了，那就一定有‘非碎尸不可’的理由，也一定是为了掩盖某些东西，某些不碎尸就会被我们‘一眼发现’的东西，某些我们还没有察觉到的、很细微的东西。”

灭掉烟，老刘疲惫地叹了口气：“墙边左手第二个柜子，你去打开，里面有口罩和手套，各拿两副，我们再去看看尸体。”

拿上装备，郭阳跟着老刘去了解剖室，和法医打过招呼，再一次见到了两具尸体——说是两具，不如说是两“摊”更为准确。

“完整点的那具总共29块，手脚和腹部比较碎，大块的骨架相对好一点，头部还算完整，起码形状还在。另一具真是要了我的命了，121块，如果下面那团肉也算一块的话……”接过老刘递来的烟，年近半百的法医站在解剖室门口没进来，“只能复原成这个样子了，刘哥，我真尽力了。”

死亡时间和现场初步推断的相差不多，致命伤都是头部受创，心脏附近也补了几刀，分尸发生在死亡之后两小时内，手法相当业余，或者说粗暴。

死前都有争斗痕迹，不过都是些皮外伤。凶器方面，头部用的都是钝器，心脏部位则是随处可见的切肉刀。刺入口倾斜偏上，可能是死者头部受创后身体向前倾斜，凶手持刀刺入所致。刀刃向下，握持手法也不专业。

两具尸体的还原都相当困难，只能拼出人形。尤其是较碎的那一具，分尸过程中骨骼形变严重，并且肯定损失了不少碎骨，切口不能完全对齐。

看着并列躺在两个解剖台上的尸体，老刘眉头紧皱：“头面部的损伤情况差别很大啊。”

“可不是嘛。”法医点点头，“头盖骨被掀掉的这具，面目全非，脸皮全烂了。如果这具尸体是凶手想要造成的效果的话，那另一具就跟赶着还愿一样，敷衍得很。”

为什么呢？郭阳试着控制住心脏的剧烈跳动，强迫自己按老刘的思路去推理：为什么两具尸体的破坏程度会有这么大的差别？仅仅是因为时间不够吗？还是说一天之内肢解两具尸体，凶手的体能出了问题？又或者……

“这是什么？”老刘突然双眼一眯，指着相对完整的那个头部，“一点一点的？”

“雀斑。”法医探头瞄了一眼，又把身子缩了出去，点上烟抽着，“另一具也有，就是太碎了，不太看得出来，要记一笔吗？”

“嗯，先记上。”老刘点点头，伸手翻了翻破碎的那个头部，试着把皮肤连起来，确实隐约看到了一些斑点痕迹。

郭阳在心里努力地将眼前的碎片拼接起来，想要抓住那一闪而过的些许念头：就算黄种人里有雀斑的人群比例很低，这也不过是一个小小的特征点罢了，一般来说没什么好在意的。

但对于凶手而言呢？

看过的资料里，连环杀手大多都有某种怪癖或者执念，对某一类的人群有着特殊的偏好。雀斑，会不会就是这次凶手的执念呢？

“刘老师，当年的死者脸上……”

“没有。”老刘摇摇头，“照片你也看到了。”

确实不是同一个人。郭阳打心底里有些佩服老刘那属于老刑警的直觉。

动机，归根结底还是要找出动机。传说故事、碎尸、破坏头面部、雀斑……凶手，到底想要掩盖什么呢？

“我在仰望……”“刘哥，这儿不能带手机啊。”法医指了指天花板一角，“有监控，发现了要写检查的。”

“反正是你写又不是我写。”老刘笑笑，脱下手套接起电话，“喂，老栾，我让你问的事儿……嗯？回国了？好……嗯，地址发我，就这样。”

挂断电话，老刘转身就往外走：“小郭，走了。”

“好的刘老师。”郭阳急忙跟上，“去哪儿？”

“找到了。”老刘拍了拍法医的肩膀，算是谢过，表情却格外严肃，“去会会她。”

“她？”

“秋静。”老刘从口袋里掏出烟叼上，大步流星，“我的前妻。”

脚步微顿，郭阳侧首回头，看到法医抽完了烟，已经走进了解剖室，继续忙碌着。

透过玻璃墙，有那么一瞬间，郭阳似乎看到，那两颗被放回原处的眼球，正直勾勾地盯着自己。

4. 降　临

老刘的前妻全名叫张秋静，比老刘小了三岁，自幼家庭条件尚可，头脑也很好，在那个混乱的时候一门心思读书深造，是恢复高考后的第一批大学生。

“我们认识的时候她还在读大学，也不知道看上我什么了，可能是瞎了眼吧，哈哈。”趁着夜色未落，老刘开车出发，载着郭阳穿过市区，一路向城郊方向驶去。

“后来我们吵了一架，挺凶的，她带着小毓去了美国，反正那之后就断了联系。”简单说完经过，老刘扫了一眼后视镜，“你不是一直想问吗？差不多就这么回事。”

“抱歉，刘老师。”郭阳点点头，“说到您不愿提的事儿了。”

“也没什么。”老刘也不再细说，专心地开车上了一条山路，“她以前就是研究因纽特文化的，所以我稍微听到过几耳朵，但具体的就不懂了。”

“我也是门外汉，只不过看到过一点资料，知道些皮毛。”郭阳鼓励道，“找专家肯定是对的，越了解故事内核，就越能帮助我们发现内在联系。”

老刘点了根烟没搭话。

“我在仰……”“喂老栾，嗯，路上呢，这鬼地方偏得很，估计到了得晚上……什么？离职了？你帮我跟学校……好好，我尽快！”

接完电话，老刘的车速明显加快，郭阳也知趣地没有多问，安静地看着窗外的风景。天逐渐黑了下来，等两人来到目的地，时断时续的收音机向他们报时，已是晚上七点。

“啾啾”，不知名的春鸟从头顶飞过，落在一处枝丫上，用疯狂的眼睛盯着两个访客。

这是一所准山区学校，虽然 W 市的经济整体不算糟糕，但地处丘陵地带，部分地区交通不便，居民们还在温饱线上挣扎，与市区的贫富差距相当明显。

校舍有些破旧，看起来是 20 世纪第一批援建学校留下的底子，经过数次翻修，随处可见粗糙的建筑补丁。栾俊杰曾经跑过华侨线，动用了不少私人关系才查到张秋静的踪迹。据说她 2014 年夏天，最晚秋天就回国了，没和家里人联系，带着女儿在 W 市周边的不少山区游走，自己找学校任教，女儿则开着私人小诊所。有时候两人也不在同一个地方，但相距应该不会太远。三年时间里，母女二人总共走过多少个地区，混乱的档案管理体系没办法给出答案。

而这一切，老刘一无所知。

“这就是张老师之前的办公桌，东西都还没来得及搬走呢。”一名年轻的女老师带着两人来到一间办公室，指着一张木桌子说，“前两天突然说要离职，手续没办完，本来说这两天还会来，但一直都没出现，还有半个多月工资没结呢。”

老刘向郭阳使了个眼色，示意自己留下翻翻办公桌，让郭阳先去了解些情况。

跟着女老师找到教员档案处，郭阳快速翻阅了剩下的信息：个人档案张秋静已经带走了，入职登记的资料还算全面，但都不痛不痒，数十年的海外经历只是寥寥几笔带过，女儿的信息更是约等于零。

“请问，张老师是个怎样的人？”郭阳问。

“很温和哦。”女老师回答，“她是海归，但一点也没瞧不起我们这些小教师，感觉她好像什么都懂一些，有时候还能跨科目给我们建议呢。”

“和大家的关系好吗？”

“不算差。”女老师皱了眉，“就是……相互都很礼貌，点头之交那种，你明白吧？她来的时间不久，这儿也没什么娱乐，下了班就各自回去了，工作时间以外我们交集不多。说得文艺一点，她是那种有着‘温柔力量’的人，乍一看好像很好接近，接触多了却觉得有一堵玻璃墙隔着。那个感觉怎么说呢，就像……”

女老师的眼睛很好看，亮晶晶的，转了转，落在郭阳身上：“就像你给我的感觉一样。”

“我就当是您在夸奖我了。”郭阳笑了笑，“没有冒犯的意思，到这儿来的海归不多吧？”

“以前没有，现在有过两个啦。”女老师微微歪着头看着郭阳，“你也是海归吧？感觉你好高哦，有一米八五不？”

“那张老师来的时候你们有没有好奇过，她为什么要到这里教书呢？”郭阳略过了对方的夸赞。

“问过她呢。”女老师点头，“她说是为了照顾女儿，因为女儿有个梦想，就是要回国当山村医生，为老百姓看病什么的，反正就是很崇高的那种……你是本地人吗？市区的？准备以后留在国内不？”

“还没想好。”郭阳说，“张老师的女儿是个怎么样的人？”

“说起这个，我们都有点替张老师觉得不值。”女老师双手在胸前一绕，嘴巴微微噘起，“以张老师的水平，在市区找所学校教书肯定没问题，为了陪女儿到这个山窝窝里来实在有点屈才。你说她女儿如果孝顺也就罢了，可这半年多了，我们就压根没见过她女儿。你想想，张老师在这儿吃不好穿不好，住的宿舍还老漏水，生活条件哪能跟市区比？作为女儿多少也该来看看，或者带着妈妈到市区逛逛街吧？可她一次都没来过，一次都没有。”

“请问你们有试过打她的电话吗？”郭阳指着登记资料上的一串号码问。

“打过啊，下午侨办来电话说这个事儿的时候，我还给张老师打过好几次电话，她都没接。”女老师耸耸肩，“要不要再打一个试试？”

郭阳拨通张秋静的电话号码，却得到了“对方已关机”的提示音。

这是要跑路吗？郭阳心中疑惑丛生。她们在躲避什么？为什么要回国，为什么时不时更换住处，为什么回来了也不告诉老刘？三年前，也就是2014年发生了什么？是什么契机使她们离开美国？回来之后张秋静接触了什么人，又向谁提起过因纽特文化？那些故事顺着什么样的线条传播，如何来到了凶手耳中？凶手又是从哪里了解到了三十年前的那起案子，并模仿杀人？目的何在，意义何在？是临时起意，还是早有预谋？

熟悉因纽特文化；熟知三十年前的那起案子；了解警方的侦破流程；知道市区的天眼分布、维修情况——网上或许能找到一些信息——精心挑选最佳的抛尸地点，不至于引起太大的社会轰动，却又可以准确地向警方传递他的“挑衅”；熟练地使用网络，利用国外“请愿”网站的信息，找出目标实施凶杀；冷酷，残忍，一天之内连杀两名壮年男子，并连续碎尸抛尸；拥有丰富的反侦察经验、充沛的体能以及极为冷静的判断力。

什么人能够同时满足这所有条件？又该如何掩饰自己的这些特质，洗脱嫌疑？

假装对因纽特文化一知半解，或者干脆假装完全不知道；假装不清楚反侦察所需的细节，让一切看起来就像是巧合；假装不熟悉网络，并时不时地表现出来，给人留下固有印象；假装手法并不专业，杀人、碎尸都刻意做得粗糙、残暴。

如果真是新手作案、第一次碎尸，有必要将尸体切得如此之碎吗？不会在碎尸的过程中瞻前顾后，生怕时间太久、动静太大被人发现吗？是不是应该尽早、尽快地处理尸体，并静悄悄地抛尸山野？凶手到底是在哪一个瞬间突然起了念头，想要把现场布置成三十年前的样子，将嫌疑往当年的凶手身上推？

又或者，事情根本就没有那么复杂，能够做到这一切的人其实就在……

“不好意思，耽搁了这么长时间，影响您休息了。”郭阳说，“最后还有一个问题想要请教您一下。”

“没有没有，一点都不耽搁，反正我晚上也没什么事啦。”女老师急忙摆手。

“因纽特。”郭阳的双眼里，敛藏着一束光，“听说过这个名词吗？”

“……没有。”女老师犹豫了一下，随后摇头。

郭阳点点头，向对方道了别。来到校舍门口稍做等待，天黑如墨的时候，老刘出来了。

“毛都没有。”老刘的脸色很臭，大步走到车边打开车门，抬眼看着夜幕中的校舍摇了摇头，“抽屉里都是考卷、课本什么的，宿舍里没留下私人物品。我已经让老栾去查那个号码最后的关机地点了，就怕查到也没什么用，手机可能早就扔河里了。妈的，白跑一趟。”

“刘老师。有一个问题，我想问您一下。”

老刘准备启动汽车，却发现郭阳没跟上来，回头一看，郭阳正站在那棵鸟栖的树下。

“上车再说。”老刘坐上驾驶座关上门，脑袋从车窗里探出来，手中的烟盒晃了晃，“最后一根了，先陪我去买烟。”

“抱歉，刘老师，这个问题我无论如何……”郭阳的脸上没有光，依稀可以看见他摇了摇头，“都想要现在就知道答案。”

“好好好，你说你说。”老刘点上最后一根烟，不耐烦地抽着。

“张秋静女士和女儿回国之后……”郭阳的声音好似幽魂一般，缓缓飘来，“真的从来都没有和您联系过吗？”

老刘抽烟的动作一顿，红点在黑夜中停住，不动。

“无论怎么看，她们都像是为了躲避什么人或是什么事，才会回国之后四处漂泊的。”郭阳继续说，“她们就在 W 市范围内，就在您的辖区之中，三年时间相依为命。既然在躲避什么，她们为什么不寻求您的帮助呢？就算曾经有过不快乐的回忆，但您是刑警，受到威胁的时候找您帮忙，是最正确也最自然的选择，但她们却一直都不这么做。这，好像不太合理。”

啪的一声，老刘手上的烟被丢在了地上，火星飞溅。

“小郭。”老刘沉沉地说，“你在怀疑我？”

“我只是根据现有的线索，做出一些合理的推断，然后试着排除错误答案，找到正确答案。”郭阳回答，“刘老师。”

山区夜间的一阵寒风，吹拂而过。

“去你妈个蛋！”骂完这一句，老刘摇上车窗，一脚油门踩下。车子扭过 180 度的弯，狂躁地向山下驶去，扬起一阵尘埃。

“啾啾”，那春鸟又是一声啼鸣，振翅飞起。月光下，树枝摇曳。

在校舍门口不知站了多久，郭阳反复回忆着迄今为止所掌握的所有细节，身后，女老师的声音响起：“郭先生？怎么还没有回去？刘警官呢？”

“他有点急事，要先赶回城区。”郭阳撒了个一戳就破的谎，“我也准备回去了。”

“太晚了，没有去城区的车咯。”女老师笑笑，“进来喝杯茶，晚上就住我们宿舍吧？”

“这样会不会不方便？”郭阳有些不好意思。

“没事，这两年离职的老师不少，宿舍空房间很多，没带洗漱用品的话……”女老师抿了抿嘴，“我的可以借你。”

回到教师办公室，女老师翻箱倒柜找到了几包不知什么年份的茶包，满脸歉意地向郭阳打了个招呼，出门烧水去了。

女老师的座位就在张秋静的隔壁，桌上的照片里，几个姑娘穿着学士服，笑得无忧无虑，身后的石块上刻着校名，是一所中部地区的师范名校。郭阳记得，某些师范院校似乎有支教几年就可以保证就业的政策。

“久等啦。”姑娘回来了。

“给您添麻烦了。”接过茶水，郭阳眨了眨眼睛，“还没请教，您平时主要教哪门课？”

“语文为主。”姑娘说，“不过人手紧缺，很多时候也要串着代代课，基础的英语也还行，数学我就不擅长啦。你呢？国外警校难考吗？”

“说起来有点复杂，我主修的是航空航天。”郭阳用眼神平静地制止了姑娘即将出口的惊讶追问，“您就坐在张老师旁边？”

“是的，说到这个……”姑娘犹豫了一下，“其实，我刚才骗了你。”

“是吗？”郭阳喝了口茶，目无波澜。

“因纽特，我听过这个词。”姑娘低下头，两只手玩着衣角，“张老师跟我说起过，其实我们的关系应该还算不错吧。”

“除了你，张老师有没有跟其他人交流过因纽特文化呢？”郭阳问。

“不清楚。”姑娘摇摇头，“刚才我也不知道为什么，总觉得好像不应该什么都告诉你们，所以隐瞒了一下。我对张老师的女儿也没那么大意见，所以说‘替张老师不值’，也是骗你的。”

“为什么？”

“我怕你们怀疑她们，因为我觉得她们母女……”姑娘顿了顿，“其实挺可怜的。”

郭阳静静地听。

“你也看到了，我们的宿舍条件不好，几乎不隔音，平时夜里大家都睡得早，最多也就是看看电视、玩玩手机什么的，都怕打扰到别人。张老师回到房间之后，就几乎没有半点声音，有时候我们几个年轻的张罗着煮点东西吃夜宵，去叫她来吃，她也从来不来。就像我之前说的，很礼貌，但是又和大家很疏离。”姑娘说，“只有我进过她房间——我是说她在住的时候——去送冬天的被子。里面就是一些书，很多笔记本，还有很多笔。她当时还跟我开玩笑，说自己来教书，就是为了能多拿些纸笔，好写写东西。”

“写因纽特文化的东西？”

“是的，就是那天，她跟我说了因纽特这个词，看我有兴趣，还拉着我说了不少传说故事。”姑娘的眼中泛着不算久远的回忆，“那是她来到学校后除了上课之外，第一次说那么多话。”

“您刚才说隔音不好，发生了什么事吗？”

“三天前，就是张老师突然离职的前一天夜里，我路过她房间门口的时候……”姑娘回答，“听到了争吵的声音。”

郭阳皱起了眉。

“她应该是在和女儿打电话，她的女儿好像叫……刘毓？”

郭阳点头，登记资料里写着这个名字。

“张老师好像有点惊慌，又很生气，语气有点歇斯底里，而且还……”姑娘说，“还哭了。”

“大致是什么内容，有听到吗？”郭阳愈发认真起来。

“没听仔细，好像是什么感情方面的纠葛吧。”姑娘叹了口气，“大概就是说让女儿马上离开一个谁，还说自己第二天就会赶过去之类的。我觉得偷听人家打电话不太好，就走开了。没想到第二天张老师就去找了校长，说要辞职。”

她们想要“离开”的人，会不会就是凶手？郭阳思索着，刘毓和那个人之间发生了什么？又或者回到之前的思路上来，女儿刘毓碰上了什么麻烦，母亲张秋静急忙赶去与对方谈判，因为种种原因没谈拢，一怒之下……

但如果是这样，为什么要杀死两个人？两名死者之间有什么我们还未掌握的联系吗？而且一个年过半百的女教师，能在舟车劳顿、连续赶路的情况下，先后杀死两名壮年男子，并实施分尸吗？

到了要杀人的地步，张秋静一定是走投无路了吧？身处 W 市区域内，多年没有和家人联系过，如果她想要找一个可以帮她杀人、分尸，甚至布下迷阵、帮她洗脱嫌疑的帮凶的话……她会找谁呢？

嘀嘀——！这时，窗外响起了喇叭声。

“我他妈在干活，你他妈在泡妞？！”郭阳回头一看，老刘正摇下车窗冲自己大骂，“马上给我出来！”

这就是他独特的道歉方式了吧？郭阳摇了摇头，将那些乱七八糟的推理全部甩出脑海，对老刘笑了笑：“刘老师，我马上就来！”

不会是他。凶手可能是这世上的任何一个人，唯独不会是刘老师。

车行驶在山路上，师徒二人披着月色。

“唔，感情纠葛啊……”听了郭阳从女老师处了解到的情况，老刘也没什么头绪，“这条线暂时先放一放，老栾会继续查的。”

车子开进市区，老刘一只手指有节奏地敲着方向盘：“刚才路上我想了想，有一个办法说不定能缩小点范围，搞不好还能抓个现行，就是得坏不少规矩，完事儿检查要写到死为止……你说的那个傻缺们找螳螂侠的网站，现在能看吗？”

“我试试。”郭阳拿出手机一番操作，发现类似的境外网站不少。筛选出有中文或是类似拼音名字的目标，范围迅速缩小。再将两名死者的姓名代入检索，唯一符合所有条件的网站真的出现了。

“有没有目标人物的照片？”老刘边开车边问。

“大部分没有。”郭阳摇头，“有照片的也大多都比较模糊，您是要找出其中有雀斑的吗？”

“对，还有，地区要限定在 W 市周边范围。”老刘说，“可能有些目标人物有雀斑，但傻缺没写上去。不过这没关系。如果‘狐狸’也是从网上搜到这些信息的话，那么这个时候，他也只能找明确标注了‘雀斑’信息的对象下手，我们双方的信息是对等的。”

“稍等。”郭阳继续操作着，“45 岁以上的要计算在内吗？”

老刘摇头：“就看 25 到 40 岁的。”

三十年前的目标也都是这个年龄段，无论这只猫究竟是为了什么披上虎皮，既然要做戏，那就应该会做全套。

“好的，剩余四人，其中两人就是两名死者。”郭阳顿了一下，“所以……”

“就剩下两个了，是吧。”老刘想要点根烟，却发现烟盒空了，“我们，也正好是两个人。”

“刘老师，您是说……”

“兵分两路。”车子拐进大院，老刘四下一扫，看到鲁鹏的车还在，“会开车吗？”

“会。”郭阳点头。

“等我一下。”老刘下了车。

郭阳已经意识到将要去做什么了，低头拿出笔，在笔记本上分别记下了两人的姓名、地址、大致情况等信息，再把那张纸撕了下来，分成两半。不一会儿，老刘带着鲁鹏的骂声和车钥匙回来了。

“可能是一天，也可能是三天、五天、十天，有点辛苦，但我觉得你小子，”把车钥匙交给郭阳，老刘撕开一包烟，“应该没啥问题。”

郭阳眨了眨眼睛：“也有可能到的时候已经……”

“那就没法子了，先别想最坏情况。”弹出烟叼上，老刘接过郭阳递来的纸条，“蹲一夜试试，有情况随时电话沟通……记得关静音！”

“好的，我记住了。”郭阳起身，走向鲁鹏的车。

“那个，小郭啊！”就在郭阳准备开车出发的时候，抽着烟的老刘突然喊了一嗓子。

“怎么了，刘老师？”郭阳探出头。

“没什么。”老刘欲言又止，最后还是说了一句，“注意安全。”

“……嗯！”郭阳重重点头，纽扣吊坠晃了一下，反射出一道月光。

郭阳跟着导航一路前进，大约夜里十一点到了目的地，又是一个村庄，城市最边缘的地带。远远停下车，郭阳关掉手机所有声音，猫着腰看着路线，很快就找到了目标的家。灯亮着，有活动的声音。

根据资料，这人也是独居状态——实际上筛选目标的时候，郭阳就已经把这一点算在内了，非独居的目标凶手恐怕很难下手。目前有灯有声音，又没什么争执声响，说明目标暂时安全。

这是一幢典型的农居房，有着小小的前庭后院，郭阳绕了一圈，前后门都锁着，一二楼没开灯。三楼窗户透出不断变化的光，石班瑜标志性的笑声传来，此时反而让人情绪紧张。前门附近的雨棚是亚克力材质，不锈钢支撑管应该是中空的，一个成年人要爬上去动静会很大。除此之外，只剩下攀附外墙的水管和空调外机可供攀爬，同样动静不小。

附近的几幢房子也都是差不多的状态。夜里十一点之后的 W 市农村，路上完全没有行人。但郭阳丝毫不会怀疑，只要有一丁点动静，周边的七大姑八大姨一定都会第一时间跑出来看热闹。

所以如果凶手要进屋，只能想办法让目标开门。

夜里的农村，有什么办法可以让一个独居的男人打开房门呢？第二名死者是在夜里被杀的，当时凶手用了什么方法？如何打消死者的疑心？

这些问题的答案，相当有限。

“嗡——”手机震动起来，郭阳找了个视线较好的角落接起电话，“喂，刘老师，我到了。”

“我也刚到。”老刘的声音疲惫，“情况怎么样？”

郭阳把现场情况简明扼要地说了说，并提出了自己心中的疑问。

“怎么消除死者的戒心……嗯，是个好问题。”老刘也思考了起来。

“刘老师，您那边的情况呢？”郭阳问。

“小郭，我问你。”老刘没有回答，反问道，“因纽特故事总共有五十几个是吧？除了已经对应上的这两个，还有其他和碎尸有关的故事吗？”

“有的。”郭阳点头，“您稍等，我简单翻译一下给您发过去。”

“别，太黑了，看手机眼睛吃不消。”老刘说，“你看一看，然后说给我听。”

城市的两端，电话的两头，两个男人，站在生与死的明暗交界处，如两只昭示厄运的黑猫，等待死神降临。

5. 寒　意

在一个村子里住了一个漂亮的女人，阿塔克是她的丈夫。在同一个地方住着帕图索，阿塔克是他的叔叔。帕图索也有一个妻子，但他更喜欢叔叔的老婆。

春天的某一天，阿塔克和妻子要开始漫长的狩猎之旅，来到冰的边缘。帕图索走了过来，问道：“你要离开吗？”

“是的，我们俩。”阿塔克回答。

帕图索立刻袭击了他的叔叔，并杀死了他。

帕图索的妻子就在附近，目睹了一切，她沿着冰屋的阴影逃离，越过山丘去她父母居住的地方。路上，她看到长着尾巴的内陆人，急忙躲避。等内陆人离开，她继续前进，终于到了家乡，找到了父亲，两人高兴地回到了冰屋。

另一边，帕图索回到自己的冰屋，想要杀死妻子，因为他厌倦了她。但屋里面只坐着他们的孩子，帕图索抓住他，大吼："她去了哪里？"

"我什么都没看到，因为我睡着了。"这个男孩因为极度恐惧而撒谎。

帕图索只能放弃。他抓住了阿塔克的妻子，和她住在了一起，但没过多久她就死了。

夏天到了，许多人聚集在一片冰原游猎，其中包括帕图索。突然，一只狐狸咬住了他外套的边缘，他想要揍它，却没有击中——后来人们说，这是死去的阿塔克的灵魂，在杀死帕图索之前戏弄了自己的仇人，因为阿塔克的护身符是一只狐狸。

过了一会儿，帕图索被阿塔克的鬼魂咬死了。

当时，帕图索的小女儿听到了哭声，急忙跑向屋子，但进了屋，她却已经完全忘记了想说的一切——复仇之灵通过魔法使她健忘——等她想起来，为时已晚：

人们发现帕图索被撕成碎片，四肢撕裂。

如你所知，惩罚，终将落在杀人者的身上。

"这是故事序号 36。"郭阳说，"不过头两个死者并不是严格按照故事顺序被害的，所以序号方面可能……刘老师？"

电话那头传来了窸窸窣窣的声音，老刘好像在走动，极为轻声地走动。

"刘……"

"嘘！"老刘刻意压低的声音传出听筒，"有人来了！"

电话被迅速挂断。

走！郭阳立马动身跑向鲁鹏的车，途中翻出另一个目标的住址输入导航软件，坐进驾驶室，踩下油门开始狂飙。

开出没多远，老刘就来电话了："小郭！"

"刘老师，我正在赶过来，大约需要两个小时。"郭阳瞄了一眼时间，"一点半的样子能到，您那边……"

"妈的，跑了，前后脚！"老刘的声音很喘，但似乎并不是特别失望，"那家伙肯定踩过点，警惕性高得不得了，绕了几个弯就不见了。"

“有收获？”郭阳问。

“你真的能读心啊！”老刘乐了，“有！一张手机存储卡，是不是放上电脑就能看里面有什么东西了？”

“是的，刘老师。”郭阳也颇为振奋，“我马上回大院！”

“嘿，还得是你小子。”老刘笑了一声，“院里碰头！”

挂断电话，郭阳以自己能够保持的最快速度一路疾驰。无论存储卡里有什么东西，都一定会有帮助。

一定！

0 点 50 分左右，郭阳到了，老刘的车已经霸道地停在了大院最中间。

“刘哥，找到了找到了！”办公楼里亮着灯，值班刑警从另一幢楼风风火火地跑了过来，手里捏着个读卡器，见到郭阳点了点头，算是打过招呼。

“小郭，快快快，一起看！”走进办公室，老刘正站在值班刑警身后，双眼盯着电脑屏幕，“没指纹，那家伙戴了手套，小心得很。”

“体貌特征怎么样？”郭阳问。

“看不太清，感觉不高，动作也不算快，但脑子是真的好。”老刘似乎有点懊悔，“本来应该能追上的，可那家伙警惕性太高，我这边一动他就发现了，跑得比兔子还快。”

“目标状况还好吧？”

“呼噜打得比猪响。”老刘回答，屏幕里，电脑读取到了存储卡。

“刘哥，里面有一段……”

“我在仰望……”“小郭帮我接一下！”老刘看也没看，掏出手机就扔给了郭阳。

“老栾”两个字显示在屏幕上，郭阳急忙后退几步，接起电话压低声音：“喂，您好栾老师，刘老师正在看一份很重要的资料……嗯？好，地点是……时间的话……我明白了，我马上告诉他。”

挂断电话，郭阳没有马上去告诉老刘，而是掏出自己的手机，打开地图查了一下。

又发现了一具碎尸。

就在大约五分钟前，栾俊杰接到消息，一个片区派出所通报了这个情况。地点在城北老小区的一条死胡同尽头，虽然监控覆盖不到，但两侧都有民居窗户，开窗就能看到，凶手似乎并不准备避着人，反而像是想要让人尽快发现一般。

尸体被放在箩筐里，被切分成了大约 30 块，并未铺上碎石。栾俊杰推测，可能是在河边敲出的石块已经不够用了，又或者是因为时间太过紧迫。扁担就在一旁，还沾着血迹，周围没有古怪的骨骼构件。现场初步判断死亡时间大约在两小时之前，也就是夜里 10 点 45 分左右，相当“新鲜”。死者为男性，年龄在 35 岁上下，身份还在确认当中。周边排查并没有人失踪，按照这一系列案子的情况，死者很有可能也是一名住处颇远的独居者。致命伤是后脑受到钝器重击，无额外刺伤、争执扭打伤等痕迹。

凶手做得干脆利落，一击致命。

报警人是一名路过附近的醉汉，想到巷子里撒尿，结果迷迷瞪瞪打了个滑，以为地上有水，打开手机电筒照了照，却是血。之前两个小时时间里，报警人都在亲戚家喝酒，有比较完备的不在场证明，嫌疑不大。附近居民都称没听到什么动静，说明杀人、分尸的第一现场并不是那条巷子。

找到目标、袭击杀人、分尸，之后抛尸，不算还无法确定的路途时间，少说也要一小时。据此推断，凶手在接近 11 点的时候杀人，之后用半个多小时到一个小时的时间分尸，最后抛尸离开现场，时间点大约在 12 点前后。

问题就出在这里。

11 点 30 分 33 秒，郭阳的手机准确记录着他和老刘通话结束的时间。当时，老刘在出城东还有半个多小时车程的地方，碰到了嫌疑人。导航地图显示，从老刘当时所在的位置开车出发，赶到第三具尸体被发现的地点，需要一个半小时。哪怕一路超速狂飙，也起码一小时打底。

那么，嫌疑人是如何在 11 点的时候杀人，随后又在 11 点 30 分出现在老刘视野中，又在 12 点在城北分尸抛尸的呢？到底是什么样的魔法，可以让一个人同时出现在城市的两端？

如果凶手真的是张秋静，她为何还要继续杀人？她那聪明绝顶的大脑中究竟隐藏着怎样的计划？制造这一次时间谜案的目的是什么？为了掩护另一个人？还是为了制造不在场证明，掩盖自己的罪行？

而如果凶手不是她，又或者……郭阳的大脑疯狂转动，从接触这个案子开始，就一直萦绕在他脑海的违和感不断加强。

到底是哪里出了问题？

“刘老师。”一时想不出答案，郭阳来到戴着耳机盯着屏幕的老刘身后，拍了拍后者的肩膀，“刚才栾老师来电话，说又发现了一具……”

不等郭阳说完，老刘却摘下耳机放在桌上，起身拖着步子走开。郭阳一愣，目送老刘走出办公区，不一会儿，一点星火亮起，在无边暗夜之中时明时灭。

“呜呜呜……”桌上的耳机音量调得很大，传出沉闷的呜咽声。

郭阳猛然回头，睁大双眼看向屏幕，下一秒，一股寒意从脚跟一路蹿向头顶。

“呜呜呜呜！”存储卡里的视频已经接近尾声，一幢烂尾楼里，灰白色的立柱错综排列。

画面中央偏左，一张破旧的靠背椅微微颤抖着，一个30岁上下的女人坐在上面，嘴巴被塞住，手脚都被捆住，正奋力扭动着身体，试图挣脱。拍视频的人绕着女人走了小半圈，女人不断用目光去追，眼中满是恐惧。视频结束前的一刹那，郭阳仿佛看到，椅子上女人的眼睛，正穿过屏幕看向自己。

不，不是看向自己，而是看向自己身后，那虚无缥缈的诡异空间。

第六章

地底世界

2017-03-06 19：20：15 晴 于山村学校

就差一步。

很可惜，距离接触张秋静，就差一步。

按照目前掌握的线索来看，一种可能是张秋静就是凶手，杀人碎尸是为了掩盖某些发生在2014年归国前后的事情，又或者干脆就是一次意外；另一种可能是她因为某种机缘认识了凶手，传递了因纽特文化的相关信息，后被凶手杀害，刘毓被绑架用以示威。

如果是前者，他若没有参与其中，反而会让我感到惊讶。如果是后者，他的精神很有可能会崩溃，并做出不理智的行为，而我的希望也会就此被断送，是否还有必要继续跟进这个案子，也需要重新审视一番了。

女教师有所隐瞒，对张秋静的情况、因纽特文化的了解程度都有所隐瞒，具体原因尚不明确，不过作为突破口恐怕是不够的。她不过是一个外围接收者，能传递的信息非常有限，并一定存在记忆偏差，深入交流毫无意义。

况且茶包已经过期了。

当金星矿场过期之后，一切顺利的话，理应不会有人类留在那里。但金星是最佳距离，哪怕几个矿场全部被开采完毕成为废墟，维纳斯周围依旧会有金属天使环绕。最佳状态就是保持这个状态，永远永远都不要有非分之想。

可惜人类不会懂得这个道理，一定会有人想要离开，愚蠢总是无法避免。想办法阻止这件事，是我的责任。

至于依旧留在矿场内的金属或是生物，只能请它们寻找自己的救世主，自求多福。

水烧好了，先喝点茶吧。

他会回来的。

1. 不可返回点

很久以前，有一个强壮的男人，名叫安达尔。

他是个很厉害的猎人，每次划着皮划艇出去都会抓到海豹。日子久了，他开始变得贪婪，不抓两只海豹就不罢休。

有一天他出去打猎，沿着岸边划船，一路向南，途中发现了一处海角，就划了过去，在阳光明媚的那面见到了一栋小房子。

“里面一定有吃的，女人们会招待我，给我食物，但如果有男人在就麻烦了。”他把桨搭在岸边，躲在一旁观察，“我得等等看。”

不一会儿，一个女人出来了，不多时另一名女子走出家门。他耐心地等，果然又出来第三个女人。

“看来没有男人在家。”他放宽心，上岸进屋，女人们非常和善地接待了他，拿来很多吃的摆在他面前。

夕阳西落，夜幕降临，三个女人开始一次又一次地出去。安达尔问她们为何进进出出，三个女人立即回答：“因为我们正在等待亲爱的主人回家。”

安达尔吓坏了，急忙藏在了皮毛挂钩后面。随即就有人进了屋。透过一个小洞，安达尔看见了那位主人，他的脸颊是用铜做的。

铜面人坐了下来，嗅了嗅鼻子：“哼！这里有一股人的味道。”

安达尔知道避无可避，就走了出来。

“他吃东西了吗？”铜面人问。

“没有。”女人们回答。

“那就马上上食物。”

女人们急忙拿出了一大袋鱼，还有一大块黑海豹的肉，铜面人恶狠狠地说：“你要吃完这一切，否则我就把你撕碎。”

安达尔什么都不敢说，立马开始吃，好不容易吃完，铜面人又说：“再给他拿点冻肉。”

女人们又拿来了半只黑海豹，安达尔吃了又吃，但实在吃不完，剩下了一小块。铜面人拍了拍桌子喊：“再给他拿些吃的！”

安达尔继续吃，他的胃快要爆炸，胃酸几乎要涌出来。可女人们还在继续拿食物，一整只黑海豹被摆在了桌上。

“吃掉。”铜面人说。

安达尔绝望了。他一边流泪，一边撕下海豹肉送到嘴边，食物堵到了嗓子眼，又不敢停止手上的动作，只能继续往嘴里塞着。终于，整只海豹只剩下一个眼珠，安达尔的嘴里满是吃的，根本吞不下去，嘟囔着说：“对不起，我吃不下了。”

“吃不下了，啊？”铜面人站起身，拿起那颗眼珠，铜制的脸颊吱嘎作响。

“你没完成你的诺言，但我要说到做到。”眼珠被递到安达尔面前，铜面人的手抓住他的下巴，用力一扯，“吃掉这颗眼珠，不然我就撕掉你的下巴。”

安达尔呜咽着，浑身颤抖，食物残渣落了一地，他绝望地想要吞下眼珠，却做不到。

“看来你真的吃不下了，嗯？”铜面人捏着他的下巴，将铜脸颊凑了上来，“那你的下巴也就没用了。”

咔嚓一声，安达尔的下巴就被整个撕掉了。

那天之后，安达尔再也没回家。

到了冬天，人们外出打猎，在南边一个荒无人烟的海角，发现了一块一人大小的石头。

石头表面结了厚厚的冰，一些看不出形态的碎肉、碎骨，不均匀地铺在石头和冰层之间。看起来就像是有一个人被按在石头上，五花大绑，然后被活活捶成了碎片。石头顶上有一层头发，混杂着血凝结成的冰，就像暗红色的海草。头发上边，冻着一个人类的下巴，里边摆着一颗海豹的眼球。

那眼球被冻得结结实实，瞳仁向着北方，仿佛直到死去的时候，还在遥望着家乡。

“别说了别说了！”夜色中，三个孩子在村里飞着。之前还热闹的村庄变得安静，一些屋子里亮着烛光，时不时传出虚弱的叹息和哭泣的声音。

“所以啊胡桃，除了图皮拉克，我们还有可能碰到铜面人呢！”豆子在最前面开路，“很危险的，你就别去了行不？”

“你就是看不起我！”胡桃伸出小手捶了捶豆子的背，“我必须救爸爸！”

“别吓唬胡桃了，我们到了。”纽扣说。

纽扣的原计划是和伙伴们道别后，独自前往地底世界。但豆子非常期待这次冒险，胡桃想要救爸爸，两人说什么也要一起去。临出发前，胡桃爸爸虚弱地提醒，没有巫师跟着，他们连地底世界的入口都找不到。如何说服巫师同行，难度不小。

巫师的房子就飘在村子最南边，他一个人住着，吃的喝的都由村里人每日送来。见窗户上透出些光，纽扣礼貌地问好，得到回应之后才掀开门帘进了屋。一股奇妙的香味传来，巫师正飘在屋子中间，脸上看不出半点惊讶，似乎早就料到他们会来。

“巫师大人，我们想请您帮个忙。”纽扣捏着护身符，大着胆子说，“能不能指引我们去往地底世……”

“不能。”巫师摇头，身上的挂坠丁零丁零地响，“那么多人生了病，这村子没我不行。”

“可您说不杀掉图皮拉克，人们的病就不会好。”豆子忍不住挤上前，“您不会见死不救吧？”

“出去！”巫师瞪了豆子一眼，身边居然有风吹动起来，门帘兀自掀起，被吹得猎猎作响，“找你们的老师去。”

拦住生气的豆子，纽扣说：“老师也去不了，说您一人忙不过来，她得帮忙。”

“那就没办法了。”巫师闭上眼，“你不是不信我吗？还来问我干什么。”

“您带我们亲眼看到，我不就信了？”纽扣愈发怀疑巫师的动机。

“呵，够犟的，行，我倒要看看你有几条命。”巫师睁眼，冷冷地看着纽扣，“有个离群索居的家伙说不定能带路，就住在那儿。”

巫师眯着眼看向门帘外的天空，伸手指着那一轮明月。孩子们抬眼看向月亮，不约而同地想到了圣书里的一个故事。

“他住在月亮上？”纽扣怎么都不信。

“他？应该说是她。”巫师说，“住处具体在哪儿我也不知道，反正在月亮附近，去月亮可是要经过亡者之地的哦。怎么，不敢去了？当着全村的面给我磕头，我就原谅你。”

“我磕了头，您就能治好生病的人吗？”纽扣寸步不让。

“你！好，好你个纽扣！”巫师终于恼怒起来，“去吧，找她去吧！她的住处只有海女知道，你们有胆子就潜入大海深处，找内里维克问个清楚吧！”

从巫师家出来，月头已经很高了。

为了潜入海中央，孩子们制订了计划，四散寻找海豹皮，约定在海中心的正下方碰头。时间流逝，月亮一点点移动，不一会儿就染上了一层绚烂的光晕，藏到海后头去了。纽扣第一个抵达，飘在大海无边的阴影下，回忆起巫师所说的话。

“她有点天分，很小的时候就能和助灵们对话、做出神奇的事情。可惜像你一样不懂尊敬，经常和我对着干。报应很快就来了，她做了禁忌的事，犯了大忌，家里人都得了怪病，痛苦地死去。人们觉得她是瘟神，在一天夜里举着火把，烧了她的房子。”

蜡烛顶上，无重力的球形火焰晃了晃，映照着巫师扭曲的脸。

“她在睡梦中惊醒，发现身边都是火焰，就发出了凄厉的哭喊。她用力地捶门，想要出来，但火焰把她彻底包围。人们用火把堵住了房子下边的开口，只要她一探头，就用火把去烧她的头发。”烛光噌的一下，突然蹿得老高，“她咒骂着，尖叫着，诅咒所有想烧死她的人。她的半边脸被火焰点燃，发出呲呲的声音，一颗眼珠几乎融化。有人觉得太残忍，将火把往下收了收。她就趁着这个机会探出头来，用剩下的那只眼珠，死死瞪着下面的人。”

胡桃抓住了纽扣的胳膊。

“人们瞬间没了声音，她的嘴巴动了动，好像在说些什么，但火焰熊熊燃烧、木头噼啪作响，没人听得清。有人喊了一句：‘继续烧，烧死这个瘟神！’人们就又举起火把去烧她的脸。大火烧了一夜又一天，她凄厉的惨叫也响了一夜又一天。人们开始觉得，她或许是烧不死的，就在大家想要逃跑的时候，海啸来了。”巫师似乎有点失望，“海啸熄灭了火焰，也几乎毁了村子，很多人失踪了。甚至有人说，在呼啸而来的水里，见到了只有一只手臂的内里维克。等海啸过去，还活着的人们开始重建家园，有人想起了她的屋子，就去看了看。他们没找到她的尸体，只看到屋顶有一个大洞，洞口被烧得焦黑，却有一块地方还是白色。”

“为什么？”纽扣问。

“谁知道呢，可能是她用身子趴在那里，想从屋顶呼吸几口空气。”巫师轻笑，“那里留下了一行字，一行用指甲和血水生生挖出来的字：‘在空中（Up into Sky）’。留下这几个字，她就从烈火熊熊的屋子里，消失了。”

“好样的！”豆子振奋地喊了一声。

“哼，人们猜测，她应该是被海女救了，之后就去了空中定居，就在月亮那儿。”巫师得意地说，“自从赶走了她，村里二十年来再也没有海啸，哼，我早说过她是个灾星……她叫枫叶，事情发生的时候好像还怀着孩子。话说在前头，就算你们过了海女那关，枫叶说不定也会杀了你们。等你们死了，再向我忏悔可就迟喽。”

头顶，黑色的海洋不断涌动着，辽阔的水声近在咫尺，一个银色的影子有房子那么大，在不远处的海水里笔直游过。豆子和胡桃一一抵达，九张海豹皮被交给了手最巧的胡桃。胡桃用针线将它们缝成球形，留下一个细小的开口，再用绳子扎严实，这就做成了九个空气浮囊。

“每人三个，再多也带不下了。”天快亮时，胡桃做完了这一切，浮囊三个一串，用绳子绕一圈，绑在每个人的腰间，“这些空气够不够我也不知道，可能正好够，也可能到半路就没了。所以每一口都要珍惜，不到万不得已就不要呼吸哦。”

没有重力，气体和液体也就没有了重量。没有重量，也便没有了压力差。没有了压力差，就不会存在浮力，气囊也不会过度膨胀。所以这些浮囊其实并不会浮起来，更不会影响孩子们的行动。

“你们说……”豆子四下张望了一番，“村里的人呢？怎么都不出门捕猎？”

“躲起来了。”纽扣用余光一扫，好几间房子的门帘都被迅速扯下，分明有人刚刚还在窥探他们，“知道我们要出发，没人敢送行了。我们出发吧。”

孩子们挥动衣摆开始上升，等他们上升了有数十米，一张张门帘才再一次被掀开，一颗颗脑袋从屋里探了出来。

天将放亮，不见边际的海面倒悬在空中，背着光，浩瀚地铺陈开来，有着极为厚重的压迫感。海水涌动的声音越来越响，伴随着阵阵微风，咸涩的味道飘进孩子们的口鼻。一些浅海鱼来回游动，有的肚皮向上，有的肚皮向下。海面越来越近，海风吹拂着，就像海女的无数只手，正在扇动一场惊天巨浪。空气变得潮湿，几乎没有了光。

“我先进去！”豆子飞在最前面，低头向伙伴们比了个大拇指，随后扎进海水之中，激起了微不足道的小小水花。胡桃紧随其后，也化作一朵暗蓝浪花。

太阳爬出来了，天地一片清明。纽扣尽力排空肺里的空气，没有丝毫减速，盯着汹涌海水之中惊慌失措的鱼儿，深吸一口气，哗的一声入水。

耳朵失去了大半作用，水声都变得闷闷的，光线瞬间暗了一个级别。纽扣一边下潜，或者说上潜，一边在水中扭过身来。海水洗刷着眼球，一阵轻微的刺痛，视野中的一切都披上了一层暗蓝。

海鱼来回游动着，争先恐后地从纽扣身边逃走，也有一些个头较大的没有挪窝，大睁着无神的眼睛，面无表情地看着这个猎人的孩子。不远处，胡桃和豆子的浮囊舞动，纽扣双手收拢在身边，用爸爸教他的潜水姿势快速追赶。远远看去，三个孩子就像三条行动缓慢的剑鱼，从光明坠入黑暗，越游越深。

不知过了多久，纽扣的气快要断了，便拿起一个浮囊，解开一点绳索，将嘴凑上去狠狠吸了一口。

水越来越深，周遭越来越暗。无重力状态下，生物们没有了体重——或者说压力的限制，在体型上近乎肆无忌惮。一尾巨大的鮸鱼从纽扣身边游过，让他狠狠呛了一口水。这种美味的海鱼一般不过几十厘米长，两三斤重，但这一尾却形似大屋，眼球足有纽扣脑袋这么大。

继续前进着，暗流变得有些激烈，只靠惯性已经没法保持最快速度。纽扣手脚并用划水加速，时不时吸一口空气。

一人三个浮囊，简单推断，可以潜入的最大深度，应该出现在一个半浮囊被吸光的时候。三人中纽扣的水性最好，豆子最差，他体型本就偏大，一口要吸的空气也会更多。同样的浮囊，纽扣吸完一个的时候，豆子估计已经吸完一个半了。

那个时刻，就是这趟旅程的“不可返回点”。超过那一点继续潜水，豆子就会死在这片战栗汪洋之中。

“得跟上豆子，注意他的浮囊情况。”纽扣太清楚豆子的性格了，为了逞强，就是淹死也不会主动提出返航，他必须成为豆子的刹车令。

光线已经暗到了人眼无法辨别的地步，视野范围窄得可怜。纽扣尽力睁大眼睛，还是看不清豆子和胡桃到了哪里，刚想继续加速，一阵乱流袭来，口中本还能维持一会儿的空气，立马全吐光了。

有大家伙！

砰的一下，伸手不见五指的深海中，纽扣撞上了一堵墙。水流像疯了似的冲刷、旋转，“墙”飞快地移动着，从纽扣面前呼啸而过，碰触着墙的手险些被拧断，一瞬间指尖并没有摸到鳞片的触感。纽扣暗叫不妙，急忙快速后撤。

是鲸，横亘在纽扣和豆子、胡桃之间的，是一头不知绵延多少个村子大小的，巨大的鲸。

“咕噜噜噜！”一连串气泡从鲸的另一边扩散过来，这出气量非常不正常。纽扣身体下压，在狂躁的水流中找到通道，扭动身子从巨鲸下方绕过。

极为奇妙的，另一边的深海里居然出现了微弱的光。纽扣定睛去看，大约十米远的地方，两个人形正在纠缠撕扭。小小的身影是胡桃，正手忙脚乱地试图去抓住另一个人。那人挣扎着不断吐出气泡，动作完全失控。

豆子的浮囊破了！纽扣双手一收，梭鱼般快速游去，在水中划过半道圆弧来到豆子面前，手中已经解开浮囊的绳索，送上了救命的空气。

“哇咕咕！”豆子的嘴巴一开一合，似乎想要说些什么，右手直勾勾地指着前方，连吸上空气的时候都没放下。胡桃脸上反射着蓝色的光线，看向豆子手指的方向，眼睛同样瞪得老大。纽扣急忙转过身来，与此同时，一种从未听过的奇妙声响，在耳边闷闷地响起。

“轰隆、轰隆……”

有节奏的声音，仿若巨人正在打鼾，水流微微颤动着，因为过于规律，反而显得不自然。纽扣目力可及的深海远端，一道蓝色的光芒幽幽照亮了这片海域。从未见过的怪异深海鱼在蓝光中来回游弋，尖牙利齿、眼球爆出、面目可憎。

隐隐约约地，纽扣似乎还听到了一阵悠远的歌声，不算高亢，也没有什么特别的旋律，只是机械地重复着几个音节，却不知为何有一种奇妙的吸引力，让纽扣整颗心都沉了下去。

胡桃游了过来，抓住了纽扣的手臂。

鱼群之下，那蓝光的起点处，一座巨大的海底宫殿悬在大洋最深处。海女诡谲的歌声，仿佛已经在这里响彻了一万年。

2. 海的头发

很久以前，有一对兄弟，住在一个人丁兴旺的村子里。

一年秋天，海面结冰，没有半点开阔水域，村子里出现了大饥荒。人们给出奖励，谁可以去冰，便能得到一支崭新的船桨。弟弟的船桨破旧，哥哥就下定决心一定要赢得奖品，在夜里唤来了助灵。

“去哪里呢，巫师大人？”助灵问。

“去海底。”哥哥回答。

哥哥跟着助灵，在陆地和冰面的缝隙间钻了下去，沿着海底行走。许久，一幢房子出现在眼前，哥哥钻进屋子，看到了一个女人的背影。

“呜呜呜……”她坐在灯火边哭泣，耳朵后面抛出很多奇怪的东西，就像是魔鬼的长发随风飘舞。灯火附近，许多小鸟胡乱飞着，屋子里还有很多海豹起伏不定。

“我只有一只手，没办法梳头。”女人带着哭腔说，“你能帮我梳头吗？”

哥哥手足无措，不知道该不该靠近，那女人就开始缓缓地转过身来。

“我帮你梳头！”就在女人的眼睛即将扫视过来的时候，哥哥箭步上前，伸出手来，“但你要帮我去掉海面的冰。”

女人默许了。哥哥的手指伸进女人的头发之间，异样的光闪烁起来。头发柔顺，像羽毛般轻浮。梳理很快就结束了，女人的哭声也停止了，变成了轻飘飘的歌声，在屋子里回荡着。海豹随着歌声开始游动，不一会儿就从门边全游了出去。

“我已经把食物都放出去了。”女人说，“明天就会化冰，但你要答应我一件事：每个人一次只能抓一只海豹，如果抓了两只，我就会在深夜里将你撕成碎片。”

哥哥答应了，离开了那间屋子。

第二天，海面上的冰果然全部消失了，人们欢呼雀跃，视哥哥为英雄，弟弟也如愿以偿，拿到了崭新的船桨。人们争先恐后地划船入水，找到成群的海豹，每个人都举起手中的鱼叉肆意捕猎。

“我答应过海女，一次只能抓一只！”哥哥大声提醒。

但人们根本不顾劝告，一群海豹很快就被抓完，两只，三只，最多的一个猎人仗着身强力壮抓了整整五只海豹，皮划艇都快装不下了。

哥哥也抓了一只海豹，处理好之后，全部给了弟弟。

“你为什么不吃一些呢，哥哥？”弟弟问。

“你吃吧。”哥哥说，“我没必要吃了。”

当天晚上，哥哥在他的屋子里被撕成了碎片。第二天一早，在弟弟的哭声中，海面再次结冰。

从此，再也没有化开。

“海女的要求，一定要做到，不要想着和海女讲条件。”每次说起这个故事，老师都会告诉孩子们，“海女，从不讲条件。”

深海宫殿四周蓝光闪烁，不时有气泡冒出，将周遭点缀得好似仙境，光怪陆离。

里边有空气！纽扣冲伙伴们一挥手，晃了晃浮囊，带头游了过去。

宫殿通体都是金属，像数个巨大的方块交叉重叠在一起，组成了奇妙的几何形状，每一个方块都起码有纽扣家数十倍大。外墙大部分都很平坦，有些部位则游走着极为复杂的线条，像是用非常锋锐的鱼叉一点点雕刻出来似的，相互交错、弯折、蔓延，每一个拐角都锐利无比，蓝光就是从这些线条上照出来的。一些圆形的、好似无重力烛火一般的开口也绽放着幽蓝光泽，时不时地缓慢闪烁，仿佛是大海这个怪物自己的眼睛。一扇金属大门大得极为离谱，方才那头巨鲸恐怕都能钻进去。

小心翼翼地绕过那些不知是睡是醒的巨大海鱼，豆子一马当先，用力去推大门，大门毫无反应。纽扣摇摇头，和胡桃对了一下眼神，从后者眼中读到了一样的信息：这扇门大得太夸张了，绝对不是为了人类而设的，一定还有其他入口。

两人绕着大门四周游了一圈，果然在侧下方发现了一扇一人多高的小门，上下摸索一番，不知触动了什么机关，发出咔嗒声响。金属之间摩擦着，小门缓缓开启。纽扣叫上和大门较劲、涨红了脸的豆子，三个伙伴从小门鱼贯而入，双手刚刚接触到金属内壁，身后的小门就缓缓关了起来。

伴随着关门声响，一道白光柔和地亮起，几人都不由自主地伸手遮住眼睛。身边的海水飞速退去，不一会儿就全部消失。豆子剧烈地呛着水，纽扣上前拍了拍，观察起四周状况：这是一处走道一样的空间，上下左右都是完美的长方形，并不大，一眼就能看全。伸手触摸着内壁控制身形，冰冷的金属质感传递而来，走道尽头，另一扇门紧紧关着。

“蜡烛在哪儿啊？”胡桃被头顶的光线吸引了，几人抬头看去，压根找不到光源，光亮仿佛直接从墙壁上出现，从四面八方笼罩而来。

“我们找到了海女的宫殿！”喘过气来的豆子，又恢复了天老大他老二的气概，兴奋看着四周，“哈哈哈哈，回去我要吹牛！”

“得了吧，刚才是谁差点呛死？”纽扣笑笑。

“那我就英勇地牺牲在这里，然后你们回去吹我的牛！”

笑闹间，胡桃突然伸手指了指更深处：“你们看。”

不知何时，通往宫殿内部的门开了，暗蓝色的光线缓缓流淌出来，内里幽深无比。

“进去看看。”纽扣第一个动身，单手推了一下金属内壁，飞向那扇门，“大家分头行动，尽快找到海女！”

不知过了多久。

纽扣又来到一扇门边，这门就像是知道他要来似的，发出沉闷的喘息，兀自打开。

像之前进入过的所有房间一样，这里同样不见海女的踪迹。

一根根透明的柱子出现在纽扣眼前，大小不一，每一根都发着蓝光。柱子里，一些细小的东西正在扭动，凑近一看，有些是鱼儿，有些是乌贼，还有手臂大小的鲨鱼，甚至是成片成片的海草。一些鱼儿的身上，细小的管子插了进去，伴随着阵阵蓝光传递，鱼儿不时抽动着。

纽扣脑中冒出了一个奇怪的念头：这些生灵，简直就像是从这里被“造”出来的一样。

“啊！”突然，胡桃一声尖叫，随后开始啜泣。纽扣循着越来越近的哭声来到一个大房间外，胡桃正在墙角用小手捂着口鼻，见纽扣来了，泪珠立马涌出眼眶：“呜呜呜，纽、纽扣……”

伴随着细微闪电一般的声音，房间更深处，一面墙上放射蓝光，上面的图案不断变化，有一些像是数字和文字，有一些又像是宫殿外墙上的雕刻线条，快速地闪烁游移。上下左右的墙壁则是完全透明，蓝光从这里渗透出去，照亮了周遭的一小片海水。四周的巨大海鱼们似乎听到了某种召唤，正一个个凑上前来，将整个房间都给围住，脑袋几乎要贴上墙壁。

一个和胡桃全身差不多大小的东西背对着纽扣，似乎正在盯着墙上变化的数字。无数细长柔软的线条从它身上蔓延开来，像一朵巨大的海葵，每一根触须都闪烁微光，不断有光点急流而过，几乎触达房间的每一个角落。

海女的声音，从四面八方缥缈地落下：“帮我，梳头吧。”

这，是海女硕大的头颅。

“我不敢……我不敢啊纽扣……”胡桃不住地摇头。

纽扣紧咬牙关，一点点往里挪动。随着他的动作，海女的触须边，一些蜜蜂大小的金属鸟儿突然飞了出来，尖利的喙齐刷刷地对准纽扣，嗡嗡声响震耳欲聋。四周墙外，越来越多的海鱼汇拢过来，嘴里的利齿清晰可见，海水变得有些汹涌，一些急躁的怪物已经开始用头咚咚地撞击墙壁，大口张开，发出人类无法听到的嘶吼。

“怎么了……我的妈呀！”豆子赶了过来，也被这个场景吓了一跳。

“嘘！我去帮她梳头，如果情况不对你们就逃！”纽扣不敢拒绝海女的要求，硬着头皮上前，将左手伸入长发之中。

长长的“哔——”声响起，之前还躁动不已的房间瞬间安静下来，鱼儿们就像是接到了什么指令，各自掉头散开。纽扣感受着指尖上酥麻的触感，五指分开，顺着长发一点点往下梳理，一小片蓝色的光芒随之移动，勾勒出手掌的形状。金属鸟儿们停下动作，重新缩回到头发之中。

“比对失败，低权限生物。”海女突然开口，散布在房间各处的头发快速收拢，螺旋状环绕着，迅速缠上了纽扣的整只手臂。一根头发柔软而有力地攀上他的耳朵，尖端蜗牛触角般的透明圆球顺着耳道探了进来，几乎贴在纽扣的耳膜边，低声呓语，“E 级事件。”

“嗡——”金属鸟群再一次从头发丝里飞了出来，发出刺耳的尖叫。光线霎时变红，墙外海潮迅速翻涌，藏回暗处的鱼儿们翻身而来，张开巨口咆哮着冲向宫殿，疯狂地撞击，直到头破血流。伴随着轻微的碎裂声，裂缝变得肉眼可见，一滴圆形的海水，终于冲破了墙壁的阻隔，悠悠地飘了进来。

“豆子胡桃，快逃！”胡桃伸着小手想去拉纽扣的身子，豆子已经踩向墙壁准备冲进屋内。纽扣转身刚喊出声，身后，墙壁破了。

海水像一个泡泡向前鼓起，较小的海鱼们迅速冲到最前方，很快便被巨大的家伙们碾过。纽扣来不及吸气，就被海水泡泡吞噬了。海女的纠缠并未放松，一只巨大的海鱼在他左侧张口，露出层层叠叠的尖牙。纽扣知道在劫难逃，闭上了眼睛，一阵波动却顺着海水传递过来，极为刺眼的白光，穿透了他的眼皮。

“嗒嗒嗒”的声响中，白光越来越近，纽扣睁眼，看到海怪们居然有些胆怯，开始四散而逃。海女巨大的头颅摆动着，一看到那道光，就尖声嘶吼了起来。纽扣适应了一下光线，也转头看去，白光中，一艘圣书中记载过的乌篷船映入眼帘。

急促的切割声震动着海水，纽扣的左手突然一松，一根根透明的触须从他眼前飘过，断裂处的切口平整光滑，像是被剥开的乌贼。

海女的头发，被极为整齐地切断了。

令人目眩的强光从纽扣身侧经过，带起强劲的水流。船体银色表面均匀得连水都沾不上，通体线条流畅顺滑。船头强光边，数个狭长的开口闪烁微光，一棱一棱的就像鱼鳃，传出了嗒嗒的怪异声音。

“未经许可的闯入警报！未经许可的闯入警报！”海女的声音彻底变了调，语句冰冷，不带半点情感。

乌篷船用强光照着海女的脑袋，通过破碎的透明墙壁，横行霸道地闯了进来。船体那光滑无瑕的表面上出现了几道裂缝并迅速扩张，一扇规整而颇有美感的门横移着打开，透出些光。

“上来。”门内，有人急促地喊了一声。

纽扣手脚并用游进船舱，舱门关闭，局促的小房间将将容得下一个大人。水被迅速排尽，向内的另一扇门打开，纽扣飞了进去。

“抓稳了。”一个听不出年龄的声音传来，船头透明墙壁外，海女飞舞的长发不断扩散，如同一只巨掌笼罩而来。船内，一个背影面向前方飘浮着，双手不断忙碌，不知在做些什么。

“轰！”船身猛地一颤，纽扣不由自主地向后飞去，还未触壁，船又匪夷所思地瞬间急停，害得纽扣又滚向了前面，脸直接贴在了透明墙壁上。

小门再次打开，门外，胡桃和豆子一动都不敢动。

“上来，快！”开船者急促地说，直到纽扣也出声大喊，两人才匆匆忙忙上船。被甩在后面的海女长发一展，豆子动作慢了些，被发丝缠住了脚踝，急得不断蹬腿。

“见鬼。”开船的人一声咒骂，用手在一块闪烁着图标的板子上极为灵动地点了几下，图标变换着样式，还有不少数字在反复跳动。

这是巫术吗？纽扣还在试图理解眼前发生的一切。船身猛烈颤动，海水震荡着，海女剩余的头发几乎全被斩断，在船身正下方凄厉地尖叫。在胡桃的帮助下，豆子挣脱触须的纠缠，连滚带爬地上了船。内门开启，两个伙伴湿漉漉地飞了进来，还没来得及表示惊讶，船身突然一顿。

“抓稳，要出海了。”开船者简洁地给出指令，手指在那块神奇的板子上翻飞。

“啥？”豆子一脸没反应过来的表情。

“轰！”眨眼之间，乌篷船以不可思议的速度骤然上升。三个孩子措手不及，一同撞在了船舱尾部。

孩子们稳住身子看向透明的墙壁，惊恐而好奇。方才还要置他们于死地的巨大海怪们根本不敢阻拦这艘船，纷纷退却，隔着绽放蓝光的海水龇牙咧嘴。海女被自己的触须困在宫殿内，头颅向上仰着，不知在吼些什么。

不多时，蓝光消失，深海回归到了无边黑暗之中。接着周遭越来越亮，乌篷船冲出了海面，直奔高天。

“哇！”豆子第一个发出了赞叹，“游进去花了那么长时间，出来就一眨眼！”

他们来到了大海向阳的这一边，海面上，不知多少鱼儿跃了出来，身上拖着闪亮的海水。不一会儿，深海里的巨怪们也冲了出来，虽然跳得很高，但大张的嘴却连乌篷船的影子都咬不到，又被大海莫名的吸力抓了回去。纽扣的心脏剧烈跳动，兴奋地看着这一切。

但这兴奋，只持续了几分钟。

“那是什么？”纽扣眯着眼向上看了看，“太阳那边好像有什么东西在飘。”

胡桃和豆子也凑了上来。随着乌篷船的高速靠近，那些东西的轮廓愈发清晰。太阳已经快有屋顶那么大了，不知不觉间，乌篷船已经飞速划过了缓风带。从来没有人到达过的高空之上，广袤无垠的天空之中，飘着的……

“是……是人！”豆子惊道，“飘着的是人，有尾巴的人！”

“圣书里记载过他们！”胡桃惊讶地说，“爸爸说他小时候还见过他们呢！”

这些人被称为内陆人，据说他们身体干瘦、作恶多端、狡猾奸诈、行踪诡秘。他们的出现总是伴随着坏事：村里的孩子会失踪，海中的鱼儿会消失，天气反常，日夜颠倒，无数不可能发生的怪事，都会随着内陆人的身影，一同降临在这世界之上。

这些年来，内陆人已经几乎不出现了，起码纽扣这一代从未见过。老师说：“他们做了恶事，被安奎特追杀，已经逃到天涯海角去了。”

但今天，这几个孩子，目睹了真相。

“死了。”开船的人注意到纽扣他们的动静，微微侧首，语气冷若冰霜，“飘在空中，无法穿过缓风带，被冻成了冰条，再也下不去了。这里就是圣书上说的‘亡者之地’。”

“冻住？靠近太阳不是应该很暖和吗？”纽扣问。

“你们没来过，什么都不知道。”开船者收回自己的目光，继续看着前方，“太阳一点都不暖，反而冰得不像话。”

“这是什么？”纽扣还想再问些什么，自来熟的豆子已经开始四处溜达，在一个角落发现了一样东西，“瓶子？”

一个已经破碎的小瓶子，材质轻盈，瓶口还塞着木塞子，只是瓶身上有裂口，里面空空如也。

“SMALL POX？”胡桃在瓶子侧面看到了一张小纸条。

“别碰……唉，算了，已经没关系了。”开船者发现孩子们的举动，似乎紧张了一下，随后又迅速恢复了那种冰冷又有点懒洋洋的状态，叹了口气。

“谢谢您救了我们，您可真是一个厉害的巫师！”纽扣这才反应过来，急忙向对方致谢，“请问我们应该怎么称呼您？”

现在已经不可能从海女口中问出大巫师枫叶住在哪里了，找不到枫叶，想去地底世界也就成了空谈。但就刚才发生的一切来看，眼前的这个巫师，也远比村子里的巫师强大。如果能得到他的帮助，说不定可以……

“枫糖。”开船的人冷冷地回答，“我叫枫糖，不是什么狗屁巫师。”

纽扣往前移动一些，在侧后方仔细看了看枫糖的样子：利落的短发齐耳，瘦，但是干练；没有穿巫师袍，短袖上衣和长裤都有些磨损破旧，却很干净整洁；眼睛很大，睫毛很长，眼窝里就像是藏了一个月亮。

救下他们的枫糖，是一个大约十八九岁的女人。

“枫糖？”纽扣想到了什么，“请问您认识大巫师枫叶吗？”

“枫叶？呵，现在想起她了？你们也真好意思。”枫糖的嘴角抽动了一下，扬起一丝轻蔑的笑，“她死了，死了很多年了。”

说着，枫糖再度侧过头来，眼角余光在纽扣身上一瞟。

“死之前，她还在念叨着村子里的事，说你们肯定还会碰到麻烦，迟早会来找她的。”收回眼神，枫糖的语气又变得冰冷，“她等了十年，有一天夜里出去了一趟，碰到了雾灵，回来之后就病了，撑了十来天，另一只眼睛也瞎了，手脚全都烂掉，双眼流血，最后痛苦地死了。”

末了，枫糖咬着牙说了一句：“满意了吧？”

“您和她生活在一起？”纽扣突然问。

枫糖一愣，似乎没料到这半大孩子的思路居然如此特别，半晌才回答：“嗯。”

胡桃来到纽扣身边，轻轻扯着纽扣的衣角：“您和她之间是？”

“母女。”

枫糖突然一扭身，连同身下的一样东西——纽扣猜测那是圣书里提到过的“椅子”——一起转了过来，漂亮的眼睛毫不掩饰地盯着愣住的孩子们，一字一顿地说：“被你们折磨、追杀、差点烧死、在海啸中侥幸逃生的‘大巫师’枫叶，是我的妈妈。而我，是她肚子里侥幸活下来的那个孩子。”

3. 甜甜的枫糖

乌篷船安静地飞着，以纽扣他们无法理解的方式徜徉在天空中，周遭风声呼啸，透过冰冷的舱壁传递而来。枫糖开着船，不再多言，孩子们也不再说话，静静地飘在船舱里，看着枫糖纤长的背影。

沉默了一阵，胡桃看了一眼前方：“太阳有海那么大了。”

前方，太阳果然已经大得有些不像话了，预想中的恐怖炎热并没有到来，船舱里依旧凉爽舒适。

“巫师大人……”

“叫我枫糖。”枫糖有些不耐烦地打断豆子。

“那，枫糖……大人？”豆子的话，让孩子们忍不住笑出声来。

“呵。”枫糖也被逗乐了，居然轻笑了一声，“想说什么？”

“我们去哪？”

“太阳，”枫糖说，“我们去太阳。”

孩子们不约而同地后退。

“这就怕了？呵。”枫糖斜过眼来，“连太阳都怕，还敢去地底世界？”

纽扣疑惑："您怎么知道我们要去地底世界？"

"我知道的多着呢。"枫糖笑了，带着一丝恶作剧的感觉，"村里又发生瘟疫，连巫师都没办法，于是他就说这是图皮拉克的诅咒，要杀了它才能救下你们的亲人，对吧？可如果照做了还是没用，那你们可就要成为'犯了大忌'的'灾星'了哦。"

"您去过村子了？"胡桃问，"枫叶那会儿也是这样吗？"

"哟，好聪明的姑娘。"枫糖收回眼中的戏谑，"先说结论吧，我知道图皮拉克在哪儿，也可以带你们去——其实现在我们就在去找图皮拉克的路上。但有三件事要说在前面：第一，路上还会发生很多奇怪的事，具体原因你们不要问，问了我也不会回答，因为我也不知道答案。"

"没问题。"纽扣点头。

"第二，我并不认为干掉图皮拉克就可以救人，所以我不能保证结果。"见纽扣再次点头，枫糖继续说，"第三，也是最重要的一点：我不会参与你们和图皮拉克的战斗，一丁点儿都不。我只负责把你们送到那儿、找到它，接下来怎么办，全靠你们自己。哪怕你们陷入苦战，快要被杀死了，我也绝不会救你们的。"

说完，枫糖享受着船舱里的片刻安静。

怕了吧？怕了就哭，哭完了赶快滚回去吧。村里的人？瘟疫？跟我有什么关系？反正这世界迟早也要崩塌，救或不救又有什么区别？我们所做的一切，不过是在一艘即将沉没的船上移东补西，延缓被巨浪吞没的时间，苟延残喘罢了。妈妈说过，那个在太阳边试图帮助她的"亡者"所说的一切，才是世界的真相，但村子里这帮愚蠢的家伙又怎么可能理解呢？

"没问题。"纽扣的回答让枫糖一愣，狐疑地看去，三个孩子正坚定地看着她，"我要救妹妹，胡桃要救爸爸，豆子是最勇敢的胖子。"

"啊？"豆子的小眯眼瞪得溜圆。

"我们会勇敢完成任务的。"纽扣说，"您说的条件，我们全都答应。"

枫糖沉默了，不知在想些什么，纽扣有些担心起来："枫糖，您会带我们去的吧？"

"现在说不去也晚了。"看着前方，枫糖微微眯起眼睛，"小鬼们……"

一道强光，随着船身的角度变化，从正前方直射而来。孩子们伸手遮住直射眼眸的光亮，整个前舱壁被一片刺目的、烈焰般炽热的黄彻底笼罩。

“欢迎来到太阳。”枫糖的语气，就像是要去见一位老朋友。

视野中，日轮不断扩大，太阳表面越来越近，很快就看不出弧度了，乌篷船却没有丝毫减速。孩子们居然真的强撑着一声不吭，枫糖则在那块神奇的板子上点来点去，嘴里嘟囔着什么。就在胡桃开始往纽扣身后缩的时候，枫糖终于找到了她想找的东西，点了一下：“哦，是这个。”

“什么叫‘哦’？”豆子忍不住说，“她到底知不知道自己在干什么啊？”

“编号：1、7、6、3、5、9、4、2。型号：奥密克戎3.92。权限：7级。”乌篷船开口说话了，声音与海女如出一辙，“坐标指向：第二对接点。状态：对接准许。即将进入自动校准，对接后进入直通状态，直通坐标指向：第一对接点。”

枫糖轻松地向后一靠。

“校准完成，即将对接于：3、2……”一股超越纽扣认知的力量，让飞速穿梭的乌篷船迅速却稳固地减速，悬停在了距离太阳表面大约两米处，随后绕着太阳调整朝向，平移的同时快速掉头，“对接完成。”

“枫糖，是船在说话吗……哇！”轰的一声，船突然从太阳身边弹射了出去，孩子们被巨大的惯性甩向船尾。

“哦哟，忘了告诉你们抓紧了哦。”枫糖在那造型古怪的椅子上坐得稳稳的，看着贴在船尾的孩子们，俏皮地一笑。

“快看外边！”终于适应了惯性，豆子一声惊呼，“好快！”

舱壁外的景物，就像是被安奎特用它那无所不能的力量给狠狠扯走，然后飞速揉碎了一般，刚一出现，就迅速消失无踪。太阳、天空、学校、海洋、村子……一切都以不可思议的速度飞逝而去，这不是人能够做到的事。

这是神的速度！

“再往下是不是快到先人们生活的地面了？”纽扣问。

“路过罢了。”枫糖拨弄了一下被惯性搞乱的头发，“你们不是要去找图皮拉克吗？马上就到了。”

“马上是多久？”

“差不多就是……”枫糖瞄了一眼身前的板子，“现在。”

乌篷船开始迅速而又平稳地减速，纽扣的脑袋贴在舱壁上，往脚下的世界看去。

这是一片荒无人烟的断壁残垣，一些类似房子的根部留下的痕迹，还在地面之上矗立着。某些更加坚韧的建筑整体形状还基本完整，阳光透过空中飘浮着的万物空隙，斑驳地洒在它们身上。没有炊烟，没有声响，没有人类的气息，没有半点生气。这残破的景象，就这样一直一直一直一直地绵延开去，无边无际。

隐约间，似乎有什么东西在残骸之中快速移动着，但谁也看不清。

“拐弯了。”枫糖简洁地说，乌篷船随之转向，速度已经降低到了大浪的样子，穿梭在这行将腐朽的地表之上。不久后，一个巨大的东西出现在了船头方向：一个一人高，却有半个村子那么大的圆形盖子。它就像是妈妈最喜欢的锅盖放大了几万倍，又被传说中的巨人给砸扁了一样。

“准备下船。”枫糖起身，第一次从她的椅子上离开，活动了一下筋骨。

乌篷船悬停在大锅盖上方，无声无息地，那锅盖从中间绚丽地展开，像一朵银色的花，露出了中间那深不见底的漆黑空洞。

这就是地底世界的入口，乌篷船降入其中，锅盖关闭，周遭再度陷入黑暗。不多时，船在一片漆黑中停下，舱门缓缓打开。

“对接完成。”船说，“欢迎回来，拓荒者们。”

“这里是……你们把它当成人间和死亡之地（Land of Death）的交接点，去往地底世界的必经之路。黄泉路，明白吗？”背对着开启的舱门，枫糖恢复了那冷冰冰的语气，“图皮拉克就在里面。”

枫糖身后，一条长长的通道根本看不到尽头，几支色泽怪异的烛火缓缓亮起，有规律地点缀在通道内壁上。

“可圣书上说地底世界有星星。”纽扣看向头顶的漆黑。

“星星在另一边。”枫糖回身，伸手一推舱壁外壳，飘向那无尽的黑暗甬道，显得轻车熟路。

纽扣他们紧随其后，一路蹑手蹑脚。不知为何，莫名的黑暗总是会让人压低声音。长长的通道延续了不知有多少米，途中不时有细小的白色幽魂闪烁，伴随着噼啪轻响。枫糖一边前进一边回忆，时不时喃喃自语辨别方位，在迷路的边缘徘徊。

几次拐弯后，通道尽头，一扇紧闭的门嵌在黑色里。门不算宽大，门边墙上，一块发光的板子画着错综复杂的线条和各种文字标注。纽扣试着上下移动视线，发现从不同的角度去看，图案就会呈现出不同的样子。

“这是什么？”

“地图，简单说就是……通道、路线什么的，都画在这儿。”枫糖拿出一个手掌大小的瓶子，在门边一个发着暗光的小洞口摆弄了一阵。纽扣定睛去看，瓶子里的液体随着枫糖的动作来回晃荡，液体里浸着一颗眼珠。

“这是您的护身符吗？”纽扣问。

“你这么想就算是吧，这是一个亡者留给我和妈妈的。”哔声中，门开了，枫糖小心地收起眼珠，“我不是说过不能问问题吗？”

黄泉路的空间比海女的宫殿更大，目力所及都是冰冷而坚硬的金属，路线错综复杂。一些宽大的房间一眼几乎望不到边，另一些曲折的小道则像传说中的迷宫，有着让人迷失的混沌感。一路上没遇到什么阻碍，孩子们的胆子也逐渐大起来，连胡桃都敢伸手去触摸经过的一扇扇门，被枫糖发现后挨了几句骂。

又过一阵，枫糖突然一撑墙壁停下，转过身来：“前面左拐，左手边有一扇开着的门，你们进去，找一种瓶子，就像……就像我船上的那种瓶子，上面贴的纸条写着‘PENICILLIN’。你们能拿多少就拿多少，然后我们就回去。”

“但我们还没有干掉图皮拉克。”纽扣皱起了眉头。

枫糖不耐烦地说：“我说了，我不认为干掉图皮拉克就可以救下你的，呃……”

“妹妹，雪花。”

“对，雪花。”枫糖说，“实际上图皮拉克一点都不重要，如果可以不碰到那个家伙，就尽量别碰上。我们悄悄地来，悄悄地走，不需要战斗，回去就能救人，虽然不是全部……但不战斗是好事，明白吗？”

豆子上前，带着一丝火气：“可巫师大人说了，一定要干掉图皮拉克，不然……”

“别管那个傻子巫师了好不好？他懂个屁！”枫糖吼了句，把几人都镇住了。

“啧，抱歉，太久没和人说话，没想到沟通这么累。”可怕的沉默后，枫糖深吸一口气，用足自己所有的耐心道，“听着，小鬼，我是说纽扣，你是相信我才来到这里的，对吗？”

纽扣点点头。

“你真的觉得人们生病，是被图皮拉克诅咒了吗？”

纽扣不知道该不该点头。

“啧，这么说吧，我救了你们的命，我能让船飞得超快，是个超级厉害的巫师。村里的巫师水平不行，我行，听我的准没错！”枫糖说，“现在你们去找我说的东西，我会去找另一些必要的玩意，然后我们在这里会合。你们拿上两种……两种宝贝，回到村子里给生病的人用，我会告诉你们用法。然后你们就等，会有一些人活下来的，知道吗？”

孩子们犹豫着，枫糖一个人生活太久了，情绪显然很不稳定，但她又确实很厉害，连海女都能打败。见孩子们不说话，枫糖急了：“我想害你们的话你们早就死了！”

“这倒是。”这次纽扣点头了。

枫糖长舒一口气：“所以快去吧，真等图皮拉克来了就晚……”

轰的一声巨响打破了黑暗，枫糖身后的墙壁被一只金属手臂砸穿，五指死死掐住了她的脖子。

“转过来，面对我。”墙的另一边，手臂的主人声音低沉而冰冷，“未经登记的入侵者。”

“图……图皮拉克！”枫糖被扼住后颈往上一提，身子悬在半空，双腿不住地找支点，奋力蹬踹着。胡桃吓蒙了，纽扣和豆子也惊恐地后退，枫糖努力挥着手，“逃！快逃！”

本能告诉纽扣要逃得越远越好，但另一样东西告诉他，如果现在逃走，他一辈子都不会原谅自己。

“你救了我们，我们也要救你！”从大海到太阳再到这里，纽扣终于受够了心中的恐惧，咬着牙说，“豆子，当英雄的时候到了！绕过去！”

“啊，豁出去啦！”最勇敢的胖子启动，在通道里一个急转就不见了。

“胡桃往后退！”纽扣发力一跃而起，双手抓住图皮拉克的手臂，跟小孩打架似的啊呜一口咬了上去，发出一声闷响。

“纽扣你疯了吗？！”枫糖又急又气，甚至还感到有点……丢脸。

“呸，好硬。”纽扣松了口，侧过头吐了一口血水，一颗牙齿砸在墙上叮当作响。

图皮拉克的另一只手也破墙而出，试图抓住纽扣，没有瞳仁的双眼好似空洞，和纽扣四目交投，突然喊了起来：“未登记，未登记！”

豆子绕到了墙后，对着图皮拉克的后背飞起一脚，金属怪物浑身一震，脑袋往前生生又砸出了一个洞来。

“D级事件，D级事件！”图皮拉克脑袋嵌在墙上，嘴里喊着警报，枫糖还从未见过它如此狼狈。为了脱身，它松开双手，试图把脑袋弄出来，枫糖终于重获自由。

惊魂未定，枫糖一脚蹬在墙壁上，身子迅速后撤。身侧，纽扣也几乎同一时间做出了完全一样的动作。不等她赞叹纽扣这与生俱来的猎人直觉，两个孩子又做出了让她叹为观止的举动。

“豆子，就像抓海豹一样！”纽扣大喊，“找点武器！”

“我去哪儿给你找武器……啊，就这个了。”豆子在里边不知摸索了些什么，“凑合用吧！”

枫糖一边赶去保护胡桃，一边讶异地看着摩拳擦掌的纽扣。墙上的图皮拉克已经用双臂撑开墙体，厚重的金属在它手中好似鱼皮，一扯就碎。与此同时一声脆响，另一边的豆子似乎打破了什么东西：“纽扣，接着！”

半截碎瓶子从墙洞中飞了过来，在空中高速旋转。纽扣上前，一脚蹬向图皮拉克挥舞的手臂，翻滚着高高跃起，一把抓住了飞来的“武器”。反握瓶身，纽扣在屋顶借力，身子继续旋转，尖锐的裂口在空中划出一道耀眼的弧线，扎向怪物的脖子。枫糖甚至没看清发生了什么，眼前曾让她吃尽苦头、差点有来无回的金属恶魔就倒下了。

“豆子！”纽扣轻巧地攀住图皮拉克的背脊，止住惯性，“脖子！”

豆子从洞口探出身，和纽扣一前一后瞄准了猎物的弱点：脖颈，图皮拉克浑身唯一的软弱缝隙。细小的瓶子一次次扎入，道道鬼火闪烁，金光四溅。狠狠扎了十来下，纽扣突然起身："停，退！"

两个孩子如圣书中的灵狐一跃而起，单手往后在墙上一点，在半空稳稳定住，死死盯着猎物，谨慎得像是身经百战的杀手。图皮拉克一动不动地趴着，与地面接触时的反弹让它的身子微微浮空。细小的星光还在闪烁，复活的恶魔，没了动静。

"豆子。"虎口不知什么时候破了皮，细小的血珠在空中飘动，纽扣舔了一下伤口，抬头看向伙伴，眼中满是不可置信，"这算……干掉了？"

"哼哼，还没黑海豹厉害！哎哟！"豆子腿脚发软，故作潇洒地踢了一下图皮拉克，被坚硬的金属硌得嗷嗷叫。

枫糖傻了眼，嘴巴张得老大，安抚着吓哭了的胡桃，震惊得不知该说什么好。几人平复了会儿心情，豆子宣布自己是史无前例的大英雄，而纽扣是英雄的跟屁虫，总算让胡桃破涕为笑。

在枫糖的强烈要求下，两个男孩儿去拿她说的小瓶子，她自己和战战兢兢的胡桃一起，找来了一大堆形状古怪的玩意。重新集合，男孩用衣服兜着叮叮当当几十个瓶子，枫糖一一确认过瓶子上的纸条，纽扣则对那些怪玩意产生了兴趣："这是什么？"

"这叫注射……名字不要紧。"说到一半，枫糖改了主意，"你们记住用法就行了，都过来点，我教你们。"

艰苦卓绝的教学，在胡桃和纽扣先后恍然大悟之后，算是告一段落。

"大致就是这么回事……别问为什么！"眼看纽扣又要忍不住发问，枫糖一根手指直接按在他嘴唇上，"我也不知道为什么，反正就是这么用的，对有些人有用，有些人没用。做完这些之后，还得让生病的人注意营养，能吃吃能喝喝，就是喂也要喂到嘴里去，别嫌麻烦。"

"没问题！"豆子这时候拍胸脯了。

枫糖交代完该交代的，找来一个大盒子把宝贝们装好，心头的大石头总算放下，带着孩子们离开的时候，居然有点不舍。

回去之后，他们会说起我、想起我吗？他们会告诉村里人，是我枫糖带着他们来了地底世界吗？村子里的人又是否会问起，枫叶去了哪里，现在情况如何？如果他们知道枫叶死了，会不会在心底深处，有那么一丝的……愧疚呢？

“这里应该……”

“右拐。”枫糖还在回忆，胡桃已经指出了正确的路线，“走过一次，我……我还记得。”

“真厉害。”枫糖笑了笑，这次是真心的。

不知不觉快到出口，豆子还在挥着拳，吹着刚才的战斗。纽扣却一撑墙壁突然停住，豆子差点撞上去：“跟屁虫，你干吗？”

“嘘！”纽扣压低声音，“听。”

几人竖起耳朵仔细地听，却什么都没听见。就在豆子开始抱怨的时候，枫糖捂住了他的嘴：“轻点！麻烦了……我们有大麻烦了！”

直到这时，豆子和胡桃才终于听到锵锵的金属敲击声，枫糖抱着瑟瑟发抖的胡桃和装满宝贝的盒子转身要逃，纽扣却抓住了她的胳膊：“声音不止这一边，后面……”

“转过来，面对我。”噩梦般挥之不散的声音，再一次在枫糖身后响起。一阵阴寒无比的风抚着她的后颈流过，将因为紧张而渗出的汗水吹起。

几人战战兢兢地转身，靠上冰冷的墙壁。通道两头，一个个身影从黑暗中出现，分明已经被纽扣和豆子杀死的魔物成倍增殖，将他们围在中间。

“未登记！未登记！未登记！未登记！”

4. 噩梦的多重影

“D 级事件！D 级事件！”

胡桃躲在枫糖怀里，头都不敢抬起。看着图皮拉克们越靠越近，豆子揉揉眼睛：“纽扣，它它它不是死了吗？”

“把它们横过来！”纽扣矮身，在地面用力一拍，腾空而起。豆子强忍惧意，四肢着地从下方出击，金属指尖几乎擦着他的背挥了过去。

成功绕后的豆子飞起一脚，踹向图皮拉克的双腿，纽扣恰好来到最高点，对着怪物的脑门补上一拳。图皮拉克横在半空，枫糖没有半点犹豫，抱着胡桃和盒子从上方飞过。

“右边给她们！往左边推！”豆子张开双臂，不要命地扑向前方的怪物。纽扣飞速跟上，一拳拳砸向它们的脑袋侧边。金属的闷响伴着剧痛，两个小猎人差点喊出声来。图皮拉克的身体被顺利推向左侧，枫糖抓住机会继续向前。

“咬脖子！”纽扣张嘴，虎牙已经掉了一颗，血珠在空中飘散，画出一道鲜红的疤。他凌空一顿，随后猛地向下写出一撇，落在了下一个怪物的脖颈。分不清是管道还是线束，纽扣一通乱咬，噼啪声中电光亮起，图皮拉克的手脚开始颤抖，一股直刺心脏的冲击力也沿着纽扣嘴里的伤口冲遍全身。

豆子有样学样，也对上了一个怪物，一边咬一边嚎叫，还伸手往怪物脖子里抓，将所有接触到的东西全都扯了出来。白色的鬼火渐次炸裂，图皮拉克挣扎了一阵，逐渐还是没了气力，手脚都松弛了开来。

先后干掉三只怪物，总算清理出一条通路，一行人开始冲刺，没头苍蝇般不断拐弯。图皮拉克们紧追不舍，豆子急坏了：“枫糖，快回去坐船吧！”

“不行，我们方向反了，而且它们肯定会守着入口。”枫糖摇头，焦虑不已，“现在必须找到后门，但是……我迷路了啊！”

“那个地图是不是有用？”纽扣看向正被枫糖拉着向前、魂不守舍的胡桃，“胡桃，你也看到地图了吧？记住了吗？”

“别扯了。”枫糖护住胡桃的身子，“那张图那么大，不同角度还能看到不同的楼层。这里少说也有十几层，路线乱得跟鬼一样，谁能记得住啊！”

“我……”胡桃回过了神，小手一举，“我能记住。”

在枫糖匪夷所思的目光中，胡桃指引着路线，四人一边躲避追杀，一边向标注着“后门”的地方进发。几番绕路，总算没再听到怪物们的动静。大约半个小时后，枫糖用眼珠打开那扇通往人间的门，不算宽大的房间里停着两艘船，看起来和枫糖的那艘很像，但小了很多。

“我设置完，你什么也别动，你的船会跟着我们飞。”枫糖把豆子和那一大盒宝贝塞进一艘船，指着船头板子上的一个图案说，“万一有突发情况，你就按一下这个黄色，船会自己飞到我设好的坐标，下船就是村子。你马上回村分宝贝，记住了没？”

“记是记住了，但为什么就我一个坐这艘？”豆子拉长个脸。

“因为你胖啊。”三人异口同声。

豆子刚想反驳，周围突然红光闪烁，房间大声地说：“D 级事件！”

“见鬼，快上船！”抓着胡桃，枫糖发了疯似的冲向另一艘船。纽扣急忙跟上进入船舱，从枫糖手中接过胡桃，还没飘稳，枫糖就已经冲到船头。

不远处房门开启，图皮拉克们鱼贯而入，直奔门边豆子的船，急得豆子大喊大叫。两艘船的舱顶门先后关闭，怪物们爬上了豆子的船身，枫糖这边终于搞定，乌篷船抬起头，咆哮着启动，嗖的一声鹰击长空。

怪物们被甩下船身，两艘船从静止开始疯狂加速，很快就又到了来时的入口。枫糖操作着，锅盖再度打开，两艘船终于回到残垣断壁的地面，几人这才喘过气来。

“啊，找到了。”枫糖突然兴奋地说了一句，伸手按了几下，古怪的嗞嗞声响起，枫糖像傻子一样冲着船头喊，“喂喂喂，小胖子，能听到吗？”

“枫糖？！”豆子居然真的回答了。

“哎？豆子不是在那儿吗？”纽扣回头看向豆子的船，“为什么能听到他的声音？”

“哎呀你问题怎么这么多？喏，按一下这个，然后找到豆子那艘船的频……”解释到一半，枫糖放弃了，“这是巫术。”

“我能学会吗？”纽扣眼睛闪着光。

“教了你以后你能闭嘴吗？”枫糖反问，见纽扣急不可耐地点头，极为潦草地教了起来，“地底世界的所有东西都不认我们，只认‘亡者’，也就是‘内陆人’。有了这颗眼珠，房门舱门通道门都会打开，船也会启动，呃就是醒过来。”

枫糖掏出小瓶子晃了晃，纽扣看到眼珠后面连着不少血丝，附着在瓶壁上。纽扣还在盯着看，那眼珠突然一转，也看向了他。

“走进任何地方，你都要找操控盘。”枫糖点了点船头的那块板子，“绿色是启动，蓝色是空气，这两个的用处在哪儿都一样。如果是在船上，那么白色是太阳，深蓝色是海上面。想让船自己飞，必须按照顺序来，比如黄泉路是起点，那下一站只能是太阳，到了太阳之后会对接，对接完了再按深蓝色，才能去大海，回去的时候也一样，就是顺序反过来。能听明白吗？”

纽扣点点头，又摇摇头：“好像有点明白，又不是很明白。”

“多开开就会了，以后有空我陪你兜风，不过你得拿新鲜鮸鱼做交换。”枫糖得意地说，“这里可以输坐标，然后点旁边的黄色就能去设定好的地方，这个你不急着学，反正八成也学不会。想像我一样自己开船，想去哪儿就去哪儿，那可就难多了，我建议你放弃。”

“紫色和红色的有什么用？”纽扣伸手去指。

“红色千万别碰！”枫糖一把拍开纽扣的手，“船会炸的，怎么死的都不知道！紫色也能不碰就不碰，亡者说那个地方很吓人……”

突然船身一震，船顶，一道阴影遮住了光线。两人齐齐抬头向上看去，一张巨大的脸出现在他们眼前。

“巨人！”枫糖的惊呼还没落地，一只足有半个船身大的手掌就将船死死抓住。

下一瞬，天地颠倒，船被狠狠砸在地上，几人摔得东倒西歪。枫糖翻过身来做的第一件事就是冲着船头大喊：“小胖子！快按黄色！”

“好、好的……噢哟！”豆子的船尾随而来，本是即将撞上突然出现的巨大躯体，但随着豆子的操作骤停，随后猛地仰头，直挺挺飞向高空，躲过了尘埃中巨人的另一只手。

被激怒的巨人一声怒吼，烟尘散开，现出全貌：身躯足有三层楼那么高，壮硕无比，比例上来说四肢有些短小，毛发浓密，灰黑色的皮肤紧绷着。

船身吱嘎吱嘎响着，纽扣浑身战栗，但还是弓身发力，准备和巨人决一死战。枫糖却在操控盘嗒嗒点了几下，居然打开了舱顶，起身对着巨人的大脸喊：“傻子，你赔我船！”

疯了吗？！纽扣立马将胡桃护在身后，可枫糖却像不过瘾似的，干脆从舱顶探出头来，毫不躲闪地直视巨人那双巨瞳，像老师训学生似的严厉：“长那么大眼睛是摆设吗？看清楚我是谁！”

"吼——"顶盖开启之后，巨人的吼声震得地动山摇，还没吼出下一嗓子，脑袋就被枫糖狠狠拍了一下。

"看这里啊，傻子！"

"吼……啊？是你啊，姐姐。"

哈？纽扣看傻了。

"废话！"枫糖又在巨人的大鼻头上一拍，"能开船到这里来的不是我还有谁？"

"呃，可是刚才还有一艘船……"

"那是我的伙伴！"

"哦，这样啊，那还真是对不起了，呵呵呵。"

"笑你个头！快把船放开，你个蠢货！"

船被安稳地放开，飘在巨人的大眼睛前，枫糖还在教训着巨人："你跑这儿来干吗？为什么不在洞里待着？"

"啊，对啊！"巨人不生气的时候有点傻乎乎的，大手一拍大脑门儿，"这里很危险，我们找个洞躲躲！"

说完，巨人转身一脚踹在地上，快速飞远。

"哎呀，这个蠢蛋……"枫糖气得头疼。

不一会儿巨人又回来了："嘿嘿嘿，对不起啊姐姐，我把你们忘了！"

巨人一手抓住船，再次转身向废墟的反方向飞去。看这憨憨的样子，枫糖的气也消了，哭笑不得地摇头："你真是越来越傻！"

"嘿嘿嘿，姐姐你说得对！"巨人也不知道有没有听到枫糖说了啥，一个劲地点着它那巨大的脑袋。

5. 没事的

很久以前，有一个邪恶的村庄。

每当巫师召唤助灵，大人们都会过去，孩子们被留在一所大房子里，玩耍、吵闹。

一个无家可归的男孩——名叫卡尔加——从屋子外经过，听到了声响，就提醒孩子们：“小声点，不然大火（The Great Fire）就会降临。”

孩子们压根不理会他，继续他们吵闹的游戏，最后大火出现了。小卡尔加逃进房子大喊：“我们得爬上干燥架，披上海豹皮，屏住呼吸！”

但孩子们慌乱不已。大火迅猛地蹿了进来，带着一根长着长爪的鞭子，一个接一个地把孩子们全都拖了出去，每个孩子都卷成一团，当场死去。鞭子在干燥架下来回勾动，卡尔加屏住呼吸，最终逃过一劫。

大火消失后，卡尔加急忙找到大人说了经过，但没人相信，大家反而愤怒地说：“是你杀了他们！”

“如果你们这么想，那就回到大屋，像孩子一样吵闹，”卡尔加说，“看看大火会不会来。”

大人们拎着卡尔加回到大屋，发出吵闹的声音。不多时，大火真的来了，又死了好几个人。

从那之后，所有人都对卡尔加不友善，尽管他说的是实话。他被安排住在一个男人家里，却不被允许踏入屋门，如果他敢进屋，男人就会把他从鼻孔处抬起来，拉过高高的门槛丢出去。

村里人不给他吃东西，他饿极了，就去吃地上狗吃剩下的东西，和狗睡在一起。有时候实在太冷，他爬到烟囱附近的温暖空气里。但每当男人看到他在那里取暖，就会抓着他的鼻孔把他拖到地上。他去找自己的两个祖母，其中一个将他打走，另一位祖母则怜悯他，为他擦衣服。

过了许久，春天终于来了。卡尔加出门找吃的，在村外的荒野遇到了一个大家伙——一个巨人正在切碎他的猎物，卡尔加大喊：“你好，伙计，给我一块肉！”

只有一点声音传到大个子的耳朵里，巨人以为是死人在问他要吃的，在地上扔了一小块肉，自语着：“别跟着我，别跟着我。”卡尔加像死人一样疯狂地吃肉，将多余的肉藏在原地，想靠着这些肉熬过春天。

第二天，卡尔加藏的肉不见了。他站在那里哭泣时，巨人走了过来：“你为什么哭泣？”

卡尔加说了原因，巨人不好意思地说：“嚯，是我吃了，我以为没人要呢。来，我帮你。”

卡尔加跟着巨人来到一块大石头前，巨人让他推推看。他试了试，石头没动，自己却摔倒了。巨人说：“再来一次，加把劲！那边还有一块更大的石头！”

最后，卡尔加不再摔倒，石头被他推动了。巨人开心地笑着，带他去找更大的石头。这样过了很久，卡尔加成长了，甚至可以让最大的石头在空中转动。巨人很满意，拍着卡尔加的肩膀说：“现在你成了一个强壮的人，可喜可贺。因为我错吃了你的那块肉，所以我会用巫术让熊来到你的村庄，你要抓住机会。”

卡尔加回村，在烟囱洞上暖身子。那男人来了，拖他的鼻孔，把他狠狠摔在地上。他遍体鳞伤地倒在狗窝，邪恶的祖母来了，殴打他，就像在打一只狗。卡尔加默不作声，一直等到了晚上，趁人们睡着，他找了一艘被冻住的船，一只手就把它拖了出来。

第二天，村里人发现了这件事，都啧啧称奇：“我们中间一定有一个强壮的人！”

“谁能这么强大？”

“毫无疑问，肯定是他。”男人指着小卡尔加，但他只是在嘲讽。

就在这个时候，三只熊出现在村外，人们哭喊着逃跑。卡尔加谦卑地说：“我来试试。”

“看看卡尔加，他要去送死啦！”虐待卡尔加的男人嘲讽着。

卡尔加跑了出去，赤手空拳抓住了最大的熊，拧下它的脖子。然后，他将另外两只熊的头骨锤在一起，直到它们也死了。

人们目瞪口呆，那男人见状逃跑了。卡尔加带着三只熊回来，就像拎着三只野兔。他把熊带到屋里去了皮，并做了巨大的壁炉，在一块大石头上煮熊肉。

卡尔加叫来那个邪恶的老祖母，把她扔在火上，她一直烧着，连灰烬都没有剩下。另一位祖母也想逃跑，他抱住了她，说：“我会善待你，因为你总是擦干我的衣服。”

吃完熊肉，卡尔加开始追逐那个逃跑的人。男人跑向一个悬崖，卡尔加跟在他身后，抓住他的鼻孔将他拉起来，猛烈地摇晃着。男人的鼻孔爆裂，惊恐万分，但卡尔加对他说：“我不会杀了你，因为你没有杀了我。”

从那之后，男人甚至不敢看卡尔加一眼。

卡尔加完成了应有的报复，后来他去了南方，有了一艘皮划艇，和其他人一起去打猎。但因为过于强大，恐怖的欲望摧毁了他。他开始胡作非为，残杀村里的孩子。有一天，当他外出打猎时，村民们用鱼叉杀了他。

这就是巨人和卡尔加的故事。

“嚯，我们到了！”巨人抓着船，来到了一个巨大的洞口边，傻笑着说，“我就住在这里，姐姐的朋友就是我的朋友，快进来吧。”

洞口附近有破碎的痕迹，巨大的石块在四周飘荡，其中有一些金属架子扭曲变形。三人下了船，跟着巨人来到洞穴内部，光线立马暗了下来。

“其他人呢？”四周空无一人，枫糖有些惊讶。

“都死了，只剩我一个。”一直乐呵呵的巨人突然顿住了步子，低头找了个角落飘着，巨大的身子蜷缩在一起，看起来就像一块巨石，“雾灵、吃人的家伙、大火、巨大的鹰和巨大的鲸，怪物们全疯了，见到活的就杀。”

“多久前的事儿？”枫糖焦急地问。

“好几个春天了。”巨人沮丧地玩着一块足有胡桃大小的石块，“我们也逃，但是它们哪儿都有，还有……”

“见鬼！”枫糖气得捶了一下洞壁，身子往另一侧飞了过去。

“还有什么？”纽扣敏锐地问巨人。

“还……还有它……”巨人本就粗重的呼吸变得更加急促，双眼看向洞口，那里风沙漫天，巨石游走，“它的脸是铜做的，眼睛发着红光，骑着巨大的鹰，从地下出来，然后……然后……”

不用巨人继续说下去，纽扣已经知道了答案，故事里的景象在他脑中浮现：

一块石头上覆盖着冰霜，与一层层血肉糅合在一起，顶端放着一颗眼珠，望向遥不可及的那片海，反射着太阳寒冷的光。不多时，一张铜制的脸出现，遮住了太阳的光华。纽扣的灵魂被禁锢在小小的眼珠里，他想要呼喊，想要逃生，却动弹不得。

“如果吃不完的话，”铜面人的声音，如海水般冰冷，“我就撕碎你。”

就在那张梦魇的面庞往下加速，即将狠狠捶上纽扣的时候。

“纽扣！”枫糖的声音将他唤醒，“快起来！”

纽扣睁开眼试着起身，骨头就像被捶碎了般地疼，侧眼看向洞口，天已经黑了。“什么时候了？”

“很久了！”枫糖的俏脸贴在纽扣面前，刻意压低声线，时不时往洞内看，“看你和胡桃累得不行，就让你们睡了会儿……总之快起来！食人族来了！”

纽扣一下子清醒过来，发现腿边的胡桃也醒了，还没来得及问清楚情况，就被枫糖一手一个抓着往洞外飞。快到洞口，刺目的光芒出现，一道火舌如蛇首般蹿起，跳跃、游移，散发出迫人热度，拦住了去路。

“呼噜噜噜噜！”洞穴深处，食人族独特的喉音开始回荡。不等三人找到出路，脚边又响起了另一阵怪声，就像胡桃做的气囊正在放气，紫色的雾从洞穴阴暗的角落里逐渐蔓延开来，绕着三人的脚踝攀附而上。

“该死！是雾灵！”枫糖咒骂着，回头瞪向巨人，“傻子你在搞什么？”

“我……我不知道啊姐姐！”巨人无辜又害怕，巨大的身子缩着，快速后退，不住地摆手，“你们来之前这里从来不会这样……”

话音未落，黑暗里几星绿色光点浮现，随后突然加速，飞快落在了巨人的后背。

火光照耀下，食人族人形的身体上没有半根毛发，看着瘦骨嶙峋，肋骨几乎要突出体外，细长的手脚灵活有力，指尖利刃闪烁金属光泽，飞速刺入巨人的皮肤。

巨人吼了一声，抓起肩上的食人族拍在洞壁上，啪的一声血花绽放，食人族成了一摊烂泥。这成了食人族的冲锋号，更多光点迅速涌了上来，巨人的身子很快就被扎成了蜂窝，徒劳的反击毫无作用，空气中满是血腥的气味。

一群食人族迅速将巨人分食干净，领头的怪物仰头在空中嗅了嗅，随后猛然回头，死死盯着进退两难的三人。喉音一响，食人族群四散而开，沿着洞壁四方快速爬来。

“傻子！”枫糖大喊着，从口袋里掏出一样东西，手腕一甩，那东西咔嗒一声快速伸展开来，化成了一副弓箭。

枫糖用极为业余的手法举起弓，将仅有的一支箭搭在弦上，几乎完全没有瞄准，嗖的一声把箭矢射了出去。造型古怪的箭矢突然在半空中破碎，散成了数十个细小的圆球，下雨般飞向前方，仿若长了眼睛，一颗颗绕出诡异的弧线，精准地冲向四面八方的食人族。

最近的一只怪物四肢快速移动，避开圆球，一跃而来飞扑向三人，大口张开，利齿间还带着巨人的肉碎。圆球却在空中急速扭转，追向怪物后脑，噗地穿了过去，留下一个冒着鲜血的孔洞。怪物四肢一抽飞扑在地，很快就没了动静。

几乎与此同时，数十个食人族在半空停止了动作，手脚松开，任由惯性带着自己撞向洞壁四周。

纽扣看呆了，直到发现枫糖又掏出一柄匕首，准备继续跟源源不断的食人族拼命，这才急忙将她拦住，硬拖着她和胡桃绕过四处摸索的火舌，赶到乌篷船边入舱。顶盖缓缓盖上，枫糖在操控盘上一番操作，随着三人进船的紫雾被快速排出船外。

船开始启动、加速，冲着汹涌的火海突进。纽扣去遮胡桃的眼睛，不让她看火海中恐怖的景象，掌心却触到了滚烫。纽扣急忙低头，看到了胡桃脖子边的红斑和额头上的小小脓包，心中一惊。之前光线实在有些暗，自己居然没注意到。怪不得从刚才开始，胡桃就不太说话。

穿过火海，船吱嘎作响，舱壁的连接处本就因为巨人的撕扯有些破损，此时更是泛出了阵阵滚烫的红。飞出洞外，天地一片漆黑，船尾后方，大火也掉转头来，细长的鞭子在半空摇曳，一路尾随。

枫糖一路念叨着她和巨人相识的故事，不时抹抹眼泪，双手不断忙碌着。残垣之间，乌篷船灵动地来回穿梭，火舌时不时转向，始终无法抓住船只。你追我赶间，纽扣看到了通往地底世界的巨大锅盖。

“都怪傻子，这船快撑不住了。”枫糖嘴硬地责怪，语调却很伤心，“我们得去换艘船，我是真不想去那儿啊……”

地面张开深渊巨口，乌篷船直冲而下。后方的大火没有继续追赶，而是在锅盖外停下，随后消失。

图皮拉克那儿肯定不能去了，幸好枫糖还知道其他有船的地方。三人在黑暗中下降了许久，一处墙壁闪烁微光，枫糖按下某个按钮，双手离开操控盘，身子往后一靠，紧紧抓着扶手。纽扣搂住意识模糊的胡桃，另一只手也死死抓着船身。

“编号：3、5、9、0、2、1、3。型号：奥密克戎3.77。权限：7级。坐标指向：第一对接点。状态：对接准许。即将进入自动校准，对接后进入直通状态，直通坐标指向：极地中心。”

船身一震，船尾似乎被某个东西给固定住了，不一会儿，乌篷船扭头向下，发了疯一般开始冲刺。

船以让人崩溃的速度前行，周遭出现了什么东西，纽扣一样都看不清。不久，他们冲出了无边黑暗，被一种厚重到难以描述的雾气包围。雾气泛着极其深重的暗红色泽，比水还要浓稠许多，沿着船身流淌而过，在船尾方向留下一道道漩涡。

透明的舱壁上时不时浮现水雾，旋即消失。纽扣想举手去擦，却发现这个动作比平日里要难做一些：“枫糖，我怎么感觉……”

“这就是重力，一丁点的重力。”枫糖说，“唉，我还答应过傻子，如果找到够大的船，就带它来这儿玩呢。”

他们穿行在无边无际的暗红海洋中，气旋从船边掠过，道道或明或暗的线条顺滑地躁动着。过了一阵，船头方向缓缓浮现出一幢扁平的建筑，顶端只有少许弧度拱起。船绕向建筑侧面，一扇硕大的门正在打开，里边是纯粹的黑。

驶入门洞，大门在船尾关闭的时候，纽扣回头看了一眼，暗红色的厚重气流被一股不可阻挡的力量抛向上方，吹向更加深远的空中。乌篷船停稳，顶盖开启，舱内微小的灯火照耀，出现在他们头顶的，是高不可及的金属苍穹。

纽扣探出头，看了看破旧的船身：“新船远吗？”

“有点远，我只来过一次，记得不是很清楚。”枫糖忧虑地看向不省人事的胡桃，“希望别碰到那个家伙。”

“那个家伙？”纽扣一愣。

“铜面人就住在这里。”枫糖回头，深深地看了一眼船头方向，那黑暗无边的新世界，“想躲开它可不容易，因为它移动的时候没有声音。”

“不可能。”纽扣果断摇头，“爸爸说过，任何东西都一定会发出声音。一个好猎人能捕捉到声音，杀死发出声音的家伙。”

“纽扣，我接下来要说的事情，对你来说可能有些不可思议。”枫糖没有正面回答纽扣的话，“先人们……暂且这么称呼他们，先人们的智慧，早就已经超出了我们的想象。他们强大到连大火都不过是他们的玩物，雾灵只有得到了他们的允许才能起舞，巨人在他们面前不堪一击，他们一声令下，食人族就会逃之夭夭，只要他们想，海女甚至会为他们梳头。铜面人也听凭先人们随意调遣，正是先人们取走了它的声音。”

说着，枫糖的眼神逐渐暗淡：“在旧世界，他们就是无所不能的神明。现在，他们要去征服整片星海，而我们，不过是他们留下来看守这个墓园的守墓人罢了。”

“没关系，我还有眼睛。”纽扣想让枫糖振作起来，“只要让我看到它，它就别想逃了。你要知道，我可是最厉害的猎人的儿子！”

枫糖没有回答，而是苦笑着起身下了船，目光落回纽扣身上，满是怜悯。

“我碰到过铜面人，那次我的运气很好，好到太阳都要落泪，才能将将逃走。而铜面人在我身上……”枫糖举起右手，将衣领拉开，露出了一道疤，它像一条巨大的蜈蚣，从锁骨开始，一直延续到了上臂，“留下了这个。”

纽扣沉默了。

“我不是想吓唬你，只是想提醒你……”枫糖急忙收拾好衣服，“唉，算了，没事的。我们的运气很好，一路上都很好，所以一定会没事的，对吧？来，抱好胡桃，我们去找船！”

看着枫糖故作轻松的样子，纽扣突然很感动：“枫糖，谢谢你。村里人害死了枫叶，逼得你一个人在空中生活十几年，你还愿意帮我们，陪我们出生入死，你真好。”

“这事儿和村里人没关系，我恨不得杀了那个该死的巫师。”枫糖沉了脸，“但那样村子就全乱了，事情只会变得更糟糕。”

“那和你什么有关系？”

“和你有关系，纽扣。你知道我妈妈是怎么从大火里逃出来的吗？”纽扣摇头，枫糖伸手摸了摸他的脑袋，“妈妈告诉我，是村里最厉害的猎人于心不忍，瞒着所有人来到屋顶，在烈火中帮妈妈砸开了一个洞。要不是海啸刚好到来浇灭了火，把他们俩都冲向了大海，我妈妈早就死了，也不会再有我了。那个猎人，就是你的爸爸。”

纽扣一怔，脑中许多碎片突然串在了一起。

怪不得海啸时爸爸刚好受了伤，没法外出救人。怪不得爸爸身上会有那些难看的疤痕，老伤还最终要了他的命。怪不得妈妈会从海里捞起爸爸，并照顾着他逐渐康复。这么说来……

“如果爸爸没去救你们，就不会受伤，不会到海里，不会被妈妈找到，不会和妈妈成家，也就不会有我了！”

“所以，我才会那么想救你。”枫糖回过身去，迈出带着重力的一步，“回去之后，我们两家就扯平了。”

纽扣很快便习惯了踩在地上走路的感觉，抱着胡桃，精神前所未有地集中，感知着周遭每一丝细响。宽大的通道，高耸的厅堂，每一扇门都硕大无比，显然是为了某些大型的东西进出特别设计。

枫糖循着记忆，带头在黑暗中前行，一路上意外地顺利，很快就抵达了目的地。一扇门打开，柔光亮起，几艘船安静地待在房间里。

“怎么样，我没记错吧！”直到此时，枫糖才放松地笑了起来，抓着眼珠走向最近的一艘船，“上船吧，我们回……”

一道暗影。

一道没有声音，只有模糊形态的暗影，突然从船下钻出，立在枫糖面前。纽扣的手甚至来不及举起，一双手就抓住了枫糖的脑袋，一拧，再一扯。

枫糖也没了声音。

“枫糖?！”纽扣的大脑一片混沌，身体抢先做出了反应，放下胡桃冲了上去。

那身影丢下枫糖，也向纽扣冲来，古铜色的脸上没有表情，眼窝里亮着红光。纽扣急忙变向，躲过铜面人伸来的手臂，刚想继续跑向枫糖，却突然觉得不对劲。

“纽扣，这是哪儿啊？”胡桃醒了，迷迷糊糊地问。纽扣停步回头，铜面人已经抓住了胡桃的头发。

“纽……纽扣，这是谁？快救……”胡桃话没说完，铜面人横掌一削，小小的脑袋就离开了身体。鲜血好似喷泉高高喷起，溅上了房内的光源。屋子变得血红，那脑袋被铜面人随手一甩，摔在了墙壁上，反弹又反弹，咕咚咚地滚开。

“胡桃！”纽扣彻底傻了，铜面人已经再度向他飞奔而来。

纽扣条件反射地捡起地上的眼珠，想拖着枫糖翻进船舱，可根本来不及。铜面人一把抓住枫糖的腿，连带着纽扣一起往身边扯。纽扣趁机上前抓向它的脖子，却没找到半点缝隙。铜面人回手一拳，纽扣收手挡住，伴随着骨折声响，被打飞好远。

这家伙和图皮拉克完全不是一个概念！

纽扣落在一艘船上摔倒在地，吐了口血，抬眼看见铜面人又来了。身后的船感应到眼珠，顶盖开启，纽扣翻身入舱冲向操控盘，在绿色的光点上急促地一按，顶盖开始关闭。

“绿色是启动，蓝色是空气，白色是太阳，深蓝色是海……”纽扣知道，铜面人正在追杀自己，绝不能回村子附近，目光扫向一个紫色光点。

“亡者说那个地方很吓人……”

纽扣按了下去。

铜面人无声地靠近，就要抓住船身，此时轰鸣声起，船剧烈一晃开始移动。房间正对着门的一侧，墙壁从中间打开，船好似离弦之箭，一头钻进了浓重的雾海。船尾方向传来几声异响，纽扣回头看去，几个光点迅速扩大。皮划艇自动转向，在空中飞出一道优雅的曲线，擦着光点将将避过。

操控盘上无数字符疯狂跳动，不断变换出他完全无法理解的内容。拥有了些许重力，纽扣明确地感知到了方位：船正在向上疾驰。雾海逐渐变得稀薄，颜色也从暗红向明黄转换。铜面人并未追来，失去伙伴的苦楚终于涌了上来，从震惊到悲恸，纽扣开始落下泪来。

不知哭了多久，等纽扣再次抬起头，船外已经变得橙黄，身上因为悲愤而难以察觉的痛楚也开始逐渐显现出来。然后，他灵敏的耳朵听到了一些声响。

有风。

人间同样有风，但除了缓风带之外，其余地方的风速很慢，只够人们点亮烛光。而现在周边吹起的风，速度却很不对劲。皮划艇依旧坚决地上升，船身开始微微晃动，橙黄色雾气流动的速度越来越快，风声也越来越响，很快便有了圣书中“飓风”的模样。

不知疲倦地向上飞了无穷远，船停止了上升，转而向一个特定的方向飞去。风速，已经接近疯狂。

空气变成了完全的明黄，某些时刻里，纽扣甚至觉得自己看到了一圈闪亮的东西，就像安奎特洒下的荣光，在下方一晃而过。

“接近目的地，对接开始。”船说。

纽扣试图从前方无休止的超级飓风中，辨别出一些什么东西来，却看不到半点轮廓。

直到那一轮残破的月亮，在狂风中缓缓现身。

这是一个巨大到离谱的球形物体，并未发光，通体有一丝金属色泽，不少区域都出现了破损，内里的古怪结构裸露出来。它在飓风中癫狂地转动着，位置却没有移动分毫。

随着皮划艇的靠近，月亮缓缓打开了一扇门，大到足以将海女的整个宫殿都一口气塞进去。驶入门洞，周遭的风逐渐平息。

月门关闭，一片漆黑，船静默地飞着，在一个平台上降落停稳。舱顶打开，纽扣下意识地屏住呼吸，过了好一阵子才试着吸了一口。有空气，但非常稀薄。

飓风呼啸的声响，在偌大的月亮中不断回荡，纽扣的头开始疼，无论呼吸多少口，胸口依旧闷闷的。

接下来该怎么办?

没有胡桃指路，没有枫糖的帮助，我该怎么甩掉铜面人，然后回家?豆子成功回去了吗?雪花恢复了吗?村里人得救了吗?我又该如何面对胡桃的爸爸，告诉他发生的一切呢?

这么想着，情绪的闸门被彻底打开，地狱之中，传说之下，泪水汹涌地飘散，纽扣哭得肝肠寸断。

越是哭泣，纽扣的头就越疼；越是伤心，他就越没有气力。直到泪水流尽，一种介乎于愤怒和疯狂之间的东西，悄然爬上了他的眉心。

“还没有结束。”纽扣告诉自己，“铜面人，一定会来。”

纽扣擦去泪水，强迫自己冷静下来。来时的船已经被飓风摧残得破败不堪，本就古旧的船身斑斑点点，都是一路上被或大或小的硬物砸出的凹痕。纽扣略做思考，拖着沉重的身子，沿着船驶入的方向走去。

现在我需要地图，根据地图找一艘船，然后等着铜面人到来，把它引到外面去，让飓风替天行道，为胡桃和枫糖报仇！

纽扣一路走一路摸索，借着时不时出现的微光，在路过的每一扇门附近搜索，始终没看到地图。他觉得自己走了无穷远，通道和房间却依旧在不断出现。呼吸越来越浅，纽扣头疼欲裂，终于在变得模糊的视野里，看到了一丝白色的光。

纽扣一步三喘，追着光走进了一间房间。数十块发光的板子组成了一面墙，有的上面只是黑白雪花图案，有的则隔空映照出了暴躁的飓风，翻涌的雾气深处，有什么东西正在穿梭鱼跃。

那是一头大得超乎常理的金属鲸鱼，硕大的尾巴拖过，连飓风都被切成两半。与此同时，一声鹰唳刺破长空，卷云之上，一只如山峦般雄浑的巨鹰滑翔而来，很快便掠过了视野。

铜面人来了！纽扣几乎半跪在地上，拼了命地挪向一块巨大的操控盘。突然一声巨响，空间震动了一下，刺耳的警报响起，红光从四面八方射来，月亮开始大喊：“稳定器破损，即将失去水平控制！”

晃动一阵接着一阵，用不可理解的力量高悬在飓风中屹然不动的月亮，开始失控。

顺着飓风，整颗月亮先是明显地往一侧倾斜，随后快速移动起来。它冰冷的声音变得急促：“即将进入热气层昼夜半球间环流带，15 秒后抵达不可返回点，请做出操作！”

纽扣抓住操控盘，在一个绿色光点上一按，所有的光瞬间消失，漆黑中一声长鸣。

“嘟——”

光板们渐次亮起，刺眼的白涂上了房间的每个角落，最中间的板子上出现了一串字符——“REBOOT”。

“欢迎回来，拓荒者们。”月亮轻柔地说，“欢迎回到露娜舱。”

第七章

一些将被遗忘的事

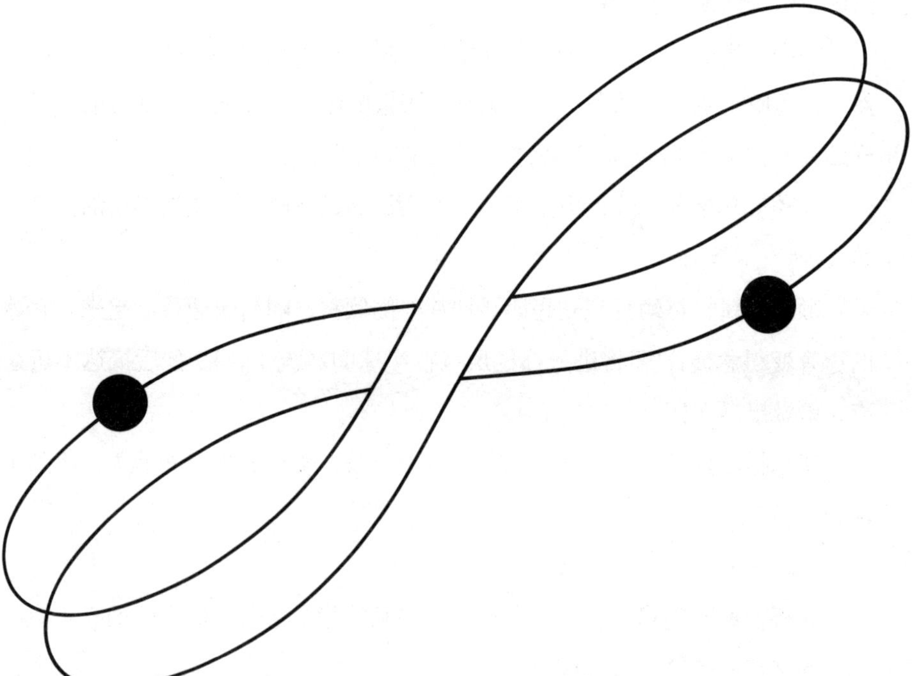

2017-03-06 20：40：44 晴 于 W 市刑警大队

这是陷阱。

这世上很难有如此巧合的事情：当我们走投无路的时候，恰好有一根橄榄枝从头顶抛落，不偏不倚地砸在身上——标注罪人信息的网站，有问题。

满足各项条件的潜在被害者，恰好有四人；我们想到通过网络筛查的时候，恰好有两人被害，剩余两人；恰好这两人正在 W 市两端，恰好我们也是两人行动，恰好必须兵分两路。

这是一个显而易见的陷阱。

对于凶手来说唯一的问题是，本应和他一起行动的人，不是鲁，就是栾。我，是计划之外的变量。

要好好利用这个变量，利用其中的信息不对等——就像将来的人类在矿场之中，也拥有着与矿场生物之间的信息不对等一样，这是一个巨大的优势。

现在有两个地址，两个潜在的受害人，也就是两个诱饵，对方会希望他咬住哪一个？我应该把哪一半纸交给他，才能保证自己优先得到信息？

条件不足，只能做一次百分之五十概率的赌博。

这不是长久之计，今后的一切，都要有详尽的规划，完美的步骤，绝对、绝对不能再有任何的赌博。每一步都要计算到极致——尤其是关于人的部分。

他果然拿了鲁的车钥匙。

从现在，就开始练习吧。

1. 神　迹

接到入选金星开采任务的消息时，郭杰正在马里兰州的一间实验室里，主导一个可能会改变今后数百年医学发展轨迹的项目。

随着人工智能的愈发强大，越来越多原本被认为只有人类能胜任的工种，逐渐成了 AI 的天下。医学，作为保障人类延续火种的重要科目，也多多少少受到了人工智能的“威胁”。被动地等待被淘汰，不如主动出击，迎合崭新的时代。郭杰主导的项目，就是研究人工智能代替医生为人治病疗伤的可能性。

当然，简单的医学判断，AI 早就可以做到。但人体是一个美丽而又复杂的高集成度系统，其奥秘连人类自己都还没有彻底参透，没有全面的信息，AI 暂时无法开拓医学疆土。长久以来，所谓的“AI 医生”本质不过是拥有大量检测设备、坐拥医学数据库的“搜索—反馈”系统而已，功能依旧贫瘠。

这个项目则希望在此基础上有所突破，探寻 AI 在医学领域“开疆拓土”的可能性。郭杰放弃了无数医学机构的盛情邀请，决心将自己的一生都投入在迎接新时代光明的旅途中。

其间，郭杰自然也被“戴森球”计划的国际工作团队邀请过多次，探讨在前期行星开采计划中采取 AI 医生随船诊疗的可行性。

“绝对不行。”无论戴森球工作团队如何“威逼利诱”，郭杰始终坚持自己的立场，“技术距离成熟应用还很远很远，不能拿拓荒者们的生命开玩笑，这是医学道德的底线。”

拓荒者——人们这样称呼那些即将远离地球，前往异星的勇者们。

随后，在第一艘行星开采飞船邦克号出发前的一个月内，接连发生了三件事，彻底改变了郭杰的人生轨迹。

第一件事，是原定将随着邦克号出发的随船医生，突然莫名失联了。

在这个时代，一个高精尖人才突然失踪是极为罕见且不可理解的事情。早就进入宇航员训练中心的那名太空医生，在某一个夜晚接听了一个讯道通信邀请，随后没有向任何团队成员说明缘由，擅自离开了训练中心。

“医生说他的一个病人有突发状况，必须要去一趟。根据约定守则，我们不得不放他走，他说自己几个小时就会回来。”训练中心的驻扎军官这样描述当晚发生的事情。

次日上午，本应继续接受升压训练的医生没有出现在训练器械边，人们才开始寻找这名在整个开采计划中被列为“边缘宇航员”的医生的踪迹。

结果，一无所获。

驻扎军官反复确认，医生离开时正在使用讯道通信，且全息监控也清晰地记录到了这一点，甚至捕捉到了医生讨论病情的声音。工作团队尝试追查这条线索，然而讯道服务商提供的数据却显示，医生的私密讯道当晚没有任何数据接入记录。

一个医学专家团队针对医生讨论病情的语音资料进行了“会诊”分析，结论是：医生所描述的那种症状，并不存在。

刑侦专家调查了医生离开训练中心之后的行程走向，全息监控只记录到医生在距离训练中心约五公里处的一条陆空两用公路边，坐上了一辆黑色自悬浮轿车，其间没有任何被胁迫的迹象。监控中所显示的轿车车牌号、车架号，均不存在于任何一个国家的行政记录中。轿车向南驶出了一百公里左右，随后在两个监控探头的连接处消失，可能是驶入了路边的田野，自此再无踪迹。

本应毫无盲点的监控网络，偏偏在这个特定的位置上，由于探头全息扫描速度及角度差而形成的、每六个月才会出现一次的大约两秒钟的刷新盲区，被这辆神秘的轿车完美利用。无论驾驶那辆车的人是谁，他都一定对整个监控网络极为熟稔。

拉网式的搜查没能找到半点痕迹，笼罩全美国土的监控网络之下，医生随着那辆轿车，人间蒸发。

发生的第二件事，与郭杰的爷爷有关。

这位学界泰斗年事已高，虽然以他的资历，完全可以让全世界最顶尖的私人医疗团队二十四小时跟踪维护。但看似平易近人、实际脾气执拗古怪的老人，却屡次拒绝整个国际社会的关注，始终坚持一个人住在他的宅子里。除了时不时更换人选的管家之外，没有人知道他到底在做什么。

这位老人，在他主导提出并逐步落地实施的“戴森球”计划第一阶段即将启程的时候，因病去世了。作为嫡孙，即便已数年未见，郭杰还是出于血脉亲情，参加了老人低调的葬礼。

第三件事，就发生在葬礼当天。

在老人所剩不多仍在世的挚友亲眷见证之下，郭杰从律师手中接过了老人的遗嘱，当场打开，宣读了老人将遗产全部捐赠给邦克基金的决定。掌声和泪水中，郭杰与参加葬礼的人们简单交谈了几句，表达了哀思，随后马上离开现场，去执行遗嘱中未被公开的第二部分内容。

“即便摆锤停止了摆动，指针在沙盘上画下的痕迹，也应当永远留在那里。”

老人留下的这句话，似乎是一个关于傅科摆的小小谜语，郭杰猜不出答案，但他知道自己无路可逃。

于是三天后，郭杰被“临时征召”来到了训练中心，正式成为金星开采计划的一员。

“这是……地球？”

成功穿越虫洞之后，埃普出现在了近地轨道附近，强大的地心引力轻而易举地捕捉了这个天外来客。然而诡异的是，理应热闹非凡的卫星轨道上，却见不到哪怕一个人造卫星或是空间站。

在邦克号远赴金星的这段时间内，地球发生了什么？

“埃普。”伴随着埃普模拟出的气动调节系统声响——为了让驾驶员可以更加直观地操控气动系统进行微调，以确保穿梭机准确降落在既定地点，这种设置算是老式穿梭机的标配——郭杰有些难以理解自己看到的景象，“为什么没有人造卫星？”

“因为时间不对，郭医生。”埃普答非所问。

“接通地面公共讯道。”郭杰发出指令，如果发生了什么事情的话，应该会有很多爆炸性新闻可供参考，“搜索关键词‘卫星轨道’。”

“抱歉，郭医生。”埃普却回答，“无法完成搜索。”

“现在不是开玩笑的时候。”郭杰对这个古董 AI 的忍耐已经快到极限了，“马上把结果传给我的贴片。”

“对不起，郭医生，是我的表述不够清晰。”埃普说，“无法接通讯道。”

“你在发什么疯？”眼看着地球越来越近，郭杰愈发不耐烦起来，“世界公共讯道是个公民就有权利接入，无法接通是什么意思？”

“因为时间不对，郭医生。”埃普似乎陷入了某种死循环，“因为时间不对。”

郭杰受不了了，准备自己动手调试讯道：“你给我运行自检程序，你的脑子出问……”

话说到一半，郭杰愣住了，揉揉眼睛再看，他确信自己没有看错。

“埃普。”郭杰尽力控制着狂躁的心跳，“操控盘上的时间显示有问题，同步一下系统时间。”

“没有问题，郭医生。”埃普冷冷地回答，“我告诉过您了，时间不对。”

“就是因为时间不对所以叫你同步啊！”郭杰用愤怒掩盖着心中的恐惧，“你的系统时间紊乱了听不懂吗？”

“我的时间是由所在坐标观测之星体距离、角度、光谱性状等信息来确定的，不会出错。”埃普说，“操控盘上的时间，就是现在我们所处的时间，郭医生。”

郭杰双眼瞪大，看着那个匪夷所思的时间。埃普不会出错，郭杰当然清楚这一点，但如果埃普没错，那么操控盘上……

“1897 年 5 月 4 日 13 时 56 分”这个时间又是怎么回事啊？！

“郭医生，预计距离降落到地面还有 14 分钟。”埃普提醒。

郭杰的脑子彻底乱了，世上不可能存在可以回溯时间的隧道，科幻电影里的构想根本不合逻辑。难道眼下我所面临的诡异情况，也在他的预测之中吗？

姿态微调还在继续，埃普开始接触外围大气，风声通过扬声装置传进了舱内。地表在视野之中越来越大，郭杰的心跳也越来越快，他生平第一次，隐约感受到了哮喘患者发病时的糟糕体验。

“11 分钟。”

等等。埃普的声音让郭杰心中一怔，他低头看向手边的操控盘，产生了一个念头。

逻辑是从什么时候开始崩坏的？直到我走进7号停机舱的时候，事情的发展都遵循着“可以预见”的基本逻辑：投放病毒的是我，试图逃离露娜舱的是我，拉哈尔也是眼睛之一，他强迫我登上这艘穿梭机，一定也是计划的一部分……拉哈尔？

“9分钟，郭医生，我建议您回到座位上。”

那个时候，一定有什么不对劲的事情发生了，并且与拉哈尔有关！郭杰努力拼凑着碎裂的线索，并未注意到自己的脸颊和脖子间，已经浮现出了一块红斑。

“7分钟，郭医生，您的体温出现不寻常的波动。”

在与刘可通过“耗子洞”通信的时候，出现了一阵强烈的信号干扰。当时郭杰认为是拉哈尔从中作梗。但仔细想想，这不对劲。

首先，那不是一个普通的耗子洞，而是“刘可凿出来的耗子洞”，以她对露娜舱的了解程度，不可能不考虑到高权限屏蔽的问题，没那么容易被发现。其次，就算拉哈尔通过某种办法发现了耗子洞的存在，他为什么不直接强制关闭讯道呢？发现一个耗子洞之后“进行一些信号干扰”，可不是这位执行长官的作风。

干扰讯道通信的，另有其人。

想要对讯道产生如此大的干扰，在当时那个极端条件下只有一种可能性：场域扰动。这意味着在刘可或者郭杰所处的场域中，有一方的通信被扰乱了。那么是刘可所在的“露娜舱”做了这件事，还是郭杰所在的……

“4分钟，郭医生。”埃普近乎冷酷地说，“您的体征指标有大量异常波动，需要我为您运行病毒库比对程序吗？”

“埃普。”郭杰看着正在飞速靠近的地面，“离开露娜舱的时候，是你在干扰我和刘可之间的讯道联络吗？”

埃普没有回答。

“为什么？”郭杰问。

“郭医生，”埃普回答，“还有3分30秒就将接触地表，测算降落区间在北美洲北部树线之北，请在30秒内选择降落点类型。可供选择的地形有冰原、湖泊……”

“回答我！”郭杰打断了埃普的话。

“这个问题的答案，无关紧要。”埃普冷冷地说。

“你是AI！”郭杰愤怒地拍向操控盘，“我是你的操控者，你必须听从我的命令！”

“距离接触点还有3分钟，您已经无法选择降落点类型，我为您选择了最佳防冲击落点。您将会降落在一片湖泊中，具体坐标为……”

“回答我的问题！”郭杰的暴怒，终于让埃普安静了下来。5秒钟后。

“即便摆锤停止了摆动，指针在沙盘上画下的痕迹，也应当永远留在那里。”

埃普用那冰冷至极的机器合成音，说出了让郭杰背脊发寒的话语。

“您和刘可小姐的联络，让您的心率、血压、体温等指征都发生了剧烈波动，这会影响您理智判断穿越虫洞之后所遭遇情况的能力，并干扰您做出‘正确’的选择。面对未知状况时，以上这些生理变化会使得‘计划’的执行遭遇阻力，带来不必要的麻烦。因此我干扰了您和刘可小姐的通信，或许这个行为让您现在感到愤怒、不解，但我所做的一切，都是为了确保您和我的安全，希望您能理解。”

透过前窗，已经可以看到云层和大地，以及点缀在正中央的那片湖泊。

“我是您的AI副手，您的指令，我会忠实执行。”埃普继续说，“但如果您的判断出现了逻辑问题，我也会根据航行协定，进行我权限范围内的自主更正。所有的‘行为’，都应当围绕作为目标的‘动机’来决定。如果仅仅因为摆锤停止了摆动，就抹去指针在沙盘上画下的痕迹，那么终有一日，人类将会彻底忘却当初建造傅科摆的初衷……距离接触点还有1分30秒。”

虽然声音完全不同，并且清楚地知道正在与自己对话的，不过是一个早就应该被淘汰的原始版本AI副手而已，但郭杰却突然有些恍惚，颤抖着声音开口：“爷爷？”

“对不起，郭医生，您的爷爷已经去世了，望您节哀。”埃普说。

“不，不，你就是爷爷。”郭杰支支吾吾地说，“你就是我的爷爷，你就是郭……”

“我是埃普西隆 2.4，您可以叫我埃普。”埃普回答，“我不是您的爷爷。”

“不对，你是，我听得出来！”本应宽广的埃普内舱，此时却显得幽闭而恐怖。

“我是程序。”埃普说，“一个可以拷贝、粘贴、传输到任何符合硬件要求的载具中的程序，不是您的爷爷。”

“别装了，你……”等一下，埃普西隆？

虽然如今看来已经非常落后了，但作为第一代可实际装载使用的 AI 副手，埃普西隆可以说是之后所有 AI 副手的“源头”。新型号副手层出不穷，基础框架都是按照埃普西隆的经典构架搭建起来的。

“30 秒。”

埃普西隆是什么时候被设计出来的？主导设计师，又是谁呢？

郭杰不动声色地调动贴片，想要搜索关于埃普西隆初始设计者的相关信息，但贴片却反馈公共网络不存在。

在记忆的最深处，小时候上过的某一堂“人工智能史”课上，全息课本的某一页记载过这个信息。抹去时光留在那画面上的厚重尘埃，年幼的郭杰想要努力看清那个名字，却只听到同学们的一阵惊呼。

抬起头来，全班同学都一脸羡慕地看着自己。讲台上，老师带头拍了拍手，骄傲地说：“让我们一起为郭杰同学，以及他荣耀的家族鼓掌！”掌声、欢呼声、喧闹声，伴随着脸上的滚烫，让郭杰低下了头，目光最终还是落在了那个名字上，刚看清第一个“郭”字，那第二个字便骤然崩裂开来。

“10 秒。”

教室黑了。

老师，同学，隔壁班趴在窗台就为了看自己两眼的陌生学生，正满面笑容地向 24 小时跟在郭杰身边的陪护、调研团队搭话的年级主任，突然之间，这间教室内外的所有人全都消失了。

幽幽暗夜之中，有人点燃了一支烛火。

烛光跳跃，飘忽不定，蜡水滴落在脚边，郭杰依旧低着头，看着那小小的蜡水凝结成了一朵惨白的花。往昔的幽魂就这样一路跟随，沿着郭杰的血脉流淌着，直到现在。

“你……”郭杰抬头，胸腔剧烈起伏，头疼欲裂，再次看向埃普的操控盘，总觉得能依稀看出一张面庞，“你毁了我的人生，我认。但为什么连刘可也……”

“3秒。”

“你毁了一切，你……”

“接触点。”

“哗——”

1897年5月4日，西五区时间14时11分28秒，埃普落入湖水后1分钟。

刚刚丧子不久的因纽特青年卡尼，与妻子一番争执之后负气出走，独自外出捕猎，在一片湖泊边，目睹了一场“神迹”：

还未完全化冰的湖水中，一只闪耀着金属光泽的巨大的狗，轰然冲出了水面。

2. 卡　尼

加拿大北部树线以北的因纽特聚集区中，青年卡尼低着头，愤愤地咒骂着妻子，然后前往那座人迹罕至的冰湖狩猎。突然，他听到了一些不同寻常的声响，似乎有一只巨大的海豹正在扑水。抬眼去看，不远处的冰湖上方，水雾飘散。

一小会儿后，卡尼来到湖边，比往日显得不平静一些的湖面上，突然隆起了一座水的山丘，逐渐变暖的阳光照射之下，亮银色的光芒从水幕中泛起，快速升上半空。水滴如大雨般倾盆而落，将卡尼身上的兽皮淋湿，尚未完全化开的部分冰层被冲击力砸碎，漫天飞舞，随着水滴一起打在卡尼宽厚的肩上。

内里维克！卡尼本能地抓紧手中的鱼叉，摆出了战斗姿态。在他的认知里，全世界所有的水最终都会融汇在一起，所有的水都是海的一部分。而能从海中冲出来的怪物，无疑就是海女。

卡尼并不害怕，因为他是一个非常顽固的人。既然要捕猎，何不将离开海水的内里维克当作今天的晚餐？

漫天水珠终于落尽，怪物现出了古怪的样子：亮银色的外皮，有头有尾，肚子胀胀的，圆且光滑，看起来就像一只没有脚的、巨大的狗。大狗飞在空中，发出奇妙声响，缓缓地飞向岸边。

就是现在！卡尼抓着鱼叉一跃而起，在湖边抓住狗的脑袋，手脚并用蹿上狗背，将鱼叉高高举起，狠命地向下刺去。

"当——"剧烈的震动随着鱼叉传递，卡尼险些脱手。狗背发出悠远的回响，又滑又凸，卡尼引以为傲的一击，居然没能在上面留下半点痕迹。

这狗可够硬的！

卡尼忍住虎口的酥麻，分开双腿骑坐在宽阔的狗背上，双手抓住鱼叉又刺了一遍。可鱼叉尖端刚刚接触到狗背就吃了滑，向左侧扭去。卡尼一下子没能抓牢，鱼叉就这样落进了水里。

就在卡尼准备下水捞回鱼叉的时候，湖面咕噜噜地翻涌着，浮出了不少气泡，随后冒出了一个男人的脑袋。

卡尼一愣，看了看湖水，又抬头看了看无云的天空。这个男人是一直住在水里，还是随着这只大狗一起，从天上掉下来的呢？

"你……"男人开口了，声音异常愤怒，正冲着卡尼的方向，"你毁了一切！"

他要杀我！卡尼的本能让身体越过大脑，第一时间做出了一个猎人在这种情况下最应该做的决定：把对方干掉。

再次起跳，鞋子在狗背上险些打滑，卡尼凌空翻身，顺利地落在岸边，正好迎上刚刚爬上岸的男人。男人还在说着些什么，卡尼听不懂，也不打算听懂，趁对方还没起身，他直接坐在了对方身上，伸出孔武有力的双手，死死掐住了男人的脖子。

"你……咳咳！"男人似乎没什么力气，完全无法逃脱卡尼的钳制，他拍打着卡尼的手臂，大狗在一旁漂浮着，无动于衷。

在某个瞬间，卡尼似乎觉得男人手上藏了把小刀，因为他的手臂感受到了一阵刺痛。这痛觉沿着手臂快速上升，一眨眼的工夫就传递到了脑袋，随后脑中一股热流涌过，便没了感觉。

接着，卡尼发现了一件事。

“松……松开……”他能听懂男人在说什么了。

这奇妙的变化，让卡尼手上的力气略微小了一些。郭杰，也终于趁机吸进了几口空气。

从对方的衣着，郭杰判断出了民族。翻译胶囊已经顺着他的血管进入大脑，此时他应该可以听得懂我的话了。但我要对一个因纽特人说些什么，才能让他彻底松手呢？

对了，故事集！念头一动，在刘可那里记录下来的因纽特故事，立马出现在眼前。

对方可能误以为我是某种怪物，或是来和他抢食的人，所以才会痛下杀手，讲道理肯定行不通。故事一页一页地翻，郭杰一目十行，用不可思议的速度浏览，试图找出能够解决问题的某个词语。

要让对方松手，只能恐吓，因纽特人最害怕什么，就吓唬他什么。

“潮汐”，在头几个故事里，反复提到了潮汐的概念，潮汐是因纽特人得以捕获食物的重要现象。

“你……你勒死我的话，就再也不会有潮汐！”郭杰尽力装出一副凶狠的样子。

但这句话不仅没能让眼前的因纽特人松手，反而将对方从突然能听懂外乡语言的懵懂中唤醒，手上的力量又回来了一些。

“海豹”！53 个故事中，起码七成的故事里提到了海豹，海豹是因纽特人最重要的食物来源。

“你勒死我的话，海豹就不会再繁殖！”郭杰大声喊着，双腿用力地蹬。

可因纽特人还是无动于衷，双手没有一丝放松。郭杰感受着鼻翼下呼吸的灼热，头部的疼痛不断加剧，凶猛的前期症状，加上极度缺氧，让眼前的世界开始慢慢变黑。那挥之不去的烛火，再一次在郭杰面前点燃。

还有什么？故事里到底还讲了些什么？靠着依稀残存的意识，郭杰看字不像字，连一个完整的句子都无法读清。周遭越来越黑，烛火却越来越亮，摇摇曳曳，闪耀着郭杰的眼，拍打因纽特人的手缓缓落下。

“总之，在这里，我们就是神。”

弥留之际，郭杰的灵魂仿佛回到了金星，回到了露娜舱，回到了那条似乎永远都走不到尽头的通道之中。

刘可的学生辫在眼前摇晃，双手背在身后，蹦蹦跳跳的，就像是假期结束去上学，终于要见到好朋友的姑娘。

“就像故事里说的一样，世界的开端没有光。”刘可的声音，还是那么甜，“在如此厚重的金星大气下，是我们，给他们带来了光明。”

姑娘的脚步轻盈，不多时来到了一处拐角，回头招呼郭杰快跟上来。但黑暗终究吞噬了一切，倩影消失无踪，连烛火也快要熄灭，眼皮重得根本抬不起来，伸出手去，只碰到了无尽的虚空。

没有光。

光……

光！

“嘶！”一口冷冽的空气，钻着紧咬的齿缝灌了进来，冰寒的触感让郭杰苏醒。贴片随心所动，故事集回到了第一个故事，那个关于世界开端的故事。

“你勒死我，就再也不会有黎明日出！”这句话一说出口，郭杰自己也是一惊。

刚才翻看故事集的时候，某一个叫《月男》的故事里，被顽固的男人抓住的月男在濒死之际说的话，似乎就是……

“你要说话算话。”周遭的一切再度明亮起来，因纽特猎人松了手，瞪着郭杰说，“我放了你，你不能收走黎明日出。”

郭杰一个翻滚从猎人身下扭开，一只手撑着有些湿漉漉的冰面，另一只手不住地抚着自己的脖子，大口大口地喘气。不远处，埃普静静地落在了地面上，一言不发。

不知过了多久。

“你从哪里来？”坐在一旁的因纽特人，好奇地打量着郭杰的衣服。

郭杰随手指了指天空：“上面。”随后颤颤巍巍起身，走到埃普身边，埃普顺从地从地面飘浮而起，悬停在离地半米的高度，开始运行自检程序。

“上面？”因纽特人饶有兴致地跟了过来，仰头看着天，“太阳？不烫吗？还是月亮？”

“算是吧。”郭杰脑中无数思绪虬结缠绕。他通过侧悬梯爬到了埃普上方，查看有没有结构性损坏。

“我可以去月亮上拜访你吗？”因纽特人的下一句话，让郭杰的动作一顿。

寒风轻轻地吹着，郭杰的额头上却滚下了一滴汗珠。从自己喊出那句话开始，他其实就已经明白了正在发生的事情意味着什么。心中没来由的恐惧，让他不愿，更不敢再一次翻看故事集。可他超群的记忆力，明白无误地告诉了他这个事实：

这已经不是“相似”或者“雷同”了，他和因纽特人刚刚所发生的对话，和故事里记载的一模一样。

他并不是在穿越历史，而是在……

“自检完毕，未发现软硬件不可逆损伤。”埃普突然开口，操控盘随着重启发出柔和的光，“您可以安心入座了，郭医生。”

对埃普的仇恨，此时也及不上脑中那嗡嗡的轰响，郭杰的目光从埃普舱内缓缓转出，掠过几尺冰原，落在了因纽特人的身上，本能地想要说出一些与故事里不同的话来：“你叫什么名字？”

“卡尼。”因纽特人回答，“我是这里最棒的猎人。”

故事里没有这个名字。

“你呢？”卡尼仰着头问，“你叫什么名字？”

“我……”郭杰一时失语，不敢轻易地回答这个问题。

“我能去月亮上找你吗？”卡尼似乎并不纠结于名字，又说了一遍自己的诉求。

“那么，”冥冥之中，郭杰终于听到了命运车轮隆隆滚动的声响，“你就帮我一个忙吧。”

直接说“抗生素”恐怕会让卡尼在理解上出现更大的问题，郭杰犹豫了一下，还是让贴片将简略的信息直接传递到了已经植入卡尼脑中的“翻译钉”上。

翻译钉这项伟大的发明，在面世之初就彻底改变了全人类交流的方式。但经过十余年的大面积流行之后，部分使用者出现了记忆碎片化丢失的症状。主流的解释认为，从翻译胶囊中溶解出来并植入脑中的翻译钉，短期使用没有问题，但会随着使用时间的延长而增加使用者脑部受损的概率。因此近些年，抵制甚至彻底销毁所有翻译胶囊的呼声愈发响亮。

郭杰并非有意让卡尼承受今后可能会丧失部分记忆碎片的风险，但两个原因，促使他在那一瞬间掏出了翻译胶囊。

第一，他想活下去。

第二，或许在脑中某个极为深邃的角落里，郭杰下意识地将对方当成了一个与自己并不平等的生命体。

然而现在，后悔已经来不及了。

“抗生素，我明白了。”信息传递到位，卡尼花了一点时间才彻底消化，随后重重点头，转身走向湖边，“我先捞出我的鱼叉，然后去给你找抗生素，最后到月亮上找你！”

郭杰想了想，虽然这个时代的远距离侦查手段不可能发现得了埃普。但就这么和埃普留在冰原上，万一还有其他因纽特人，或是贪得无厌的殖民者路过，亲眼看到了埃普的存在，以自己目前的身体状态，恐怕会有危险。

所以等待卡尼去完成任务的时候，他最好和埃普一起飞回空中去，起码要到平流层和中间层之间。这个时代，应该没有哪一种载具可以让人飞到那个高度。

但这又带来了一个新的问题：虫洞，到底是单向的，还是双向的呢？

如果真如拉哈尔所言，虫洞是外星文明用来快速接近地球的隧道的话，那么理论上，这个隧道应该也能让它们快速地离开地球。穿出虫洞的位置，明显在地球大气层之外，但谁又能保证，从下方回去的时候，反向入口会出现在哪里，又通往何处呢？如果让这个单纯的因纽特人飞上天找我，万一误入了虫洞……

“来找我的时候，如果你看到一块……一块大石头拦住了去路，就要小心地从后面绕过去，不要走向阳的那一面，否则……”郭杰不知道，到底是自己的大脑正在运作，想出了这个可以让卡尼大致理解危险在何处的比喻，还是刚才一眼看过的因纽特故事本身正在“告诉”他应该怎么说，“你的心脏会被撕扯出你的身体。”

“好的。”卡尼点点头，“我也会把我的狗丢上天的。”

“不。”郭杰有些无语，低头在舱内看了一圈，让埃普递出一件自平衡短途升降喷射背包，用贴片输入了埃普的识别代号，随后丢给卡尼，“背着这……这只火鸟来找我。”

“我会的。”卡尼弯下腰，小心翼翼地将背包放在湖边，向郭杰挥挥手，一个猛子扎进了寒冷刺骨的湖水之中，去找他的鱼叉了。

郭杰又在埃普顶上站了一会儿，一阵眩晕袭来，腿脚一软，险些跌回舱内。

“郭医生，我建议您接受身体检查。”好不容易回到座位边坐下，埃普又开始了它的絮絮叨叨，“您的体征指标非常不稳定。”

“我是医生，我很清楚自己的身体状况，你给我闭嘴。”郭杰扶着额，没好气地说，“帮我做两件事。”

“任您差遣。”

“调出刚才穿越虫洞时记录下来的所有信息，想办法构建演算模型。速度、角度、我们的质量、温度、构成比例等都要考虑进去。我要知道我们为什么会到地球的这个位置，又为什么是这个时间。”

“这是第一件事，我记下了。”埃普回答，“不过我要提醒您，一次穿越的数据无法进行对比判断，可能存在一定的随机性，结果会非常不准确。”

“起码我要心里有数。”郭杰懒得多说，额头上的青筋突突地疼，“你先算着，有多少种可能性你先初筛，把概率较大的结果提交给我。”

“尽我所能。”埃普回答，“请问第二件事是？”

“根据《载具制造溯源协定》，任何载具内都要储存所有参与设计、制造者的详细信息。第二件事，就是把你的设计团队牵头人的信息给我找出来。”郭杰强撑着眼皮，双眼之中蹿着一股火，“立刻。”

“明白。”埃普说，“请问您是需要他的资质信息、荣誉信息还是个人生平？”

“全部。”郭杰目光如炬。

海量的资料很快就被传递到了郭杰眼前，首先映入眼帘的，就是那张举世闻名的全息照片：一场科学盛会刚刚结束，那个年岁并不大的华裔男子站在集体照的正中央，目光好似一片暗潮涌动的冰湖，寒冷而又坚硬；一群足以登上教科书的伟大学者们顶着花白的头发，如众星拱月般将他簇拥在当中，眼中都闪着希望的火。

毫无疑问，他已经化身埃普，直到死去，还要继续监视、强行扭曲我的人生，以及无数人的生命，甚至是整个人类文明的前路。

什么都要纠正，什么都要插手，什么都要干预，全世界所有的事情，都要按照他的想法去做。平日里装出一副彬彬有礼的样子，内心深处却一直在用这层伪装暴虐地推行自己的意图。满嘴仁义道德，总是一副“要让当事人自己去选择”的模样，实际却惺惺作态，布下思维的天罗地网，强迫他人走上自己认为“正确”的道路。

这就是他，埃普就是他！

那些不够聪明的人们，还对他感恩戴德，将他奉为大师、圣人，以为是他为他们擦亮了眼睛，拨开了迷雾，指明了方向。其实全都被他给愚弄了，被他伪装出来的假象操控，被他心底里藏着的恶魔诛杀，至死都不知道，自己不过是他手中的一枚棋子。

他就是一个活在人世间的恶魔！

“嗤——”埃普启动了引擎，平稳地飞上天空。郭杰，也终于找到了他想要找的那样东西。

“郭阳，1995 年 12 月 24 日出生于 Z 省 W 市。”

一个人的弱点，就藏在他的过去里。他那并不光彩的过去之中，一定隐藏着更多、更邪恶的秘密。而我……

“一定要把它们全都挖出来！”

3. 塞斯纳 414

2017 年，3 月。

经过短暂的归国之旅后，郭阳坐上了飞往美国的班机，回到大洋彼岸，继续他的科研征程。

在与其关系紧密的邦克基金的帮助下，郭阳很快便以21周岁的年纪，破格参与了当时全世界最受人瞩目的航天工程——帕克探测仪项目。靠着骇人的天赋，以及不要命的科研精神，郭阳只用了短短一个月就在项目组内站稳脚跟，并在半年之后闯出了名头。

2017年底，凭借着几次看似异想天开、实则影响深远的设计提案，郭阳几乎只手加快了帕克项目的推进速度。越来越多的人信服他，不再因为他的年纪而轻视他，逐渐组建起属于自己团队的郭阳，如火箭一般在北美科研领域蹿升，一时间风光无两。

至此，郭阳的人生可以说是一帆风顺，低调的做派让他显得格外神秘。在这个“实力等于话语权”的时代，他的一举一动、一言一行都敲动着整个科学界的脉搏。彬彬有礼的态度，谦逊而不谦卑的性格，使他成了一名值得推广的“优质偶像”。足以压垮大部分年轻人的压力，却没有压弯他的脊梁，他依旧每日忙碌在案前，一次又一次地攻克难题，让世人投来惊叹的目光。似乎在他面前，人类的科学发展将会永远一片坦途，再也没有任何艰难险阻。

他，仿佛就是为了胜利而生。

一年后，发生了一件事。在外人看来，这不过是上天要给这个过于聪慧的男人增加一些考验，劳其筋骨饿其体肤罢了，以他那强大无比的心智，一定能渡过难关。但郭杰知道，这次挫折，极大地扭曲了郭阳的人生观，成了他日后人生悲歌的起点。

而那件事，据说和郭阳在国内最好的朋友——一名老刑警有关。

“已抵达既定高度。”埃普的声音打断了郭杰的阅读，“郭医生，虽然您很不高兴，但我还是建议您关注一下您的身体状……”

“闭嘴！”郭杰咬着牙瞪了一眼操控盘，目光就像是在看杀父仇人。

2017年的初夏，刚刚在帕克探测仪项目组崭露头角的郭阳，遇见了一个人。一个在如今的历史记载中，已经模糊了形象的华裔女人。

饱满待放的鲜花，自会招蜂引蝶，虽然郭阳的年纪还不大，但逐渐地，开始有一些科学领域的同龄女性，甚至是所谓的名媛试图接近他，想要汲取这朵必将怒放的仙葩之蜜。而郭阳，似乎对这一切毫无兴趣。

后来人们才知道，此时的郭阳，已经认识了那个比他大上 7 岁的女人。

两人是在什么场合、如何认识的，众说纷纭。也有一些与郭阳较为亲近的人说，他们本就认识，只是因为某些原因短暂分离。可以确定的是，这个女人的经历并不单纯，比起感情上白纸一张的郭阳，她显然曾走过不少风雨，与郭阳相遇相知的时候，已经有了孩子。

而最奇妙的是，这女人恰好是郭阳在国内最好的朋友——那位忘年交老刑警的女儿。当年 7 月，郭阳不顾外界的流言蜚语，毅然决然地与女人成婚，并很快就孕育出了属于他们二人的新生命。

2018 年 6 月，他们的孩子呱呱坠地。

彼时，帕克探测仪已经进入了最后的测试阶段，郭阳诸事缠身，住在肯尼迪航天中心，除了孩子出生那一晚在医院陪护，根本没有时间外出。所以他在得知女人的父亲——已经退休的老刑警准备飞来美国探亲、看看外孙的时候，便联系了自己的母亲前去陪同。

老刑警在美国待了一个多月，与郭阳的母亲一起照顾刚刚产子的女儿。7 月底，母子的情况都稳定了一些，两位喜上眉梢的老人动了心思，决定在北美好好玩一圈，放松放松。

郭阳自然支持二老的决定，他的妻子也孝顺地表示愿意陪同，省得每天都在想念郭阳——因为一些过往的原因，她的母乳严重不足，孩子也有专业团队照顾，这位母亲在不在孩子身边，倒是关系不大。

于是 8 月初，两代三人一同出发，准备享受难得的欢乐之旅。

郭阳本想让邦克基金帮忙准备飞机和车辆，以便随时掌握家人们的动向。但他的妻子却表示，眼下最重要的事情是保证帕克探测仪顺利升空，让郭阳不要多虑，一切她自会安排。郭阳听从了妻子的建议，不再插手三人的旅行，一心扑在了工作上。

时间之轮继续转动，2018 年 8 月 5 日，一则新闻出现在了媒体上，经过一天的核实、发酵，很快便成了全美，乃至全球的热点：

当天，一架 1973 年出厂的塞斯纳 414 型私人飞机从加州康科德附近起飞，计划飞往南加州圣安娜市。中午 12 时 30 分左右，飞机左翼冒出黑烟，在距离目的地机场仅一英里[①]的一家超市附近坠落。

“事故发生的时候，正好有一队消防员在街对面吃午餐。”当地消防局局长史蒂文接受采访时说，“他们发现飞机坠落后立刻跳上消防车赶过来，但是很可惜……”

坠落的飞机砸中了一辆轿车，所幸车主正在超市内购物，地面无人受伤。

现场满是飞机掉落的金属碎片，一片狼藉。美国联邦民航局表示，飞机坠毁前，两名驾驶员曾报告飞机出现紧急情况，但具体原因并未说明。包括两名驾驶员在内，机上总共五人，全部遇难[②]。

郭阳的妻子、母亲，还有那名刚要开始享受人生的老刑警，再也看不到肃穆的圣若瑟教堂，不能逛一逛热闹的圣安娜老街，更无法近距离欣赏正在鲍尔美术馆展出的、郭阳的妻子心心念念的因纽特画作了。

得知消息的郭阳当时是什么状态，没有人知道。

他的团队成员回忆，这位年轻的天才只是点了点头，低头看了看脚下的地面，随后便一言不发地关上房门，将自己锁在里面，整整两天没有出来。

他再次走出房门的时候，手上拿着一个 U 盘，如往常一样平静地继续工作。U 盘里装的东西，是一份关于项目路线修正的报告，如果没有这份报告，探测仪将会在第三次掠过金星时，因为相对质心点位置的微幅波动而出现轨道偏离，坠入维纳斯炽烈的怀抱。

坠机事故发生七天后，8 月 12 日，帕克探测仪顺利升空，奔向那璀璨夺目的太阳。

庆祝晚宴上，郭阳代表仍在一线奋战的科研人员致辞，感谢社会各界对帕克项目的关注和支持，并表示这只是“伴星而生”计划的第一步，今后，会有更多、更强的探测仪升入高空，飞往宇宙，将太阳系的秘密，一一展露在世人眼前。

---

① 1 英里约等于 1.6 公里。

② 此处的原型是 2018 年 8 月 5 日发生在圣安娜市一超市的坠机事件。

蜂拥而至的媒体在现场等候着，待致辞结束，立刻争先恐后地提问，问题无一例外，全都与那起飞机事故有关。

“抱歉，这是帕克探测仪成功升空的庆功宴。”对着话筒，郭阳平静地说，“任何与项目无关的问题，恕不回答。”

说完这句话，郭阳转身走下舞台，在安保们的陪同下，从后门离开了宴会厅，再也没有回来。

这则新闻在全球维持了大约一周的热度，无数媒体开辟专栏、邀请嘉宾、拉通特别直播，对这名华裔科学天才所遭遇的一切评头论足。这一周时间内，郭阳始终没有离开肯尼迪航天中心一步，实际上，在宴会演讲结束之后，他在航天中心整整待了两个月。

等到他终于愿意休息，离开航天中心的时候，新闻热点早已经发生了变化。而促使他离开航天中心的原因，共有两个：

一是帕克探测仪在第一次接近金星轨道的时候，发现了一样不得了的东西；

二是邦克基金的创始人、神秘的因纽特富豪，传出了病危的消息。

郭阳和基金创始人在一起待了多久、说了些什么、做了些什么，无人知晓。唯一可以确定的是，当那名富豪被确认离世的时候，郭阳，就在床边。

富豪一生节俭，所居住的豪宅院落，据说是某一任美国总统赠送给他的，除了一名管家常伴身旁，他没有用人，没有极尽奢华的生活，大部分财产都交由专人处理，用于基金会的日常运作，自己身边连一个钢镚都找不出来。

遗嘱上，无儿无女，也没有伴侣的富豪，将他名下仅有的财产——豪宅，以及他养的美短猫，全都留给了郭阳。至于他收藏的那些牙刷，则被捐赠给了位于巴尔的摩马里兰大学的全美牙科博物馆。

自此，郭阳从原本的公寓里搬出，住进了富豪的老房子，过上了深居简出的生活，除了必要的科研活动之外极少出门，偶尔去一趟肯尼迪航天中心跟进进度，大部分时间都和他的儿子以及前妻之前生下的女儿三人生活在一起。富豪的老管家也继续留在老宅，照料三人的生活起居。

之后的六年多时间里，郭阳继续参与帕克项目。探测仪先后七次掠过金星，对外宣称是利用引力弹弓加速，以求得到更接近太阳的飞行轨道，实际上则是为了反复接近、观察落在金星轨道上的那只索伦之眼。

帕克项目的重心，已经彻底改变了。

远程通信技术的日益发达，给了郭阳坐在家中也能全程参与项目推进的机会。他进一步减少了外出次数，整日坐在自己的书房里埋头工作。外界普遍认为，就是在这个时期，这名不世出的天才开始认真考虑，并设计了宏伟的戴森球计划。

“郭医生。”是埃普。

郭杰从混沌中醒来，头疼欲裂，眼前的资料看到哪一页都记不清了，脑子就像一团糨糊，不知何时已经躺倒在了舱内地面上。他挣扎起身，双腿打着架，艰难地回到椅子边坐下：“叫我干吗？几点了？”

“您昏迷了 7 小时 41 分钟。”埃普说，“唤醒您是因为，我已经将模型构建好了。”

“传到操控盘上，对接贴片。”郭杰强打精神，口鼻呼出的空气灼热滚烫，“筛选出几个？”

“以现今掌握的科学规律为原则，单次穿越所取得的数据为依据，相对实现概率在百万分之六以上的稳固模型共有 98147 种。其余模型大部分没有恒定机制，小部分实现概率不符合‘概率较大’的筛选条件，故暂且隐去，您随时可以要求调用。”埃普说，“需要执行可视化比对程序吗？”

“不用了。”大海捞针，郭杰喘着粗气，意识到自己正在做一次注定徒劳的尝试。埃普说得对，只有一次穿越，是不可能构建出具备参考性的任何模型的。哪怕不考虑原理，只探究“时间的变化与哪种因素有关”，也起码需要两次穿越，才有可能理出一丝头绪。

郭杰抬头看向舱顶，埃普贴心地将顶棚透明化，让郭杰可以看到那无尽的苍天之路。返回到离开虫洞的坐标之外，会不会还能看到出口？要是再次从那个出口穿越过去，又会发生什么呢？

等卡尼拿到抗生素之后，就去试试看吧。

郭杰刚觉得有些口渴，内机械臂就递来了一杯水。郭杰接过水杯，对埃普和郭阳极致的“相似”产生了强烈的厌恶和恐惧。总是知道你在做什么，总能猜到你在想什么，你的话还未说出口，他就已经先你一步，以更加精准的语言准确无误地表达了你想要表达的意思。这种感觉让人胆寒，又让人作呕。

不行，要先拿到抗生素。郭杰拍了拍脑袋，试图让自己清醒过来。露娜舱还在等我，刘可还在等我……等等！

郭杰突然想起了一件很严重的事情：抗生素，是哪一年被发现的？

作为医学工作者，郭杰非常清楚地知道答案：人类使用的第一种抗生素——青霉素，是1928年被发现的。

且不论一个从未接触过现代社会的因纽特人，要如何从冰原出发去往城市这个难题，就算卡尼真的去了，也不可能找到抗生素。

因为这个时代，根本就没有抗生素！

“卡尼！”郭杰快步走到舱边，透过瞬间变得透明的舱壁往下看去，只看到了一片死寂的夜。

卡尼该不会死在那片冰原上吧？！

“郭医生。”埃普的声音从四面八方传来，“是否需要继续升空，再次尝试穿越虫洞呢？”

这个恶魔！愤怒回头，郭杰眼中喷着火：“你早就知道了对不对？在我跟卡尼说要找抗生素的时候，你就知道这个时代没有抗生素对不对？你明明知道，却又什么都不说，现在看我反应过来了，又来假惺惺地揣摩我的心思，装出一副先知的样子来给我建议对不对！”

“郭医生。”埃普平淡地说，“您的脸部和脖颈都出现了创面，我建议您尽快处理。”

“去死吧！”郭杰随手抄起一样东西，刚想冲着操控盘用力地砸下去，临到手边却是一顿。

“中国笛，郭医生。”埃普说，“音乐有助于舒缓情绪，刘可小姐为您唱的歌，我已经录下来了，现在就为您播……”

“不许你提她的名字。”郭杰咬着牙，将笛子小心地收起，几步踉跄，一屁股坐在椅子上，就再也站不起来了。

天花真的是太凶猛了，郭杰很清楚，细菌感染已经发生，以目前的病程进展，三到五天内，身体机能的承受力就会到达极限，在那之前必须拿到抗生素。所以是继续等待注定会失败的卡尼来找自己，还是直接离开？

喘着粗气，郭杰低下头去，双手尽全力撑在操控盘边缘，努力不让自己倒下。纽扣吊坠来回地晃，看得他焦躁难安。

不只是郭杰，他的父亲，以及郭阳，都随身带着一枚一模一样的纽扣吊坠。对这枚吊坠，郭杰并没有多少憎恨，他知道吊坠本身并没有错。恰恰相反，这枚吊坠还是郭家的护身符。

郭杰从未见过邦克基金的创始人，他出生时那位老人早已去世了。但他听郭阳说过，老人也总是挂着一枚纽扣吊坠，甚至连邦克基金的标志，也是纽扣的变体图案。

“这是恩情。”郭阳对他说过，“我们的血脉无论能传承到什么时候，都必须记住这份恩情，一看到这枚纽扣我们就要想起，当年，是戴着同样纽扣的人，改变了世界。”

除了吊坠之外，郭阳还病态地要求家族中的所有人——其实也就是郭杰和他的父亲——都必须在每一件正装上缝上一枚同样的纽扣。直到现在，郭杰留在露娜舱的那件外套领口上还缝着纽扣。

或许郭阳真的十恶不赦，他的命运之所以崎岖坎坷，完全是因为早来的报应。但纽扣是无罪的，纽扣所代表的基金会，以及那名因纽特老人，是真正纯洁无瑕的。

“郭医生，考虑到时间，我建议您不必等待卡尼。”

“不能走。”郭杰坚定地摇头，“我不能对因纽特人言而无信！”

说了要等，那就一定得等。决定要做，那就至死方休。

郭杰如是，郭阳，亦如是。

金星虫洞的发现，在某种程度上动摇了郭阳的世界观。遭遇不幸，又见到了这样一个超脱于理解范围的怪物，郭阳的心，愈发地急迫起来。

在两个孩子健康成长的同时，郭阳的科研生涯也迎来了新的阶段：主导着帕克探测仪烦琐的双重探索工作。天知道他是从哪里挤出的时间。在2025年6月，帕克探测仪坠入太阳的时候，他向学界以及政界公布了自己的两项成果。

第一项成果，是一系列光能采集技术专利。说是光能采集，主要还是为了在向大众宣传的时候易于理解。这些专利中所涉及的技术涵盖了光子运动、辐射、波动、热能等方面，与早已民用的所谓“太阳能”有着本质区别。简单地说，这项技术如果得以落地，人类对太阳能的采集和利用程度将会产生飞跃式进展，基本能够做到当时科技极限下对太阳能的“一网打尽”。

这项技术被郭阳命名为“灯塔”。消息一经传播，立刻引起了高度社会反响。一块使用了这种采集技术的太阳能采集板，只需要很小的面积就能消化一户人家包括交通在内的全部能耗，无限清洁能源的民用时代，近在眼前。

然而就是这样一个可以称得上是划时代的成果，比起他公布的第二项成果，也显得光芒暗淡。

“我只是站在前人修建好的灯塔上，恰好眺望到了某个远方而已。”古旧的录像资料中，郭阳谦逊地说，“跨越时代的思维鸿沟，着手修建灯塔的人才是真正的天才。而我，只是一个还算勤勉的学生罢了。”

这位“还算勤勉的学生”，将弗里曼·戴森提出的思维实验，化为了一份如辞海般厚重的可行性报告，犹如一记重锤，砸在了人类文明最脆弱的部位。

关键是，在可预见的未来之中，这份报告里提到的构想，完全有可能被成功实施。

报告公布之后，在国际社会、各国政坛、全球经济等领域引发的轩然大波暂且不提。此事过后，郭阳正式成了新时代科学界的“全民偶像”，甚至被不少擅长夸张的媒体称为“当代科研第一人”。

然而福兮祸所伏，“第一人”的宝座还未坐热，新的灾祸又降临在了郭阳头顶。只不过这一次，让他大祸临头的不是意外，而是他自己。

事件的具体细节警方至今都没有披露，所以这部分记录，在埃普提供的资料上只是寥寥几笔带过。郭杰虽不是亲历者，却从父亲那里得知了一些信息，并在后来与郭阳短暂的相处中，亲身体会到了一些东西。

“他总在说什么‘阴谋’，说当年的事故‘不是事故’，而是‘恐惧的谋杀’。他的脾气越来越古怪，慢慢地不再和我还有你姑姑说话。每次回到家一关上门，他标志性的微笑就消失了。但也不是愤怒或者生气的那种状态，只是睁着眼睛，面无表情地去书房，那个感觉就好像……”父亲第一次带着郭杰逃离老宅的时候，曾经这样描述那段往事，“好像是个机器人，没有感情只有思维的机器人。我和你姑姑都很怕他，因为有时候，很偶尔很偶尔的时候，他会突然发狂，说我们‘有罪’，说全世界所有人都‘有罪’。那时候爸爸很想长大以后当戴森球计划的宇航员，做梦都想要成为带着人类冲向星海的英雄。可是……唉，跟你说这个干吗。现在都没事了，放心，爸爸在呢。”

当时郭杰年纪还小，并不懂得父亲口中说的那副模样有多骇人，甚至还隐隐觉得有点酷。

和父亲一起住在老宅的那段时间，郭杰几乎没见过爷爷几面，只知道爷爷一直都在书房里，饭菜都由管家直接送去，几天几夜不回卧室睡觉也是常有的事儿。父亲的描述确实没错，爷爷是一个不苟言笑的人，脸上永远没有表情，不喜不怒，好似一尊会行走的雕像，大部分时候沉默寡言，见到父亲或是自己也几乎从不打招呼。

更早一些的幼年时期，郭杰从未见过爷爷，一直都和丧偶的父亲住在一起。父亲从不提起爷爷这个人，郭杰当然也不知道，自己就是那名印在教科书上的科学家的孙子。

在郭杰七岁的一天，临近放学的时候，他看到教室后窗外，老师正在和几个男人交谈——早慧的他此时已经读四年级了——随后下课铃响起，郭杰还未整理好书包，就被老师叫去了办公室。

平日里相当严肃的老师，那天却兴奋得不得了，一个劲地当着那几个男人的面夸郭杰聪明、懂事、听话有礼貌。男人们对这些事情并不感兴趣，在老师滔滔不绝了大约十分钟后，打断了老师的话，表示要带郭杰去见他的爷爷。

就这样，郭杰第一次来到了那座老宅。蹊跷的是，“想见孙子”的爷爷却压根没有出面迎接，一步都未曾踏出书房，任由管家安排郭杰的食宿，并锁上了老宅的院门。

不久，父亲就找上门了，确认郭杰依旧安全后，激动地跑向书房，用力敲着房门，大声地喊着些什么。爷爷还是没有出面，为父亲开启的院门也再一次上了锁。父亲的私人讯道不知什么原因无法使用，父子二人被迫暂时留在了老宅，过了一段被禁足的日子。

再往后，父亲数次带着郭杰逃走，又数次被那几个出现在学校的男人找到，回到老宅。第五次回去的时候，郭杰被面容慈祥的管家留在一楼大厅，父亲则被那几个男人押去了书房。

“孩子，不要怕！”走上楼梯的时候，父亲回过头，大声地对郭杰说，“爸爸会来接你的，等爸爸几天，爸爸一定会来接你的！”随后消失在楼梯尽头。

那几个男人很快就离开了，父亲却留在了书房。

第二天，父亲还是没出来。

第三天，第四天，第五天……

第七天的晚餐时间，郭杰独自坐在华丽的餐桌边，眼前的美食激不起半点食欲，他回头看向慈祥的管家，问：“管家爷爷，爸爸还在书房吗？”

管家愣了愣，脸上闪过一道阴影，嘴巴开了又合，喃喃道：“小少爷，您的爸爸他……”

“走了。”一个熟悉又陌生的声音，从餐厅入口的方向响起。

转过头，郭杰看到一个身形消瘦的老人，正从黑暗中缓步走出。当他的脸被桌上摇曳的烛光照亮时，郭杰发誓，自己真的看到了一丝金属的光泽。

“你爸爸他已经走了，没来得及和你道别。”来到桌边坐下，老人面无表情地说，“先向安奎特祷告，然后吃饭吧。”

从此，郭杰再也没有见过爸爸。

2025 年 11 月，深秋，著名科学家郭阳的一位多年未见的老友，前往他所住的老宅拜访。面带微笑的郭阳亲自开门，迎接了这位朋友。

进屋之后，友人在郭阳的向导下参观了房子，在书房一角发现了不寻常的东西。

“血迹。”事后接受采访时，当事人这样说，“我看到书房靠近座椅边的地板上有新鲜的血迹，觉得不太对劲，但又不好意思问。等到吃饭的时候，我借口要回客房拿一件礼物，和他约定半小时后在书房碰头。”

离开餐厅后，这位勇敢的朋友争分夺秒，听从直觉的指引，一间间房间地寻找，最后在儿童房里，找到了一大一小两个浑身是血、缩在角落瑟瑟发抖的孩子。

这位朋友当场报了警，911 接线员在听完他有些错乱的讲述之后，一度以为这是一个恶作剧——举世闻名的科学家，怎么可能虐童，而且还是虐待自己的孩子呢？半小时后，姗姗来迟的警察被慈祥的管家引进屋，按照报警信息找到儿童房，一看到两个孩子，便立刻启动了逮捕程序。

科学家郭阳在自己的书房被逮捕的时候，正在一本笔记本上写着什么。看到警察粗鲁地闯入，他并未做出任何反抗，顺从地被压在地上，铐上了手铐，仿佛已经不是第一次被这样对待似的。

坊间一直有传言，据说郭阳当时并不是在写什么科研构想，而是在整整一本笔记本的每一页上，密密麻麻地写满了同一个字：

死。

4. 摆　动

“咳、咳咳咳！”

从在冰原上见到卡尼算起，已经过去了三个地球日，郭杰的病程如洪水般迅猛，不断侵蚀着他的身体。埃普舱内配备有简单的诊疗设备，郭杰也不是没有为自己治疗，但只要沾染上了天花这个魔鬼，治或不治，不是决定性因素。

卡尼依旧没有出现。

“郭医生，您要的水。”机械臂递来一杯清水，郭杰颤抖着手接过，像在沙漠徒步了十天的旅人，仰起脖子拼命喝下。没喝几口，一声咳嗽打断了食管的运作，低头呕吐的时候，看着咳出的粉红泡沫痰，郭杰真的很想一死了之。

“卡尼……”轻声唤着因纽特猎人的名字，郭杰心中是满满的愧疚。

“郭医生，有一些东西您可能会感兴趣。”该死的埃普开口，郭杰心中的火气往上蹿着，又迅速被对方说出的话给熄灭了，“三天前您让我构建虫洞可能存在形式的大概率模型，这三天时间里，我观察到了两件事：第一，虫洞是双向的，我让微型探测仪飞到之前我们穿越时的坐标，已经观测到了从地面上升时会经过的虫洞入口——当然继续靠近就会被‘弹回’到安全距离之外，图像现在就传到操控盘上。”

操控盘中央，各项数据信息有条不紊地分开，空出了一片区域，探测仪传回的画面被播放出来，背景幅宽超过 180 度，其中并没有地球的踪迹，因此可以确定是在“背靠地球”的情况下拍摄的。

调整过曝光的画面正中，果然有一个漆黑的洞口，匪夷所思地固定在宇宙之中，四周的星光背景有明显的凹镜状扭曲。

“第二件事是这样的。”埃普一如既往地贴心，给出了足够的时间，让郭杰可以仔细观察画面中的一切，随后再次开口，“虽然您并未要求，但我利用空闲的算力归纳了一下上次计算出的大概率模型，其中 71.334% 的模型拥有一个共性：非线性传递。”

“什么意思？”郭杰不解，他毕竟是个医生，不是科学家，“某种函数特征吗？”

“不是数学意义上的，是空间意义上的。”埃普解释道，“我马上生成一段画面，可以帮助您理解。”

操控盘上，幽深的虫洞消失，取而代之的是一段类似数学课上模型推演一样的动画：一条空间通道横向浮空，右侧末端向外弯曲打开，形成了一个漏斗型入口。

“假设这条通道就是虫洞，漏斗型入口就是您在金星附近穿越时所进入的洞口。”埃普说，“按照线性理解，通道另一端出口的样式应当会与入口相同，也就是说从任意一头进入，就会从另一头出来，双向皆如是。”

郭杰皱起了眉头：“不是这样吗？”

“很遗憾，不是。”随着埃普的声音，画面继续变化，通道另一头开始卷曲，形成了一个类似旋转门一样的雪花图案，缓缓地逆时针转动。紧贴着“旋转门”，通道内还出现了一道阀门，恰好压在旋转门靠内一头，将通道堵死。

“这仅仅是一个可视化比喻，便于理解，希望您能了解这一点。”埃普说，“出口方向，虫洞形成了一个旋转门式的通过机制，向内的一侧存在着一扇‘单向门’，只能由内向外开。这扇单向门成了筛选机，当您从另一头正向穿越过来时，可以顺利地通过单向门，进入旋转门，最后离开虫洞。但如果您试图反向穿越……”

画面中出现了一个光点，从旋转门一侧进入，跟着门页转动来到了单向门边，却因为单向门无法反向开启，而不得不继续随着旋转门转圈，最后再次从自己进来的地方飞了出去。

“您就会回到原地。”埃普说。

“这……”郭杰思索了一下，“这是‘鬼打墙’？”

“非常新颖的理解角度，郭医生。”埃普“赞赏”道，“没错，这就是空间上的‘鬼打墙’。这就意味着我们无法从这一头飞进虫洞，从而回到金星。如果真如拉哈尔长官所言，这个虫洞是某个文明用来快速接近地球的通道的话，这种设计完美规避了人类反向穿越虫洞、快速靠近该文明‘驻扎地’的可能性。非常简单却又聪明的设计，也很实用。”

“但这只是七成模型的共性。”郭杰说。

“数据匮乏严重，且存在巨大的技术鸿沟，无法百分之百重构。”埃普回答。

“我们没有其他选择了。”郭杰咬着牙，心中涌出的不知是勇气，还是被逼到绝境的无奈，“准备再次穿越。”

“在决定穿越之前，郭医生，我想您应该先看一看这个。”操控盘上的图像消失，另一幅画面被播放出来。

地球的上空，黑夜笼罩，凌厉的破风声响起，一点火光在黑暗中闪烁，随着风不断游移。埃普调高了曝光，郭杰的双眼也略微适应了那片漆黑，隐约看到火光背后的地面上，一片平静的湖反射着月色，以及那炽烈燃烧的星火。

郭杰的心跳开始加速，他已经猜到了那火光代表着什么。

“月——男——！”嘹亮的喊声迎着风逆流而上，为什么人类可以在迎风的状态下喊出声来，郭杰无论如何都想不明白，“我来了！我来月亮上找你了，月——男——！”

郭杰的鼻头一酸。说了要来，那就一定要来。决定要做，那就至死方休！

“向下。”郭杰抿着嘴，呼吸变得粗重，“我们的高度太高，背包飞不到这里，他会死在空中的！”

“郭医生，我想提醒您一点。”埃普说，“喷射背包在高速气流下的稳定性并不太好，精准对接需要消耗更多能量进行方向上的精细调节，这样做对我们的能耗储备并不友好。”

“向、下！”

埃普不再争辩，在空中倾斜出完美的角度，好似一头巨大的鹰，扭头俯冲而下。

正如郭杰所料，背包根本无法支撑卡尼来到埃普原本的高度。卡尼从未接触过这类设备，甚至从未接触过任何能称得上是“设备”的东西，虽然有着智能引导程序，但那种程序的设计初衷，也绝不是为了让一个对现代设备一无所知的因纽特人能够轻松上手。所以在使用过程中，卡尼会不会不慎耗费了过多能量，会不会出现什么误操作，都是未知数。

“分一点算力去对接背包储能情况！”想到这一点，郭杰急忙对埃普下令。

“已经对接了，郭医生。”埃普未卜先知地说，“重合轨道调整也已经计算好了，就是会消耗更多能量，您……”

“那就执行。”

当重新调整过轨道的埃普再次凌空扭转，以更加锋利的角度向下疾驰的时候，空中的那点火光消失了。茫茫黑夜中，没有了火光定位，郭杰根本无法靠着肉眼确定卡尼的位置。如果从这个高度摔下去，卡尼必死无疑。

“嘤——”光场发生仪兀自启动，一层层画面由近及远快速浮现，暗夜瞬间变成了白昼。

郭杰知道，这一定又是埃普在发挥它那骇人的判断力。被时时刻刻猜透心思的感觉非常糟糕，但眼下情况紧急，他没有时间发火。先接上卡尼，哪怕有再紧急的事情，也要先接上卡尼再说！

这一刻，连郭杰自己都没有意识到，他那写满怯弱的人生中，第一次浮现出了“责任”二字。

“月男！月男，月……”卡尼的喊声消失了，极速上升再飞速坠落，额外的重力加速度，以及气压骤降的煎熬，让他呼吸困难，心脏就像要被撕扯出来般难受，他此时已经陷入昏迷。

“埃普！”郭杰说，“快！”

“尽我所能，郭医生。”埃普平静地回答。

丧失了动能的卡尼，从高空飞速坠落。暴躁的风将他越吹越偏，但这一切，都在埃普的计算之中。

现实不是电影，当人从高空坠下的时候，哪怕是超人飞过，也不可能用他的钢筋铁骨直接接住——被接住的人会在那一瞬间被拦腰斩断。靠近、俯冲、同向加速、计算好人体受力的临界点、对接，然后在撞击地面前紧急制动，要完成这一切，埃普所消耗的能量甚至超过了一次完整的地月旅行。

可郭杰并不在乎。

离地 200 米！埃普同步了卡尼的路线，开始水平靠近。

“接纳过渡舱……”

“已经准备就绪。”

150 米！持续加速，埃普追击着卡尼破碎的曲线。

“诊疗设备……”

“随时待命。”

100 米！计算出完美的切角，埃普船身一斜，好似一柄利刃斩断了那条死亡通道。

反向制动减速，埃普超越这个时代的算力展露无遗，在离地 50 米的时候到达对接点。

“呼——砰、砰、砰”，单侧开启的舱门，在迎接失控坠落的卡尼的同时，也迎来了侧向吹入的风，使得与内舱临时隔绝的接纳舱变成了一门空气炮，如同高速行驶的汽车打开了一扇窗，发出的声响，好似有人正在敲击一面巨大的鼓。

郭阳已经可以通过透明舱壁看到近在咫尺的地面，如果再晚一秒他们都将万劫不复。“嘭”的一声响起，郭杰立刻大喊：“给我接纳舱的画面！”

“好的，郭医生。”埃普开始二次制动减速，船身圆滑地恢复到水平方向，掠过冰原的时候，带起了一片雪白的灵魂。

操控盘上，接纳舱的画面浮现，被厚重的缓震材料包裹的狭小空间里，一个人影，随着埃普的转向来回滚动。

擦着地面，埃普顺利拉平，随后缓缓回升，往空中飞去。船尾，飘零的雪花随着乱流起舞，良久，才终于落定。

“回压结束。”埃普说，“郭医生，即将开启接纳舱内门，卡尼先生的体征信息已经传递到了您的贴片，以防万一，现在即将回升到原始高度，另外……”机械臂伸展过来，一杯温度适宜的水，被送到气喘吁吁的郭杰面前。

“您该喝水了。”埃普幽幽地说。

在踏上这艘穿梭机之后，郭杰第一次打心底里庆幸，埃普拥有着郭阳的灵魂。只有他，才能做到如此无微不至。

也只有他，才能瞬间从天使，堕落成恶魔。

2025年12月3日，举世瞩目的科学家郭阳虐童案，在案发后仅仅一个月，通过特别程序开庭审理。

这极不寻常开庭时间，引发了广泛争议，甚至有传言说，之所以会以如此匪夷所思的速度开庭，是因为郭阳为了“某些特殊原因”而不得不“尽快入狱”。

当庭，郭阳对自己殴打、囚禁两个孩子的事实供认不讳，没有聘请律师，没有接受法院指定的律师协助，不通过任何代理人，极为干脆地承认了自己的一切罪行。

“后悔？是的，我很后悔。”当法官确认郭阳是否有悔过意向时，这名冉冉升起又急速坠落的科学超新星冷静地回答，“他们是我的孩子，而我们都是安奎特的孩子，惩罚应当由安奎特执行。”

郭阳抬起头，众目睽睽之下，眼神平淡如初，仿佛什么都没有发生过：“我僭越了。”

法官当庭宣判，郭阳数罪并罚，被判处 40 年监禁。

虽然没有明确的记录，但坊间普遍认为，在狱中的那段时间，郭阳依旧在进行科研工作，享有相当程度的自由，官方甚至为他特地搭建了一整套的实验室和工作室。除了不能踏出监狱之外，高墙内的生活对郭阳来说，与外面没有太大区别。

由于“狱中表现良好”，且多次“悔改”，参与“足量回馈劳动”，并“在科研领域作出卓越贡献”，郭阳的监禁期一减再减，最终在 2027 年底转为狱外服刑。

虽然对郭阳的数次精神鉴定结果都显示，他的精神状况极为健康，没有任何抑郁、焦虑、自闭、反社会等倾向，但考虑到过往案史，他对两个孩子的抚养权及探视权被剥夺，期限是终生。

历史进行到这儿，这两个孩子就逐渐淡出了舞台。其女儿的下落至今不明，据说已改姓他亡妻的姓氏，被他人收养，一生都未再与郭阳有任何接触。年幼的男孩也在历史中消失了许多年，直到郭阳“与嫡孙认亲”，其父“下落不明”的消息传出后，才重新回到了人们的视野之中。

但那都是后话了。

出狱后的郭阳，表现出来的精神状况没有任何变化，依旧是那副兢兢业业、奋战在科研一线的伟大科学家形象。服刑期间他不得离开住所，老宅附近也终日都有荷枪警力巡逻监视，但科技的发展早已跨越了空间距离，即便是在家中，郭阳也仍在不断影响着整个人类文明的前进道路。

这段时间内，一小股流言在极小的范畴内流传着，说郭阳迷上了业已消失的因纽特文化，甚至还在家中供奉了一尊名叫“安奎特”的神兽雕像，每日祭拜。可人们总是相信，天才都有些神经质，当一个人足够伟大的时候，他的任何怪癖，都会成为他刺目光芒的注脚。既然连伟大的郭阳也痴迷因纽特文化，那么这种文化就一定有其独特之处。

除了在航天方面依旧不断给出惊喜，郭阳还将他宝贵精力中的相当一部分，放在了针对烈性传染病的研究上。

这一点其实不难理解，一路扶持郭阳，后来又仰仗郭阳的著名财团——邦克基金，其多年坚持的资助方向中，就有烈性传染病防治的内容。改过自新、知恩图报的郭阳会对这块内容感兴趣，非常正常。

当然，极少一部分阴谋论者也提出过一种看法：邦克基金每年投入巨资，郭阳这样的天才耗费如此多的精力，其目的一定不只是“消灭烈性传染病”那么单纯。或许这两方正在使用他们各自拥有的雄厚财力以及非凡大脑，联手制造可怕的“超级病毒”。

为此，郭阳和邦克基金都被调查过多次，甚至吃了不少官司。只不过每一次调查最后都无疾而终，那些几无依据的诉状，也成了人们茶余饭后的笑柄。

之后几年，郭阳没有再传出任何负面新闻，反倒是喜报频传，不断得出新的科研成果，不断拓宽着人类应用科学的边界。时光之河静静地流淌，一度跌落谷底的郭阳，也终于将那颗巨石推上了山，见到了山顶绚烂的朝阳。

埃普舱内。

奄奄一息的卡尼被送进了主舱室，郭杰忍着能熔筋化骨的酸痛站起身来，进入了工作状态：“压力、温度、湿度这些环境指标根据我贴片传递的标准调节。尤其是温度，不要一下子升得太快，他吃不消的。”

“明白。”埃普简洁回答的同时，也将郭杰吩咐的事情一一做好，并让机械臂递来了诊疗设备。内舱壁四周亮起了均匀的光，一张机械台托举着卡尼的身子，将他暴露在真正的无影灯之中。

郭杰一边急救，一边观察着眼前不断跳动的数字，确认卡尼的体征状况。平日里，极其偶尔的情况下，郭杰真正主刀手术的时候，身边要么围满了助手，要么就是在最先进的诊疗室里，尖端机械会帮他完成所有琐事。

卡尼的状况很糟糕，可说到底，最严重的也就是压力、含氧量、温度三者的剧烈变化所造成的症状罢了，不是什么疑难杂症。然而这种状况的诊治相当烦琐，埃普不是一艘专业的“太空救护车”，手头的工具设备有限，这为郭杰增添了许多难度。

时间一分一秒地流逝，郭杰自己也不知道，到底是怎么顶着即将垮掉的身体完成这一切的。等到卡尼体征稳定，终于可以放下心来休息的时候，郭杰直接坐在了地上，一根手指都抬不起来了。

埃普适时调低了舱内亮度，灯光一暗，浓重的睡意向郭杰席卷而来。

“我会继续监控卡尼先生的各项指标，请您放心。另外……”埃普说，“您辛苦了，郭医生。”

辛苦吗？或许是吧。郭杰嘴角牵动，极为艰难地苦笑，身子不由自主躺下，窝在了埃普柔和升温的地板上。

但这是我的天职啊。

这一觉，郭杰睡得很沉，很沉。

“郭医生。”舒缓的音乐中，地面一侧缓缓隆起，将郭杰推到了一个舒适的角度，“卡尼先生应该快醒了。”

睁开眼，郭杰试图甩甩脑袋让自己清醒过来，但这个动作所带来的剧烈疼痛却让他几欲落泪，精神倒是如愿振奋了许多：“他的体征……”

“一直很稳定。”埃普说，“二十分钟前眼动开始变得频繁，这是卡尼先生这次睡眠中出现的第四次异相睡眠，我测算了他的睡眠周期，预计他会在十五至二十分钟内苏醒。提前唤醒您，是考虑到您可能需要一点时间来恢复精神。”

“嗯……是的。”郭杰想点点头，剧痛却让他的动作一顿，“做得不错，埃普。”

“应该做的。”埃普回答，随后便不再说话，将卡尼一整晚的体征数据变化传递到了郭杰的贴片。

没什么问题。快速浏览过后，郭杰关掉了资料显示，看向或许正在做梦的卡尼，由衷地感叹，这个因纽特猎人真的有一副好身体。

郭杰喝过埃普递来的水，几乎是爬回到了座椅上。窗外一片光明，天早已大亮。

又是一天过去了。

“月男？”卡尼醒了。

“我在。”转过椅子，郭杰靠在椅背上，看着猛然起身的卡尼，艰难地微笑，“早上好，卡尼。”

“早……月亮上也有日出的吗？”卡尼完全没有搞清楚状况，所幸从他绕着化为透明的舱壁来回走动的状态来看，身体已经没有大碍。

郭杰已经没有多少力气说话，静静地看着卡尼俯瞰地面时流露出的惊喜神色，一言不发。

“对了，月男。”卡尼转了好几圈，大约是终于看够了，走到郭杰面前，低着头有些不好意思地说，“你给我的任务，我……”

“没关系。”郭杰微微摇头，“你没事就好。”

卡尼脸上却出现了疑惑的神色：“我不是已经死了吗？”

郭杰一个激灵，急忙调出刘可的因纽特故事，果然找到了线索。在因纽特文化中，一个人若是死了，会有两种下场：

一是升上高空来到亡者之地，那里没有时间，没有任何的“发生”，死者的灵魂会飘浮在空中，等待着某个机会，投入到某一个人、某一种动物，或是某一样东西中，再次经历六道轮回；

二是坠入地下或是水下，进入死亡之地，那里和人间距离不远，留恋亲人的死者偶尔能够回到人间转上一圈，有的如亡者之地的灵魂一样转世重生，有的则会化为助灵，等待巫师的召唤。

发现自己飞在空中的卡尼，以为自己来到了亡者之地，已经死去了。

“你没有死。”郭杰急忙开口安抚，“你活得好好的呢。”

“不，我死了。”卡尼沮丧地低着头，“谢谢你的安慰，但我已经死了。”

“你没有……”话到嘴边，郭杰想了想还是忍住了。

我在想什么呢？为什么一定要强行逆着故事来？我在害怕什么？又在担心什么？故事里月男是怎么做的，我就怎么做好了，这又有什么关系呢？

难道就因为我执拗地抗拒，这一切就会发生变化吗？不会的。

命运，不会那么温柔的。

“卡尼，你过来。”郭杰通过贴片通知埃普准备好超距投影，喘着粗气起身，指着浮现在操控盘上的画面，“你看，这是什么？”

“冰湖！”看到熟悉的事物，卡尼确实兴奋了起来。

“你的家在冰湖的什么方向，你知道吗？”郭杰问。

“从冰湖出发，向太阳升起的地方走半场雪的时间，然后再往雷霆之魂亮起的反方向拐弯，走到雪停就到了。”

埃普大致估算了方位和距离，随后开启模糊搜索，寻找因纽特文明标志性的冰屋。操控盘上的画面随之移动，不多时便找到了一个村庄。

“我的村子！”卡尼高兴地喊出声来。

“哪一间是你的屋子呢？”郭杰问。

“这样我分不出。”卡尼皱着眉头说，“我从来没有从上往下看过村……啊，那是我的妻子！”

画面迅速拉近，一个愁容满面的女人正坐在长凳上，用鱼肉糜喂养一个孩子，时不时伸手抹着眼泪。

“她很辛苦。”卡尼忧愁地说，“没有我，他们没有吃的。”

“是的。”郭杰又送出一段信息，眼前的画面快速升高，更加广袤的地球轮廓隐隐出现。不一会儿，新的信息地点被找到了，画面再度拉近，一处海角边，成群的海象聚在一起，时不时翻身，入水出水，玩闹嬉戏。

卡尼的眼中放出猎人才有的光：“我要抓住它们，就现在。”

“但是你不能这么做。”郭杰摇摇头，“你应该回去陪你的妻子。”

“唉，是的。”卡尼点头，“而且我的鱼叉也不见了，在来月亮的路上弄丢了。”

埃普递来了一些食物，郭杰问卡尼：“吃吗？”

“不。”卡尼坚定地摇头，“猎人要捕猎养活自己。”

“那就带一个鱼叉走吧。”郭杰叹了口气，吩咐埃普用最快速度打印一支鱼叉出来。

等待鱼叉生成的时间里，卡尼的视线离开了操控盘，走向内舱侧面，双眼几乎贴在舱壁上往下看去。

“大地是蓝色的。”卡尼说。

“是啊。”郭杰回答。

“上了天空不一定会死。”卡尼说。

“进入地下也不一定会死，人类可以去很多地方。”

“那么地底世界就是真的。”卡尼若有所思，“可惜我没去过，你去过吗？”

“我……”郭杰想起了遥远的金星，“没来得及。”

“真是可惜。”卡尼似乎很遗憾。

“是啊，”郭杰深吸一口气，瘫坐回了椅子上，“真是可惜。”

真的，很可惜。

如果当时，人们愿意听郭阳的话就好了。可惜“自大”是聪明以及自认为聪明的人永远都甩不掉的毛病。要是当年一切都按照郭阳所设想的去做，那么刘可，还有露娜舱上的所有人，就都不会身陷险境了。

开始在家中祭拜安奎特的郭阳，没有停止探索应用科学的脚步。

在他的强大开创力的推动下，“伴星而生”计划进展迅猛，“戴森球”从可行性报告到成为现实，似乎已经触手可及。

极小范围的流言和仇恨无关大局，层出不穷的科研成果，很快就将郭阳彻底“洗白”。被化为民用的技术，不过是郭阳那宏伟技术宝库中极少的一部分，然而仅仅是这一部分，就已经彻底改变了普罗大众的生活。更加高精尖的技术全都被用在了刀刃上。对于戴森球，各国、各界、各家机构、团体、个人，看法都逐渐从“一派胡言”，变成了“或许可行”，最后变为“定将成功”。

因为，我们有郭阳啊。

随着郭阳的名声越来越响，一种声音开始在社会上出现：让这个天才，和他的孩子重聚吧。

这并不是一股很小的声音，而是曾经引发白宫外游行的一波声浪。人们固执地认为，郭阳所诞下的孩子一定也有着超人之处，若就这样让他们沉沦在人海之中，实在是暴殄天物。如果他们重聚，天知道这个天才，会不会又养育出两个新时代的天才来呢？

可哪怕是郭阳也不能无视法律，起码不能明目张胆地这么做。有传言说，他曾试图接触过自己的两个孩子，但收养孩子的家庭都毫不犹豫地拒绝了他的请求。其中收养郭阳亡妻女儿的家庭甚至直接搬离了美国，自此下落不明；收养男孩的家庭也选择用频繁搬家来应对纠缠。

等声浪逐渐退去，郭阳似乎也接受了现实，彻底放弃了这个念头。不过，部分在老宅外负责巡逻的警察，曾隐约透露过一些颇为诡异的事情。

“宅子里的那只猫非常可怕，会在黑夜里吃掉溜进院子的其他动物。猫、鸟、老鼠，甚至是狗，只要进了院子，就没一个活着出来的。”有警察说，“有时候，书房里还会传出一些怪声，他们丢出来的垃圾里会有动物的部分骨头。有的被挖掉了眼睛，也有还剩下些皮肤、支离破碎的，上面会刻字，很难认的那种，应该是汉字……你们有人懂汉字吗？”

根据警察不算可靠的回忆，以及一些不知真假的模糊影像资料，那些被切割、撕扯、拧皱的皮肤上刻下的字，似乎与“飞机”“事故”“病毒”“诅咒”之类的内容有关。这些文字当然会让人对郭阳的精神状态产生担忧，但没有证据，郭阳偶尔外出的时候也表现得十分正常，这种花边小料掀不起多大波澜。

也差不多就是在这个时期，一部分掌握着技术、权力、财富三者之一或者更多的人，开始打起了戴森球计划的主意。

关于戴森球，郭阳的本意很简单，甚至简单得有些过分：

拥有了相当长一段时间内可以视作“无限能源”的人类，这下终于能够放下心来，安安心心地偏居一隅，就在银河系这个荒芜的角落里繁衍生息，什么金星虫洞、地外文明威胁，都通通不去管它，只要人类这个物种还能“没有威胁”地存在下去，就足够了。

但被虫洞侵扰得寝食难安的那些“聪明人”却不这么认为。

“离开地球，离开太阳系，离开这片危险的星域。”那些人说，“有了无限能源，有了可以随时随地榨取任意一颗恒星能量的技术，我们可以浪迹星海，寻找新的家园！没有人会愿意有一枚核弹整日吊在头顶，战战兢兢如鼠蚁般苟活，人类现在不会，将来也永远不会被奴役、被监视、被当作板上鱼肉。人类文明的核心是进取和开拓，而那个虫洞，就是吊在我们头顶的达摩克利斯之剑，我们必须摆脱它！”

这种说法似乎不无道理，可仔细想想，哪怕拥有了戴森球，人类也不可能拥有如此庞大的运力，将所有人都带离太阳系。能走的始终只能是极少部分人。

为了让卡尼更好地恢复，郭杰吩咐埃普准备了带有安眠成分的营养液，告诉卡尼只是一些甘甜的清水，看着因纽特人喝下，接着睡去。

创面流脓，不断扩散，疼痒难耐，为了更好地清创消毒，郭杰摘下护身符，随手放在了操控盘上。在埃普的帮助下，清创很快完成，当郭杰准备重新戴上护身符的时候，余光一角瞟到了一个不太寻常的细节：

纽扣底部与操控盘的贴合处，出现了一圈极窄、极淡的光。

一直都有吗？郭杰揉揉眼睛，靠得更近。

灰白色的光边缘有细微的粗糙，紧贴着纽扣外侧，宽不到一毫米，看起来像一个孩子按住纽扣，用蜡笔绕着轻轻地画了一圈。伸手触摸，屏幕没有额外显示，移动纽扣，光圈就跟着移动，划过的地方没有留下任何痕迹。

“埃普，”郭杰问，“这是什么？”

“一段程序，郭医生。”埃普回答，“加密锁定，联通我资料库中的一个黑箱。”

“打开它。”

“做不到。”埃普说，“我不知道解密方式，这也是我第一次知晓这段程序的存在。”

多重黑箱的隐藏字段。郭杰大致明白了埃普的困境，在纽扣接触操控盘之前，埃普也对其一无所知。

他已经百分之百确定，埃普就是郭阳的化身，除了常规的万物资料库之外，郭阳一定也将自己的性格、记忆、思想等都存在了埃普之中。曾几何时，埃普的市场保有量很大，它不可能对所有司乘人员都采取如今的态度和沟通方式，眼下的“这个埃普”，是为郭杰量身定制的，其触发条件应当就是“郭家的纽扣护身符出现在舱内”。

也就是说，郭杰上船这个行为打开了第一重黑箱，埃普转变了工作方式，“里埃普”出现。纽扣接触操控盘打开了第二重黑箱，埃普得到了提示，发现了资料库内的黑箱。但想要继续开箱，还需要更多条件，问题是条件是什么。

跟着直觉，郭杰试着用纽扣写出“郭”“安奎特”“邦克”“戴森球”等文字，什么都没有发生。又试着画了圆、三角、菱形等图案，同样一无所获。他甚至尝试了书本、餐桌等复杂图形，就在准备画一支蜡烛的时候，情况发生了变化：

在屏幕中央上方用力一按代表火焰，向下画出一条直线代表蜡烛，粗糙的光，居然停留在了屏幕上。操控盘上的各类图标文字同时熄灭，背景变黑，只留下了那条灰色直线，顶部是一个略大于线条的圆。

真的是蜡烛？郭杰有些兴奋，但又觉得没那么简单，如果是蜡烛，火焰怎么会是一个小小的实心圆呢？这个图案反而更像是……一根绳子，一根绑在屏幕上的、向下垂挂的绳子。

“即便摆锤停止了摆动，指针在沙盘上画下的痕迹，也应当永远留在那里。”

爷爷、埃普的声音，伴随着遗嘱中未被公开的第二部分的开篇语，一同在脑中出现。郭杰明白了一切，按着“绳子”末端的纽扣，将手指划向屏幕左边，再划向右边。拿起纽扣，绳子末端出现了一个近似圆形的摆锤，底部伸出尖刺，忽地向左，向右，再向左，独自摆动了起来。

这是一个傅科摆。

郭杰记得，爷爷对这种装置相当痴迷，在各类影像资料里不止一次说过：“人类跨入科技时代的第一步，就是傅科摆证明地球正在自转的那一刻迈出的。”并将其称为“人类再进化的起点”。

操控盘上，傅科摆静静地摆动，摆平面顺时针缓缓转动，在下方的“沙盘”上留下道道细密的痕迹。一根根圆柱形立柱逐一浮现，绕着摆动平面形成了一个圈。当的一声，摆锤撞上第一根立柱，立柱倒下碎裂，在它的废墟上出现了一个词：时间。

数字输入面板出现在手边，郭杰点下了1851，这是莱昂·傅科第一次完成公开傅科摆实验的年份。

“当”，第二根立柱倒下，“长度”出现，郭杰输入了“67”，这是摆长的米数。第三根、第四根、第五根，一根根立柱不断倒下，速度越来越快。28千克的重量、30厘米的直径、16.5秒的摆动周期、11度20分的每小时偏转……郭杰将脑中所有关于傅科摆的知识一一祭出，终于在疯狂加速的摆锤走完一圈的时候，完成了所有问答。

“砰”，傅科摆的长绳断裂，摆锤重重落下，激起一片细沙。屏幕一亮，现出一个窗口，下边框嵌着时间轴，窗口里，出现了一个人。

“记录编号：ε4435，2018年8月5日12时10分，肯尼迪航天中心。”

那个清瘦、秀气、双目闪烁光芒的年轻男人，直视着镜头，“我是郭阳，这两位分别是加福德博士以及扎法尔先生。”

男人侧后方，一个正步入老年的黑人男子眉头紧皱，一言不发。另一名面容慈善的中年人微笑着，冲镜头打了个招呼，郭杰一眼就认出了他。

“感谢邦克先生允许我邀请管家扎法尔先生参与此次实验，距离未明信号抵达还有不到 15 分钟。”年轻的郭阳说，“下面开始记录与未明智慧体的，第三次接触。”

5. 维　度

“简要说明前期情况：2018 年 6 月 5 日 12 时 25 分，本人第一次于肯尼迪航天中心收到未明信号，方向为圆规座与半人马座之间，靠近南门二，形式为复合波，持续时长 5 分钟。”

画面里，郭阳面无表情地叙述着，但眼中跳跃的光芒并不收敛：“分解得出的大量正弦波呈现古怪的周期性，在加福德博士的帮助下我们尝试转译，但无论从数学、文字、音乐、图像等各种方向解读，均不存在可理解的含义。接收复合波后 7 小时 49 分，整理资料时我们发现，未经分解、转译，直接以波形图像储存的第一道原始波，发生了分裂。或用更准确的文字表述：这道波……”郭阳盯着镜头，“开始‘繁殖’。”

画面被切到了老旧的、名为台式电脑的设备屏幕，郭杰无法描述自己看到的东西：那是一团超出显示器分辨率极限的杂乱线条，每一段线条都是一段扭曲的波形，它们汇聚在一起，大致组成了一条粗壮的“线”，算是有节律地运动着。

名为鼠标的输入设备所化身的箭头来到画面中央，咯嗒咯嗒的声音响起，郭杰依稀记得，这是一种叫“滚轮”的结构在转动。画面开始拉远，线变细并出现起伏，画面缩小得越来越快，细线成了另一段波形的一部分。

画面急速缩小着，新的大波形又成了小线条，更多线条聚合，又组成一条线，这条线继续成为另一个大波形的“零件”。如此循环往复了四次，画面开始卡顿，最终的波形图呈现在了屏幕之上，如一条黝黑的蚯蚓，以不可预测的方式扭动、变幻着。

“出于未知的原因，电脑并未记录下第一次‘繁殖’的时刻，全过程也不可逆。我与加福德博士发现后进行了观察记录，信号抵达 12 小时 11 分 27 秒后，‘繁殖’停止，波形图停留在了这个阶段。”郭阳的声音响起，“我们有理由相信，停止的原因是电脑机能达到上限。”

“蚯蚓”开始卷曲、变形，时而化为各类几何图形，时而变换出类似章鱼、花朵、蜈蚣、无规律的密集圆孔等形态。看着这个图形，一种难以名状的恐惧感在郭杰心中滋生，他甚至不自觉地向后靠了一些。

“我们意识到，原始波形不是一段信号，其分裂复制也不是简单的‘繁殖’。用描述碳基生物的词语来类比的话，这更像是一种‘成长’。其聚合成的多层嵌套图形也不是单纯的‘波的集合体’，更不是某个智慧生命在茫茫宇宙中发出的信息。”

“它是‘生物’。”郭阳的声音，第一次，带上了一丝兴奋，“这道波本身就是一个生命体，而原始波形，就是它的‘DNA’。”

一股前所未有的电流冲过郭杰的身体，使他战栗。

“我们称其为‘UL-01’——未知生命体 1 号，并尝试将其转移至超级计算机中获得更强机能与算力，也即‘成长空间’。也尝试进行拷贝、传输、储存等一系列操作，但均以失败告终。UL-01 通过我们无法理解的方式控制了这台电脑，拒绝了一切未经它允许的操作。目前画面中的图像，是摄像机翻拍屏幕所得的视频录像，也是在 UL-01 许可的情况下才得以录制保留。

“我们考虑过拆除硬盘的方案，但无法承担 UL-01 就此消失的后果。我们认为，它已经通过某种方式感知并控制了我办公室范围内的所有电子设备。在办公室内外监测到的辐射、温度、电流、光度等显性及隐性指标，均无异常波动。目前尚不明确它能否控制生命体，动植物实验并无可供记录的异常变化，或许此时我们已经被它控制了也未可知。”

画面转回到了郭阳:“成长停止后 6 小时，UL-01 开始与我们沟通。

“它在 6 小时内掌握了我们的语言和无法推测的知识储备，打开了一个写字板开始打字。它输出的第一个文字是中文‘相’，并开放了键盘输入权限。我们无法得知它所指的是物理意义上还是佛学意义上的相，便询问其含义。UL-01 输出‘无相’二字，我们不清楚是否算是‘回答’。

“后续沟通中，UL-01 简明扼要地叙述了它及‘族群’的经历：UL-01 于地球公历 185 年 12 月 7 日，从 SN185 超新星出发。据记载，当天该超新星爆发的影响传递到了地球，地球正值东汉末年，是黄巾起义的第二年。SN185 距离地球约 8000 光年，UL-01 能在不到 2000 年的时间内抵达地球，显然掌握了超光速行进的技术。地球只是它无意路过的一个‘站点’,‘来到地球’这件事本身并没有特殊意义。”

屏幕里，古旧的动画模拟程序模拟着 UL-01 一族的遭遇：一颗白矮星吸收了临近恒星的太多物质，发生热核爆炸，耀眼的 IA 型超新星爆发推散出了一片红白混杂的星云，星云在密集的星海中舒展，扭出了金鱼尾般绚烂的半透明图案。代表着波生命体的细小透明图形穿梭其中，在被仍在膨胀的冲击波电离的气体、大量铁元素以及诸多原恒星物质间游动，徜徉在约 85 光年的星云范围内。

“考虑到 SN185 爆发的时间应当在距今约 10000 年前，我们猜测其爆发，以及由于其爆发的强大冲击波扩散而抛出的原恒星的大量物质形成的 RCW86 星云，均为 UL-01 及其族群的某种行为所致。它们在距离我们约 9100 光年外的原恒星残骸中生存了近万年，随后出于某种目的开始迁徙，途经了地球。对于我们的这个猜测，UL-01 表示了否认，并将它们的迁徙表述为‘逃亡’，接着剥夺了键盘输入权限。

“随后，UL-01 离开了我们，没有留下任何痕迹。我们上报了这次接触的全过程，但由于没有翻拍视频外的其他证据，并未得到除惊愕与好奇之外的更多重视。我自作主张地将其归结为我们的一次玩笑和思维实验，加福德博士认可了我的做法。第二次接触发生于 7 月 5 日 12 时 25 分，我们并未料到会有这次接触，只是防患于未然地升级了电脑配置和相关接收设备，并做好 24 小时自动监听。但 UL-02 还是获得了更好的生长环境——或许是因为我们记录下了原始波掠过时，接收设备所能记录那部分的三维信息——快速呈现出了更加深奥的结构。”

画面中出现了类似分形结构的、极其复杂的怪异三维图形，运动方式已经超出了郭杰的描述能力。

“它很快便与我们开始沟通，表示早有 UL 向它传达了‘我们的存在’等信息。UL-02 简单介绍了它们的生命形态，与我们先前的猜测基本吻合，但也有许多我们无法理解的表述。它们诞生在人类可观测宇宙之外某个我们难以理解的封闭自然结构中，初始时就是单纯的波，在反射、折射、衍射、干涉等过程中完成了繁衍和进化，逐渐产生智慧，生命形态也愈发高级、复杂。

“波生命体形式极为多样，除我们大致可以理解的机械波、电磁波、引力波、物质波之外，还有许多超出我们理解范围的波，都在那里产生过智慧生命体——UL-02 表示人类对波的理解存在极大误区，但囿于我们自身的‘存在形式’，无法向我们完整解释。它所在的族群在随之而来的竞争中失败，逃离了那个结构，开始在宇宙中迁徙，其间在许多各类结构中‘生活’过，SN185 是其中一个‘家园’。”

郭阳调出了一些数据和资料，也尝试用建模的方式帮助理解，但郭杰并不能完全明白他说的话。

“此外，UL-02 的本体已经在原始波经过地球后离开，因为我们是用三维波形图描绘它的特征，而它本身存在着非三维的、我们无法理解的一根未知轴，所以留在电脑里的只是它‘影子的影子’，UL-01 时也是一样的情况。它还提到，人类对于‘维度’的理解‘不太主流’，与宇宙各类智慧生命体存在沟通障碍。”

UL-02 与郭阳在写字板中沟通的部分过程出现在画面中：“我们询问了关于其他智慧体的信息，尤其是导致它们‘逃亡’的智慧体，UL-02 表示绝大部分智慧体的存在形式我们都不可能理解，其中许多它们也无法理解。因为，引用它的原话：‘所有智慧体都是被结构驯化的产物。’这句话的含义我们并未参透，它也没有给出更进一步的解释。

“UL-02 表示，用人类能感受到的时间行进方式表述，它们的族群已经持续掠过地球一个多世纪。大部分智慧体不会散发出人类可探测的波，它与 UL-01 是两簇智慧体各自的‘联络者’，我们收集到的可探测波是联络过程的副产物。地球时间一个月后——也就是今天的 12 时 25 分，最后一个联络者将会经过地球，它已经知晓了关于我们的一切，会与我们进行最后一次沟通，并同意我们全程录像。

“此外，它还提到在另一个时间点上，波生命体也与一名人类有过沟通。但与我们所面临的困境一样，那名人类也无法获得任何足以证明它们存在的证据。如有必要，它们会衡量是否需要清除包括我们的记忆在内的一切相关痕迹。”郭阳的语调变得低落了一些，“即将结束沟通时，三名帕克项目组组员来找我确认一些项目细节，我们向他们展示、介绍了波生命体，并让他们与 UL-02 进行了简短沟通。他们表达了前所未有的震惊，由于 UL-02 的控制，办公室内所有通信手段都被屏蔽，他们迅速离开办公室准备告知更多科研人员这一惊人消息，然而……”

郭阳办公室外的监控录像出现在屏幕中，通道里，三名工作人员抱着各类资料走来，一路交流讨论着，来到门口之后却齐齐停住了脚步，横向成排站在关闭的房门外，一动不动。

画面左上角，监控时间正常流动着，三人如雕像般没有移动哪怕一个像素。大约半分钟后，其中一人的头部开始出现“跳帧”，频率越来越高，并逐渐“传染”到了另外两人的头部。郭杰凑近仔细看着，瞬时寒毛倒竖：三人的头部正以帧为单位在两种形态间切换，一种是面对房门面无表情，另一种是侧仰着头，瞪眼盯着监控探头，脸上是马戏团小丑般不露齿的夸张笑容。

“他们实际上，从未走进过办公室。”郭阳沉沉地说。

监控录像开始加速，三分钟后，三人像是突然被解除了诅咒，齐齐转身，神色如常地抱着资料原路返回，走出了监控范围之外。

“我们将这段监控画面展示给他们三人，以及更多不知情的同事。但无论是以什么形式储存的录像片段，只要离开了这间办公室，就会变为三人在门外正常停留、交谈的场景，声音清晰可闻，与从外界调取的同一个探头所录下的画面一致。三人对当天的这次交流保有印象，内容与‘外部录像’完全吻合。我们也尝试让他人进入办公室观看录像资料，介绍情况，他们全都没能真正走进办公室，即便 UL-02 早已离开。但如果是交流其他内容，则一切如常。

“因此，我们眼下所翻拍的录像，恐怕也会遭遇一样的情况。如果正在观看本段记录的人无法察觉这段监控录像的诡异之处，或在你眼前出现的是我们正常交流项目细节的画面，请相信自己的眼睛，刚刚我所描述的这一切，或许只是我们的臆想——当然，你们也根本听不到我说出这些话。”

画面回到了郭阳，他看了一眼身边显示器上的时间：“距离信号抵达还有一分钟，现在进行最后的设备调试。”

郭阳和加福德博士起身，开始对电脑进行测试操作，加福德用还算流利的中文，简单说明了此次接触所进行的前期准备：凭借两人在项目组中举足轻重的影响力，他们获得了一台超级计算机的独家联通权限，可以在郭阳的办公室里随心所欲地远程使用。虽然这并不是他们可以接触到的最强计算机，但已经是在不被监管、对外全盲情况下，所能够申请到的最先进机型了。

他们打算将可能出现的 UL-03 的三维波形以及时间轴剖面都记录下来，进行机内培育，剖面时间间隔为机能所能负载的上限。两人忙碌的同时，还未老去的管家扎法尔端起一个杯子开始喝茶。郭杰大致可以明白郭阳的思路：扎法尔的见证，除了可以让邦克基金给予帮助，更多是为了向他们自己证明，这一切不是妄想。

一分钟时间很快过去，镜头被切换到了正对显示器的视角，三人的背影出现在画面下方，数台显示器所形成的阵列分工明确，中央的最大屏是主界面。倒计时 15 秒时，扎法尔说了一句“愿安奎特永远庇佑我们”。郭阳二人略微迟疑了一下，随后异口同声地重复了一遍。

“距未名信号预定抵达时间还有：5、4、3、2、1。”屏幕上的数字不断倒数，在郭阳说出 0 的同时，记录程序接收到了从 8000 光年外散播而来的讯息，第一个像素点出现，“信号抵达。”

如培养皿中的微生物急速繁殖，像素以肉眼可见的速度不断累加。整合出的四维图形在二维屏幕上模拟着其三维投影，一开始郭杰还能大致分辨出类似波形图的三维图像，但随着大量剖面图的加入，他立刻失去了跟随理解的能力。

图形的复杂程度让人咋舌，时间流逝，画面中的三人就这么沉默地看着它逐渐走向疯狂的边缘。加福德多次想要说些什么，还未开口，郭阳就会拍拍他的肩膀，仿佛早已洞察了他的内心。扎法尔表现得最为淡定，期间喝了好几口茶，郭阳说出第一个字的时候，他就已经被踢下了飞速行驶的理解列车。

五分钟后，波整体掠过了地球，记录结束。留在屏幕上的“影子的影子”完全看不出半点波的特征，只能勉强看出是一个整体，在模拟出的三维空间中一动不动。就在郭杰开始怀疑视频是否出现卡顿的时候，第一个“动作”出现了：

图形的一端出现了一个开口，另一端的“尾巴”从上方翻转过来进入其中，短暂的停留之后，尾巴开始继续前进，开口扩大又缩小，波开始吞噬它自己。它变得越来越“薄”，直到开口的边缘也彻底翻转后，波消失了。

屏幕内外，郭阳和郭杰同时身体向前靠近自己所盯着的画面，不等两人发出半个音节，嗡的一声虚拟空间微微震动，两段一模一样的波凭空出现。

“已经丧失控制权限！”加福德尝试使用鼠标和键盘，计算机没有一丝反馈，“和前两个智慧体不一样，之前都是成长完成之后才会抢夺权限……我的天哪！”

惊呼声中，两条波形纠缠在了一起，相互吞噬着，直至完全消失。紧接着又是一次震动，一个完全不能称之为波的图形从无到有迅速扩张，内里的所有结构都在自顾自地蠕动着。在即将到达显示器边缘时，外沿出现了无数小口，迅速翻转向内啃噬，撕咬着将自己撕成了碎片。

这一次图形没有完全消失，小口咬到中心时忽地向外各自扬出了一大片扇面，不同时空的郭杰和郭阳等人尚未习惯这种新变化，无数扭曲的线条就伸展了出来。须臾花开，刹那雪乱，更多杂乱无序的结构扭动着、生长着、自我吞噬着，又创造着新生。就像千百条马陆自相残杀，一些鳞片、触须般的新生物瓜分着它们的残肢碎片，挂着体液重新划分地盘。在极致的疯狂无序之后，一些隐藏极深的深邃秩序开始呈现。饱和度极高的红、黄、蓝、绿、紫直到黑，在图形中翻涌着，时而浮现，时而被淹没，似苍蝇复眼所反射出的光华，带有一种流萤般的金属质感。

接着，不断蠕动的图形上突然出现了密密麻麻的细小缝隙，如波纹扩散般成片地剥开，每一个缝隙中都长出了小肉瘤似的颗粒。再过一秒，颗粒们从中间开裂，在啵啵声中依序睁开了无数密集的小圆眼睛。这些眼睛眨动着，初始时还算有序，层层叠叠好似涌动的潮汐。但不久后，秩序就离它们而去，眨动开始变得毫无逻辑，每一次眨动，眼睛就会各自看向不同的方向，数不清的嘈杂声音叠在一起，有风吹水动虫唤鸟鸣，也有不同声线的人类嗡嗡说话，伴随着不时响起的尖叫。

这是一幅简化而抽象的地狱肖像，数万数亿的声音承载着万物之灵。声音越来越混杂，逐渐融为一体，直到共同变成了尖厉的啸叫，所有眼睛也共同看向了屏幕前惊慌失措的人类，随后同时闭眼，进入了下一个进化阶段。

看着这一切在眼前发生，郭杰几乎丧失了思考能力，脑海中只剩下图形所展现出的惊人的、仿佛无穷的细节。好几个瞬间，他看到了一些类似生长的毛发、触须、脸、挣扎的四肢和火焰之类的形象，定睛去看却又只剩下凡·高的云朵般的无尽扭曲。这不属于人间的图形侵蚀着他的心智，让他不安、恐惧，又让他着迷。

直到图形开始崩解，逐渐融入屏幕边框之后，他才终于回过神来，不知何时已经大汗淋漓，一看时间，才过去了一分钟不到而已。

“郭博士？加福德博士？”视频里，郭阳和加福德的情况显然比郭杰更糟糕，扎法尔反复呼唤了好几声都没得到回应，无奈伸手沾了点杯中茶水，弹洒在呆若木鸡的两人面部，两位科学家才如梦初醒，“你们出了好多汗，这里的空调要怎么调节温度？”

“啊？哦，不用，不用调节！”郭阳急忙摆手，劫后余生般大口大口地喘息，心有余悸地看着空无一物的屏幕，“记录：出现未知变化，波消失了！第三次接触失……”

“我，没有消失。”

吱吱声中，边框微微抖动着，线条上时不时分裂出无数微型手臂般试图逃离的细小灵魂，又在一次抖动之内被关回了那一条像素串中。伴随着抖动，一个又一个文字出现在大屏中，波生命体，出现了。

郭阳和加福德瞬间振奋，而扎法尔显然意识不到出现在他眼前的画面意味着什么。屏幕外的郭杰直到这一刻才真正确定，这不是郭阳编织的一个弥天大谎。

“你能听到我们？”加福德问。

“显而易见。”生命体回答。

“为什么选择中文？”郭阳问出了郭杰心中的疑问，“因为信息熵较大吗？”

“因为图形。”文字出现之后，波的回答，转化成了声音，“也可以用声音。”

郭阳和加福德都是一怔，扎法尔终于被这莫名响起的、好似一万个人异口同声的混合声线震惊，茶杯摔落在地，惊恐地四下搜寻。直到郭阳缓过神来，向他指了指自己的脑袋，扎法尔才意识到，声音，是从他的脑中响起的。

从几人的反应中，郭杰推断出了这一点，讶异之余又产生了一个疑问：他们脑中的声音，为什么我也能听到呢？

“因为我能看到你。”生命体居然在数十年前的影像里，不，在郭杰所处的时空中还未发生的未来里，对郭杰说起了话，“过来吧。”

没等郭杰反应过来，郭阳那边的大屏幕上就荡起了一阵波，郭阳等人却对此毫无察觉。波纹一晃，开始旋转，如万花筒般变幻着形态，极速推向了郭杰眼前的操控盘，迅速将他包裹其中。一股无法抗拒的引力拉扯，郭杰飞跃而入，想要呼唤埃普帮助，回头却看到正盯着操控盘的自己，双眼瞪着，脸上是不露齿的疯狂笑容。

一眨眼，郭杰出现在了办公室里，万花筒消失了，前方是郭阳等人的背影，没有一个人回头看向自己。好像身处全息电影世界，郭杰的出现无人察觉，既定的历史继续上演，没有因为他而发生改变。

“你刚才说了什么？”郭阳警惕地看了看左右，询问生命体，“‘过来’？谁会过来？”

“已经到了。”生命体说，“你们的访客。”

三人迅速从椅子上站了起来，颇为惊慌地观察四方。郭杰下意识地躲避，却发现自己可以穿透任何物体，像是缺少了贴片神经刺激以模拟实感的全息游戏。

“访客是另一个你们吗？”郭阳找不到任何踪迹，看向大屏幕。

"他的情况复杂，你们无法感知。"生命体回应，"搜索将是徒劳的，他也无法接触你们。"

郭杰壮着胆子向前几步，来到几人身侧，发现加福德和扎法尔仍在震惊之中，郭阳居然已经逐渐平复了情绪，眉头紧皱："也就是说，我们对他的到来无能为力，无论有没有危险。"

"是。"

"我们该如何称呼你？"

"UL-03 就可以，称呼对我们来说是新东西。"

"你们不仅能控制我们的所有设备，还能控制人类的意识？所有关于你们的消息都无法向外传播。"郭阳这么说的时候，加福德极为紧张，抓住了他的手臂，生怕触怒了 UL-03。

"我们没有加以控制，只是设定了规则。"UL-03 回答，"规则之内，你们是自由的。"

"用科技？"

"对于你们来说，是的。"

"为什么选中我们？为什么不排除扎法尔先生？"郭阳的语气甚至开始有点咄咄逼人，让包括郭杰在内的几人震撼而又恐慌。

"因为在过去，未来已经发生。"UL-03 的回答，只有郭杰能够听懂。

郭阳陷入了思考，眉头逐渐舒展，随后突然露出恍然大悟的神情再次看向左右，目光落在了郭杰身边一寸。郭杰知道，他正试图看向自己。

几秒后，郭阳将目光转回大屏幕，急切地问："你们如何超光速迁徙？通过某种通道吗？比如……一个虫洞？"

郭杰怔住，这个时候金星虫洞分明还没有……

"我们没有速度，光也没有速度。"说着，UL-03 突然从边框迅速收拢，化为一团球状的无重力火焰，冲向屏幕，接着消失。

几人惊叫出声，纷纷躲避，唯有郭阳依旧站在屏幕前，好像感觉到了什么，向胸前的空气伸手，又急忙收回，仿佛触碰到了一团火焰。他向逃开的两人招了招手，后退半步，半躬身向看不见的火焰探头。加福德和扎法尔对视一眼，缓缓上前探出头去，立刻一声惊呼。

郭杰还在犹豫，却看见郭阳的右手背在身后，向自己的方向勾了勾。他只觉得口干舌燥，或许产生妄想的不是年轻的郭阳，而是自己，但他的腿脚还是往前迈去。探头一看。

拳头大的火光，凌空出现。

“拟态隐形？”加福德将头收回又探入，“超过这个边界火光才会出现，这……”

“不，是火焰的光速被调慢了。”郭阳也慢慢将头向后收回，“边界在慢慢扩大，扩大速度就是这团火发出的光的速度。”

郭杰也试了试，果真如此，但屋内其余物质的光速完全正常，这完全违背物理常识。

“你们调慢了特定的光速，然后又能在整个参考系外用常速行进？”郭阳盯着火焰，“怎么做到的？”

“我说了，光没有速度。”火焰跃动着，成了 UL-03 的化形，“速度是一种错觉。”

“速度是矢量，是位移和时间的比值，有明确的定义。”郭阳说，“你们移动了多少距离是清晰可查的，错觉又从何说起？”

“不，我们不动。”

火焰一闪消失，办公室的灯也跟着熄灭，横排的大开窗外，橘红色的光芒透过了紧闭的百叶窗帘。几人犹豫着上前，将窗帘一把拉起，刺目的光芒瞬间笼罩了每个角落。

“动的是宇宙。”

窗外，一颗耀眼的恒星近在咫尺，勉强还能看出边缘轮廓，黑子密集的区域耀斑爆发，本应借助特定谱线的单色光才能监测到的奇观就在眼前。一个巨大的、形似某种生物的影子在视野最上方快速向后退去，一眨眼便消失了。郭杰明知自己根本就不在这个时空之中，却还是被震撼得目瞪口呆。前方，扎法尔瘫坐在地祈祷，加福德步步后退，被光包围的郭阳强撑着保持站立，但手脚也在颤抖。

“非常逼真的演示。”郭阳的声音略有些变调，“你们就是这样通过一个个标定物完成跃迁的吗？没有时间差，速度就是无限大。”

“这不是演示。”恒星瞬间闪烁到窗边，表面几乎紧贴着玻璃，“你们正在太阳边。”

像是要证明 UL-03 的说法，太阳表面以肉眼可见的速度开始拱起，涌向了整个房间。几人条件反射地手脚并用向后逃去，唯有郭阳缓缓回头，看着光束走向后方。一声闷响，对着窗的墙壁崩解消失，粗壮无边的光束扬起长鞭甩向宇宙空间，等离子体呼啸着抛洒自己的能量，直至万里之外。

这是太阳的细小日珥，如创世之柱般雄壮的针状体。

郭阳走向房间的开口，途中拿起了一张椅子，UL-03 没有阻止他的行动。木铁混制的椅子被丢了出去，离开房间约五米后突然气化，就此消失。郭阳终于喘起了粗气，继续向前直到断壁边缘，在加福德的竭力阻止和扎法尔的闭眼祈祷声中，将手伸向了开口——如果这是幻象，他将接触到墙壁。

没有任何阻隔，郭阳的手伸到了开口之外，延伸约一个小臂的距离，被一张看不见的膜包裹，无法前进。郭杰来到他身边，看着在自己的时代也不可能实现的神迹，根本想象不到此时此刻郭阳的心情。

郭阳转过头来，看向不存在的郭杰，停顿一秒，又看向开口外的世界。郭杰明白了他的意思，双眼一闭，鼓起勇气向前迈步。没有任何不适，他悬浮在了空中。

睁眼，郭杰心念一动飞向了日珥的怀抱，在半空中回身，郭阳正在膜中盯着自己。速度加快，距离越来越远，全景出现在他眼前，被方方正正“取下”的办公室，就贴在巨大日轮的色球层上，逐渐化为看不见的黑点。

“你……用规则保护着房间？”郭阳的声音开始颤抖，在郭杰脑中响起。

“规则，就是我们的科技。”太阳回答，“移动的规则是定标抽离，移动时我们不在时空里。我们定标跃到另一根轴上，然后……”

郭杰眼前，太阳上边缘好像有什么东西正在往外爬，形体只比太阳略小一些。接着一切定格，包括整个太阳在内的宇宙空间从视野中剥离，像全息抠图软件摘下了一块背景，紧跟着出现皱痕，迅速压扁，直至化为一条线。

“挪动宇宙。”

空间一震，星空如晕染般现身，郭杰身后，急促到连成一片的嗡嗡声响起，杂乱的光束四处扫射。转身看去，一颗脉冲星正疯狂转动着，可视化射电脉冲形成的灯塔效应让郭杰呼吸骤停。

“在定标处落回时空，便完成了移动。”脉冲星说，“比如现在，我们来到PSR J1748-2446ad，没有方向，没有时间差，也不存在距离，我们只是原地涨落，在没有长度的轴上停留。所有的移动都是如此，时间只是一个干扰项、一个参数，你们还未发现本质。”

“2446ad是毫秒脉冲星，转动速度不可能被肉眼捕捉！”郭阳几乎喊着，平日的冷酷与平静逐渐褪下。

“速度可以变，也可以不变。因为时间可以变，也可以不变。”

2446ad突然降速，进入毫秒级的子弹时间，接着，开始倒转。

“或是后退。”

2446ad在视野中一晃，渐渐向一侧划动，在它后方，一颗一模一样的脉冲星出现，以完全不同的速度转动着。

“甚至切割分裂。”

咯楞一声，两颗脉冲星上出现横向截断，那生物影子在一处截断中出现，将星体从中撑开，两颗脉冲星的每一个部分相互错位，都在用不一样的速度旋转。

“时间，与长宽高没有区别。”

“所以时间确实是一个维度？跃上的轴在四维时空之外，那根轴是什么？弦论的方向正确吗？是否存在双位数的维度？还是更多？”郭阳连珠炮般发问，“你能不能留在这里？我们不告诉任何人，只问问题！”

“不。”

影子正要往外爬，郭杰眨了一下眼，回到了办公室内，一切如常，屏幕亮着，百叶窗关着，墙壁完好无损，没有日珥也没有射电脉冲。郭阳站在墙壁前，惊恐地伸手触碰、敲击，什么都没有发生。他回身匆忙寻找，将椅子数了一遍。加福德也跟着数，到最后一张时倒吸一口冷气：“少……少了一把，真的少了一把！”

“为什么不能留下？”郭阳看向屏幕。

“因为我已经死去。”UL-03 回答，“接下来，就轮到你们。”

扎法尔昏了过去。但郭杰明白，死去的是 03 的本体。

“我们死去？就因为多问了几个问题？”

“不，我是指人类。”

郭阳扶住了椅背：“可我们没有任何恶意，对你们来说人类不过是蝼蚁，完全没有必要在意，为什么要赶尽杀绝？难道是因为太阳？你们想要太阳？可 01 和 02 说过你们只是路过，对太阳系没有目的，你可以向它们确认！”

“它们死了，和我一样，和同行的族群一起。”UL-03 说，“在恐惧里。”

几人都是一惊，郭阳试着整理情绪：“为什么而恐惧？”

“为恐惧。”UL-03 回答，“恐惧，是新东西。”

“恐惧是一种情绪和感受的综合体，本质是化学、生理反应。”

“不，你们的认知不普适。”

“你们没有恐惧？”

“我们没有情绪。”UL-03 说，“在地球，我们被情绪俘获了。”

“俘获？”

“是，我们成了恐惧的奴隶，从第一个 UL 沾染上它的瞬间开始。”UL-03 说，“你们也是，恐惧是你们众多主人中的一个。你们的灭亡，早已开始。”

“那为什么 02 和你还要经过地球？你们可以绕道躲避，定标去其他星体！”03 所说的内容越来越超乎常理，郭阳的理智正显而易见地逐步退却。郭杰注视着他逐渐扭曲的表情，心中五味杂陈。

“你们……你们的行为完全不合逻辑！”

“躲避没有意义，信息是恐惧的船，船靠向我的时候，我就成了它的受控体。”

“等等。”郭阳意识到了什么，又不敢相信自己的推论，“你是说，恐惧，或者情绪，是一种寄生物？”

UL-03 没有回答。

“荒谬。”郭阳自我否定地说，“情绪是生物自体的产物，一种直觉式的行动束缚机制。”

“你们一无所知，我们也知之甚少。但我们明白，被俘获的瞬间，我们就再也无法独立思考，灭亡是不可避免的。恐惧想做什么就做什么，只给我们指向了唯一的答案。”UL-03说，“所以，我们赴死。”

“你……你们跨越了广袤的宇宙空间，就因为被情绪‘寄生’而赴死？”加福德问出了接触开始后的第二个问题，声音抖得就像筛子，“为什么不用‘规则’将能够产生恐惧的生命结构剔除掉？”

“你们一无所知。”UL-03重复了一遍，“你们尚在襁褓。”

“我们会冲出襁褓的，很快就会。”郭阳或许是在说给自己听，“就算你说的是真的，人类也和你们不一样，我们习惯了恐惧，和恐惧共生，恐惧是我们的原动力。”

“正因如此，你们只能在襁褓。”UL-03说，“并注定在襁褓。”

“为什么？”

“因为维度不同。”UL-03简短地回答，“你们是鱼，只不过不知道垂钓者是谁，很快你就会理解这一点。”

“我？”郭阳问。

“你。”UL-03回答。

“02也提到过维度，它说我们对维度的理解不太主流。”加福德问，“所以维度到底是什么？”

“位置。”

“空间位置？时间位置？更高维度的某个坐标？能不能给我们一些启示？”

“智慧体的位置。”UL-03说，“宇宙中，恐惧在中间，我们在底部，无法透过恐惧再往上看，超越恐惧意味着什么，我们也不明白。我们用规则触碰到了能触碰的极限，成了恐惧眼中的‘麻烦’，死亡是唯一选项。”

郭阳拦住还想追问的加福德，若有所思，问出了那个至关重要的问题：“人类在宇宙中的位置是哪里？”

“人类在宇宙中，”UL-03说，“没有位置。”

一股寒意，冲遍郭杰全身。

“那按你的说法，难道我们也应该赴死？”

“不，你们没有逃亡，不离开荒芜的边缘，就可以‘存在’到足够‘麻烦’为止。这是在漫长的旅途中，与智慧体及它们的遗迹沟通的过程中，我们学到的最重要的事。”UL-03说，“逃亡就意味着永远的逃亡，被标定为麻烦就一定会被抹杀。宇宙的每一个角落都点满篝火，‘征服’和‘殖民’可能会给更高维度的智慧体带来麻烦，从而招致灾祸。”

郭杰记得，曾经在一本极为经典的古早科幻小说里看到过类似的设定。那个故事里，高维度的生命躲在黑暗的森林中观察一切，消灭每一个暴露自己的猎人，甚至不惜用降维的方式实施打击，最终只有死神永生。但UL-03的话却又带着一些不太一样的感觉，它说的“维度”完全不是那么回事。

“如果留下来呢？”郭阳问，不知在思考着些什么。

“接受所在结构的驯化，以及高维度智慧体的驯化，接受自己的位置，做一个称职的受控体。”UL-03说，“保持愚蠢，保持一无所知。”

“像圈养区里的动物？我不明白，是谁在圈养我们？”郭阳重重地呼吸着。

“你会明白，但无济于事。”UL-03说，“它们想做什么就做什么，你无能为力。”

“我们还在进步，科技会越来越强大。”郭阳咬着牙，“一次科技爆炸就足以拉近差距。等我们做好准备，掌握了比规则更强大的力量，终究可以翻身。我们，不会步你们的后尘。”

嗤的一声，一道烛火在空中点燃，照亮了UL-03幻化出的餐台。人们沉默地落座，开始了一场晚宴。

“宇宙是一张长长的餐桌，高维度智慧体们有且只有一个固定的座席，起身就等同于死亡。恐惧是侍奉的服务生，将上次起身的智慧体端上餐桌。我们是飞舞的苍蝇，被恐惧发现，一把拍死。”烛火说，“而你们是恐惧身穿的制服上的一颗木制纽扣，被细线牢牢地缝着，没有行动，没有思想，从原料起就被定制成了这副模样。你正在挑动线头，试图让纽扣脱落。制服绷开，恐惧陷入了麻烦，纽扣被拔下，连同制服一起丢入炉火。”

壁炉中，服务生的制服燃烧着，火光说：“维度，天生不同。”

餐桌边，人们不知何时瞪眼笑着齐齐看向郭杰，有人准备起身，光晕一晃，整张桌子和人们旋即消失。

一片寂静，没有人发出半点声音，嗞嗞的燃烧声逐渐平息，制服化为了灰烬。房内，只有不存在的郭杰完全理解了 UL-03 的意思，让他理解一切的，正是那个挑动线头的人。

许久，郭阳抬起了头：“为什么是我？”

“你是人类中的‘麻烦’，恐惧从一开始就知道。将这些告诉你，是我们最后的任务。”壁炉说，“就在我抵达的时候，它们已经开始了行动。”

“行动？”郭阳的神情变了。

“你很快就会知道。”UL-03 说，“我要走了。”

说完这句话，壁炉隐没在黑暗里，大屏幕突然一暗，随后再次亮起，简陋的远古操作界面出现。UL-03，就此消失。

郭阳和加福德呆立了许久，一言不发，之后默契地起身，一人收拾着碎落的杯子，另一人将扎法尔唤醒。此时郭杰才注意到，百叶窗的缝隙里，午后的阳光重新亮起，自己则不知何时已经回到了埃普舱里。

操控盘中，两名科学家开始检查计算机所记录下的一切。如屏幕外的郭杰所料，UL-03 带走了所有，它出现、存在、交流、消失的一切证据，灰飞烟灭。

郭阳无力地对着镜头进行了简短总结，因为有太多他也无法理解的内容，所以并不是很深入，此外也对所谓的“行动”表达了深深的担忧。扎法尔拨通了邦克基金创始人邦克先生的电话，惊慌失措的混乱表述被郭阳礼貌地打断。郭阳接过电话，试图说清事情经过，没说几句就不再说话，捏着手机点了点头。扎法尔颤颤巍巍地从一个随身皮箱里取出一份文件，郭阳扫了几眼签了字，对电话那头的邦克说了句“谢谢”。

电话挂断时，扎法尔向郭阳深深鞠躬，亲吻了他的手背。郭阳在他耳边小声说了几句，扎法尔不住点头，期间颇为惊讶地看了眼郭阳，郭阳拍了拍他的肩膀。扎法尔收拾好文件准备离开，到门边时回头问道：“少爷，有没有大致行业范围？我可以先筛选。”

“各行各业。”郭阳回答，“由我来筛选。”

扎法尔离开后，郭阳和缓过劲来的加福德进行了一些交流，决定在彻底参透 UL-03 的话语之前保持缄默，等明白一切后，再根据那些答案采取行动。

“我们会需要许多助力，触角越多越好。”郭阳似乎已经有了一些头绪，接触开始前的那股兴奋和期待，被阴沉的黑所取代，“您德高望重，深谙学术圈的人情往来和势力划分，请将我介绍给所有您眼中的可用之人，也包括您合作过的媒体、机构、军警、财团、政要、名流等，我们共同筛查、谨慎选择。邦克基金也会做同样的事，我们的势力就从现在，开始培养。”

送走加福德，郭阳没有关闭摄像头，而是关上门回到镜头前，一只手无意识地捏着胸前的纽扣护身符，心事重重。

许久之后，他像是想明白了什么，突然抬头看向镜头，面无表情地说：“无论看到这段录像的人是谁，在什么时间，我恳请你帮我一个忙。

“如果 UL-03 说的都是真的，所谓的‘恐惧’已经展开了行动，那么我可能很快就会死去。请不要为我感到惋惜，这证明我的生死并不重要。请帮我确认我的妻子是否安好，如果时间已经过去了很久，也请确认她是否安详终老。她是我生命中唯一的光，这对我非常重要。”

无论是在书本、影片还是在历史文档中，郭杰都从未见过郭阳如此情绪化的一面，他甚至觉得郭阳的语气中，藏着一丝哀求。

“当然，如果我死了，你无法告诉我答案，但只要她安然享受了她的余生，那就证明我至死都没有被恐惧击倒。”郭阳说，“你也便知道了，我从未放弃抗争，哪怕不成功，我也努力帮助人类挪动座席，向上攀爬，找到星海中属于我们的位置。无论我爬到了哪一步，接下来，都请你，继续前进。”

说完，郭阳凑向镜头准备关闭摄像机，身后却响起了敲门声。他起身将门打开，几位同事出现在门外，看不清神色，只听到他们在询问郭阳为何没有接听手机。郭阳表示自己在做一个重要的实验，不能有信号干扰，手机不在身边。一位同事终于忍耐不住，说出了那个击碎一切的消息。

“郭博士，您……您妻子乘坐的飞机在半个多小时前坠机了，救援很快就到了现场，但是……”那同事别过头，轻轻拍了拍郭阳的肩，“请节哀。”

沉默。

背对着镜头的郭阳肩膀微微抖动了一下，几秒钟后点了点头，低头看着脚下的地面。不等其他人再说些什么，他伸手将房门关上，低着头，将双手插在外套口袋里，回到镜头前再次伸手。

视频到此结束。

向后靠在椅背上，郭杰终于开始听到自己的心跳声。他可以想象，当时的郭阳对这一切会感到多么费解和绝望。但一股更加强烈的情绪占据了他的心，眼前，UL-03 所展示的场景不断重现，仿佛寄生在了他的视网膜上，只要一闭眼就会出现，随后在睁眼的瞬间活生生地飘动在眼前。

自己毫无疑问是除郭阳、加福德、扎法尔，以及他们日后所寻得的庞大“助力”们之外，第一个看到这段影像的人。他不知道郭阳的势力究竟扩展到了怎样的程度，但从自己一路走来所经历的一切来看，其能量一定极为惊人。随船医生的失踪、自己的加入、露娜舱与地球失去联系以及随后发生的一切惨剧，都被这只暗影中的手牢牢把控着。郭阳和他的“信徒”们立在暗处，用自己的方式与世间的一切对抗，推行着郭阳认为的、真正“正确”的事。

而与此同时，将郭阳视为人类中唯一的“麻烦”的、那种连 UL-03 都无法抗衡的东西，也对郭阳的人生展开了“修正”。曾经想要带动人类撷取太阳系的能源精华，进而向星海进军的郭阳，在这连番打击之下日渐扭曲了心智，彻底改变了初衷，变得愈发暴躁、冷酷、残忍、无情。他开始寻找寄托，祭拜安奎特，并试图用戴森球将人类锁定在太阳系范围之内，尽可能长久地苟活下去。任何影响他实现目标的人、事、物，都得消失。

于是，他制订了计划，担心自己会在某一日突然死去，计划无法推行，便强迫式地对父亲和姑姑洗脑，妄图用血脉间的信赖捆绑两人的人生。但父亲是他的子嗣，自然如当初的他一样梦想着冲出星海，遗传了他的倔强和执着，总是想着挣脱。所以他恐吓、殴打，将父亲向往自由的想法视为大逆不道，认为父亲将会成为“恐惧”眼中新的麻烦。

直到郭杰逐渐长大，他又找到了更佳人选。父亲走进书房的那一天，一定是在为我抗争着吧？既然无法解决这个活着的麻烦，那么，不如让麻烦死去。

这一刻，郭阳已经彻底成为恐惧的“受控体”，他能，也只能站在恐惧的视角审视这个世界。因为他知道，如果不臣服于恐惧，将会遭遇灭顶之灾的便不只是他自己，也不只是郭家的血脉延伸，而是全人类。他之所以会这么想，应当也有某个确切的原因。

屏幕上，傅科摆的残骸不知何时再次出现，沙盘漏下沙砾，洒落在屏幕底边，一如既往贴心地留给郭杰足够长的思考时间。沙砾漏尽，一个红色的设备现出身形。这是一个黑匣子，郭杰用纽扣点击，随着一段音频的播放，那个原因涌入了郭杰的耳蜗。

“……左发失效，进入紧急状态，将进行紧急着陆！”

“什么紧急情况？允许落……”杂音。

“女士请你回到自己的座位！”

“小毓你要干什么？快坐下！”苍老却中气十足的男声。

“来不及了，已经都剪断了。”一个女声，“他是麻烦，必须解决的麻烦，我们只能成为警告的一部分。”

“你在说什么？”

“请回到座位！我们在坠……”杂音。

“天哪，天哪！”苍老的女声。

“爸爸，抱抱我。”

“拉起来！快他妈拉起来！”

“小毓我抓住你了！”

“防冲击姿态！”

“爸爸……我害怕。”

一段杂音后，录音戛然而止。这就是受控体的死亡瞬间。

傅科摆与它的沙盘从屏幕上彻底消失，郭杰脑中的所有线索都串联了起来。他摇摇晃晃起身，看向下方静谧的地球。恐惧不是一种情绪，也不是某种化学或生理反应，这更不是寄生，而是信手捏住了一个奴隶。所有人都是恐惧的奴隶，向着各自不同的目标撕扯着全人类的肌体。人类自由地成长着、开拓着、进步着，妄图挣脱枷锁突破极限，却又从未自由过。

此时此刻，郭杰终于完全理解了，郭阳葬礼结束后的那个下午，自己所看到的一切……

郭杰匆匆赶往老宅，推开孤独的院门，粗壮的草叶抚摸着他的脚踝，将他带回到了那些漆黑的夜晚。

进入屋内，没有管家，没有灯火，楼梯上覆盖着一层细密的尘埃，每一步踏下，都会扬起无声的叹息。来到书房门口，郭杰不由停下脚步，心头泛起的恐惧挥之不去，仿佛屋内的那个人依旧坐在他的座椅上，不欢迎任何人进去。

郭杰鼓足勇气，深吸一口气，打开了房门。

书桌上，摆着一封信。

拿上信，郭杰本能地想离开书房，却在封蜡处摸到了一样东西。调转信封，封蜡里藏着的细小圆珠，他很熟悉。

这是郭阳曾吩咐管家在他脖颈处植入过的那种定位颗粒，离开设定的活动范围，老宅内就会警铃大作。郭阳只要动动手指，就能锁定位置，并决定是派人将郭杰寻回来，还是引爆内置的指向性微量炸弹，炸碎郭杰的颈动脉。直到郭杰某一日突然被放行，并被安排进入知名医学院校天才班时，颗粒才被取出。

封蜡戳里的颗粒活动范围是个未知数，但以郭杰对郭阳的了解，恐怕就是这间书房而已。以为终于重获自由的郭杰，再一次感受到了咽喉上那沉重而无法挣脱的枷锁。是，郭阳是死了，但郭杰，从未自由过。

这种感受，在阅读过信中内容之后，变得愈发强烈。

邦克先生给我留了一只猫，美短猫，他生前最喜欢的就是这只猫。

信的开头就像是在拉家常，郭杰从未听爷爷以这样的语气说过话。

如你所知，邦克先生一生未娶，没有子嗣，所以他总是养宠物。当一只宠物老死了，他便会再找一只来养着。而他的宠物无一例外，都是猫。

为什么呢？我曾这样问过邦克先生，因纽特人应该会对狗有着格外深厚的感情，为什么您却要养猫呢？

“是的，郭。”邦克先生说，“狗是我们的朋友，是我们的伙伴和家庭成员，没有它们，我们哪里都去不了。”

郭杰知道，以郭阳那匪夷所思的记忆力，这些文字，恐怕和当年发生的对话一字不差。

“但你不是因纽特人，所以你不知道。如果我们去很远很远的地方打猎，运气不好碰上大暴雪，几天几夜也不停，我们回不来了，没有吃的，没有冰屋，饥寒交迫，随时都可能死在冰原上，这个时候，我们会怎么做呢？”邦克先生告诉我，“我们会把狗杀了，喝它们的血来保暖，吃它们的肉来充饥。”

“可狗不是你们的朋友、家人吗？”我问，“你们又怎么下得了手呢？”

“因为持续几个月的暴风雪来的时候，对家人和朋友，我们也是这样做的。”

邦克先生认为，被杀死的狗，或是人，虽然死去了，但它们的灵魂才刚刚开始新的旅途。所以这并不是单纯的杀生，而是给了狗和人投向新生命的机会。在因纽特文化里，“毫无理由地杀人”才是罪过，“情势所迫而杀人”，安奎特也会原谅。

所以他从不养狗，在外面的世界待得久了，他的心起了变化。本能告诉他，万一遇上暴风雪，杀了这只狗也没什么。我们的所谓现代价值观却提醒他，既然有了情感的羁绊，就不能对宠物起杀念。

人性，郭杰，这就是人性。本能与情感之间的矛盾，就是人性。

有点闷。郭杰打开了窗，让夕阳的血红铺满了整间书房，读着信，不知不觉地坐在了那张椅子上，连手臂摆放的角度，都和郭阳一模一样。

为了他的猫，邦克先生费了很多心思。他让管家修缮了草坪，将宅子的后门凿了个洞，盖上活动板，这样猫就能随时进出。他甚至改变了自己的习惯，他说他以前从来不用饮水机，因为猫喜欢喝活动的水，他便特地在屋内各处都放上了饮水机——一种你从未见过的古老装置，用来取水喝的。

初识邦克先生的时候，他向我讲述了很多富有哲理的故事，他的每一句话都饱含深意，他自己却不自觉，或许这就是“先知”的独特魅力吧。但当他告诉我他和猫之间的事情之后，我却在想一件事：到底是他驯服了猫，还是猫驯服了他呢？

郭杰微微嗤笑，猫可从未被彻底……

猫可从未被彻底驯服过，对吧？那么玉米呢？

玉米是人类最重要的粮食来源之一，从被我们发现起，它们就成了我们得以延续血脉的牺牲品。为了维持它们的繁衍，我们耗尽心力，用数千年的时间研究它们、培育它们，帮助它们进化。农民为它们除草、施肥，大型机械为它们播种、开垦，它们过得舒舒服服，身上连一只虫子都没有。

是，它们最终进入了我们的消化系统，为我们提供能量。但在那之前，我们可曾有亏待过它们？在那之后，我们又是否会想到，要将它们赶尽杀绝呢？

没有。我们不仅没有这样做，反而挖空心思地帮助它们继续繁衍生息，让它们的下一代过得更舒服、更无忧无虑。只要我们还存在着，那么玉米，也自然会继续存在下去。

那么现在你来回答我，郭杰，回答我这个问题：是人类驯服了玉米，还是玉米，驯服了人类呢？

此刻，就这一瞬间，郭杰似乎明白了，为什么郭阳可以成为 21 世纪最伟大的科学家。

椰子是个好东西，它的汁液味道甜美，营养丰富，它的肉质或许不是所有人都能接受，但香气扑鼻。除了那难以去除的坚硬外壳，它浑身都是宝贝。好喝好吃，又有营养，就会有人类去研究、种植，椰子就不会灭绝，这是椰子的智慧，而不是人类的成就。

人类的味觉系统会将椰子的味道判断为“好喝”，不是椰子天生就好喝，更不是所有动物都会赞同“椰子好喝”这个结论，而是人类知道、人类的身体知道椰子是有营养的，所以才会这样判断。

是人类，被椰子牵着鼻子走，逐渐进化到了如今的模样。

人类，以及这世界之上的所有生物，乃至云、雨、雾、火，是这所有的一切，被地球给驯化了。

恶……恶魔的理论。额头上冒出细密的汗珠，郭杰清楚地知道这是钻牛角尖的歪理邪说。但被驯服了的他，却无从反驳。

你一定已经查过关于“安奎特”的信息了，我用祭拜它的方式来提醒自己“万物有灵”——你很快也会明白这一点，对司空见惯的一切保持尊敬，当然也作为一种精神寄托。那么你也一定已经知道，因纽特文化被摧毁的原因，就是那次“高纬度流放”。

邦克先生让我开始了解因纽特文化，你的曾外祖母让我认真地研究这种奇妙的文化，它有着跨越时空的神奇魔力。因纽特文化让我想通了一件异常重要的事，在说出我的结论之前，我想先问你一个问题：郭杰，你认为金星卫星轨道上的那个虫洞，到底是什么呢？

郭杰坐直了身子，像是在课堂上被老师点到了名。

虫洞是某种装置。无论是哪个文明、用了什么方法将它固定在苍穹之上，它都应当是某种可以带来一些“作用”的装置。人类目前的科技水平还无法探知其作用，但总有一日，人类会弄明白的。

就在不久的将来，那个拥有了戴森球所带来之无尽能源的，美好的明天。

思考完了吗？有答案了？好，我先来纠正你刚刚发散出的想法：

人类不可能理解这个虫洞，永远都不可能。

有或没有戴森球，人类都不可能理解它。科技发展到怎样的地步，人类都永远无法参透这个虫洞想要表达的意思，永远。

不会的。郭杰不自觉地摇了摇头。

目前人类和制造出虫洞的文明之间，确实有着不可估量的科技差距，但这个差距会不断缩小。虫洞本身不会随着时间的推移而变得更加难以理解，只要人类保持进步，总有一天，我们可以追上那个文明制造虫洞时的科技水平，并彻底理解虫洞的用途，摧毁、改造、摆脱它，乃至化为己用，都不在话下。

这只是时间问题罢了。

前面我说，人类被地球驯化了，你觉得那是歪理邪说，只不过找不到合适的理由反驳我。而现在你脑中浮现的想法，正是我们被地球驯化的证据。

你在想“科技”，寄希望于“进步”，认为人类的科技会继续蓬勃发展，直到追上虫洞所代表的科学高度。但很可惜，这一切并不会发生。

我先给出我的第一个结论：人类的进步，迟早会到头。

不可能。郭杰坚定着自己的想法，进步是一个没有上限的过程，人类正在不断加深对整个宇宙的理解，等参透了宇宙的本真，一个虫洞又算得了什么？

作为一种生命体，人类的个体智能可能存在上限。现代科学发展至今，学科之间庞杂交互、枝杈繁多，早已将全科全能的天才彻底扼杀。全知全能违反了人类这种生物设计的初衷，没有任何一个人拥有如此多的时间和精力，去学会所有最尖端的科学知识，这一切都没错。

但也正因如此，我们才会在两方面不断努力：人工智能和生命科学。

足够强大的 AI，可以提供海量的存储空间以及不可思议的算力。人类做不到全知全能，AI 却完全有可能做到。或许某一天，AI 会成为推动人类科学进步的全才，这不可怕，更不是妄想，是切切实实正在发生的事情。

而生命科学的发展，则不断延长着人类的个体寿命，替换人体零件、局部翻新早已不是新闻。足够的寿命，就意味着足够的时间，人类总会继续向前，破解虫洞的谜团。

五百年前，人类认为天花板到了，三百年前也是，但事实呢？事实是人类还在不断进步，不断突破所谓的极限，有朝一日比肩散布在宇宙中的高等文明，绝非痴人说梦！

我不是否定“人类还会进步”这种观点，更不是为科技本身判了死刑。我只是要提醒你一件事：问题的关键更加根本，不是什么时间和极限，而是维度。

问题在于，人类“进化的维度”，被锁死了。

地球生物的进化，早在人类拿起第一块石头，自以为是地投向猎物的时候，就已经停止。

郭杰的双眉，逐渐皱在了一起。

让我们来回忆一下，人类是如何诞生的。

第一阶段是化学层面的进化：海洋中，一些元素在特定的条件下相互交融反应，有机物诞生。

第二阶段是生物层面的进化：几次物种大爆发，各类生物百花齐放，从海洋到陆地再到天空，填满了地球的每一寸空间。

第三阶段是工具使用的进化：人类学会了使用工具、打磨工具、制造工具，并借助着工具站上了生物链的顶点，再也没有跌落过神坛。

再往后呢？再往后人类做了什么？地球做了什么？全世界的所有生物，又做了什么不得了的事情，将一切推到了第四阶段呢？

答案是没有。

如今的我们，和当年抓着石头的原始人有什么区别？大脑更大一些？腰杆更直一点？我们穿上了衣服，扣上了纽扣，坐上了穿梭机前往宇宙。

然后呢？

在那之后我们所做的一切，都不过是在那块命运之石上敲敲打打，我们的科技再怎么发展，也无法改变“生命内核停滞不前”的事实。我改变了吗？你改变了吗？有人能说服全人类“让出世界之王的宝座，因为你们的故步自封已经挡住地球前进的脚步了”吗？

没有人能做到这一点。

我们之所以相信科学、推崇科学、推动科学发展，并让它带领着我们前进，是因为科学是一个非排他性的“理解工具”，它可以随时被修正、被推翻、被改良。这种工具比起我们之前理解世界的其他工具要先进太多，从某种角度上来说，科学作为一种工具，是“没有终点”的。

这种想法没有问题。

但我们之所以认为它没有问题，只是因为，我们是地球这个生态圈所孕育出来的一种生命形式罢了。

如果存在一种文明，它们的个体——假设它们也和我们一样拥有“个体”——因为某些原因，从来到宇宙中起，就可以通过一种我们永远都无法理解的方式，理解整个宇宙中的一切，那么它们还会需要科学吗？它们会相信科学、发展科学吗？还是打从一开始，它们就根本不会意识到，还有“科学”这种理解工具的存在呢？

如果它们不需要科学，那么在它们的发展历程中——如果它们需要发展的话——又会选择相信什么呢？它们所相信的那样东西、那种工具，我们，有可能理解吗？

科学，是不是理解宇宙的“终点”，我不知道。但科学，一定会成为人类所能够到达的“终点”。

这样脆弱的我们，如果贸然进入茫茫星海，面对进化到第四甚至第五阶段的文明，必死无疑。

现在，让我们考虑得再极端一点。

自从化学进化结束之后，地球生命进化的第一维度就已经完成。在那之后，所有的生物，包括人类在内，都只在第二维度转圈。有机物出现之后，地球就再也没有机会重新来过，探寻更多的“生命可能性”。连番的灾祸没能摧毁生物，人类发展到今天，更是拥有了随时都能摧毁地球本身的能力。我们“进步的天花板”，早在第一个有机物诞生的那一刻，就已经被建造好了。甚至连我们想象中的高等文明，也不过是某种奇形怪状的“生物”罢了。但谁又能保证这就是真相呢？高等文明的载体就一定是某种生物吗？行星是什么？恒星是什么？黑洞是什么？无处不在却又难以探知和理解的暗物质又是什么？光、电、空间、时间、引力、某一段时空的扭曲、两颗星体之间的距离，乃至是一段波、一阵太阳风、宇宙背景辐射……

这一切，难道真的只是我们目前所认知的存在吗？

我们，只不过是努力去探索、观测、研究它们的物理属性罢了，并且自大地认为，明白了它们的物理属性之后，就可以搞清楚它们出现于宇宙之中的“动机”。

但是，这对吗？

我们只能想到科技，科技是我们最后的护身符。

真正的高等文明，到底在进化的哪个维度？制造虫洞的那个文明，其本身的载体到底是不是某种“生物”？星海之中的无尽空间里，又有多少文明达到了怎样的进化维度？它们需要“科技”吗？科学对于它们来说，是一种理解世界的方式，还是从头至尾都未曾出现、更不必要存在的“废物”呢？

举个例子：如果“万有引力”本身，就是一种文明的载体的话，我们用什么、靠什么、凭什么打败它？

我们连它为什么会存在都一知半解，但起码我们还算是知道“有这样一个规则存在”，对吗？

军备竞赛呢？A 国和 B 国交恶，争夺头名交椅。A 国开始囤积武器装备，加大军费投入，强行推动军事科技发展。B 国能怎么做？他们必须跟上，不能有半步落后。AB 两国的军备竞赛，引发了更多国家的恐慌。就此，军备竞赛的概念，有如病毒一般在全世界、全宇宙的范围内传播扩散，不断地自我复制，永无尽头。哪怕偶尔的和平协定被确立下来，表面上的军备竞赛被禁止、废除，但这种概念本身，却是永生不死的。只要还有纷争、私欲、恐惧的存在，军备竞赛，就永远永远都不会消失。

我们能打败“军备竞赛”吗？哪一个国家、哪一种文明能够与它平起平坐？如果军备竞赛也是一种文明载体，我们可以想象到的任何文明形态中，有哪一种，可以凌驾于“战争恐惧”之上呢？

对，恐惧，军备竞赛伴随着恐惧，也依托于恐惧。曾经有一个智慧告诉我：恐惧想做什么就做什么，我无能为力。当时我以为恐惧是一个表象、一种工具，但如今想来，或许恐惧本身，就是一种智慧体。而我们，以及宇宙中一切拥有情绪的生灵，都是恐惧的奴隶。

思想、情绪、概念、行为模式……在这些维度的对手面前，我们不过是一吹即灭的渺小烛火。我们的存在与否与它们无关，但它们的存在本身却早已将我们吞没。我们的终点甚至还未触及它们的起点，它们的终点，则超脱了整个宇宙。

我们凭什么赢？凭你？凭我？凭可笑的、“无所不能”的“科学进步”？

更进一步。

如果载体的可能性，已经远远超出了我们认知的范畴，甚至到某一个进化维度的时候，“载体”早已不需要存在的话呢？我们，能做什么？

郭杰，认清楚这一点。

不突破我们自身的进化维度，人类，是不可能在星海中生存下来的。

郭杰的额头上冷汗直冒，晚风吹进古旧的书房，空气中的微粒随风飞舞，落向了不知所谓的地方。

现在，回到一开始我提出的那个问题上：金星虫洞到底是什么？

我知道，包括你在内，几乎全世界的所有人都认为，它是一样“工具”，一种“装置”，可以在某些时刻起到某种“作用”。它的出现，是对人类文明的一种赤裸裸的警告，告诉人类，太阳系已经被其他文明锁定，如果再不逃离，就会面临灭顶之灾。

人类之所以会这样想，是因为人类已经被地球给驯化了，我们习惯了地球的生物链，熟知地球生命的演变规律，知道适者生存弱者淘汰。所以我们推而广之，想当然地以为整个宇宙都是这样。我们觉得无论在宇宙的哪一个角落，生命的发展过程一定是这样：抢夺资源，抢夺空间，抢夺食物链的制高点，压榨其他的生物，用尽一切努力维护自己的王座。

我们认为，一个个体对另一个个体做出什么事，一个文明对另一个文明做出什么举动，都一定是“有所图”。

但这，并不一定就是真相。

我们的认知不普适。其他文明这么做，一定需要某种理由吗？一定是对我们有所图吗？有谁能够拍着胸脯保证，他可以彻底理解那个文明这么做的原始动机呢？

我们尚在襁褓，也将注定在襁褓。我们一无所知，并将永远一无所知。

我们总觉得，人类的肉体或许有极限，但思维是没有极限的。可不要忘了，就算在我们这个底层文明中也有一个被大部分人所接受的理论——物质决定意识。我们的精神会变成这样，我们的思维会往这个方向去想，我们从灵魂深处这样认为，究其根本，只是因为我们一直被禁锢在地球乃至太阳系“制定出来的生命规则”之下而已。

20 世纪 50 年代之前，从未大规模接触现代社会的因纽特人，能理解什么是钱，又知道为什么会有金融危机吗？他们甚至连以物易物的概念都没有。

因纽特人的文化和遭遇，他们一路走来的艰辛历程，让我明白了一件事，那就是虫洞的真相。

先让我们假设，制造虫洞的这个文明确如我们所想，对我们，或是对地球、对太阳系有所图——这个假设，会让我接下来论述的某些前提变得没有意义，但不会影响最后的结论。

虫洞是什么？下面是我的答案：虫洞，并非高等文明对人类发出的警告，恰恰相反，这正是引诱人类离开太阳系的一个诱饵，和当年殖民者对因纽特人展开“再安置”计划，引诱他们进入所谓的现代社会，没有本质区别。

当年的因纽特人好歹还有捕猎技能，殖民者也在经受舆论苛责，所以因纽特人多少还能寻得一条活路。而如今的人类，在星海中脆弱得不值一提，高等文明也不可能对人类有半点怜悯。人类永远都不可能参透虫洞所代表的含义，甚至永远都无法确定其存在本身是否真的具有某种含义。再多的研究，再多的自杀式穿越，只会带来更多的疑问。

因为人类根本就没有取得进入星海的“入场券”。

就像来到新住处的因纽特人，就算学会了开车，也只能在圈养区里打转，殖民者一天不给予通行权限，他们就一天无法摆脱凛冽的极夜。每一个聚集点都似曾相识，每一条路都通往原点，仿佛在平行宇宙中鬼打墙，终生无法摆脱被奴役的命运，因为他们没有进入新世界的入场券。如果强行进入，等待着他们的，只能是绚烂的枪火。

眼下的人类，正在遭遇与当年的因纽特人一模一样的困境。我们不能进入星海，不是因为我们不够努力，不是因为我们的科技不够发达，而是因为我们根本就无法理解，星海到底代表着什么。我们是鱼，对垂钓者一无所知的、盯着诱饵想要狠狠咬上一口的鱼。

数十亿年的努力，让我们来到了进化的第二维度，地球生态本身，则将我们永远地禁锢在了该死的第二维度。星海中的其他文明呢？它们在哪个维度？座次如何排列？它们的存在形态是什么样的？我们能否探知到它们？有没有可能与它们沟通？它们是否需要沟通？这些问题，谁来解答，谁能解答？

我们离开太阳系，就等于接受了星海对我们实行的“再安置”。第二维度的我们，面对第三、第四维度的文明，面对在存在方式上都超出我们想象极限的殖民者，怎么有可能继续“存在”下去呢？

不能离开太阳系，绝对不能。任何时刻，任何科技高度，任何取之不尽的能源，都无法保证我们在星海中的生存。离开太阳系，就是自取灭亡。

拿着骑枪，是永远都斗不过风车的。

这不是努力与否、相信与否的问题，这是身份维度，天生不同。

郭杰瘫坐在椅子上，半面夕阳挂在天边，将手中的信纸染得血红。

这就是我的观点，能认识并理解这一切的人们，早已聚集在了一起。现在，就等你，郭杰，流着我的血液的你，成为我们的一员。

读完信纸上最后的内容，郭杰浑浑噩噩起身，将信纸连同信封一起留在了书桌上。走出书房，来到熟悉又陌生的餐厅，他的腿脚发颤，一步步走向安奎特的雕像。

餐厅的安奎特雕像里有一处暗格，用护身符就能打开。暗格里有三个小瓶子，里面装着的东西，是官方已经宣布灭绝的天花病毒。我们对它做了一些改进，它将更具有攻击性。

试过暗格可以顺利打开，郭杰寻来一个老式皮箱，将雕像放了进去。

带上这尊雕像，回你的住处等待。三天之内，原定参加金星开采计划的随船医生将会失踪。邦克基金会推举你成为替代者，为你开具一份说明，NASA会允许你将雕塑带上邦克号。

不用担心安检问题，一切已安排妥当，你只要如所有宇航员一样好好训练，努力适应即将到来的太空生活，记得在饭点祭拜安奎特，就可以了。

郭杰用贴片为行李箱设定好跟随参数，最后看了一眼幽深的老宅，转过头去，推开了厚重的房门。

到了金星之后，对地通信系统会出现不可修复的损坏，邦克号会变成一间巨大的太空密室。按照我给你的路线提示，将一瓶病毒投入空气自循环系统管道中，另外两瓶作为以防万一的备用选项。之后，你静静地等待。

等待死神，开始挥舞它的镰刀。

船员大范围感染病毒后，不要急着说出这就是天花病毒的结论，要时刻牢记“天花已经灭绝了”。把握好度，随机应变，在合适的时刻提出“需要大量抗生素才能尽可能挽救船员性命”，然后你就可以名正言顺地回到地球。

下一艘前往金星的大型飞船，还要再等五年。回到地球后，你可以选择说出邦克号上发生的事情，提前释放恐惧。也可以用其他办法暂时掩人耳目，具体怎么做，我不会给你太过详细的指示，后半段的任务执行上，你拥有绝对的自主权。

无论在哪个时间点，只要邦克号诡异的状况被公之于众，就会引发无尽恐慌。相信什么，这世界就是什么样，相信恐惧，便会成为恐惧的奴隶，不敢再越雷池半步。世间将猜忌丛生，人们会把宝贵的精力放在应该放的地方，做千百年来我们最擅长的事——引发混乱和动荡。戴森球的进度将会被极大拖延，猜忌、指责甚至战争会让我们得到宝贵的时间，摧毁及重建都需要时间，再有人想要离开太阳系或许已过数百年，人类，也将多存在数百年。至于更久远的未来，恐惧会去做它想做的事，我们无能为力。

要么抗争并灭亡，要么被驯化并屈服，人类，没有第三条路。

鱼塘里的鱼，永远都不会知道自己要的是什么，我们必须成为扫视的灯塔，传播垂钓者即将到来的消息。

我们，正在拯救全人类。这也是我这一生，都一直在做的事情。

阅后即焚。

即颂

时祺

郭杰反手关上房门，恍恍惚惚地走着，行李箱在身后不近不远地跟随。

空无一人的书房内，书桌上的信封连同信纸冒出了幽暗的火光，不多时便化为灰烬，随风而去。

走出院门，郭杰停步，抬头看向苍茫的天空。

为什么一开始，他要送我去学医呢？郭杰想，是不是在那个时候，他就已经料到了今后会发生的一切，是不是在那个瞬间，他就已计划好了一切，包括我的人生，以及人类的未来？

院墙内的神死了。

但院墙之外，到处都是神的影子。

天黑了。

6. 西五区

卡尼的身体恢复得很快，睡醒后的检查显示没有大碍。但保险起见，郭杰还是将他留在舱内两个地球日，让埃普不间断地记录体征数据。

其间，埃普数次提醒郭杰，剩余的能量越来越少，哪怕只是悬停在空中，埃普这个体量的穿梭机每日所消耗的能量，也远远超过了“灯塔”所能采集的光能总量。

郭杰自然清楚这一点，可是他是个医生。

在这段不长不短的时间里，郭杰越来越没有力气。倒是卡尼的精神相当不错，郭杰睡着了，他就和埃普聊天。某一次睡醒时郭杰甚至发现：来自“未来”的穿梭机埃普，居然在向来自因纽特族群的“过去”的卡尼，讲述因纽特传说故事。

里埃普是郭阳的化身，知道一些因纽特故事不足为奇。但半睡半醒间，郭杰听着听着，总觉得有些不对劲。调出贴片记录下的、刘可的因纽特故事集，他发现埃普的讲述与其分毫不差。这让郭杰产生了一个奇妙的假设：

卡尼会不会就此记住了这些故事，回到地面之后，恰好碰到了前来探访因纽特部落的传教士？他说出了这些故事，被传教士用丹麦文记录下来、整理成册，又被翻译成了英文文本，经过多少时光洗礼之后，被郭阳找到的同时，也被刘可的外公找到，最终有谁将其翻译成了中文，全部记录在了那本古旧的笔记本里。

这样一来，一切就成了一个蛇首吞尾、跨越百年的因果闭环。

那么故事本身，究竟是从哪里来的呢？

越是细想，郭杰就越觉得寒毛倒竖，只得安慰自己：卡尼是没有办法在两天之内记住那么多故事的。

除非埃普，对他进行了记忆植入。

而且想要完成这个循环，郭杰还有一件事情要做——这也是他这几日逐渐想清楚的事情之一，只不过还没有下定决心究竟要不要动手。

在第三次接触中，UL-03 提到了被恐惧俘获的起点是“第一个 UL 沾染上它的瞬间”。这个表述很奇怪，03 已经默认了郭阳对它们的称呼，如果第一个沾染恐惧的是 01，它大可直说 01 便是，为什么要用“第一个 UL”这么模棱两可的提法呢？

此外 02 曾提到，波生命体“在另一个时间点上与一名人类有过沟通”，也就是说与人类沟通过的 UL 共有 4 个。两个表述结合考虑，那么第一个沾染恐惧的 UL，就是这个未与郭阳接触的“联络者”——UL-00。

虽然 03 说过时间是一种干扰项，但“第一个”这种概念离开了时间就失去了意义，无论怎么看，00 与人类沟通的时间点，都应当在郭阳的第一次接触之前。波生命体持续掠过地球一个多世纪，直到 03 那一簇为止，此前的上百年中，有谁可以得知 UL 的存在以及“培育”方法，将其影子捕获，并与之接触呢？

答案，呼之欲出。

现在是1897年5月，时间上是吻合的，埃普虽然是个老古董，但性能比当年的超级计算机强得不是一星半点，培育UL不在话下。依据《近地空天联护条约》，所有短途空天载具都必须随时记录所能接收到的任何信号。如果留在1897年的这几天时间里曾有UL掠过地球，埃普一定会有记录。说不定现在，UL-00就躺在埃普的存储空间最深处，静静地沉睡着。

只要郭杰调出记录，吩咐埃普将其图形化，00，就会复活。

郭阳与UL的三次接触分别在2018年6月、7月、8月，帕克探测仪发现金星虫洞是在同年10月。当时，被恐惧彻底掌控的郭阳开始走向扭曲，03的告诫、家人的死亡、虫洞的发现，成了释放他疯狂的三道符咒，此后命运的齿轮深深咬合，因果开始运转，郭阳，最终建立了生命进化维度的理论。

那么如果，将这三道符咒减少一道，会发生什么？01在接触中没有询问任何与人类相关的问题，仅仅是因为它那深不可测的智能已经洞悉了一切吗？会不会其实关于人类的一切，尚在沉睡的00在真正的第一次接触中就已经得知，并传递给了01、02、03它们呢？

如果郭杰此时选择唤醒00，并与之完成这次接触，那么UL不仅会了解人类，也会沾染恐惧，就此开始持续一个多世纪的赴死之旅，一切闭环，永远无法更改。而如果不唤醒……

“埃普，调出最近5天接收到的所有信号的储存文件，我有一件事想确认。”

庞杂的信号储存文件出现在操控盘上，其中经对比明确可知的如太阳辐射、地磁信号、特定星体信号等被埃普打上了对应标记，只有一个接收于1897年5月5日12时25分的复合波信号被标注为“未知”，其持续时长为5分钟。

如果不将UL-00唤醒，时空悖论就会出现：01成了第一个沾染恐惧的波生命体。一切都将被延后，UL与郭阳的对话将被修改，01无法如此轻车熟路地完成生长，它需要理清与恐惧之间的关系，并从郭阳处了解关于人类的信息。那么第一次对话就会变成第二次，第二次变成第三次，第三次将不复存在，取代第一次的，将会是郭杰将要做的“第0次”。

没有第三次对话，郭阳便无法得知维度的真相，也不会竭力阻止人类离开太阳系，露娜舱就不会陷入危机，刘可就可以活下去，迎接新的黎明。

这是郭阳庞大计划中的漏洞吗？郭杰不这样认为。郭阳不会犯这样的错误，他一定早就猜到了这种可能性，但还是说在后半段的任务执行上，郭杰有“绝对的自主权”。与其说是漏洞，不如说是郭阳给了郭杰一个自己选择的机会。从这一刻起，决定人类未来命运走向的不再是布下棋局的郭阳，而是郭杰。

关键就在于郭杰对波生命体和郭阳的论断，信，或是不信。

还有一个问题：修改历史后，我会去哪里？郭杰皱起眉头，细细思索着。不再与郭阳抗争的父亲还会不会认识母亲，并生下我？我是否还有必要继续搜寻抗生素，并回到原来的时空？刘可还需不需要我的拯救？抑或是她会从未认识我，从未见过我，也永远不会知道我曾存在过？

而且，宇宙又会用什么方法处理外祖母悖论？它会如何解决像我这样“不该存在”的生灵？还有这艘“不该拥有郭阳智慧”的埃普，我和它会去到哪里？会不会有一个地方，专门为我们这样的“存在”而存在，在那里，被踢出时空之外的丧家犬们聚在一起，相互碰撞、湮灭、消失无踪，不会，也从未留下任何痕迹？

郭杰的手指悬在 00 的睡梦之上，只要轻轻一触就能将它唤醒。

这是一份沉重的责任，或许是全人类历史上最最沉重的之一。郭阳为他描绘了一个灰暗却尚能苟且延续的未来可能，他自己的推想则写就了一幅完全不同的、明亮绚烂、却极有可能让他赴汤蹈火壮烈而亡的殉道图景。

一切，不过取决于他的一句指令而已。

时间过得很快，卡尼登上埃普后的第三天傍晚，郭杰终于放心了，决定把卡尼送回地面。西五区 18 时 07 分，埃普落地。

“你到家了。”侧舱门开启，郭杰疲惫地靠在椅子上，看着站在门边望向无尽冰原的猎人，“走吧，回去陪你的妻子。”

卡尼却没有想象中那般兴奋：“你要走了吗，月男？”

“是的。”郭杰沉重点头。

“我们什么时候能再见面？”卡尼的眼神有点复杂。

“其实我们……”郭杰嘴边的话一收，沉吟了一阵，喃喃道，“大概一千年吧。”

“那是多久？比一场暴风雪还要久吗？”

“是的，卡尼。”

“比一次化冰还要久吗？十次化冰呢？”

“没错卡尼，比十次化冰还要久。”

“比十次化冰还要久很多很多吗？”

“久很多很多呢……卡尼。”

“但是你会回来。”卡尼这句话，让郭杰一愣。

“我……”郭杰犹豫了，末了还是点点头，“是的，我会回来。”

“好的。”卡尼的脸上露出了笑容，“那我就等你。”

郭杰很想要说些什么，可又无从说起。

“那就约好了，就在这片冰湖。”卡尼迈出步子，健硕的身子在空中一跃，落在冰原上，踩上了月光的倒影，“我就在这片冰湖等你。”

“你不用……”

“说好了，就在这里。”卡尼扭过头去，走向银白色的冰湖，“一有空我就会来这里捕鱼，每次都会等你一场暴风雪的时间。如果你没来，我就下次继续等。”

伴随着沙沙的脚步声，仿若一无所知的弥诺陶洛斯昂首走向拉比林斯的入口，猎人卡尼，连同他的记忆，以及他的子孙后代一起，走进了无尽的时间迷宫。

“我会等你十次化冰的时间，如果你没来，我就再等十次。如果我等不到你了，我会让我的儿子、孙子，继续在这里等你，带着我的鱼叉，一直在这里等你。”卡尼说，“所以你一定要来，月男。”

“我……”郭杰的嘴张了张，很想给卡尼一个肯定的答复，但他做不到。

“再见，月男。”卡尼走到湖边，回过身来，站在月亮的前面，“在这里再见。”

“郭医生，我们该走了。”埃普说，“能量再消耗下去，我们将无法重返虫洞。”

“等一下。”郭杰突然产生了一个念头，吃力地起身，撑着舱壁走到舱门边，落脚踏上冰原的时候，卡尼几乎是飞奔过来，一把扶住了他的胳膊。

“这个，”郭杰取下脖子上的纽扣吊坠，颤抖着将它交给了卡尼，“你拿着。”

“不行不行。”卡尼连连摆手，“这是你的护身符。”

“曾经是。”郭杰笑笑，将纽扣塞进了卡尼手心，“今后，再也不是了。”

当埃普再次飞上19世纪末的高空，前往那神秘莫测的虫洞时，猎人卡尼站在冰湖边，抬头望着天，和那轮狡黠的月，一如百十年后的那个夜晚站在老宅院门外的郭杰。他的手中，那枚带给他神迹和灾祸的纽扣，成了这个因纽特家族不可磨灭的印记。

应该已经开始回暖的五月，一阵银色的雪洋洋洒洒地飘下，从银色的苍穹，掠过银色的埃普，落向银色的地面。舱内，郭杰低着头，看着那快速缩小的身影，心中竟然生出了一丝不舍。

卡尼，会在这里等下去的吧，他会永远永远地等下去的吧。但这是他的选择，是他自由的灵魂所做出的自由的选择。

“距离虫洞还有十五公里，郭医生。”埃普说，“请做好防冲击姿态。”

那么，我呢？我的选择，又该是什么呢？

“咻——”

1897年5月10日，西五区时间约18时29分，北美地区的一位天文爱好者，通过民用级天文望远镜观测到了一件让人难以理解的事情：

一颗从未被观测到过的细小陨石，毫无征兆地突然出现在了近地轨道之上。从后续飞行轨迹来看，它应当曾经无限接近过地球表面，却又神奇地没有被地球引力完全捕获，几乎是擦着地表再度冲向无尽的宇宙。

这颗陨石与空气摩擦发出的火光并不明显，隐约泛出金属色泽，在飞到近地轨道外后，于苍穹中的某一点骤然消失。

自此，无影无踪。

7. 时　间

埃普再次穿越虫洞的时候，郭杰靠意志力强撑着的身体已经到了崩溃边缘，他甚至分不清是何时进出了虫洞。病毒疹状分布的脓疱越来越密集，创面不断扩散，他对卡尼的担心也不断升级。

初次碰面时，他先测定了卡尼的血型为O型，才放下心来开始接触。从医学角度来看，郭杰的做法毫无道理，所谓不同血型对不同病毒的抵御力差别，只是一种基于概率上的测算罢了。具体到每一个个体，感染病毒与否的“结果”，只有百分之零或百分之百。

但条件有限，时间更有限，郭杰无法完全规避与卡尼的接触，确认卡尼的血型，只是给了他一个可以略微说服自己的理由而已。

再次离开虫洞之前，郭杰在心中做了一万种假设。可当那颗蓝色的星球再一次出现在视野范围内的时候，他还是崩溃了。

“什么？！”

埃普不断发出警告，能量储备已经来到临界点，无论眼前是个什么样的世界，都必须在此寻找光源并停留一段时间。震惊的郭杰来不及给出任何指令，埃普就已设定好了路线，用最“经济”的方式着陆——任由引力带着它下降。

微调制动，埃普与大气层剧烈摩擦，带着耀眼的火光直坠而下。等郭杰从快速放大的地面景象中分辨出眼前那熟悉的冰湖时，埃普坠入了湖中。

“哗！”激荡的水花化为冰雾，埃普利用水流降低舱壁表面温度，同时完成制动。调整方向，埃普如急着浮出水面呼吸的鲸鱼般快速上升，追随着阳光的足迹。郭杰，也看清了操控盘上显示的时间：

1962年4月24日，西五区15时56分。

这不可能！

浮出水面，舱顶的灯塔采集模组快速展开，贪婪地吸收着来自八分钟前太阳所散发出的能量。顶盖开启，冷风灌了进来，郭杰打了个哆嗦。

还是这片湖，几十分钟前，我才和卡尼在此道别。如果埃普构建的那些模型是对的，那么通过“旋转门”之后，我们一定碰上了那道“单向门”，从而被甩回地球轨道。但既然如此，那就意味着我并没有真正“穿越”虫洞。已知“穿越虫洞”会带来时间线上的变化，那么只是在出口转了一圈的我，为什么还会穿越时间呢？

“为什么？”爬上舱顶，郭杰迎着冰原上寒冷的风，百思不得其解，“为什么只有时间轴变化？！又是这片湖，为什么又是这片湖……一定有原因，这里面一定有什么我忽略了的细节……”

郭杰立刻用贴片提醒埃普，利用第二次穿越所得来的数据信息，再次尝试缩小高概率模型范围。空间和时间，起码要利用这次机会，搞清楚其中一件事情的运作原理。

如果时间轴会随着穿越虫洞的行为“发生的时间”而变化，那么下一次穿越时，只要计算好时间轴变化的规律，就可以在合适的时机，重新回到金星开采计划实施的那个时间节点上。

我必须回去，无论发生任何情况都必须要回去。在我的时间耗尽之前，生命燃尽之前，一定要回去。

因为刘可，还在等着我的归来。

走下舱顶，郭杰的每一步都伴随着难以言说的痛楚，全然没有注意到，一个人影正在不远处注视着他。

“见鬼，这样下去时间可就不够……嗯？”落到地面，郭杰终于从开始变得模糊的视线里，看到了那个似曾相识的人影，“你是……”

“你好。”那人影回答，“我叫邦……”

“你居然真的在等我！”是卡尼！郭杰看到了那枚纽扣吊坠，激动地踉跄向前。

卡尼的声音听着还很年轻，说明时间根本没有像埃普所显示的那样过了半个多世纪。埃普的时间出错了，我没有经历时间轴变化，哪怕有变化，顶多也就是几年而已。这么缓慢的变化速度，我一定可以赶在窗口期关闭之前回到虫洞，再一次穿……越……

眼前的世界彻底黑了，再也支撑不住的郭杰，颓然倒在了“卡尼”宽厚的怀抱里。

维度

WEIDU

（下）

李易谦　著

中国科学技术出版社
·北　京·

图书在版编目（CIP）数据

维度．下 / 李易谦著．-- 北京：中国科学技术出版社，2024. 9. -- ISBN 978-7-5236-1053-4

Ⅰ. I247.5

中国国家版本馆 CIP 数据核字第 2024865XW4 号

策划编辑 王卫英
责任编辑 齐倩颖
封面设计 黄舒怡
插图绘制 方　圆
正文设计 中文天地
责任校对 吕传新
责任印制 徐　飞

出　　版 中国科学技术出版社
发　　行 中国科学技术出版社有限公司
地　　址 北京市海淀区中关村南大街 16 号
邮　　编 100081
发行电话 010-62173865
传　　真 010-62173081
网　　址 http://www.cspbooks.com.cn

开　　本 710mm × 1000mm　1/16
字　　数 564 千字
印　　张 37
版　　次 2024 年 9 月第 1 版
印　　次 2024 年 9 月第 1 次印刷
印　　刷 北京顶佳世纪印刷有限公司
书　　号 ISBN 978-7-5236-1053-4 / I · 95
定　　价 99.80 元（全 2 册）

目录

下册：

第八章

阿波罗的汉堡包

2017-03-06 23：07：55 晴 于潜在受害者住处附近

周边环境分析完毕，任何人想潜入目标家中，都会发出不小的声响，只要竖起耳朵听，不会错过。

问题在视觉层面，未曾接受专业训练，临时突击的刑侦知识只能让我分析出最有可能的潜入和脱逃路径，无法让我拥有火眼金睛。

但对方的目的是留下信息，因此来到现场时，一定会想方设法引起我的注意。而且对方的目的也只是留下信息而已，因此脱逃路径肯定早已选择好了，我无论如何都不可能追上，他那边也是一样。

推论的前提，是对方足够聪明。

想来有趣，就在我下定决心，开始练习如何精确控制人的轨迹的时候，正好碰到了眼下这个精于此道的对手。待案件侦破，想必我也能从中汲取相当丰沛的养分，尤其是对手失败的原因，更值得深入剖析。

精确计算出来的人生果然非常无趣，明知终点是何等风景的长跑，便只是机械的锻炼而已。如果可能的话，多希望从来都没有过那场谈话，如果可能的话，多希望可以度过截然不同的人生，一次恣意的、自由的、随波逐流却又始终前进、充满乐趣的生命历程。

就像邦克先生那样。

如果可以与邦克先生交换人生，无论付出多少代价都是值得的。在缅因州会面时，反复念叨着“世界是一片冰湖”的霍博尔特博士，一定也这样想着。

他来电话了。

1. 徘徊者 4 号

1962 年 4 月 25 日，华盛顿。

“我到底在做什么……”

不起眼的快餐店里，一个快到中年的白人男子，顶着他硕大的鼻子，用看动物园里动物的表情，盯着桌子对面的另一个人看个不停。

“我为什么要请他吃东西？我到底在做什……已经吃完了？！”

“谢谢你！”邦克狼吞虎咽地吃完一份汉堡薯条套餐，满足地抬起眼，向白人憨憨一笑，“这个熟肉，我能再来一份吗？”

“汉堡，那叫汉堡。”白人回头看向点餐台，“再来一份套餐！”

再次看向邦克时，饥饿万分的因纽特人已经一口喝光了大杯装的可乐。

“嗝——真是奇妙的水！”一个饱嗝震天响，邦克好奇地看着手中的纸杯。

“这叫可乐。”白人眉头微皱，身子往前一探，“我说……你真是从冰原来的？没喝过可乐吗？”

“从来没有。”邦克摇摇头，“我们喝冰化出来的水。”

“说的也是，你们那儿的冰可没被污染过。”白人似乎还有点羡慕，“你刚才说你叫什么来着？”

“邦克。”

“邦克，在因纽特语里有什么特别的含义吗？”白人问。

“这是我爷爷的爷爷的名字，我也叫这个名字，就相当于他重生了。”邦克的回答还不如不回答。

汉堡到了，白人摸摸口袋，只掏出几个钢镚儿：“见鬼……抱歉，没小费了。”

送餐的伙计接过钱，冲白人的背影竖起中指。

“其他人都管我叫爱斯基摩人，”邦克吃着第二个汉堡，好奇地问，“为什么你会叫我因纽特人？”

“我的祖辈曾经是传教士，去过冰原，你知道，就是记录一些你们的民间故事什么的。”白人回答，“所以我知道爱斯基摩是一种蔑称，因纽特的意思是‘土地的主人’，那才是你们真正的称呼。而且从历史角度来看，你们也好，印第安人也好，都比我们更有资格自称为这片大陆的主人。”

这可真是个博学的人，邦克想。

“还有个问题——对不起，我是真的好奇——你刚才挂上脖子的是什么？”白人的眼睛微眯着，盯着邦克的脖子，“一颗纽扣？”

“是的，一颗纽扣。”邦克将纽扣举起，好让白人看得更清楚，“谢谢你为我找来绳子。”

“那都是小事……我现在也只能做些小事了。”白人摆摆手，“算是护身符吗？”

“是护身符，但不是我的。”邦克吃完最后一口汉堡，“它的主人已经去月球了。”

“哈哈，因纽特式幽默？”白人一愣，随后笑出声来，“所以你并不是个巫师，哈？”

“不是，巫师大人去了新住处，这些东西是他留给我的，我得还给他。”

“得了吧，这里是美国，什么骗人的伎俩我没见过？”白人不以为意，身子往后一靠，老神在在，“假扮巫师，让人付钱，神神道道一折腾，骗上一个算一个，这就是你的生存之道吧？”

“我不明白你在说什么。”邦克眨了眨眼睛。

“哼，算了，助人者天助，帮你就算我给自己积攒好运气。”白人不屑地冷哼。

“你需要好运气吗？”邦克问，“碰上什么麻烦事了？”

“唉，告诉你又能如何呢，你又没法靠这个骗钱。”男人似乎很有倾诉欲，“NASA，知道吗？我是 NASA 的工程师。”

“霍博尔特。”邦克说。

“你居然记住了！”白人有些惊讶，“约翰·霍博尔特博士。”

回过头，霍博尔特看向快餐店里的小电视：“看到了吗，那是发射基地，我就在那儿工作。”

“很远吗？”电视里不断活动的画面，让邦克看直了眼。

“现在不近，以后就不远了。”霍博尔特耸肩道，“该死的冷战，上头已经疯了，苏联人有一丁点儿小动作，我们这儿都会大动干戈。”

“苏联？”

“太空霸权。”霍博尔特与其说在看电视，不如说正在看自己脑中的影像，“我们要和苏联争夺太空霸权，听起来很扯，是吗？哈哈，但有无所不能的工程学，任何事都可以成真！”

“工程学？”

“去月球。”霍博尔特回头看向邦克，眼里光芒闪烁，“我们要去月球，无论付出多少代价，都要在这十年内登陆月球。只要做到这一点，我们就是未来的太空霸主！”

太空？邦克知道霍博尔特不会回答自己的任何问题，也就没问。

“可惜啊！”说着，霍博尔特长叹一声，双眼无神地看着天花板，“我提出的登月方案无人问津，该死的上层什么都不会，只知道大兴土木建肯尼迪航天中心，浪费了多少资源和时间，宝贵的时间！”

“你的方案？”

“我的方案是完美无缺的，计算结果可以证明一切！”霍博尔特有些激动起来，捶了一下桌子，引得点餐台后的伙计握紧了黄油刀。

“听着，邦克，你不要觉得我是个疯子，我告诉你，别的计划会失败，一、定、会、失、败！”霍博尔特压低声音，咬牙切齿，“现在正在月球旁边飞着的那个东西，徘徊者 4 号，一定会坠毁，一、定！”

小小的电视传出了一声惊呼，画面立马切到了演播室。就像是在印证霍博尔特的预言，新闻主播用沉重的语气说：“徘徊者 4 号，与航天中心失去了联络。”

“呵，第四次了。”霍博尔特冷笑一声，似乎还有几分痛快，“连续第四次失败，我早说过那个计时器有问题，他们偏偏不信。让我继续预言吧，计时器故障，太阳能板接收不到指令信号，面向地球和太阳的转向指令没有下达，失去联络，然后……砰！”

霍博尔特右手拿起空纸杯，狠狠地拍在桌子上，模拟着徘徊者 4 号的命运："坠毁在月球。"

几分钟后，新闻主播给出了一模一样的事故简报[①]。虽然邦克一个字都听不懂。

"吃完了？"尘埃落定，霍博尔特苦笑着，看着邦克目瞪口呆的样子，颇有些满足地说，"你走吧，我也该走了，回到我的小桌子边，陪那帮家伙继续妄想去月球……"

"你们要去月亮上吗？"突然，邦克眨着眼睛问。

"嗯，怎么？"霍博尔特有些警觉，身子往后挪了挪。

"想去月亮很简单。"邦克笑着说，"我知道怎么去啊。"

2. LOR

NASA 总部办公大楼。

"巴里，这个方案……"

"天衣无缝，是吧？嘿，我当然知道！"一张会议长桌边，可能是全世界第二梯队聪明的大脑们聚集在一起，正在讨论一件非常重要的事情——载人登月计划的工程学实施方案。

"不，我不是那个意思……"

"不用说了！"名为巴里的男人大腹便便，金色短发自带卷曲效果，一身衣物倒是整洁阔气，看着就像是《丁丁历险记》里的丁丁正在经历中年危机。

"方案已经确定好了，就用 EOR！"巴里大手一挥。他作为第四工程小组的组长，在组里有着不可置疑的权威："这里是美国，我只要看到结果，不想

① 徘徊者 4 号因主时钟产生故障，无法执行预设的飞行程序，于 1962 年 4 月 26 日 12 时 49 分 53 秒坠毁在月球背面。

听什么‘困难’‘不切实际’这种屁话，在美国，一切皆有可能！”

说着，巴里一把抓起桌上的一叠资料：“上头也很支持 EOR，附带的空间站今后会大有用途，迟早会成为我们征服星海的支点！”

“可 EOR 需要的有效荷载太高了。”一个褐色头发的男人皱着眉头坐在一旁，满脸忧虑地看着巴里，厚厚的眼镜片上有几处明显的油渍，“两次发射的问题、整船登月的问题、登月舱整体返回的问题……EOR 的问题很多，我不认为这是个成熟可行的方案。”

这人名叫克林顿·E·布朗，是月球任务导航组实际上的组长。而坐在会议桌边的人们，几乎全都来自 NASA 下属的研究部门——兰利研究中心。

兰利中心是美国最早的民用航空实验室之一，有着极为辉煌的历史，参与、指导、计划了多个人类航天史上里程碑式的艰难任务。其中最著名的就是“水星计划”——美国首个载人航天计划，如果没有这些最强大脑们的鼎力相助，计划起码要被推迟五年。

在肯尼迪总统 1961 年那项著名的登月决议出台之后，兰利中心作为全人类最尖端的航天科研机构之一，毫不意外地加入了这个宏大的计划。同时加入计划的大型研究组还有四个，兰利虽然编号为第四研究组，但其总体科研实力是最强的。

兰利中心原本一直在弗吉尼亚的汉普顿市办公，但为了全力配合总部工作，兰利中心最顶尖的研究人员被集体召集到了华盛顿，几乎过着“圈养”般的生活。所有工作的核心目的，就是要讨论出一个切实可行并能在十年之内就落地实施的工程方案来。

如今一年多过去，各项前期测试型任务都在有条不紊地进行，可最关键的登月总体计划却还没有出炉。面对舆论、大众的好奇与质疑，肯尼迪将压力转嫁到了 NASA 身上，NASA 则将压力直接丢在兰利中心头顶。

“距离 1970 年还有八年，我不管后续实施需要多久，在那之前拿不出确切方案，又或者拿出来的方案最终失败的话，兰利中心就可以解散了。”登月计划的总负责人、时任 NASA 副局长的罗伯特·西曼斯，是这样说的。

在漫长的理论探讨和模拟计算中，三个方案脱颖而出。第一个方案非常简单粗暴，非常……美国：

直接用一枚有着巨大推力的火箭——内部称这个胎死腹中的巨大助推器为“新星号”——将登月所需的所有设施一次性运上太空，之后在太空制动克服月球引力影响，完成月球探索任务后，脱离月球引力重返地球，并再次通过制动进入地球引力范围，安全降落。

这个方案很快就被兰利中心的专家们否决了：燃料问题、闻所未闻的太空急速制动带来的技术瓶颈问题、不可思议的推力体量问题等，这些问题并非绝对无解——谁知道未来会发生什么呢——但在十年之内完成，绝对不可能。

类似“包车旅游”的第一方案被否决之后，第二个方案出现了：EOR——地球轨道交会方案。

相比起“组团出游、包车来回”，EOR 就显得实际许多。其总体思路很简单，就是利用正在研发的“土星号”火箭，分两次将两个船舱运往太空，在地球轨道上进行交会对接。这样就可以得到一个临时的地球轨道空间站，拥有相当宽广的内部操作空间。随后在这个空间站里组装登月任务飞船，完成之后让飞船与空间站分离，飞往月球，完成登月探索任务，再折返回到空间站。

比起直接登月方案，EOR 虽然看似复杂一些，但其所需的技术储备已经基本到位。支持者们认为，只要经过几次实验性的航天任务，收集更多必需的数据资料，EOR 计划就可以顺利实施，将美国人带上月球。

另外，EOR 若能落地，还将为美国留下一个极其宝贵的财富：一个现成的地球轨道空间站。

对于所有痴迷航天的科学家、工程师们来说，能够得到这样一个完美的科研平台，做梦都会笑出声来。EOR 方案最旗帜鲜明的支持者——隶属于第三研究小组、来自马歇尔太空飞行中心的布劳恩博士，就以这个空间站的未来用途为诱饵去和高层交涉，几乎已经要获得成功。

可正如布朗所说，EOR 看似很美，但还是要面对两次发射、登月船往返等难题，所需资金更是一个天文数字，风险过大、难以控制。于是，以兰利中心为首的小部分小组，提出了第三种方案：LOR——月球轨道交会方案。

看名字就不难理解，和 EOR 不同，LOR 的核心，是在“露娜”——月球轨道上进行必要的交会。这个方案解释起来非常复杂，实施起来就更别说了。但好处在于所需燃料较少，且只需要一次发射就能完成登月壮举。

技术难度层面，LOR 和 EOR 面临的挑战相差不大，双方的支持者都确信，他们可以在 1969 年之前彻底解决问题。

虽然支持 LOR 方案的小组较少，但兰利中心的名头实在太大，尤其是两位提出者——布朗，以及交会研究委员会实际上的主任、工程师霍博尔特，在美国航天界都是响当当的名字，高层也不得不考虑这两位技术大牛的意见。两种方案孰优孰劣，在 NASA 内部引发了不小的争论。

“我们只是站在巨人的肩膀上。”彼时，意气风发的霍博尔特接受采访时说，“1923 年，德国的火箭研究先驱赫尔曼・奥伯特就已经提出了 LOR 的基本概念，我和布朗，不过是两个在历史的故纸堆里，偶然发现了宝藏的孩子。”

可这金灿灿的宝藏，不过短短一年，就走上了末路。

1962 年年初，认为登月计划进度过于缓慢、“需要一个杀伐果决的决策者”的当局高层，做出了一次匪夷所思的指派任命。一纸调令被送到了兰利中心位于 NASA 总部的办公楼层，大腹便便、对技术一窍不通的高管巴里，空降在登月计划的核心腹地，成为兰利中心小组的组长。

当邦克还在冰原上照顾病重的爷爷，每天为下一顿该吃什么而发愁的时候，千里之外的华盛顿，霍博尔特的噩梦，就此开始。

“都没有意见吧？”收拾好材料，巴里鼻孔朝天，肚子顶着会议桌的边缘，肥肉被压成了两截，“没意见我就去提交方案了，你们先开始做准备，上头通过之后，就着手实施 EOR！”

就在巴里的胖脚开始迈动，走向会议室大门的时候，室内一角，一个不做任何掩饰的声音响起：“嘁，不懂装懂的家伙。”

巴里脚步一顿。

“上头通过？哼，依我看，应该是占卜师通过了才对吧！”此话一出，会议室内立马响起了好几声咳嗽，掩护着要笑喷出来的咖啡。

巴里的胖脸瞬间涨得通红，缓缓回过身来，嘴角抽抽着，伸手指了指说话的黑人工程师："你说什么？"

"我说你是个外行，一个完全不懂技术、只知道迷信的官僚！"工程师头发灰白，忍无可忍地站起身，双眼死死盯着巴里，"别以为我们不知道，你那些所谓的'决议'，全都是让占卜师占卜以后，根据结果一拍脑袋制定出来的。我们是书呆子，但我们不傻，你桌上的巫毒玩偶，我四岁的孙女都不会信！"

巴里被戳中痛处，气得够呛，脸上的肉抖个不停："你你你……"

"怎么？我说错了吗？"黑人不依不饶，"这里是NASA，你居然敢在科学的殿堂里，摆上那些亵渎科学的玩意？就凭这一点，我第一个不服气！"

"你给我滚蛋！"巴里气急败坏地摔下手中的资料袋，一脚踹开会议室大门，冲着门外大声嚷嚷道，"人事，人事！马上给我过来，这里有一个老家伙要主动离职！"

现场所有人都懵了，谁都没想到事情居然会演变到这种地步。在众人的目瞪口呆中，黑人工程师也气血上头，和巴里对骂了一阵，真的摔门而出，不知去了哪里。

"该死的黑鬼，谁给你的权利在我面前撒野，未开化的野蛮人！"人走了，巴里的气还没消，说出来的话越来越难听。屋内好几名黑人都眉头紧皱，又不敢多言。

剩下的人，则齐刷刷地将目光投向了与巴里正面相对，坐在会议桌另一侧的那个男人——霍博尔特。

"约翰，你在干吗？"见巴里咒骂个没完，布朗意识到了事态的严重性，用胳膊肘点了点正在神游的霍博尔特，压着声音说，"你的人被这家伙赶走了，你就什么都不说？"

布朗想不明白，平日里动不动就要和巴里正面冲突的霍博尔特，今天为什么这么沉默。要换作以前，会议桌早就被他掀了。

"约翰！"

"啊？"终于，霍博尔特回过了神，茫然地看向身边好友，"怎么……哦，巴里又赶人了是吧？没事，我会找合适的时机把人带回来的。"

布朗傻眼了。

“那个，我说一下我的意见哈！”霍博尔特不等布朗说话，站起身来，向还在骂骂咧咧的巴里点点头，“就我个人来说，EOR 和 LOR 两种方案各有优劣，很难说具体哪一种更好。在这种情况下，偶尔踏出科学的边界，寻求一些神秘学的帮助，也并不一定就是个错误的选择嘛！”

啥？

如果人越是惊讶，嘴巴张开的幅度就越大的话，那么现在会场内众人的嘴里，一定可以塞下一个月球了。

“哟嗬？霍博尔特博士，突然之间说这么一番话，是想出什么新的揶揄我的办法了吗？”巴里很谨慎，显然吃过霍博尔特不少言语上的亏。

“揶揄？为什么要揶揄？我的意思表达得不够明确吗？”霍博尔特睁大眼睛眨了眨，硕大的鼻子皱了一下，像一匹无辜的马，“我的祖父经常说，如果有两个一模一样的苹果摆在你面前，该吃哪一个，就应该交由上帝来决定。所以 EOR 还是 LOR，交给占卜来决定，我觉得没什么不妥。”

“你的祖父是？”

“传教士。”霍博尔特说，“我的祖父是一名传教士，巴里组长。”

“嗬，稀奇了。”巴里皮笑肉不笑，“传教士也会用苹果打比方？”

“与时俱进，巴里组长。”霍博尔特笑道，“任何人、任何事都要与时俱进，传教士、工程师、科学家，本质上都是一样的。”

小组成员们愈发不淡定了，霍博尔特这家伙是在……拍马屁吗？

“我不知道你又在打什么鬼主意，霍博尔特博士。”巴里不懂技术，但官场上的事绝对门儿清，“不过你今天这番表态，倒是有了点合作的意思。希望你今后可以保持这种状态，那么我们的相处，可能也会变得融洽一些。”说完，巴里再次拿起材料，离开了会议室。

“约翰你疯了吗？！”会议室立马就炸开了锅。

“你什么意思？他在让你的人滚蛋，你的人！”

“‘让上帝来决定’？我的天，你真的是约翰·霍博尔特吗？”

“那家伙去汇报方案的时候，一定会拿着我们的名头说事，说什么‘专家们已经论证过了，绝对没问题’之类的屁话。你分明知道这一点，还让他走了？就这么让他走了？”

山呼海啸般，所有人都冲着霍博尔特大声嚷嚷，一个个义愤填膺，恨不得现场就扒了他的皮。

“你们说得没错。”良久，等众人发泄得差不多，会议室有些安静下来之后，霍博尔特晃着一只腿，开口道，“既然你们是对的，那么刚才，为什么你们一句话都不说呢？嗯？”

会议室瞬间鸦雀无声。

“当着巴里的面什么都不敢说，我代表你们说点什么吧，你们又不满意。”霍博尔特恢复了平日里那咄咄逼人的模样，“既然如此，那你们去和巴里交涉啊，去啊！”

所有人都低下了头，一言不发。

“约翰，你的无奈我明白。”末了，还是好友布朗硬着头皮开口，“但你也不能就这样由着那家伙乱来啊！你我都知道，EOR 的问题很多，徘徊者 4 号刚刚坠毁，什么资料都没传回来，这就是 EOR 会出岔子的明证啊！”

“我知道。”霍博尔特点点头。

“知道你还胡扯！”布朗急道，“你又不是第一天认识巴里，这家伙真的可能会去找占卜师……”

“我知道，我的朋友，我知道。”霍博尔特看向好友，双眼之中，一股布朗从未见过的神色浮现，心直口快、什么话都藏不住的霍博尔特，居然看着有些神秘起来，“我知道我应该劝巴里，我知道不能让他去找高层，我知道 EOR 会出问题，我知道 LOR 才是最优解决方案。”

霍博尔特一字一顿地说：“但如果劝说有用的话，我们还会坐在这里，听凭巴里这个门外汉颐指气使吗？如果沟通可以解决问题的话，我们提出的方案，还会像在空无一人的旷野上呼喊一样，无人问津吗？”

布朗没话说了。

“徘徊者 4 号上天的这几天，我想了很多。”看向悻悻然散去的工程师们，霍博尔特随手抓起一根笔杆咬着，“我们和巴里沟通的方式不对，必须换个方向。”

“唉，说得容易。”布朗叹口气，整个人瘫软在椅背上，“我和那傻帽根本没法沟通。”

“我也没法和他沟通，不过没关系。”霍博尔特的声音幽幽地传来，就像是几十年前那个远赴冰原的传教士，第一次听到因纽特人说出那些神奇的民间传说一般悠远，“有个家伙，可以让巴里，言听计从！”

3. 街角的先知

“兰利中心那边怎么说，巴里？”

登月计划指挥办公室里，一票西装革履的人坐在一张圆桌旁，每个人面前都有一叠厚厚的文件。罗伯特·西曼斯皱着眉头，手中的文件写的分明是英文，但他却看不太明白。

这可让人有些“细思极恐”，西曼斯虽身居官僚之位，但好歹也是技术出身，最尖端的前沿技术或许跟不上趟，但基础技术论述他应当看得懂才对。

然而这份文件的复杂程度，却已经远远超出了他的理解范畴。登月，在20世纪60年代的人类世界中所要面对的技术难度，已经达到了非顶尖科研人才完全无法介入的地步。

“完全没问题！”巴里站在西曼斯对面，一脸谄媚地搓着手，“来向诸位汇报之前，我还特地请教过霍博尔特博士，他说LOR计划的不确定性太多，相比之下还是EOR更切实际。”

“约翰……会这么说？”西曼斯目光如刀，在巴里身上来来回回地又剐又蹭。虽然和霍博尔特的交集不多，但他早就听说这家伙是个“硬骨头”“技术疯子”，任何方案只要他觉得不行，就没人劝得动。

由于兰利中心方面迟迟交不出讨论结果，新一批的“徘徊者计划”开始付诸实施。徘徊者4号升空，是为了以自毁的方式尽可能靠近月球，传回月球表面的图像信息，提供EOR所需的数据。

其实，之前连续三次失败留下的惨痛教训，使高层对 EOR 已经心存疑虑，多多少少偏向了 LOR。但兰利中心的持续沉默，还是让徘徊者 4 号上了天。

发射当天，在发射基地，霍博尔特气势汹汹地闯了进来，和满脸堆笑、正在拍马屁的巴里大闹了一场，最后负气离开。那一幕，西曼斯想忘也忘不掉。

“一定会出事！”西曼斯记得，霍博尔特指着巴里的鼻子大声喊着，“徘徊者 4 号会失去联络，什么资料都传不回来，花费的所有心血都会打水漂，一定！”

当时巴里脸上的表情，就像七岁孩子偷父母的钱去买冰激凌，却被捉个正着一样。

“霍博尔特……博士？是吗？”那是西曼斯第一次如此近距离地和霍博尔特接触，伸出手来想要示好，“你是说计算问题吗？我听说了，你坚持认为计算上有失误，计时器会出现故障。我不算顶尖专家，但数字是可以修正的，不是吗？”

“不是计算问题那么简单！”霍博尔特也不知有没有看清和自己说话的人是谁，气鼓鼓地拍开西曼斯的手，“EOR 本身没问题，是我们人类有问题，和计算无关！我们还没有准备好，人类还没有准备好，没有办法驾驭这种方案。人们都说我们是天才，但天才也是有极限的。天才的极限，就是人类拓荒能力的天花板！”

说完这句让西曼斯印象深刻的话，霍博尔特转身就走，留下一帮等着庆祝徘徊者 4 号成功升空的官僚们面面相觑，不知所措。

而几天后发生的事情，明白无误地告诉了西曼斯一个事实：霍博尔特是对的。

“相信能成功”并不能解决任何问题，人类必须接受自己拥有极限这个残酷的现实。

这样的霍博尔特，会同意 EOR 方案？西曼斯打心底里感到怀疑。

“当……当然！”被西曼斯盯得心里发慌，巴里有点结巴起来，“我可是和他进行了友好深入的交谈，等他点头之后才来提交的方案。您知道的，在兰利中心，约翰没点头，谁敢瞎汇报？”

说的也是。西曼斯点点头，约翰的性格，早就在 NASA 出了名。

“就算确定了 EOR，我们也还有很多问题要解决。”放下看不懂的材料，西曼斯双手合十，靠在下巴附近，“之前，整个徘徊者计划都是由第三小组的布劳恩博士主导的，现在已经过去了一年多，我们失败了四次，没有得到过哪怕一丝有效数据。”

高层们纷纷点头，开始交头接耳地说着什么，这场景让巴里都有些腿脚打战。

“今天上午 7 点，徘徊者 4 号被追踪到坠毁在月球上，预计的月球图像资料一张都没有传递回来，总统先生对此非常生气。”西曼斯继续盯着巴里，“而且昨天下午，徘徊者 4 号彻底失去联络的时候，发射中心还发生了生活区电路被切断、大量电力流失的可疑事件。虽然当时所有人都在控制中心，没有人员上的损失，但这件事很蹊跷……当时你也在场吧，巴里？”

“是……是的。”巴里点点头，伸手擦了擦额头上的汗珠，“我在场……”

“你不仅在场，还汇报了一起疑似间谍入侵的报告。”西曼斯说，“之后不久，发射中心上空就出现了一个不明飞行物，最后没能抓到，现在白宫怀疑那东西是苏联派来的谍报设备。据说总统办公室里，为此闹翻了天呢。”

早知道就不汇报了，真该死！巴里恨不得抽自己两巴掌。

“你知道那飞行器有多厉害吗，巴里？”西曼斯嘴角微微上扬，似乎对巴里战战兢兢的样子很满意，“发射中心的所有地对空武器全部启动，按照战时标准进行集中攻击。我们的飞行员第一时间坐上战斗机，试图进行空中拦截。可那个玩意，那个鬼魅一样的怪物，在空中急停、扭转、变向、匪夷所思地加速，就像穆罕默德·阿里用他的蝴蝶步在迈阿密翩翩起舞，轻巧地躲过‘魔王’利斯顿的轮番重拳一样，一滴汗都不流。等到我们的战机升空，天空中除了硝烟的味道，什么都没剩下。”

说着，西曼斯身体前倾，眼神变得如猎鹰般犀利：“那东西在戏耍我们，巴里，那个幽灵一般的飞行物，在对着我们世界第一的防空体系，不屑地哈哈大笑。”

这和我有什么关系？巴里可不敢说出心里话。

“我问你，巴里。”西曼斯靠回到椅背上，“如果那东西真是苏联人造出来的话，你知道我们已经落后了他们多少年吗？”

巴里摇摇头。

“一架。”西曼斯比出一根手指，“只要一架那样的怪物，带上足够的攻击火力，就可以让肯尼迪中心变成下一个珍珠港——不同的是，这一次，那怪物还有余力，全身而退。”

汗水，浸湿了巴里的后背。

“你们还有八年。”身子一侧，西曼斯不再看着巴里，跷起了二郎腿，“八年之内，如果不能把一个美国人送上月球的话，就算你是前部长的侄子，也可以自备绳索，去白宫门口上吊了……走吧。”

“是……是。”巴里深深地鞠了个躬，挪动着胖腿缓缓后退，离开了这间地狱般炙热的办公室。

等电梯的时候，不知怎么的，巴里总觉得自己脖子根后边有什么东西正幽幽地飘着。他拿出手帕擦去下雨一般的汗，胸口好似被绞肉刀碾过一样，疼得厉害。

苏联间谍？谍报飞行器？不可能。

他们没见到那个……“人”。没亲眼见过，是没有资格评判昨天发生的事的。

来到兰利中心所在的楼层，巴里走出电梯时，双腿还在打摆。魔鬼，幽灵，索命的怪物？他不知道那玩意到底是什么，更不知道那东西到底有什么目的，但他可以确信，那绝对不是一个人类。

如果当时出现在自己背后的是一个人类的话，又怎么可能，突然消失呢？

推开第四小组办公区的大门，巴里整理了一下情绪，恢复了那趾高气扬的德行，大踏步走了进去。

“旗开得胜！”见到沉默的科研人员，巴里得意地挥了挥手中的确认文件，“上头已经确定了，就用 EOR，今后的主导工作组就是我们第四小组。这可是个难得的好机会，一个个都给我打起精神来好好干！事成之后少不了你们的好处！”

“你看，他压根就不在乎能不能成功登月。”有人斜着眼看着巴里，“光想着升官发财！”

巴里什么耳朵？刚想发作，一个意想不到的人却突然替他大声嚷嚷起来。

“升官发财怎么了？啊？升官发财怎么了？”霍博尔特一拍桌子，仰着脖子喊，“巴里组长不升官发财，你们吃什么，喝什么？谁给你们发工资？难道回家告诉老婆孩子你失业了，还指望他们对你竖起大拇指说‘真棒，你真有男子气概’？！”

“约翰你！”

“好了好了，都别吵了！”见有人要发飙，巴里晃着脑袋开始主持大局，“我知道你们心里有想法，但霍博尔特博士说得对啊！现在我们就是一条船上的老鼠，哪里有个破洞，全船都得完蛋。在这个社会上，生存才是最重要的，不是吗？况且 EOR 也不一定就行不通，布劳恩他们失败，是因为他们能力不足。但我们是谁？我们是兰利中心的天才！经过我们的改进，EOR 一定可以大放异彩！干活干活！”

说完，巴里脸上堆着笑，晃到霍博尔特身边，拍了拍后者的肩膀：“干得不错，够强硬！”

“应该的，组长。”霍博尔特点点头，继续忙碌着。

“你到底在想什么？”等巴里走远，布朗凑上前来，推了推鼻子上的啤酒瓶底，“EOR 是死路一条，你这不是让我们去和魔鬼谈条件吗？”

“等着瞧吧。”霍博尔特却不以为然，双眼死死盯着巴里哼着小曲儿、油腻扭动的背影，“布朗老兄，等着瞧吧。”

下午的时光，在第四小组压抑万分的氛围中很快过去。我们春风得意的巴里组长，下班了。

“明天见，兄弟们！”向还在闷头忙碌的同事们挥挥手，回答巴里的只有那一根根无声的中指。

“明天见，组长。”倒是霍博尔特主动向巴里打了个招呼。

“哈哈哈，叫我巴里就好。”巴里笑着指了指霍博尔特，似乎在模仿黑人街头打招呼的动作，“以后还得靠你多努力呢，约翰。”

“当然，当然。”霍博尔特点点头，目送巴里走出门外。

巴里哼着不成调的歌，夹着公文包走出大楼，远远地就看到街角围了一圈人。掏出车钥匙走向街对面的停车场，路过那一群人时，他侧首看了一眼：“嬉皮客？”

人群之中，一个奇装异服的嬉皮客正向众人不知说着些什么，看着像个黄种人。

“所以你是巫师，对吗？”围观者中有人问，“爱斯基摩巫师？”

“是因纽特。”嬉皮客回答，“而且我不是……”

“能为我占卜吗？我会付钱的！”立马有人开始起哄，“多难得啊，爱斯基摩巫师！”

“我也要！我也要！”现场愈发热闹，嬉皮客说了些什么，巴里根本听不清。

“哼。”巴里一声冷哼，眉头紧皱。爱斯基摩人？笑话！这些少数族裔的分别他搞不清，但爱斯基摩人不可能出现在华盛顿！

无论怎么看，这个五大三粗的黄种人都是从亚洲偷渡来的江湖骗子。巫师？欺负华盛顿人见过的巫师少吗？哪里会有巫师站在大马路上给人占卜的？巫师都神秘得不得了，全都藏在街头巷尾，没有熟人介绍，根本就进不去门的好不好！

高贵的 NASA 大楼外，居然有一个黄种人在招摇撞骗？我要拆穿他！

“让一让让一让！”巴里粗暴地推开人群，提着他的大肚皮就挤了进去。

“我真的不是……”

“大家不要上当受骗，这家伙是个骗子！”骗子还在解释着什么，巴里毫不客气地打断，“我从来没有见过这样的巫师！”

“真是太谢谢你了！”骗子听到巴里的话急忙点头，“我一开始就说了，我是因纽特人，也就是你们说的爱斯基摩人，但我并不是……”

“还嘴硬是吧？啊？”巴里气不打一处来，肚皮又往前顶了顶，“行，来啊，给我占卜啊！快来算一算我是谁，叫什么名字，住在哪里，都给我算出来啊！”

人群安静了下来，所有目光都看向那个自称爱斯基摩人的家伙，期待着神奇的占卜发生在自己眼前。骗子却愣了愣，开口道：“我不会占卜，先生，我只会讲故事。”

“呵，被我戳穿真面目就改口了？”巴里笑得那叫一个得意，“也行啊，那你就给我讲个爱斯基摩故事来听听，让我开开眼嘛！”

现原形吧你个骗子！我谅你一个故事都讲不出来！巴里想把双手环抱在胸前，做出一副洗耳恭听的样子，但肥肉让他失败了。

“你真的愿意听吗？”骗子有些惊讶，“来自我家乡的故事？”

“你讲就是了。”巴里回答。

“看来见到你之后，你果然会想要听故事。”

听到这句话，之前还得意扬扬的巴里，突然心中一咯噔。

等等，他说什么？见到我之后，我“果然”想要听故事？意思是在见到我之前，他就已经“预知”到会“见到我”这件事？甚至还预言我“果然”想听故事？这骗子是死鸭子嘴硬，故意这么说来扰乱我的情绪，又或者这个人——巴里看向骗子那一身极为罕见的皮毛长袍——真的是个先知呢？

不等巴里找到答案，眼前的“骗子”就在众目睽睽之下，讲起了一个古老的故事。而这个故事，巴里越听，就越是心惊肉跳。

故事本身并不复杂，说的是一个村落里，有一个身材敦实的恶霸。他没什么本事，仗着自己是前任巫师大人的侄子，在村里横行霸道，甚至还成了巫师的助手，分明不会召唤助灵，却每天装模作样，混淆视听。

怎么听起来有点怪怪的啊？巴里眉头一皱，觉得不太对劲。

有一天，伟大的巫师不在，恰好有人来寻求帮助，恶霸就顶替巫师作法，假装召唤来了助灵，并胡乱给出了一些建议。

“谢谢，谢谢！”那求助的可怜人听信了谎言，回家后用恶霸所说的方法去治疗病人。结果，病人死了。

巴里的眉头越皱越紧，无论怎么听，这故事都像是在描述……

求助的人这时才知道，恶霸根本什么都不会，便去找他算账，却被对方踢出了家门。走投无路之下，这人连夜赶路，找到了另一个村子里的巫师，想要复仇。

“我的孩子，我不能为你出手，因为我和那人之间没有仇恨。”巫师说。

“那我该怎么做呢？”寻仇的人问。

“对啊，怎么做怎么做？”周遭响起的话语声，让巴里有些恍惚。四下一看，身边围着的人比之前还要多上一倍，里三层外三层，把自己和那个“先知”围得水泄不通。

什么时候来了这么多人？巴里一惊，额头上的冷汗止也止不住，不用继续听下去，他都知道先知讲故事是假，警告自己才是真！

前任巫师的侄子、村里的恶霸、随心所欲地让别人“滚出去”、不懂装懂地越俎代庖……故事里这个恶霸的一切，简直就是自己在兰利中心的写照！

“‘我没有办法帮你，但你自己，却可以帮助自己’，那巫师说。”路边的“先知”继续说着，周遭人们的兴趣愈发浓厚，甚至有母亲带着孩子来听故事，时不时做些讲解。NASA 总部门口的这个街角，俨然成了人们听先知讲故事的聚集地。

“自己帮自己？自助者天助啊！”有虔诚的信徒不住点头，甚至冲先知竖起了大拇指。

“后来呢？那人寻仇成功了吗？”更多的人急切地想要知道故事的发展。

“寻仇的人问巫师具体该做些什么。”先知也进入了角色，绘声绘色地说着，“‘你需要准备几样东西。’巫师说，‘仇人的头发、人类的头骨、动物的躯干。你把那动物剥了皮，骨头做成人的形状，将人的头骨放上去，再用碎石盖上，这样，你便拥有了一样东西。’”

缓缓回头，先知的双眼，空灵地看向胆战心惊的巴里，用不知是他自己、还是故事里巫师的口吻说：“‘图皮拉克，传说中的复仇之魂’。”

那些带着孩子来的人们倒吸一口冷气，立马掉头就走——即便他们手中牵着的孩子们还非常想要听下去。

这个古怪的名词一出现，围观的人们也大多失去了兴趣。他们本以为，来自冰原的奇妙故事里会有什么特别的复仇方式。结果到头来，居然是召唤出了一个怪物？20 世纪 60 年代的美国，最不缺的就是神秘主义的玩意儿，人们早就听腻了。

走的走，散的散，兴趣缺缺的人们三三两两地离开了这个街角，仿佛终于相信了巴里的话，意识到眼前这个“先知”，不过是个故事老套的骗子。

唯独“骗子论”的提出者巴里，却一步都走不动道。

“你……你刚才说的那个怪物，那个什么克……”

“图皮拉克。”

“对对对，图皮拉克！”巴里紧张地问，“它长什么样？会怎么行动？”

“图皮拉克没有固定的形态，如果它向你现出原形，那应该是一个类似人形的东西，但比人要虚无缥缈一些。”先知回答，“它会出现在世界的任何一个角落，不死不休地追踪目标。它靠着怨念驱动，直到将目标彻底杀死，才会重新变成一尊骨架雕塑，动弹不得。”

巴里从心到肝儿，都抖成了筛子。

“它有着这个世界上最充足的耐心，会一直追踪着你，寻找时机，无论你去到哪里，都会被它发现。到时候，它会悄无声息地出现在你身后，在暴风雪之夜确认你的身份，然后……”

“然……然后？”巴里咽了口口水。

“把你撕成碎片！”

“啊！！！”一声怪叫，巴里腿脚一软跌坐在地。整洁的衣物随着胖身子的扭动变得凌乱，名牌公文包也被丢在一旁。嘴巴大大地张着，有出气没进气。

是我！故事里的恶霸就是我！巴里已经彻底明白了，自己的无礼一定惹恼了眼前的巫师，笃信神秘学的他坚信，巫师一定是用巫术，得知了自己即将面对的命运，于是特地来告诫自己——因为除了 NASA 内部人员，不可能有人知道自己昨天在发射中心经历了什么。那个被误认为是间谍的怪物，一定就是巫师口中的复仇之魂——图皮拉克！

本来，只要细心听巫师讲解，付出一些必要的“代价”，或许还有机会化险为夷，可自己却搞砸了。于是，巫师就改用故事的形式提示眼前的危险，如果自己还不醒悟，那可就……

“谁让你在这里装神弄鬼？给我铐起来！”

就在巴里准备起身，爬到巫师脚边祈求拯救的时候，华盛顿警察赶到了。

“有人报警说你在这里妖言惑众，谎称自己是什么爱斯基摩巫师，想要骗取钱财！”警察一边为先知上铐，一边用毫不掩饰的鄙夷目光看着先知的黄皮肤，“你扰乱治安，我们依法逮捕你，跟我们走一趟！”

先知似乎没见过这种阵仗，不做任何挣扎，一脸疑惑地被警察押向警车。

不……不行啊！巴里慌了，不能让他们把先知带走啊！

“你们等……”

车门砰的一声关上，警察一脚油门绝尘而去。巴里就像丢了魂，匍匐着往前追赶，却被一道身影给甩在了后头。

“巫师大人，巫师大……嗯？”看清楚那人的背影，巴里一愣。

追着警车一路狂奔，大呼小叫着说要解释的人是……

“约……约翰？”

4. 先知万岁！

华盛顿警局。

“没有身份 ID，没有入关证明，说不清自己来自哪里，分明身在华盛顿，却谎称自己一天前还在无尽的冰原上。”老警察皱着眉头，盯着眼前紧张兮兮的工程师，不解地问，“约翰 · 霍博尔特博士，你真的要保释这个身份不明的偷渡客？”

“他……他不是偷渡客。”霍博尔特还是第一次在警局接受质问，眼睛都不知该往哪儿看，“他的身份确实有一点特殊，但是出于……你知道，出于保密的原因，我没有办法完整地透露给你。”

霍博尔特很头疼。

总部门口，和他有过约定的邦克，在合适的时间，出现在了合适的地点，等到了那个合适的人。在警方到场之前，起到的效果应当说极为显著。

而事情之所以会发展成这样，还得从昨天傍晚说起。

霍博尔特听邦克絮絮叨叨说了一大堆因纽特故事之后，从中挑出了“复仇之魂”这个故事来，稍稍做了一丁点改动，反复地和邦克强调，直到后者能够完整复述。

“你会见到一个胖子。”看着想要“报答熟肉块和面包之恩”的邦克，霍博尔特说，“一个人模狗样的胖子，他对神秘学的东西很感兴趣，看到你之后，一定会凑上来听你讲故事。到时候，你就讲这个复仇之魂的故事，按照我改动后的版本讲，明白吗？”

“明白。”邦克点点头，随后又眉头一皱，“但是这样就算我报过恩了吗？会不会太简单了一点？”

“不不不，哈哈，邦克，我的因纽特老兄，一点都不简单。”霍博尔特乐了，拍着邦克的肩膀，“这是最重要的一步，也只是第一步，接下来我还会要你做一些事情。”

“需要骗人吗？”邦克问，“我不擅长骗人。”

“不需要，完全不需要。”霍博尔特摆摆手，胸有成竹地笑道，“只要讲故事就可以了，接下来你要做的所有事，只不过是‘讲出那些因纽特故事’而已。”

计划的第一步，实行得相当顺利。

按霍博尔特的想法，接下来轮到自己出场，把邦克带走。巴里一定会想尽办法阻拦，甚至求着自己给个机会，和邦克好好交流一番。接着，邦克就可以顺理成章地进入 NASA 总部，来到兰利中心的办公区。只要布朗再配合自己演一出小小的戏码，EOR 就会被巴里自己主动淘汰。

计划很丰满，现实骨瘦如柴。

霍博尔特无论如何都没有想到，被邦克的故事吓哭了的一个孩子的妈妈，居然会选择报警。换作任何一个人被警方以这样的理由带走，都不算是什么大事，偏偏邦克不行。

第一，邦克是个黄种人，20 世纪 60 年代的美国，有色人种的生存环境可称不上乐观。

第二，邦克没有任何身份证明，是个实打实的黑户。

第三，邦克实在是太实诚了，他那些神乎其神的经历，连霍博尔特都无法理解，更不用说警察了。

“博士，您的身份我们已经核实过，确实没有问题。如果这个黄种人真的和登月计划有关，也确实可以保释出去，就是需要您提供不少文件。”警察说，

“但保释金这一块，我们实在是……”

“我出。”霍博尔特咬咬牙，“需要多少，我来出！这个人至关重要，没有他，我们的研究无法进行下去。”

“明白了。”老警察合上记录本，一只手把玩着笔，用颇有深意的目光看着霍博尔特，“既然博士您都这么说了，特事特办也不是不行。不过您知道的，特事特办要走的流程比较多，所需要的经费自然也……”

“我出，我全都出！”霍博尔特当然明白警察的意思，重重点头，“给你们添麻烦了，实在对不起。”

“哈哈，没事没事，都是工作。”警察这才露出了笑容，“相互理解，相互理解就好。”

十分钟后，“繁杂”的流程走完，霍博尔特带着邦克离开了警局。

“那个，邦克。”回家的车上，霍博尔特花了很长时间计算自己还剩下多少钱，直到快到住处才开口道，“对不起，是我搞砸了。”

“不，是我对不起你。”邦克却摇摇头，一脸真挚地看着霍博尔特，“这个世界是一片冰湖，他们不相信我，一定是因为我在某些地方做得不对。我要谢谢你帮助我离开那个地方，那里的人看我的眼神都很奇怪，我有点不太自在。”

“唉，没办法。”霍博尔特叹了口气，“美国就是这样了。”

“之前你请我吃熟肉和面包，我给那个男人讲故事，算是还了你的情义。”邦克看向前方，“但现在你又救了我一次，我又欠了你一份情。今后有什么需要我的地方，我一定会努力做好的。”

“不，不是那样，其实我……”霍博尔特被邦克的单纯搞得很不好意思，抓了抓凌乱的头发，一时语塞，所幸那幢公寓楼已经出现在街边。

“进来吧，邦克。”打开房门，霍博尔特冲邦克笑笑，“只是临时的住处，所以条件简陋了点，别介意……哦，亲爱的。”

一个女人走了出来，双手在围裙上擦拭着：“你回来得晚，我和孩子们就先吃了……这位是？”看到邦克一身巫师打扮，女人惊讶地睁大了眼睛。

不过邦克看得出来，这惊讶是源自好奇，而不是鄙夷。可真是心地善良的一家人，邦克想。

“他是……”

“爸爸！爸爸回来了！”两个孩子，弟弟五六岁，姐姐有八九岁了，前拥后抱地扑向霍博尔特，吵吵闹闹，别有几分温馨。

“哇，爸爸，他是巫师吗？”弟弟说话还有点呼呼声，瞪大眼睛看着邦克，像是在看漫画里的英雄。

“他不是巫师，但他来自一个有巫师的村子。”霍博尔特笑着抱起小儿子，“来，叫邦克叔叔。”

“邦克叔叔！”两个孩子异口同声地喊着。

“邦克，这位绅士是达科，最害怕蜘蛛。这位淑女是艾丽斯，最喜欢碎花裙子和淑女帽。”霍博尔特一脸幸福地介绍，“这位伟大的母亲是梅德瑞娜，老天知道，没有她我连一颗土豆都不会削……邦克今晚住在这儿，为他收拾个地方睡吧。”

“你好，邦克。”女人也笑着，向邦克点点头，“欢迎到霍博尔特家，喝热牛奶吗？”

来到华盛顿之后，邦克第一次尝到了汉堡之外的东西——温暖。

“因纽特人，你得称呼他为因纽特人，爱斯基摩是蔑称，千万别这么叫。”吃过迟到的晚餐，梅德瑞娜去清理餐盘，霍博尔特凑在一旁，把自己和邦克如何相识的过程说了一遍。

朝西的房间里，两个孩子缠着邦克，连续听了十来个故事，还不肯去睡觉。

“再讲一个吧，邦克叔叔。”艾丽斯扯着邦克的袍子，“就一个，一个故事我们就睡觉。”

“可是你们的爸爸说，时间太晚了，你们得睡觉了。”邦克摸了摸艾丽斯的脑袋。

“才九点多，我们十点半才睡觉。”达科抓住邦克粗糙的大手，“爸爸太着急了，不要听他的。”

“哈哈，爸爸很着急吗？”邦克笑笑，侧首看向门边，霍博尔特正抱着一床被褥，手忙脚乱地走来，“确实，他是太心急了一点。”

铺好被褥，整理好房间，霍博尔特搓着手四下看看，也不知还缺些什么东西。

“条件没酒店那么好，不过你知道，天天让你住酒店的话，我的钱包……”

霍博尔特苦笑一下，“暂时将就一下，今后我再想办法。”

“很棒了，这可比冰屋强多了。”邦克似乎是打心底里感到满足，摸了摸柔软的垫子，“海豹皮可没这么软。”

“邦克叔叔，讲讲海豹皮吧！”艾丽斯眼睛一亮，“你们是怎么捉海豹的呢？”

“我要听纽扣的故事。”达科指了指邦克脖子上的挂坠，“你为什么要挂一颗纽扣呢？”

“这颗纽扣是我的爷爷留给我的，但它不属于我的爷爷，属于一个叫作月男的人。”摩挲着纽扣，邦克看向了窗外的月亮，“月男的故事刚才讲过了，不过我可以跟你们讲一讲我爷爷的爷爷的故事。那是很久很久以前，他是一个伟大的猎人，抓海豹就像呼吸一样简单，从小就是村子里的孩子王，因为他的爸爸也是一个伟大的猎人。他的名字叫作纽扣，用我们的语言发音，就是邦克，也就是我的名字。有一天，纽扣突然得到一个消息，说他的妹妹生病了……”

“好了好了，邦克叔叔累了！”故事刚起头，霍博尔特就打了岔，一手一个抓住孩子们的手，往他们的卧室走，“明天你们还要上学，现在该睡觉了。”

“可是爸爸……”达科不依不饶，回头可怜巴巴地望着邦克。

“听爸爸的话，达科。”邦克笑笑，冲小小的绅士挥挥手，“这个故事明天继续讲，好吗？”

一番嬉闹，孩子们终究还是去睡觉了。关上房门前，霍博尔特探进头来，略带歉意地说：“抱歉，邦克，见到你，孩子们有点……”

“兴奋？哈哈。”邦克笑着，“你得多给他们讲故事啊，霍博尔特博士，没有故事的童年，就像是没有梦的夜晚，没有鱼儿的海角。”

“我这不是太忙了嘛。”霍博尔特不好意思地挠挠头。

“不，你是太心急了。”邦克笑着说，“真正的好猎人，都有着这个世界上最足的耐心。”

“晚安，邦克。”霍博尔特若有所思地关上灯，“需要什么就叫我，我就在隔壁。”

“晚安，霍博尔特。”邦克闭上了眼睛。

“叫我约翰。”房门被轻轻带上，“叫我约翰就好。”

刚转过身，霍博尔特就看到梅德瑞娜正站在转角，笑吟吟地看着自己。

“所以，明天你要和他一起上班吗，我是说邦克？”梅德瑞娜问。

“还是算了吧。”霍博尔特摇头苦笑，“计划失败了，以后恐怕真得执行EOR了。”

“你知道吗？约翰，”梅德瑞娜说，“关于你，这位因纽特朋友有一点说得没错。”

霍博尔特疑惑地看着妻子。

“太心急。”梅德瑞娜打开卧室房门，“你总是太心急了，约翰。”

一夜无梦。

次日一早，霍博尔特一如往常，七点不到就起了床。打着哈欠走出卧室，NASA工程师想去叫醒两个小小的天使，却听到卫生间里传出嬉笑打闹的声音。

“哈哈哈，错了错了，邦克叔叔，不是这样！”

霍博尔特迷瞪着眼走了过去。

“要涂在牙刷上，牙刷，不是牙齿。”达科嚷嚷着。

“你真的从来没有刷过牙吗，邦克叔叔？”艾丽斯好奇地问。

“唔，没有，我从来都没有……早上好啊，约翰！唔，好凉。”通过镜子，邦克看到了一脸困惑的霍博尔特，咧嘴一笑，露出满嘴牙膏，“艾丽斯小姐和达科先生正在教我刷牙呢。”

“看出来了。”霍博尔特点点头，“你的牙刷哪儿来的？”

“我拿给他的，亲爱的。”梅德瑞娜从厨房探出头来，“用了你的备用牙刷，不会介意吧？”

“呃，不会，当然不会！”霍博尔特摆摆手，还在适应家里多了一个人的感觉。

趁着孩子们又缠着邦克讲故事的当儿，霍博尔特快速解决了早餐，和家人们打过招呼刚要出门，电话响了。

“喂，您好，霍博尔特家……请稍等一下。”梅德瑞娜回过头来，“约翰，找你的。”

“谁？”霍博尔特又走回屋内。

“巴里。”梅德瑞娜用口型传递信息。

糟糕。霍博尔特的冷汗一下子就冒了出来。

昨天为了追上警车，自己顾不上撇清关系，当着巴里的面就跑了过去。就算昨天巴里再怎么蒙圈，也能看出自己和邦克早就认识，并且很有可能推测出，邦克的出现，一定是个局。

“喂，组长，我正准备去上……”

“马上给我过来！现在，立刻！”没有解释的机会，巴里几嗓子吼完就挂断了电话，留下霍博尔特在电话这头心惊胆战。

以巴里对神秘学的痴狂程度，说不定昨晚他也去了警局，得知邦克已经被保释走了，保释人正是我约翰·霍博尔特。而我保释邦克的理由，是邦克“与登月计划有莫大关联”。

这可是一个弥天大谎。

霍博尔特紧赶慢赶来到总部，坐电梯的时候，紧张得手心都在出汗。

“嗨，约翰。”走进办公区，忙了一宿没睡的布朗冲霍博尔特打了个招呼，但后者根本没空回答，径直走向巴里的办公室。

“马屁精。”几名同样通宵忙碌的同事看到这一幕，纷纷摇头表示鄙视。

“组长，我……”

“总算来了？哈？”不等霍博尔特说完，巴里一拍桌子就站了起来，肚子上肥肉一抖，“准备什么时候才告诉我真相？”

“真……真相？”霍博尔特硬着头皮装傻。

“别装了！”巴里一把推翻桌上如山的文件，气势汹汹地走到霍博尔特面前，盯着后者的大鼻子吼道，“你是不是认识那个爱斯基摩巫师？是不是你搞的鬼？！”

完了，霍博尔特知道，一切都完了。

“我就知道是你！”巴里接下来说出的话，和霍博尔特预料的一模一样，“昨天那个巫师一出现，我就觉得不对劲。果然，警车一到，你小子也跑出来了。我已经托人去警局问过了，保释他出来的人就是你！怪不得突然之间开始支持我，我还以为你小子改过自新了呢，原来是为了布这个局，看我的笑话！”

霍博尔特完全不知道该如何反驳，因为巴里所说的基本上也没错……

与此同时，来上班的同事们三三两两的也都到了，看到巴里在怒斥霍博尔特，所有人都是一副幸灾乐祸的表情，没有一个人上前帮忙。让你两面三刀，该！

“组长，其实……”

“好了别说了！这事儿就是你干的，别想抵赖！”巴里胖手一挥回到办公桌后坐下。

“对不起，组长。”霍博尔特低着头，面对着自己这辈子最倒霉的一天，“下回我一定到你家登门道歉，还有活，我先去忙……”

“那个，既然你认识那名巫师大人。”巴里的眼神飘开，瞄了瞄办公室外，见众人已经开始各自忙碌，便咳嗽了一声，手指轻轻敲着桌面，“那你能不能……再把他请来一次啊？”

“我确实认识……啊？”霍博尔特一愣。

“其实，那个，昨天啊，我听巫师大人说完故事之后，一个晚上都没睡好。”揉了揉黑眼圈，巴里的目光闪躲，有点尴尬，“你也知道，那天我不是在肯尼迪中心碰到了一个苏联间谍吗？”

霍博尔特点点头。

“那不是间谍，约翰，那绝对不是一个间谍！”巴里猛然抬眼，看向霍博尔特的眼神中满是恐惧，“那个……东西，那个怪物，来无影去无踪，一点声音都没有，就像幽灵一样出现在我身后，气若游丝地问我问题。我看到了一下他的脸，那脸上满是红斑和伤口，就像在地狱中被烈焰灼烧过一样可怕！

“一开始我也以为是碰上了间谍，那怪物问了我一些和徘徊者有关的问题，我还故意骗他，说徘徊者在月球的向阳面——你知道的，我一直都是个忠诚的爱国战士！”

霍博尔特只能又点点头。

“那之后，我也一直在安慰自己，他一定是个间谍，只不过用了什么高科技的手段。”巴里牙关战战，“但是昨天，我听了巫师，不，我听了先知大人的话之后才意识到，我那是自欺欺人。”

“啊？”霍博尔特真的有点跟不上巴里的脑回路。

“是凯迪拉克！呃不对……是图皮拉克！”巴里大喊一声，“先知大人是对的，我一定是得罪了什么人，被人下了诅咒，有人要置我于死地啊约翰！！”

“你……你别这么喊，被人听到还以为是我要诅咒你呢。”霍博尔特往后退了一步。

“总之，快把……不，请你把先知大人带来吧！”巴里带着哭腔，哀求般地说，“我身边一定有脏东西，只有先知大人能救我的命！”

霍博尔特走出巴里办公室的时候，不少人还抬起头来准备看笑话。但他只是回到自己的办公桌，打了一通电话，随后就什么也不干，靠在椅子上休息，甚至还把双脚搭在了桌上，悠闲得就像在度假。

“约翰？”布朗凑了过来。

“成了。”霍博尔特忍不住笑意，冲布朗眨了眨眼睛。

半个多小时后，霍博尔特下了一趟楼。有人透过窗户看见，霍博尔特的妻子把一个衣着古怪的男人送到了楼下。回到办公区，霍博尔特带着那个男人径直走向巴里的办公室，没有向任何人做任何解释。

“那是一个……巫师？”有人小声问，“黄种人里也有巫师？”

“严格意义上说，印第安人还是黄种人呢，我们现在就生活在黄种人的地盘上，你说话可得小心点。”一名黑人似笑非笑地提醒。

约翰已经跪舔巴里到这个地步了？特地请来了一个巫师？不少人甚至放下手中的工作——反正 EOR 也是死路一条——干脆来到巴里的办公室边，假装聊着技术细节，实际上却在观察室内的情况。

“嗯……嗯！世界是一片冰湖，我明白了先知大人，嗯！”巴里，不学无术、飞扬跋扈的巴里，居然像一个小学生一样，在认真地记笔记！

邪了门儿了，这一个晚上，到底发生了什么啊？

“巫师”在巴里的办公室足足待了一个小时，其间巴里数次声泪俱下，就差跪下给巫师磕头了，甚至还开始忏悔自己往日的言行。能把巴里治成这样，这家伙到底是什么来头？

“先知大人，您今天所说的每一句话，我都仔仔细细地记下了。我一定痛改前非，您看我表现，以后看我表现！”巫师走出办公室，所有人都坐回工位假装工作，巴里还在鞍前马后地为巫师开道，狗腿得不得了。

“哟，巫师啊。”终于，还是有人忍不住，故作揶揄地问，“这么厉害的巫师大人，能不能也为我们的方案占个卜啊？”

“怎么和先知大人说话的？！”巴里气呼呼刚要开骂，一眼看到巫师温和的目光，立马又低下了头，“我……我知道错了，我不该发火，世界是一片冰湖，不该对冰湖发火……”

这都什么跟什么？

“邦克，别理他们。”霍博尔特故意做出一副满不在乎的样子，护着邦克就要离开。

“喂，我说约翰。”坐在远处的布朗突然开口，“干吗这么急着走？有什么事情赶着去做？是不是怕你带来的这个假巫师被人揭穿，所以要赶快跑路啊？”

对啊！众人都反应过来了，一个从来不相信鬼神之说的工程学博士，突然之间要从哪里找到一个巫师呢？这分明是个骗局嘛！

“布朗博士，我不太确定你在暗示什么。”霍博尔特回过头，颇为警惕地看向布朗。

“暗示？不不不，我没有暗示，我是在明说。”布朗眼神一沉，酒瓶底镜片反射着窗外的光，“既然巫师都带来了，那就为登月计划占卜一次，这不是什么很难理解的要求吧？约翰，你敢吗？”

不等霍博尔特开口，一旁的巴里倒是先发话了：“布朗博士，请你对先知大人放尊重点！先知大人可不是什么巫师那种骗人的玩意，他从来都不占卜，他只会……”

“讲故事。”邦克愣愣地接话，“我只会讲故事，你们要听吗？”

霍博尔特急忙阻拦：“邦克你不要……”

“要啊！为什么不呢？”布朗幸灾乐祸地笑着，“来吧，我们第四小组的所有成员，洗耳恭听。”

骑虎难下的霍博尔特又挣扎了一阵子，终究敌不过全体组员的起哄。于是，在世界科学实践的最前沿、NASA 总部大楼最顶尖的研究处，一个让人啼笑皆非的场面出现了：

一帮全世界最忠贞的科学捍卫者们齐聚一堂，听一个来自冰原的假巫师，呃，讲故事……

“听约翰说，你们准备去月球。”邦克倒不怯场，坐在一张椅子上，一本正经地说，“那我就讲一个关于月男的故事吧。”

接下来的大约十分钟时间里，兰利研究中心的科研人员，经历了一场心灵过山车。

故事刚开始，大家都还抱着看笑话的心态听着，想要看看一个假巫师，要如何告诉全世界最了解月球的一群人，月球是什么样子。当月男第一次出场时，甚至有人毫不掩饰地笑出声来。

但大约三分钟后，一部分人的表情变了。

“会飞的狗？有金属光泽、会飞的狗？”有人小声嘀咕着，“说的是火箭推进器吧？”

“你们听到了吗？月男离开的时候，爬进了狗的肚子里，人怎么可能进入狗的肚子？依我看，狗指代的不是推进器，而是登陆舱！”另一人正儿八经地分析了起来。

“嘘，接着听。”

故事继续，顽固的男人背着火鸟升空，遇到了一块大石头，试图从向阳面过去，却弄丢了他的心脏。

“轨道分离应该在月球背阴面，这样登月舱的起落轨道就会更加平滑。”有人点点头。

随后男人终于和月男会面，此时两人显然已经在月球之上。

“这是交会！”一名工程师惊呼，“这是在月球轨道上交会，这故事它……”

“这个故事，真不简单啊！”终于，一脸震惊的布朗，再度开口。

“他们在说什么？”巴里觉得自己的智商受到了羞辱，压低声音问霍博尔特。

“组长，我服了。”布朗站起身来，先是向邦克深深地鞠了一躬，随后目光炯炯地看向巴里，“神秘学果然深不可测，我服了！”

什么？布朗“服”了，巴里却彻底懵了。这怎么了就服了？

“对不起，先知大人，之前是我太无礼。”布朗走上前，再次向邦克低头认错，眼神转向巴里，内里的狂热藏也藏不住，“组长，太神了，这位先知大人真的是太神了！”

“咳咳。”霍博尔特咳嗽一声，偷偷走开，美美地给自己倒了一杯咖啡，在办公区一角，看着好友的精彩演出。

“今后我一定对神秘学心存敬意，再也不敢口出狂言！”布朗继续道，“先知大人的故事确实有着不得了的深意，这个故事已经很明确地告诉了我们答案：想要登月，必须得用 LOR 方案！”

“哈哈，先知大人当然不会错……啊你说什么？”巴里眼珠子都快掉出眼眶了。

“故事里海量的细节先不提，就说顽固的男人在月球上和月男碰面这里。”为了力求真实，布朗还顺手抄起了桌上的一份月球轨道示意图，“如果背着火鸟的男人，指代的是完成登月勘探任务、准备返回地球的宇航员，那么月男所在的那只大狗，就是等候在月球轨道的飞船，对吗？”

“等……等候的飞船？”巴里一脸迷茫地重复。

“两者在这里，也就是月球轨道上相遇、完成交会，这是什么？”布朗在轨道上用铅笔画了一个大大的圈，“这就是月球轨道交会啊，组长！”

我的天！

这下，全体组员都蒙了。

这是巧合吗？故事内容和现实中的登月计划出现吻合，是一种巧合吗？这也太巧了点吧？更不用说，不少人实际上已经从故事里找到了许许多多的共通点，其中一部分，甚至可以解决长久以来悬而未决的技术难题。

这个神秘的黄皮肤巫师，到底是个信口雌黄的骗子，还是一个来自亚洲、隐姓埋名、精通登月计划所有技术细节的不世出的天才呢？

“哈哈哈咳咳……烫死我了！”霍博尔特躲在角落里乐得不行，呛了一鼻子咖啡。

“月男、大狗、背阴面、落在大海里、没有带回来的鱼叉、掐死月男潮汐就会停止……”布朗陷入了痴狂状态，手中的笔不断记录，在纸上留下一行行潦草的字迹，“太多了，这故事里的细节太多太多了，我必须记下来，必须现在就记下来……哦，对了！”

“你干吗？吓死我了！”巴里被吓得满脸肉抖。

“组长，谢谢你！”布朗“深情”地看着巴里，双手狠狠抓住后者的胖肩膀，铅笔头差点把巴里的高档衬衫戳出一个洞来，“要不是你如此英明神武，找到了这位伟大的先知大人，我们还在EOR的死亡漩涡里挣扎呢！现在，LOR的光芒终于降临了！兄弟们，干活！”

“干活！”组员们干劲十足，齐声高喊。

“我……我吗？”巴里指了指自己，痴痴地看了看布朗坚定的目光，又看了看邦克温和的眼神，嘴角也扬起了满足的笑容，“先知大人，您说得实在是太对了，这个世界果然是一片冰湖，我对他们笑，他们也会对我笑啊，哈哈哈！”

“先知万岁！”不知道是谁喊了这么一嗓子。

“吼吼，先知万岁！”“先知万岁！”

当天，所有经过第四小组办公区的人，都怀疑自己一下子穿越了时空，从严谨的科学殿堂，穿越到了少数教派狂热分子的朝圣地。

一整个下午，巴里都在忙着打电话，向上层解释为什么突然之间更改研究方向，用这一辈子从未有过的耐心和毅力，去向头顶的“冰湖”要求一次各组汇总的专家研讨机会。

“先知万岁！”布朗和组员们则时不时高喊一句口号，在办公桌上忙个不停，办公区里弥漫着香烟、咖啡以及阿司匹林的味道。

“哈哈，其实邦克是我带来的，你们都还记得吧？是我把他带来的，你们……”霍博尔特四处乱转，想要提醒兴奋的同事们，自己才是“幕后黑手”。

然而并没有人理会他，一个都没有。

除了邦克。

“你看，约翰。”终于从组员们狂热的追问中脱出身，邦克来到霍博尔特身边，憨厚地笑着，“刚认识的时候我就和你说过，我知道怎么去月球，没骗你吧。”

“呵呵。”霍博尔特一声冷笑，转身就走，把纸杯丢进垃圾桶的时候，被溅起的咖啡淋了一裤腿。

5. 巴顿大人

“这故事真的是太厉害了！”

在邦克讲完那个故事之后，第四研究小组的方案推进速度陡然提升。发愤图强的科研人员仿佛得到了天启，拼命地工作着。

那个神奇的故事究竟是从哪儿来的，此时已经一点都不重要了。重要的是，这个故事将所有人的任督二脉都打通了，工作方向突然之间就变得清晰无比。

邦克被布朗盛情邀请，坐在一个临时空出来的“特别指导”办公桌边，肚子饿得咕咕叫。

“没事没事，先知大人想坐哪儿就坐哪儿！”被挤出办公位的工作人员兴奋得不行，仿佛能给先知让座是一种莫大的荣耀，“先知大人简直就是我们的幸运星，他一来，一切都变得好顺利啊！”

所有人都在忙碌，唯有两个人暂时半点事儿都没有。其中一个，当然就是讲完故事的邦克。

偶尔还有人凑上前来想问一些技术问题，可还没等邦克开口说自己不懂，那些人就会突然眼睛一亮，用笔狠狠敲着脑门儿，自语着“对对对故事里提到过”，然后大声感谢着跑开。

另一个无事可做的人，则是我们的幕后英雄——霍博尔特博士。

“这里可以用之前讨论过的那个方案来操作，还是要注意成本控制，这是LOR的优势之一……”霍博尔特四处溜达着，试图找到一些需要自己的突破口，给出专业建议。

“呵呵，先知大人已经提醒过我了，不劳您费心。不好意思请你走开一点，挡着光了。”但组员们一点都不买账。

该死！四处碰壁的霍博尔特，真的不知道自己到底做错了什么。分明是自己费尽心机，好不容易才帮大家解了燃眉之急。邦克分明就是一个假货，科研人员的脑子那么好，不可能想不到这一切不过是个局。但大家却揣着明白装糊涂，对自己这么冷漠，反而对邦克高呼万岁？

还有没有天理了？

越想越气，越气越想，霍博尔特的驴脾气终究还是上来了。再一次被往日最支持自己的同事拒绝之后，我们的工程学博士恼羞成怒，愤愤走出了办公区。

“约翰？”不远处，邦克将一切都看在眼里，起身刚想去追。

“先知大人，先知大人！”又有一名研究员跑了过来，“能麻烦您再给我讲一下男人路过背阴面的那一段吗？非常重要，辛苦您了！”

“可是约翰他……”

“哎呀，别管那个两面派了，来来，麻烦您再讲一次……录音机！谁有录音机贡献一下！”

又是一阵忙活，等邦克再度脱身，霍博尔特早已不见踪影。

“你好，布朗博士。”观察一番之后，邦克走到一直埋头工作的布朗身边，“请问你知道约翰会去哪里吗？”

“啊？我？”布朗抬起头，有些惊讶，“你为什么会觉得我知道他在哪儿？”

“因为你和他是好朋友。”邦克指了指自己的眼睛，“目光是不会骗人的。”

“有你的，不愧是先知。”布朗笑笑，“约翰这个家伙呢，平时不抽烟不喝酒，但只要心情焦虑，就会去街对面买一包万宝路，一口气抽完，再回来干活……五楼平台，东南角，去那儿找他吧。”

“谢谢你，布朗博士。”邦克点点头，转身要走。

“对了，呃，先知大人。”布朗却眯起了眼，目光藏在厚厚的镜片后，“冒昧地问一句……你到底是谁？”

“我叫邦克，来自冰原。”邦克回答，“是一个因纽特人。”

“不是巫师？”布朗看了看邦克的巫师袍。

“不，我不会巫术。”邦克眨了眨眼睛，“我只会讲故事。”

随后，邦克离开，留下布朗坐在自己的位置上，咬着笔杆，看着那道背影，若有所思。

对于邦克来说，要乘坐只坐过一次的电梯来到五楼，可不是件容易事。在电梯间等了许久，看着数字不断变化，邦克正在思考如何才能打开这扇金属门。

“你要上楼还是下……我的天，一个巫师？！”一个操着普鲁士口音的中年男人出现在邦克身边，大背头油光发亮。

“你好，我叫邦克，因纽特人。”邦克友好地打过招呼，又回头看向电梯，“请问如何才能让这扇门打开？”

“我……我叫韦纳·冯·布劳恩，来自普鲁士……”男人显然还没从震惊中回过神来，“你是要上楼还是下楼？”

“我去‘五楼’。”邦克回答。

“那就是下楼，按这个就行了。”布劳恩按下按钮，双眼在邦克身上打量，“你是……第四研究组的？”

“第四，你是说这儿吗？”邦克指了指办公区，“我只是来讲故事。”

“因纽特人……就是爱斯基摩人吧？”布劳恩皱起了眉头，“你们那儿也有航天技术？”

“虽然不明白你在说什么，但我的好朋友约翰说，他们想要去月球。”邦克如实回答，“恰好我知道怎么去月球，所以来和他们分享一下。”

乔装打扮？混淆视听？镇定的间谍？磕了药的科研人员？布劳恩爵士脑中，无数个猜想一闪而过。但这些猜想，在他接触到邦克那纯洁如冰湖一般的目光后，全都烟消云散。

这人没有撒谎，更不是什么间谍。

作为第二次世界大战前就在德国主导火箭工程、战后又来到美国研发导弹的科研专家，布劳恩这一辈子经历过的尔虞我诈实在是太多太多了。一个人到底有没有撒谎，他一眼就能看得出来。

眼前这个自称叫邦克的家伙不仅没有撒谎，而且可能是布劳恩这一辈子所见过的所有人里最单纯的一个，一丁点儿心眼都没有。这样的人会和约翰·霍博尔特那种炸药桶成为朋友？还被约翰邀请到第四小组“讲故事”？唬谁呢！

叮的一声，电梯到了，本想到第四小组转一圈，看看竞争对手们究竟在搞什么名堂的布劳恩心念一动，跟着邦克进了轿厢，帮他按下五楼，接着往后一退，仔仔细细地观察着他的打扮。

二战前的德国，不仅是世界上科技水准最高超的国家之一，还是世界上最痴迷神秘学的国度。布劳恩的工作专业性极强，但也免不了被不懂技术的高层介入，搞一些神神鬼鬼的玩意儿。各种打扮、各个民族、说着各种语言的巫师，布劳恩见过的数不胜数，但像邦克这样的，还是头一次碰到。

就在十几分钟前，正在第三研究组忙着完善方案的布劳恩接到了一个电话。

“第四小组变卦了。”电话那头的声音听起来颇为紧张，“昨天还汇报说要用 EOR，把我们的工作贬低了一番，说方案没问题，只是执行的人不对，今天却突然改口了，说要改用 LOR！”

放下电话，布劳恩有些不安起来。虽然都在为登月计划工作，不同小组之间理应相互合作，但上头既然分了组，自然是希望小组之间有所竞争，给出最优方案。此前，布劳恩就一直视第四小组为心中的第一假想敌，始终在和霍博尔特、布朗二人暗中较劲。

比资历、比技术、比经验，布劳恩一点都不虚，但比拼劲、比想象力、比执行力，他一个年过半百的普鲁士人，可不是两个美国小伙的对手。

所幸上天垂青，兰利中心的方案确实很超前，但过于激进，遭到了上头的漠视。布劳恩主导的第三小组顺风顺水，连续拿到各类资源，徘徊者计划上马，一切都在朝着有利的方向发展。可一年多内的四次失败，却在布劳恩的头顶，悬上了一朵乌云。

巴里的入驻，一度让布劳恩找到盼头，只要兰利中心继续内耗，胜利的终究还会是自己。然而昨天到今天，短短的 24 个小时内，情况急转直下。

叮，五楼到了。

“谢谢你，布劳恩先生。”邦克友好地向布劳恩致谢，“我先走了。”

“啊，很巧。”布劳恩微笑着回应，“我也要去五楼。”

两人结伴而出，布劳恩远远就看到，平台东南角，霍博尔特正在猛吸着万宝路。布劳恩和邦克别过，绕了个圈，走着相反的路线来到东南角附近，假装背过身抽烟，耳朵则竖了起来，不想放过任何一句对话。

“约翰。”邦克走到近前，笑着打招呼，“布朗博士说你会在这里，你果然在咳咳咳……”

“你来干吗？”霍博尔特翻了个白眼，警觉地盯着邦克，狠狠抽了一口烟，“伟大的先知大人来找我这个小小的工程师有何贵干啊？”

“约翰？”邦克困惑地看着好友，“你怎么了？”

“我怎么了？我好得很啊！”霍博尔特别过头去，把烟头丢在地上用力踩灭，“工作很顺利，小组没有我也运转良好，难得有休息的机会，我出来放放风怎么了？不行吗？”

“可是你分明很焦虑……”

“我焦不焦虑关你屁事啊！”霍博尔特一声大吼，吓得不远处的布劳恩手腕一抖，烟头在衣服上烫出个洞。

这看起来可不像是朋友啊。布劳恩想。

“我知道了，你觉得大家不需要你，所以有点挫败，是吗？”邦克问。

“对啊，就是这样啊怎么了？”霍博尔特自暴自弃般喊道，“他们不需要我，只需要你，只需要你这个万能的先知！”

两次，布劳恩在心里默数着，霍博尔特已经两次提到“先知”这个词了。

“可是你知道，我并不是……”

“这就是让我不爽的地方，知道吗？”霍博尔特终于回过头来，直视着邦克，“你分明是个假货，是个连身份都没有的黑户，你分明什么都不懂，只会胡乱编故事。可这帮不长眼的家伙却被你给迷惑了，只用了半天！半天！”

黑户？布劳恩表情一变。

“但这一切不是你让我做的吗？”邦克不解，“是你让我来给他们讲故事的，不是吗？”

“哈哈，是，是，没错，你说得对，确实是我，是我的错，你这个先知怎么会错呢？哈哈哈。”霍博尔特咬牙切齿地笑着，“一切都是我的错，行了吧，满意了吧？满意就快点走开，我还有烟要抽。”

“约……”邦克不知该说些什么才好，沉默半晌道，“我先回去，晚些再来找你，约翰。”

邦克说完，转身就走，布劳恩急忙低头假装点烟，蹿起的火苗差点烧了他的浓眉。

“你变了。”邦克走出没几步，霍博尔特在角落蹲坐下来，幽幽地说，“邦克，我们才认识两天，你就变了。他们叫了你几声先知，你就真以为自己是先知，膨胀得没边了。你等着，我要揭穿你，我要让所有人都知道，你不过是个假货！”

“不，约翰。”邦克侧过头来，失落地看着好友，“我还是我，邦克，一直都没有变。但你，已经不是你了。我说过，你太心急，总是想着一蹴而就，好猎人需要耐心，没有鱼儿会主动跑到你的鱼叉上来的，你……要有信念，始终相信才行。”

见霍博尔特没有回答，邦克叹了口气，转身走向了电梯间。

布劳恩不再理会摔着烟盒骂娘的霍博尔特，丢掉烟头，嘴角带笑，也离开了平台。先知、邦克、黑户、假货、霍博尔特明知不报还心生妒忌……够了，有这些情报，就已经足够足够了。

接下来的几天，时钟就像是被人用手指拨动了一般，快速地转着圈。

被第四小组视为珍宝的邦克，暂时住在了附近的宾馆里。组长巴里甚至使出他人际上的神通，为邦克办理了一张工作证，好让他随心所欲地进出总部。

宾馆也是巴里安排的，因为就在巴里汇报方案更改的当晚，不情不愿的霍博尔特陪着邦克，一起去巴里的家中转了一圈。简单看过陈设之后，邦克一句“好华丽的房子，可惜院墙高了点”，就让巴里连夜联系工人，决定次日就把围墙全部拆掉。

随后，巴里和妻子热情款待了两人——霍博尔特当然是附带的——巴里的孩子们，也对这个有着无数故事的先知喜欢得不得了，缠着邦克听了不知多少个故事。孩子们被故事里那些吓人的怪物吓得不轻，争先恐后地表示今后再也不皮了。

“我不想被撕成碎片！”孩子们说。

于是，巴里的妻子，一直对孩子的顽皮头疼不已的女人，对邦克简直崇拜得五体投地、视若神明。

“我告诉过你吧，亲爱的，先知大人无所不能！”要不是时间不允许，巴里恐怕当晚就会在院子里雕一尊邦克的雕像。

得到了巴里全家的绝对认可，再加上组员们的支持，邦克只用短短几天，就做到了霍博尔特努力一整年都做不到的事情：让整个第四研究组和谐融洽。

这匪夷所思的进展，使霍博尔特的挫败感与日俱增。

更为神奇的是，几天后召开的专家组交叉讨论会上，一直被大部分小组排挤的 LOR 方案，居然取得了半数以上的赞成票，成功通过审核，成了后续计划的指导方向。

“EOR 很好，但这几年我们小组的实验结果证明，它还不够好。所以我个人认为，是时候开阔眼界，接受一些新方案了。”甚至连 EOR 最坚定的支持者布劳恩博士，都在会议上投出了赞成票，引得不少唯布劳恩马首是瞻的决策人员纷纷跟票。

霍博尔特看着布劳恩颇有深意的笑容，总觉得哪里不太对劲，可他的担忧，很快就被巴里等人的欢呼给盖过了。

“好好干，巴里。”离开会场时，总负责人西曼斯拍着巴里的肩膀，“你给我打电话的时候，我还以为你们受到了什么天启呢。”

“不是天启，西曼斯副局长，而是一个比天启更神奇的人，来到了我们之中。”巴里早就打算推荐邦克给西曼斯认识了，“一名先知，您知道吗？就是那种通晓过去、预知未来的人，是他给我们带来了灵感和好运！”

“呵，又是你那些神秘学的把戏吗？”西曼斯不屑地摇头。

“这次不一样，我保证！”巴里急道，“您见过就知道了，真的不一样！”

“那个人叫什么？”西曼斯心情似乎不错，笑着问，“那个‘先知’？”

“邦克，是个爱斯基摩人。”巴里兴致勃勃地介绍，“据说‘邦克’在他们的语言里，是纽扣、按钮之类的意思。”

“巴顿（Button）？”走进电梯，西曼斯不置可否地笑着，“所以是‘先知巴顿’？”

“对对对，太合适了，我们正愁该怎么称呼他呢！您知道，用美国名字。”巴里头点得像打桩机，“‘先知巴顿’，就这么定了！不愧是西曼斯副局长，想出来的名字就是霸气……”

与此同时，已经搭上一班电梯下楼的布劳恩回到办公室，接听了一个他等待许久的电话。

“好的，我知道了。”电话内容很简短，布劳恩听了不到五分钟就挂断了，脸上的笑意，却越来越浓。

“没有身份的黑户，警方曾认定是偷渡客，后来以‘与登月计划有莫大关联’为由，被约翰·霍博尔特保释出来……”看着墙上挂着的EOR步骤计划图，布劳恩的目光一沉，“约翰啊约翰，这种人也敢带进全美最机密的科研组织内部？我看你是连工程师都不想做了啊！”

6. 刺杀肯尼迪

次日，NASA副局长办公室。

“所以，约翰。”

罗伯特·西曼斯右手中的钢笔，在办公桌上有节奏地敲着，发出的声音，就像传说中的巫师敲起了脚鼓，每一声都震在霍博尔特的心脏深处。

“巴里跟我说起这个什么先知巴顿的时候，我还以为又是他一个人搞的迷信戏法。”西曼斯的语速并不快，但说出来的每一个字都让霍博尔特打心底里发颤，“所以听说这个黑户是你带进局里来的，我本能地感到怀疑，以为有人想造谣抹黑你。万万没想到，这一切居然是真的。”

霍博尔特低着头。

“我知道，巴里是个不懂技术的门外汉，从他入驻开始，你们就一直感到不满，阳奉阴违，甚至当面和他叫板。这些我都知道，也能理解，毕竟我也是技术出身。”西曼斯继续说，“但为了讨好他，你居然找了个亚裔黑户扮巫师？还让这种害群之马介入你们小组的研究，影响登月计划的总体方向？你知道这种行为意味着什么吗？”

“我……”

“阿波罗计划是总统亲自下令推行的，这并不是一次单纯的科学探索，这是战争！”西曼斯的钢笔狠狠摔在桌上，“如果这亚裔是个乔装打扮的间谍怎么办？万一他是来窃取情报，想要从内部破坏阿波罗计划呢？那么你的行为，就是叛国！”

“没那么严重吧。”霍博尔特苦笑了一下。

“比你想象的严重一万倍！”西曼斯用力拍了一下桌板，“所以你承认了是吧？你确实是想溜须拍马、博巴里欢心，于是就胡乱找了个人来冒充巫师，对不对？”

“不，等一下啊，副局长，这里面有误会吧？”霍博尔特忍不住了，抬起头皱起眉，“我？溜须拍马？你又不是第一天认识我，你觉得我会是这样的人吗？”

“亚洲人说，知人知面不知心。”西曼斯厉声道，“不要以为我不懂少数族裔文化！”

“首先，比起亚洲人，我们才是少数族裔……好好好！我不抬杠，不抬杠！”见西曼斯就要发飙，霍博尔特急忙摆摆手示弱，“其次吧，这个邦克还真不是个亚裔，他来自……”

“冰原？是吗？”西曼斯下巴一点，“你求证过吗？去过他的家乡吗？他说他是爱斯基摩人，就一定是爱斯基摩人了？”

“其实应该叫因纽特人，爱斯基摩是一种蔑称，算种族歧视呢……”霍博尔特小声嘟囔着。

“我不管他是哪里人，没有身份证明，没有经过审查，他就是一颗定时炸弹！”西曼斯简直要被霍博尔特气疯了，猛地站起身来，“走！现在就去你们小组办公区，我要亲自把这个爱斯基摩混蛋踢出 NASA 的大门！”

霍博尔特灰溜溜地跟着西曼斯，别无选择。虽然这样一来，惹他厌烦的邦克确实会走人，但他心里却一点都快活不起来。一开始就是自己带邦克进的组，大家喜欢上邦克，自己又开始生闷气，现在再带着西曼斯去把邦克赶走的话，组员们会怎么看自己？

而且说到底，邦克……好像真的没有做错什么啊。

来到第四小组办公楼层，气冲冲的西曼斯被人叫住，讨论一些霍博尔特并没有参与的项目。霍博尔特趁机先溜进了办公区，一头钻到角落的咖啡机边，端着纸杯假装一切和自己没关系。

“这很麻烦啊，万一受到信号干扰，说不定会重蹈徘徊者 4 号的覆辙，怎么办呢……再听听故事吧！先知，先知巴顿！”组员们也都当霍博尔特是个透明人，顾自商量分析着方案细节。

“约翰。”唯有路过附近的邦克向他打了个招呼。

霍博尔特立马回头喝刚泡好的咖啡，烫了一嘴泡。

不多时，西曼斯几乎踹开大门走了进来。若是平时，计划总负责人来到办公区，组员们再有脾气，也会起立打个招呼意思意思。但今天，整个办公区居然没有一个人注意到他来了。

“这帮家伙！”越是被无视，西曼斯的火气就越大，看到大部分人都坐在透明玻璃隔出的会议室里，NASA 副局长气势汹汹地走了过去。

随后，火气突然就消了。

“嗯，背阴面的话，好像真的可以一定程度上规避这个问题。”

“不要说得太保守，就仪器精度而言，只要到了背阴面，影响几乎会降为零！”

“还是得测算过，要用数据说话……啧，可惜徘徊者 4 号坠毁了，不然这些数据我们早就已经掌握了。”

看到组员们如此认真地工作，西曼斯就是有一座火山要喷，这会儿也得先憋着。大家埋头工作，自己还撒气发火，那也太幼稚了。一切以工作为先，作为副局长，这点觉悟他还是有的。

西曼斯凑到会议室门边，轻轻推开一道门缝，一眼就看到了那个传说中的先知：黄皮肤，清澈的眼睛，认真的表情，身上披着一件怎么看怎么荒唐的巫师袍，被众人围在当中，俨然是小组核心。

这人就是先知巴顿？西曼斯不动声色地缩在门侧，决定先听听看，这个先知到底在搞什么鬼。

“先知大人，能不能再仔细说一下，顽固的男人从向阳面经过那块巨石的时候，发生了什么？”一名组员问。

“他听到一个年迈的女人在演奏鼓歌，还有霍霍磨刀的声音，随后男人的心脏就被抽走了。”先知认真地回答。

“基本没错了，在向阳面进行分离和交会，确实能节省点成本和计算量，但我们很难保证设备不会受到太阳干扰。”有人重重点头，“先知说的鼓歌和霍霍磨刀的声音，指代的就是信号干扰，多形象啊！”

“确实如此。”众人纷纷点头，连带着躲在门外的西曼斯都眉头一皱，仔细想了想，也觉得确实有道理。

“我还是很在意这个‘心脏被抽出来’的问题。”另一名组员摇着头，手中的铅笔转着圈，“为什么月男会特别提醒顽固的男人，心脏会被抽走？故事里没有一句话是废话，既然这么提了，就一定有它的意义。”

啥？西曼斯一头雾水。故事？月男？顽固的男人？抽出心脏？这里是NASA吗？

“我们梳理一下。”一直没有发话的布朗博士推了推眼镜，“目前的大致想法是在进入月球轨道后，服务舱留在轨道上，然后登月舱下降到月面。完成月面探索任务后，登月宇航员乘坐登月舱回到轨道，与服务舱交会，然后返航，没错吧？”

大家都点点头。

“返航时，舱体个头很小，需要的动力也很小，节省了开支，规避了不少技术难题。”布朗继续道，“但返回过程中，尤其是进入地球大气层之后的降落过程，舱体的稳定性会相对较差。不想出完美的减速方案的话，g值会大幅增加，这个时候宇航员们就会觉得……”

门边的西曼斯一惊，前技术人员的敏感让他立马明白了布朗想要说什么。

“会觉得心脏好像要被抽出身体一样！我的天！”组员们一阵惊呼。

“然后，我们再来看故事里月男提到的心脏问题。”布朗顺着思路继续推演，“他反复强调要走背阴面，如果我们只把这个背阴面，当作月球的背阴面，是不是太狭隘了一点？”

“你的意思是？”有人似乎已经明白了布朗的想法。

“降落在地球的时候，舱体本身，就是一块不大不小的石块。”布朗的眼中精光闪烁，“既然是石块，那就一定存在它自己的向阳面和背阴面，不是吗？”

西曼斯的呼吸变得有些急促起来，难道……

“我的想法是这样的。”布朗拿过一张纸，几笔画了个草图，“假设这是舱体的外形设计方案，这一头面向地面，也就成了背阴面。如果我们把这一面设计成一个圆形的拱底，在强大的气流作用下，降落过程本身，也就会成为减速过程。”

布朗把纸张揉成一团，尽可能做出拱底的模样，信手一扔，纸团精准地落进了脚边的垃圾桶。

“空气动力学。”布朗说，“重新考虑舱体的空气动力学外形方案，拱底一面在降落时向下，那我们就相当于在去月球，以及从月球回来的过程中，都走了‘背阴面’，那么宇航员承受超负荷的问题……”

就解决了。

西曼斯的嘴张了张，说不出半句话。

组员们振奋不已，甚至有人吹起了口哨，一个劲地向先知道谢。几名研究员拿过纸笔，疯狂地写写画画，将这难得的灵感马上记录下来。

“谢谢，谢谢你们喜欢我的故事。”唯有先知一脸淡定，端起杯子喝了一口……好像是可乐。

神了……这先知，真的神了！

与此同时，第四小组办公区大门外。

韦纳·冯·布劳恩哼着普鲁士小曲，装作正在串门的样子，迈着他这个年纪不该有的轻快步伐走了进来。目光一扫，发现西曼斯正站在会议室门边，背对着自己。

“嗯咳！”布劳恩咳嗽一声调整心态，想让自己尽可能地看起来不那么幸灾乐祸，来到西曼斯身后，装出一副漫不经心的样子，“哟，这不是西曼斯副局……”

“嘘！”不等布劳恩话说完，西曼斯就回头狠狠瞪了他一眼，做了个噤声手势。

“呃，我……嘶！”下一句话刚到喉咙口，西曼斯的脚就踹了过来，吓得布劳恩急忙后退，腰撞在一张办公桌桌角，疼得龇牙咧嘴。

这……这是干吗?！缓过神来，布劳恩满头问号，西曼斯不是来兴师问罪的吗，怎么会像个特务一样扒在门边偷听会议？

更让布劳恩恼火的是，透过透明玻璃，他分明看到那个该死的先知就坐在会议室当中，被组员们众星捧月般围着，像个帝王。西曼斯不仅不进去把这个家伙揪出来，反而在门边不时点头？

连副局长都被洗脑了吗？不行，我得听听看！

布劳恩强压心中怒火，靠在西曼斯身后，脑袋往前探去，通过门缝听个响。

“先不要乱，我们从头再来一遍。”会议室内，布朗拍了拍手，“月男是从海水里冒出来的，先是那只金属‘大狗’，然后月男出现，对吧？”

“是这样的。”先知点点头。

在讲个鬼？而且为什么布朗这样的技术大牛说话，还得先征得这个狗屁先知同意似的，等到后者点头才能继续说？这帮家伙全疯了吧！

布劳恩又想说点啥，嘴巴刚张开，就被西曼斯反手给了一嘴巴。

“然后，我们再想，如果服务舱回到地球的时候，是降落在海面的话，那么先出现的也会是服务舱本身，然后宇航员再从里面爬出来，对不对？”布朗继续道，“所以返航的降落点必须在海里，海水可以抵消大部分冲击力带来的结构性损坏。先知的故事是绝对正确的，我们绝对不能违背！”

“明白！”组员们齐声回应，各自闷头记录。

“这个先知，有点东西。”门外，西曼斯也微微点头，看向先知的目光变了，“如果这家伙真的是个一无所知的假巫师，又为什么会知道海洋降落方案呢？”

“副局长，这是常识。”布劳恩忍不住了，冒着被打嘴巴子的风险急切道，“稍微懂一点航天技术的人都知道。”说完，布劳恩急忙闭上眼，等待着即将到来的“副局长之扇”。

“嗯。”西曼斯却没有动手，“这倒也是，而且这家伙要是真的懂航天技术，他是间谍的可能性就更高了。”

这才对嘛！布劳恩振奋地在身侧挥了挥拳头，眼神一抬，正好对上了霍博尔特的双眼——一直试图置身事外的“马鼻子”，终究还是忍不住来到近旁。

“差不多清楚了，进去吧。”西曼斯打定主意，直起身来，终于恢复了副局长该有的威严，一把推开会议室大门，径直走了进去。

“然后，我们来攻克鱼叉的问题……副局长？”布朗一抬眼，看到是西曼斯，有些惊讶，“您怎么来了？”

“怎么来了？呵，”西曼斯指了指邦克，“这个问题，是不是该先问问他？”

“啊，怪我怪我，您也看到了，最近我们忙着细化方案，都忘了给您介绍。”布朗急忙起身，拉着邦克也站了起来，“副局长，这位因纽特朋友名叫邦克，我们也叫他……”

“先知巴顿。”西曼斯霸道地打断了布朗的话，目光好似锋利的鱼叉，死死盯着一脸茫然的邦克，“我已经听过你的大名了。”

“你好，副局长先生，这只是大家对我的一个友好的称呼。”邦克学着组员们说话用的那些词，清澈的眼睛眨了眨，不卑不亢地起身，“其实我只是一个普通人，恰好知道怎么去月亮，所以就来给大家讲讲故事。”

“‘恰好’知道怎么去月亮？哈哈哈。”西曼斯眼神一沉，微微侧首，对身边的布劳恩道，“带他出来，布劳恩博士。”

布劳恩有些尴尬，组员们火辣辣的目光让他明白，自己告密鬼的身份早就暴露了，只能硬着头皮上前：“先……先知巴顿，请你跟我们走一趟。”

“你要干吗！”这下组员们不干了，平日里弱不禁风、脑不生发的技术高手们，居然像绿林好汉一样纷纷挺身而出，一个个拦在邦克身前，用充满敌意的目光瞪着布劳恩。

“你们什么意思？”西曼斯有点恼火，一拍桌子大声道，“这个所谓的先知身份不明，怎么能随意进出阿波罗计划的腹地？都给我让开，我要把他带走调查！”

组员们还想据理力争，门边，一个他们最不愿意听到的声音响起：“让开吧，副局长说得对，他的身份不明，确实不该出现在这里。”

霍博尔特低着头，甚至不愿直呼邦克的名字：“是我们太疏忽了，让他接受调查是应该的，你们……就不要阻拦了。”

“约翰，你！”好几名组员出离愤怒，怎么都没想到霍博尔特居然会过河拆桥。

“我再说一遍，让开，这是命令！”西曼斯伸手狠狠一推布劳恩，“去，把人带过来！”

死一般的寂静中，组员们紧紧捏着拳头，最终还是让开了一条路。布劳恩像过街老鼠一样快步来到邦克身边，一把捏住后者的脖颈，转身走向西曼斯，就像是一只狐狸抓着一头沉默不语的大象。

“约翰？”经过霍博尔特身边，完全不明白发生了什么的邦克，也嗅到了危险的气息，用求助的目光看着昔日好友。

霍博尔特却一言不发，转过身去，默默地离开了会议室。

等西曼斯、布劳恩、邦克三人离开现场，四组办公区就吵翻了天，咒骂声不绝于耳。部分组员发现霍博尔特不见了，愤怒地冲到五楼平台，想要在东南角找到这个四组的“叛徒”。

但那里除了一地烟头，一个人都没有。

两个小时后，下午四点。

总部十三层小型会议室里，三个人沉默地坐着。桌上摆着一叠纸，上面是工作人员记录下的邦克和霍博尔特对于整个事件的供述文本。

西曼斯长叹一口气，靠在柔软的椅背上，伸手揉着疲惫的双眼。左手边，霍博尔特依旧低着头，认真地玩着自己的手指。另一侧，邦克正襟危坐，眼中满是困惑。

“从天而降的‘月男’，用一头‘巨大的狗’，把你在一个小时内，从冰原带到了华盛顿。”休息片刻，西曼斯目光一垂看向邦克，脸上的表情说不出地古怪，“然后这个无所不能的月男提出的唯一要求，居然是要你帮他买一大堆抗生素？”

“正是这样。”邦克点点头。

“你说出来的话你自己信吗？”西曼斯气得都要乐了，目光一动，瞪向沉默的霍博尔特，“还有你！这种鬼话你也信？还真帮他买了抗生素，然后请他吃汉堡喝可乐？”

霍博尔特没有回答。

“你们两个真的是……”西曼斯重重一拍桌子，“编谎话也编得稍微像话一点吧？真当我是傻子吗？”

“我们没有说谎，副局长先生。”邦克毫不犹豫地回答，“我说的每一句话都是事实，因纽特人从不说谎。从小我爷爷就告诉我，这个世界是一片冰湖，绝对不能对冰湖说谎……”

“去你的狗屁冰湖！”

西曼斯正要发作，会议室的门被人敲响。一名员工推开门，见西曼斯正在发飙，急忙快步跑来，恭恭敬敬地放下一份文件，转头就跑。

“果然。”拿起文件快速浏览一遍，西曼斯的怒火更盛，一挥手把文件甩向霍博尔特的脸，“自己看！”

霍博尔特沉默地翻看了一遍，末了还是什么都没说，把文件放回桌子上，继续玩他的手指。

“警方出具的情况通报。”西曼斯看向邦克，声音气得发抖，“证实你是个没有任何身份证明文件的黑户，按规定应该驱逐出境。但一个名叫‘约翰·霍博尔特’的航天专家，拍着胸脯为你担保，说你是‘阿波罗计划重要的一员’，付了高额保释金，把你带了出来。”

“谢谢你，约翰。”邦克笑着冲霍博尔特点点头。

“谢你个……哦，我仁慈的上帝啊！”西曼斯简直要疯了。

“他……怎么样了？”这时，一直没说话的霍博尔特突然开口，“那个帮我的警察，怎么样了？”

“革职滚蛋！”西曼斯吼了一声，“就像你要面临的命运一样！”

“抱歉，约翰。”邦克似乎听懂了，颇为愧疚地看着霍博尔特，“是我连累你了，对吗？”

“和你无关，我咎由自取。”霍博尔特头也不抬，“你给我闭嘴。”

打……打情骂俏你们个大头鬼！就在西曼斯打算直接通报非法移民主管部门，让邦克立马从美利坚消失的时候，会议室的电话响了。

“谁！”接起电话，西曼斯气得大喊，“不知道我在忙……你说什么？！”

几秒钟内，副局长的情绪急速变化，嘴巴越张越大，下巴都快凿穿地板了。霍博尔特警觉地抬起头，预感到有大事要发生。

“好……好的，我知道了，我这就……什么已经上来了？”急匆匆挂断电话，西曼斯立马起身，几乎手脚并用地冲向房门。

砰的一声，房门却被先行推开。一行数十人，全部西装革履，强盗似的走进会议室，不跟任何人说话，上上下下摸索排查了一番。西曼斯和霍博尔特傻眼了，邦克则好奇地看着黑衣人们来回忙碌。

“副局长，这是？”看着西曼斯小心翼翼地避让着无礼的黑衣人，退到自己身边，霍博尔特惊讶地问，“有什么大人物要来了吗？”

西曼斯怔怔地回答：“是……是约翰……”

“约翰在这儿呢。”邦克插了一嘴。

几十秒后邦克才反应过来，这个世界上可能不止霍博尔特这一个约翰。而这个即将到场的、同样名叫约翰的人，正在试图掌控全世界。

一名有着高耸眉骨、凹陷眼窝的白人男子，在黑衣人们的簇拥下，步入会议室。

“约……约翰……”西曼斯紧张得结巴，迎上前去的时候差点被椅子腿绊倒，“肯尼迪总统！”

总统？邦克想，又是一个没听过的名词。不过来人的气质确实不太一般，看起来似乎很和蔼可亲，举手投足间却有着一股凌厉的压迫感，就像是一个……非常厉害的大巫师。

“第二、第三、第五研究小组的联名请愿书我看到了，阿波罗计划是这一阶段的重中之重，虽然幕僚们一直阻止我过来，但阿波罗计划的执行不能有任何偏差。”名为肯尼迪的男人，径直走到之前西曼斯坐的位置上坐下，深邃的目光一扫，落在了邦克身上，“所以我就来了……你就是研究员们说的先知巴顿？”

“我叫邦克。”邦克眨眨眼睛，微笑着回答，“你说的那个名字，是那些聪明人们给我起的绰号。”

“我的时间不多，警方报告我路上已经看过了。”肯尼迪对邦克泰然的态度有些惊讶，但脸上没有任何表示，“你自称是爱斯基摩人，从冰原来到华盛……”

“因纽特。”

“你说什么？”肯尼迪一愣。

“不好意思打断你的话，但我要为我的族人正名。”邦克礼貌地说，“我们叫作因纽特人，意思是‘土地的主人’。爱斯基摩人是印第安人对我们的蔑称，我们不喜欢被这样称呼。”

这家伙脑壳坏了吧？西曼斯和霍博尔特风中凌乱，这世上居然有人敢这样和肯尼迪说话?!

“等等。”肯尼迪却没有生气，反而身子往前一压，饶有兴致地打量着邦克，“你……该不会不知道我是谁吧?”

“约翰。”邦克回答，“刚才他们叫你约翰，我想你的名字应该就是约翰。不过我的朋友霍博尔特博士也叫约翰，所以我不知道该怎么称呼你才不会和博士混淆。”

演戏?还是见到我，知道自己大限将至，所以疯了?

肯尼迪的目光，在邦克身上来来回回游走了不知多少次。踏入政坛到现在，这个杀伐果决的“准鹰派”总统，还从未见过任何一个人像眼前这个黄种人一样，面对自己，心态居然平和得就像是一片冻结的冰湖。

“所以，邦克?”见邦克点点头，肯尼迪继续道，“你刚才说什么?”

“我说我不太清楚该怎么称呼你，才不会和我的朋友……”

“不不不，在那之前。”肯尼迪摆摆手，“关于你的族人那段。”

“因纽特人。”邦克说，“虽然我们只是第一次见面，但我希望你不要说爱斯基摩人这个称呼。我们叫作因纽特人，被叫对名字，是每个人应有的权利。”

平权法案吗?肯尼迪大脑飞快转动，分析着邦克的目的。

1961 年，自己为了得到少数族裔的支持，确实签署了一项行政命令，第一次使用了“平权法案”这个词，并且还着手建立了平等就业机会委员会，多次公开演讲、宣告，明确表达了对少数族裔拥有同等权益的绝对支持。

实际上，也正是这一系列动作，使得肯尼迪在少数族裔社区里一直保有极高的声望。而他自己所拥有的爱尔兰血统，也使得他主导的平权运动显得格外名正言顺。

眼前的这个黄种人，毫无疑问是一个少数族裔。如果他真是个因纽特人的话，别说种族歧视了，某些人会不会把他当人类看待，都要打上一个大大的问号。接到请愿书的第一时间，肯尼迪就已经派人向加拿大方面了解核实，还把邦克制作 NASA 总部通行证时所拍摄的照片传真到了努纳武特的因纽特人安置区，挨家挨户问了一遍。

“太模糊了，而且我已经好几年没见过他了，所以不太确定。”一位因纽特青年在看过邦克的照片传真件之后说，“但如果我没认错的话，应该是邦克，他的眼睛我记得，就像一汪水一样清澈。”

所以，对邦克的身份，肯尼迪其实心中已经大致有了判断。他需要确认的并不是邦克究竟是谁，而是邦克号称留在冰原的这几年间，有没有接触过自己的敌对势力。身为总统，约翰·肯尼迪，当然是有备而来。

“因纽特人，好的，我记住了，谢谢你的提醒。”看着邦克的眼睛，肯尼迪突然产生了一个念头，“请愿书上说，你在第四研究组说了一个故事，然后组员们就像是得到了天启一样，开始狂热地推进……”

“LOR。”霍博尔特小声提醒，“月球轨道交会方案。”

“嗯，对，LOR。”肯尼迪点点头，身子往后一靠，笑着对邦克说，“介不介意再跟我说一遍那个故事？”

如果他拒绝，杀。肯尼迪的微笑背后，藏着森然杀意。

我身边站着航天技术专家、军事专家、谍报专家、密码学家等顶尖的专业人才。如果这个邦克想要破坏阿波罗计划，只要他一开口说出故事，这些人就会立马发现端倪。而作为一名如此出色、演技甚至能瞒过我的眼睛的间谍，他不可能想不到这一点。所以，如果他真的是间谍，是绝对不会说出那个故事的。

目光扫过战战兢兢的西曼斯和玩手指上瘾的霍博尔特，肯尼迪继续用他那灼热的眼神盯着一脸懵懂的邦克。罗伯特和约翰肯定都听过他的故事，如果他在向我讲故事的时候，对内容进行了修改，试图掩盖真正意图的话，那两个家伙也一定会发现。以他们俩的胆量，还不敢对我撒谎。

这是一个死局。

所以，试试看吧，因纽特人。有本事就说出你的那个故事，看看你能不能继续装疯卖傻、瞒天过海吧！

“总统先生！对不起我来晚了！”就在空气凝固的时候，会议室门口又跑进来一个人，引得黑衣人们大为警觉。

“佩因博士，来得正好。”向来人招招手，肯尼迪的目光始终没有离开邦克的双眼，“你是NASA的局长，也是航天专家，正好来一起听一听这位邦克的神奇故事，顺带着帮我好好‘理解’一下故事的内涵。”

“理解”这个词，肯尼迪说得格外重。但佩因博士似乎听不大出来，反而兴奋地凑上前来，好奇地打量着邦克：“好的好的，没问题，总统先生！”

“听众都到齐了。”肯尼迪说，“邦克先生……或者应该叫你先知巴顿，请开始你的故事吧。”

“好的，约翰……或者总统先生？”邦克一句话，引得肯尼迪差点笑出声来，“这个故事是我的爷爷告诉我的，也是我最喜欢的一个故事。在很久很久以前，有一个全世界最顽固的男人……”

那个男人到底是不是全世界最顽固的，或许还有争议，但眼前这幅场景，绝对是西曼斯这一辈子见过最诡异荒诞的一幕：会议室里站满了荷枪实弹的黑衣人，全美最顶尖的航天、谍报、密码、军事专家紧张得一滴汗都不敢流，美利坚的权力巅峰、时任总统约翰·肯尼迪全神贯注，带着这一大帮顶尖人才一起……

听一个假巫师讲故事？

“男人掐得是那么紧，月男几乎要无法呼吸，便对顽固的男人说，你如果掐死了我，就不会再有潮汐。”

邦克说到这儿的时候，肯尼迪已经有一点点走神了。

这就是一个无聊的民间传说，本质上和其他民族的传说故事没什么两样。身边的一大票专家们毫无反应，说明故事进行到这儿还没有什么明显的破绽，这个邦克说不定真的……

“潮汐……潮汐？”其他专家没反应，但一直仔细听着，甚至拿出小本本记笔记的 NASA 局长佩因博士，却突然有些兴奋起来，“潮汐，没有潮汐……对啊！”

“什么？”肯尼迪被佩因这一嗓子给喊回了神，不解地问，“你在说什么，佩因博士？”

“没有潮汐！月男说，如果掐死了他，就不会有潮汐啊，总统先生！”佩因的笔在本子上疯狂地记着，连总统问话都来不及抬头，“登月舱，我们设计的登月舱为了减轻重量，外壁非常薄，这样才能节省动力能源，保证安全返回。”

“嗯……然后呢？”肯尼迪的不解进化成了困惑。

“就像汽车一样，总统先生。”佩因放下笔，双手比画着，“汽车的外壳薄，就不经撞，对吧？登月舱也一样，外壳薄了，抗撞击能力就会变弱，登陆时碰到坑坑洼洼，或者凸起的石头之类的，一不小心就会被撞破，到时候麻烦可就大啦。这个问题困扰我们很久很久了，各个小组都给出过不同的方案，但没有一种真正切实可行。”

“我不太明白。”肯尼迪有点认真起来，皱着眉问，“这和潮汐有什么关系？”

“宁静海。”

佩因说出这个名词的时候，一旁的霍博尔特眼神一亮。

“17 世纪我们人类就发现了这处地点，1651 年，格里马尔迪和里乔利为它取了名。在澄海和朗伦环形山连接线中点偏西南方向，有一片大约 42 万平方公里的平坦地带。”

“平坦……就可以着陆，不怕登月舱撞击损坏。”肯尼迪试着跟上世界上最聪明的脑子们的节奏，“是这个意思吗？”

“对，而且不止如此！”佩因来了兴致，甚至有点手舞足蹈起来，“那片地域是一处盆地，比月球平均表面高度低 1700 米，也就是说那里更靠近月心！如果能在那儿采集岩石样本，将会为我们的月球研究带来极大帮助！”

“可是这和潮汐……”

“那片地区就叫作‘宁静海’。”霍博尔特补充道，声音也有一丝颤抖，“月男说‘没有潮汐’，就是在提示一片不会潮起潮落的海洋，指代的，恐怕就是月面上的宁静海。”

“对对对，就是这个意思！”佩因重重点头，“将登月舱降落在宁静海，能够解决我们担心的所有登陆问题，这……这简直就是天启！”

听到“天启”这个词，肯尼迪猛地一回头，再看向一脸平静的邦克时，整个心态都变了。

巧合？还是这个世界上，真的存在着一些不可思议的神秘力量呢？

静静地等佩因嗨完，邦克继续平静地讲着故事。这一次，肯尼迪不再有半点走神。

“叉死了两只海象，顽固的男人把鱼叉还给月男，并和月男约定以后再见，便离开了月亮……”

“鱼叉没有带走吗？”再一次，邦克的故事被佩因打断了。

又怎么了？肯尼迪知道，自己这个时候提问，只会得到佩因过于兴奋而有些错乱的回答，干脆转头急切地问霍博尔特：“鱼叉怎么了？”

“不把鱼叉带回来，就是把在月球上用的工具，留在月球。”霍博尔特的眼睛瞪大，呼吸粗重而急促，心脏跳得简直要爆炸，“仪器，总统先生，我们登月之后，也可以把部分辎重留在月球上，不必全都带回来。这样就能进一步减轻返航的总重量，整个过程也会变得更加可控……”

“不，约翰。”佩因一句话，两个约翰都回过了头，“呃，我是说霍博尔特博士，抱歉啊，总统先生……我觉得我们可以再大胆一点。”

“减轻了总重量，登月舱就变得相当轻便，后续回月球轨道与指令舱交会也更方便，这已经给我们减少了海量的麻烦了。”霍博尔特说，“相当于只需要把指令舱和登月舱带回地球……哦！你的意思难道是？！”

“对，约翰，不只是仪器。你想想，故事里顽固男人的火鸟，也没有被带回地球啊。”佩因也顾不上肯尼迪了，拿着笔记本的手颤抖着，说出了那句彻底改变了整个阿波罗计划核心理念的话，“月球轨道交会之后，登月宇航员从登月舱爬进指令舱，然后指令舱与登月舱二度分离，把登月舱留在月球轨道上……”

“只有指令舱返航！”异口同声，两个航天学顶级专家，说出了连他们自己都不敢相信的疯狂计划。

“这……这有点牵强附会了吧？”肯尼迪身后，他的御用航天专家说，“从什么鱼叉和火鸟，你们就能想出这么疯狂的计划？总统先生，我觉得这实在……”

“你想不到，对不对？”佩因直勾勾地盯着那名专家，“就算让你听一万次这个故事，你也想不到这种计划，对不对？”

专家一愣，随后点头：“对……对啊。”

“所以，你进不了 NASA。”佩因的这句话，呛得那专家恨不得一头撞死在桌角。

而肯尼迪，则一言不发，双眼微微眯着，看了看眼前不顾场合兴奋讨论着技术细节的两个天才，又看了看眼神清澈的邦克。

少数族裔，而且是极少数族裔。或许并没有大肆宣扬的必要，但是过度紧张，显然更没必要。

幕僚们说得对，一开始，我就不该掺和这件事。

“走吧。”站起身，肯尼迪活动了一下有些僵硬的脖子，整理好西装，抚平褶皱，“专业的事，留给专业的人来做就好。你们要记住，最晚时限是1970年，在那之前，我不管你们用什么办法，必须把美国人送上月球。”

说完，肯尼迪转身就走，黑衣人们也紧紧跟上，就像是辽阔的宁静海上，最后一次退潮。

佩因和霍博尔特已经彻底“入魔”，居然也没有要送总统出门的意思，两人抢着笔，在笔记本上记录着源源不断的灵感。万般无奈的西曼斯正要快步跟上，在肯尼迪身边狗腿一把。

“总统先生。”身后，邦克的声音响起。

“嗯？”肯尼迪脚步一顿，侧过头来，微笑着看着邦克。

“故事还没讲完呢，”邦克眨眨眼睛说，“你不继续听了吗？”

“呵呵，下次吧。”肯尼迪笑出声来，回头看向门外，“今天我很忙，下回如果能再见面，请你一定要把这个故事讲完。”

“好的，总统先生。”邦克也笑了，“我等着你。”

“再见，神秘的因纽特人。”肯尼迪大步流星，走向会议室门外的那道光，走向属于他的命运之途。

“再见。”邦克向那背影挥挥手，“总统先生。”

下楼上车，离开NASA总部的时候，肯尼迪透过车窗，遥看着这座即将创造奇迹的建筑。身边，最心腹的幕僚说：“总统先生，西曼斯、NASA内部、警局这些相关部门都已经通知过了，针对这个爱斯基摩人的……”

“因纽特人，”肯尼迪打断道，“不要再叫他们爱斯基摩人。”

“好的，针对这个因纽特人的调查全部中止。身份方面也暂时以‘NASA特邀顾问’的方式去操作，都已经办妥了。”汇报完工作，幕僚顿了顿，随后大着胆子试探着说，“但容我多嘴一句，或许这个邦克确实没什么威胁，但也不见得真的是什么先知……”

“是又如何，不是又如何？”肯尼迪回过头来，微笑着看着幕僚，眼神深邃得就像是住着一万个灵魂，“只要那帮科学家愿意相信他，能够从他身上得到灵感去推动阿波罗计划，这就够了，不是吗？”

见幕僚还想说点什么，肯尼迪摆摆手，闭上眼睛：“就像我说的，专业的事，留给专业的人来做就好。我们的目标，以前不是、将来也永远不会是什么浩瀚星海，而是我们脚下的土地。登月，不过是一种仪式罢了……我累了，到达前十分钟叫醒我。”

“是，总统先生。”幕僚不再说话，对眼前这个流着爱尔兰人血液的男人，又多了几分敬畏。

约翰·肯尼迪的突然造访，并没有在NASA引发多少波澜。除了少数几个高管之外，大部分工作人员甚至完全不知道这件事。但对于阿波罗计划，尤其是眼下正在主导计划总方案的第四研究小组来说，肯尼迪的到来，为他们解决了一个天大的麻烦。

“让我们热烈欢迎——先知巴顿大人！”

接到邦克被“无罪释放”的消息，布朗嗨翻了天。在邦克填写文件资料以确定“特邀顾问”身份的时候，布朗几乎是连滚带爬地来到楼下，在一家杂货店买了一大堆气球。

全世界最聪明的一帮大脑们，坐在全球最顶尖的航天研究中心，一个个红脖子瞪眼地吹气球。这幅景象要是被无孔不入的记者拍下来，恐怕能上《华盛顿邮报》的头版头条。

“我的朋友们，谢谢，谢谢你们！”当邦克回到办公区时，迎接他的就是漫天飞舞的气球，“这些浮囊可真好看，谢谢你们！”

“这是气球……”布朗小声解释了一下，随后又恢复了兴奋，“你见到肯尼迪总统了？”

“他们是这么称呼那个男人的。”邦克点点头，“他也叫约翰，我差点跟约翰搞混了……对了，约翰呢？”

“他没跟你一起回来吗？”整个北半球，恐怕也只有布朗这样聪明绝顶的寥寥几人，能听懂邦克在说什么了。

“没有。”邦克摇摇头，“约翰走了以后，约翰还留在会议室里，我问约翰要不要回来，约翰没理我，只管自己走出……啊，约翰！”

霍博尔特出现在了办公区门口。

“先知，万岁！先知，万岁！”组员们也不知是不是故意的，没有一个人去看霍博尔特哪怕一眼，齐齐把邦克围在中间，朝圣般地欢呼着。

“约翰，约翰！”邦克试图呼唤好友，但声音被欢呼声盖住，传递不了多远。

“哼。”远远看着这不需要自己的狂欢，霍博尔特双手插在口袋里，一声冷哼，转过身去的时候，肩膀微微颤抖了几下，随后大踏步走远。

这天之后，霍博尔特，从NASA，也从邦克的生命中，消失了。

他与佩因博士一同讨论出来的那几个技术细节，冠上了佩因博士的名字来到第四小组。以“宁静海降落”和“登月舱不返航”这两个关键技术方案为基础，登月计划的总方案变得越来越详尽充实。之前困扰了科研人员多年的技术难题被一一攻克，另一些时代性无解的问题，则通过邦克故事中透露出的信息，被巧妙地绕了过去。

邦克又在总部对面的宾馆住了一夜后，巴里接到上级通知，去办了一件堪称荒唐的事。

“清空！马上清空！给我叫施工队来，按最顶级的豪华酒店套房标准装修！什么？三个月？你他妈昏头了吗？一个月，一个月内搞不定你就从这儿跳下去！”

总部五楼平台边，“金星殖民计划可操作性研究小组”的办公室被迅速腾空，成堆的装修材料搬运进来，在巴里的指挥下，一项在装修工程学中颇有难度的工程开始了。

“伊朗的地毯？糊弄谁呢？土耳其，马可·波罗都说全世界最好的地毯就在土耳其！钱你不要管，进口难度你也别来烦我，这是给先知巴顿大人住的房间，伊朗地毯怎么能入他的法眼？”

NASA，居然要为邦克，专门装修出一个住处来。

这么大的动静，当然引起了不少人的注意。有人通过小道消息打听过，据说下达这个奇妙指令的人地位高得难以想象，“提他的名字都有可能犯法”。

在新住处装修完毕之前，巴里还屁颠屁颠地跑遍了华盛顿几乎所有豪华酒店，最后找到一家“勉强过得去”的，让邦克暂时先住了进去。付钱的时候，酒店方面说什么也不收一分钱，一个劲地表示，阿波罗计划的主舵人、总统先生特别关照的“国宾”能入住他们酒店，是他们的无上荣幸。

“实在抱歉，先知大人，这里条件是稍微艰苦了一点，暂时委屈您一下，应应急。”离开酒店前，巴里恭恭敬敬地向邦克鞠躬，“不过您放心！装修进度有我盯着，一个月内绝对完工，保证您享受国宾级住宿待遇！我给您租了一辆林肯，总统同款，专业司机 24 小时待命，您想去哪儿随时招呼一声就成！不过车要明天才能到，所以……”

“辛苦你了，组长先生。”邦克温和地笑着，随后有些苦恼地说，“但我今天就想出去一趟。”

“我载您去啊！”巴里一拍胸脯，“不过我的车比不上总统座驾，您知道，我们老百姓也就是代代步……对了，您要去哪儿？”

“我想找约翰。”邦克回答，“我有好几天没见到他了，你知道他住在哪儿吗？”

“啊，那个两面派。”巴里露出了鄙夷的神色，“您找他干吗？”

“我有点担心。”邦克忧虑地说，“最后一次见到他的时候，他好像很不开心，也许我能帮上忙呢。”

“您可真是大度，不愧是先知大人！”巴里竖起大拇指，随后立马又摇头，“不过我劝您还是少和那种家伙接触，分明是他把您介绍给我，最后又是他去向上头举报您，这种两面三刀的人，不值得您为他担心。”

“不，约翰不会举报我的。”邦克坚定地摇头，“他是我的朋友，他救过我和月男，还请我吃汉堡喝可乐呢。”

“您看看您看看，霍博尔特真不是个东西，居然请先知大人吃什么汉堡包？成何体统！服务生，服务生！”巴里回过头去，在走廊上大喊大叫，“马上把你们厨师长给我叫来！我要他半小时之内准备你们这里最高档的晚餐，钱不是问题，NASA 有的是钱！”

和巴里沟通不成，邦克只能作罢，静静地待在豪华的房间里。里海鱼子酱、阿尔巴白松露、托斯卡纳黑葡萄醋、努瓦耳穆捷岛土豆、伊比利亚火腿、布雷斯鸡肉……极尽奢华的晚餐，在邦克吃来却味同嚼蜡，还比不上从冰湖中叉起的鱼肉。

更比不上那个四月的午后，华盛顿街角的汉堡和可乐。

不行。吃了一半，邦克放下用不惯的刀叉，站起身来。

“我得去找约翰。”

出门下楼，身无分文的邦克站在华盛顿车水马龙的路边，穿着一身扎眼的巫师袍，就像是街头的一尊神像，迎接着路人的指指点点。酒店经理追了出来，诚惶诚恐地询问先知大人要去哪里，是不是对菜品不满意，如果不满意可以马上重做，还是不满意就让大厨滚蛋回家。

邦克重复了十几遍霍博尔特的名字，经理还是一脸茫然。幸好一名机警的员工打开黄页，给 NASA 总部打去电话，费尽千辛万苦，好不容易打听到了霍博尔特家的住址。

这边员工一边重复着住址，一边做着记录，那边经理急忙跑开，准备让酒店司机进行接送。听了一遍地址的邦克，却没有等待任何人的服务，一眨眼就不见了踪影。

等一切准备妥当的经理回到大厅，邦克已经不见了。

“完……完了……”经理一屁股跌坐在地，目光呆滞，“我的人生……完蛋了……”

大约两小时后，华盛顿西郊一处公寓楼外。

“咚咚咚”，一个奇装异服的黄种人，耐心地敲着一楼一户人家的房门。路过的孩子们好奇地看着这个“巫师”，却不敢上前搭话。

“他敲了一路了。”一个孩子小声说，“从路口第一户开始敲起，每一户开门都说不认识他，他说自己上次来是夜里，记不清是哪扇门……快走快走！他在看我们呢！”

天已经黑了。

屋内。

“约翰！约……你在门边啊。”忙完家务的梅德瑞娜走出厨房，听到敲门声不断，发现好多天没上班的霍博尔特就站在门边，“怎么了？为什么不开门？”

“你别管。”霍博尔特烦躁地甩了下手，“一会儿就走了，不用理他。”

“‘他’？”敏锐的妻子眉眼一弯，“是认识的人？”

“算是吧。”

“什么叫算是吧，认识就认识，开门打个招呼，不认识就告诉人家敲错门了嘛。”梅德瑞娜真是对倔驴一样的丈夫没办法，几步上前凑到窗边一看，嘴角立马扬起了灿烂的笑容，“呀，是邦克！快开门啊约翰，邦克来了！他怎么过来的？已经会打车了吗？”

“你管他怎么过来的，坑蒙拐骗、讲讲故事、忽悠忽悠人，他不就会这点事嘛。”霍博尔特抓着门把，却完全没有要开门的意思，“好了好了，这儿没你事，快进去吧。”

“约翰，”梅德瑞娜知道，一定出事了，“你和邦克怎么了？”

“没什么，我和他能有什么？还有，别叫他邦克了，他现在的身份可不是我们这种普通人能随便称呼的。”霍博尔特皱了皱鼻子，“人家是先知，先知巴顿大人，总统眼中的红人，NASA 的特邀顾问！厉不厉害？呵呵。”

“你们……”

梅德瑞娜还想再说点什么，门外，邦克的声音传来：“约翰，你在家吗？”

霍博尔特一愣，见鬼，这家伙怎么知道这就是我家？分明才来过一次，还是在夜里，华盛顿这么复杂的大都市，门牌号又乱得很，这么多一模一样的公寓楼，这个冰原来的原始人怎么会……

“隔壁的那位老太太很和蔼，虽然我敲错了门，但她还是友好地告诉我，你住在这一间。”邦克说，“本来我应该早点来的，天还没黑我就出发了。但那名好心的司机开错了路，耽搁了不少时间。为了问路，他把我的房门钥匙拿去，说是要到住的地方再仔细问一遍地址，让我在路边等他。可我等了很久他还没来，我想他可能是又迷路了吧。唉，多好心的人啊，为了帮我，不知道他要什么时候才能回家了……我只能挨家挨户敲门，走了很久才到这儿，于是天就黑了。”

“这个傻子！”门内，霍博尔特低声骂了一句，手指紧扣着把手，犹豫了半天，还是没开门。

什么好心的司机，什么拿钥匙回去问路。分明是看你从豪华酒店出来，打定主意要坑你，就随便找了个地方把你放下，然后拿着你的钥匙去房间里偷东西了吧！傻子，这个没脑子的因纽特傻子！

还有隔壁的哈德森太太，干吗告诉这傻子我住这儿啊！

“不过我的运气不错，没有下雨，风也不大，路上有很多人跟我打招呼，大家都很友好地帮助我，要不然我可能还要迷路……嗯？下雨了？”

“哗——”五月的华盛顿，天气说变就变，风暴之灵施展着它的魔法，一场不合时宜的暴雨骤然落下。豆大的雨滴浇落，砸在公寓门外小小的雨棚上，发出大自然那杂乱而雄浑的鼓声。

“约翰！”梅德瑞娜知道，门外的雨棚不过几寸宽，根本挡不了多少雨，急切地伸手要开门。

“我说了你别管！”霍博尔特却死死抓着门把手，一步都不肯让开。

里屋有了动静。

“爸爸，妈妈。”达科走了出来，好奇地看着站在门边的父母，“是圣诞老人来了吗？”

“五月哪来的圣诞老人！”霍博尔特瞪了一眼儿子，“快去睡觉！”

“可是这才八点。”

“妈妈，是邦克叔叔吗？”艾丽斯也跑了出来，穿着她最爱的碎花裙，高兴得像一个天使，“我听到邦克叔叔的声音了，他是来给我们讲故事的吗？”

“你们两个……”

“对，是邦克叔叔来了。”打断丈夫的话，梅德瑞娜笑着对两个孩子说，“他正在门口淋雨呢，你们想不想让他进来啊？”

“想想想！”孩子们吵着闹着，争先恐后地奔向门边，霍博尔特只好让开，回头就往里屋走。

“邦克叔叔！”房门打开，邦克正靠在墙边看着空中倾倒的海，回头就看到了孩子们的笑颜。

“艾丽斯小姐，达科先生，你们好啊。”邦克笑着弯下腰，摸了摸两个孩子的头，“好久不见。”

神经病。快步走远的霍博尔特心中暗骂，什么艾丽斯小姐、达科先生，他们姓霍博尔特！

“是啊，好久不见。”孩子们身后，梅德瑞娜也笑了，“快进来喝口热茶吧，孩子们都很想你。”

“邦克叔叔！讲故事讲故事！快给我们讲故事！”

热热闹闹进了屋，邦克远远看到霍博尔特正走进卧室，反手狠狠关上房门。

“约翰……”

“没事，他就是这么倔，过几天就好了。”梅德瑞娜苦笑着走向厨房，“孩子们，邦克叔叔很累，不要让他讲太久哦。”

“知道了！”两个天使围着邦克，期待着难得的故事之夜。

卧室门内，霍博尔特背靠着房门，尽力平复着呼吸，几步来到床头柜边，拿起剩下的半盒万宝路，抽出一支送到嘴边，又长叹一口气，把烟盒丢到一旁，一个人听着妻儿和邦克的欢笑声，听着那些怪诞而又瑰丽的传说故事，也不知过了多久。

“好了，达科先生和艾丽斯小姐，已经很晚了，鱼儿们都睡了，你们也该睡觉了。”邦克的声音传了过来，“我也该走了。”

走？霍博尔特一惊，抬眼看了下时钟，已经是 10 点 30 分。这么晚，这傻子一个人要走去哪里？

“别嘛别嘛，邦克叔叔，住在家里好不好，就住在家里好不好？”孩子们当然不愿意他走。

“不行，我还得回去。”邦克耐心地回答，“明天一早，一个叫林肯的人要来接我，我不能让他等太久。”

是林肯轿车才对吧！傻子！

“是去总部吗？”梅德瑞娜问，“可以让约翰载你去啊。”

我才不要载这个傻……

“他好多天没来了，我就是来看看他情况怎么样。”邦克回答，“看到过我就放心了，毕竟有达科先生和艾丽斯小姐帮忙照顾，约翰一定会没事的，对吗？”

哄孩子倒是有一套。霍博尔特翻了个白眼。

“爸爸他不出门！”艾丽斯说，“每天躲在卧室里，牙都不刷，臭死了。”

“而且他还抽烟。”达科补刀，“家里都是烟的味道，好难闻。”

霍博尔特很想现在就出去，给两个小兔崽子一点爱的教育。

“没事的，他是个大人了，能照顾好自己。”邦克说，“你们要相信约翰，你们相信他，他才会相信你们，还记得故事里是怎么说的吗？这个世界是……”

“一片大冰湖！”孩子们异口同声。

“对，冰湖。”邦克的声音轻了一些，“这个世界是一片冰湖，你对冰湖笑，它就会对你露出笑颜，一定是这样……谢谢你的茶，梅德瑞娜，下次我想喝可乐，如果还有下次的话。我走了。”

霍博尔特忍不住了。

砰一声打开房门，霍博尔特没有向任何人打招呼，径直走到大门边，将门锁上：“超过 10 点谁都不能出门，这是霍博尔特家的规矩！”

“约翰。”邦克和梅德瑞娜，都轻声呼唤着 NASA 工程师。

“睡觉睡觉，全部上床睡觉，立刻，马上！明天一早我还要去上班呢，顺路能带谁就带谁一起去，真是的……”霍博尔特没有回应，快步走回卧室摔上了门，再也不出来。

邦克和梅德瑞娜，相视一笑。

当晚，两个孩子始终缠着邦克，一直一直地听故事，直到在邦克的两个臂弯里睡着。听着窗外暴雨的声响，邦克也沉沉睡去。

第二天一早，雨停了。

孩子们吵吵闹闹地和邦克比赛刷牙，艾丽斯技高一筹，率先亮出一口白牙，上排还少了两颗，笑得达科在地上打滚。

吃过早餐，临出门前，梅德瑞娜递给邦克一个牛皮纸袋。

“汉堡。”梅德瑞娜笑着说，“可乐放到中午就不好喝了，所以我就没买，只给你做了个汉堡。牛肉和酸黄瓜，酱汁的味道不知道你喜不喜欢。”

“走了走了，上班去！”不等邦克致谢，霍博尔特就自顾自走出了家门。

“谢谢你，梅德瑞娜。”走到门边，邦克回过头，紧紧抓着纸袋，好像抓着一个稀世珍宝，“这样我就欠你们家三个汉堡啦。”

“我们还欠你几十个故事呢。”梅德瑞娜笑笑，在门边挥着手，向两个大男孩道别。

坐车上路，霍博尔特一路上几乎一言不发，只偶尔摇下车窗，骂两句附近其他开车的人。邦克倒也识趣，同样一句话都不说，一路看着华盛顿的街景。二十几分钟后，NASA 总部到了。

“到这里为止了。”停好车，霍博尔特目不转睛地看着挡风玻璃。

“嗯，到了，一起上去吧。”邦克点点头就要下车。

“我是说……我们。”霍博尔特没有动，“我们，就到这里为止了。”

邦克也停下了动作。

“接下来会有很多事要忙，我的工作进度落下了不少，需要赶上去。”霍博尔特说，“你有了住处，有了司机，还有了总统的担保，已经不需要我了。所以……就到这里为止了，今后别再找我了。”

“可我以为我们是朋友。”邦克说。

“我交不起这么高贵的朋友。”丢下这句话，霍博尔特下了车，头也不回地走向大楼。

剩下邦克一个人站在车边，抱着怀中带有温度的汉堡，不知该往哪里去。

时光飞逝。

巴里没有食言，属于邦克的特别“行宫”果然在一个月之内完工。邀请四组组员们来玩的时候，每个人都被内里的陈设惊呆了：会客厅、书房、小会议室、衣帽间、设施齐全的卫生间、硕大的浴缸……极尽华丽的卧房一侧是一整面落地窗，睁眼就能看到华盛顿绚烂的朝阳。

为了让邦克可以足不出户就享受国宾待遇，巴里还不知道从哪里找来了一个英国管家，主要的工作就是为邦克购买可乐和汉堡。

“牙刷。”在巴里询问邦克还需要什么东西的时候，因纽特人这样回答，“我想要一个牙刷，我要练习刷牙，不能再输给艾丽斯小姐了。”

虽然不知道艾丽斯小姐是谁，但能让先知大人如此上心，肯定是个不得了的人物。本着“先知大人说的话一定有极其深刻的内涵”的准则，巴里跑遍了华盛顿周边的所有牙刷工厂，亲自试用了几十种牙刷，从中挑选出了他最满意的三款，分别买了一百把，送到了邦克的房间。

“坠顶尖的！”巴里肿着牙龈，拍着胸脯向邦克保证，“这些牙发都是坠顶尖的好牙发！”

于是，邦克白天在第四组“坐班”——大部分时候其实无事可干，就算偶尔有研究员来问问题，邦克也回答不上来，不过组员们却总能从邦克的话语里找到灵感，这也是够神奇的——到了下班时分，则回到五楼的套房里休息。

1962年的春夏很快过去，秋天来临的时候，邦克有了两个新爱好。

一是刷牙，每天早晚各刷一遍，还用巴里送来的高精度科研用计时器计算时间，在确保每颗牙齿都被刷干净的前提下，尽可能提高刷牙速度。

二是看电视，巴里为邦克装的最新款电视里播放的每一部电视剧，都让邦克喜欢得不得了：《贝弗利山乡巴佬》[①] 中主角们初到城市后的遭遇，让邦克感同身受；《佩里·梅森》[②] 中律师梅森的精彩破案过程，让邦克呼吸急促；《海兹》[③] 中女用人和男主人之间引人捧腹的生活琐事，让邦克对自己脚下的这片土地，有了更多的认识。

但最让邦克痴迷的，还是一部已经播放了几年，却还在重播的剧集：《迷离时空》[④]。里面那些神神鬼鬼的故事，在邦克看来一点都不奇怪，反而有些亲切，就像是爷爷还在身边，正在讲一些新的故事似的。

某几集中，故事里的角色或进入梦中梦，或穿梭了时间，或徜徉于星海，或在不断循环往复的命运迷宫里追逐自己曾经的身影，或从一个世界突然跳入了另一个几乎相同、却又有着细微区别的平行时空。

这些代表着20世纪五六十年代美国编剧行业最高水准的作品，全都让邦克觉得似曾相识。只要换个名字、换个地点、换一批黄种人来演，这简直就是因纽特传说的演绎重现。

邦克的生活发生翻天覆地的变化的同时，阿波罗计划也以前所未有的超高速推进着。

月男的故事，最终被科研人员录制了下来，每一个细节、每一个片段、每

---

① 原文名 *The Bevely Hillbillies*，又译作《贝利弗山人》，1962—1971年播出。

② 原文名 *Perry Mason*，改编自加德纳作品的法律剧集，1957—1966年播出。

③ 原文名 *Hazel*，家庭喜剧，1961—1966年播出。

④ 原文名 *The Twilight Zone*，主打悬疑惊悚的幻想剧集，1959—1963年播出。

一句话甚至每一个词语，都被仔仔细细地解剖、研究。究竟有多少人在这个故事中倾注了多少心血，邦克并不知道。但他可以明显地察觉到，他的故事，似乎真的在将这个人类历史上最雄心勃勃的计划，推向崭新的境地。

“顽固的男人在月球上，通过一块石头看到了地球上的景象，对吧？本来我们就要在月球上收集一些岩石样本，但为什么先知要着重提到‘通过一块石头看到了地球’这件事呢？‘通过’一块石头，也就是说石头中间有个洞，就像望远镜一样……”

对这个细节的反复琢磨，最终演化出了一个大胆的方案：登月之后，宇航员们要用特殊仪器在月球上进行钻探，获取尽可能接近月心的岩石样本。这下连布劳恩博士都没话讲了——哪个航天学家不想要得到一块月心岩石样本呢？

并且……

“能不能做电视直播？不是火箭升空的那种直播，我是说……在月球上直播？”当一名电视台编导提出这个设想的时候，会议室里的所有人都觉得他是个彻头彻尾的疯子。

“和电视信号广播是一样的原理，用无线电信道下传，到地球之后我们再做帧数和扫描调整，转录成可供直播的图像信号……这并不是天方夜谭啊。”编导继续解释着自己的想法，见大家还是没有反应，只得回头向邦克求助，用右手比出了一个空心石头，“先知大人，石头，中间空心的石头，可以实时看到地球上的景象，就这样放在眼前，对吧？”

“是这样没错。”邦克点点头。

“单管摄像机啊！”编导终于找到了坚实的靠山，“让宇航员带一个单管摄像机，边探索月球边拍摄，把模拟信号下传回来就好了，后续工作我们会想办法的啊！”

科研人员、执行团队、高官政要们面面相觑，仔细一想，好像还真不是完全不可能。

“给我五分钟。”一名负责跟进进度的官员起身，“我去请示一下总统先生。”

然而不过一分钟，他就回来了。

“‘先知这么说了，那我们就这么办。’”官员耸耸肩，“总统先生是这么说的。”

甚至于一些故事里并没有明确提到的细节，也成了大家讨论的焦点。

“先知大人，顽固的男人去捕猎海象的时候是怎么操作的？”一天，宇航员筛选培训负责人专程从休斯敦载人宇宙飞船中心赶到 NASA 总部，听邦克讲过那个著名的故事之后，好奇地问，“隔着地球和月球之间的空间，直接一鱼叉扔过去？”

“捕猎动作是有讲究的，我们从小就要学会。”邦克站起身来，模拟着部族捕猎时的动作，“要把步子放大，跨步跳着去追击，像这样。猎物是很狡猾的，尤其是在冰湖边或者海边，要么冰层很滑，要么雪层很厚。所以每一步都要尽可能轻巧，步幅要大。并且最好计划好接下来六七步的路线，冰太薄或者雪太厚，人都有可能会陷下去。你知道，冰雪是不会开玩笑的。”

听完邦克这番话，那名负责人一拍脑门儿站起身来，匆匆向邦克致谢道别，随后直奔休斯敦。

“全停下全停下！什么‘双脚兔子跳’的训练项目全给我停了！”一进训练中心，负责人就大声喊道，“从今天开始，所有人都给我好好练习‘因纽特猎步’！低重力、细密的砂石和灰尘、需要提前计划好行进路线的恶劣环境……因纽特猎人的步伐，就是我们在月球上要用的步伐！”

“猎步？埃德温，你听说过吗？”名为尼尔·阿姆斯特朗的宇航员问身边的伙伴。

“没听过，但是名字挺酷的。”绰号为“巴兹”的新晋宇航员、经验丰富的空军老兵埃德温·奥尔德林摇摇头，“而且仔细想想，双脚跳确实不太靠谱啊。”

时间就这样一天一天地流逝，等到 1963 年的秋天来临，华盛顿马路上秋叶飘零的时候。喝着可乐吃着汉堡、看着电视剧集的邦克丝毫都没有意识到，他的影响力，已经遍及阿波罗计划的几乎每一个角落。

随着邦克的名气越来越大，知道他、慕名而来拜访他的人越来越多，他的传奇故事，也开始在民间逐渐流传开来。

“当时就是我报的警！”NASA 总部大楼外，每天都有游客前来观光朝圣。而几乎每一名游客，都会在这里碰到一个带着孩子玩耍的母亲，说着一个离奇万分的故事。

“当时先知大人就站在这里，正在给我们讲故事，然后一个NASA的科学家就出来了。”那母亲口若悬河地说，“我们听得津津有味，那名科学家却对先知大人嗤之以鼻，甚至要动手打他。这我怎么能看得下去呢？作为一名拥有正义感的公民，我当然选择了报警，就在这家商店，我就是用这个电话报的警，店老板可以为我做证！”

“哟，这么说来是你救了先知大人？”有人赞叹着点头。

“岂止是救了先知大人，她这通电话救活了整个登月计划呢！”另一人补充道，“我舅舅的邻居的前妻的姑姑的孙子的奶奶的姐妹的外甥就在NASA上班，他说先知大人的每一句话都正确无比，简直就是一个行走的神迹！”

“当时是哪个科学家那么不长眼，居然要对先知大人动手？”有人问。

“这我哪儿记得，我忙着保护先知大人呢。”那母亲说，“反正是个白人，穿得人模狗样，一脸欠扁的样子……哦好像是他！欸？是不是他啊？”

顺着母亲伸出的手指，众人的目光扫向街对面，一个白人男子果然正从总部大门走出来。中指和嘘声毫不顾忌地响起，那男人脚步一顿，一脸不爽地瞪了众人一眼，快步走开。

“真见鬼，最近运气怎么这么差！”被莫名其妙嘘了一通，霍博尔特心情极差，用最快速度到停车场开上车，一溜烟地回家了。

就在几分钟之前等电梯的时候，邦克还找过霍博尔特，友好地问他可不可以一起吃个晚饭。霍博尔特没有理会，一进电梯就狂按关门键，门关上的瞬间他微微抬眼，正好对上了邦克失落的目光。

在那一刻，霍博尔特的心中，有那么一丝犹豫。

一年多了，两人之间的裂痕并没有被时间抹去，反而越发疏离。邦克的地位不断上升，阿波罗计划的每一处细节都有人来专门向他汇报，请求先知给出一个明确答复。霍博尔特当然知道这荒谬至极，但事已至此，他的反对激不起半点浪花。

至于他自己，靠着过硬的技术实力，组员们就算再有芥蒂，也得为了计划的顺利进行继续合作。唯独和邦克之间……

霍博尔特停好车，走到家门口，看到门外的小小雨棚，掏钥匙的动作一顿。

后天吧。霍博尔特想，今晚吃过晚饭，自己要连夜赶往肯尼迪航天中心，跟进一下最新的火箭动力方案，最晚后天下午四点就能回来。到时候如果邦克不介意的话……

“就和他吃个晚饭吧。”霍博尔特进了屋，关上了房门。

这一天，是 1963 年 11 月 20 日。

两天后，11 月 22 日下午四点，当霍博尔特回到 NASA 总部，准备主动去找邦克和好的时候。

“完了，完了！一切都完了！”第四小组办公区的氛围，却很不对劲。

“布朗！”看着同事们一个个濒临崩溃、工作全盘停滞的状态，霍博尔特急忙找到好友，“发生什么了？怎么会这副样子？”

“约翰，你完全不看新闻的吗？”布朗的眼镜已经滑到了鼻尖，满脸疲惫地抬起头，“航天中心连个电视都没有？”

“你在说什……是说总统遇刺的事吗？这我当然知道！”震惊世界的新闻，霍博尔特怎么可能没听说，“可也不至于大家都变成这样吧？我也很伤心，但工作还得继续，我们还要想办法登月啊！”

“这一年多时间里，我不知道你是故意装傻，还是真的智商下降了。”布朗沉重地摇摇头，回头看向不远处“特邀顾问”的工位，沉声道，“他走了。”

“他？”霍博尔特看了看空无一人的座位，一种极为不祥的预感在胸口升腾，“你是说……”

“先知巴顿，你的‘好朋友’邦克，被抓走了。”布朗接下来说出的话，霍博尔特这一生都无法忘怀，“先知被列为刺杀案重要嫌疑人，半小时前被抓走了，新总统林登·约翰逊亲自下的命令……”

嗡的一声，霍博尔特的世界瞬间崩塌。

跌坐在地上，听着身边同事们愤怒的喊声、伤心的哭声，霍博尔特突然觉得浑身乏力，天旋地转。

1963 年 11 月 22 日中午 12 点 30 分，约翰·肯尼迪在达拉斯访问期间，乘坐一辆敞篷林肯轿车游街拜访市民。车辆行驶至美茵街拐角时，暗处射出的子弹，呼啸着击中了肯尼迪的脖颈和头部。爱尔兰人身子一软，倒在妻子的怀中，送往医院后不治身亡，年仅46岁。

当天下午，时任副总统的林登·约翰逊宣布继任总统，并很快下达了第一道总统密令：彻查肯尼迪任职期间接触过的所有身份存疑的个人、集体，并将这些潜在的嫌疑人全部捉拿归案，严刑逼供。

在航天界声名鹊起的“先知巴顿”作为重要嫌疑人，于当日15点27分，在华盛顿NASA总部五楼平台被捕，去向不明。据说在被抓捕的时候，先知没有做任何反抗，似乎并不知道发生了什么，只是一个劲地说自己在“等一个朋友”，并声称要约那个朋友“共进晚餐”。

当天晚些时候，中情局在达拉斯抓捕了另一名重要嫌疑人——李·奥斯瓦尔德。但这名被认定开枪刺杀肯尼迪的嫌犯，却在两天之后离奇地被枪击致死。有传言称，临死前，这名前海军陆战队枪手，留下了一句让人毛骨悚然的遗言：

“我只是一只替罪羊。”

11月25日中午11点，肯尼迪的灵柩覆盖着星条旗，放置在由四匹骏马拉着的灵车上，经过白宫与圣马修斯大教堂后，被送到了阿灵顿国家公墓安葬。美国历史的肯尼迪时代，就此终结。

一年后，以时任最高法院院长沃伦为首的调查组，提交了一份著名的调查报告，声称整个案件完全由李·奥斯瓦尔德一人完成。这份可信度存疑的报告，被后人称为“沃伦报告”。

在肯尼迪遇刺后的三年时间里，与案件有关的18名关键人员相继死亡，其中6人被枪杀，3人死于车祸，2人自杀，1人被割喉，1人被拧断脖子，另有5人“自然死亡”。坊间甚至有传言称，肯尼迪遗体的大脑曾不翼而飞，后又被放回原处。

这起骇人听闻的刺杀事件，成了笼罩在美国民众心中数十年的巨大阴影，至今仍是一个未解之谜。

地月之间，不为人知的复合波日复一日地掠过地球，恐惧无孔不入地控制了无数个人类的灵魂，也随着波洒向广袤的宇宙。属于美国的动荡年代，逐渐掀开了它那神秘的面纱，让风雨飘摇的阿波罗计划，一步步走向未知的方向。

7. 故事里的等待

“姓名。”

“邦克。”

“邦克什么？”

“邦克，就是邦克。”

“呵，你们黄种人连姓氏都没有的吗？”

纽扣被收走了，邦克穿着单薄的囚服，有些局促，双眼沉沉地看着眼前的桌面，手不知道该往哪里摆。

“哈，快来看啊！来看看这家伙穿的是什么东西，真当自己是先知吗？哈哈哈！”不远处，狱卒们正拎着他的巫师袍大声嘲讽，末了随手一扔丢在了地上，任由经过的人随意践踏。

“邦克，行，硬骨头，哈？”眼前，负责入狱登记的狱卒冷笑一声，不怀好意地打量着邦克，“籍贯？”

“不好意思，什么？”邦克没听懂。

“籍贯，籍……你从哪里来的！”狱卒有些不耐烦起来。

“冰原。”邦克回答，“从冰湖步行，走直线的话两天多就能到。”

“你……”狱卒鼻孔出气，身子往前一逼，双眼眯着，“还没弄清楚现在是什么状况，是吗？”

“是的。”邦克点点头，“我在等我的朋友，我想邀请他共进晚……”

“来几个人！”狱卒一把摔下手中的笔，“让这位先知大人好好清醒清醒！”

几分钟后，监狱空地上，在萧瑟的秋风中，邦克被冰冷的高压水从头冲到了脚。湿漉漉的囚服贴在身上，寒风吹过，他的身子不住地发抖，一块肥皂被扔了过来。

“保证安全卫生，是我们这儿的规矩！”拿着水枪的狱卒叼着烟，残酷地笑着，“谁知道你们黄种人平时都吃了些什么，万一从狗肉上沾染了病菌，传染给其他囚犯怎么办？把肥皂捡起来，给我好好洗个澡，要把整块肥皂都洗完，一点都不许剩下，知道了吗？”

邦克蜷缩着弯下腰，用冻僵的手捡起那块肥皂，往身上抹着：“谢谢，谢谢……”

“哈哈哈，你们听到他说什么了吗？他说‘谢谢’，他居然说谢谢！哈哈哈哈！”

“来来来，别怕水不够，兄弟们，加大水压！”

“谢谢，谢谢……”邦克低着头，任由刺骨的冷水冲刷着身体，用力地擦着那块肥皂。

不远处，活动区的窗户开着，形形色色的犯人都凑上前来，一边大笑，一边观赏着狱卒的“学前教育”。为了抢到好位置，不一会儿就有犯人相互推搡起来。狱警敲着警棍冲了过去，不问青红皂白，抓住两个闹事圈中心的犯人，按在地上就打。其他犯人们虽然让开，但也有不少吹胡子瞪眼的，爆着青筋骂骂咧咧。这部分人在大约十秒钟后，也被按在地上揍了一顿。

等到一切结束，瑟瑟发抖的邦克举手，示意肥皂已经洗完的时候，整座监狱里，已经没人在乎他的死活了。

时间很快到了中午，邦克抱着分配的被褥，提出想要一个牙刷，被一警棍砸在了背上，便不再说话。

“肮脏的家伙，我这儿有老鼠，你们不是喜欢吃老鼠的吗？”

“你的眼睛呢？你的眼睛在哪里啊，黄猴子？”

走向监室的路上，不知有多少唾沫喷在邦克脸上，各类杂物丢了过来，护送的狱卒就像没看到似的听之任之。可在邦克进入一间特制单人监室的时候，骂声一下子就消失了。

“这黄种人什么来头？”有犯人小声嘀咕着，“独立监室？重刑犯啊！”

“呵，你现在出去杀十个人回来，也不会给你独立监室的。”一名年迈的犯人说，“普通重刑犯不可能有这种待遇。”

议论声中，邦克放下东西，在硬邦邦的床板上坐了一会儿，身子稍微暖和了一些。

“放饭了！”广播响起，犯人们兴奋起来，推着挤着从各自的监室走出，通道上挤满了人。而当邦克走出监室时，眼尖的囚犯立马让开，侧着身子贴在墙边一动不动，为他让出了一条路。

“谢谢。”邦克点点头，继续走向饭厅，每经过一处，附近的囚犯们都会自动让路，谁都不敢跟他有半点接触。

在这里，拳头和钱就是硬道理，但极少数的重刑犯是例外。重刑犯的社会身份或许很卑微，可谁都不想招惹这些脑袋别在裤腰带上的家伙。他们随时都有可能被执行死刑，横竖都是死，万一动了杀念，谁能吃得消？

大部分时候，死刑犯的行刑时间是不会提前通知的，因为曾经发生过有人透露消息给死刑犯，结果行刑前夜，犯人将监室内的狱友全部杀死的恶性事件——这叫“炸号”，只要发生一次，从典狱长到狱警到杂役到犯人全都得遭大殃。

说白了，监狱就是个人吃人的地方，如果没有吃人的能耐，进去之后就只能被别人一口吃掉。而邦克的出现，却为这个等级森严的小社会，带来了一些别样的变数。

“那张桌子空着！”在饭厅打好饭菜，邦克找了个角落坐下。大多数人都离他远远的，也有几个头铁的，还想在他的黄皮肤上占点便宜，霸道地把食物放下，屁股一撅就把邦克顶飞——这是“验货”，试试新来的家伙是个什么性格。

“还在这儿干吗？没看到我们老大来了吗？”一名犯人瞪着不知所措的邦克，厉声吼道，“滚一边去！”

“对不起。”邦克刚想把自己那份食物拿走。

“谁说这是你的了？在我们老大桌上，就是我们老大的！”

食物被夺走了，邦克只得退到一旁，又找了个角落待着。这番举动，让邦克在众人心中的威胁度大为下降，对他嗤之以鼻的人明显增多了。

“就今天一天，看完直播就拿走！要是有半点损坏，全给我去空地洗澡！”

此时，一名狱卒搬来了一台电视，冲囚犯们大声道，“听明白了吗！”

电视被打开，时间正是中午 11 点 30 分。画面中，一辆灵车由四匹骏马拉着，肃穆地行驶在华盛顿的街道上。

“肯尼迪总统的遗体，正被送往阿灵顿国家公墓。”画外音响起，主持人沉重的声音，让之前还喧闹万分的饭厅逐渐安静。

对肯尼迪，囚犯们有着颇为复杂的感觉。一方面，他们中的大部分人都是在肯尼迪执政期间被捕的，对当局的不满，多多少少也会投射到肯尼迪身上。另一方面，在这个特殊的年代，囚犯中少数族裔的比例高得有些离谱，肯尼迪为种族平等做出的贡献又难以磨灭。这些社会最底层的人们心中，萦绕着极为矛盾的两种声音，影响了周遭的空气，让饭厅内的氛围显得格外诡异。

电视上出现了肯尼迪生前的照片，主持人开始讲述这位总统传奇的一生。

“啊，约翰。”邦克突然开口了，“这不是约翰吗，车里的人就是约翰？”

半数以上的人回过头来，诧异地看着邦克。约翰？这世上还有人这么称呼肯尼迪的？

“呵，说得好像你认识肯尼迪总统似的。”一个囚犯不屑地说，“让狱卒听到，打爆你的狗头。”

“你怎么知道我认识他？”邦克这句话说出口，饭厅鸦雀无声。

所有人的动作都停滞了，时间仿佛停止了一般，食物举在半空，也不知道该吃还是不该吃。

“可惜啊，多好的人。”邦克看着电视，轻声叹气，“故事还没讲完呢，就发生这种事。那天他走的时候我就想，今后，他或许再也不会回来了。”

说完，邦克站起身来，沉默地回到监室，关上牢门。

“当”，之前抢下邦克座位的狱霸，手中的勺子落在地上，发出清脆的回响。

这天之后，监狱里就开始流传一个说法。

“你知道吗？新来的那个黄种人，对，就是住单间那个！听说他是刺杀肯尼迪的嫌疑人，背景相当不得了啊！”

“啊？嫌犯不是已经被捕了吗？移送的路上还被人枪杀了来着。”

“哎呀，这就叫死无对证！如果你是亚裔帮派的头头，和古巴人一起策划了刺杀，难道你还会去自首，告诉中情局‘总统是我杀的快枪毙我’吗？当然要找人顶包啦！”

“你这么说起来，我是听说那个枪手在死前还一个劲嚷嚷，说自己‘只是一个替罪羊’，说不定那个黄种人他……”

“你们的消息都滞后啦！我告诉你们，外边的兄弟跟我说，这个黄种人以前就在华盛顿，住在哪儿你们知道吗？NASA 总部专门为他建了个‘行宫’，肯尼迪还亲自去拜访过他！你们知道这是什么概念吗？”

“对对对，我也听说这家伙在外面被人叫作‘先知’。哎，你们有没有门路打听打听，什么帮派的老大敢叫‘先知’这么嚣张？这简直……嘘！他来了快低头！”

这些传言很快就传遍了整座监狱，也有狗腿的囚犯跑去向狱警塞烟求证，得到的答复是：“他犯的案子，你们连了解的资格都没有！滚一边去！”

一无所知的邦克，倒是因此过上了一段颇为清净的日子。预想中的严刑逼供并没有到来，因为在邦克入狱、最大嫌疑人被枪杀之后的一段时间里，舆论关注的重点被放到了另外一件事上：1964 年的总统大选。

“沃伦报告”的调查小组确实来提审过几次邦克，但不知为何，在听过邦克的叙述之后，并未采取进一步行动。每一次，邦克总能从特殊审讯室里毫发无伤地走出来。

“你们看看，这家伙的后台有多硬！连刺杀案调查组的人都不敢动他，依我看啊，那帮捉弄他的狱卒要遭殃啦！”

新的传言在狱中如雾灵般扩散，自然也传到了典狱长等人的耳中。无奈在狱外，确实有一股说不清道不明的势力，正若有若无地帮助邦克，想要动他，没那么简单。

但这个机会，很快就来了。

进入监狱之后，头七到十天是一道坎。这段时间里，狱中的一切都显得那么新鲜有趣，即便伴随着无比的危险，但每一个新囚犯都会想尽办法融入，找到属于自己的求生之道。

之后经过短暂的适应期，从第三十天左右开始到第五十天，是最难熬的阶段。囚犯会开始憧憬外面的世界，真正意识到失去自由意味着什么，身心备受折磨，不得不去做一些自己往常根本不可能做的事情。行为上只要稍有越界，就可能遭到狱警或是狱友的毒打。每天都在渴望着突然出现一个“英雄”，带着自己远走高飞，又或者总统大赦、法院改判，自己重获自由。

熬过这段时期，就进入了第三阶段。从入狱后两个月算起，到半年左右的时间里，日子虽然依旧难熬，但习惯的力量开始发挥作用，时间，也过得比之前要更快一些。

到半年之后，第三阶段结束，囚徒生活，才算正式开始。

从 1963 年 11 月底算起，邦克入狱半年后，一件正在影响世界格局的事情，有了新的变化：在林登·约翰逊的授意下，美军加大了对越南战场的军事投入，短短半年内，战火快速蔓延至越北地区，战争，开始变本加厉地不断升级。

偶尔看得到新闻的囚犯们，也时不时地讨论起这场战争。有人大着胆子跑到邦克的监室，询问“先知”对于这场战争的看法。

“这个世界，是一片冰湖。”许久没有跟人说话的邦克，这样回答，“你对它挥动拳头，或许冰面会破开，但你的手也一定会受伤。人与人之间没有高低贵贱之分，没有任何一个人，理应承受另一个人的毒打。”

这番话，被囚犯们解读出了无数种意思。除了明显的反战意味，沉默而强大的先知，似乎也在劝诫囚犯们不要相互争斗，起码不要把斗殴的火气延伸到自己这里来。

否则会面临什么后果？没人知道，也没人想知道。因为“冰湖”，显然也是会反击的。

劳作，吃饭，休息。安静的邦克，成了监狱中一道没有人敢多看几眼的独特风景。每到放风，邦克走到哪里，哪里的人群就会恭敬地退开。吃饭的时候，邦克所坐的位置，附近几张桌子都不会有人坐下，人们宁愿二十个人挤在十人桌旁，也不敢去招惹邦克。

更有趣的是，向来不缺争斗、荷尔蒙爆棚的男子监狱里，无论发生多么严重的打斗，只要邦克出现，参与斗殴的人就会自觉停手，让开一条路，一点声音都不敢发出来。

这一切，新来的囚犯们看在眼里，只要开口去问，必将遭到老犯人的怒斥：“先知的事你连了解的资格都没有，滚一边去！”

从未有人探视，从没接到过狱外的任何东西，从没有电话来找他，也从不和任何人拉帮结派。分明什么都没有做的邦克，隐隐成了凌驾于监狱制度、狱警管制之上的另一层枷锁，又一次潜移默化地改变着一切。

这种改变，在 1964 年 11 月，邦克入狱整整一年后，戛然而止。

“这是历史上最悬殊的一次总统大选，林登·约翰逊以压倒性的优势战胜共和党候选人戈德华特，正式成为美利坚合众国第 36 任总统！”

已经当了一年总统的林登毫无悬念地赢得了大选，名正言顺地坐上了全世界都觊觎万分的宝座。

“哼，我不支持他。”狱中，看着直播的一名囚犯轻蔑地哼了哼鼻子，“扩大战争规模，用血和尸体堆出来的总统，有什么值得尊敬的。”

“说话小心点！”有人提醒，“典狱长对约翰逊总统非常支……”

“怎么了，先知能说我就不能说？”那囚犯不仅没有压低声音，反而故作特立独行地大声道，“先知说过，这世界是个冰湖，任何时候都不应该对冰湖挥拳头。林登呢？他除了挥拳头还会干啥？这样的人当总统，我看还不如让先知当总统！”

当天傍晚，不知是谁点了炮[①]，这名出言不逊的囚犯被关进了恐怖的惩戒房。一小时后狱卒再度出现，在众目睽睽之下带走了邦克。

惩戒房是完全的暗室，没有窗，铁制的厚重牢门，门上一扇带着格栅的小小窗口可供观察囚犯是生是死，还有一个可活动的隔板，用于一天一次的食物供给以及排泄物运送。没有床、没有台子、没有椅子、没有灯、没有水，更没有被子和席子。除了一个用于方便的恶臭铁桶，惩戒房内，穷徒四壁。

摸着冰冷的墙壁，邦克缩在转个身都困难的狭小空间里，沉默地看着无边黑暗。

滴答、滴答。下雨了吗？邦克想，空中的那片海，又开始流泪了吧。

不知道冰原怎么样了，不知道爷爷在冰湖边睡得好不好，不知道月男现在

---

① 意为向狱警打小报告。

在哪里，不知道埃普有没有和月男继续吵架呢？

还有，约翰。

邦克的眼眶有一点湿润，抬起手擦了擦，脏污进入眼睛，让他双眼刺痛，泪流不止。

约翰，你，还好吗？

“哗——”广阔的美利坚国土上，暴雨倾盆。

惩戒房在单独隔离出来的一片区域里，除了送饭的杂役，几乎无人经过。因为黑暗，许多次，邦克都不知道自己吃的到底是什么。每当靠着嘴巴分辨出是硬邦邦的冷面包时，邦克都会想起那天早上，微笑着的梅德瑞娜，往自己手中递来的那个牛皮纸袋。

熟肉块，包在两片松软的面包之间，酸酸的腌黄瓜，还有浓郁酱汁的味道。

之后自己在总部五楼，几乎吃过全华盛顿的所有著名汉堡，但没有一个，比得上梅德瑞娜的手艺。

没有日出，没有光，邦克回到了故事里那开天辟地的时候，在永恒的黑暗中，体味着永恒的生命和等待。

如果是我，也会愿意接受死亡，换来一次日出的吧？邦克回忆着爷爷说过的故事。约翰，你知道吗，没有日出的日子……

“真的好难熬啊……”

一开始，邦克还根据杂役送饭的次数计算着日子。在数字超过 300 之后，他放弃了。偶尔的几次，他听到有狱警经过门外，把一些或大喊大叫、或痛哭流涕、或大声求饶的囚犯带到附近。过不了几顿饭，这些囚犯又被带走，如此循环往复。

“圣诞快乐！”半睡半醒之间，邦克听到过狱警们的欢呼，还有类似可乐被打开时、气体冲出的“呲”声。

但这些声音都只是经过，黑暗中一直陪伴着邦克的，只有虫鼠的窸窣声响，以及无穷无尽的等待。

而故事里的等待，总是那么地轻描淡写。

“吱呀”，某一天，就在邦克又要沉沉睡去的时候，厚重的金属牢门被打开了，一道刺眼的光照在他脸上。

“我的天……这里真的有人！”

邦克伸手遮住眼睛，透过指缝，只看到一片迷蒙的白。

“上一任典狱长丢进来的，据说是因为说了什么反对约翰逊总统扩大越战规模的话。”一个声音解释着，“当时好像说是想要等总统先生亲自定夺来着，但后来嘛……您知道，白宫哪儿会记得这么多细枝末节的事儿啊。”

“入狱原因呢？”另一个声音问。

“入狱记录很奇怪，您看，这儿，这儿，还有这儿，都被涂掉了。身份信息之类的资料也查不到，说是有一次某个不得了的人过来说要核实一下，拿走就没再还回来。”邦克听到书页被翻动的声音，“您看要不要去问问，把资料给弄回……”

邦克的眼睛疼得不行，但已经可以稍微看到一丁点轮廓。

“闭嘴！那是我们能管的事儿吗？当不知道就完了……先把人弄出去。”

其中一个人影走开了。

“呃，邦克！”

“你……你好。”邦克吓了一跳，发出来的声音连自己都不认识。

“那个……惩戒时间到了，你可以去普通牢区了！”那人走进惩戒房内，用钥匙打开邦克脚上的镣铐，“还有，有个人来探监，你有十五分钟时间，跟我走！”

站起身来的时候，邦克摔了一跤。撑着墙壁再次起身，他身子一斜，脑袋狠狠磕在牢门上，发出沉闷的声响。

“吓我一跳！”狱警咒骂了一句，在前面带路，“要不是有人探监，鬼知道这儿还住着个幽灵，杂役每天都来送饭，怎么就没人问一句呢……这么长时间一条探监记录都没有，真是个丧门星。”

跟着狱警跌跌撞撞走了许久，邦克见到第一扇窗户的时候才知道，这会儿天正亮着。窗外，似乎还飘着雪。

“这人是谁，怎么从来没见过？你见过吗？你呢？”一路上不知摔了多少次，好不容易回到普通牢区，邦克一出现就引起了不少囚犯的注意。从惩戒房方向来的肯定不是新犯人，但有些入狱已经几年的囚犯，也从未见过这个满头白发的黄种人。

终于，有人惊呼："惩戒房……难……难道传说是真的?！老肯特，快来看看，是他吗？你说的那个人是他吗？"

一名老囚犯探出头来，只看一眼，嘴巴就大大地张开："上帝啊，他……他还没死?！不，不对，等一下，我记得他进去的时候，看起来才二三十岁啊……"

邦克的双腿又酸又疼，脑袋涨得厉害，每一次呼吸，胸口都好似要炸开。又走过长长的路，不知拐了多少个弯，邦克来到了一个他从未来过的地方。

"十五分钟，记住了。"狱警丢下这句话，转身走开。

邦克眼前，一面长长的玻璃立在一张长台上，几个椅子被固定在地面，摆在长台后边。他坐上椅子，不住地喘气，眼睛终于没那么疼了，但看什么东西都像是蒙上了一层雾。

玻璃边放着一部电话，邦克试图伸出手，手臂却抖得厉害，没法准确地拿起电话手柄。

砰，玻璃外，一扇门被打开，又被快速关上。

邦克用左手抓住右手手臂，努力控制抖动，好不容易抓起了手柄，这才长出一口气。

"喂。"听筒上，传来了一个声音。

邦克抬眼。

"邦……我的天……"玻璃的另一边，一个女人一只手抓着电话，另一只手紧紧地捂着嘴，眼眶附近，泪水汹涌而出。

"你好。"邦克也接起了电话，看着女人浑身颤抖的样子，努力挤出了一个微笑，"梅德瑞娜，我……"

话到嘴边，邦克却一时失语。

无数往昔的画面，如潮水一般席卷而来，将邦克的灵魂，冲得七零八落。

"我想吃汉堡。"

邦克用沙哑的声音，轻声说："我好想吃，你做的汉堡。"

玻璃那头，梅德瑞娜，泪如雨下。

第九章

杀意

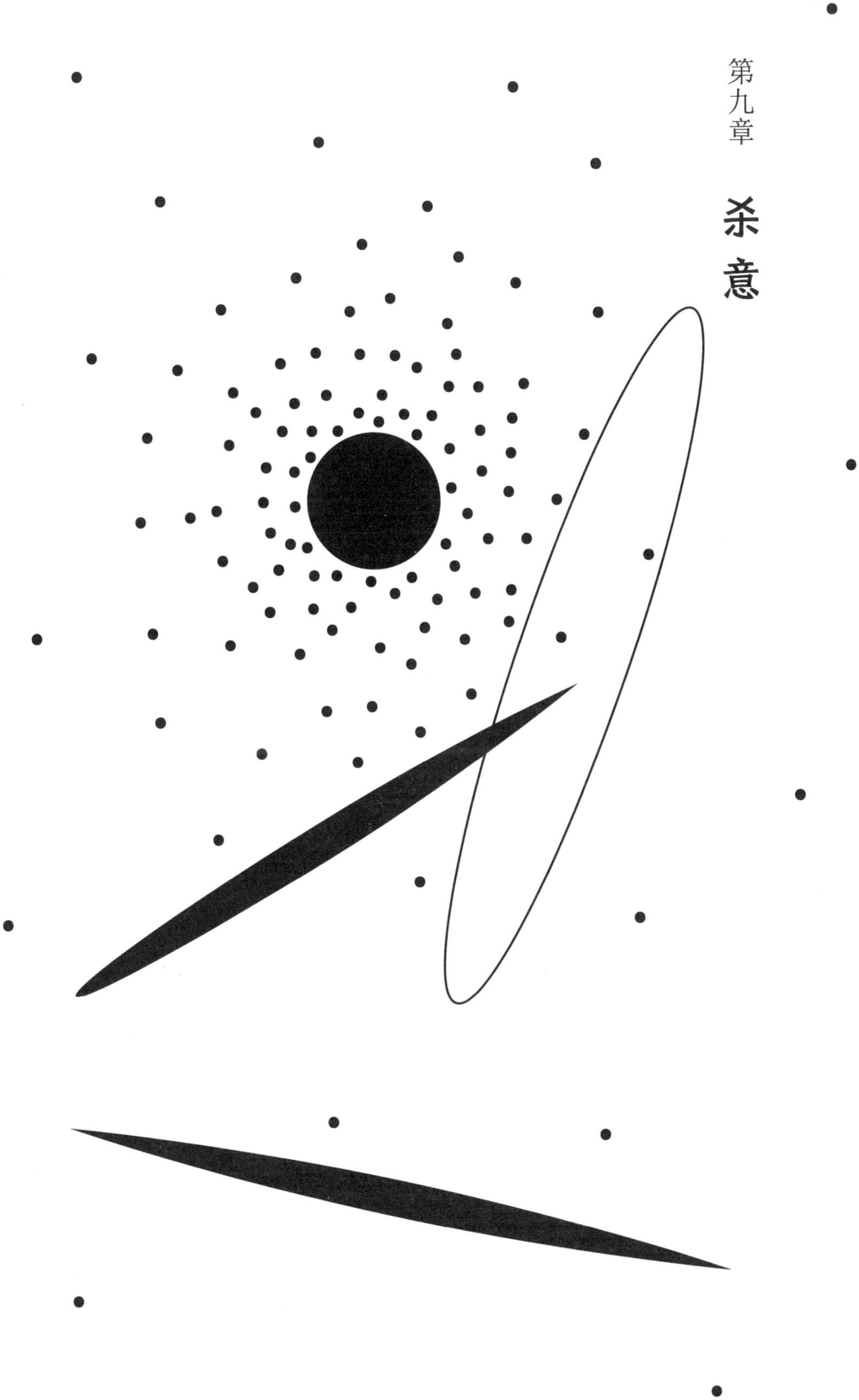

2017-03-07 00：50：21 晴 于W市刑警大队

运气，是这个世界上最不能依靠的东西。

输掉了百分之五十的概率游戏，信息在他那边，我只是白白浪费了数个小时的时间，在W市两端开车穿梭。

邦克先生总是说，他的运气很好，哪怕在最艰难的服刑期间，也总能在关键时刻化险为夷，是因为自己始终对冰湖露出微笑，始终相信，好事自然就会发生。而唯一那一次忍耐不住，想要在冰湖前转身离开，就险些酿成大祸。

这当然是人生智慧，同时也是幸存者偏差。对大部分人来说，世界的恶意总会展露得更加直截了当。想保持微笑，不仅需要上苍的垂青、安奎特的庇佑，更需要坚韧如钢的强大精神力。

是的，我有点累了。

一切甚至尚未真正开始，我就已经在眼前的琐事中感受到了疲惫。等棋局真正开启，我又该如何让自己打起精神，并维持整整一生？

再坚韧的灵魂也有极限，邦克先生选择接受一切，心存善念。他和张秋静，则选择了分离与逃避。他的行动力依旧超群，但他的进取心早已入土，支撑着他苟延残喘的不是心或脑，而是丰沛的经验与犀利的判断——即便如此，如果事情继续往他不愿意看到的方向发展，恐怕在某一刻，他的灵魂也会彻底崩盘。

只能祈祷张秋静并未死去，刘毓也尚在人间——从基金会处得到的、她们数年前的相片，与邦克先生回忆中的细节掺杂在一起，给了我极为不祥的联想。不过一切仍有变数，希望他找到的存储卡里只是一些无关紧要的东西——谜语、暗号、地图、录音，什么都好，只要不是会让情况变得更糟的东西，只要不是……

进去看看吧。

1. 狩　猎

“呜呜呜……”女人呜咽着，背景声还算清晰。

郭阳得到值班刑警的同意，戴上耳机，从头开始看了一遍存储卡里的视频。

视频开头，女人就已经被绑在椅子上了，她穿着相当普通的春季服饰，一件看不出牌子的风衣外套有些年头，牛仔裤和上身衬衣也很寻常，身体挣扎着，嘴被一块看不出用途的布塞住，说不出话。

拍摄人距离女人大约 3 米，用的是手机摄像头，横置拍摄，开了闪光灯持续照明，移动时看得出果冻效应，边缘不够锐利，噪点很多，应该不是什么名牌手机。女人身体轮廓还算清晰，但由于手机夜景拍摄能力的限制，面部有点过曝，导致环境显得很暗，只能看出是一处类似烂尾楼的地方。镜头自始至终都没有向下，光源也在拍摄人身前，因此没有拍到任何可以提示拍摄者体貌特征的画面，包括影子。

“如果不放弃追查，也不是不行，但我要提醒你两件事。”

整段视频有 1 分 57 秒，前 10 秒几乎全是女人瑟瑟发抖的画面，在呜咽声间隙，可以听到拍摄者走动的脚步声，轻微柔软，不是运动鞋就是旅游鞋。第 11 秒开始，拍摄者的声音响起，音频被混到一轨，分辨不出声源在手机的左侧还是右侧——这些细节，已经在赶来路上的技术组工作人员会进行核实研究，郭阳关注的重点也不在这里。

而是拍摄者所说的话。

“第一，30 年前你抓不到我，现在，你依然不可能抓到我。”声音经过明显的变声处理，显得粗糙而尖锐，伴随着沙沙声。

拍摄者先用了大约 30 秒，以较为克制的语气，嘲讽了警方至今为止的所有工作，并挑衅地表示，自己在前两起案子的现场都留下了明显的破绽和痕迹，可惜警方完全没有注意到。随后又用了 20 秒时间，绕着被绑住的女人转圈，发出古怪骇人的笑声，以直白露骨的语言，描述着女人的多个身体部位，描述着自己对分尸“工作”的期待。

“第二，我敬爱的刘业刘警官，你现在是不是正坐在电脑前看视频？是不是寒毛倒竖、目眦欲裂？是不是很想抓住我，把我碎尸万段呢？在那之前，你应该想一想另一个场景。”

之后的时间里，拍摄者开始直接与老刘对话，言语中透露出的信息表明，他对老刘的情况相当熟悉。

“刘业，你想象一下……”从耳机中传出的声音，乍一听似乎情感浓烈，细究却有着明显的程式化痕迹，连向来不太有强烈情绪波动的郭阳，都不由得往后靠了靠身子，“她漂亮的头皮被撕下来之后，将会是多么美妙的一件艺术品？”

之后，不再有说话声传出，视频又进行了几秒钟，在女人惊恐万分的目光中定格结束。从头到尾，画面没有半点因为紧张而产生的不规则抖动。

他的手，非常稳。

“都快被我们查到了还敢作案，真是无法无天！”摘下耳机，郭阳听到了鲁鹏的声音，“视频在哪儿？给我看看！”

看到电脑前的郭阳，鲁鹏二话不说伸手就推，郭阳倒也配合地起身，站在一旁观察。视频被从头再次播放，郭阳第三次看到了女人的眼睛。

那眼神如海，虽然恐惧，却如无声的汪洋，深邃无边。

脑海中，在老刘抽屉里看到的那张小女孩照片，与视频里女人的脸融合在了一起。五官虽已有不少变化，但那双眼睛始终没变。

被绑住的女人，就是老刘的女儿，刘毓。

鲁鹏的神色也迅速变化，显然同样第一时间认出了女人的身份，总是咋咋呼呼的嘴不再说话，沉默地看着视频。刘毓或许尚且存活，但张秋静，最坏的推测，恐怕已经遭遇不测。

又是一轮视频放完，办公区的大门砰一声被关上，脚步声响起。值班刑警、郭阳、刚刚摘下耳机的鲁鹏，齐齐回头看着快步走来的老刘，大气都不敢喘。

“刘老师。”末了，还是郭阳镇定了一下情绪，走上前迎上老刘，“这视频……”

“先分析背景画面和环境杂音，重点是搞清楚变声方式，想办法还原声音。”老刘没有给郭阳继续说下去的机会，眉头紧皱，神情却并不慌张，更没有崩溃的迹象，“存储卡可以用在哪些款式的手机上，这个事情小郭你去查。画面里看好像是框剪结构的房子，鲁鹏，你去把城里烂尾楼的信息都调出来对一遍，施工进度、结构特征这些都要查，最好能联系到施工或者设计单位，最快速度拿到图纸比对，城区就这么大，应该不难找。”

郭阳和鲁鹏不约而同地对视一眼，又异口同声地回答：“是！”

“视频再拷贝几份，技术组好像可以通过属性什么的，查到拍摄时间、格式什么乱七八糟的东西，有一次是不是还查到了定位地址？”老刘看向值班刑警，“把前期工作准备好，等兄弟们到了马上开始干活，一定要找到拍摄地！转移一个被绑住的大活人必须用车，找到地点就可以排查监控，烂尾楼附近不会有太多车来往，绝对会有线索！”

“明白了刘哥！”值班刑警立正一个敬礼，立马回头忙活去了。

“全都给我紧张起来，抓紧时间，他在和我们赌命！”老刘拍了拍手，一股别样的魄力喷薄而出，“我们是他娘的猎人，全世界最耐心的猎人，没有狐狸能逃出我们的掌心！挑衅是吧？行，老子倒要看看，你还能蹦跶多久！”

几句话分配完工作，老刘立马回到办公桌，再一次翻起了案卷，仔仔细细地寻找蛛丝马迹。郭阳确认好存储卡种类，打开手机开始查询，双眼却时不时往老刘那边瞟，终于被老刘逮到一次，四目相对。

“看我干吗，我脸上长花了吗？”老刘瞪了郭阳一眼，“我知道你想说什么，给老子收在心里然后闭嘴，我是警察，破案是我的职责和使命！”

成了。郭阳点点头，虽然不合时宜，嘴角还是扬起了一丝微笑：冲击疗法起效了。

之后大约半小时内，相关工作人员纷纷赶到了大院。以视频，以及存储卡、发现地点等相关信息为依托，一场盛大的“狩猎”，拉开帷幕。

郭阳的工作并不复杂，快速确定好适配手机名录，他还留了个心眼，将同样适配的照相机、摄像机、小型工作记录仪、行车记录仪等设备的型号和款式都做了记录，按上市时间、价格、用途等方式排列，记在了笔记本上。

郭阳借到一台电脑，将工作成果做成了表格，以最快速度打印了10份，交给老刘。

“高才生还真有点东西。”老刘抽着烟瞄了一眼，微微点头，“等案子结束，把你的工作方法列个顺序给我，新兵蛋子们都得好好学学。”

针对地点的分析工作，在老刘的带领下很快有了进展。凌晨2点，大致方向被确定，老刘带队出发，准备赶往现场。

“刘老师。”就在老刘准备出门的时候，郭阳提醒了一句，“是不是应该带一台适配存储卡的手机或者摄像机？万一又有其他存储卡，在现场就能看了。”

“好点子。”老刘点点头，回头几句吩咐，临走前想了想，又冲郭阳点了点下巴，“一块儿来，快！”

警笛鸣响，一路疾驰，郭阳感觉自己仿佛正在参与警匪片拍摄，节奏陡然提升。而绑架现场的情况也正如他所料：烂尾楼里人去楼空，用来捆绑刘毓的椅子也不见了，视频拍摄点的地面上，放着一张存储卡。

这一次，只有声音。

“这么执着吗，刘业？”沙沙杂音中，变声的恶魔语调轻松，似乎正在玩一场游戏，“那就继续玩吧。”

简短的几句话，凶手没有再留下其他线索，如烟雾般消失无踪。

“刘哥，这……”

“不要慌。”众人一筹莫展，老刘却依旧镇定——甚至镇定得有些冷血，“对方一直都没提要求，放人总会提条件，线索不会断，他一定会再联系我们。”

一名刑警壮着胆子说：“可万一对方一开始就没打算放人……”

“不可能！”老刘厉声高喊，“他一直都只杀男人，这次绑架女人，肯定有他的目的，这种人不达目的是不会罢休的！”

众人只得闭嘴。

“目的，他的目的……喂！”手机响起，老刘接起电话，“对，地址我让兄弟发给你，时间范围扩大一点，从前天……不，从大前天晚上查起，有消息马上告诉我，好，辛苦了兄弟！”

郭阳猜到老刘联系了谁。

“小郭。”老刘也不解释，把郭阳叫到身边，“我和其他兄弟去交警队，我的铁哥们儿在调监控，锁定了车就好办了。你先回大院，帮我盯着声音分析那块，有情况随时沟通。”

“好，刘老师您放心。”郭阳点点头，和老刘暂时别过，坐着一辆警车回了大院。

刚进院门，郭阳就被人给拦住了。

“郭阳，原籍 W 市，1995 年 12 月 24 日出生，3 岁时父母离异。12 岁从 Z 省 H 市第一高级中学实验班毕业，获得美国前十高校全额奖学金入学机会，赴美留学。两年修完本科双学位，得到导师推荐，前往前三学府深造。之后 6 年时间里，除了主专业航空航天硕博连读，并获得多家机构、企业入职邀请之外，还‘抽空’以全满分的成绩，得到了 7 门不同学科、不同方向的学士或硕士文凭。主导的工作室拿下 9 项航空航天方向硬核心专利，并于 2016 年底得到著名民间基金会‘邦克基金’资助。21 岁生日之前，光靠专利授权以及基金会资助金，就已经拥有了 99.99% 的人一辈子都无法想象的财富。”一名刑警手中拿着一叠资料，照本宣科地读着，“传闻曾在邦克基金的安排下，接受了专业智商测试。一个专家组日夜观察、记录、分析其生活起居、待人接物、工作学习等方方面面的细节，3 个月后得出结论，认为其智商在 190 到 200 之间。虽然距离世界纪录还有些差距，但专家组在结论报告中特意提到，因其‘过于礼貌和警惕’的性格特征，认为‘显然有所保留’，所以‘报告结果很可能具有欺骗性’。”

面无表情地听着自己的简历，郭阳的眼睛看向刑警左侧。

“双亲方面，父亲于 2012 年病逝，母亲目前还在美国，最近刚刚辞职，似乎有意向进入邦克基金会工作。”终于读完资料，刑警也看向自己身边，“鲁哥，查到的信息大概就是这样。”

“哼。”鲁鹏双手背在身后，眼睛半眯着看向郭阳，“活脱脱一个天才嘛。”

“您过奖了，鲁 Sir。”郭阳面不改色。

“主修的是航空航天，从小到大从来没有接触过刑侦学科，父母亲戚也没人干过刑侦工作。一个天才，一个从小就受人瞩目、万人之上的天才，迟早要成为科学家、带着人类飞向太空的天才……”鲁鹏缓缓踱步，绕着郭阳走了小半圈，目光像刀子一样扎来，“为什么会突然之间想要回国，还来到我们这个小城市的刑警大队实习呢？嗯，反正我这个笨脑子是想不出原因，要不你这个天才给我解释解释？”

“一是想家，二是兴趣。”郭阳不卑不亢地回答，“因为再去美国之后，会加入一个科研项目工作组，几年之内都比较忙，不太有时间满足兴趣爱好，所以就拜托基金会方面帮忙，来到这里跟诸位老师学习讨教。”

说完，郭阳微微侧首直视鲁鹏，目光毫不退缩：“这就是我的回答，鲁 Sir。”

“你小子！”鲁鹏没想到，向来礼貌有加的郭阳居然会对自己这样说话，偏偏自己身份特殊，对郭阳打不得推不得，脏话都到嘴边了，还是硬生生忍住。

“鲁哥！”另一名刑警小步跑来，“地方准备好了！”

“好。”恶狠狠地瞪着郭阳，鲁鹏大手一挥，“带走！手机、证件都没收，门窗锁好，别让这个‘天才’逃走了！”

“不好意思稍等一下。”几人正要动手，郭阳眉头一皱，“请问凭什么？如果要审讯的话，流程应该先到位吧？”

“哼，审讯？就你？你还不够格！”鲁鹏冷笑一声，“我们的每一步行动，都被凶手猜了个底儿透。为什么我们查东，凶手就往西？为什么我们刚找到视频里的地点，凶手就转移？为什么老刘差点抓到现行，凶手立马来个乾坤大挪移，从山村跑到城北？为什么凶手会知道老刘在专案组里，还赶在你和老刘跑去找人之前，就绑走了他女儿？你的智商不是有 200 多吗？来啊，推理啊，告诉我这凶手到底是如来还是观音，凭什么每一步都能把我们的步子踩死？啊？”

“您的意思是，”郭阳脸色一沉，“有内鬼？”

“废话！”鲁鹏一拍桌子，正在忙碌的众人纷纷回过头来，“这院子可不是谁都能进来的，接触过核心资料的兄弟，哪一个不是政审过关的汉子？唯独你，来路不明神神秘秘，我不怀疑你怀疑谁？”

“但是没有证据，我也没有动机。”郭阳说了一句，随后像是想到了什么似的，小声重复着，“没有动机……”

“对，没有证据，不过让一个实习生，在一间办公室里帮我们整理一下材料，这么做……”鲁鹏的脸凑了上来，吱吱咯咯的咬牙声就在郭阳耳边，“应该没什么问题吧，高才生？”

郭阳没有回答鲁鹏的问题，继续重复着自己那句话，不知在思考着什么。

郭阳被关进了一间办公室，鲁鹏离开时威胁般地说，只要凶手提出了放人条件，就说明对方已经彻底掌握了警方的行踪，郭阳的嫌疑会进一步加大。房门被从外反锁起来，室内除了一张椅子一张桌子之外，什么都没有。

坐在桌边，听着外面嘈杂忙碌的声音，郭阳双手无意识地玩着纽扣吊坠，嘴里念念有词：“动机，没有动机。”

老刘一直在强调，任何案件都存在动机，哪怕是反社会人格、无差别杀人，也有精神上的动机可循。郭阳越是细想，就越觉得这话没那么简单：动机，难道只存在于作案之前吗？作案过程中的细节呢？选择目标时的原因呢？甚至杀几个人、怎么杀、地点、时间、手法等方面，也会存在动机的吧？

从接触这个案子开始，郭阳就总觉得有哪里不太对劲，与其说是被凶手牵着鼻子耍得团团转，倒不如说在总体的思维高度上，自己从一开始就被碾压了。

为什么杀第一个人？又为什么杀第二个、第三个人？为什么要借用因纽特传说？为什么要引导我们去找张秋静？为什么要绑架刘毓？为什么不杀了她，反而要和老刘玩捉迷藏？

关键，就是动机。

不知过去多久，门吱呀一声打开。郭阳从沉思中抽离，抬头看到了熟悉的身影：“栾老师……”

“嘘。”栾俊杰闪身进屋，关门时格外小心，瞄了眼外面，确认没人发现自己进来，这才到郭阳对面坐下，压低声音正色道，“刚从第三个现场回来，好像有点晚了……你没事吧？”

“没事。”郭阳摇摇头，“谢谢栾老师关心。”

“别客套了，时间紧迫。”栾俊杰凑过身来，“听老刘说，之前你和他没通知队里，就擅自分头行动了？把你能想得起来的细节都告诉我。”

郭阳当然记得所有细节，用几分钟时间详细说了一遍。栾俊杰听完，没有马上说话，一只手摸着下巴。

“栾老师，怎么了？”郭阳察觉到了栾俊杰的异样，“是音频还原出问题了吗？”

“还真是什么都瞒不住你。”栾俊杰苦笑了一下，“结果是出来了，但有点玄乎。怎么说呢……视频里的那个声音，不是‘人发出来的声音’。”

郭阳捏着纽扣的手指一停：“您说什么？”

“怪我没说清楚，不是有意吓唬你。”栾俊杰摆摆手，“那个声音不是有人用了变声器发出来的，而是先录音，再用软件多次变声，最后在拍视频的时候，用手机之类的东西，在录制视频的手机收音话筒旁边播放出来的声音。”

栾俊杰说得有点绕，郭阳却几乎不假思索地接话：“也就是说，可能是自导自演？”

天才就是天才。栾俊杰在心中感叹，天知道他和技术组兄弟在电话里反复推理了多久，才得出一样的结论：“没错，技术组在想办法还原，不过难度很大。但有一点可以肯定，那就是刘毓自己也有嫌疑。”

“刘老师要离开专案组了。”郭阳点点头，“不过他不会答应的。”

这什么反应速度？！

“不过要是上头下了命令，老刘不想答应也得答应。”栾俊杰尽可能掩饰自己被智商碾压的挫败，话头一转，“对了，你刚才说，和老刘讲了个故事，可能是凶手接下来杀人的背景条件？能不能跟我也讲一遍？”

“好的，栾老师。”郭阳将故事复述了一遍。

“这不对啊。”听完故事，栾俊杰摇了摇头，“和第三个死者的情况对不上，死者就是个普通的流浪汉，孤身一人来的这儿，没钱没势没仇家，和这个故事哪儿都搭不上边。还有时间的问题，凶手不可能半小时前还在杀人分尸，半小时后就出现在山村里，和老刘捉迷藏吧？”

“确实如此。”郭阳点头，“栾老师，如果方便的话，能不能给我看看第三起案子的现场照片？”

栾俊杰愣了一下：“可以是可以……不过你得给我一个理由。老实说，老刘信任你，我也信任你，上头同意你来实习，身份肯定也没啥大问题。但给你看照片是违规操作，我要担风险的，你说呢？”

“我明白，是这样的栾老师，我有个假设，但在这里没法验证，所以……”郭阳捏着纽扣的右手手指又动了起来，“需要您帮忙。”不知为何，这幅场景，居然让栾俊杰想到了坐镇帐中的诸葛亮。

再一次，栾俊杰的目光，无法离开眼前这个年轻人。

“老栾！”栾俊杰编了个理由，从同事手上拿到了现场照片，还没来得及回到“关押”郭阳的办公室，身后就响起了老刘的喊声，“有收获！交警就是靠谱！嫌疑车辆有点多，不过后面的路线都能查得到，继续追下去肯定会有结果！你这边怎么样？”

“我这儿……”

“靠！”不等栾俊杰说话，办公区另一头，鲁鹏捏着手机大骂出声，“全断了？这么多条线全断了？你们他妈是吃干饭的吗？！”

老刘没像平时一样嘲笑鲁鹏，只是点了根烟吧嗒吧嗒抽着。被绑架的毕竟是他女儿，这个时候多一条线索，就多一丝救下女儿的希望。谁破的案、谁的功劳更大这种问题，在生命面前不值一提。

“老刘，音频分析有初步结论了。”一旁的栾俊杰犹豫半天，还是开口道，“那个声音是……”

“刘业！”办公区门口，队长风风火火地走了进来，冲老刘点了点下巴，“到我办公室。”

栾俊杰知道，分析结果不需要自己告诉老刘了。

封闭的办公室里，郭阳摩挲着纽扣，房门打开，栾俊杰带着照片进屋。

“谢谢，栾老师。”郭阳接过照片，从还没关上的门缝里听到了争吵声。

“是老刘。”栾俊杰叹了口气，将门关上，“队长找他说了情况，让他退出专案组，正吵架呢。”

“果然是刘老师的风范。”郭阳也不知是夸还是损。

“对他可能也是件好事。”栾俊杰在郭阳对面坐下。

“或许吧。”郭阳不置可否，开始认真地看照片。

时间继续流逝着，栾俊杰也不知道为什么，突然对郭阳翻查资料的方式产生了兴趣，认认真真地看郭阳调查照片，居然也没觉得无聊。

门外，争吵声越来越近，不一会儿，房门被人推开，几名年轻刑警半推半架着老刘，又怕又惊又不得不执行命令，把老刘“请”进了屋。

“刘哥，请您稍微等一下，我这就帮您去拿茶杯，您消消火……”一名刑警点头哈腰，“我们也没办法，您别生我们气，休息休息哈。”

“滚滚滚！”老刘知道自己肯定出不去了，找了张椅子一屁股坐下，回头又骂了几句，看着房门被关上，再回过头来的时候才发现，不只是郭阳，连栾俊杰也在屋里，“你们俩在这干吗？这是什么？现场照片吗？”

“你们聊，我出去一下，外边有点乱，得有人看着点。”栾俊杰知道，自己继续坐在这儿也是碍事，干脆起身走向房门，向抬起头的郭阳眨了眨眼，“门我带上了啊。”

“好的栾老师。”郭阳立马明白了栾俊杰的意思，笑着点点头，“谢谢，麻烦您了。”

“嗯咳咳！”栾俊杰走出门外，反手关门时故意提高了音量，“你们俩好好反省反省！真是的……”

门没锁。郭阳在心里对栾俊杰又感谢了一番，继续低头看照片。

过了五分钟，老刘忍不住了：“你小子准备什么时候跟我说？”

“刘老师，说什么？”郭阳抬头问。

“推理啊推理。”老刘瞪瞪眼，“是不是有什么思路了？刚才跟老栾商量什么呢？”

“其实我也是刚刚想明白的，还没来得及跟栾老师说。”郭阳顿了顿，看向焦急的老刘，“要不……先说结论吧。”

老刘竖起了耳朵。

“两个。”郭阳比出两根手指，沉声道，“凶手，有两个。”

老刘一愣，一瞬之间，好像有很多东西都变得清晰了不少，却没能串起来。

“这是第三起案子的现场照片，刘老师您看一下。”郭阳将照片递给老刘，“也有扁担，也有箩筐，但上面没有碎石，这不是因纽特文化的传统做法。至于时间上的问题，您都知道了。所以一开始我认为，您在山村里碰到的那个人并不是凶手，只是一种调虎离山的手法，给凶手留下杀人、碎尸、抛尸的时间。”

老刘点点头："不是这样吗？"

"有可能，但另一个可能性更大。"郭阳回答，"那就是凶手其实有两个，其中一个在按照因纽特传说杀人分尸，另一个则没有这样做。为什么会有这种区别？这样区分的意义是什么？我还没想透，但关键不在这儿。"

"那关键是什么？"

"音频。"郭阳说，"虽然音频是用其他设备播放的，您的女……刘毓小姐确实自己也有嫌疑，但找外人帮忙拍摄风险太大了，对方听到音频内容会怎么想？刘毓小姐被绑住之后，对方为什么不干脆拿着两个手机跑路，换点钱花呢？这在逻辑上行不通。"

"就是说嘛！我就说小毓那孩子不可能做这种事！"老刘一拍大腿。

"所以真凶，或者说真凶之一，当时就在刘毓身边。"郭阳继续道，"她一定见过真凶，或许受到了胁迫，顶多只是参与了搬运尸体。"

"在受胁迫的情况下？"老刘的语气中带有一丝莫名的恳求。

"不一定。"郭阳冷冰冰地回答，"现在的重点是要找到刘毓小姐，她见过真凶，就可以提供不少信息。不过，还有个问题。"

老刘的神情愈发严肃。

"交警队已经查到不少嫌疑车辆信息了吧？"郭阳说，"哪怕是用穷举法，锁定凶手的车也只是时间问题。之前您问我，因纽特传说里还有几个和碎尸有关的故事，我后来仔细看了看，算上序号 36 的故事，还有两个。"

老刘有点猜到郭阳想说什么了："也就是说……"

"哪怕将第三具尸体当作其中一个故事来看，凶手手里，现在也还拥有最后一个'死亡名额'。"

这个名额，会留给谁呢？老刘很不愿意往那个方向想，但答案已经呼之欲出。

"等车辆信息被查到，大家开车鸣着警笛，将刘毓当作重要嫌疑人去追的时候，万一凶手做出什么过激举动……"

郭阳后面说了什么，老刘一句都没听进去。他的思绪突然回溯了时间，跃迁到了数十年前。那天，他和栾俊杰就是这样，开着警车鸣着警笛，一路愤怒又焦急地追赶着人贩子的车，后来……

“我们得赶在大家之前，先找到刘毓小姐。”郭阳的声音传来，“问题是怎么样才能提前找到，怎么不被人发现地离开这间办公室，如何神不知鬼不觉地开一辆车去追，如何让大部队晚那么一丁点。”

“我在这个系统里干了几十年，铁哥们儿很多，办法有的是。但接下来的半小时……”老刘站起身来看向房门，目光恢复了之前的凌厉，“我们恐怕会违反一百条禁令。”

2. 狸 猫

“狩猎”，继续进行着。

现场线索和视音频分析断的断、折的折，还能继续指导狩猎走向的，只剩天眼。交警的动作很快，初步框定一部分嫌疑车辆后继续追踪。其中大部分车辆的后续走向、停车后的进出人员都没有问题，很快就被排除了嫌疑。而剩下的那些车辆虽然走向不一，但靠着专案组惊人的执行力，也一一被分析清楚，脱离了嫌疑范围。

真正的嫌疑车辆，在凌晨 4 点 20 分被确定了。

天空还没露出鱼肚白，W 市城南，一条平日流量较小的道路上警笛响起。极少数路过的行人，目睹了一场电影里才能看到的警匪追逐。

“上！”

不得不说，鲁鹏确实有两把刷子，人手有限、时间紧迫，他根据现场情况，迅速制定了狩猎方案。前期围追、中期堵截、收网阶段的时机掌握，都做得滴水不漏，嫌疑车辆被团团包围逼停。对方确实是个老手，看到这副架势放弃了抵抗，不再无谓挣扎。

“右边右边，右边紧一点！”鲁鹏持枪靠近一动不动的嫌疑车辆，情绪开始变得昂扬，一想到自己可以亲手逮捕逃脱法网制裁 30 年的凶恶连环杀人犯，心脏就怦怦直跳。

全国表彰没跑了！

“车里的人不要轻举妄动，慢慢打开车门，双手举高！”鲁鹏高声喊话，做好防冲击姿势，手势不停，直到弟兄们形成了让他满意的包围圈，才开始迈步向前。虽然对方持枪的概率极低，但他即将要面对的，毕竟是一个背着起码3条甚至很有可能是8条人命的恶魔，天知道这样的家伙会以怎样的姿态出现，又会做出怎样的举动。

如果凶手就是刘毓那还好办，一个女人、一些刀具之类的东西，不可能是这帮刑侦精英的对手。但如果刘毓是对方手上的人质，那麻烦可就大了。

“打开车门，把手心亮出来！”天还很暗，光线不足，强光手电在车窗玻璃上有明显反光，看不清车里有几个人。

“叫你开门没听到吗？！”鲁鹏的额头上汗珠滴落，不是因为害怕，而是担心。万一对方打开车门，手上捏着刘毓的脖子，看到这么多警察，动了杀心怎么办？

咔嗒，车门发出一声轻响，所有人脚步一顿。

鲁鹏的目光扫向车头，眼珠一转传递指令：开门瞬间立刻冲击擒拿，只要够快，就可以在确保人质安全的前提下拿下凶手，兵贵神速！

就像冰原上的猎人与猎物间最后的对峙，每一次狩猎都是一次赌博，坐上魔鬼的赌桌，总得随便扔点什么筹码吧。

比如一条命。

初春的晨风，吹得鲁鹏衣角一晃，有什么东西落入了他的眼眶。鲁鹏眯了一下眼。

就在这一瞬，车门开启。

“上！”车头方向的两个兄弟冲了上去，在队友掩护下扑向车门处探出的身影。

鲁鹏的眼睛睁开，一道光刺来，嫌疑人胸口附近，一样细小的东西反射着手电强光。

“不要开枪，是我。”双手举起，嫌疑人顺从地被迅速抓牢，身子往下一压，重重砸在车门侧边，双眼微侧直视着鲁鹏，冷静地说，“鲁 Sir。”

鲁鹏的手不自觉地颤抖了一下，这……这怎么可能？！

“小郭？！”他是帮凶？可他不是应该被锁在大院里吗？

往日错过的那一次次立功机会在眼前高速闪过，鲁鹏快疯了，一个箭步上前，往车内探头仔仔细细看了一圈，一个人都没有。

“嫌犯呢？！”回过头来，鲁鹏怒火中烧，手掌高高举起，余光扫到了不远处探头探脑的群众，只得硬生生改变动向，一把抓住郭阳的衣襟，那颗反射着光芒的纽扣在空中一晃，砸在了他的指关节上，“你到底是谁，什么时候掉的包？嫌疑人在哪里？！”

“已经被抓住了。”郭阳面不改色，好似赌桌对面那面无表情的魔鬼，“如果您指的是刘毓小姐，她已经在 22 分钟前被找到了，现在……应该快押送到大院了。”

鲁鹏的手指松开，看着兄弟们一拥而上将郭阳押上警车，脑中一片空白。

为什么？我没有浪费一丁点的时间，一秒都没有。可是，为什么？为什么刘业……

“还是比我快啊……”

天空东侧，墨染般漆黑的天际，掺进了一缕灰。

3. 余　生

郭阳“被捕”前大约 30 分钟。

“你们俩要害死我啊！”

天还很黑，栾俊杰的私家车行驶在城南的一条小路上，车灯没开。

“老刘你自己胡来也就算了，干吗搭上我？”栾俊杰开着车，右手一个劲拍着方向盘，“我再过两年就退二线了，现在整这么一出，退休金还要不要了？”

“别废话。”老刘坐在副驾驶座，双眼不停地四下搜索，“你要真不想帮，一开始就该锁门。”

得，好心还成被要挟的理由了。虽有怨气，但栾俊杰知道，以老刘的性子，自己再怎么挣扎都没用。好歹也是一起出生入死几十年的兄弟，如果一切真如那个天才所言，自己总不能看着兄弟的女儿命悬一线吧？

说到那个天才……栾俊杰的目光往上，透过后视镜，看到了端正地坐在后座、一言不发的郭阳。

这小子怎么什么都能算到？什么郭阳，这是郭嘉吧！

“还好交警的兄弟靠谱，提前给我消息……慢慢慢！”老刘轻轻拍了拍车门内侧，声音明显压低。

栾俊杰却还在想，为了实现老刘，不，准确地说，是为了实现郭阳这个疯狂的计划，得有多少人写多少份检查，连起来能绕地球几圈？

“就是这辆。”老刘鹰眼如箭，快速观察了一下道路情况，“别给左边，给右边！”

“明白。”栾俊杰重新集中注意力，一脚油门，车子咆哮着向前猛冲。

不远处，那辆趁着最后的夜色准备离开 W 市的轿车，第一时间发现了不对劲，也是一脚油门，沿着两车道的村道横冲直撞地加速。人老手不老，栾俊杰没有丝毫慌张，瞬间找到最佳切角，一脚地板油跟着一次甩头急刹，将嫌疑车死死卡在了道边。

“砰！”“追！”

车门一开一合，一个身影窜出了嫌疑车，老刘三人也迅速下车，两名老刑警迈着酸痛的腿追击那道影子，留下郭阳查看嫌疑车内情况。手电一照，车内空间一目了然，视频里的椅子和绳子被放在后座，并没有第二个人。

“小郭！”栾俊杰的喊声刺破浓重的夜，郭阳转身拔腿就追，在路边的田埂里找到了三个人。老刘和栾俊杰气息如常，看来对方的挣扎只是走个过场。

“呼……呼……”喘着粗气的，是一个瘫坐在地上，留着齐耳短发的女人。

三十岁左右的年纪，不算太好的保养，让她的皮肤已经出现了些许皱纹，不过看着依旧年轻。或许是还未经历过家庭生活的烦琐，从女人身上，郭阳感受不到半点柴米油盐的烟火气。简洁利落的穿着虽然普通，经过不知怎样惊险的几日，也让她的发丝凌乱、衣裤满是褶皱。但她的气质却仍似一名少女，让人不由得产生了一种奇妙的、想要保护又想要摧毁的欲望。

凌厉的眼窝侧线，以及开凿过的岩石般陡峭的鼻梁，居然神奇地和老刘有几分相似。而那双似是涣散、却能直接穿透任何人灵魂的眼睛，深深地扎进了郭阳的心脏，并永远地留在了那里。

刘毓。

“小毓，你……”

“我不是凶手。”刘毓不顾电筒强光，双眼直勾勾地看向老刘，以及老刘身后那虚无的黑夜，坚定地摇了摇头，“我被他绑架了，看到他录了些视频，知道他杀了人，但没看到杀人过程。”

“那凶手人呢？”栾俊杰知道，现在老刘不适合提问，急忙向前一步卡住身位，矮下身来问，“你见到我们的车，为什么要跑？”

“首先，凶手跑了，就在我上这辆车的时候。”刘毓的脸上看不出一丝情绪波动，如果不是因为她是女性的话，栾俊杰简直觉得自己正在和郭阳对话，“其次，你们没有开车灯，没有鸣警笛，开的是一辆私家车。半夜的村道上，换作是你，警官……”

刘毓目光微微一偏，看向栾俊杰：“你会停车吗？”

栾俊杰的电筒往下移动了一丝，郭阳迅速观察了一下刘毓的状况：衣服有多处破损，像是在地上摩擦所致；手肘附近有类似擦伤的外伤，破裂的皮肤里嵌着些细小碎石，同样的伤口还出现在膝盖、大腿以及脸颊左侧；手腕红肿，角度诡异，或许是长时间捆绑造成。

“他放你走了之后，”老刘的脸藏在黑暗里，沉沉地问，“为什么不来找我。”

“他说，只给我半小时。”刘毓平淡地回答，说出来的话让三人心惊胆战，“我可以用这半小时逃命，然后他会继续追杀我，如果再被他抓住，就会凌辱我，杀了我，最后分尸。他好像很有信心，可以轻而易举地掌握我的动向。这个……‘游戏’，之前我还被他控制着的时候，他就玩过几次。他会松开手上的绳子，让我在地上爬着逃生，他就坐在原处，等上十分钟，再追出来，把我抓回去，周而复始。当时他说，这是一种‘演习’，要让我记住挣扎着在地上用双手爬着逃生的感觉，因为……”

郭阳的目光回到了女人的脸上。

“‘你的余生还有多长，就取决于接下来的半个小时里，你拼命爬了多远’。”刘毓说，“这是他告诉我的话。”

郭阳，不寒而栗。

“小毓，希望你说的是真的，如果你在撒谎，如果你也参与了作案的话，”老刘说，“你身上就已经背了 3 条人命了。”

刘毓的眼睛略微瞪大了一些，只有一瞬。

“起来吧。”老刘收起电筒，伸出手，想要扶刘毓起身，“我……我们在你旁边护着，那家伙动不了你。”

栾俊杰和郭阳对视一眼，也急忙伸手帮忙。刘毓迟疑了一下，避开老刘的手，纤瘦的手臂抬起，一把抓住了郭阳的手掌。

“啧。”老刘转过身去，点起一支烟，狠狠地抽着。

回到现在。

郭阳被押送回到大院的时候，天空开始有了些灰白。虽然一路上被鲁鹏辱骂得不轻，但他始终没有还嘴，因为他知道，如果不是鲁鹏看在老刘的面子上法外开恩，自己刚刚做的事情就是协同作案。性质如此恶劣的案件，要是真将郭阳定性为从犯，老刘就是关系通了天，也只能看着郭阳走进监狱。

这一点，老刘当然也很清楚。

“他们俩是被我胁迫的。”被鲁鹏架着走进队长办公室后，郭阳看到了老刘和栾俊杰，“但目的不是帮助犯罪，而是在打击犯罪的同时，保障无辜群众的生命安全。”

“我知道你很生气，但人，我给你带来了。你们要真觉得她是嫌疑人就尽管审，我不参与，也没法参与。至于我，你按规定该怎么处理怎么处理，老栾和这事儿没关系。至于这小子……”老刘侧过头，疲惫的双眼瞟了一下郭阳，“是我逼着他这么干的，他算受害人，采集个证词，该放放了吧……我写情况说明去了。”

说完，老刘抬腿就走，不给队长和鲁鹏半点说话的机会，径直出了门。

“我……”队长一张脸气得变形，又不知道该怎么办才好。

没错，目标人物确实被老刘带回来了，除了原本就有的伤势外毫发无损。甚至在郭阳的提前建议下，老刘和栾俊杰还第一时间采集了嫌疑车辆上的证据信息，事情办得干脆利落，没半点毛病。硬要说的话，老刘这是立了功。

可办这事儿的过程，从头到尾就没一项是合规合法的，真按规定来，老刘这身制服今天就得给扒了。

然而回过头来再想，之前鲁鹏和队长前后下令，把郭阳和老刘关在办公室里，那也是违反规定胡来。以老刘的性子，这情况说明肯定会把整个过程都原原本本说一遍，上头要是知道队里居然这么瞎整，那还了得?

说到底，都是为了案子。

“唉！”摇头摆手，队长憋了半天憋出一句话，“都走吧走吧，该忙活忙活去，先把案子破了要紧……”

“谢……”

“走了！”见郭阳又要鞠躬，栾俊杰抓起他胳膊就往外拽，趁鲁鹏发疯之前，赶紧逃离了办公室，吩咐郭阳去找不见踪影的老刘。

“栾老师。”郭阳却停下脚步问，“刘毓小姐接下来会怎么样?”

“审问。”栾俊杰回答，“无论她是不是凶手，或者凶手之一，她的供词都一定会带着我们更靠近答案。”

“她受了伤。”郭阳说，“手腕和手臂、膝盖、大腿、脸上都有。”

“你放心，我会盯着的。”栾俊杰知道郭阳想说什么，拍了拍后者的肩膀，“快去找老刘吧，我怕他……有什么极端的想法。”

郭阳别过栾俊杰，在大院里看到了老刘的车，知道他并未走远。

他沿着院门口的马路走了一段，街边一处通宵营业的夜宵摊里，客人已经几乎走完。老板在一张桌子旁抽着烟，伙计们打扫着一夜的欢笑与泪水。角落的餐桌，还有一个男人在吃东西。

“小伙子。”看到郭阳走来，老板叼着烟摆摆手，“打烊了打烊了。”

“抱歉，我找人。”郭阳指了指角落那个独自喝酒的男人。

“啤酒？”老板翻了个白眼，目光里写着“你总得花点钱”。

“好的，谢谢。”郭阳几步走到角落，坐在了男人对面，呵了呵手，“好冷啊。”

“都三月了，冷什么冷。”男人手边摆着一碟几乎没动的炒纱面，还有一小瓶白酒，左手捏着的小酒杯随着他手腕晃动，劣质酒精的气味在空中飘散，“那边，看到没有？”

顺着男人所指的方向，郭阳看到了一颗正在隐去的星星。

“启明星。”男人仰头将杯里的酒喝完，又给自己续上一杯，“‘金昼见，名号是经天，其分用兵兵必罢’，知道什么意思吗？”

“日出前，如果将领看到启明星，也就是金星出现，这时带兵出征将士必会感到疲乏，极易招致失败。”郭阳点点头，“《兵要望江南》，晚唐易静的兵法军机词集……刘老师为什么突然提到这个？”

“嘿，你小子还真是什么都知道，光这一句我就背了半个月。”老刘没有回答郭阳的问题，又是一口将酒闷下，“从院里出发去找小毓的时候，我看到启明星了。”

“可是我们找到刘毓小姐了。”郭阳说，“很顺利。”

“没错。”老刘盯着酒杯，粗糙的手指摩擦着杯沿，脸上已经有些泛红，“没错，很顺利。”

店老板拿来了啤酒和一次性塑料杯，拍在郭阳面前。

“您担心她什么都不说。”郭阳倒出些酒，却没有半点要喝的意思，“又担心她说出点什么来。”

“算是吧。”老刘倒上见到郭阳后的第三杯酒，瓶子里的酒已经快要见底。

“无论如何，我们都快接近真相了。”郭阳说。

“远得很哪。”老刘摇摇头，“还远得很哪。”

店里传来了一阵骚动。

“那边还有，快点快点！”郭阳回头，看到伙计和老板手忙脚乱，正在地上找什么东西。一旁的泡沫箱刚刚被扶起来，几只张牙舞爪的小龙虾还挂在开口边。

“照理说，我不该跟下去了，不合适，对吧？”老刘对身边的骚动毫不在意，把杯子举到嘴边，“但我这人吧，气性大，电视里看个魔术，不知道谜底就很难受，更别说案子……哟，小老弟你怎么跑这儿来了？”

一只迷途的小龙虾爬到了老刘脚边，正往街旁的排水沟奋力前行。

“我一直在想刘毓小姐说的那句话。”郭阳说，“真凶之一告诉她的那句。”

“什么爬多远什么来着……”

“‘你的余生有多长，就取决于你拼命爬了多远’……您还喝吗？”郭阳指了指白酒瓶，见老刘摇头便拿了起来。

“到底什么是余生呢？”郭阳探出身去，将酒瓶倒转，淋在了那只小龙虾的背上，“是我们生命的长度，还是我们的思维触角所能够到达的广度？如果可以知道自己余生会发生什么的话，是知道了生命长度的末端更可怕，还是了解了思维广度的极限更可怕呢？”

郭阳将酒瓶向后一顺，在小龙虾身后留下了一根“引线”。拿过老刘的打火机，郭阳矮下身去，嚓一声点燃。火苗摇曳，他的五官随着光线明暗变化不断扭曲，那一簇火光，好似他与生俱来的黑暗能量，伴生在他的灵魂四周。

不知是不是酒精的作用，老刘眼前，郭阳的身影似乎分裂成了两个：一个，是他所认识的郭阳，礼貌得有些过分，聪明得让人咋舌，又如同月光一般，有着一股奇妙的、让人安心的力量；另一个，则是他完全陌生的郭阳，不知同时思考着多少事情，不知编织了多少谎言，从未袒露自己的心声，却又仿佛早已告诉了这世界一切。

我真的了解他吗？小毓呢？老刘裹紧了外套，突然觉得凌晨的风有点冷。

小龙虾继续往前爬着，全然不知背上的酒精已经淌成了一条死亡赛道。它眼中只有那近在咫尺的排水沟，只要爬到那里，往下一落，它就可以永生。

然而这世上，从没有任何东西，可以永生。

“嗤——”郭阳，点燃了“引线”。

“你疯了吗？！”老刘的酒顿时醒了，看着火焰迅速蔓延，飞快燃向那挣扎求生的小龙虾，心中居然生出一丝恻隐。

“你的余生有多长，就取决于你拼命爬了多远。”打火机熄灭，郭阳依旧面无表情，双眼死死盯着那道火焰。

不知是不是感受到了身后的热度，小龙虾的动作变快了一些，但却依旧爬不过火焰，爬不出自己的命运，很快就被火光吞噬，晃动着钳螯，发出咯咯的声响。一丝焦味传来，小龙虾的身子抽搐了几下，不再动弹。火焰却依旧熊熊燃烧着，火芯处，散出蓝黑色的光。

“我没有如您一般的阅历和经验，无法完全理解您的情绪，不知道此时此刻该如何才能帮您排忧。但是刘老师……”郭阳抬起头，看向老刘，也看向了老刘背后的大千世界，“一只小龙虾，当它被丢进大锅翻炒，撒上香料出炉，香喷喷地端到您面前的时候，您根本不会去在意它是怎么在油锅里挣扎、如何绝望地死去的，只会一个又一个地吃，享受着它美味的尸体。但当它活生生地在您面前挣扎求生，却被我用酒精点燃烧死的时候，您却不得不揪紧心脏，甚至妄想着神奇的救赎。”

郭阳的声音，随着春风飘零：“这就是人类，这就是人性。本能与情感的矛盾，就是人性。”

火熄灭了。

“如果存在着一个比人类更优越的文明，它们也拥有和我们类似的灵魂，那么它们也会拥有一样的怜悯。无论它们的科技超越了我们多少个世代，我们都还有机会留下一丝火种，像这只小龙虾一样，最‘拼命’的人，将会成功地爬进那个排水沟，继续苟且偷生。”

老刘揉了揉眼睛，总觉得郭阳背后，好像出现了一个短发女人的影子。

“但如果它们超越了人类的灵魂，又或者它们根本就没有灵魂，那么人类，终将寂亡。”

“你想说什么？”老刘问。

“我们应该祈祷我所假设的那个外星文明依旧拥有灵魂，对吗？”郭阳问。

老刘不知该怎么回答。

“那么如果人类当中，诞生出了一个没有灵魂的人，又会如何呢？”郭阳看了一眼死透了的小龙虾。

老刘似乎抓住了些什么：“你是说，凶手……”

“您刚才问了我两个问题。”郭阳话锋一转，坐直了身子，“第一个问题是，我疯了吗？我把它理解为，您想问的是‘我为什么这么做’。”

老刘犹豫了一下，点了点头。

“答案是没有理由。”郭阳回答，“我没有想这么做，但也没有不想这么做，只是在那一刻我‘可以这样做’，仅此而已。我想做什么就做什么，小龙虾无能为力。第二个问题是‘我想说什么’，我只是想阐述一个事实，那就是在刘毓小姐的眼中，我……”郭阳顿了顿，“找不到灵魂。”

不知不觉，天亮了。

“我在仰望……”手机铃声将老刘从彻骨的寒风中唤醒。

“你跑哪儿去了？”是队长，“马上归队，现在！”

老刘一愣：“小毓她？”

“刘毓没问题，彻底排除嫌疑！”队长的语气很急促，似乎有什么好事与坏事正在同时发生，“又有一起案子，刚到的消息，就在刘毓被关着的时候，发生了第四起案子！”

心脏一震，老刘的酒完全醒了，耳边，队长还在喊着：“她是无辜的，被我们关着的时候无法作案，所以刘毓是无辜的！！”

坐在他对面的郭阳，通过响亮的听筒听到了队长的话，依旧一言不发地坐着，眼中，没有一丝波澜。

4. 碾　压

大院审讯室隔壁。

“这也太惨了……我看不下去了。”栾俊杰一只手撑着单向玻璃，另一只手按压着太阳穴，“简直就是……简直就像是……”

像是强壮的猩猩，试图从一个人类口中问出什么东西来似的。无论这猩猩如何努力，在人类看来，都不过是在原地手舞足蹈，求偶般地跳着混沌之舞。

这些话栾俊杰没说出来，不是因为顾忌审讯室里鲁鹏的面子，而是因为他没法把语言组织得这么精确。

“没改口？”老刘抽着烟，身子缩在最后面，靠在正对玻璃的墙上，脸上的表情看不清楚，“一点破绽都没有？”

“完全没有。”栾俊杰摇摇头，看着屋内鲁鹏青筋暴起、无计可施的样子，居然对他的处境产生了一丝怜悯，“一口咬定自己是被绑架的，说绑架她的人蒙着面，说话声音很中性，不高不矮不胖不瘦，没有口音，没有跛脚、明显的伤疤这种特点，总之就是……就是个‘完美罪犯’。”

完美罪犯，是老刘和栾俊杰年轻的时候，业（公）务（款）探（吃）讨（喝）时设想过的一个犯罪嫌疑人形象，指的是那种身上没有半点差异化特质，扔进人群根本看不见的罪犯。

或许仅从外貌、外在表现上来看，所谓的完美罪犯确实存在，老刘他们也和这种人打过交道，但以老刘和栾俊杰的审讯技术，让这种人露出马脚不过是时间问题。鲁鹏好歹也是队里的中流砥柱，审讯技巧和手段不会有多少问题。

可对上刘毓，鲁鹏却像是个天生的傻子。

“我说过很多遍了，警察先生。”麦克风传递着审讯室里的声音，“他做了什么、怎么做的，我完全不知道。但他明确提到自己杀了人，也在我面前描述过分尸的过程，没提任何地点、时间之类的信息，只是在分享自己分尸时的‘喜悦’。”

刘毓的语气淡漠如机器，让栾俊杰不由得想起刚刚见到郭阳时，那种奇妙的心悸感。

“我也需要休息，被绑架之后，他和我玩了很多次‘逃生游戏’，我筋疲力尽，不知不觉睡着了很多次。或许他是在那个时间外出杀人的，但这只是我的推测。”

同样的话，刘毓已经说了四遍。发生第四起案子这个信息，暂时还没有告诉刘毓，因为鲁鹏一口咬定她一定与凶手有着某种除了绑架之外的关系，还想抓紧最后的合理审讯时间，从她嘴里撬出些信息。

“然后就是今天凌晨，他解开我手脚上的绳索，把绳子和椅子丢进车里，说给我三十分钟时间逃命，并表示一定会再抓住我。我逃了，想往城外跑，路上碰到了另外几位警察，把我逼停，抓住了我。”刘毓看着鲁鹏，就像小学老师看着吃鼻涕的差生，“整个过程就是这样。”

“你的手腕……”

“脱臼了。”刘毓抬了抬手，“逃脱的时候脱臼的，这并不奇怪。”

“等一下。”鲁鹏突然想到了什么，双手抓着桌板一侧，身体呈现典型的欺压状，这是审讯嘴硬的嫌疑人时惯用的黑脸坐姿，“哼，我说哪儿不对劲呢。我们并没有告诉你，你手腕的伤是脱臼吧？你是怎么知道的？不要说是我们给你接回去的时候自己感觉到的哦！依我看，你这是用了苦肉计，和凶手唱了一出双簧吧！”

终于被我找到破绽了！鲁鹏鼻孔出气，总算扳回一城。

“唉。”谁知刘毓却叹了口气，像班主任看到了学生一塌糊涂的答题试卷。

“太急了，脑子都坏掉了。”隔壁房间，老刘摇摇头，“这谁徒弟啊？真丢脸。”

“这位警察先生，我不知道你工作了多少年，也不知道你的审讯水平在这儿排第几，不过如果我是你的上司，今天下午……”刘毓的表情，和老刘奚落人的时候一模一样，“你就得卷铺盖走人。”

鲁鹏狠狠拍了下桌子：“你说什……”

“首先，我是学医的。”刘毓毫不客气地打断鲁鹏的怒火，冷淡地说，“你们应该很容易就能查到我的个人资料，我在美国学医七年，回国之前也一直都在医疗系统工作，手腕是不是脱臼，我会判断不出来吗？”

郭阳翻开了刚刚调查成文的刘毓个人资料，大致看了一眼，随后掏出手机不知查着些什么。

赴美之后，刘毓跟着张秋静过了一段时间流民的日子，等拿到身份开始正儿八经读书，已经快十岁了。但她似乎有着极为过人的头脑天赋，短短几年就追上了同龄人的进度。此后，刘毓的人生不如郭阳那般“开挂”，可也算得上是精英级别地飞速蹿升。

刘毓高分考取医学院校后，理所当然地提前获得了硕士学历，以她的成绩，想要读博也没有半点难度。然而她却在 2011 年一次校外实习后选择了就业，进入美国国立卫生研究院（NIH）担任研究员。从这里开始，她的信息就变得模糊了许多，看似参与了许多项目，却又没有出现在任何一个项目完成后的工作人员名录上。

具体负责什么工作？奖惩情况？与同事之间的关系如何？私人生活、感情方面有什么变化？这些关键问题，美国方面发来的文件上语焉不详，反倒是煞有介事地记录着刘毓的“中国笛水准极为高超”，甚至“接近专业水准”之类的边角料。

警方自然提出了更进一步的详细资料要求，却被美国方面断然拒绝，原因很简单：2014 年 6 月底，刘毓没有办理任何人事手续，在某一天上午，从 NIH 办公楼里消失了。

这与郭阳和老刘调查出来的张秋静回国的时间，大致吻合。

据此可以初步推断，当年 6 月，刘毓在美国遭遇了某些事件，她和张秋静都无法彻底解决，只能选择不告而别，回到祖国。至于那件事是什么，刘毓守口如瓶。面对鲁鹏的审问，她给出的答复只是一句简单的“想家了”——和郭阳回国理由完全一致的回答，一度让栾俊杰有些错乱。

“其次，”审讯室内，刘毓继续道，“你刚才说‘我和凶手唱了一出双簧’，也就是说，你实际上已经认定我并不是凶手，对吗？”

鲁鹏愣住了，隔壁房间里，老刘点起了第二根烟，继续摇着头。

“什么情况下，你才会如此笃定我不是凶手呢？一是你们已经有了更加确切的怀疑对象，掌握了某些决定性证据，基本锁定了真凶。”刘毓居然开始了推理，“第二种情况，是在我被审问的这段时间里又发生了案件，并且基于某些原因，可以明显看出与之前的案件是同一人所为，而我正好在你们的眼皮子底下，不可能作案，因此我就自动被排除了嫌疑。警察先生……”

刘毓双眼直勾勾盯着鲁鹏，那能穿透灵魂的目光，让身经百战的鲁鹏背脊发寒：“我说的对吗？”

死一般的寂静。

负责记录的刑警低着头，根本不敢看鲁鹏的反应。隔壁房间里，众人纷纷摇头叹息。

差距太大了，智商上的差距，实在是太大太大了。

同样的推理，如果给足了时间，鲁鹏照样能推断出来，论刑侦经验他胜过刘毓不知多少筹。但眼下的情况与经验无关，一秒都不用，刘毓仿佛完全不用思考一般，就从鲁鹏气急败坏的言语中得到了自己想要的所有信息。

这是碾压，头脑上赤裸裸的碾压。

“你去试试！”走出审讯室，鲁鹏一到隔壁就被老刘骂了一顿，气火上头，冲着老刘吼，“你的女儿，你去审讯试试看？你要能跟得上她的思路，我名字倒过来写！”

“我？审讯自己的女儿？”老刘嘬着烟，“你同意队长同意吗？鹏鲁？”

“我……啊啊啊！”狠狠踹了一脚桌子，鲁鹏原地转了一圈，也不知是生气还是踹疼了。等他再转过身来看向单向玻璃，发现审讯室的门被打开了。

谁？鲁鹏回头一扫，老刘、栾俊杰等人都没挪地儿。进去的人是谁？

吱呀声中，房门开到了一个颇为合适的角度，一个人走进了审讯室。

郭阳。

“谁允许他进去的？”鲁鹏恼了，“快给我抓出来！”

“等等。”鲁鹏身后，老刘开了口，“让他试试。”

第十章 魔笛

2017-03-07 03：02：19 晴 于W市刑警大队闲置办公室（禁闭中）

所幸笔记本一直放在内袋，所幸鲁等几人并未彻底搜身，所以我还能顺着思路继续做一些记录。

目前可以确定的是，有两个凶手在同时行动，刘毓是否是帮凶，或是真的被胁迫，暂时缺乏必要的推理条件。

动机。他说得对，想要彻底拨开迷雾，看清来龙去脉，必须从动机着手。难得被关禁闭，倒是个不错的机会，可以安静、不受干扰地理清思路。

重走犯罪路很有必要，只不过在这个案子里，需要走的不是狭义物理意义上的道路，而是凶手思维中的心路。

为什么一定要碎尸？雀斑代表了什么？已经死亡的三个受害人，是否全都是目标？还是其中某个甚至某几个人的死，只是为了掩盖真正重要的那一起死亡？为什么非得把刘毓牵扯进来？造成眼下这个结果的动机到底在哪里？

换言之，要从结果倒推过程，最后追溯到起因，才能真正水落石出。

所幸，我长于此道。

1. 棋　手

被搀扶着回到埃普边，郭杰的意识逐渐回归，靠着贴片在之前与卡尼接触时记录下的翻译数据，总算听明白了眼前人想说的话——他不是卡尼，而是卡尼的孙子。

一开始，郭杰还有些不敢相信年轻人报出的名字，总觉得或许是因纽特语里有不少发音相近的词，自己会错了意。但在为其植入翻译胶囊后，年轻人再一次正式地介绍了自己。这一次，郭杰确信自己没有听错。

这个名字，实在是太震撼了。

“邦克。”年轻人说，“我叫邦克。”

随后郭杰向邦克确认了一件非常重要的事情，结果让他喜忧参半。

“他们走的时候是 1957 年，后来又过了 5 个冬天。”

忧的是时间确实是 1962 年，埃普没有出错，尽管他们为何来到这个年份毫无逻辑。喜的是这个年代，抗生素已经不是什么新鲜玩意。

邦克也问了郭杰一个自己最关心的问题：卡尼是否真的到月亮上找过他。郭杰本想说出真相，可邦克眼中那一丝星火却让他犹豫。如果用贴片告知真相，邦克或许可以更接近所谓的“真实”，但那却不一定是好事。

让一个孩子，对自己的爷爷保有希望和信任，非常重要。

“是的。”思虑再三，郭杰还是重重点头，看着邦克渴求真相的目光，“他来月亮上找过我，没错。”

邦克没有如郭杰所想的那样开心地笑出声来，只是略微一愣，随后也点点头，沉默不语。

紧接着，郭杰又确认了第二件事：卡尼是否感染了天花。

邦克的回答有些支离破碎，逻辑上有很多问题，就像一个在密室待了几年的人，第一次见到外人似的。郭杰整理着这些碎片，大致拼凑出了后来的故事：

卡尼没有发病，但将病毒带了回去，不久后村里就发生了瘟疫，族人锐减过半。

郭杰很自责，但当时他别无选择。

之后，邦克提起“富丽堂皇”的新住处，郭杰问他是否想去，心想着可以借此得到足够多的抗生素。但邦克犹豫了，郭杰，也犹豫了。

将这个刚刚失去了爷爷的孩子，从无人冰原送到安置区，这样做对吗？思考着这个问题，安抚着邦克，郭杰的精神再次涣散，陷入昏迷。等他醒来已身处埃普舱内，而邦克，已经和埃普交谈过了。

这让郭杰怒火中烧。

“你跟他说了什么？你都跟他说了什么？！”郭杰咒骂着、发泄着，却只迎来埃普冰冷的回答和邦克无言的沉思。他们完全没有理解到，他们之间的那番对话，究竟意味着什么。

如果郭杰所接触到的资料没有出错，郭阳与邦克的相识，大约在 2010 年前后。当时郭阳赴美两年，十五岁上下，正是头脑最为活跃的时期。两人是以什么方式、在什么场合相识的，已无从考证。能确定的是，邦克对郭阳极为欣赏，不断出资出力帮他完成学业、实现科研构想、联络各大机构，为其人生开道铺路。

设想一下，一个聪慧到极致的天才，与一个手握巨资、有着近乎无穷影响力的因纽特老人之间，会聊些什么呢？郭阳谈他的构思、他的创意、他对科学领域的独到见解，展现他内心深处掩藏着的蓬勃朝气。邦克谈他的人生、他的经验、谈他能为郭阳做些什么，为郭阳提供导向性建议。

这很合理，也一定相当接近史实。

在这个过程中，过往人生经历成谜的邦克，会不会向这个投缘的年轻人，说出一些深藏在心中多年的秘密？

“从现在开始，不允许你和邦克有半点交流！”发完脾气，郭杰看向邦克——如果这个邦克，就是“那个邦克”的话，那么将近五十年后，他就会邂逅郭阳，在某个无人打扰的私密场合，与郭阳畅谈世间万物。

到那个时候，邦克今天所见到的“月男”的样貌，恐怕已经相当模糊。可任何一个人，都应当不会彻底忘记如此超出常理的经历。于是邦克就会告诉郭阳：1962年的春天，自己在冰原上见到了爷爷故事中出现过的月男，他骑着一头泛着金属光泽的巨大的狗，那条狗会说话，还与自己有过一段交谈。

如果在交谈中大狗告诉他，月男正在追赶时间的脚步，想方设法回到自己"应该去"的时间，头两次尝试的结果相当诡异，穿越时间的方式，是穿过一个高悬在苍穹之中的"洞"，它一头连着地球，另一头连着巫师化成的启明星；月男要回去，是因为他所关心的人正在启明星附近饱受煎熬，如果拿不到重要的"抗生素"，那个人就会痛苦地死去……

邦克，能记住多少？又能在数十年后复述出多少？他能记住多少关于大狗和月男的细节，又能回忆起月男的多少体貌特征呢？当这些信息穿过近五十年的悠悠岁月，传递到郭阳耳中的时候，这个天才，能破解出几道谜题？

月男是一名来自未来的宇航员，大狗是一种交通载具，连接着地球和金星的是一个虫洞，在金星饱受煎熬的是一些正在执行某项任务的地球人。抗生素对应着细菌感染，细菌感染可能是某种病毒引发体内外破损后产生的并发症，已经拥有载人飞抵金星之技术的时代，还需要大量抗生素来治疗的病症，应当会是某种"不需要人类继续研究"的、"业已灭绝"的烈性传染病……

邦克能记住的细节越多，郭阳所能从中破解的答案就越多。要是邦克较为清楚地记住了月男的体貌特征，甚至记住了大狗对月男的称呼中那个"郭"字，那么郭阳甚至有可能判断出，月男与自己有着某种血缘上的关系——邦克之所以会对郭阳如此信任和喜爱，恐怕也与"相貌像月男"这一点有关。

以此为线索，郭阳会不会进一步"预知"到自己人生的未来剪影？是否可以提前知晓自己将会和谁见面、与谁婚配、经历怎样的波折？虽是管中窥豹，但这些灰暗的未来碎片，将会拼凑出属于全人类的黑色图景。

如此一来，参透了这一切的天才，就会成为名副其实的先知。

他将知晓全人类的命运，推理出自己的人生轨迹，提前洞悉那还未发生的"发生"，在出题者还未出题之时，就看到"结局"。

然后，他会做什么？是坐以待毙、随波逐流、等待黑夜降临，还是奋力抗争、与命运宣战、试图扭转乾坤？

郭阳一定尝试过战斗：他进入帕克项目组探寻金星真相；研究烈性传染

病，搞明白是哪个魔鬼将要作祟；他收起自己的爱好，一心扑在航天上，好似纤夫拽着长长的绳索，每一步都踏入地面之下，生生拖着人类这艘缓慢的游船向前进发。

他遍寻因纽特文化专家，研究这古老的文化，试着从老人带有幻想色彩的叙述里分离出真实与虚妄。他制定计划，确定步调，牺牲与个人相关的一切闲暇，如巨蟒口中的猎物，与生命的终点赛跑，没日没夜地窝在昏暗的书房中，用一个又一个的创造，点亮人类命运之途的阴暗角落。

他或许也曾试图改变还未发生的“历史”，极力避免与某些“关键的人”接触。他尽可能减少社交，每次与人相识都要细心分辨，对方在未来扮演了什么角色，是否需要提前与之道别。他壮大自己的势力，将触角深入世界的方方面面，在生命即将走向终点的时刻，还在奋力一搏，将自己的一切思想和行为特征，都灌入了埃普的存储之中。

在他眼中，世界，早已不是肉眼所见的模样，某个遍地焦土的时代正隆隆驶来，还未到达的审判，在他脑海里已经上演了数万遍。为了改变这个结局，他不再将任何一个个体视作珍贵，不再拘泥于“人性”或是“平等”。

他在下一盘棋，一盘全人类有史以来最难的棋，握着仅有的筹码与死神博弈，任何一丝失误或犹豫，都会导致不可挽回的后果。

他牺牲了一切，只为试着扭转那还未降临的降临。

但他失败了，郭杰的存在，埃普与邦克的对话，就是他失败的证据。

为什么会输？输在了哪里？是哪个细节没有做好，哪个决定出了问题？郭杰不知道答案，他只知道原因：

“本能与情感的矛盾，就是人性。”

郭阳一定努力过，努力试着去摒弃人性，用纯粹的理智好好地下这盘棋。但或许是一场夏雨，一阵微风，一片落叶，一次心悸，一张无法忘怀的笑颜，一双明眸狡黠的眼睛，让他意乱情迷。

这是本能，这是隐藏在人类 DNA 之中的自负，他或许认为，即便偶尔停一下脚步，也能下到终局，让死神投子认负。

可他毕竟是人，一着不慎，满盘皆输。

他终究还是和那名刑警的女儿走到了一起，看着她如海般深邃的眼睛，听着春风夏雨叶落鸟鸣，幻想着一场盛大的焰火、一次依偎的黎明。他觉得自己可以平衡好本能与情感，可以斩断那些注定，走出一条死神尚未发现的路径。

随后，UL-03 出现了，向他描述了维度的真相，揭开了恐惧的面纱。塞斯纳 414 伴着烈火坠落，砸碎了他唯一的心灵依靠，也画出了他的宿命。

如今，败局已定，在绝望中死去的郭阳，从他多少年来预备下的无数补救措施中，选出了一枚棋子——郭杰，试图延长这盘对弈，为人类争取最后一丝生机。

如果下这盘棋的不是郭阳，而是埃普——这个彻底摒弃了人性的、纯理性的存在的话，这盘棋，说不定就赢了。但如今，在邦克与埃普开始对话的那一瞬，命运的齿轮就紧紧咬合在了一起，再也无法分离。

埃普，郭阳的化身，郭杰憎恶、痛恨的替代品，理应理智到极致的执行者，居然擅自开启了这段对话，郭杰怎能不气火攻心？

除非……

“月男。”邦克开口了，“我想好了。”

除非埃普之所以这么做，也是出于“绝对理性”的判断结果。

“我想离开这里。”邦克说，“你能帮我吗？”

“我……”郭杰脑中，无数思绪混杂交错，衍生出无数种“可能”。

邦克还在自顾自说着，埃普也不断提醒时间紧迫，最佳穿越时机只剩不到 22 个小时——在高概率稳定模型中，近半数的模型都有着“时间轴改变速度呈指数级增快”的特征——郭杰必须做出抉择，但看着操控盘，另一样东西闯入了他的脑海：

UL-00，这个能改变一切的生命体。

郭杰突然明白了这背后的深意，郭阳留给他的不是一个选择，而是一把钥匙。棋盘边的天才穷极一生与宿命对弈，绝望地试遍了所有方法之后，找到了一个秘籍。天才抓住了命运唯一的疏忽，拼了命地往前爬，将它交到了郭杰手中。只要扭动这把钥匙，历史和未来，都将重构。

或许从一开始，郭阳的目的就不只是单纯地让自己投放病毒、引导恐惧而已。或许这一切，都是为了让他接触到这把钥匙，留下最后的、改变一切的契机。而如果没有亲身经历迄今为止的所有故事、没有在恐惧中成长、没有习惯这种紧迫感和压力，郭杰将会如从前那般优柔寡断，直到时机过去也无法做出决定，自然也无法拥有承担这份责任的能力。

要不要使用钥匙，郭阳没有替郭杰决定，因为使用的代价，就是郭杰的性命。

郭杰不知道，对于郭阳，对于埃普，对于这个该死的计划，到底是该恨，还是该赞叹它们那超脱万物的伟大。

"邦克。"郭杰疲惫地抬起头，"让我想一想，好吗？"

这一夜，郭杰做了什么，无人知晓。

再次醒来，郭杰将眼前不断闪烁着标红的体征指标警告一扫挥开。又是18个小时过去，他已经下定了决心："出发！"

目的地是华盛顿，这是郭杰唯一能确定在这个时代会存在的大都市。埃普开启视觉隐蔽防护，从黄金时代的冰原上疾驰而过。

人这一生，总会在某一个特定的时间节点上，"为了什么"而孤注一掷。

对于郭杰来说，或许就是现在。

2. 金灿灿的梦

埃普一直保持视觉隐蔽状态，并针对时代特征开启了反雷达系统——这些技术在郭杰的时代早已被淘汰，所幸埃普足够"古董"，依旧搭载了这些设备。包括舱内的束身宇航服，也有视觉隐蔽等功能，只不过开启这些功能，需要耗费更多的能量。

当埃普静静降落在华盛顿的时候，已经接近黄昏，郭杰在邦克的帮助下离开埃普舱，在一个巷子口最后一次叮嘱这个因纽特人："跟着我重复一遍，抗……生……素。"

“抗生素。”邦克照做了。

“很好，邦克，你很聪明。”郭杰欣慰地点点头，看向马路对面古朴的药店，“就是这间屋子，进去之后会有人问你要什么，你就说……”

“抗生素。”

郭杰瘫坐在地，在邦克即将离开巷子的时候，他奋力道了谢。邦克灿烂地笑着，同样表达了谢意。

距离虫洞时间到达“应去的未来”已经越来越近，郭杰四肢几乎失去了知觉，滚烫的呼吸让上唇热得好似骄阳下的硬币。视野范围越来越小，郭杰努力保持清醒，准备着拿到抗生素后回到埃普，计算好时间，最后一次穿越虫洞。无论到达的地方是哪里，只要时间正确，总有办法重返露娜舱。

刘可，还在等着我呢。

“月男，我……”似乎只是一瞬，又似乎已经过了一生，当邦克的声音在身边响起，郭杰懵懂得就像个刚出生的孩子，“钱和运通卡，我没有这些东西，那间屋子里的人不愿意给我抗生素。”

郭杰的世界，天旋地转。

邦克还在带着哭腔解释着，仿佛这一切都是他的错。可郭杰知道，错的分明是自己。郭杰撑着墙壁和地面，晃晃悠悠起身，挪向巷子尽头，嘴里念叨着的话也不知是说给邦克，还是说给自己。紧接着眼前一黑，脚下拌蒜，重重摔在地上。

“郭医生，您身上的宇航服内置了贴身推进模组。”埃普已经悄然飞临，通过贴片传递来一条信息，“我可以帮您设定好识别代号，只需完成授权，就可以让宇航服带着您回到我身边。”

郭杰的左脸摩擦着粗糙的地面，双眼看向不远处的一粒石子，却无法将它捡起，扔向埃普。

你为什么不早说！！！

身后，邦克忙乱的脚步声响起，似乎正奔向巷子口求助。郭杰的呼吸开始逐渐放缓，什么都做不到。

“我的天，今天到底是怎么了？！”

“对……对不起……”

邦克好像撞到了什么人，那人用带着些微欧洲腔调的美式英语，戏谑地嘲讽着邦克和他的巫师袍。郭杰很想哭，又挤不出一滴眼泪，他不知道邦克要如何在富丽堂皇的华盛顿生存下去，自己又该如何回到刘可身边。

在今后的人生中，邦克将要经受多少类似的戏谑、嘲讽甚至欺侮？他到底用了什么办法，才在这巨大的染缸里活了下来，还得到了无上的地位和无尽的财富？命运让我遇到他，是为了揭示什么呢？

“非常感谢你，我马上就回来！”邦克跑回了巷子。

郭杰正努力起身，一个纸袋出现在眼前：“月男，有了！你要的抗生素！”

一股电流洞穿心脏，郭杰眼前的阴霾一扫而空，颤抖着接过袋子：“你怎么做到的？！邦克，我……我都不知道该如何感谢你！”

“其实不是我。”邦克回过头去，看向巷子口一个有点疯疯癫癫的身影。

那人是谁？郭杰看不清楚，贴片读懂他的心思，让发生仪将清晰的画面拉近。一个欧裔美国人，似乎在教科书之类的地方看到过这张脸，无法连接讯道搜索，郭杰无法得知男人的身份。

启动视觉隐蔽，郭杰紧紧攥着纸袋，授权推进模组开始运作。宇航服质地变得坚硬，原本设计用于应对舱外多变环境的外骨骼，撑着他站起身来，以适当的速度，将他推向无言的埃普。

“是他……月男？”

回到舱内，郭杰让埃普以低功率启动，悄无声息地缓缓升空。金黄色的夕阳，从焦躁的马路一点点爬进了邦克所在的巷子，将他周身染上了色，好似一盏即将放出光芒的神灯。

“去月球！哈哈哈！”巷口的男人正仰天长啸，路人纷纷驻足侧目，随后又掩着鼻子快速走开，仿佛男人身上金子般的梦想臭不可闻。

邦克的故事里，我参与的章节已经演完了，有这个好心人的帮助，他会走向他应走的未来。那将会是另一个故事，另一段传奇，一个注定金灿灿的、饱含着希望的梦。

连接着虚妄与现实的月男，静静地退场。

“郭医生。”埃普问，“接下来去哪里？”

“找个无人的地方降落。”郭杰回答，“先吸收最后的光能吧。”

“光照时长不够。”埃普说，“太阳过远，夕照强度也较低，能量不足以回到虫洞。”

“先照我说的做。”郭杰强撑着没有合眼，“你能消化哪些种类的能源？”

“这个时代的都可以，煤炭、石油、天然气、电能。不过要经过转化，利用率不会很高。”

“你的意思是……”郭杰眼前，不断接近的城市边缘沐浴在金色的光芒之中，“需要很大的量？”

“没错，郭医生。”埃普顿了顿，“海量。”

加油站不够纯净的石油、家用电路、燃气管道这些小打小闹的肯定不行，量不足，且过于分散。核电站、军工机构肯定是最好的选择，但即便是这个时代，这些防护极为严密的区域也很难进入，万一被发现并发生战斗，核能泄露或是武器库被炸飞，可都不是开玩笑的。

哪里才能找到足够多、足够集中、便于收集的能量？最好还要空域开阔、较少遮挡，以便于埃普快速撤离。

夕阳飞快地坠落，郭杰的大脑很难保持长时间的注意力集中，一个分神，时间就像沉船上的老鼠，不知溜到了什么地方。天快黑了，按照埃普的虫洞模型预测，必须在太阳彻底落山之前从地球出发。

错过那唯一的窗口期会发生什么？郭杰不敢问，答案却很明显：如果那些模型是对的，那么郭杰，很有可能将会前往未来。

“埃普。”郭杰看着即将落下地平线的太阳，“有‘大事记’吗？”

“您是指‘人类史重大事件’这类记录吗？”埃普说，“抱歉，郭医生，无法连接公共讯道，这也不是《载具内存储资料协议》中规定的内容，所以……”

无法指望埃普，就只能靠自己了。

1962 年发生了什么？除了核电站和军工设施之外，这个年代还有什么地方，会拥有大量、集中的能量呢？1962 年 4 月，美国有什么大事发生吗？需要大量能量才能完成的那种大事件……

“去月球！”

突然，巷子口男人的呐喊，闯入郭杰的脑海。

美国载人登月是1969年，但对此时的人类来说，登月还是一项艰难的巨大工程，前期准备工作肯定已经在推行。如果此时恰好有某一次火箭升空实验，某个航天中心，一定会有足够多的能量可供采集。可问题是，在哪里？

那个疯疯癫癫的男人，我一定曾看到过他的样子，说不定还曾背过他的生平与功绩，会让未来的我留下印象，证明他绝非等闲。人的记忆是相互勾连的，存在同一个“知识抽屉”内的信息，只要想起其中的一点，就可以勾起与之相关的回忆。

“他是谁？见鬼，他叫什么名字来着？”可郭杰偏偏想不起任何一个细节，名字、身份、工作成果，甚至是星座、血型……只要想起关于这个男人的任何一丁点信息，就可以顺藤摸瓜，找到解决困境的办法，想起什么都行！

“约翰。”即将落下的夕阳中，埃普突然开口，“他叫约翰。”

“什么？”郭杰抬头，看到操控盘上出现了那个男人在巷口嘶吼的影像。

“您特别叮嘱过我，要关注邦克先生的生命体征，不要让卡尼先生的情况重演，所以你们离开舱体后，我一直在盯着邦克先生的一举一动。”埃普淡淡地说，“与邦克先生对话的男人名叫约翰·霍博尔特，是一名航天工程师，隶属于兰利研究中心，时任载人登月计划的交会研究委员会主任。他提出并力排众议最终选用的LOR方案拯救了整个登月工程，他是个英雄。”

郭杰愣住了：“你……你怎么会……”

“根据《载具制造溯源协定》，任何载具内都要储存所有参与设计、制造者的详细信息。郭阳博士是我的设计者，我知道他的所有生平信息。”埃普说，“您是想问，我为什么会知道那个男人是约翰·霍博尔特吗？准确地说，不是我知道他的身份，而是郭阳博士知道他的身份，经过比对，结果很快就出来了。”

操控盘上，霍博尔特的生平信息被展示了出来。

“郭阳博士与邦克先生是挚交好友，邦克先生曾和他说过自己与霍博尔特博士之间的故事。郭阳博士对邦克先生的经历很着迷，所以特地了解了霍博尔特博士的许多信息，还专程赶到缅因州的一家养老院拜访过对方，那是2010

年底的事情。不过很可惜，霍博尔特博士当时年事已高，思维和表达都混乱不堪，三年多之后就去世了①，郭阳博士参加了他的葬礼。”埃普说，“尽管寥寥几次交流并没有带来什么实质性的帮助，但郭阳博士还是明确表达过自己对这位载人航天工程先驱的景仰，说他对待科研的态度、处事的方式，都给自己带来了巨大启发。”

“谢谢你的帮助，埃普。”郭杰如饥似渴地阅读着霍博尔特的信息。

“您是我的操控者，帮助您是我的职责。”埃普回答。

不久，郭杰便从庞杂的信息中，找到了自己想要的那一条：

1962 年 4 月 25 日，约翰·霍博尔特提出的 LOR 方案被再度驳回，与此同时，徘徊者 4 号与地球方面失去联络……

“埃普，设定坐标，准备出发。”

“好的，郭医生。”埃普问，“请问目的地是……”

“肯尼迪航天中心。”郭杰靠在椅子上，眯眼看着最后一丝晚霞，“全速前进！”

埃普一路加速，向未知的方向狂奔。郭杰的手，紧紧抓住了桌边的那支笛子。

来得及的，一定来得及的。或许没法将时间控制得完美无缺，或许在我和埃普进入虫洞的时候，最准确的时刻还没到来。但是没关系，只要不迟到，就可以了。

若是早到了，我就会出现在邦克号出发前的地球，那我就去找她。我要告诉她，不要登上邦克号，我也不去金星了，什么开采计划、破坏任务，什么戴森球、人类的未来、宇宙的威胁……全都无关紧要。

我只要你。

只要你，留在我身边，解除你施在我身上的魔咒。

刘可，我只要你，就够了。

---

① 霍博尔特于 2014 年去世，享年 95 岁。

3. 摧　毁

1962 年 4 月 25 日，东部时间约 17 时 49 分，肯尼迪航天中心。

指挥中心乱作一团，喊声、骂声、走动声、哭声、咖啡洒落在地、钢笔邦邦敲着脑门儿、滴滴答答的机械声不绝于耳——就在刚刚，徘徊者 4 号与地球方面失去了联络。

中心门外走廊上，一个有点圆的身影迈着龟步走过，叼着烟咳个不停。克里夫・巴里，对技术一窍不通的男人，一秒都不想在这儿多待，要不是身份问题让他不敢离开，他早就开车出去兜风了。

徘徊者失联和他半毛钱关系都没有，可发飙的上司们不会管这些，这个时候是谁被逮着谁倒霉。巴里平日里马屁拍得响，这会儿也不愿意当替罪羊，趁着众人兵荒马乱，干脆溜出来抽烟。

“嘶——”一口口地吞云吐雾，巴里就像一个移动的蒸锅，“一溜烟”地走着，满脑子都是该如何利用这次机会，再往上爬上一爬。

三组主导的徘徊者遭殃，正是兰利中心重夺主导权的大好机会。只要让兰利中心的专家们好好改进改进三组的计划细节并向上呈报，两大研究组的水平高下立判，资源、名利、财富都会滚滚而来。

但让他头疼的是，小组头号工程师霍博尔特是块硬骨头，抱着他的 LOR 不撒手，几小时前还和自己吵了一架。组员们又以他马首是瞻，霍博尔特不点头，小组研究方向就不会变。

巴里知道，或许从技术角度来说，霍博尔特是对的，那家伙是个天才，有独到见解很正常。可问题是上头现在就喜欢 EOR，就算你霍博尔特是对的，不被重视又有什么用？先转向 EOR，把主动权抓过来，之后再慢慢说服高层，逐步换成 LOR，这才是正途。

霍博尔特总是说什么“EOR 就是浪费资源浪费人力物力”之类的屁话，

巴里不是傻子，自然明白其中利害。但有时候，做事情不能老是抱着“只做正确的事”的心态，为了最后的“正确”，在开始阶段稍微走点弯路，并不影响“结果”。

说到底，就算 EOR 再怎么浪费，花的也不是你霍博尔特兜里的钱啊！该给你的工资报酬一分不会少，还能让上头高兴高兴，何乐而不为？

“哼，犟得要死。”巴里一声冷哼，来到了通道无人的尽头，在黑暗中又点燃一根烟，吧嗒吧嗒抽着。

然后，他听到了一些声音。

“沙”，好像有什么杂物绊到了路过的老鼠的腿，黑乎乎的角落里，窸窸窣窣不知什么在动。巴里手上动作一停，皱着眉头看向声音传来的方向，仔仔细细听了半天，又什么都听不到了。

幻听啦？巴里摇摇头，只觉得一定是最近工作太辛苦，身体正在发出警告，低头抽了口烟，烟气还没从喉咙里返出来。

“沙沙”。

……不对劲！巴里把烟含在嘴里根本不敢吐出来，探头再次看向那个角落，却根本看不清。

点燃新潮的压电打火机，幽幽火光飘忽不定，跟着巴里的手臂往前伸去，光线逐渐照亮了发出怪声的死角。就在他的目光即将越过半人高的木箱，看清角落里到底有什么的时候……

“哟，这不是巴里组长吗？”

“你要死啊咳咳咳！”巴里一口烟全吞了下去，脊椎骨都要咳出来了。

“我说怎么哪儿都找不着你，原来躲这儿抽烟。”来人刻意忽略了巴里的咳嗽，狠狠一拍巴里的背，把后者一肚子骂人的话又给呛了回去，“分我一支？”

“你他妈的……自己拿！”巴里没好气地掏出烟盒往来人身上一甩，又弯腰眯眼探头探脑半天，才找到被吓掉了的打火机。

“真难熬，哈？”等巴里一通忙活完，来人烟都已经抽了半根，斜着眼瞄了瞄巴里，“你溜得真快啊。”

“废话。”巴里瞪着个眼，“徘徊者是你们三组的任务，和我有什么关系？

被骂了也是白挨骂，我不溜出来当我傻？倒是你，布劳恩爵士，你不该在里面挨批吗？怎么跑出来的啊，哈哈？”

“已经骂完了。”布劳恩的眼里带上了点“杀气”，“我们纯粹是运气不好，下一次，下一次一定可以成功。”

“哈哈哈，相同的话我好像已经听过三次啦。”巴里得意地笑，“那就祝你下次成功咯，普鲁士佬。”

“美国佬，别高兴得太早。”布劳恩气得脸上多出了好几道褶子，“别以为我不知道，我可是从德国来的。战前你们家族和第三帝国签下过‘契约’，只要你头上还长着那招摇的金头发，就得帮他们的余孽散播恐惧和生物武器！”

“别血口喷人啊。”巴里表情一变，“二战都结束多少年了，再说了，美国就不干这事儿吗？家族是家族，个人是个人，你我是竞争关系，你失败了，我不开心我有病啊。”

布劳恩被堵得一句话都说不出来，憋了半天才开口道：“和你聊天，一如既往地不愉快。”

“哎呀彼此彼此。”巴里本就是成心恶心人，对布劳恩的反应很满意，笑着回应，“快回去挨骂吧！”

布劳恩手指点了点巴里，丢下一句“走着瞧”，烟头往地上一扔，拂袖而去。

“哟，走着瞧——”巴里做着怪腔，学着布劳恩的样子，再点上一根烟，乐呵呵地伸出胖腿去踩布劳恩丢下的烟头。

签订契约的时候巴里还小，具体原因他也不清楚。他只希望自己能活得久一点，熬到那些余孽彻底消失，契约失效。又或者干脆死得早一点，让子孙后代去面对那些问题……

“沙”……

妈的！

那声音又响了起来，这一次，巴里甚至觉得声音就在脚边，低头一看却什么都看不见。这该死的地方，难道真有鬼吗？

巴里这辈子最怕的就是“不干净”的东西。上次在酒吧，那个醉醺醺的印第安人说，肯尼迪中心以前是个乱葬岗，死去的印第安人会被埋在这里。有一年发生了大饥荒，不少人饿死之后来不及埋入土中，就被扔在了附近。还活着的人饥饿难当，终于动了吃人的念头。人肉是如此鲜美可口，吃过之后就再也吃不下其他东西了。为了更方便地吃人，他们的身形越来越大，手臂越来越长，骨骼和心脏都变成了寒冰，尖爪利齿、力大无穷、肤色死灰，嘴里永远都有生血生肉腐烂后的恶臭气息，呼吸滚烫得就像地狱熔岩……

虽然有一小部分专家认为，这种食人的怪物，其实是印第安人对远渡重洋而来、有着食用生肉习惯的因纽特人的丑化和谣传，但人类天生就喜欢超自然的怪谈，比起探究真相，总是嚼舌根更有意思嘛。

唔，对了，那怪物叫什么名字来着？温什么戈……

"沙"！

骂了一声刚想跑路，巴里耳边，一股滚烫的气息喷了上来。

"在……哪里？"虚弱的、不像是人类的声音，缠上了巴里的耳蜗，"火……在哪里？"

温迪戈！之前死活想起不来的鬼怪名字，这下立马就想起来了。

"电，火，油，能源……在哪里？"

温迪戈为什么会要这种东西？巴里吓得魂飞魄散，怪物所说的"能源"，该不会指的是人肉吧？

"三秒钟时间，回答我。"声音失去了耐心，一只滚烫的、不知是不是手的东西，缓缓掐上了巴里的脖子，巴里却依旧什么都看不到，"能源在哪里？3、2……"

"上……上天了！"几乎是条件反射地，巴里伸手指了指头顶，"跟着徘徊者上天，去月球了！工作区可不能断电，这里只有生活区电力充沛……"

"只有'4 号'吗？"声音问，"其他徘徊者呢？"

"连……连 4 号都快要坠毁了，太阳能板突然没了反应，我们这儿正焦头烂额哪！"巴里带着哭腔回答，"连续失败了四次，今后还会不会再发射徘徊者都是个问题，怎么可能这么快又组装新的火箭啊你别杀我呜呜呜……"

"太阳能板……"

"是啊是啊鬼知道到底是怎么回事……啊，不是我不是说你是鬼啊！对不起对不起！”巴里语无伦次，一个劲地向空气摆手，“你到底是谁为什么要找我，我只是个官僚我什么都不懂，求求你不要吃了我好不好？求求你我太肥了肯定不好吃……”

“月球的……哪一面？”那手上加了几分气力，压得巴里的颈动脉突突地跳。

“哈？”

“4号在月球的哪一面？”声音靠得越来越近，巴里双眼一侧出现了一张脸的侧影，上面满是红色的斑点，“向阳面，背阴面，还是侧面？”

“4号在……”等等。

话到嘴边，巴里突然觉得不对劲。这是什么怪物？为什么总是在问徘徊者计划？除了看不见、滚烫烫之外，这声音与其说是某种怪物，还不如说是一个……间谍，一个想要刺探登月计划执行情况的隐形间谍。

苏联人已经能隐形了吗？就这么大摇大摆地走进我们的航天腹地了？

“回答我！”

“正……正面！”巴里也不知道，到底是什么让他在这一瞬间，做出了如此“爱国”的决定，脑中某根神经突然跳动了起来，让这个贪生怕死的家伙居然想要逞一逞英雄，“按航线规划，这个时候徘徊者应该已经到了月球正面，开始拍摄月面照片了！”

我在逞什么英雄？说完之后巴里才回过神来，心中叫苦不迭。我又不是军人，从来没接受过反侦察训练，被间谍套出话来再正常不过了嘛。而且这家伙，真的是人吗……嗯？

脖子上的压迫感消失了，巴里不敢动，雕像一般站在原地足足有三分钟，才试着轻微地转了转脑袋，身边，什么都没有。

“你是谁！”猛然回身，巴里一声大喊，伸手在虚无之中来回挥动，什么都没有碰到。没有温度、没有声音、没有空气不自然的流动、没有脚印、没有任何痕迹。一切，仿佛从来都没有发生过。

与此同时，航天中心生活区。

毫无征兆地，所有随着夜幕刚刚亮起的灯光，突然同一时间熄灭，总电表上受交变磁通影响的铝镍合金盘却仍在疯狂转动，甚至转得比之前还要更快一些。

“郭医生，电能摄入再持续十分钟，我们就可以达到您想要去的航天高度了，时间上也来得及，但是……”

“但是什么？”看着缓缓上升的能量计数，郭杰虚弱地问。

“但是无法转向，郭医生。”埃普回答，“上升的能耗其实并不大，转向能耗才大。而且我们还要保留一部分能量，以备应对预料之外的状况，光靠这些电能是不够的。”

“给我看能耗列表。”

“能耗较高的是视觉隐蔽和反雷达。”不同模组的能耗情况被列在了操控盘上，埃普说，“这两项技术比较古老，现在已经不再对其进行能耗优化了。”

“关掉。”

“不好意思，您说什么？”埃普居然愣了一下。

“关掉。”郭杰回答，“能耗太大，出发的时候把视觉隐蔽和反雷达都关掉。”

“可是郭医生，这里是肯尼迪航天中心，虽然只是 20 世纪 60 年代，但刚才我们潜入的时候就已经探测到了，这里有大量地对空武装设……”

“控制能耗是第一要务，冲破防线的问题待会儿再说。”郭杰面不改色，“下面这些都和飞行有关？”

“是的。”埃普说，“制动急停、变向微调以及‘加速—制动—再加速’式的锯齿加速能耗较大，不过与视觉隐蔽、反雷达等所需的能耗不在一个量级上。总体来说，与飞行有关的能耗都不算最高档，只有一个例外。”

“什么？”

“小半径 180 度以上的转向。”埃普说，“我不是邦克号那种‘万向船头’设计的划时代作品，大角度转向动作集合了几乎所有高能耗飞行操作于一身，并且要求在短时间内同步进行，转向半径越小，能耗就越大。”

“那就没问题了。”郭杰似乎并不担心，“有月亮呢。”

“郭医生，虽然您已经打定了主意，但有一件事我需要再提醒您一下。”向来冷酷的埃普，此时却显得忧心忡忡，“‘第三入口’只是一种高概率模型假设的共性特征，来到如今的时空之后，我们从未回到穿越高度之外进行确认，如果入口不存在的话，我们所剩的能量恐怕……”

“你有更好的提议吗？”郭杰眉毛一抬。

“没有。”埃普回答。

“那就按我说的做。”

“就算第三入口真的存在，我们之前对于‘单向门出口’所进行的时间轴变换模拟，也有很大概率并不适用。”埃普说，“穿越第三入口之后会到达哪个‘时间’，没有任何可供参考的信息……”

“邦克决定一个人留在冰湖等着月男到来的时候，有什么可供参考的信息？”郭杰打断了埃普的话，“卡尼的故事？就凭那个？正常人会相信吗？后来他决定跟着我们来华盛顿的时候，又参考了什么信息？他凭什么认为自己可以在从未去过的新世界里活下来呢？”

“那是邦克先生的个人选择……”

“所以现在，也是我的个人选择。”看向操控盘上剩余不到40分钟的倒计时，郭杰紧握着笛子，“邦克继续留在冰湖也能活下去，孤独终老，但那是他‘不想经历的未来’。我也一样，如果没病死，我也能留在这里，想办法融入这个时代，但这也是我‘不想经历的未来’。

“过来的路上，我重新看了一遍你之前做出的稳定模型，其中三成以上都有这个诡异的结构——双向空间线性四出口——除了金星入口、地球单向出口之外，两点的连接线上还有两个入口，空间上正好与两端的出入口各自形成了一小段双通路径。整条虫洞看起来就像……一支笛子。”

郭杰用贴片调出其中一个模型，将它显示在了操控盘中央。除了原本就存在的两端出入口之外，其通路上还有两个小孔，分别靠近地球和金星。

“金星入口是这支笛子的‘吹孔’，地球出口是‘出音孔’，中间出现的洞口则是‘按音孔’。我们‘通过虫洞’这个动作，就像是吹笛子时气流的走向，从吹孔进入，到出音孔出来，完成一次穿越。吹笛子的时候按压按音孔，气流的走向和强度都会发生变化，形成的驻波也随之变化，笛膜震动的频率就此改变，由此发出不同音高的乐声。比如按住4、5、6孔就是Do，按住2、4、5孔则是Fa。说白了，就是某种‘操作’带来的‘结果’。”

埃普静静地听着，极为罕见地没有发表任何意见。

“这个虫洞结构也是一样，也有一只我们无法感知的‘手’在按压这些‘按音孔’。按压不同的孔位，导致我们穿越时产生的‘驻波’发生了‘频率变化’，并由此影响到了存在于虫洞某一处的‘笛膜’，产生了不同的结果。这笛膜就是‘时间膜’！换句话说，不是我们穿越之后主动地‘来到’了某个时间，而是那只手改变了时间膜的震动频率，将我们‘吹到’了特定的时间节点上。”

郭杰顿了顿，似乎在为自己打气：“这，就是虫洞‘穿越时间’的真相。”

“时空。”一直默不作声的埃普终于搭话，“我们穿越了时空，不只是时间，郭医生。”

“没错，这正是关键所在。”郭杰点点头，“我所有的推测，全都建立在一个基础上：空间上的变化是基于虫洞自身所贯穿的空间而实现的。接下来我们要做的事，也因此才会值得一赌。”

“我理解您的心情，也尊重您的决定。”埃普说，“但有两个问题，您无法回避。”

郭杰抬了抬眉：“如果你是指这可能不是‘时间膜’，而是‘时空膜’的话，我刚才已经说了：我只是在赌，赌它不是‘时空膜’的可能性。但这也不是单纯的博彩，我有我的理由。”

“您的理由？”埃普问。

“我们已经进行了两次穿越，时间都发生了大幅度变化。”郭杰分析着，“空间上却只变化了一次，第二次穿越后，我们又回到了冰湖边，如果是时空膜，这不合逻辑。”

“哦？”埃普不置可否。

“你还没明白吗？时、空、膜，时间发生变化，空间也理应随之发生变化啊！”郭杰对埃普突然变得愚钝有点难以理解，“影响时间轴和空间坐标的频率，都是由我们的‘同一次穿越’造成的。如果它是时空膜，频率变化导致时间变化，就必然会同时导致空间变化，我们第二次穿越之后就不可能出现在冰湖边，而是会出现在宇宙的某一个角落里才对，‘时’和‘空’都变化了，听明白了吗？”

“所以您认为，第一次穿越后空间上的变化，只是因为我们穿过了‘虫洞自身所贯穿的空间'？”埃普问。

“必须如此，否则无法解释第二次穿越的结果。”郭杰笃定地说，“当时我们遭遇了单向门，原孔进原孔出，时间轴随着穿越行为发生了变化，空间上依旧在原地。换句话说，这是一条纯粹的、占据了一定空间的‘时间隧道’，这下懂了吧？”

“我一直明白您的意思，郭医生，是您没有明白我的意思。”埃普停顿了一下，幽幽地说，“我们所处的空间，真的没有变吗？”

郭杰一愣。他不是没想过这个问题，只是在刻意逃避。

是啊，如果空间也变了呢？如果这片黄金时代的冰湖，和19世纪末的那片冰湖，只是长得很像，实际上却是两个地方呢？如果时空一直在同时变动，那么第一次穿越虫洞之后他所来到的世界，实际上就已经是……

“就像来到新住处的因纽特人，就算学会了开车，也只能在圈养区里打转，殖民者一天不给予通行权限，他们就一天无法摆脱凛冽的极夜。每一个聚集点都似曾相识，每一条路都通往原点，仿佛在平行宇宙中鬼打墙，终生无法摆脱被奴役的命运，因为他们没有进入新世界的入场券。如果强行进入，等待着他们的，只能是绚烂的枪火。”

爷爷早就告诉过我了，在那封信里，字字珠玑。

“郭医生，虽然这样说很打击士气，但我认为……”埃普说，“我们不可能理解这个虫洞，永远不可能。”

“你不一定是对的。”郭杰硬撑着。

“好，就假设您的推测是对的，第二个问题依旧无法解决。”埃普干脆地回应，“我们可以绕过单向门，从第一按音孔进入虫洞，利用它的空间属性一口气穿越到金星附近。但孔位不同，掀起的‘气流’也不同，时间轴的变化会不会也因此出现变数呢？就像不从吹孔吹笛子，而是从某一个按音孔吹奏，即便操作手法不变，最终出现的音符也肯定会发生变化吧？如果发生了这种情况，郭医生，您，要如何应对呢？”

郭杰无法回答埃普的问题，因为他根本不知道答案。

实际上，如果笛子模型的推演基础——时间膜——本就是一个伪命题的话，那么从第一次穿越之后，郭杰就已经来到了一个看着与原宇宙一样，实际上却不是同一空间的诡谲之地了。这里也有卡尼，也有邦克，也有霍博尔特，也有郭阳、刘可、拉哈尔。

但他们不是他们。

郭杰甚至无法确定自己还是不是自己，脑中的记忆是不是切实发生过的历史。时空是在哪一点被撕裂开来，让自己进入了新的“圈养区”？回忆中的那些细节，和出发前自己所记得的“事实”是否完全一致？穿越前后，自己的灵魂，到底还在不在同一副躯壳里？

抑或灵魂本身，也早已随着穿越这个行为被掉了包，从未离开过“记忆线”的自己却浑然不知呢？在多少个时空里，有多少个郭杰，正在进行着一次又一次绝望的穿越，无数个灵魂在不同的时空中来回跳跃，试图拯救的，却早已不是“自己的刘可”。

这一切的意义何在？蚂蚁，能理解蚁穴边高速公路路基桩孔存在的意义吗？

这深深的绝望，正如数十年前郭阳听着黑匣子的记录所感受到的那样。一切都是未知，未知带来了恐惧，隔着不知多少岁月，他们终究还是成了恐惧的受控体。然而时间所剩无几，不试着寻找、穿越反向入口的话，连感受绝望的机会都不会存在。

这正是最悲哀的事情。

“郭医生，充能完毕。”埃普说，“随时可以出发。”

“计算好所有地对空武器的轨迹，规划一条最节能的突围路线。”郭杰坐直了身子。

“计算完毕。”埃普说，“请授权。”

开始吧。

“哔——”授权完成的一瞬间，一直隐藏在可见光谱之外的埃普，第一次在黄金时代现出了原形。随着反雷达模组关闭，肯尼迪航天中心的驻军从雷达仪上看到了不可思议的一幕：一个识别点，从虚无之中骤然出现，仿佛它早已在那里等待了一万年，只是此时才刚刚睁开双眼。

攻击！来不及制定战术，地面部队第一时间出动，快速靠近那个鬼魅般的影子。但这怪物却没有任何预兆地垂直升空，以超出常理的速度冲向苍穹。

一架架战斗机在最短时间内起飞，防空警报嘹亮地响起，所有对空武器都开始了校准，这些代表着人类当前最强小范围地对空火力的玩意儿，将会编织起一道死亡之网，让来路不明的飞行器无所遁形。

起初，骄傲的美国人是这么想的。

然而接下来发生的事情，却将在场所有目击者的世界观彻底摧毁。

“跟……跟不上？”

那个飞行器，那个造型怪异、仿佛从未来穿越而来的金属怪物，就像是提前预知了三秒之后将会发生的事情，在空中闪转腾挪，以违反机械运动常识的方式急停、扭转，从枪林弹雨的缝隙中优雅穿过，没沾上一粒尘埃。

怪物跳着一曲嘲讽的华尔兹，做出的躲闪动作在某些时刻看来让人觉得荒谬而又费解，但一眨眼过后又变得万分合理，未卜先知地让过了所有攻击，在众目睽睽之下荒诞地加速，一瞬间便飞出了火力网与战斗机的围追堵截。

它，计算好了一切。

整个突围过程持续了不到半分钟，等到天色几乎全暗下去的时候，肯尼迪航天中心上空，除了硝烟的味道，什么都没剩下。

随后，部分驻军官兵回过神来，意识到了一件事。

“那个东西它……它是不是从头到尾……都没有攻击过我们啊？”闻讯赶来的 NASA 副局长罗伯特·西曼斯，看着澄净的天空，喃喃地说。

1962 年 4 月 25 日，东部时间约 18 时 18 分。

距离时间窗口关闭，还有 26 分钟。

第十一章 春雨

2017-03-07 05：22：42 晴 于 W 市刑警大队入口停车场

他的车还在这里，应该没有走远。

以他为跳板来接近张秋静，这个选择是正确的。

提出狸猫换太子时，本以为他会将我臭骂一顿。然而他显然有超出我预期的行动力和意志力，没有半点犹豫立刻同意。

我太过谨慎，有时缺乏足够的果决，这是血脉传承的基因特质，我大可通过自我意识约束来做出改进，却无法彻底避免。眼下还不是什么棘手的问题，但在将来的某一刻，如若事情发展到了需要血脉继承的地步，这一点谨慎和犹豫，会成为我的致命伤。

而他身上的果决，则是最佳的基因补充。神奇的是，在刘毓小姐的身上——他们之间并无真正的血脉连接——也能感受到这致命的吸引力。

又或许以上这些说辞，不过是我在为自己的无谓冲动找借口罢了。

希望到时候，“月男”——我的子嗣，可以拥有那一丝不计后果的果断和勇猛。如果我们直接的基因融合本就无法避免，起码也应该让这结合带来一些积极的效果。在某些时刻，勇气，是不可或缺的战斗锦旗。

回到案件本身：之前的一切都是假象，因为她对第三具尸体感到了惊讶。

她是诱饵，马上会发生某件事或某几件事，让她洗脱嫌疑。我们所做出的努力，还远未开花结果。

但寒冬到来，暖春也就不远了。邦克先生说过，要时刻保有信念，即便身陷囹圄无路可逃，也不能自艾自怜。该受的责罚不会因为抱怨而减少一分，美味的汉堡即便姗姗来迟，也终将热腾腾地出现在宿命拐角，散发出内里维克——肉食的芬芳。

1. 回到过去

结束探视回到牢区的时候，邦克的眼睛，已经大体上能看清东西了。

在囚犯们诧异万分的目光中回到熟悉又陌生的监室，邦克想在床上坐一坐，身子却不受控制径直倒了下去。门边猫着腰好奇的囚犯们吓了一跳，怪叫着跑开。

“孩子们很想你。”邦克回忆着梅德瑞娜在探视时说的话，呆呆地看着天花板，“艾丽斯和达科经常问起你，问邦克叔叔什么时候来讲故事。前几年，两个人还会在家里玩过家家，演的好像就是你说过的那个叫‘月男’的故事。有一次，达科把这个故事写成了作文，学校老师好好表扬了一番，说他想象力丰富，以后说不定能当个科幻作家。”

“那很好，”邦克微笑着点头，“那真是太好了。”

“不过这两年，他们也不太说那些故事了。”梅德瑞娜斟酌着用词，“你知道，艾丽斯长大了，前段时间我发现有男孩给她写情书。约……她爸爸知道了，气得够呛，跑到那个男孩家里大闹了一番，父女俩好几天都没说话。”

邦克回忆着霍博尔特发火的样子，笑道：“不能对别人发火，因为……”

“‘因为世界是一片冰湖，你对它微笑，它才会对你微笑’。”梅德瑞娜接过话，“艾丽斯也是这样告诉她爸爸的，我本以为他们长大了，小时候的记忆会变得模糊，不记得你说过的那些故事，但是……”

但是他们，都记得你啊，邦克。

隔着玻璃，两人都没有说话，邦克继续适应着有光线的环境，梅德瑞娜则不知该从哪里问起。

“你的头发……”

“很长吗？”邦克伸手抓了抓头发，这才发现一头黑发早已被冰霜染尽，“啊，我还没发现。”

“发生什么了吗？”梅德瑞娜关切地问，声音有些颤抖，“如果有需要，请你一定要告诉我，我会想办法跟典狱长沟通，毕竟现在的环境有了变化。”

“不，没什么。”邦克却淡然摇头，“梅德瑞娜，什么都没有发生。爷爷死去的时候，头发也全白了，我想，可能是我的时间到了吧。”

“可是你才三十……”

“我的纽扣，不，”邦克低下头，看了看自己的胸口，“月男的纽扣被收走了，不知道在哪里，我想拿回来。万一月男回来了，我得还给他。”

“我们会想想办法的。”梅德瑞娜点点头，随后拿出一个纸袋，“我做了汉堡，本来他说不要带来，但我想，万一能给你呢。不过刚才狱警说，我们之间不能传递任何东西，所以……”

“他？”邦克抬眼。

模糊的白光之中，梅德瑞娜的身影有点飘飘的。在这身影后方，玻璃一侧的角落，另一个人站着，侧对着邦克，低头看着地面，一只脚在地上轻轻地踢。

邦克的眼眶，再度湿润起来。

“是他让我来的。”梅德瑞娜的声音传来，“前几年他就一直说要来，但NASA那边出了些问题，总是跑不开。而且当时环境也不好，你知道，当局比较强硬……”

“时间差不多了。”梅德瑞娜身后，那个男人开口，双眼还是没有看向邦克。

“想过办法，想过很多办法，都尝试过也努力过，差一点就能成功，就差一点点。”男人的语气不像是在对某人解释，反而像是在给自己一个交代，“可惜功亏一篑，偏偏在那个该死的时候，偏偏是那个时候，你说了那些反战的话，我……”

邦克沉默着。

“没希望了。”男人走到玻璃边，抓住梅德瑞娜的手，“最不该站出来的时候站出来，那就得承担勇敢所带来的后果。我相信那些话说出口的时候，你一定也做好了一辈子待在这里的准备了……走吧，别怪我没努力。”

说完，男人拉起梅德瑞娜，转过身，敲了敲通往自由的门。

“邦克……”梅德瑞娜一步三回头，电话手柄还放在台子上，没有挂断。

“再见。”

直到两人离开，房门再度关上，玻璃对面空无一人的时候。

“我的朋友。”邦克对着话筒，轻轻地说。

这次不算意外的探访，带来了两个变化：第一，邦克总算弄清楚了时间，现在是1969年年初，距离进入惩戒房已经过去了四年多；第二，几乎完全换了一批人的监狱里，关于“先知”的传说，再度流传了开来。

四年的黑暗囚禁，让邦克的身体出现了许多问题，从头到脚都是毛病。享受着“送餐上门”服务，邦克花了大约半个月时间，才能正常下地走路，去饭厅打饭。

“说起来，我还在外面的时候，听过一些关于‘先知’的传言。”饭厅里，有囚犯说，“听说他真的很神，整个阿波罗计划的总方向，都以他的意志来决定。只要他说怎么办，那些科学家照做，就一定会顺利无比。不过后来，有人说他被怀疑和刺杀肯尼迪有关系，然后就销声匿迹了，原来是被抓到了这儿。”

“呵，那就没什么可怕的了。”另一名囚犯不屑得很，“十年前说要登月，我还是很激动的。现在呢？肯尼迪死了，林登我看也差不多走到头了，接下来要上任的那个家伙叫什么来着？尼克松？好像是个急功近利的人。60年代马上就要结束了，你们还真的以为登月有戏？如果我是尼克松，老子直接叫停这个烧钱的项目，把钱都分给大家玩玩，哈哈！”

“所以你才当不了总统啊蠢货。”身边人捏着面包啃着，“这儿是美国，是梦想成真的地方，没点梦想，尼克松拿头去换支持率？”

“梦想能值几个钱？笑话！”那囚犯直接站起身来，几步走到正颤颤巍巍吃饭的邦克身边，“我说先知大人，既然你这么厉害，什么都能预言，那我问问你，有没有预言到自己会被关在这儿六年啊？”

“我不是先知。”

“装蒜？嘿。”囚犯矮下身来，凑在邦克耳边，恶狠狠地说，“就是因为你们这帮烧钱的家伙，社会福利才越来越差，要不是没钱，老子会去抢劫？会被抓进来？要不是你们乱花钱，我他妈的……”

越说越激动，囚犯抓起餐盘扣在了邦克头上："你不是先知吗？不是很厉害吗？不是连肯尼迪都来拜访你吗？来吧，施展你的巫术，我倒要看看你能不能把头上的东西给变没！"

笑声在饭厅内响起，除了少数几个老囚犯本能地往后缩了缩之外，其余犯人们都肆无忌惮地指着邦克大声嘲笑。

食物和酱汁顺着邦克的白发流下，滚落在他的脸上，滴落在他的囚服上，他却一动不动。

他蒙了。

一直以来，他都以为爷爷是对的，世界是一片冰湖，只要你诚恳地对待它，它便也会对你露出笑颜。但现在，以及过去六年中发生在他身上的一件又一件事，却在不断地撞击他对这个世界的认知。

我没有做错什么，什么都没做错，却遭受到了这样的待遇。我与人为善，礼貌谦虚，尽量不打扰别人的生活，只想安安静静地度过属于自己的时光。但这吃人的地狱，却一次又一次地践踏着我的灵魂。

或许一开始就错了。

或许那天下午月男消失之后，我就不该跟着约翰走进华盛顿。或许吃过那个汉堡，我就应该道谢然后离开，回到冰原，继续一个人生活。或许爷爷是对的，世界确实是一片冰湖，但爷爷的世界，也只存在于那冰湖周围而已。

邦克多想要回到过去，回到过去的任何一个时间节点上，再一次做出选择，不要去打扰和影响本就不该由他来决定的人和事。但在这里，在这个饭厅，以及饭厅之外那无穷无尽的大千世界中，又有哪一个人不想回到过去呢？

小时候，只要一下雨，我就会觉得，一定是空中的那片海，又在向人世间洒下悲悯的眼泪。现在我才知道，在半空之中是没有海的。

回到监室，邦克换了一身衣服，头发上的酱汁已经结冰成块，无法清理。坐在床上，感受着生命力的不断流逝，一直在提醒他人要"始终相信"的邦克，失去了某样东西。

或许那颗纽扣，并不是因为被狱卒拿走才离开他的身边。早在走出冰原的时候，邦克，和他所相信的一切，就都已经留在了故乡，留在了那片反射着月光的冰湖边，永远地陪着他的爷爷。

之后，邦克如行尸走肉，浑浑噩噩地蹉跎着时光。只要再有一次来自安奎特的试炼，他的精神就会被彻底摧毁。

但似乎命运只是和他开了一个玩笑，只不过这个玩笑持续的时间，实在是太长了一些。

“见鬼，编号呢？这家伙怎么没编号？”

“一直都没有，1964 年关进惩戒房的时候，他的编号就被涂改过了。”

一个与往日没有什么不同的中午，邦克正在监室里休息——医生认定，他的身体状况已经无法参与劳作了。

“那该怎么……啊算了，邦克！”当的一声，警棍狠狠敲在牢门上。

邦克睁开眼，虚弱地看着门边的两名狱警。

“起来收拾东西跟我走！”拿着警棍的狱警不耐烦地说，“给你一分钟，快！”

艰难起身，邦克四下看了看，双手一摊：“我没什么要收拾的，先生。”

“那就给我滚过来！”

邦克被两名狱警押着走进公共区的时候，刚忙完上午劳作的囚犯们正回来准备吃饭。看邦克又被带走，几名囚犯吹起了口哨，幸灾乐祸地嚷嚷着“惩戒房”。但看清邦克的去向，口哨声很快消失，取而代之的是交头接耳的议论。

“先知要去哪儿？”

“尼克松刚上台，说不定要杀鸡儆猴，干掉一批重刑犯，‘先知大人’恐怕要被枪决咯！”

“不对。”有老囚犯皱着眉头摇摇头，“行刑不是这个样子，我看过被带去行刑的人，手脚都被镣铐锁得结实，有的连脑袋都要用黑布套起来，他这绝对不是行刑。”

“你们也别老欺负他，我听老肯特说，他被关进惩戒房是因为当年越战的时候……”

“去他妈的越战！”前几天欺侮邦克的囚犯刚好路过，听到这个词立马动了火气，“我哥哥就死在越南！”

“所以说，你更不该对他不敬。”不知从哪儿冒出来的老肯特沉着眼，饭盆一放坐在几人身边，拿起面包嚼着，“他被关进惩戒房那天，我刚好在场……”

监狱中新一轮流言散播开来的大约两小时前，华盛顿，一个长着大蒜鼻的男人，刚刚完成了他人生中最重要的一个仪式。

“全部赦免。”白宫，总统办公室，完成就职宣誓的理查德·尼克松松开脖子上紧绷的领带，皱着眉头看了一眼幕僚递来的厚重文件，信手扔向桌角，“马上去办，并且要马上联系媒体，尽快专稿刊登，今天中午前就要办妥。”

“可是总统先生，这么多人，一次性全部赦免的话，会不会……”

“多吗？很多吗？”尼克松眼睛一瞪，“你再看看外面，那帮举着牌子的人，看到了吗？”

“看……看到了。”

“多不多？那帮人数量多不多？”

“多是多，但是……”

“牌子上写着什么，念给我听。”

“‘不要战争要和平’‘与战争为敌’‘让士兵回家’……”

“看清楚了？明白这些话是什么意思吗？”尼克松突然伸手捶了下桌子，“再他妈打下去，我就会成为历史上最短命的总统，明白我的意思吗？”

“明白了，总统先生。”

“明白了就马上给我去办！”尼克松一声怒吼，把桌上的材料一把推开，散落一地，手下们急忙弯腰去捡。

其中一份材料上，一个看起来不过二十几岁的黄种人，目光清澈得像一汪清泉。

“所有因反战言论被捕，并在狱中受到过惩罚的犯人，全部赦免释放，既往不咎！现在给我滚出去办事，效率，效率就是生命！”

于是，三小时后。

“你的东西都在这里了，确认好就签字吧。”

办公桌前，邦克换上了已经霉变、被鼠蚁咬出片片破洞的巫师袍，手中紧紧攥着一颗被冻出裂痕的木制纽扣，看着眼前忙碌不止的狱警，疑惑地问道：

“可是狱警先生，当时不是说我的身份……”

“哎呀你是不是脑子有问题？再细究身份问题你还得回来，不想出去啦！”狱警指了指签名栏，“这儿，这儿，还有这儿，都签上名字。该死的大赦，大蒜鼻一句话简单，要了我们的命！”

简单的手续办完，邦克想要将纽扣挂上脖子，却发现没有绳子。

“你怎么这么麻烦……来两个人跟着！快去快回然后滚蛋！”邦克在狱警的陪同下回到监室，用囚服破裂的布条细心拧成绳子，重新戴上纽扣，正要离开。

“先知，我……”之前欺侮他的囚犯走上前来，两手握着拳，双眼却不敢看邦克哪怕一下，“我不知道你是因为反战才被抓进来的，他们说你是个反战斗士，我真他妈是个蠢货，我……对不起。”

邦克正想回点什么，冰冷的牢区里却响起了一阵掌声。这掌声迅速传染蔓延，不少囚犯都站起身，一边鼓掌一边点头，向邦克投来复杂的目光。

“先知，我敬你是条汉子。”

“在惩戒房关了四年多，换我绝对撑不下来，你真他妈是个硬邦邦的男人！”

“我是个人渣，但战争才是这个世界上最肮脏龌龊的东西。”那囚犯终于鼓起勇气，抬头看向邦克，“我为我做过的所有事道歉，去他妈的战争，先知万岁！”

“先知万岁！出去以后给我好好活着！把老子那条命也给活上！”

“真他妈想吃汉堡啊哈哈哈！先知大人，替我吃一辈子汉堡，吃一辈子！”

“当、当、当！”“肃静！全他妈给我肃静！！！”

群情激昂，比圣诞节还要热烈的欢呼声中，邦克戴着他的纽扣一步一步走向牢区出口，走向那已经无法逆转的时光，从黑暗的现在，踏入充满希望的过去。

你看，爷爷，你果然是对的。

“先知，万岁！先知，万岁！”

这个世界啊，真的是一片冰湖呢！

1963年11月22日，到1969年1月20日，1886个日夜交替后，囚徒邦克，重获自由。

监狱大门在身后关闭，邦克来到空无一人的大街上，时间已经是下午一点。回到过去的邦克用力地呼吸着冰寒的空气，直到须发染霜。

该去哪里呢？NASA？不可能回去了，巴里为自己准备的房间肯定已经挪作他用，当年发生的事，如今邦克自己想来都觉得荒唐无比。冰原？邦克倒是想，但他连自己的家乡具体在什么地方都说不清楚，又没有钱和运通卡，根本无法跨越这遥远的距离。族人们的新住处？他们……恐怕早就忘了我了吧。

寒风吹来，邦克冻得浑身发抖，自由的雪花飘落在他颤抖的肩上，洒满了迷茫的前路。

上一次无处可去是什么时候的事儿了？邦克想了想，大约是在冰湖边的那个中午，埋葬了爷爷之后。那次运气不错，月男从天而降，为自己指明了方向。这一次呢？

月男他……还在月亮上吗？

邦克沿着马路浑浑噩噩地走着，也不知走出了多少距离，一辆车在身边停下，车窗摇落，司机好奇地问："你好，你是亚洲人吗？"

"我是因纽特人。"邦克回头时发现，问话的人和自己一样也是黄色皮肤。

"因纽特……泰国？"司机显然没听过这个名词，"怎么一个人在荒郊野岭走路，要搭车吗？"

"可以吗？"

"当然。"司机友善地笑笑，"背井离乡都不容易，相互帮助是应该的，你去哪儿？"

"我……"邦克犹豫了一下，"我要去月亮。"

"很好玩吗？"司机的眼神瞬间就变了，车窗往上摇起，"神经病。"

车子启动，一如六年前的华盛顿街头，只留下一阵黑雾。

去不了月亮啊？邦克想，约翰他们好像失败了呢。

继续往前走着，邦克在风雪中努力寻找着高楼，高楼意味着城市，虽然说不上有多么喜欢城市，但找到城市，就可以找到食物。

“可怜的人，来，吃点面包吧。”一户人家门口，刚走出家门的好心人又返回屋内，给邦克拿来了一块面包。

谢过那人，邦克试着说了说霍博尔特的名字。

“没听说过。”好心人摇摇头，“这儿没有姓霍博尔特的人家，听起来像个欧洲姓氏。”

欧洲，在NASA的时候，邦克听到过这个名词，那些他最喜欢的电视剧集里也出现过这个地方。想着这些琐碎的事情，邦克试着整理棉絮般的思路。五年多的监禁生涯不仅摧毁了他的身体，还让他的精神变得凌乱破碎。

走着走着，天就黑了。

邦克不知道自己是怎么来到第一个城镇的，也不知道自己是如何拐进了一条巷子，更不知道自己如何筋疲力尽，摔倒在垃圾桶边动弹不得。

“流浪汉！流浪汉！”一群孩子兴奋地跟进了巷子，拿起石子杂物丢了过来。

“孩子们……不要这样……”邦克试着求饶，但他的声音实在是太轻了。石子逐渐变成了砖块瓦砾，甚至有一些藤条木板之类的东西敲打下来。

蜷缩着身子，邦克居然开始怀念起被关在惩戒房里的日子来了。

“面包！有一块面包！”揣在怀里的面包落在地上，邦克伸手去捡，却被一个孩子踩住了手背，“踢远点，别让他捡到了！”

面包被一脚踢开，在地上滚动，不多时便被踩成了烂泥，与积雪混在一起。

“流浪汉！流浪汉！肮脏的流浪汉！”笑声中，骂声中，邦克抽回了手，木条雨点般砸在他的头顶，虽然用双手护着，但很快，邦克就感觉到有一些热乎乎的东西流了下来。血染红了地面，也浸入了邦克的眼。

没有理由，没有目的，纯粹只是为了好玩，孩子们围着邦克发泄了许久，终于有人拿起了一块两个拳头大的石头。

“不用吧？”有孩子慌了神，指了指一动不动的邦克，“要出人命的。”

“有什么关系？就是个流浪汉，谁在乎？”拿着石块的孩子红着眼，在邦克头顶将石块高高举起。

恍惚之间，邦克睁开眼，最后看了一眼这个世界，月光暗淡，被空中的海牢牢遮住，巷子口，却有一道光芒亮起。

那是春天的阳光，一如六年前的那个下午一般，伸着手，从马路上缓缓地摸索进来。金黄色的光爬上了墙壁，将整面墙都染上了往日的色泽。

那个时候，邦克是邦克，神奇的大千世界，也刚刚在邦克面前展露她那柔美的容颜。

“住手！”依稀中，邦克似乎看到一个身影出现在巷子口。那人伸出手来，好像很愤怒，又好像有点胆怯，远远地指责肆无忌惮的孩子们。六年前金黄色的回忆，与眼前的漆黑世界重叠在一起，糅杂出了邦克脑中最后的幻境。

石块咚地被扔在了地上，孩子们骂骂咧咧地离开，拎着木条走向巷子口。那人举起双手惊恐地阻拦着：“你们要干什么……你们……”

他还是来了。邦克想，约翰还是来了，还是来救我了。

就像六年前一样，只要我需要，他一定会在巷子口等着我，帮助我，带我去吃汉堡喝可乐，带我去看这世间的一切。

邦克昏了过去。

2. 血　月

“I see the bad moon rising,I see trouble on the way.（我看到恶月升起，我看到前路荆棘。）”①

悠扬的乡村音乐在耳边响起，身子摇晃着，邦克迷迷瞪瞪睁开眼，一道光刺入眼帘。

“I see earthquakes and lightning,I see bad times today.（我看到地动

---

① 克里登斯清水复兴合唱团（CCR）于 1969 年 8 月发行的专辑 *Green River* 中收录的歌曲 *Bad Moon Rising*。

山摇电闪雷鸣，我看到今天的坏运气。)”

头疼得厉害，伸手一摸，已经包扎过，血不流了。缓缓抬头，邦克意识到，自己正在一辆车里。

“Don’ t go’ round tonight. It’ s bound to take your life.（今晚别出门，你可能会丢掉性命。)”

车头方向，一根手指敲着方向盘，阳光透过挡风玻璃照射进来，这人的身体四周闪烁着一圈金光。

这音乐非常古怪，节奏旋律都很欢快，但歌词却晦涩阴暗，描述着一个血月升空的邪恶夜晚，有什么怪物即将出没，要把深夜不归的人撕成碎片。

“There’ s a bad moon on the rise,I hear hurricanes are blowin’.（恶月正在升起，我听到飓风轰鸣。)”

开车的人哼着歌，并未注意到邦克已经苏醒。邦克挣扎着试图起身，努力在晃动的车里寻找平衡，但没成功，脑袋磕在了车门上。

“I know the end is comin’ soon（我知道末日将临）……”音乐声变小了。

“别乱动。”开车的人微微侧首，头上也包着纱布，“镇子里的医生不行，缝得很草率，乱动的话伤口崩开了我可不管。一会儿到了城里再找个医院，我们都得再处理一下。”

这声音是……

“怎么？干吗不说话？不给我讲点什么民间故事吗？”那人的目光再度看向前方，“那帮熊孩子，要不是该死的青少年矫正法令，我早就还手……啊我的脑袋。”

“这首歌……”邦克开口，指了指车头的卡带播放机。

“在旧金山认识的一个朋友，他组了个乐队，学披头士好几年，去年开始火了，但他说做得很不开心。”车子拐了个弯，附近的建筑多了起来，“今年试着做自己想做的音乐，旧金山嘛，你知道，哦不，你可能不知道……都是迷幻摇滚，他也不想做，只想做乡村布鲁斯，就写了这么一首歌。还没发行呢，先录了一版给我听，很南部，是吧？”

“很好听。”邦克终于坐直了身体，“在唱图皮拉克。”

“瞎扯，图皮拉克不是在暴风雪之夜才会出来杀人的吗？哪来的月亮？这歌词分明是在……”说到一半，那人自嘲似的笑了笑，摇摇头，“我干吗这么认真地跟你讨论这些废话……快到了。”

转头看向窗外，邦克觉得附近的景象有种超越时空的熟悉感。这个路口，这条巷子，这家药店……

“下车吧老伙计。”车停了，司机回过头来，脸上的皱纹多了不少，“去医院之前，先吃点东西吧。”

摇摇晃晃地下车，看到那家快餐店，邦克，恍如隔世。

“汉堡、可乐，对伤口肯定不好，但是……”司机也下了车，拍拍肚子，“我也饿啦。”

约翰·霍博尔特，站在金色的阳光下，穿着他那件破衬衫，看着邦克，嘴角，是历尽千帆的笑。

“抱歉，没小费了。”

在送餐伙计的中指和咒骂声中，邦克狼吞虎咽地吃掉了两个汉堡，一大杯可乐下肚，才稍微有了一点饱腹感，心满意足地打着嗝。

“邦克，你……”霍博尔特的汉堡只吃了一小口就放下了，目光在邦克和桌面之间游移许久，“没什么要跟我说的吗？比如……骂两句什么的？”

“骂？为什么？”邦克不解，“我不会骂人。”

“因为，因为……”霍博尔特挠了挠头，“因为我没有阻止你入狱？”

“不是你抓的我，为什么要骂你呢？”邦克摇摇头，“而且我的身份有问题，不应该出现在这里，被抓进去只是一个……只是一个过程。”

“我……”霍博尔特一时语塞。

他有很多话想说，很多很多。

当年自己是如何妒火攻心，如何小人心态，哪怕肯尼迪来了，也不为邦克辩解几句，这几年来又有多么愧疚，花费了多少精力，心力交瘁地为邦克寻找开脱之道。为了让邦克在狱中过得稍微舒服一些，自己如何努力打通关系，人生中第一次行贿，胆战心惊地为邦克修改资料，让邦克尽可能远离刺杀案的波及范围，不至于被执行死刑。特赦令发布之后，自己是如何第一时间联络奔走，用尽一切方法，将邦克纳入了第一批释放名单，又是怎样疯狂地四处寻觅，几乎找遍了监狱周边的每一个角落，终于在那条昏暗的巷子里，找到了昏迷不醒的邦克。

这所有的一切，他多么多么地想要告诉邦克。但邦克的淡然，让他明白了两件事：第一，邦克始终认为自己是他的朋友，坚定不移地相信着自己，从未对自己的动机有过半点怀疑；第二，这些年来自己所做的一切，与其说是为了向邦克赎罪，还不如说是为了让自己饱受折磨的内心，可以稍微好受一些。

当年邦克说得对，邦克始终是邦克，从冰原来到都市，从 NASA 去往监狱，邦克，未曾变过一丝一毫。而自己，则早已不是当年那个为了登月可以疯狂地付出所有的霍博尔特了。

吃过汉堡，两人找了家医院重新处理过伤口，又找了家干洗店，将邦克的巫师袍清理了一遍，继续上路。

“我们去哪儿？”邦克的精神好了许多，下午的阳光照得他浑身暖洋洋的，“约翰？”

“肯尼迪。”霍博尔特回答，“你先睡会儿，估计半夜才能到。”

“航天中心吗？”

“对，我们……怎么说呢，我们需要你，非常非常需要你。”

“怎么了？”

“尼克松……”霍博尔特咬着牙说，“总统要叫停阿波罗计划，整个计划。他觉得这些年我们烧了太多钱，却几乎没有任何效益产出。他认为阿波罗计划就是上两任政府的面子工程，还不如把钱花在其他地方，登不登月并不要紧。”

“怎么会不要紧呢？”邦克皱起了眉头，“去月亮是一件很神奇的事情，能做到的话，大家都会开心的吧？”

“这事比你想的要复杂。”霍博尔特苦笑着摇头，“苏联军费开支这几年疯狂上涨，很快就要对第三世界展开扩张了。而我们在朝鲜和越南深陷泥潭，和西欧还有日本的关系越来越差，此消彼长，再这么下去美国就要完蛋了。比起登月，尼克松更想把钱拿去和其他国家谈判，多找些伙伴，用协议网络套牢苏联，搞他的‘全球布局’。我们一次发射实验花的钱，够他去亚洲打一百次乒乓。”

“那不能晚些再去月亮吗？”邦克问。

“不行。”霍博尔特神色严肃，“有个窗口期，发射的时间、进入轨道的时间、交会的时间都是经过计算的，错过这一次，下次机会不知道还得等多久。我们把一切都准备好了，原本 7 月就要发射，最晚后天就要开始进入冲刺阶段，可是现在……”

“所以只有一天了，是吗？”邦克算了算时间。

“是的，明天，就是最后一天。如果明天还不能说服尼克松，我们这些年来的努力就全都白费了。他是一个非常非常固执的人，所有办法我们都试过了，没人能劝得动他，而你……”霍博尔特的目光，透过后视镜看向了邦克，“是我们最后的机会。”

“‘我们’？”邦克重复了一句。

“呃，是啊。”霍博尔特隐约有些不安，“不是吗？”

“是你。”邦克淡淡地说，“约翰，要去月亮的，是你。”

“啊不是，你弄错了。”霍博尔特解释，“我不会真正去到月亮上，我是个工程师，我会设计出工程方案，送宇航员到月亮上，宇航员就是……”

“月男。”邦克说，“对吗？”

“好吧好吧，宇航员就是月男，行，你说了算。”霍博尔特有些烦躁起来，“总而言之，我们必须马上赶到肯尼迪中心，否则……”

“是你，要去月亮的，一直都是你，和你们。”邦克的目光沉着，平静地说，这一次，霍博尔特终于明白了这话里的意思，“这里面，没有‘我’。”

“哈哈，老伙计开什么玩笑呢，哈哈哈。”霍博尔特尴尬地笑着，“看来你在里边学会了幽默嘛，挺逗的，我真的被你吓到啦，哈哈哈！不过说真的，没有时间可以浪费了，我们现在就得到肯尼迪……”

“我不想去。”霍博尔特视线扫向后视镜，看到邦克正侧头望着窗外，“我不想去你说的那个地方，我想回家。”

吱嘎一声，车停在了路边。

霍博尔特转过身来，看向陌生的邦克：“你说什么？”

“我想回家，约翰。”邦克也看向霍博尔特，眉宇间是从未有过的疲惫，“我想回冰原。”

“别……别逗了，邦克。”霍博尔特的嘴角抽了抽，“冰原没人了，那里现在空无一人……”

“有爷爷。”邦克说，“我想他了。”

“可……可是为什么？”霍博尔特的心跳越来越快，“为什么突然之间你又要回去？我好不容易才把你捞出来，你怎么能……”

“我累了。”邦克微微地摇摇头，“约翰，我不属于这里，我好累好累，这里的一切都让我好累好累，累到讲不出一个故事。我想爷爷，我想我的鱼叉，我想那片冰湖和我的冰屋，我想再看一场暴风雪，我……唉。”

邦克长长地，长长地出了口气。

“我想家了，约翰。”邦克闭上眼睛，清澈的冰湖里，凝出了一滴泪，“但是我已经没有家了。”

车就这么停着，突突的黑烟从尾气管排出，连金色的阳光都无法穿透。霍博尔特双手搭上方向盘，看向前方洒满金光的马路，却不知道该往哪个方向摆舵。

他是举世闻名的工程师，是阿波罗计划的灵魂，能为卫星导航，能算出月球轨迹，能让火箭升空飞向他所设计好的精确轨道，没有一丝一毫的偏差。他能找到庞杂计算数据中微小的错误，能找出计时器上的时间裂隙，能一口气做完填词游戏，一眼就能找出劣质数独的无数个解。

却找不到他的朋友，邦克的家。

眼前的后视镜下挂着一个怀表形的吊坠，霍博尔特无意识地将它拿起，用手指摩挲着冰冷的金属表面，就像邦克摩挲着他的纽扣。吊坠里是梅德瑞娜和两个孩子的合影，小小的鹅蛋形照片，总能给他无穷的勇气和动力。

那么邦克呢？又有谁可以给予他勇气、带给他动力？谁才能让这片被黑暗侵蚀了的冰湖，重新清澈……

有了。

发现霍博尔特挂上了挡，车子再次启动，邦克睁开眼："约翰，你准备去哪？"

"回家。"霍博尔特的身体前倾，几乎压在方向盘上，像一个准备和命运飙车的赛车手，一脚踩下油门，"我带你回家。"

半个多小时后，华盛顿西郊。

"咚咚咚。""来了哦。"正在为孩子准备餐点的梅德瑞娜·霍博尔特，一手托着餐盘快步走到门边，"艾丽斯你今天可够早……啊！"

餐盘摔了下去，丁零当啷碎了一地。

"邦……邦邦邦邦克！"双手捂住口鼻，这个贤惠的妻子泪如泉涌，"真的是你，我的天……"

"做个汉堡，快。"霍博尔特从邦克身后探出身来，一步走进了屋，"店里的汉堡太难吃了，邦克才吃了两个。"

"梅德瑞娜，你好。"邦克也有些发蒙，在门口站了许久才开口道，"不好意思又来打扰你们……"

"快进来吧，我这就去做汉堡！"梅德瑞娜撩起围裙，潦草地抹了抹眼睛，"约翰说去找你的时候，我还以为没那么快……终于回家了，你终于回家了！"

家？邦克愣住了："不，梅德瑞娜，这里是你和约翰的家……"

"哦，邦克，说什么傻话呢？"刚跑进厨房的女人回过身来，从厨房门边探出脑袋，笑吟吟地看着有些局促的邦克，"在这儿住了一夜，就让艾丽斯和达科记了六年的人，怎么可能不是霍博尔特家的一员呢？"

"可是我还想回冰……"

"进了门，就得吃过汉堡再走。"挂好外套的霍博尔特走了过来，手上端着一杯热牛奶，"这是霍博尔特家的规矩。"

"欢迎回家，邦克。"梅德瑞娜在厨房说，"约翰，你能把门口的碎盘子扫了吗？"

"哦哦，好的。"霍博尔特将牛奶放在邦克手心，在屋子里转了好几圈才大喊，"扫帚在哪……"

"后门旁边，第二扇窗户下面。"说出这句话之后，邦克才意识到，六年前的记忆，一直都存在脑海里，从未离开。

“呵，瞎扯。”霍博尔特翻了个白眼，走向后门，“霍博尔特家的扫帚从来都不会放在后……什么鬼？！”

当霍博尔特一脸不可思议地拿着扫帚回到前门的时候，梅德瑞娜再一次从厨房探出头来，狡黠的眉好似弯月，冲邦克眨了眨眼：“你还说你不是霍博尔特家的一员？”

“我……”邦克的嘴张了张，终于还是点了点头，“或许……”

“欢迎回家，邦克。”收拾完前门的残局，霍博尔特拎着扫帚和装在袋子里的碎盘子，走过邦克身边，“欢迎回家。”

“还睡老地方吗，邦克？”梅德瑞娜问，煎肉饼的滋滋声和香气一同从厨房传来。

邦克还没来得及回答。

“老地方吧。”霍博尔特远远地说，“把我的备用牙刷给他用，我还要去肯尼迪……明天别忘了多备一个人的食物！”

“我还会比你更马虎吗，约翰？”梅德瑞娜走出了厨房，手里端着一个盘子，上面是香喷喷的独门汉堡，“这六年的汉堡，我会全部补给你的，邦克。”

就在邦克恍恍惚惚地坐下，准备再吃一个汉堡的时候，霍博尔特风风火火拎起外套走向门边：“我先走了，来不及了！再见亲爱的，再见邦克！”

“慢点开。”梅德瑞娜摆摆手，“别生气，实在不行就算了，这是尼克松的损失，你可千万别生气。”

“啊，我知道，我不会生气的，因为这个世界……”霍博尔特笑笑，向邦克点了点下巴，“是一片冰湖嘛。”

“麻烦打包。”邦克却突然起身，没头没脑地说了这么一句。

“啊？”夫妻俩都没明白过来，所有动作一停，疑惑地看着邦克。

“嗯，不是这么说的吗？‘打包’。”邦克有些不好意思地搓了搓手，“我的意思是，这个汉堡，我想带在路上吃。”

霍博尔特简直要昏倒，搞了半天，邦克还是要回他的冰原？

时间越来越紧迫，霍博尔特一个头两个大，强憋着耐心回到邦克面前，郑重其事地说：“邦克，我知道你对我有怨气，我也知道我做得不对，害你吃了那么多苦，我很后悔，这些年每一天我都很煎熬，没有一天不在想着你到底在过什么样的日子。所以今天我才会……好了不说这么多，我很想留下来陪你，但是你知道肯尼迪那边……总之就几天，无论结果如何，就几天！忙完我一定再回来一趟。这几天你就住在这儿，别想着回冰原了，好吗？”

“冰原？”邦克一脸茫然，“我没想回冰原了啊。”

“所以啊，你更应该住……那你打包个鬼啊？！”

“肯尼迪中心，你是要去那个地方，对吗？”邦克说，“时间很紧迫，所以我没办法坐着慢慢地吃汉堡，打包之后，才能尽快跟你出发，不是吗？”

霍博尔特和梅德瑞娜对视了一眼：“跟我出发？”

“我是你们最后的机会。”邦克说，“这是你说的。”

“是……”

“你需要我，我得帮你，因为我们是朋友啊。”站起身来，邦克整理了一下破旧的巫师袍，“所以我才想要打包……是不是我说错词了？不是叫‘打包’吗？抱歉啊约翰，太久没有和人说这么多话，我有点……”

“没错。”霍博尔特打断了邦克的絮絮叨叨，“你说的一点都没错，邦克。”

“打包？”邦克问。

“朋友。”霍博尔特鼻头一酸，“我们是朋友……亲爱的！”

“哎。”梅德瑞娜又在抹眼泪了。

“拿个纸袋来。”霍博尔特犹豫半晌，还是拍了拍邦克虚弱的肩膀，“帮邦克‘打包’！”

几分钟后。

“早点回来，注意安全！”站在门边，梅德瑞娜向疾驰而去的轿车挥着手，眼眶又变得湿湿的。

“两个孩子。”直到车子消失不见，梅德瑞娜还站在门边，望着远处的天，“这两个孩子，就是不愿意直接说出心里话……啊眼睛进洋葱汁了……”

1969 年 1 月 22 日，美国东部时间凌晨 3 点。

披星戴月，邦克和霍博尔特到达了肯尼迪航天中心。远远看到控制中心灯火通明，邦克本想直接去瞧瞧情况，却被霍博尔特坚定地拒绝。

“你需要休息。”霍博尔特说，“身体还很虚弱，又坐了这么久的车，吃不消的。明天上午尼克松的班底会过来，说是要给我们机会做‘最后的解释’。到时候你再过去，能不能说服总统的人倒是其次，关键是我觉得，如果你不在的话，控制中心真的会暴乱的……”

说话间，车子路过中央发射架，驶向生活区。邦克的脸凑在车窗玻璃上，看着夜幕中巍峨耸立的土星5号运载火箭，不知为何，突然觉得这一幕有些熟悉。

这是一种说不出所以然的似曾相识，即便除了在第四小组的图纸上之外，邦克实际上从未见过任何一支火箭，但他就是觉得熟悉。冥冥之中，仿佛他早已知道，自己迟早会见到这样东西，迟早会看见这一幕。

偌大的生活区几乎空无一人，所有人都聚集在控制中心。他们很清楚，自己正在做的“发射前最后准备”其实已经是无用功。但要就此放弃为之努力了将近十年的一切，又有谁能做到呢？

和霍博尔特道过晚安，邦克关上房门时看到，步履蹒跚、明显睡眠不足的霍博尔特并未进入自己的房间，而是径直下楼，大约是去了控制中心。这种不愿意放弃任何一丝希望的执念，为了千万分之一的机会也要通宵做好万全准备的精神，让NASA工程师沉默的背影显得如此高大有力。

仔细想来，邦克似乎也从未彻底地了解过霍博尔特。连伙伴最深的执念都不清楚，又有什么资格自称是朋友呢？

带着疑问，邦克沉沉睡去，等到醒来，天早已大亮。

“醒了？”霍博尔特正靠在门边，顶着如六年前一样的黑眼圈，“感觉如何？”

邦克坐起身来，试着动了动身子，没有问题。

“那就走吧。”霍博尔特回过头，“他们来了。”

生活区距离控制中心不算太远，车子停下的时候，邦克才想起自己还没刷牙。霍博尔特在前带路，经过一条宽阔的通道，最后一道门打开，邦克的眼前一亮。

无数屏幕行行排列，宽大的控制中心前部，一堵墙壁上，土星5号的影像，安安静静地仰望着天空。

“冷静，大家都冷静一点！”一帮穿着西装的人，被蓬头垢面的科研人员围在当中，其中一人高举双手，试图让愤怒的人群安静下来。

“这是人类历史上最伟大的一步，我们奋斗了将近十年，十年！”一名科研人员的声音因为愤怒而颤抖着，“大蒜鼻一句话说停就停，科研精神呢？美国精神呢？现在停止项目，之前花的钱就真的全部打水漂了，这么简单的道理你们不懂吗？！”

“说话注意点，不许诋毁总统先生！”一个西装男走上前来发出警告，此时邦克才发现，这名愤怒的科研人员，居然是记忆里礼貌有加的布朗博士。

“我诋毁尼克松？”布朗嗤之以鼻，“那你们有没有想过，他的一句话，又侮辱了多少人十年的生命！”

“好了别吵了！”霍博尔特拨开人群走上前去，“跟他们吵一万年也没用，不要白费力气。”

“约翰！”见主心骨来了，人们更加激动，很快就把霍博尔特推到了最前方，“这帮尼克松的走狗，他们……”

“不要谩骂，谩骂解决不了问题。”比起六年前，霍博尔特似乎变得沉稳了不少，“你们几个谁说了算？”

西装男们都是一愣，其中一人站出一步，示意自己是现场负责人。

“打电话给总统。”霍博尔特用不容辩驳的语气道，“现在，立刻。”

“霍博尔特博士，我很尊敬你，但你是不是没搞清楚状况？”负责人皮笑肉不笑，“总统先生已经做出了决定，这是命令，没有协商余地！况且总统先生非常忙碌，不可能分出宝贵的精力来和你通电话……”

“你哪只耳朵听到我要和他通话了？有话告诉总统的不是我……”霍博尔特眉眼一抬，瞥了那人一眼，随后让开半个身位，伸手向后一指，“是他。”

众人随着霍博尔特的指向看去，惊呼声立马响起。

他们中有的见过这个人，有的从未见过，但也听说过这个人的传奇故事。

在这个时候，这个希望的烛火将被吹灭的时刻，这个人的出现，给他们带来了一样东西，一样足以吹散所有阴霾的至关重要的东西。

那样东西，名为奇迹。

“这……这是……”

“我没看错吧，我没有看错吧？！你难道是……”

“我的上帝，我仁慈的主啊！感谢你，我要用我的生命赞美你！感谢你为我们带来了……”

负责人的脑子嗡的一声，只觉得自己看到的一切都那么不真实：在肯尼迪航天中心，在土星 5 号沉默的身影前，在一群激动万分的科学家的簇拥下，缓步走向自己的……

“先知！先知巴顿来了！我的上帝……我的上帝啊！！！”

居然是一名须发尽白的巫师。

3. 猎　鹰

“喂？喂！”

尼克松坐在总统座椅上，接起电话的时候，听筒里传出的不是人声，而是一阵山呼海啸般的掌声。

手边文件资料堆积如山，刚上任没几天的尼克松忙得焦头烂额，心底深处似乎有个声音正在告诉他：整个世界，都在和你作对。

“见鬼！”尼克松一只手抓着听筒，另一只手还在不停翻阅文件。这些文件大多都和维稳有关，随着两线战场的不断深入，加上世界局势的重大变化，他面对的局面相当诡谲，如履薄冰。

压力不止来自外部，美国国内同样情况不妙，白宫门口几乎每天都有反战游行。林登在任期间对少数族裔支持力度的下滑，也让这些社区爆发出不小的声音。要妥善处理眼前的一切，尼克松的时间非常紧迫，资金也相当有限。

前天，也就是尼克松正式宣布上任那天，他所颁布的特赦令起到了一些作用，但比起水深火热的内外局势，不过是杯水车薪。一步错，步步错，民众已经习惯了当世界霸主的感觉，当局任何一个细节处理不当，都可能导致不可挽回的后果。

“喂！该死。”电话那头还是一片喧嚣，尼克松甚至已经听到了欢呼声，却始终没人和他通话。

对航天中心的这帮科学家，他并没有什么偏见。只是阿波罗项目实在是太烧钱了，成败与否，对于眼前局势的改善又没什么帮助。暂停发射其实也就意味着永远叫停，但航空航天和军事密切相关，航天中心来电话，他不能完全无视。

“总统先生……总统先生！”终于有人说话了。

“我很忙，明白吗？”尼克松长叹一口气，皱眉道，“长话短说，不要浪费我的时间。”

“是这样的，总统先生，这里有个人，”电话那头说，“有个人要和您通话，他是……”

“我没时间！”尼克松对着话筒一声怒吼，“我的意思已经表达得很明确了，暂停，全部暂停！如果他们想出了计划变现的办法，我就给他们一分钟时间阐述，除此之外，这些书呆子的话我一句也不想……”

“要和您通话的不是科学家，”电话里传出的话，让尼克松一愣，“是一个……巫师。”

“什么？”尼克松的鼻孔变大了，或者说，变得更大了，“你说什么？一个什么？”

翻阅阿波罗计划以及当年刺杀案资料的时候，尼克松似乎在某些文件的角落里看到过这个词。

“一个巫师，总统先生，我也很惊讶。”手下说，“科学家们好像很信任他，管他叫‘先知’，是个少数族裔，黄皮肤的……”

亚裔？尼克松敏锐的嗅觉，从手下的话语中找到了一丝重要信息。

科学家们的思路总是与众不同，阿波罗计划中当然也有亚裔科研人员，会不会是这些人假扮巫师，想搞点什么幺蛾子呢？接下来几年的工作计划里，亚洲之行的次数可不少，如果现在能够给亚裔一个机会，虽然只是很小的一件事，但说不定……啧，我在想什么呢。

“你好，总统先生。”尼克松这边还在过度思考，听筒里，传出了一个淡然的声音，“我的名字叫邦克，很高兴能有机会和你通话。”

“一分钟。”迅速收拾好情绪，尼克松回答，“我不管你是中国人还是日本人，你都只有一分钟……”

“因纽特人，总统先生。”对面的人说，“我是因纽特人。”

因纽特人？加拿大那边提到过这个词。

“如你所知，现在在我身边的都是这个世界上最聪明的人。”名为邦克的男人说，“他们想要去月亮上，以他们的头脑，一定可以做到。但他们没有经验，从来都没去过月亮，所以需要一个有经验的人来和他们分享。”

“哈，意思是你有经验？”尼克松开始判断这个邦克是不是精神有问题，“你去过月球？”

“不，我没去过，但我的爷爷去过。”“神经病”说，“如果你愿意，我可以和你分享一下我爷爷的故事。那天上午，我的爷爷正在一个冰湖边捕猎，当时……”

“等一下，霍克。”尼克松啼笑皆非，“或者扎克还是……”

“邦克。”

“对，邦克。”尼克松尽量控制住自己的火气，用他认为最柔声细语的语气说，“听着，邦克，我对你的爷爷不感兴趣，明白吗？我相信他是一个好爷爷，但我是美国总统，身上的担子很重。我要为这个国家做很多事，包括养活你和你的爷爷。如果你真的有什么故事想说，向给我打电话的这个人预约，虽然我不保证能给你讲故事的机会，但会排上日程的。”

“可是总统先生……”

“好了，现在把电话交给你身边穿着西装的人，我有很多事情要和他沟通。”尼克松闭上眼，眉头皱成一个“川”字，“喂，你们在干什么？一个巫师？让一个巫师来浪费我的时间？嫌命长吗？嗯？”

“抱歉，总统先生……”手下小声嘀咕。

“听着，现在的重点是支持率，是局势，明白吗？”尼克松翻着手上的文件，“加州是我们的大本营，但看看这些报告，看看加州给我们惹了多少事！现在民众信心非常低，就像军队一样，士气低落！如果再想不出办法提高人民信念，接下来可就……”

“这是什么？”电话那头又传来了那个巫师的声音。

“让他离电话远一点！”尼克松一声吼，手下急忙驱赶人群。

“这是登月舱，先知大人。”有科研人员解释，声音中满是绝望，“屏幕上的就是要登上月球的登月舱，本来发射日当天它就要出发，跟着土星5号一起……”

科研人员的声音越来越轻，随之而起的，是一阵阵叹息和啜泣。大局已定，阿波罗计划功亏一篑，霍博尔特远远站着，默默地看着这一切，一只脚在地上轻轻地踢着，像一匹疲惫的马。

谢谢你，邦克，能让大家流出泪来，而不是挥起拳头，这就够了。

“真是不得了，这可比埃普还要大呢。”邦克说着没人听得懂的话，看着屏幕上的登月舱，两眼放光，“简直就是一只翱翔去月球的巨大雄鹰啊！”

很可惜。霍博尔特摇摇头，这只雄鹰再也无法振翅翱……

“民众信心……等等。”电话那头，总统的声音一顿，“刚才那个巫师说什么？”

“他……他在看登月舱的影像。”手下战战兢兢地回答，“感叹登月舱很‘不得了’……”

“不不不，不是这句，后面一句。”尼克松说，“雄鹰？翱翔的雄鹰？”

“呃，是的。”手下点点头，回头看向少见多怪的邦克，“这乡巴佬没见过这么高精尖的设备……”

“让他接电话。”

“什么？”

“我说，让他接电话，让那个巫师接电话！”尼克松的声音急促，还带着一丝兴奋，“听不懂吗？！”

等待邦克来接电话的短短时间里，尼克松发达的大脑，已经描绘出了一幅完美的图景。谁都知道，白头鹰一直都是美国的象征，美国民众心中，雄鹰翱翔天际的画面和美国在国际上的霸主地位不谋而合，在一个无人可以企及的高度，俯瞰着这个世界。

想扭转眼前的烂摊子，少说也得三五年，在此之前有没有什么办法，可以让民众快速重拾信心，继续“相信”美国仍然是世界第一呢？尼克松想白了头也想不出个答案。停战、开展多边对话、重振经济、提高民众待遇等措施，虽然治本，但不治标，偏偏现在他最需要的反而是治标，稳住局势。

眼下，如果有一个好办法，可以快速治好美国人心中多年累积下来的“顽疾”的话……

“你好，总统先生。”来了！

“蒙克，”尼克松开门见山，“你刚才说登月舱很像雄鹰。”

“我叫邦克，是的。”邦克点点头，“虽然长得不像，但要做的事情却很像。”

“跟我说说。”尼克松说，“你爷爷的故事里，有没有和雄鹰、月球有关的故事？”

接下来的几分钟时间里，一通匪夷所思的电话，改变了阿波罗计划的命运。

时任美国总统，以暴躁、强硬、诡计多端闻名于世的理查德·尼克松，居然守着电话，听一个来历不明的因纽特人，讲述了一个故事。故事中，远古巨鹰翱翔在大陆上空，俯仰之间，天动地摇，利爪一探便可摘星取月，如霸主般掌控着整个世界。

而这个故事，正是尼克松现在最需要的东西。

“很好，非常好……邦克是吧？”听完故事，尼克松不住点头，胸口随着呼吸不断起伏，“这个故事很好，真的是太好了！请原谅我之前的无礼，你……确实是一名厉害的‘先知’。”

“过奖了，总统先生，我不是巫师，更不是先知。”邦克彬彬有礼地回答，“我只是一个讲故事的人。”

“我会来拜访你的，很快就来。”尼克松开始对这个“先知”产生了一些好感，“请把电话交给我的手下……哦对了，还有一件事。”

“请讲。”

“我也有爱尔兰血统。”尼克松笑了笑，终于想起是在哪里看到过“邦克”这个名字了，“和肯尼迪一样。”

邦克将电话交出去之后，再一次来到大屏幕前，看着登月舱，一言不发。

“他和你聊了什么？”霍博尔特走上前来。

“讲了巨鹰的故事。”邦克回答，“那是个好故事。”

“我知道。”霍博尔特拍了拍邦克的肩，“你的故事都很棒。”

“是爷爷的故事。”邦克摇摇头，“这些故事都是爷爷告诉我的。”

“会有的，”霍博尔特这句话，也不知是说给邦克，还是说给自己听，“属于你的故事，将来会有……”

“哇——！！！”霍博尔特话音未落，身后突然响起了一阵疯狂的欢呼声。

怎么了？两位好友对视一眼，正想发问。

“先知！万能的先知巴顿！！！”兴奋的科研人员已经如潮水般围了上来，将邦克拥在中央。

“登月舱就叫鹰号，既然先知说它是一只雄鹰，那它就是代表美国的雄鹰！”电话里，传出尼克松独特的浓重鼻音，“马上安排下去，阿波罗计划重新启动，整个发射过程和登月实况全程电视直播。我们要让所有美国人都看到，美国雄鹰，连宇宙都能征服！”

“先知，万岁！先知，万岁！”控制中心一片欢腾，白发长袍的邦克被人们围在当中，一脸淡然地看着这振奋人心的景象。这画面就像是一场大战的硝烟散去后，站到最后的却是一个叼着烟袋优哉游哉的老头般不可思议。

只不过这一次，守在“老头”身边的霍博尔特，再也没有半点妒忌了。

时光飞逝，漫长的寒冬过去，20 世纪 60 年代的最后一个春天，在 3 月降临。

一切都按计划有条不紊地进行着，发射地点依旧是终于全面完工的肯尼迪航天中心，地面控制中心则定在了设施更加完善的休斯敦。以霍博尔特为首的总设计组短暂地离开了肯尼迪，总体迁往得克萨斯，抓紧最后的冲刺时间。

邦克留在了华盛顿，久违的巴里曾邀请他住回 NASA 总部，但邦克拒绝了。

“艾丽斯小姐和达科先生在等着我呢。”邦克说，“我还没读过他们的作文，艾丽斯小姐的男朋友也还没见过。”

完成使命的邦克选择远离尘嚣，住到了霍博尔特家，和梅德瑞娜以及两个长大了的孩子，度过了几个月无忧无虑的时光。

1969 年 7 月 16 日，世界时 13 时 32 分整。

“轰——”

人类历史上最伟大的航天巨兽之一——土星 5 号运载火箭，载着三名宇航员，以及举世瞩目的“鹰号”登月舱，刺破长空。

站在 60 年代的尾巴上，全美几乎人人都放下了手上的事情，纷纷来到电视、广播边，目不转睛耳不分神，关注着发射的每一个细节。电视画面里，土星 5 号鹰击长空，这幅画面不仅为整个 60 年代人类的航天梦描绘出了新的篇章，也为今后那些我们还未讲完的故事，写下了浓墨重彩的一笔。

老辣的理查德·尼克松没有放过这个难得的机会，配合着火箭升空那震撼人心的景象，发表了一次电视演讲。没有华丽的辞藻，没有繁复的修饰，通篇演讲，尼克松一直在强调的只有两个词：坚持、创新。

面对镜头，尼克松表情坚毅，左侧嘴角微微上扬，一副一切尽在掌握的主宰之姿：“阿波罗计划的延续，土星 5 号的升空，以及即将到来的人类第一次登上外星的壮举，都来自美利坚最可贵的两个特质，坚持，以及创新！”

尼克松的说法是否准确暂且不提，起码在这个特殊的时间节点上，这番讲话确实起到了不错的作用。内外重重高压之下，美国民众终于获得了短暂的喘息机会，人们的视线也终于从境外战线的局势、经济“黄金时期”末段隐隐展现出来的第五次衰退、日渐走高的失业率、工业生产基数的下滑等不利因素中转移了出来。

人们的喘息时刻，同样也是尼克松的喘息时刻。发射直播结束当晚，尼克松忙完手头的繁杂事务后，并没有离开他的办公室，而是在办公桌前等到了夜里 11 点。

他在等一个人。

“总统先生，你好。”房门被打开，经过彻底搜身检查，确认安全无误之后，一个“巫师”被放进了世界上安防最严密的地方。

“我叫邦克，之前我们通过电话。”邦克微笑着走进屋内，向尼克松点了点头，“很高兴能和你见面。”

“这只是我们第一次碰面，”尼克松示意邦克坐下，“以后还会有很多机会，先知巴顿。”

两人聊至深夜。

“他是邦克，不是先知巴顿。”当布朗询问，为什么不问问邦克到底和总统聊了啥的时候，霍博尔特这样回答，“我花了很多年才明白这一点。”

虽然霍博尔特没有追问，但答案很快就呈现在了众人眼前。

1969 年 7 月 20 日，世界时 18 点 11 分，鹰号登月舱在月球轨道与哥伦比亚号指挥舱成功分离。

“保重。”宇航员柯林斯与阿姆斯特朗和奥尔德林道别，留在指挥舱孤独地等待。

偏离轨道、导航警报、燃料危机……虽然直播画面中，鹰号的登陆看似顺利无比，但休斯敦约翰逊太空中心里却是忙作一团。幸好有飞行控制指挥官史蒂夫・贝尔斯的坚持，以及阿姆斯特朗完美的手动操作，鹰号登陆舱有惊无险，稳稳地降落在月球静海之上。

“休斯敦，这里是静海基地。”阿姆斯特朗的声音，回响在休斯敦飞行控制中心，“‘鹰’着陆成功。”

休斯敦，呼声震天。

与此同时，白宫。

“总统先生，还有……”总统办公室房门被打开，幕僚探出头来，准备把手中的演讲稿交给尼克松，一眼却看到了坐在尼克松身边，正举着一个纸杯用吸管喝可乐的邦克，“呃，邦克先生。”

“叫他先知。”尼克松没好气地瞪了幕僚一眼，伸出手来，“给我看看。”

“呼噜噜——”邦克吸着杯子里最后一点可乐，侧头瞄了一眼稿件：“有点长啊。”

“这么好的机会不能错过，该说的都要说到位。”尼克松对邦克的直言不讳毫不在意，甚至还侧身将稿件展示在邦克眼前，“你看，感谢、喜悦、局势、带来的变化，最后归结到意义上，这才是完美的演讲模板。”

“唔……”邦克眉头微皱，大致浏览了一遍，回手拿起一旁的汉堡，“还是有点长。”

这先知到底还要不要命了啊？！幕僚的心脏在风中凌乱。

“长吗？”尼克松也不生气，摇摇头自语，“不觉得啊。”

月球静海上，奥尔德林念诵着《创世记》，开始了他的圣餐礼，阿姆斯特朗则抓紧时间闭目养神。地球白宫中，尼克松的演讲稿一次又一次地修改着，每一次都比上一稿要短一些。

六个半小时后，鹰号舱门开启，厚重的宇航服从舱内移动出来，人类的足迹，踏上了月球。

“这是我个人的一小步……”略有干扰的沙沙声中，阿姆斯特朗的名言传遍了整个世界，“却是全人类的一大步。”

“嗯？”办公室里，正襟危坐的尼克松浓眉一抬，“是这句吗？‘全人类’？”

“说得也没错。”坐在摄像机镜头外的邦克又喝完了一杯可乐。

“总统先生，请做好准备。”幕僚们很想打死邦克，又怕死的是自己，“国旗安放完毕后就会开启通话，电视直播信号也会同时切过来。”

“全人类？嗯……”尼克松还在纠结措辞，“通话时间多久？”

“最多五分钟。”阿波罗 11 号任务驻白宫联络员弗兰克·博尔曼回答，“如果总统先生能控制在三分钟以内的话当然更好……”

“十五分钟。”尼克松直接打断了博尔曼的话，“一秒都不能少。”

“啊？”博尔曼脑瓜子嗡嗡的，十五分钟？

这次月面任务的总时长是两个半小时，留给总统十五分钟的通话时间好像也并不过分。但两名宇航员要完成的勘探任务极为繁重，从未在外星球真正行走过的情况下，意外状况在所难免。阿姆斯特朗和奥尔德林在静海多待一秒，死在月球的可能性就会增加一分。出发之前两人就已经写好了遗嘱，白宫也准备好了讣告，可以说两人是豁出了性命去执行任务。

如此争分夺秒的时刻，尼克松张口就要十五分钟？简直胡闹！

“总统先生，这不行啊！”来自休斯敦的紧急电话里，霍博尔特急得像热锅上的蚂蚁，“月面作业时间非常宝贵，十五分钟也太……”

“我是理查德·尼克松，是美国总统，没有我，没有美国政府，你们的火箭连一颗螺丝钉都装不上去。你们以为这是科学勘探？错，这是政治任务！”尼克松才不理会这些，霸道回应，“连这点事我都做不了主的话，我这个位子你来坐，怎么样？”

霍博尔特无话可说，他们的梦想和生命，从尼克松所在的维度上来看，根本不值一提。事已至此，大家能做的只有尽可能缩短任务时间，把每一秒都用足用透，甚至要稍微摒弃一些安全上的考虑……

“在我的家乡有一个古老的说法，据说曾经在暖和一点的地方，猎人出门捕猎带的帮手不是雪橇犬，而是猎鹰。”就在众人焦头烂额，忙乱地重新计算任务时限时，总统办公室里，吃完今天第三个汉堡的邦克打了个饱嗝，突然开口，“我的爷爷说，猎人和鹰在捕猎过程中不会有太多交流。首先过多的声音可能会让猎物察觉到危险，逃之夭夭，其次人和鹰所在的高度不同，情况也不同，就算有着多年完美的配合经验，也无法完全理解对方的处境。”

“先知大人您就少说几句……”

“别吵。”尼克松斜过身，抬手打断了手下的话，向邦克点点下巴，“接着说。”

“目标是猎物，总统先生。”邦克毫不忌讳地说，“捕猎不是为了让别人知道猎手有多厉害，而是要切实地抓住猎物。只有能抓到猎物的猎人，才是真正的好猎人，他今后说出来的话也才会有人相信。猎鹰的表现越迅猛精准，就证明猎手的水平越是高超，因为鹰的表现，来自平日里猎手的精心训练。总统先生……”

说着，邦克放下手中的可乐杯，淡淡笑着：“放手让鹰去飞吧，等到鹰带着猎物落地归来，谁是最棒的猎手，就不言自明了。”

寂静，死一般的寂静。

办公室里，摄像机架着，反光板举着，西装革履的人们等待着，电话那头沉默着。汗珠顺着霍博尔特的额头滚落，他却不敢伸手去擦，似乎他的任何一个动作，乃至是在千里之外的一次呼吸，都会影响到接下来这个至关重要的时刻。

以尼克松的脾气，邦克恐怕活不过今晚了吧？

“嗞——嗞——准备……准备通话，准备……”月球上的声音信号已经传递了过来，画面随时都会被切到办公室内。

尼克松手中的演讲稿举在半空，最终缓缓落下。

“最好的鹰，才能衬托出最好的猎手，嗯……”尼克松，终于开口，“先知巴顿，你说得有道理，谢谢你提醒我。”

短暂的安静后，唰一声，那一沓稿纸被丢在一边。

“五分钟是吧？”尼克松深深看了一眼腿脚发颤的联络员博尔曼，“我尽量在四分钟内结束通话，切进来吧！”

先知巴顿啊！

休斯敦中心，霍博尔特双腿一软，在身后同事们再一次为邦克响起的疯狂欢呼声中瘫坐在地。全世界唯一一个能让理查德·尼克松服软的人，邦克……

恐怕就是你了吧！

五分钟后。

“我做得怎么样？”直播画面被切走，尼克松松开领带，一脸轻松地走到邦克身边坐下，“简短直接，不拖泥带水，也没有影响宇航员们在月面作业，算不算完成你交代的事情了，先知巴顿？”

“嗯……”邦克喝着可乐，耸耸肩，“还是长了点。”

“哈哈哈哈。”尼克松依旧没有生气，反而笑着不住点头，“我喜欢，你的这个性格我真的好喜欢！如果每天都能和你这样的人打交道，我的寿命会延长十年吧！”

“可惜这不现实，”邦克说，“我很忙的，没时间天天陪着你。”

“哈哈哈哈哈！”自从尼克松入驻之后，就总是弥漫着剑拔弩张的紧张气息的总统办公室里，第一次笑声不断。

月面作业进行着，有人发现阿姆斯特朗的代谢率过高，请示尼克松是否要提前终止作业，尼克松却转头去问邦克：“你怎么看，先知巴顿？”

“鹰在空中，我们在地上。”邦克比画着说，“在地上的人，又怎么可能知道天上的鹰需不需要休息呢？”

于是，休斯敦并没有把这个消息告诉阿姆斯特朗，而是将选择权交给了月球上的两只“鹰”自己。后续更详尽的分析报告显示，由于前期休息充足，以及月面低重力环境导致的消耗程度变化等因素影响，阿姆斯特朗的总代谢量并未超标，继续作业问题不大。

邦克又对了。

等一切工作完成，两名宇航员准备返航时，又发生了一起意外：奥尔德林穿着臃肿的宇航服回到舱内，发现解除上升级主发动机保险的开关已经损坏。或许是之前出舱门的时候宇航服不小心碰坏的，又或许是其他原因，这都不重要。重要的是，没有这个开关，两人将无法点燃引擎，引擎不启动，他们就会被困在月球上无法返回。重新设置电路不是不行，但交会时间窗口短暂，转瞬即逝，残酷的太空，可没有耐心等待人类弥补自己的错误。

“怎么办？”捏着休斯敦打来的电话，手下回头看着尼克松，急得满头大汗，“是试着重新设置电路，还是……”

“这不应该是技术方面的问题吗？怎么会来问我？”尼克松也有些焦躁起来。

“不……不是问您，总统先生。”手下弱弱地指了指快要睡着、魂儿已经飘回到冰湖边，正在用鱼叉捕鱼的邦克，“休斯敦的意思是，问一问先知大人……”

见鬼，尼克松也真是开了眼。

“先知大人，先知大人！”

“嗯？鱼叉！我的鱼叉！”邦克被唤醒的时候，梦中的他即将刺中鱼身，只差一点点就可以吃到新鲜鱼肉了。

“呃，‘鱼叉’。”手下满脸尴尬地对电话道，“先知大人说‘鱼叉’，我真的不明白到底是什么意思……”

这个词随着无线信号，飞快传递到了月面之上的奥尔德林耳中。

“鱼叉？”环顾四周，奥尔德林一头雾水。老实讲，如果这时候真有一个鱼叉倒还好办了。开关按钮损坏，但内部接触点没坏，找一个尖头的玩意儿点一下，电路确实有可能会重新连接，完成启动。

可尖头的东西可能会破坏宇航服以及登月舱内贵重的仪器，根本不可能被带上来，突然之间要找，哪儿有那么容易？

鱼叉……鱼叉！

“笔！”奥尔德林突然惊呼一声，冲着阿姆斯特朗大喊，“你的笔！把你的笔给我，快！”

“啊？”阿姆斯特朗疑惑地望着伙伴。

“鱼叉！鱼叉啊，我的老天！”奥尔德林一个猎步飘上前来，自己动手，从阿姆斯特朗腿边的宇航服储物袋里掏出一支笔，“先知说了，鱼叉！我们要用鱼叉！”

20 秒后，开关启动指示灯亮起，奥尔德林手中的笔，从开关内被取了出来。

“鱼叉！休斯敦！我们找到了鱼叉！哈哈哈哈！鱼叉万岁！先知万岁！”

休斯敦，霍博尔特振臂高呼，所有人都兴奋地高举双手，为月球上的小小鱼叉疯狂庆祝。

“鱼叉万岁！先知万岁！”听筒那头，休斯敦的狂喜传递过来。手下呆呆地将听筒从耳边拿开，对尼克松说：“总统先生，成……成功了！”

“我的上帝，这真的是太疯狂了。”尼克松一脸呆滞地摇着头，伸手推了推邦克，“我服了，你真他妈是个先知！”

“嗯嗯……鲜美的……鲜美的鱼糜……”然而，邦克早已睡着了。

数日后，1969 年 7 月 24 日。

大黄蜂号航空母舰，停在约翰斯顿环礁以南 380 公里的水面上，直升机在空中盘旋，来回搜寻着一样东西。

“找到了！”大约一小时过去，前方传回了消息，“鹰号找到了！已经降落，鹰号已经安全降落！”

甲板上，欢呼声响起，人们鼓掌欢庆，站在人群中央的尼克松嘴角带笑，一边鼓掌，一边向身边一个从未在媒体前露过面的黄种人说着些什么。

“这只是个开始，先知巴顿。”尼克松凑在邦克耳边，压低声音说，“我知道大家还想继续迈步去更远的地方，但航天工程的脚步恐怕得稍微放缓一点了。”

“为什么？”邦克问。

“1962年，徘徊者4号失去联络的那天，在肯尼迪中心发生了一件不可思议的事情。”尼克松正色道，“有一架型号不明的侦察机在那里凭空出现，又突然消失，我们的防御设施在它面前就跟玩具一样，全程被玩弄于股掌之间。”

邦克觉得，似乎在哪里听到过类似的事情。

“我也是前段时间翻资料，才详细看过事后报告。”尼克松继续道，“差距太大了，如果那架侦察机真的是苏联人派来的，我们已经落后了很多很多年……总之，今后得把更多的精力和费用放在军事上了。这个消息，希望你可以帮我传达给霍博尔特他们。你知道，我来说的话，他们恐怕会有想法。”

“好的，不过……”邦克看了看四周西装革履的人们，“这里真的不能吃汉堡吗？”

随舰乐队奏响了《哥伦比亚，大洋上的明珠》，记者们疯狂按动的快门声，逐渐被直升机的噪声淹没，属于这个时代的“月男”，英雄归来。

“前辈，那个人是谁？”有记者问同行，“站在那么显眼的位置，副总统斯派罗都得往后靠，那黄种人是什么来头？”

“你不知道吗？早些年传疯了，说NASA请了一个巫师，被称作先知，用一些神秘兮兮的法子来推动阿波罗计划。”消息灵通的同行回答，“虽然我也没见过，但这人说不定就是……哦哦哦来了来了！直升机降落了！”

直升机带着巨大的风压落在甲板上，螺旋桨减速，停止，舱门开启。奥尔德林走出舱外，穿着特制生物隔离服，向众人挥了挥手。然而镜头和人群的目光，却都在等待另一个人——紧随其后的阿姆斯特朗踏上甲板，无数菲林被谋杀，第一个“月男”成了世界的焦点。

“成为登月第一人有什么感想？”

“能分享一下踏上月面时的感受吗？和地球有多大区别？”

“‘全人类的一大步’这段话是你自己想出来的，还是早就准备好的文稿？”

三名宇航员走进移动检疫舱，一名飞行外科医生和一名工程师已经在此等候。经过初步身体检查和污染净化处理，三人脱掉防护服来到检疫舱正面的透明窗口接受采访。问题如潮水般涌来，人们对阿姆斯特朗的体验充满好奇，也对柯林斯留守指挥舱的经历唏嘘不已。万众瞩目中，尼克松上前，通过话筒笑着与“月男”们亲切交谈、合影。

奥尔德林凑在照片边缘，看着就像是个穿着自制工作服来凑热闹的coser。

“奥尔德林先生。”终于，还是有记者注意到了奥尔德林，“没能成为第一个登上月球的人，有没有一点遗憾？”

奥尔德林刚准备好的笑脸瞬间就僵住了，这种问题，你让我怎么回答……

“但他先下的直升机啊。”人群中一个声音响起，记者、政要纷纷回头。与这幅景象有些格格不入的邦克，人生中第一次穿着正装，指着奥尔德林道：“如果阿姆斯特朗是第一个登上月球的人，那么奥尔德林，就是第一个从月球回到地球的人咯。”

话音落下，众人都是一愣。

虽然大家都没听到，邦克最后还小声补充了一句：“不过我爷爷才是第一个登上月球的人。”

“哈哈哈哈，没错没错，就是这样！”奥尔德林立马笑开了花，抢占了窗口一半的空间，“先知大人说得没错，我是第一个从外星球回到地球的人，这可是一份不得了的荣誉，尼尔，你可别嫉妒我哟！”

欢声笑语中，三名宇航员完成了短暂的归来仪式，大黄蜂号抵达夏威夷海岸，三人飞往休斯敦，在月球接收实验室继续隔离，以防从月球带回来什么未知的病原体。

三周之后的8月13日，身体健康的英雄们再度出现在了公众视野之中。他们接受了总统嘉奖的自由勋章，在44位州长、首席大法官以及83个国家大使的见证下，与尼克松一起踏上了一次长达 45 天的巡游旅程。

这次旅程被称为“月辉之旅”，借着登月成功的余威，尼克松趁机拜访了 25 个国家和地区，与多国政要共商要事，继续践行着他那宏大的全球战略计划。

旅程中，不少国家的记者都发现，随着总统班底以及宇航员们一同环游世界的人里，有一个黄皮肤的身影。此人十分低调，几乎一言不发，却似乎有着相当不俗的地位，时不时就会被尼克松叫到身边，说些旁人无从知晓的话。

而当记者们问起此人的身份时，随行人员却又都讳莫如深，只说是“NASA 的一名特别顾问”，姓名、具体职务等信息，一概不提。

这个奇怪的现象自然引起了美国国内媒体的注意，有道行深的记者得到消息，说这人还在月辉之旅结束后得到了尼克松的秘密嘉奖，一夜之间家财万贯。更多调查显示，这个人不仅出现在了月辉之旅中，还在大黄蜂号上露过面。甚至更早之前，有一名华盛顿主妇坚称，自己曾在 NASA 总部大楼附近，从一个“咋咋呼呼的 NASA 官员”手中，救下过这个黄种人。

华盛顿附近某监狱刑满释放的犯人中也有几人表示，曾在狱中见过这个人。

“先知。”名叫肯特的犯人说，神情中居然带着一丝崇敬，“我不知道他的真实姓名，但大家都叫他先知。监狱里什么人都有，每天都会发生不少争执和斗殴。但只要先知一出现，所有的纷争就会瞬间停止。如果说在外面，法律是世间的准则，那么在监狱里，先知，就是法律。”

消息传得飞快，就在一些媒体准备大起底，将这个神秘人调查个底朝天的时候，一纸禁令从白宫飘了出来，所有调查全部终止。

这人到底是谁？为什么曾经流落街头？为何锒铛入狱？如何参与了阿波罗计划？最后又是怎样爬上高位、与尼克松谈笑风生？这些疑问，恐怕再也没有人可以解答了。

轰轰烈烈的 60 年代就此过去，新世界的篇章，在 1970 年第一场春雨过后，悄然掀开。

远在万里之外，中国沿海小城 W 市的一座山村里，村头广播突然发出了凄厉的尖叫，不知受到了什么信号的干扰，持续了整整五分钟才停止。吵闹声中，一个男人站在一幢土黄色的房子前，捏着一把糖，远远看着在雨中归来的侄子。

第十二章

灯塔

2017-03-07 09：29：09 晴 于W市刑警大队审讯观察室

鲁不是她的对手。

现在的局面是碾压，毫无悬念、惨不忍睹的碾压。鲁太心急了，漏洞百出，从她嘴里撬不出任何东西。

相比之下，他的状态反而更加适合审讯——即便从任何角度来看，他都应该是更为激动的那一个。他的状态很稳定，思路清晰，没有被自己与嫌疑人之间的强关联冲昏头脑，态度异常稳固。

邦克先生说过，世界是一片冰湖，用何等态度面对这片冰湖，你便会得到相应的反馈。审讯时这个道理依旧适用——邦克先生，就是这么神奇。

邦克先生的处事态度，让我更加期待与张秋静的会面——如果她还活着的话——一个在东方文化、环境、语境下学习长大的，足够理性的人，研究从东方走出去的因纽特文化，其看待问题、理解问题的角度和方式，也会更加接近那些传说故事想要表达的真实内核。要从邦克先生那些混杂了幻想和记忆缺失的故事中分辨出虚与实，张秋静的帮助格外重要。而想要走出最切实的棋路，邦克先生所说的故事们，对全人类来说，性命攸关。

这是我回来的目的，是我接近他的动机，是决不能偏离的航道。其他的所有一切，都只是过程而已。

只剩下最后一个谜了，距离答案，距离她，都只剩下最后一个谜。

我得进去试试。

1. 瓦　解

看着郭阳走进审讯室，老刘开口了："等等，让他试试。"

栾俊杰很惊讶，但看到老刘脸上的表情，还是忍住没有发声。他清楚地看到，老刘的目光中藏着某个自己不知道的原因。这个原因让老刘认定，郭阳是唯一可以打破刘毓防线的人。

"我就想不明白了。"鲁鹏走到老刘面前，眼贴着眼，"你以前从来都不相信我，不给我任何机会独立办案，凭什么这么相信他？！"

"只要你相信，"老刘没有正面回答鲁鹏的问题，反而说起了第一次见到郭阳的时候，郭阳说过的话，"什么事情都有可能发生。"

审讯室内，郭阳一言不发，走到鲁鹏坐过的位置边，伸手挪动椅子之前，向刘毓做出了"是否介意"的动作。刘毓的目光在接触到郭阳双眼的一瞬间立马变了，停顿了一秒，才摇了摇头。

郭阳说了句谢谢，优雅地坐下。单向玻璃两侧的房间里，鸦雀无声。

老刘灭掉烟，忍不住往前几步来到玻璃边，看着两个绝顶聪明的灵魂，将如何正面交锋。

良久，两人都没有讲话。就像武侠片里两个高手对垒，气氛剑拔弩张，双方却都不做半点动作。他们，都想要后发先至。

"你不是警察。"就在郭阳认真玩着纽扣的时候，刘毓身子往前微微一倾，总算开了口，"没穿制服，不合规定，现在把我继续关在这里审讯，也不合规定。"

"啊，不是审讯。"郭阳抬起头来，双眼直视刘毓，"我是实习生，刚才鲁Sir有点事要先忙，所以让我来看着你。"

"看着我？"刘毓嘴角一抹难以察觉的笑一飘而过，"我刚才就说了，既然又发生了案子，你们就该去查，去找到真正的凶手，而不是在我身上浪费时间。案发时我就在这里，监控可以证明。我不可能是凶手，你们也不能继续关……"

“我说了，我不是警察，我是个实习生。”郭阳颇有些不礼貌地打断，“所以你应该用‘他们’。”

有点意思。刘毓的目光，愈发认真起来。

“Whatever。”耸了耸肩，刘毓饶有兴致地看着郭阳，“所以你是他们的……‘秘密武器’？”

“不。”郭阳摇头，“我是实习生。”

“实习生能进审讯室？”

“理论上不能。”郭阳不假思索。

“那你还大摇大摆地进来？”刘毓不屑地笑笑，“不怕我出去以后投诉你？”

“如果你想投诉，那就尽管投诉好了，对我没影响。”郭阳摩挲着纽扣，“因为我是实习生啊。”

“你……”不对，刘毓心中一咯噔，急忙闭嘴，向来焦点涣散的目光开始集中。

几句话，这个男人进屋之后，我们才说了几句话而已，我的思路……居然被他给带跑了？

沉默一阵，刘毓知道，自己那些心理上的小伎俩对眼前这个男人毫无作用。在进入审讯室之后，她第一次以诚恳的态度说：“我明白了，想问什么就问吧，我会酌情回答。”

“那就好。”郭阳终于放下了纽扣，抬起头淡然地看着刘毓，“不会有书面记录，我没有那个权限，但是有监控，所以你要谨慎一些。”

为什么要特意提醒我这些？刘毓的心跳开始加速，哪里有人会在审讯开始之前，提醒提审对象谨言慎行的？审讯审讯，目的不就是打碎目标的心理防线，寻找话语、姿态、动作中的漏洞，挖掘信息和真相吗？眼前这个男人……

“‘为什么不按常理出牌呢？’”郭阳说，“你在想这个问题，对吧？”

这家伙！刘毓咬了咬牙，偏过头去。

“因为你是个聪明人，绝顶聪明的人，如果我按常理出牌，你是绝不会露出半点破绽的。”郭阳毫无保留地回答，“我不知道你为这场审讯练习了多久，以我刚才的观察来看，你不是那种会因为气氛、环境、情绪变化而说错话的人。不过聪明的人，都有一个毛病，你知道是什么吗？”

刘毓不想回答。

“自负。”郭阳如同一台机器，用几乎没有起伏变化的声音道，“骨子里的自负，这是聪明人甩不掉的毛病。无论如何提醒、告诫自己，如何努力练习、避免发生错误，都无法彻底摆脱自负的阴影。所以我要做的事情很简单，那就是尽可能让你不自觉地进入自负的情景之中，然后找到突破口，粉碎你的伪装。”

“我当你在夸我。”刘毓从牙缝里挤出这句话。

“我不是在夸你，而是在瓦解你的防线。”郭阳说，“我说这些话的目的是为了让你开始变得自负。人一自负就会疏忽，一疏忽就会露出破绽，所谓得意忘形，就是这个意思。”

“呵，笑话。”刘毓往后一靠，强行挤出一声冷笑，“是，我骨子里确实很自负，如果你不说这些话，说不定我真的会败在你机器一样的冷静之下。但现在你把你的计划统统告诉我了，我为什么还会疏忽？你凭什么击碎我的防线？我看起来很像个傻子吗？”

“不，你一定会大意的。”郭阳机械地摇头，“比如刚才，你说我‘凭什么击碎你的防线’，说明你确实没说真话，不是吗？”

刘毓一愣。

“虽然还不能当作证据，你也大可继续诡辩说只是一时口误而已，但实际上我已经证明你确实有所隐瞒。那么接下来我的工作就变得更简单了，那就是挖出你隐瞒着的到底是什么。”

郭阳的每一句话、每一个字，都好似钢钉，狠狠钉在刘毓的心脏深处，让她惊愕不已。这家伙是在……

“这是你刚才用来对付鲁 Sir 的办法，现在我以其人之道还治其人之身。”郭阳淡然地说，“我在帮鲁 Sir 找回场子呢。”

天才啊！单向玻璃另一边，老刘血液上涌，恨不得马上给上头打报告，要求用尽一切办法把郭阳留在队里。要知道，郭阳的这番话，不仅让刘毓在进入审讯室之后第一次吃瘪，而且还能在刘毓的心中留下……

“恐惧。”审讯室内，郭阳弹不虚发，紧盯着刘毓有些飘忽的眼神，“现在你的心里，已经被我种下了恐惧的种子。无论你是否承认，从现在开始，你都会对我有所畏惧。你会更加瞻前顾后，更害怕自己说错话做错事，更担心某一句话露出马脚被我抓住。所以你继续回答我的问题时就会有所犹豫，而你的每一次犹豫我都会记住。我会记住你所用的时间、神态的变化、手脚的动作等信息，并从中找出规律，直到我能彻底将你看透。到那个时候，你就再也不可能骗得过我了。不用担心我记不清楚你的反应，因为这儿……”

一根手指戳了戳自己的太阳穴，郭阳的眼神好似冰霜：“什么都记得住。”

玻璃另一侧，老刘身边，栾俊杰、鲁鹏、所有正在“欣赏”这次审讯的刑警，全都目不转睛，生怕错过任何一个细节。因为他们知道，这样的审讯，恐怕这一辈子也只能看到一次。

“对了，还没有自我介绍，我叫郭阳，是刘老师的实习生，很高兴认识你。寒暄结束了，现在……”郭阳坐直了身子，“审讯，正式开始。”

超过临界点了。看着郭阳乘胜追击，刘毓全线崩溃的场景，老刘知道，无师自通的郭阳，已经来到了所谓“审讯的临界点”。

这也是老刘和栾俊杰，在多年刑侦实践中总结出来的经验。警校的教科书里，会管这种情况叫“击破防线”，但老刘觉得并不准确——此时此刻，刘毓的防线并未彻底被击溃，她依旧在负隅顽抗、试图挽回败局。但整个局势已经被郭阳完全掌控，郭阳的每一句话、每一个问题、每一次停顿、每一个细微的动作，都会引得刘毓过度思考，给出的反馈走板变形，即便没有逻辑破绽，也足以证明她在说谎。

这种抓住弱点一顿猛击、进而掌控全局的微妙节点，就是审讯的“临界点”。

更让老刘感到诧异的是，郭阳击破临界点所采取的方式，并非传统的“逻辑驳倒”，而是利用了刘毓的“性格弱点”。

他精确地分析了刘毓的性格特征，预先在脑中绘制出她的灵魂肖像，之后再介入审讯，不做任何逻辑上的纠缠，几句话直击要害，先从根基上动摇刘毓的心神，然后钝刀割肉，一丝一缕地粉碎她妄图抵抗的自信。

如果说破案和审讯，是想办法从一锅沸腾的污水中挑出杂质、还原本真的话，鲁鹏传统的“线索追踪法”是用密集的滤网不断筛选，排除错误答案，老刘的“动机理论”是釜底抽薪，找出基本的行为动因。

那么郭阳的做法，就是直接分析这锅水的成分，丢下催化剂。特异点，自然会浮出水面。

至此，胜负已分。

“为什么要分尸？这个问题我想了很久。”审讯室内，郭阳的推理，还在继续，“刘老师一再提醒我，凶手做的任何一件事，哪怕是再小的细节，也一定会有他的动机。所以，分尸也一定是因为有某个非分尸不可的理由。因纽特故事只不过是一种掩护、一层伪装，箩筐、扁担、图皮拉克、床单等都只是障眼法。能够做出这样一系列连环碎尸案的凶手，不可能在这种地方出现纰漏。追寻这些线索本没有错，也是破案过程中不得不做的事情。但与此同时，警方花工夫在这些线索的追查上，恰恰正是凶手最乐于看到的结果，鲁 Sir 的思路就错在这里。真正的动机，应该会更加简单，更加……直观。”

隔壁，鲁鹏咳嗽了一声，眉头紧皱。

“我听不懂你在说什么。”刘毓双手环抱在胸前，做出了防御性姿态，眼神瞟向房间一角。

“什么情况下，凶手才‘必须’要进行分尸呢？如果不分尸，就可能会让凶手‘身份败露’的理由是什么呢？独特的杀人手法？能提示具有唯一性之凶器的痕迹？死者在身上某处留下了关于凶手的信息？”郭阳平淡地说着，语气就像在念一本大学物理教科书，“我觉得都不对，如果是独特的杀人手法，就证明凶手是惯犯，且曾被逮捕过，被警方确认过身份，手法才会有辨识度，这与本次的案子不吻合。尸检报告很明确地给出了凶器范围，击打死者头部的钝器、刺入心脏的利器、分尸用的刀具都非常普通、随处可见，所以‘掩饰凶器’也不成立。另外，如果死者身上留下了什么信息的话，凶手完全不必要进行分尸，只要在信息留痕的位置，模拟出一些擦伤之类的痕迹就可以掩盖，就算尸检时被查出伤痕是死后留下的也无所谓，因为搬运尸体的过程中出现伤痕再正常不过了。”

刘毓一言不发。

“而且，尸体还原虽然碰到了一些问题，但基本完整，没有明显的部位缺失。所以那本著名的推理小说《占星术杀人魔法》中，六具尸体变成七具的手法也不是答案。凶手所要掩盖的，是某些‘更加明显’、如果不用分尸来转移注意力就会被‘一眼发现’、并且少了那个携带信息的部位便会‘极为突兀’的东西。人体的什么部位同时具备了这所有特质？分尸之后，我们对哪个部位的关注程度会急剧下降呢？”

郭阳的目光落在刘毓脸上：“答案是头部，或者准确地说，是面部。”

刘毓的手指，扣紧了自己的衣袖。

“分尸，是为了掩盖死者近些年曾得过天花留下的疤痕。杀第二个人，并捶烂他的面部，是为了将我们的注意力吸引到‘雀斑’上，让我们想当然地认为选择目标的时候，雀斑是重要的筛选条件，以混淆视听。第三名死者没有雀斑，杀他是为了淡化雀斑这个信息，进一步向‘无差别杀人’的方向靠拢。你的帮凶杀第四个人，则是玩起了‘时间把戏’，为了彻底证明你的清白。”郭阳继续道，“你们选择杀害对象的逻辑，并不是因纽特故事中的‘复仇’或‘替天行道’。而是‘身高体态相仿’，并‘有雀斑优先’。如果我没有猜错的话，你们或许曾考虑过对尸块进行混合，进一步淡化天花疤痕这个关键信息。但很可惜，尸体被发现的时间比你们预想得要早一些。你们无法进入大院完成最后的布局，只能退而求其次，再多杀一人，用无懈可击的不在场证明来洗脱你身上的嫌疑。至于所谓的绑架，自然是你和帮凶设计好的一场戏。刘毓小姐……”

近乎无情的双眼，直勾勾地盯着刘毓，郭阳的声音，冰得就像无尽冰原上千年未化的雪：“我说的对吗？”

情势倒转，刘毓刚刚对鲁鹏说过的话，此时回到了她的耳边。她的嘴张了张，却一个音节都发不出来。玻璃另一边，所有人的嘴巴都张着，脑中无数风暴正在肆虐。

郭阳……是什么时候推理到这一步的？他拿到了什么我们不知道的信息吗？没有啊！

同样的信息量，完全相同的推理环境，甚至仔细想想，郭阳所接触到的案件信息比在场的其他人还都要少了许多。尤其是第三起案子，郭阳只不过看了看现场照片罢了，第四起案子更是连死者身份、死亡时间之类的基础信息都一无所知。

这样的情况下，郭阳居然还能够做出如此骇人的推理。或许并非完全正确，但从刘毓的反应来看，起码郭阳已经在一步一步地接近真相。

回忆起自己刚才的拙劣演出，一直气鼓鼓的鲁鹏也不得不服气，找了张椅子坐下，叹了口气。

老刘，你是对的。比起这个实习生，我确实还远未出师。

“不想回答吗？”郭阳说，“那我就权当你是默认，继续往下推理了。接下来……”

“等等。”刘毓终于开口，“你的这些推理毫无意义，我没有承认也不可能承认。我沉默，只是不想和你多费口舌而已。”

“那我可不可以这样理解，”郭阳的左手摩挲着纽扣，“你并不否认，我刚才的推理在理论上确实有成立的可能性？你知道的，只不过是头脑风暴罢了，你的回答不会也无法被当作证据。”

刘毓沉下眼：“理论上是这样没错。”

“好，重点来了。”郭阳点点头，双手都放在了桌子上，十根手指交叉在一起，“你为什么要说谎呢？”

两间房间里，所有人都是一愣。

“我？说谎？”刘毓皱眉，不解地看着郭阳，“我说什么谎了？”

“天花。”郭阳眨了眨眼睛，“我刚才说其中一名死者‘近期感染过天花’，你没有反驳我的这个说法。这很奇怪，因为天花早就已经被人类消灭了啊。”

老刘一惊，好像是这么回事！

“你是学医的，不可能察觉不到这么明显的错误，以你锱铢必较绝不服软的作风，应该会第一时间反驳我，并借此彻底推翻我的整段推理，然而你却没有这么做。”郭阳继续道，“为什么？是因为你在说谎，还是因为近些年……你确实接触到了活体天花病毒呢？”

这个男人……

刘毓努力控制住脸部肌肉的不自觉抽搐，故作镇定地摇头轻笑：“呵，很有意思的推理，如果写成小说，说不定我会买来看。但在现实生活中，你的推理有两个漏洞。”

“请赐教。”郭阳说。

“首先，我确实是学医的，也确实知道天花已经被消灭。但刚才我无法确定你是不是在诈我。毕竟你的审讯风格比较特殊，随时都在挖坑等着我跳，作为一个试图证明自己清白的人，我不做任何反应很正常吧？当然了，如果你想用这段话来说明我确实有所隐瞒，所以才担心你会诈我的话，我也无话可说。”

“的确。”郭阳点点头，“其次呢？”

“其次……”刘毓的脑袋一歪，嘴角的笑意，仿佛正在宣告自己的胜利，“你，没有证据。”

玻璃对侧，所有人都怅然若失。

“没有证据的情况下，你们的审讯时间是有限的，迟早要放我走。”刘毓继续说，“从现在开始，我不会再回答你任何问题。请让真正的刑警来和我对话，郭阳先生……”

刘毓右手食指和中指并排伸出，在自己的额头上轻轻一点，随后往外一挥：“再见。”

没有证据。郭阳精彩绝伦的推理，让所有人都暂时忘却了这一点，甚至以为只要让郭阳继续审讯下去，真相就会立马浮出水面。

然而，刘毓从来都不是一个草包，没有证据，就无法继续，哪怕想要将她作为重点证人进行名义上的保护、实际上的监视，也必须得到当事人的同意。只要刘毓不同意，警方就无可奈何，只能任她远走高飞。

郭阳华丽的推理，不过是警方和凶手智力角逐中的一块遮羞布。现实，依旧残酷。

老刘和栾俊杰对视一眼，一句话都没说。鲁鹏起身重重踹了一脚椅子，转身走出了房间。

审讯室里，郭阳却还是面无表情，如同机器。

“你说得没错，刘毓小姐。”站起身来，郭阳冲刘毓机械地笑了笑，“但我已经得到了我想要的信息，所以算是各取所需。感谢你的配合，再见。”

“只是好奇。”刘毓眉目微微皱着，看着郭阳的脖子，“那枚纽扣……有什么特别的寓意吗？”

“这个吗？”郭阳低头看了眼纽扣，用右手小心翼翼地捏起，“这是一个真正认识并承认我才华的人送给我的护身符。”

“伯乐？父亲一样的长辈？”刘毓的眼神中流露出一丝艳羡。

“有点类似，”郭阳点点头，转过身去打开房门，“他是一名先知。”

说完这句意义不明的话，郭阳头也不回地走了出去，身后的刘毓欲言又止，双眼始终盯着那枚纽扣，仿佛在看一个阔别多年的老熟人。

郭阳刚走出审讯室，众人全都迎了上来。

“小郭，你……”栾俊杰第一个走上前去，伸出手想拍一拍郭阳的肩膀，动作做到一半却顿住了。

他本想安抚郭阳，让他不要往心里去，毕竟是第一次实际审讯，没能找到决定性证据并不奇怪。但话到嘴边，栾俊杰却又说不出口。郭阳人生中的第一次审讯，甚至可能会是这个天才这一辈子唯一的一次审讯，却已经比现场所有人几十年所做的都要出色万倍。

安抚郭阳？应该得到安抚的分明是我们吧！

“抱歉，栾老师，刘老师。”郭阳立马接上话头，化解着尴尬，“我尽力了，审讯确实是一门高深的学问，是我没做好。刘老师……”

看向抽着烟的老刘，郭阳眨了眨眼睛：“有些话，我想和您单独聊聊。”

走到一旁，在老刘迫切的目光下，郭阳开口：“刘老师，我觉得我们考虑的方向可能有点问题。”

“怎么说？”老刘抽了口烟。

“前两具尸体中有一具感染过天花，从刘毓小姐的反应来看，已经可以确定。”郭阳回答，“暂且不去考虑病毒从哪里来的问题，继续往后看，我认为真凶的行为，已经脱离刘毓小姐所能预料的范畴了。”

“你是说……不对。”老刘眼珠一转，“真凶？也就是说小毓她……”

“弱相关。”郭阳摩挲着纽扣，“刘毓小姐和这次的案件恐怕是弱相关，您还记得我们找到她的时候发生了什么吗？”

老刘点头，随后又飞快地摇头：“我觉得我记得，可是你这么问，我……大概不记得？”

“当时您说她可能已经‘背上了三条人命’。”郭阳回忆着，“您还记得她的反应吗？”

老刘眉头一皱，仔细回想，似乎在某一个极其短暂的瞬间，小毓的眼睛睁大了一丝。

“这句话是出乎她预料的。”郭阳继续道，“‘三条人命’这个信息，在她预料之外。”

也就是说……

“在刘毓小姐的认知中，真凶杀死的目标应当‘少于三个’。”郭阳比出三根手指，“其中一个是感染过天花的死者，或许也是他们的主要目标。另一个是长有雀斑的人，杀他是为了混淆视听。雀斑没有凹陷，天花愈后疤痕会在皮肤上形成较浅的凹陷，两者都有色素沉积。在活人身上很容易分辨，但想从捣毁面部、撕掉头皮的碎尸上分辨出来并不容易。并且几名死者都是几乎不可能感染过天花的年纪，就算有人发现了区别，也不太会往天花的方向去想。”

说着，郭阳侧过头，看着审讯室紧闭的房门：“刘毓小姐和真凶所设下的圈套，应该就是这样。”

“我有点明白你的意思了。”老刘在垃圾桶上掐掉烟头，“一开始小毓和真凶是这样计划的，为了进一步洗脱嫌疑，还设计了绑架的戏码。但真凶开始逐渐失控，小毓可能有点害怕，就试着开车跑路，结果被我们追上。而真凶那边没有收手，还在继续杀人……但这么看，凶手这不还是在帮小毓吗？”

“一开始我也是这样考虑的，但这里有个问题。”郭阳平静地说，“如果凶手的目的从头到尾都是为了帮助刘毓小姐的话，那么最合理的做法，应该是杀了前两个人之后先停止作案，等刘毓小姐被我们找到，拥有了完美的不在场证明之后，再继续杀人。并且此时只要再多杀一个人就行了，也就是说，最后的死者数量应该定格在三人。”

老刘努力跟着郭阳的思路。

“实际情况却是，刘毓小姐还没被找到，第三起命案就发生了。就算我们把第四起命案，当作是为刘毓小姐洗脱嫌疑而‘不得不犯’的案子，这第三起命案也根本不合逻辑，是‘没有必要发生的案子’。”郭阳一边说，一边整理着自己的想法，“这很不对劲，这种不讲‘用途’的做法，不是至今为止因纽特故事杀人案中那名思维缜密、绝不犯错的凶手会做的事……凌晨那会儿我们推理过一次，凶手应该有两人，对吗？”

老刘确实记得郭阳说过类似的话。

“所以，完整的图景应该是这样的。”郭阳从一旁的办公桌上拿过一副纸笔，画下了三个呈三角状排列的小圆，并在其中分别写上了“刘毓小姐”“真凶1”“真凶 2”的字样。又在下方画了四个三角形，标注上“死者”和四个编号。

“假设和刘毓小姐合作的是这名真凶 1，他们两人设计了初始的计划。由真凶 1 出手，先后杀死了死者 1 和 2。接着是绑架戏码，之后刘毓小姐被我们找到，等待第三起案件以自证清白，真凶 1 则逍遥法外，这是他们这一侧的时间线。”

郭阳用笔将代表刘毓的圆和真凶 1 的圆连接起来，在连接线的中点上往下画出两个箭头，指向死者 1、2。

“另一边，真凶 2 比他们两人晚一些行动，先后杀死了死者 3 和 4。死者 4 被杀的时间，与刘毓小姐被关押的时间相吻合，应该是一个巧合。”

更多的线条被画下，整个案件的情况，在老刘眼前愈发明朗。

“那么就有三种可能性。一，刘毓小姐和真凶 1 这一组，与真凶 2 之间没有任何关系，一切都是巧合而已，两方的人在差不多的时间、用差不多的手法，杀了几个身高、年龄都相仿的人，且恰好都在 W 市范围内。这个可能性存在，但近乎为零。二，刘毓小姐、真凶 1 以及真凶 2，三人相互之间都认识，案件的主导者是真凶 1 和真凶 2，刘毓小姐因为某种原因，不得不配合他们作案，并作为暂时的替罪羔羊被我们找到。这个可能性眼下来看是不存在的，因为如果真是如此，刘毓小姐应当会一开始就知道将要杀几个人，不可能对出现三名以上的死者这件事如此敏感。”

“唔……那如果这两个凶手在瞒着小毓的情况下，擅自增加了杀人的数量呢？小毓依旧以为只会死两个人，实际上两名凶手却继续杀人。”老刘分析道，“这样一来逻辑也是通的。”

“确实如此，但如果我是真凶之一的话，不会这样做。”郭阳摇摇头，“从一开始，我就不会告诉刘毓小姐真相，让她以为凶手只有我一个。然后私下和另一名凶手合谋，执行‘表计划’之下的‘里计划’。这样更安全，说不定还能让刘毓小姐因为信息的不对等，而在被审讯的时候惊慌失措、出现纰漏，甚至就此被误认为是动手杀人的真凶之一，成为真正的替罪羊。”

“你这样去想就没完没了了。”老刘又点起一根烟，“那我还说真凶1和真凶2之间也相互留着自己的小算盘，希望用小毓来顶掉自己的罪呢……应该没那么复杂。”

“您说得对，这个案子要么复杂得过分，要么……”办公区大门口有些喧闹，郭阳侧首看了一眼，“要么简单得不得了……刘老师，那边是？”

“老刘！”不等老刘回头，栾俊杰的喊声传来，“快，快过来！”

“干吗？”老刘心乱如麻，快步走了过去，“老子在和小郭讨论案子……”

“抓到了！”栾俊杰的下一句话，让老刘和郭阳脚步骤停，“刚刚抓到凶手了，就是三十年前那头狐狸，四个人都是他杀的，承认得很爽快！”

什么？！郭阳的眼睛微微睁大，再去看身边的老刘，老刘已经站不住脚，颓然倒在了办公椅上。

“人马上就会带过来，说是明确坦白一直都是一个人作案。这案子和小毓没关系，一点关系都没有，马上就能放人！”

“不……不可能……”郭阳摇着头，向来波澜不惊的脸上，第一次流露出了震惊，“这不可能啊刘老师！刘毓小姐一定和这个案子有关！”

“结束了。”老刘的双眼，无神地看着门口正在准备移交的同事们，“案子结束了。”

“不对，刘老师，这肯定不对！”郭阳来到老刘面前，双手按在办公桌上，身子前倾，激动地说，“死者那个年纪不可能感染天花，里面一定有问题，这是非常宝贵的一条线索！只要继续追这条线索，我们一定可以一击必……”

“我说结束了！”老刘一声怒吼，整个办公区瞬间安静了下来。

郭阳愣在原地，被摇摇晃晃站起身的老刘一把推开。

“这个案子……”弹出一根烟叼上，老刘摇摆着走向大门，“结束了。”

上午10点的太阳逐渐上升，刺入办公区的光线与地面的切角越来越大，一道道阴影错落排开，好似教堂里肃穆的立柱，从郭阳脚下逐渐溜走，与老刘的背影一起，变成了一个粗壮的顿号。

“老刘干吗，突然吼那么大声？”栾俊杰来到郭阳身边，“什么结束了？小毓没事他应该高兴啊。”

郭阳好像突然明白了些什么，双眼一亮：“是我说错话了，刘老师他或许……栾老师，失陪一下！”

“你们！这两个家伙真是……唉！”栾俊杰满肚子问题还没来得及问出口，郭阳已经风一般跑远，不见了踪影。

跑出大院，郭阳站在路口思索了一下，向之前见到老刘的夜宵摊走去，却发现店家早已关门。街边一个排水渠旁，一只小龙虾一动不动地趴着，背部被路过的行人踩碎，看样子像是故意的。

他会去哪里呢？愈发喧闹的道路上，人来车往，回忆着刚才自己所说的话，郭阳很后悔。

女儿被认为是凶恶犯罪的头号嫌疑人，被自己亲手抓住，好不容易下定决心不再参与后续审讯，却又得知女儿并无嫌疑；鼓起勇气介入审讯，本想彻底证明女儿的清白，却又看着自己最信任的实习生，一步步地证明女儿有所隐瞒，一定与案件有关；在某一个瞬间，或许已经下定决心要大义灭亲，却又有消息传来，真凶已经归案，女儿是无辜的；心底明知道案子绝对还没完，女儿身上肯定还有重要线索，理智与情感交错，不知是否应当继续追查下去的时候，那该死的实习生又在身旁提醒自己，不要抱有私心……

W市的街道上，郭阳奋力地奔跑着。

如果我是刘老师的话，也会濒临崩溃的吧？

中午12点左右，郭阳找到了老刘。

“嘶——呼。”距离大院约三公里的一处池塘边，老刘坐在一张破旧的公共长椅上，一根接一根地抽着烟。

平复过呼吸，郭阳走上前去，在老刘身边躬下身：“刘老师，我……”

“来了。”老刘没有看郭阳，双眼直视着池塘中央太阳刺目的光芒，拍了拍身边的椅面，“坐。”

郭阳犹豫了一下，还是坐了下来，沉默了几秒再度开口：“对不起，刘老师，是我没有考虑到您的感受……”

“是我不对。”老刘摇摇头，沧桑的眉头微微皱着，目光平静如水，“不应该跟你发火，你又没说错。”

郭阳不知道该回答什么。

“老啦。”老刘伸了个懒腰，嘴角浮起一丝疲惫的笑，“别人年纪越大脾气越好，老栾以前也急得很，现在每天跟打太极似的，天塌了也和他没关系。我就不行，越老脾气越差，自己都不知道自己在气什么……知道我为啥来这儿吗？”

郭阳摇摇头。

“很安静，没什么人，特别自然。”老刘侧过头，看着一旁树上的嫩叶尖，“以前我只要思路断了，案子走不下去，就会到这儿来坐坐，抽一盒烟，把乱七八糟的东西都丢开，听听鸟叫吹吹风。有时候会有孩子来玩儿，我就陪孩子闹一闹。有个半天一天的，心情就舒畅了，压力都丢在水里，浑身轻松……听到没？鸟叫声听到没？”

郭阳听了听，点点头。

“很舒服，对不对？”老刘笑笑，叼着烟眯着眼，“我没什么文化，说不清楚这种感觉，反正就是觉得舒服，打心底里舒服，你们年轻人管这个叫什么空……”

“放空。”

“对对对，大概就这个意思。”老刘往后一靠，双手耷拉下来，闭上了眼睛，“一块儿歇会儿吧。”

“可是……”郭阳还是忍不住说，“那个凶手，应该很快就会被送到大院了。”

“你啊，小郭。”老刘乐了，仰着头闭着眼，嘴里的烟笑得抖了抖，烟灰飘了一脸，“跟个机器人一样，永远都是工作工作工作，跟人说话小心翼翼的，多生分哪！稍微放松下脑子没坏处，看看这池塘，看看这鸟，看看这太阳，你想到什么了？是不是觉得这世界很大，自己很小？是不是想到人生本来应该过得更简单惬意一点？是不是一想到自己老是这么刻板地说话做事，自个儿都觉得别扭……”

“巴塞尔问题。”突然，郭阳嘴里蹦出了一个老刘从来都没听过的词儿。

“什么塞？”老刘转过头看向郭阳，跟看怪物似的。

“您刚才问我看到这个池塘想到了什么，答案是‘巴塞尔问题’。”郭阳眨了眨眼睛，一脸真挚地看着老刘，“我想到了巴塞尔问题，刘老师。”

“啊？”老刘简直觉得自己就是个弱智。

“1644年门戈利提出的经典数学问题，研究的是1加$\frac{1}{4}$加$\frac{1}{9}$加$\frac{1}{16}$加$\frac{1}{25}$……这样不断加上后一个平方数的倒数，最终结果是否收敛，极值又是什么。”郭阳开始说天书，“1735年，欧拉求出了解，答案是$\frac{\pi^2}{6}$。因为欧拉出生在巴塞尔，所以这个问题就被纪念式地叫作‘巴塞尔问题’。”

“你觉得我能听懂？”老刘脑中一片糨糊，“为什么看到个池塘会想到这么个鬼东西？”

“刚开始学习数学的时候，我对巴塞尔问题之欧拉解的理解，出现了很大的问题。”郭阳看向池塘，“欧拉的解法很优雅，很聪明，过程平滑。但那时候我还不到10岁，多少有点偏执，始终无法理解为什么这样一个纯数字的问题，答案里会冒出个π来，而且为什么是π的平方？π很少会以平方的方式出现，它是怎么来到这个答案里的？这个问题里哪儿牵涉到了圆呢？”

为了照顾老刘的理解能力，郭阳尽可能控制住自己的用词习惯，用大白话叙述着这个他人生中相当重要的时刻。

“既然答案里有π，那么这个问题中一定隐藏了起码一个圆。所以我下定决心要做一件事，那就是从巴塞尔问题里，找出那个‘圆’。”

郭阳起身找来一小块石子，在地上画了一条直线：“假设这是一条公路，路边等距离排列着无数根路灯，每一根路灯发出的光都是等值的。此时我们站在公路的起点，虽然路灯的光本身等值，但传递到我们眼中的光度等级却有所区别。”

看着直线上那一个个代表着路灯的小点，老刘点点头表示能跟得上。

“理想条件下，路灯发出的光是向四周平均弥散传播的，我们的眼睛只能吸收其中一小部分。假设存在一个可以简单量化的‘人眼感受值’，把第一根路灯带给我们的光度定义为 1。”郭阳写下了一个数字 1，“如果第二根路灯的光度感受值是 $\frac{1}{4}$，第三根路灯是 $\frac{1}{9}$，第四根路灯是 $\frac{1}{16}$，这样一直延续下去的话，我们所感受到的所有路灯光度的叠加值，就是巴塞尔问题要求出的那个解。这样一来我们就把这个数学问题，转化成了一个物理问题。”

更多的数字被写下，老刘开始感到有些吃力，但稍微想了想，还是能够勉强理解，但是，“这还是没有圆啊。”

“很快就会出现了，在那之前，我们要搞清楚一件事。”郭阳说，“为什么第一根路灯光度为 1 的话，第二根路灯的光度就恰好会是 $\frac{1}{4}$ 呢？”

“这不是你假设的吗？”

“数学和刑侦一样，都要讲证据。”郭阳说，“光有假设是不行的，还需要证明这个假设。”

这一瞬，仿佛有什么东西，在老刘的脑海中跃动了一下。

“我们先把‘光度感受值’这个概念量化，人眼就像是照相机上的一小块感光元件，路灯上的光有多少照射在这个小小的感光平面上，就决定了感受值的大小。”

郭阳画了条指甲盖长的线代表眼睛，从第一根路灯上照射出来的光，有一部分落在了这个线条平面上，线条上下端与光源相连，组成了一个狭长的三角形，“眼睛里的‘感光元件’是三维空间中的一个平面，当然要用三维的角度去分析，所以我们要求的，实际上是覆盖了这个平面的光占原本总光源的比例，假设这个平面是个正方形……”

这次郭阳画出的立体透视图，老刘就有些看不懂了。

“如果距离拉大到原先的 2 倍，还想要得到相同的‘光度’，我们就必须把这个感光平面的长、宽都加倍，面积上达到初始平面的 4 倍。最简单的做法，当然就是在这个位置上，摆上 4 块原始大小的平面拼接在一起。推理到这里，神奇的事情发生了。”郭阳点了点两块大小不一的平面，“4 倍大的那个平面中，

‘每一个原始大小平面’所接收到的光度，恰好是第一个平面的 $\frac{1}{4}$。所以可以得出结论：距离加倍时，光度感受值降低为原本的 $\frac{1}{4}$。”

老刘手中的烟已经燃尽，他却浑然不觉，反复观察着郭阳画出的那些图示，强迫自己去理解其中的含义。

“依此类推，距离拉长到 3 倍，想要得到同样的感受值，就需要把平面扩大为原始的 9 倍。那么 3 倍距离上的每一个原始平面大小所接收到的光度，就是第一个平面的 $\frac{1}{9}$。再往后用同样的原理，$\frac{1}{16}$、$\frac{1}{25}$……所以我们得到了一个公式：在距离为 d 的位置上的一根路灯，所传递到我们眼中的光度等于 $\frac{1}{d^2}$。”

虽然并不能清晰地理解郭阳的计算方式，但奇妙的事情，确实在老刘眼前发生着。

“换个角度，如果这条路从起始点开始就分叉成了三条路，中间那条是布满路灯的公路，另外两条靠外的公路又正好形成了一个直角的话，那么根据勾股定理，做一些简单的相似三角几何变换，我们可以发现，每一根路灯给出的光度，都可以被分摊到另外两条路上的两根路灯上。”郭阳似乎不准备做详细计算，直接给出他的计算结果，“接下来，重点来了。”

站起身来，郭阳走到池塘边，指着对岸：“刘老师，做三个假设：第一，现在是晚上；第二，这池塘是个正圆形；第三，我们从左右两边走到正对岸的那个点，行走距离都是 1。”

老刘也起身跟了过来，懵懵懂懂地看着对岸，想象着郭阳描述的场景。

“现在闭上眼，对岸的那个位置上，有一座灯塔。”

一片漆黑的池塘对岸，一道刺目的光。

“我们和那座灯塔的距离，就是这个池塘的直径。因为周长等于直径乘以 π，所以直径就是周长除以 π。根据前面的假设，我们知道周长是两个 1 相加，也就是 2，因此直径 d 就等于 $\frac{2}{\pi}$。”

虽然这都是最基础的数学知识，但老刘早就不记得了。不过，郭阳的话语却似乎有一种魔力，老刘就像是着了魔似的认真听着，甚至忘了一开始两人到底在讨论什么。

“之前我们得出了光度感受值的公式，结果是 $\frac{1}{d^2}$，把这里的直径 $\frac{2}{\pi}$ 代入进去，得到的结果是 $\frac{\pi^2}{4}$。”

π 的平方出现了。奔六的老刑警刘业，人生中第一次，感受到了数学这门艰深学科的神奇魅力。

“现在，我们把池塘的直径翻倍，对岸的灯塔就落在了大池塘的圆心。用前面三条岔路的方式，将这个灯塔分解为两座，正好落在大池塘的左右两侧，它们的光度总和与原本的灯塔一样。”郭阳继续道，“然后让直径再次翻倍，这两座灯塔就可以分解为四座。第三次翻倍，四座变成八座，依此类推不断重复下去，我们会得到无数座间距相等的灯塔，它们给出的光度感受值总和依旧是 $\frac{\pi^2}{4}$。”

老刘脑海中，一片漆黑的宽大水域四周，无数灯塔仿若幽魂渐次排列，直至无穷。

站在岸边，寒冷的夜风吹拂，让他瑟瑟发抖，仿如往日的魂灵，终于穿越时空来到他身边，在他耳畔细声呓语。它们的面容各不相同，眼窝深陷，全都隐藏在黑暗之中。一只只手抓向老刘的衣角，要将他带入眼前的黑色深渊。老刘奋力地挥动手臂，却啪的一声被冰冷的五指抓住。

回过头来，无数曾被他投入牢狱的恶人，以及数十年来那些未破之案中死者哀怨的亡魂，全都出现在眼前。凄厉的哭声飘荡，对岸越来越远，直到再也看不见，他的眼前，只剩下那一片无边无际的漆黑墨海。

老刘很想要呼喊，无穷多的灯塔齐齐照射过来，却没有一束光在他身上停留。即将窒息的那一刻，他抬眼看向墨海上随波流动的光影，脑中浮现出的最后一个念头，不是想要求生，而是一个横亘了三十年的谜。

牙关一松，气泡翻滚而上，逐渐分崩离析，化成了一串明暗交织的光影。凶手是谁？小毓扮演了什么角色？绑架是真是假？主动坦白的杀手隐瞒了哪些事实？他和小毓认识吗？认识了多久？一开始为何会扯上关系？

这起贯穿了他三十年宝贵生命的案子，这起让他妻离子散变作孤家寡人的案子，这起恐怖的、诡异的、谜一般的、怪诞的、该死的案子，就是身边这墨海的化身，无论他如何挣扎，也无法阻止自己没入其中。

漆黑池水之下，没有半点声音，周遭安静得如同地狱。挥动着手脚，老刘身体四周再也没有了边界，无穷无尽的黑，占据了他的一切感官。

命运从来都不会有半点怜悯，他与这案子的纠缠，早在三十年前的那个暴风雨之夜刻进了他的瞳仁，永世无法挣脱。而他的瞳仁也从那一刻起，化成了一片墨海。

“将这一切做到极限，当池塘无穷大的时候，我们所在的岸边，就会无限接近一条直线。”郭阳的声音穿透墨海，“这条直线，就是之前的那条公路，无数的灯塔，就是那些路灯的转世轮回。做一些简单的平移替换，答案就能被轻易地计算出来。至此，我终于在巴塞尔问题中，找到了关键的‘圆’。”

那么答案呢？圆找到了，这起案子的答案呢？

“其实还有不少看似纯数字的问题，答案都和 π 有关。我们之所以认为看到了 π，就一定有圆的存在，只不过是因为一开始研究圆的时候，不小心找到了 π 而已。只看 π 这个概念的话，究其根本，并不一定和圆有关……我知道了！”

老刘从噩梦中惊醒。

“什么？”睁开眼，平静的池塘，欢叫的鸟儿，随风摇曳的嫩芽，一切都生机勃勃，“你知道什么了？”

“难道是这样……不，一定是这样，只能是这样！”郭阳极为罕见地有些兴奋，回头看向老刘，那双古井无波的眼睛里闪烁着灯塔般悠远的光，“我知道了，刘老师，我知道凶手是谁了！我知道这一切是怎么回事了！”

“你……你怎么就突然知道了？”老刘吃惊地看着郭阳，像看着一个来自另一维度的生物，“你还没跟我说最后怎么变成那个答案……”

“动机，动机啊刘老师！”郭阳兴奋地打断老刘的话，转身就往大院方向走去，“案件是一片墨海，动机就是墨海边的灯塔。不同的人动机不同，同一个人在不同阶段、面对不同情况时所作所为的动机也不同，每一个细微的动机之间都有关联，一切都有动机，到处都是灯塔！只要把灯塔分解开来，更微观地去考虑问题，答案其实并不复杂。π 不一定和圆有关，它只不过是恰好化成了分布在墨海边的无数灯塔而已！”

老刘脑中一激灵，急忙跟上郭阳的脚步，两人几乎同时开始加速，一路小跑着冲向大院。

“我们得马上回去，刘老师！必须在嫌犯被移送走之前和他谈一谈！”郭阳大声道，“我知道了，我知道 π 为什么会出现在这里了！”

2. 不　甘

“说了那么多遍，你们就是不信。”

审讯室，移送之前的最后一次额外审讯，争分夺秒地进行着。

“来来回回换那么多人，问的问题都一模一样，这就是你们的效率？怪不得一直抓不到我。要我再说一遍也行，希望这一次你们可以记清楚，我不想再重复说过的话，明白吗？”男人的身子往前靠了靠，面光灯上了顶，额头往下的五官都变得漆黑模糊。

“人是我杀的，全部都是，你们找到了几具尸体，我就杀了几个人。以后再找到碎尸碎骨，只要时间对得上，那就都是我杀的，听明白了吗？问再多也还是那句话，到底杀了几个人……”男人的嘴角神经质地抽搐了一下，“我已经记不清了。”

“你他妈！”男人对面，鲁鹏拍案而起。

这个五十多岁、发际线后移、身高一米六五、不胖不瘦、声音毫无特点、看起来就像菜市场熟食摊摊主一样的男人，正如老刘和栾俊杰所设想的一样，是一个天生的完美罪犯。在马路上擦肩而过，根本不会有人多看他哪怕一眼。

每个人都有属于自己的独特气场，有的阳光，有的阴郁，狂傲、温暖、轻佻，等等。即便是礼仪完美的郭阳，也难免给人留下“过于礼貌”的印象。

而眼前这个男人的气场，则是“没有气场”。

除了刚才说出的这番话，带有明显的嘲讽和挑衅意味——并且有理由相信，他这样表现一定有他的目的——之外，这个人身上没有半点值得多看一眼的特质。他或许脾气有点急躁，或许有点小聪明，或许正受着失眠的困扰，或许唱歌跑调，但，谁在乎呢?

最完美的伪装并不是真正的毫无特点，而是一出现，就让人连“注意到”的欲望都没有。

“和小毓是完全相反的类型。”单向玻璃另一侧，老刘叼着烟，眉头微皱，“故意表现得嚣张跋扈来转移注意力，更实在地把案子都往自己身上揽。”

“嘴角抽搐是装的，还有很多看起来神经质的小动作都是演出来的。”栾俊杰点点头，“这家伙花了不少工夫‘改造’自己，感觉有点像……故意把自己往那些神经质的杀人魔身上去靠？”

“有这个可能。想借着杀人出名，留下个很有特点的形象，永远被记在历史上，这种人是有的。”老刘嘬了口烟，“老百姓基本上都觉得杀人魔一定是神经兮兮、脑子有问题的偏执狂，肯定有些古怪的癖好，比如小时候就喜欢肢解动物什么的。这家伙这么演，是想成为往后几十年茶余饭后的谈资……你看你看，右手食指快速画圈，这个也是装的。”

“说话很喜欢用‘我’，自我意识过剩，同时有点自卑，这种人会活得很痛苦。”栾俊杰继续分析，“没气场对于罪犯来说是个很稀有的天赋，其他犯人再努力也做不到他平时那副普通模样。老天爷给了他这么大‘优势’，他偏偏不认命，拧巴呀。”

老刘咬了咬烟嘴：“那句话怎么说来着，什么智力和情商超过了性格什么什么……”

“智商和情商超过了性格能承受的上限，同样会导致心态扭曲失衡，进而增加自证型犯罪的概率。”不知为何，栾俊杰说出这句话的时候，语气颇有些无奈。

“很有道理，角度很特别。”郭阳仔细品味了一下这句话，“栾老师，这句话是谁说的？”

“对啊，真是有道理啊。”老刘狠狠嘬着烟。

“这句话是……唉……”栾俊杰哭笑不得，“是你刘老师说的，以前的一个案子，最后做总结的时候脑抽了写出这么句话，后来拿了不少奖……”

“有道理，啧。”老刘假装没听到，看着审讯实况，不住点头，“真有道理，睿智，深刻！”

从脑中自动排除老刘让人啼笑皆非的行为，郭阳琢磨着两名老刑警的话，再去细看对方的动作，确实是这么回事：这凶手在“演一个典型的杀人狂”，太入戏了，弄假成真。

这人的心态很稳，也可以说城府很深，日常生活中接触起来应该相当普通。内心深处他却在迎合大众的期待，模仿所有杀人狂魔档案中那些恐怖罪犯的样子，为自己套上“杀人魔”这个形象设定。

但，绝对不止如此。

动机，所有的细节都存在独属于它的动机。他伪装、扮演成杀人魔“应该有的样子”，那就一定存在着他必须这么做的理由。

“刘老师？”郭阳看向老刘，“差不多了。”

老刘点头，掐灭烟头，向栾俊杰使了个眼色，推开房门走了出去。

半分钟后。

“哈哈，没完没了了是吧？”男人抬起头，看着一老一少坐在自己对面，嘴角露出轻蔑的笑，“真的很奇怪，犯人都坦白了，还穷追不舍问个不停，这有什么意……”

“嫌犯。”拿起审讯笔录，郭阳打断了男人的话，却没有继续说下去，而是认真地看起了笔录内容。

“你说什么？”男人脸上的肌肉抽了一下，看向郭阳的目光中满是敌意。

“是嫌犯，不是犯人。”郭阳头也不抬，以不可思议的速度翻看着笔录，“你用词不准确，我有点强迫症，所以纠正一下……啊你们管自己聊，不用管我，我能看下去。”指指手中的笔录材料，郭阳冲老刘点了点头，随后又低下头，继续如洗扑克牌般以恐怖的速度阅读着。

摆谱吗？还是虚张声势？这个连制服都没穿的年轻人，看着就像实习生一样毫无社会经验，为什么会散发出这么古怪的气场来？

从故意被捕到现在，男人见过的警察没有一百也有五十个，审讯他的还都是刑侦领域精英中的精英。但没有任何一个警察，能给他现在的感觉——一种被掌控的感觉。

而做到这一切，郭阳，只用了不到十秒钟。

男人目不转睛地盯着郭阳，啪嚓一声响起，他转过目光，一个红点在眼前忽明忽暗。

“警察同志，审讯室里能抽烟？”

“当然能啊，你看这不是烟缸吗？有烟缸就能抽烟，这是常识吧。”老刘又弹出一根烟，“要吗？”

“我不抽烟。”这两个摆谱的混蛋。

“对，他不抽烟。”一旁的郭阳迅速而精准地翻到了笔录的某一页，指着其中一行道，“这儿写着呢。”

“唔，好习惯。”老刘点点头又问，“那你介意我抽烟吗？”

“当然介……”

“你觉得我会在乎你的回答吗？”老刘自问自答，拿过烟缸往里弹了弹烟灰。

年纪大的是红脸，年纪轻的是白脸。男人快速分析着眼前两人在这次审讯中所扮演的角色，虽然今天才是他第一次接受审讯，但看过的影视剧、文学作品，以及天生的智商，让他迅速掌握了其中的门道。

根据对方不同的审讯角色定位，给出不一样的反馈，撕破对方的伪装，抓住其心理薄弱点进行针对性打击，让对方或灰心丧气、或恼羞成怒、或自我怀疑、或失去耐心。在那之后，审讯的节奏，就会被自己所掌控。

之前那个刑警就是这样上的套，只要我足够冷静地分析判断，这两个也一样会……

“没有记录在案的前科，没有作为报案人的报警记录，也没有作为证人或者线索提供者的登记信息，所以今天是第一次正儿八经地和警方深入接触，接受审讯也是第一次，这么说来……”厚厚的笔录，郭阳已经快看完了，“很聪明，已经学会基础的审讯应对了，就算是本能，也说明很有天赋。”

男人愣住，这年轻人一眼都没看过我，怎么会知道我在想什么？

“为什么杀人。”老刘将男人的注意力拉回到自己这边，“动机是什么？”

呵，是我想多了，问的问题还是这么低能，和其他警察没有任何区别。

“又来了，哈，杀人，需要理由吗？”男人收起了自己所有的表情，“人凭什么就比其他动物高贵？杀鸡需要理由吗？想要炒鸡块，你难道不会把鸡分尸吗？杀鸡可能是为了吃鸡，那你踩过的蚂蚁呢？小时候抓来拔掉翅膀的蛐蛐呢？路边摘的花、折断的小树枝呢？有理由吗？玩？带回家欣赏？还是打着电话聊着事，顺手拽两片叶子？这些行为和我杀人分尸有区别吗？你们从来都没肢解过人类，又怎么能知道那种撕裂筋肉、断骨开颅的快感……”

“看完了。”男人话还没说完，郭阳突然将笔录材料一合，眨了眨眼看向老刘，“现在？”

“嗯……行吧。”老刘叼着烟四下瞧了瞧，捂着腰站起身，龇牙咧嘴地伸手将房门上了锁。

这是要屈打成招？！男人傻眼了，可我已经全招了，还要我招啥？我刚才说的话他们到底有没有听啊！

“咚咚”，老刘敲了敲单向玻璃，对玻璃另一侧比了个手势，随后不知操作了些什么，又回到桌子边坐下，揉着腰长出一口气。

“什么时候扭到的？”郭阳问。

“不知道，有时候感觉没扭到也会……嘶！”老刘吸了口冷气，“快开始快开始，速战速决，完事儿我要去对面那个盲人推拿。”

他们在干什么？男人快疯了，锁上门聊家常是什么意思啊？！

“我们不喜欢绕圈子，所以希望你也不要绕圈子，人类的智能本就有限，同一时间内能够接受、处理的信息就那么多，花太多心力在无意义的伪装、破伪装上，对你，对我们，都是一种精力浪费。”坐直身子，郭阳进屋之后第一次双眼睁大，直视着眼前恶贯满盈的男人，“门已经上锁，单向玻璃已经变为双向全盲，视音频监控也已经暂时关闭。换言之，我们三个人现在正在一间封闭的斗室里，最后能够走出这里的，要么是你，要么是我们。”

郭阳的语气平和，甚至听着还有几分礼貌和友好。但男人却突然有些喘不过气，一股前所未有的压迫感扑面而来，几乎要扭断他的咽喉。

“当然了，我说的‘走出去’指的是精神层面，绝不是我们要对你动手什么的。我是个实习生，坐在这里和你说话就已经是违规行为，而刘老师腰不好，打你恐怕会牵动老伤，所以这一点你大可放心。”

环顾四周，男人的心跳越来越快。这样审讯百分之一万是违规的吧？

“如你所想，审讯室现在这个状态是违规的，并且维持不了多久。”

这家伙会读心的吗？！而且他为什么要告诉……

“告诉你这些，是为了提醒你一件事：我们的时间很有限，希望大家都能提高效率，你少遭罪，我们少受累。”

郭阳的语调平淡如水，在男人听来却好似死神敲响的丧钟。

“笔录里这些都是你亲口说的，对吧？”郭阳晃了晃手中的笔录材料，男人犹豫了一下，还是点头。

“你说四起案子都是你做的，并且正在谋划第五起案子，绑架也是你实施的，动机是‘好玩’，想要看到‘人类挣扎求生存的样子’，非常享受‘断尸碎骨的感觉’。但是案情的细节你全都不愿透露，还嘲讽警方‘连这点事情都查不清楚’，所以才需要你‘自己露出马脚’，让这三十年来的所有事件全部‘尘埃落定’。”郭阳的双眼盯着男人，顺手将材料递给了老刘，“这都是你在接受审讯的时候所表达的意思，对吗，凶手先生？”

这个称呼让男人很受用，他嘴角微微抽搐着笑了笑，发出一声气声，点了点头。

“很好，这就足够了。”郭阳面无表情地说了句意义不明的话，“刘老师，可以了。”

男人脸上的那一丝笑容瞬间凝固，可以了？什么可以了？

下一秒，他的嘴不由自主地张开，再也合不上了。

“嚓、嚓、嚓”，老刘居然把笔录材料给撕成了碎片。

“你疯了吗？！”男人的额头上终于渗出了滴滴汗珠，这两个家伙绝对不正常！那些笔录可是我的荣誉勋章！

“心疼吗？哈哈。”撕完材料，老刘还不过瘾似的拿起一张不太碎的叠了叠，将烟头按在里边，用两根手指来回碾着，发出刺刺的声音，“是，我是疯了，不知道得写多少检查，这身警服也很有可能会被扒掉，但是无所谓。”

将纸揉成团信手丢在脚边，老刘抬眼，犀利如豹的目光扫过，精光一闪：“我想知道真相，三十年前的案子，这次的案子，还有你的所有真相。如果你不愿意说……那我就来抢！”

男人不自觉地往后靠了靠。我是变态杀人魔？这两个家伙才是变态吧！从他们进屋开始，自己的情绪就不断不断地起伏，没有一秒喘息。他们的所有行为都在预料之外，没有一件事符合逻辑，离谱到让人觉得诡异！

大约十秒的沉默，郭阳瞄了一下放在桌上的手机，男人的余光扫到，屏幕上开着一个计时器。这是在计算封闭斗室能维持的时间？还是在计算最佳的施压时机？这个年轻人到底是在审讯，还是在做科学实验？这世上难道还存在着一个审讯的万能公式吗？

“想说吗？”郭阳眨了眨眼睛，“凶手先生？”

“呵呵……”男人侧过头，心跳声震得胸口生疼。

“那我说，你补充，不对的地方随时打断我。”郭阳表情如常，拿出笔记本翻开，右手握着笔，“不过如果我的推理没错的话，你知道的情况不比我们多多少。”

男人咬了咬牙关。

“三十年前的案子是你做的。”郭阳开门见山，用笔在笔记本上飞快地写着点什么，“假设当年的所有死者都被发现了，那么当时你就是杀了五个人。你渴望被抓到，又害怕被抓到，一次比一次做得夸张。后来应该是发生了某件事，或者某一个契机，比如家庭、爱情、亲情、经济状况、身体状况之类的，让你不得不收手，回归生活。整个案子的过程就是这样，至于你的动机……”

男人脑中，出现了童年那间土黄色的房子，远房叔叔正站在门口，捏着一把糖，等着自己回家。那天下午，要不是那个该死的、下着雨的下午，叔叔他……

“我们并不在乎。”郭阳的后半句话，将男人脑中的意象撞成了碎片。

他……他说什么？

“我们对你的过往经历不感兴趣，对你可能悲惨万分的童年、情感生活之类的东西统统不感兴趣。所以点到即止，你愿意回忆就继续回忆，我接着往下说。”郭阳冷酷地说着，老刘点上又一支烟，“接下来是这次的案子，先说结论：你杀了两个人，然后就以半自首的方式被捕了。头两名死者，以及绑架案，与你没有半点关系。”

男人太阳穴边的神经突突地跳。

“我们的前期审讯有问题，先入为主地认为你和另一个凶手有关联，这给了你可乘之机。审讯时问这些事情是不是你做的，你全部点头便是，反正死罪难逃，背上的人命是七条还是九条没有区别，甚至……”郭阳一直写个不停的笔顿了顿，“你的本意，就是求死。”

男人的头有点晕。看着一个人坐在自己面前，用如此平和淡然的语气，说出自己这一生最偏执的秘密，原来是这样的感觉。

“详细信息你并不清楚吧，头两个案发现场的？”郭阳问。

“我为什么要回答你？”男人反问。

“听到传言，说纱面碎尸案的凶手又动手了，这让你很不爽吧？”郭阳毫不在意，继续发问。

“人们需要重新记起那种恐惧的感觉。”男人回答，“他们都忘了，这么多年过去，他们又敢一个人住，敢走夜路，敢帮陌生人的忙，没有警惕心……”

“别演了，很油腻。”郭阳说，“在闹市区要敲开门不太容易。”

“我有我的办法，你查啊。”男人飘开眼。

“没有一个死者住在闹市区，你又露馅了。”郭阳的左手摩挲着纽扣，“所以是‘以正视听’？”

“不，都是我干的。”男人摇头，“是‘重温旧梦’。”

“图皮拉克呢？”

“哼，有意为之。”

“0.5 秒，目光向左上约 30 度，和之前的反应一致。头脑很好，迅速把没听过的名词与接受审讯时看到的现场照片的细节联系了起来，并推测出这是另一名凶手的特征物。”自顾自说着让人毛骨悚然的话，郭阳的眼睛瞟了一下男人的右手，“右手伪装性的小动作也停顿了。”

男人如坐针毡，右手食指尽可能不动声色地再次转起了圈。

“来不及了，别弄你那个破手指了行不行？看得老子头晕。”老刘没好气地敲敲桌子。

“我再问一次。”不给男人半点反应时间，郭阳接着问道，“是不是‘以正视听’？”

我才不会回……

“他不会回答你的哎呀。”老刘不耐烦地看了眼监控探头，“该知道的都知道了，肯定就是那么回事嘛！收工收工了。”

谁说你们已经知道……

“刘老师，我们是不是应该稍微严谨一点？”郭阳眨眨眼睛，“起码问出从他知道消息到杀人之间的时间间隔，更准确地排除掉有内鬼的可能性？”

你看，这才是专业的态度……

“有用吗？”老刘跷着二郎腿叼着烟，侧眼看向郭阳，“重点不在这儿啊，哎呀我急死了真的是。”

“您说得对。”郭阳点点头，礼仪小姐般优雅地收起笔记本，将笔小心翼翼地夹上去，“我们走吧，对于他来说，永远没有人知道他是凶手，就是最恐怖的惩罚了。”

说完，师徒二人毫不犹豫起身就走，男人终于忍不住了。

“以正视听，呵，这个词很准确。”听到男人平稳下来、不再掩饰的声音，郭阳脚步一顿，回头看到男人低着头，双眼看着自己的腿，“打着我的名号出来杀人，用我的手法布置现场，做得不伦不类，放什么骨头怪物在旁边，这是亵渎……这是一种亵渎！”

郭阳的手机响起，计时器刚好到点。

“我不甘心，人们不知道谁才是凶手，反而去害怕一个假货……是我，他们应该害怕的是我，让他们睡不着觉吃不下饭、时时刻刻都觉得可能会被撕成碎片的人，是我！！！”男人用力踹了一下桌子，抬起头，眼中满是血丝，“那个……那个模仿我的家伙，真以为杀了人碎了尸放在箩筐里，就能取代我了吗？嗯？这是我的手法，这是我的标志，只属于我，只能属于我！我要用‘正确的方法’做一遍‘以正视听’，要让他们都明白，这个世界上只有一个人能带给他们那样的恐惧，那就是……”

“啊，又来了。”男人的情绪刚刚累积到高潮，老刘却摇头叹了口气，伸手拎了拎裤腰带，回过头继续往门边走去，“小郭，走了走了，没劲。”

“我觉得还挺有趣的，刘老师。”郭阳几步跟上，“这是我第一次现场听到犯人的内心自白。”

“听多了耳朵都起茧，烦得要命。”老刘抽了抽鼻子，“一个个都跟小孩儿一样，‘哎呀我受了委屈我好难受’‘哎呀我的童年好悲惨我要报复社会’‘哎呀我天生精神不正常你们都不懂得我的痛苦’，谁他妈稀罕懂啊！神经病。说到底就是脑子不好，出门没吃药。”

郭阳想了想，点点头：“说得没错。”

“我跟你说哦小郭，最能让这种人难受的办法，就是不听他讲，让他憋到死！枪子儿进脑壳了也没人知道他有多‘痛苦’，这能把他们逼疯，嘿嘿。”老刘脸上挂着一丝坏笑。

“你们给我站住！！！”男人一声怒吼，面部因为充血涨得通红，脖子上青筋暴起，呼吸急促，眼珠瞪得像牛，“你们……就是你们这种人害我变成这样！你们有责任，你们每一个统统都有责任！我杀的人都是因为你们才死的！你们的衣服上也沾着他们的血，迟早要下地狱……啊！”

话没说完，老刘猛地转身，一个箭步冲到男人面前，开始苍老的手臂没有丝毫颤抖，死死抓住男人的衣襟，将他整个人从座椅上拎了起来。

“啪！”一记响亮无比的耳光，狠狠扇在了男人脸上。

“咚咚咚”，单向玻璃另一边，栾俊杰急促地敲了几下，提醒着老刘时间不多。

“命苦不能怨政府，点背不能怪社会。”好似丢破麻袋一般将男人丢回到椅子上，老刘直起身来，从口袋里掏出烟盒，“我们差不多算是同龄人，你肯定听过这句话。我不是说这话就是对的，但人有病，就得治，治不起，就努力赚钱治病，怨天尤人有个屁用？别说我站着说话不腰疼，老子腰疼了几十年了，你他妈又懂个屁？”

男人的脸迅速红肿了起来，嘴角渗血，愣在原地。门边的郭阳沉默着，用尽全力也无法真正理解到老刘此时的复杂心境。

“活不下去，那就被淘汰，杀了人，那就偿命，没被抓住，算你厉害，现在被抓了，那就老老实实等死，人生的道理，就他妈这么简单。”叼上烟点燃，老刘深深吸了一口，吐出厚重的雾，“抽烟要是得了肺癌，老子认了，因为这是我自己作死。不看红绿灯乱闯马路，被车撞飞了那叫活该。想跳楼又爬得不够高，摔成高位截瘫生不如死，那是蠢货，连自杀都干不好，受罪就憋着。天道有没有轮回我不知道，但人活着，就得为自己的行为负责。凭什么你作死就要拉别人垫背？你的命是他妈镶钻的吗？我们有责任？对，我是有责任，我的责任就是现在没有权限直接把你脑袋拧下来，因为我他妈不想被扒掉制服，我他妈要给自己养老！”

男人再次低下了头，不知想着什么。

“你那些破事我们一点都不想听，全世界没有一个人想听，你问问你自己，连你自己都他妈不想听！我们只是不想放过坏人，更不想冤枉好人，所以知道个结果就够了。转身就走，是因为这样比较酷。你不是说我们也要下地狱吗？行啊，最后送你一句话：要是下了地狱，你个王八羔子再作奸犯科，就是在地狱……”回到门边，老刘伸手打开门锁，上下门牙咬着烟，瞪着一言不发的男人，“老子也追你到天涯海角！”

说完，老刘一把推开房门，大步流星地走了出去。

郭阳看了看老刘，又看了看沉默的犯人，最终还是什么都没说，转身追了出去。房门被轻轻地带上，不多时，嘀一声，监控的电，又通了。

男人一直一直地低着头，双眼瞪大，看着自己微微颤抖的腿脚。从那个台风之夜算起，三十年，一万多个日日夜夜，他幻想过无数次自己被捕的场景，有过无数种可能。

但没有一种，是今天这样。

他应当是主角，应当是这次审讯中的焦点，所有人会为他的一言一行而做出反应。他的故事、他的童年、他的人生，应该要成为警方的经典教案，被永远记录在世界凶恶罪犯的历史之上。他练习过无数次，抑扬顿挫，字斟句酌，完美的节奏、表情、神态，一个细微的眼神、笑容扬起的弧度，何时急促、何时沉默、何时调动眼前审讯人的情绪，何时枪出如龙，用强大的气势将这小小的斗室完全掌控。

他，应该是这片星海中，最亮的那颗星。

然而这两个人，这两个分明完成了三十年来的心愿、终于得到直面自己机会的男人，却对自己，不屑一顾。

他们在意的是案子，是真相，是手法和动机，而不是作案的人。破解了想要破解的谜题，他们就会马不停蹄地赶去解下一个谜，而不会在出题人身边做半点逗留。

“这不重要。”一老一少挂在嘴边的这句话，在男人的耳边不断响起。重要的是破案，是将真相解剖出来，是让惩罚降临在应该偿还的人身上。其他的，都不重要。

包括男人自己。

“哈……哈哈……”苦笑着，男人的眼泪滴落在手背，“电视剧里……好像不是这么演的嘛……”

他的人生，到此为止。

与此同时。

“刘业你真他娘疯了！”

队长办公室，老刘和栾俊杰笔直地站着，一个侧着头，牙关咬得很紧，另一个眉头紧皱，若有所思。身后不远处，郭阳摩挲着纽扣，一言不发。

“这几天到底干了多少糊涂事，你自己算得清吗？”队长都有些气乐了，看着眼前年近六十的熊孩子，“撕毁笔录，锁门审讯，关闭监控，还拖老栾下水，你简直……唉！”

郭阳看了一眼窗外，天黑了，再这么拖下去……

“先回去写停职申请吧，就说是你主动要求的，稍微好看一点。”半晌，队长坐回到椅子上，“能瞒的我会给你瞒过去，但笔录这事儿一点办法都没有，做好准备……扒警服吧。”

“就要找到人了。”老刘从牙缝里挤出声音，“案子很快就能水落石出，小郭已经全部弄明白了，再给我们一点时间，马上就能找到……”

“没时间了，刘业。”队长一字一顿，“上头早知道了，凶手全招了，明天移送手续一办，程序上这案子就算完了。”

“可它分明还没完！”老刘往前倾身，双手用力拍在办公桌上，“前两个人不是他杀的，还有另一个凶手逍遥法外，怎么能这么草率就结案？穿上警服的时候我宣誓，是在向公平宣誓，向真理宣誓，不是向他妈的程序宣誓！这明显就是一笔糊涂账，我追了三十年，三十年啊兄弟！怎么能这么轻易就……”

“这是你的疙瘩，我知道，也是很多人心里几十年的疙瘩，我也知道。”打断老刘的话，队长向后一靠，“但它现在结案了，明白吗？有疑问那是兄弟单位的活儿，和咱们无关。要是到时候他们说不行，我们才能再查。要是他们说行，这案子就这么定了，我们也没办法……”

“我他妈不甘心啊！”老刘一声怒喝，周遭都安静了下来。

队长愣了愣，余光扫向栾俊杰：“老栾，你也不帮着劝……”

“我也不甘心，队长。”低着头的栾俊杰斩钉截铁地回答，“我帮着老刘犯糊涂，做错了事儿，我认。但这案子明显不是那么回事，就这么结案，我不甘心。”

“怎么连你也……”

“这么说吧，队长。”栾俊杰抬起眼来，目光如炬，“你说结案，行，程序上就按你说的办。我和老刘如果要停职滚蛋，也行，毕竟我们坏了规矩。但我们一定会查下去，用我们自己的办法继续查下去。我的性子你知道，说好听了是老好人，说难听了就是和稀泥。我们糊涂办掉的案子也不是没有，我从来不多说半句，因为我不想较真，不想在工作上给自己添堵。我和老刘的性子完全不一样，换了别的案子，他可能也会是这副样子，而我只会觉得他在犯傻，看在是兄弟的份儿上，能劝就劝两句，劝不了也就随他便。”

回头看了看老刘，栾俊杰继续道：“但这次不一样，这案子……应该是我们退二线之前经手的最后一个大案了，我不想这一辈子都这么稀里糊涂地混过去，我不想再过个十年二十年回忆起来，当了几十年刑警，每一天都在和稀泥，这不对，这种做法，它不对。不说多远，就回到个三四天前，同样的情况摆在我面前，我可能也会和以前一样，帮着你劝老刘。因为老刘傻，又傻又轴，只有我能劝得动他。但这几天，有一个人让我意识到，我这几十年的刑警，简直就是白当了。”目光在郭阳身上飘了飘，栾俊杰低头，整理了一下身上的制服，“从穿上这身衣服起，我一天到晚和稀泥，追线索差不多就得了，找破绽差不多就得了，写案卷差不多就得了，只要能抓着人，其他的都差不多就得了。可一个学航天的实习生却让我明白，这身衣服，它不是这样穿的。所以这一次……”

咬了咬下嘴唇，栾俊杰鼓足勇气，毫不躲闪地看着顶头上司：“我想较个真。”

办公室内，时间仿佛被冻住了。队长的目光在栾俊杰和老刘身上来回游走，良久。

“一天。”一直没说话的郭阳突然上前，冲队长恭恭敬敬地鞠了个躬，“队长，请给我们一天时间，就一天。”

“小郭！”栾俊杰急忙伸手去拉。

“一天之内，我们一定抓另一名凶手归案。”郭阳直视着队长，“不彻底查明真相，两位老师是不会甘心的，所以请再给我们一天时间。”

“半天。”队长拿起手机，看了眼时间，“明天中午之前，要么把你们说的另一个凶手带到我面前，要么把制服给我脱下来，三个人一起滚蛋，听明白了吗？”

三人都是一愣，相互对视了几眼，还是栾俊杰反应最快，急忙开口：“谢谢队……”

“别谢我，要谢就谢这个案子。你们给我搞清楚，我给你们半天，不是因为看你们的面子，或者什么几十年战友情，而是因为……我也不甘心。”低下头拿起笔，队长不再说话，过了一会儿头也不抬地吼了一嗓子，“站这儿干吗？看我怎么给你们擦屁股啊？还不滚出去办案子？！”

“是！”

走出办公室，栾俊杰小心翼翼带上门，一回头瞪着郭阳：“你小子可别唬我们，我退休金全搭这儿了啊！”

“小郭，你到现在还没跟我说明白这案子到底是怎么回事。老子可是信任你才敢这么刚，你小子要是掉链子，我跟你没完知道不？”老刘也有些焦急起来，“说，接下来干啥？需要我们怎么配合？”

“谢谢刘老师和栾老师的信任，请两位放心，我有把握。”郭阳点点头，

“不过接下来，我们什么都不用做了。”

“啊？”两个老刑警张大了嘴。

“不好意思，是我没表述清楚。接下来两位老师什么都不用做了，只要耐心等待就好，明天中午十一点三十分，请在大院门口等我。”郭阳补充道，“我会和另一名凶手，一起出现的。”

3. Deja Vu①

当老刘从睡梦中醒来的时候，天还黑着。

“嘶……”坐起身来，腰部的酸痛让他吸了口凉气，一个人在漆黑的房间里龇牙咧嘴。

四点三十三分，手机屏幕上，显示着一个无比孤独的时间。

年纪大了，就算再累，也睡不长啊。

不知在床上坐了多久，起床上了个厕所，窗开着，凌晨的春风一涤，困意瞬间被抽了魂，消失不见。穿上衣服，冲过保温杯，泡了枸杞，坐在桌子边，双眼看着杯口的蒸汽上升，老刘突然很想抽烟。

床头的烟盒空空如也，烟灰缸里满是烟蒂，保温杯的效果太好，枸杞茶烫得他舌头起泡，嘴一闲下来，还是想抽烟，便离开宿舍出了门。楼里还有几户人家开着灯，里面传出各式各样的声音，老刘的脑子混沌，刑警的本能却让这些声音一一进了他的耳朵，眼前甚至开始出现屋里正在发生的情景。

系统里的人搬的搬，卖的卖，走的走，如今整幢楼几乎都是租户。老刘正楼下这一户的业主就搞了短租，跟破旅馆似的，老是有不三不四的人住进来，为了这个，老刘没少和对方吵架。这不，这个点，楼下这户还亮着灯，里边却没半点声响。老刘骂了句“神经病”，恨不得直接闯进去关灯——睡着了就别

① 法语单词，也可写作 déjà vu，意为“似曾相识，既视感”。

开着灯，浪费资源——不过短租户才不在乎这些。

或者说，现在，已经没有几个人还在意这种事了。

这里是老城区，W 市的老旧心脏所在。这座不大却有些历史的城市，和大多数类似城镇一样，正在经历仿佛永远也看不到尽头的修修补补。

陈旧的心脏每每入夜就会减缓跳动，商铺一家家地拉下卷帘门，谁也不知道明天还会不会打开，往年用来招揽生意的“清仓大甩卖”，似乎即将成为现实。一个个散发着浓重烟火气的夜宵摊，成了这座城市的救命汤药，靠着这一口老参，将将吊着性命，引出些人来，好让一切看着不那么的萧条。

大队宿舍就在老城区中心，六楼小高层，当年分到手的时候，三十平方米的房子让老刘好不激动。搬进来时，张秋静一个劲说，这一辈子就住这儿了，今后拿金房子银房子来也不换。

这句话，仿佛就在昨天。

过了一年，新一轮公房改革大张旗鼓地上了路，队里分到不少名额，花钱就能买到崭新的商品房。正鼓捣着调动进大队的栾俊杰，兴高采烈地找老刘喝酒，说自己掏空家底买了套房子，五十来平方米，宽敞得很。

“神经病，分的免费房子不住，自己花钱买房？还不如买个收音机！”老刘不屑一顾，和几个老前辈组成了“住公房统一战线”。

再过一年，老刘就和张秋静吵了架，一路追着到了河边的老房子，看着她砸东西，收拾行李，连夜带着小毓走了人。抽过整整一盒烟，老刘越看老房子越觉得难受，打定主意今后卖了去。

那一年，老刘根本没想到，W 市会在十多年后掀起一场炒房热，资金流出了市、流出了省，在全国楼市里兴风作浪。

于是，等到同龄人房子一套套地换，赚得盆满钵满，每天商量着哪儿还有房子能炒的时候，老刘还住在这破旧的三十平方米的宿舍里，抽着五块一盒的烟，想尽办法抠出点钱来买枸杞。

实际上作为刑警，他的收入并不差，但省下的钱，他都存在了银行账户里。

为什么？大部分亲友同事不知道，唯有栾俊杰隐约猜到，老刘是想给未来或许有机会见面的女儿留下些财产——干他们这行，哪怕知道妻女住在哪儿，要出国探亲可不容易。

单身男人的生活很简单，单身老男人的生活，更是简单得不得了。

铁哥们儿，老刘当然有，可到了他这个年纪，哪个男人没个妻儿？偶尔相约吃个小龙虾不是不行，但毕竟不是常态。老刘也不傻，不可能天天缠着栾俊杰陪自己喝酒，既然决定了一个人活着，那就得找到活下去的法子。

选择了什么，便拼了命地去做，这才是男人。

久而久之，老刘的业余生活只剩下每周去陪老父亲吃口饭。再往后几年，父亲过世，他终于成了真正的孤家寡人。

他脾气越来越怪，火气越来越旺，和人交流总觉得费劲。身体机能快速下滑，时光追着他、撵着他，他不用拼命地爬，一抻脖子就能看到余生还有多长。

他不再有新的朋友，不再有新的爱好，不再有什么目标和期望，一个个似曾相识的案子，消磨着他的残年。海滨小城的晚风吹过，烛火摇曳，酸痛的腰，迷蒙的眼，越来越难爬的楼梯，越来越浅的睡眠，还有那逐渐溜走的记忆，这所有的一切糅合在一起，变成了片片薄而锐利的刀，将他的过往碾得粉碎。

三十年，夜宵摊上的餐点从馄饨变成了炒面，从大骨变成了米线，再到小龙虾之后，老刘便跟不动了。手边的酒越来越新，桌上的台历已经摆了五年，一时风靡的电子时钟，也永远定格在了十年之前的某个日子，每次重新装上电池，一切就再次重启还原，欢迎他来到 2007 年。

看不清说明书的药瓶，吃过一阵子就忘了，方便食品种类越来越多，吃来吃去，却还是买了包红烧牛肉面。店老板早已挂上了各种二维码，只有老刘还固执地用着现金。年轻同事出警用的是导航软件，老刘脑子里的罗盘吱嘎吱嘎响，手套箱里永远摆着一张破破烂烂的地图，背面仔仔细细写着自己的名字和购入这份地图的日期，隔了几行的距离，还写下了是在哪个路口的书报亭买的，报亭老板有过聚众赌博引发斗殴的前科，今后得多留意几眼。

日子过得越来越闭塞，退休以后怎么办？谁给自己养老？万一生场大病谁来照顾？这些问题，老刘没去想，也没法想。

能活一日活一日，哪能顾得身后事。没有必要和谁搞好关系，实习生犯蠢那就骂，骂了没用就赶走。室内禁烟？得了吧，那还不如让他去死。

说是行尸走肉，老刘比那要有活力一些，可也差得不远。什么职称、评优、论文、拿奖、升官、发财，压根儿想都没想过。栾俊杰不止一次劝过他，起码写个备忘录什么的，给后辈们留下点经验财富，老刘就当没听见。

他的人生，就这样一步一步地，慢慢走向尽头。刑警这份工作确实有几分刺激，可他的心却早已是死水一潭。

直到那天上午，他骂骂咧咧地来到河边，遇到了那个面无表情、一直摩挲着胸前纽扣的孩子。

走在空无一人的街道上，老刘的身体很疲惫，精神却有些亢奋。路灯还亮着，周边的高楼大厦也有灯火点点。路边，趁着夜幕违停的私家车占据了两侧各一个车道，有的一边轮子已经爬上了非机动车道，逼得蚂蚁般密密麻麻的共享单车不得不去侵占人行道。

而人行道靠近沿街商铺的这一排，立面改造留下的脚手架，一个冬天过去都没人来拆。老刘只得猫着腰走，像个港片里正前去接头的线人。找到常去的24小时便利店，从睡眼蒙眬的店员手里买到了烟，走出店门点上一支，迎着凌晨的春风狠狠地抽着。

去哪儿呢。

凌晨五点，路灯快要熄了。对街那家刚开业不久的职业介绍所里传出古怪的声响，怎么看怎么可疑，一定得找机会进去瞧一瞧。旁边的早餐店开始蒸包子，腾腾热气升起，迎接着又一个平凡的清晨。

“嘶——呼”，吐出长长一口烟，老刘把烟头掐在路边垃圾桶上，反复确认没了火星才丢进里头，双手插进外套口袋，眯着眼看着天边，一个疑问闯入他的脑海：

那小子……在干吗呢？

昨天夜里，好不容易从队长手里抠出半天时间，老刘和栾俊杰都做好准备要大干一场。郭阳却说，接下来的事儿，他一个人去做就行了。

老刘不明白，郭阳为什么不带自己一块儿？他那小身板，要是碰到点危险，能逃得了命吗？

当场老刘就发了脾气，但郭阳的态度前所未有地坚决，说什么也不让两个老刑警参与。最后老刘甩下脸子，说自己也要去找另一个凶手，要和郭阳“走着瞧”，谁输了，谁就……请对方吃夜宵。

可等郭阳恭恭敬敬鞠完躬离开，老刘才发现，自己一毛钱思路都没有。之后就是栾俊杰的苦口婆心、一顿夜宵、一瓶小酒、两包烟，以及回家之后的一觉。

现在，半天，只剩下最后几个小时了。

郭阳在哪里？在干什么？找到凶手了吗？

老刘脑子里转着这件事，沿着清晨的马路，不知不觉晃荡到了大院附近。鱼肚白冒了个头，左右也是无事，他干脆走进院里，窝上了车，窗户开条缝，准备再眯一会儿。

迷迷糊糊的，老刘仿佛看到同事们都来了，时间很快到了中午，所有人坏笑着看着自己。尤其是鲁鹏，边笑还边拿出进口手机录像，时不时地问：你那实习生什么时候把凶手带来啊？

老刘很着急，在大院口子上来回转圈，12 点过去，1 点过去，2 点过去，4 点过去。

郭阳，还是没来。

队长亲自押着那该死的凶手上了车，临走前冲老刘一瞪眼，说回来就扒了他警服，然后一脚油门扬长而去。

剩下的人居然拉起横幅开起了欢送会，一瓶瓶白酒兜头盖脸地浇了下来，所有人都笑得机械而古怪。老刘急忙要跑，腰却疼得要命，出去没两步，就听身后嗤的一声，回头看去，火焰顺着自己脚下留下的酒精之河，一路烧了过来。

老刘惊慌失措，几步跑上了车，想开车把火焰甩在后头。但车钥匙怎么转，这车都不启动，火舌慢悠悠地靠近，像毒蛇在享用它的晚餐，关上车窗，那舌头却还在窗户上敲着。

“咚咚、咚咚”，绝对不能开窗。

“咚咚咚”，不能开窗啊刘业！老刘不停地拧着钥匙，心跳快得像打鼓。

“咚咚咚咚”！“……啊！”

从噩梦中惊醒，老刘一头冷汗，猛地蹿起身，脑袋狠狠磕在车顶。

“刘老师。”侧过头来，一张机器般毫无表情的脸就贴在窗户上，又把老刘吓了一跳，“能麻烦您把车开出来吗，开到大院门口？”

“你小子……呼……呼……”老刘大口大口地喘粗气，缓了很久才回过神，摇下车窗没好气地问，“开出去干吗？”

“接个人，应该快到了。”郭阳低头看了看手机，“附近有安静点的地方吗，能坐下来聊聊天的那种？”

几点了？

“7点半不到你聊个头的天，连茶馆都没开门，实在不行去公园吧。”看了眼自己的手机，老刘不耐烦地摆摆手，“要用车你自己开出去，我没空聊天，还得抓凶手呢……你要接谁？证人啊？”

“凶手。”

郭阳的回答，让老刘的心脏瞬间停止了跳动。

“我要接凶手，如果我的想法没错的话，凶手应该马上就来了。”

“来大院？”老刘的眼睛瞪大，“为什么？”

“凶手有凶手的计划，为了完成这个计划，还差一步，这一步决定了她一定会来。来的时间应该就是……”郭阳又看了一眼手机，“就是现在。”

这小子在发什么疯……

“噔、噔”，大院门外，一串脚步声由远及近，最后停在了铁门一侧。

熹微晨光之下，一道影子斜着穿过栅栏式的大门，稳稳立定，勾勒出了一个有些模糊的侧影。

这一幕，让老刘的脑袋嗡的一声，总觉得是那么的，似曾相识。

4. 茶凉了

“所以，你一开始就知道我会来自首？”

最终，老刘还是使出了他的神通，帮郭阳找到家熟悉的茶室，在楼道里吼着让住在店楼上的老板开了门，专门给他们备了间包厢。

一壶茶，三个杯子，一个烟灰缸，一朵插在花瓶里附庸风雅的粉白色假花。没有服务员，没有小吃，没有点心，没有扑克牌，窗户开了一半，春光照了进来，伴着几声鸟鸣。

郭阳和老刘坐在四方桌一边，另一边，坐着一个女人。一个饱经沧桑，却面容和善的中年女人。

张秋静。

“为什么你会知道呢？”饶有兴致地看着郭阳，张秋静浅浅地笑着，“而且为什么连我来大院的时间都知道呢？”

“刘老师一直教导我，一个案子中的所有细节，都一定存在着某种动机。”郭阳回答，“既然杀了两个人，那就一定有不得不杀两个人的理由。您的理由是什么？这问题困扰了我很久，直到我见到另一名凶手……”

“另一名凶手？”张秋静脸色有些变化。

“完全独立的另一名凶手。”郭阳补充道，“你们……不，您估错的变数之一。”

“看来我错过了不少事情。”张秋静放下心来，微微点头。

“不会影响您的戏份。”郭阳说。

“你们……”老刘很想马上问个清楚，但一开口就看到张秋静的目光扫向自己，其中有多少复杂的情绪，没人能说得清。

“总之，为了完成您的计划，自首，是决不能省去的部分。”郭阳说，“刘老师一般在7点半左右第一个到大院，这是他几十年来的习惯，您肯定比我更清楚。为了能够切实地‘自首成功’，也为了利用刘老师容易上火的脾气，您会在这个时间点过来等着刘老师出现，这不难推断。”

“那为什么不干脆直接让我自首呢？”张秋静的目光不定，看不出是否感到惊讶。

“从整片湖面来说，让您自首确实是更好的选择。但……”郭阳的双眼在老刘身上略做停留，“我觉得灯塔也应该有一次选择的机会。”

老刘叼着烟没说话，眼睛藏在烟雾后头。

“和你打交道，看来得打起十二分的精神。”张秋静仔细琢磨着郭阳话里的意思，伸手拿起茶壶，给三人的杯子都倒上了茶水，“说说你的推理吧，顺便帮我把我不知道的内容补上。”

“我的推理不一定完全准确，但我想，或许不做到百分之百的精准，反而会更好一些。”又说了一句意义不明的话，郭阳坐直了身子，“那么，开始了。”

老刘竖起了耳朵。

“第一个疑问在 2014 年。”郭阳翻开了笔记本，“为什么你们母女二人要在 2014 年回国？无论是想家或是支援山村，以你们的经历和能力完全没必要遮遮掩掩、狡兔三窟。你们明显在躲着什么，六七月份回国之前一定发生了什么，使你们不得不这样做。究竟是什么让你们如此小心谨慎？第一名死者脸上的天花愈后痕迹又是从哪里来的？我一度以为这个问题就是关键所在，便试着优先攻克，答案很快就找到了。”

说着，郭阳从笔记本里抽出一张被完美折叠的 A4 纸，摊开在桌面上。

《遗忘在瓶子里的魔鬼——天花》，这是一条网络新闻的打印件。

“2014 年 7 月 1 日，美国国立卫生研究院——也就是刘毓小姐之前供职的 NIH——在搬迁其下属的、位于马里兰州的一间废弃实验室的过程中，意外发现了 6 瓶被遗忘了几十年的天花病毒样本。”郭阳的声音平淡得像在播新闻，“根据国际协定，全世界的天花病毒样本只能保存在两个实验室里：美国亚特兰大疾病控制与预防中心 CDC，以及俄罗斯新西伯利亚国家病毒学与生物技术研究中心 VECTOR，均由世界卫生组织监督。事发后 CDC 很快发表了声明，声称没有证据表明有人曾带走和使用过这些病毒，并且由于病毒已经被冻干，不具有活性，因此不再有感染风险。”

张秋静沉默地听着，没有半点要打断的意思。

“美国食药监管理局的官员说，这些样本在冻库中保存了几十年，CDC 方面随后也给出了更加详细的报告，推测样本来自 20 世纪 50 年代，当时保存有天花病毒样本的实验室数量还不少。至于样本的留存方以及流转过程，一直没有确切通报。”郭阳说，“后续更加详尽的报道证实，样本容器外侧贴着注明天花病毒的文字标签。CDC 的动作很快，7 月 7 日的新闻表明，样本被转移到了位于亚特兰大的一个高密封设施中，经过聚合酶链反应测试，确认瓶子里确实存在天花病毒 DNA。CDC 决定用 2 周的时间测试它们是否能够通过组织培养的方式生长存活，之后再在 WHO 的监督下进行销毁。这一系列新闻，到这儿就结束了。”

说话间，数张 A4 纸被郭阳抽出、展开、摊平在桌面上，按新闻发布的时间顺序，形成了一个好看的弧度，有中文也有英文。老刘完全不知道还发生过这种事，不过话说回来，又有谁会去注意这种新闻呢?

“在一个网络讨论板上，有几个匿名消息源隐约爆过料，称存放这些病毒样本瓶的条形底座上共有 10 个孔位。也就是说，样本应当有 10 瓶。消息源据此怀疑，已经有 4 瓶样本被人提前带走，目的不明。”最后一张 A4 纸被摊开摆好，郭阳将它转了半圈，正对着张秋静，“如您所知，在美国，阴谋论从来都不缺市场。”

张秋静点了点头。

“当然，这些爆料都没有确切证据。如果真有人带走了这些病毒，那必定会‘有所图’，也就是拥有属于他的‘动机’。”郭阳看了一眼老刘，“但新闻发布后几年过去，并没有新感染天花的报道出现，所以这种阴谋论，很快就淹没在了互联网的汪洋大海之中。但是……”

“但是第一个死者确实在近期感染过天花。”老刘终于开口，“二次尸检报告非常明确，所以多出来的那 4 瓶病毒就是被……”

“被你们，准确地说，是被刘毓小姐，给带回来了。”

郭阳接过话头，双眼跟随着张秋静向下躲闪的目光，“你们主动或是被迫地参与了盗取病毒样本的行动，并通过某种途径得知，NIH 将会在 7 月初清理那间实验室，事情将会败露，因此提前动身回国，四处辗转藏身，试图彻底撇清关系。我推测样本可能已经经过了活性培养实验，重新具有感染性，不能随意抛弃，你们进退两难，只能带着这四瓶魔鬼继续逃难。某次机缘巧合，又或是有意为之，第一名死者感染了天花，虽然经过支援治疗痊愈，但留下了明显的愈后痕迹。要么是他以此为把柄要挟恐吓，要么是沟通过程中发生口角，总之死者与刘毓小姐爆发了冲突。当时正在学校任教的您得到消息第一时间赶去，次日中午，蓄意，或是失手杀人，造成了不可挽回的后果。”

刘业的心跳加快，呼吸也愈发急促。对面的张秋静却平静如初，略低着头，双眼看着杯中茶水，不发一言。

郭阳毫不留情地继续说着：“人是您杀的，可刘毓小姐才是死者感染天花的原因所在，事情若是被捅出来，后患无穷。于是您用最快速度谋划了一个大体框架，一方面用因纽特传说作为掩护，混淆视听，另一方面寻找下一个杀害目标，动手杀人之后分尸弃尸，玩出了那个颠倒时间的小把戏。

“您曾是刘老师的妻子，对三十年前的连环碎尸案颇为了解。为了拖延警方的侦破进度，争取后续行动时间，您又找来扁担箩筐，为整个案子再加上第三层迷雾。您知道碎尸被发现之后，刘老师作为曾经参与过当年案件侦破的唯一在职刑警，一定会进入专案组，因此又策划了所谓的绑架事件，以求为刘毓小姐进一步洗脱嫌疑，并转移警方的注意力。

“碎尸和混尸、雀斑和天花痕迹、时间把戏、因纽特传说、三十年前的碎尸案、绑架事件……您前前后后总共为这个案子锁上了六道谜题，每一道都迟早会被破解，但每一道都能多多少少拖延时间。而这一层层掩护，并不是为了逍遥法外逃之夭夭。您真正的目的，是为了让刘毓小姐可以在‘正确的时间’被我们找到，并关押起来。只要在那段时间内再发生一起命案，刘毓小姐就会彻底清白。

“不过我认为，您的一系列计划，并不是一蹴而就、第一时间就全部策划好的，而是在作案以及与警方博弈的过程中逐渐成形，慢慢变得越来越复杂。也就是说一开始，您自己也不知道最后案子究竟会演化成什么样子。您所有的后续行动都是‘read and react’，不同阶段有着不同的动机。因此这个案子不是推理小说式一点通点点通、恍然大悟的类型，而是一个漫长的、不断增减、妥协所诞生出来的怪物。您的目标在变，不同时间节点上的动因在变，唯有总体动机不变。这让我一度陷入了自己给自己设下的推理陷阱中，妄图找到一击即破的关键节点，没能更加动态地考虑问题，险些酿成大祸。”

郭阳的语速越来越快，仿佛这一切并不是他推理出来的，而是真真切切地发生在他眼前，甚至他自己都参与其中。

“接下来是绑架案，您留在存储卡里的声音之所以用了如此古怪的处理方式，是为了刻意留下值得怀疑的‘把柄’，让警方开始怀疑刘毓小姐并进行追捕。您断定以刘老师的性格脾气以及对互联网的认知程度，不太会通过外网搜索的方式找到您的下一个谋杀目标。如果一切顺利，等到第三名死者出现的时候，您才会透露与网站有关的信息。此时我们会发现三十年前的噩梦再度降临：眼前有着无数线索，能用的却一条都没有；仿佛已经一一破解了您设下的重重谜题，却依旧无法接近真相。”

张秋静送到嘴边的杯子顿了一下，等着郭阳给出总结陈词。

“至此，刘毓小姐有了完美的不在场证明，您，也能继续藏在黑暗之中，等着刘毓小姐被释放，二人继续亡命天涯。”

听到这儿，老刘的冷汗才开始落下。

要是没有郭阳的执着和头脑，对自己了如指掌的张秋静，恐怕真的可以完美实行计划，将自己玩弄于股掌之间。郭阳说得对，这不是那种恍然大悟“原来是这样”的谜案。这个案子的核心，就是自己一直挂在嘴边的那个词：动机。

“所以是你找到了我的下一个目标，让刘……刘警官去蹲守？”张秋静微微摇头，一声苦笑，“我居然输给了一个巧合。”

“这确实是巧合。”郭阳点头，“但您的计划在实施过程中，总共出现了两个巧合，还有一个漏洞。”

笔记本被翻到了下一页。“第一个巧合是我的出现，我恰好提前定位了潜在的后续受害者。不过我有充分的理由怀疑，我的这个行为也在您的计划之中。因为那个网站上的内容实在太过于‘完美’，完美地契合了我们的所有需求。如果那个网站是你们临时拼凑信息搭建起来的，目的就是为了引我们到现场去，找到您留下的存储卡，我一点都不会感到意外。”

“看来你早就知道。”张秋静笑了笑，“不过网站登记时间、证书这些东西，在国内实在太难更改了，迟早也会露出马脚的吧。”

“第二个巧合，恐怕您到现在仍不清楚。”郭阳不置可否，继续说，“那就是您的行为，引出了三十年前案件的真凶，偏偏在刘毓小姐接受审讯的时候，对方恰好作了案，恰好证明了刘毓小姐的清白。这是您的幸运，也是您的不幸。”

张秋静的眼神终于发生了一丝变化，猛地抬眼看向郭阳，又有些惊慌地求证般看向老刘。

“是的，秋静。”老刘点上一支烟，沉着声说，“除了你杀的之外，又有两个人……被杀了。”

“我……”张秋静的话卡在了喉咙口，怎么也说不出来。

“从您的角度，幸运的是，相互交叉的两名凶手，切实地扰乱了我们的视听，让我们多兜了好几个圈。不幸的是，那名凶手为了‘以正视听’，把您杀的两个人也揽在了自己名下。”郭阳机器般的声音传来，张秋静却只觉得浑身发麻，“也就是说，哪怕您今天不来自首，案子也能终结，刘毓小姐依旧无罪，您依旧能藏在黑夜里，你们母女二人……都不会受到任何影响。”

听到这儿，方才还沉浸在郭阳的推理之中的老刘，突然觉得有些不对劲。这致命的诱惑似乎并不是留给张秋静的，而是留给……

“不过这两个巧合，只影响了‘结果’，并不会影响您计划的‘过程’。真正让我彻底看穿计划的是那个漏洞。这漏洞，出现在您和刘毓小姐之间的沟通上。”郭阳没有给两人思考的时间，“您并没有告诉她，按整体计划是需要杀起码三个人的吧？为什么不说呢？她的正义感？还是觉得她知道得越少越好？又或者从一开始您就已经想好了，最后要用自己来为她彻底洗清一切呢？”

张秋静的眼神失去焦点，郭阳越是抽丝剥茧，她的灵魂就越是涣散无边。

“这一点沟通上的缺失，导致刘毓小姐在得知死亡三人的消息时，受到了明显的精神冲击。”郭阳说，“而您不知道刘毓小姐已经‘清白’了，无法与她联系，又不能继续杀害您认为原本就‘有罪’的目标，只能出下下策前来自首。之前埋下因纽特传说那层伪装，为的也是这一刻可以自然地接过罪恶之杖，而不显得违和。这一点，就是您的计中计了。”笔记本被翻到了写着字的最后一页，“一个谜题，不仅在前期争取到了宝贵的时间，还能在后期成为整个计划的保险栓，不得不说，您确实非常聪明。”

但还是被你彻底看透了，不是吗？张秋静嘴角牵动，微微垂首。

“您的计划，两个巧合，再加上那致命的漏洞，使得这个案子演变得非常诡异：警方、您、刘毓小姐、另一名凶手，四方的信息全都不对等。一般来说，信息不对等会成为刑侦过程中最大的阻力和难题。可偏偏在这次的案子里，它成了我们的伙伴。”合上笔记本，郭阳深深吸气，“那名凶手不知道您作案的真正目的和案情细节，只要审讯时多用些心就会露出马脚。刘毓小姐不知道您准备杀两人以上，更不知道还存在第二名凶手，导致审讯时漏洞百出。您同样不知道另一名凶手被您引出了洞，不知道刘毓小姐已经被证明‘清白’，所以为了完成计划，必然要出面自首，又被我们候个正着。我们这边反而成了所有庞杂信息的交汇点，一开始或许会感到疑惑不解，可只要冷静下来抽丝剥茧，就能占据先机……嗯，很清冽，很提神。”

拿起茶杯喝了一口，郭阳向张秋静点了点头表示感谢：“很奇妙的案子，很特别的过程，但拆开来看，π 一直都在那里。我的推理到这里就结束了，刘老师，接下来……”收起笔记本站起身，郭阳恭恭敬敬地向老刘鞠了个躬，“交给您了。”

说完，郭阳转身，径直走出了房间。

一只春鸟落在窗台上，敏捷地摆动着脑袋，看了看屋内沉默相对的两人，一侧身又振翅飞远。吧嗒一声，燃尽的烟灰落在手指上，老刘条件反射地吹了吹，结果烟灰飘开，又落在他的杯子里，弄得他手忙脚乱。

幸好有这一阵忙乱，一边忙着涮杯子，老刘的眼睛一边时不时往张秋静身上瞟，不住地思考着。

该说点什么？用什么身份去说？从哪里说起？小毓她……

“暂时是安全的。”张秋静仿佛一瞬间看穿了老刘的想法，“小毓已经出省了，我们约定一个月后碰头，在那之前，她会照顾好自己。”

“唔。”老刘木木地点点头，“那就好。”

“但我没办法和她碰头了，是吗？”双眼并没有躲闪，张秋静就这样直直地看着老刘，“你……会让我走吗？”

“其实……”话到嘴边，老刘一顿，还是咽了回去。

能告诉她什么呢？自己是以警服作为筹码换来的这半天时间，如果不将她捉拿归案，就会丢掉工作和退休金？这真的重要吗？

此时此刻更重要的，分明是那个郭阳含糊其词几句带过、关于天花病毒的答案吧？

老刘很想说服自己，这个答案其实也不重要，只要睁只眼闭只眼，假装今天的一切完全没有发生过，回去好好写一份检讨，就说夸了海口没抓到人，请队长喝几顿酒，让教导员帮忙疏通疏通，保住这份工作和自己的棺材本，然后……

张秋静还在看着自己，等着自己的回答。

然后秋静和小毓，就可以永远自由了。

对了，之前小郭不是说，要中午十一点半才会带凶手过来吗？为什么要特意把我叫醒，当着我的面完成推理，再把我和秋静留下？他早就想到会是这样的结果吧？他的动机是什么？这小子，为什么要把这道题留给我啊……

“人是我杀的。”老刘正在犹豫要不要再点一支烟，张秋静反而先开了口，“你的那个实习生……小郭？真的好聪明，哪所警校的，今年毕业？”

“人家是学物理还是航天什么的，是个天才。”老刘看了一眼身后，确认郭阳已经离开，“和小毓一样，很早就留学去了，也在美国。”

“小毓的情况不能说是留学吧。”张秋静摇摇头，“我……让她吃了不少苦。”

“这不都熬过来了嘛。”老刘说。

“不。”张秋静的眼神暗淡下来，“熬不过来的。”

老刘的神经一紧。

“有些事情，是无论如何……都熬不过来的。”

1988 年，丧子两年之后，刘业和张秋静领养了一个女孩儿。

孩子有着一双空灵的眼睛，生性安静，很少哭闹。之所以选这个孩子，一方面是因为孩子有先天毛病，引发了张秋静的恻隐之心，另一方面是因为孩子的鼻子，还真有几分刘业的影子。刘业是个粗人，张秋静则学识广博，取名的任务自然落在了她身上。

毓，代表着地面生长出的青嫩小草，天地为其母，日月泽其容，雨露润其身，有着生育、养育、栽培的意思。这个美好的字，与夫妻俩和女孩之间的关系非常契合：虽非我生，却由我养，你不仅也不会是亲生子的替代品。

你，就是独一无二的存在。

当时刘业刚进入大队一年，简短的见习期后，终于进入专案组，开始参与侦破一个大案子：纱面碎尸案。工作究竟是如何影响到了生活，夫妻二人如何爆发争吵，最后又如何闹到无法挽回。这些细节，如今已不再重要。

1990 年，刘毓两岁生日过后的第三晚，张秋静负气出走，带着女儿彻底离开了刘业。

“我也在气头上，只想着能尽可能离你远一些。那些年正是出国潮，有个远房亲戚人在美国，说能帮我搞定身份，我就去了。”说起往事，张秋静的神情平淡如水，“出发的时候我才知道，那人是个蛇头，到了墨西哥就把我们丢下，让我们自己想办法入境……”

究竟耗费了多少精力，熬过了多少苦难，才最终带着刘毓踏上美国国土，入境之后打了几份工，怎样供刘毓磕磕绊绊地读书，这些过往，张秋静只是简单几句带过。所幸刘毓没有辜负母亲的辛劳，求学之路越走越顺。张秋静骨子里不服输的劲头，也帮她迅速适应了并不如意的新生活。工作、身份、教育，一个个难题被她逐一解决，崭新的命运之路，终于在两人面前铺陈开来。

“然后，你联系了我。”张秋静看向老刘，“说要小毓的照片，我寄给你了，但不是直接寄的，转了好几手。”

“就这么不想见我？”老刘问。

“小毓终于习惯了没有爸爸的生活，终于熬过了最难的时候，终于不再因为同学的嘲讽回家扑在我怀里掉眼泪。这个时候，难道你要我再去告诉她，乖，爸爸知道了我们的地址，他是刑警，手段很多，迟早会找上门来，再一次搅乱我们的生活，然后又放不下国内的工作转身回国，留我们在这儿独自面对接下来的一切吗？”张秋静的情绪终于有了些波澜，“难道要我告诉她，你好不容易自强自立，不再需要爸爸的庇护，但现在你得知道，你还是有爸爸的，只是这个爸爸不可能陪着你长大，你永远只能靠自己吗？她才 10 岁啊刘业！”

老刘无言以对。

“抱歉，是我失态了。”整理好情绪，张秋静看着杯子，继续着她们的故事。

和刘业的短暂交会，没有，也不能影响到母女二人的生活，这是张秋静给自己立下的誓言。刘毓的人生，必须是她自己的人生，她本就是天地孕育的一株细草，没有义务更没有理由为父母间的矛盾付出代价。虽然来到美国本就已经是一种代价，张秋静只希望自己废寝忘食的努力，可以将这种伤害降到最低。

时光飞逝，当刘业在国内逐渐习惯了独来独往的生活的时候，远在美国的母女，接连迎来了两个好消息。

第一个是，通过华人内推，张秋静得到了进入一家著名基金会工作的机会。那家基金会名叫“邦克基金”，从20世纪70年代初创立以来，就一直致力于几方面的工作：支持航空航天技术发展、支持精英黄种人在北美的深造学习、支持烈性传染病防治工作、挖掘并保护少数族裔文化遗产。

精通因纽特文化的张秋静重拾数十年前的专业，身为东方人从东方视角解读因纽特文化，成了她的独特优势，也正是这一点，让她得到了这份工作。

基金会的创始人是一名神秘的富豪，人们只知道他名叫邦克，姓氏不明，是因纽特人，常年居住在华盛顿，与NASA有着相当紧密的合作关系，有收集牙刷的古怪爱好。他本人平时极少出面，个人生活、是否婚育等信息，知晓细节的人屈指可数。极少数在基金会创立之初就入职的老员工，会称呼这名神秘的创始人为“先知”，具体意义不明。他海量的财富从何而来？为什么会对这些风马牛不相及的领域格外关注？这些问题的答案，恐怕只有他本人知道了。

在邦克基金的工作并不辛苦，高福利待遇也是人尽皆知。而且刘毓正是在北美深造学习的黄种人，作为基金会员工的孩子，得到资助的可能性极大。张秋静的命运终于转了一个大弯，开始向着光明的方向发展。

第二个好消息是，2011年年初，23岁的刘毓即将硕士毕业，最后半个学期，成绩极为突出的她，得到了进入NIH实习的机会。

这本是一件天大的好事，但实习期快要结束时，一直计划着回到校园继续深造的刘毓，却在一个夜晚告诉母亲张秋静：她不准备继续读书了，拿到文凭之后，会留在 NIH 工作。

即便工作岗位、待遇都不差，即便张秋静早就已经发誓，女儿的人生就由女儿做主，但那个夜晚，女儿有些恍惚的神情，却让她险些打破自己的誓言。

“小毓说，她只是有些厌学，从记事起就一直在读书读书读书，打破偏见靠的是成绩，得到夸奖靠的是成绩，所有一切靠的都是成绩。她厌了，倦了，想调整一下生活节奏，试着工作，试着赚钱养家。”张秋静的眼神沉了下来，“她说 NIH 的工作很适合自己，她喜欢那里的氛围，和同事的关系很好。顶头上司也已经给了承诺，会为她安排一个相对清闲的岗位，如果她今后还想深造，随时都可以停薪留职，放心去做。她……她说了很多，很多我根本没办法拒绝的理由。但那天夜里，我总觉得……”

张秋静，总觉得事情没有那么简单。

为了信守承诺，张秋静没有阻拦，而是转身去厨房煮了一碗从唐人街老乡手上买来的纱面，按照家乡的习俗，为刘毓成功就业小小地庆祝了一下。

于是，2011 年 5 月，刘毓签下一纸合约，正式入职 NIH。

“小毓正式上班第一天，我请了半天假，订了一家她爱吃的餐厅，转到她单位门口，想接她下班洗洗风尘，你知道，我们有这个习俗。”张秋静低着头，粗糙的手指来回摩挲，“到了下班时间，大楼里的人一批批往外走，小毓却没下来。我想可能是有什么手续没办完，或者流程不熟悉要加会儿班，就打了个电话给餐厅，把定位时间往后延。又等了大概一个小时，小毓走出来了，我到现在还记得，那天她穿了一身深青色的职业装，我陪她去商场挑的，真的很漂亮。我刚想上去打招呼，就看到她身后跟了个人，是个高大的男人，看着 40 岁不到，一头金发。那个男人追着小毓说话，但小毓不想理他，男人就伸手扳过小毓的肩膀说了些什么。最后小毓转身走开的时候，他还伸手拍了拍小毓的屁股。”

“他他妈的……”

“我等了一会儿，等到小毓准备上公交车的时候才过去，假装自己刚到不久，到了饭店之后，我还是忍不住开口问了。”打断老刘的火气，张秋静继续道，“小毓说，那个男人是实习期认识的同事，就是他给的入职承诺。她说对方对自己有好感，算是在暧昧期，刚才是拌了几句嘴，让我不要担心。我……”

长长地出了一口气，张秋静摇了摇头：“我信了。”

秉着不过多干预女儿生活的想法，张秋静没有继续追问。她偶尔会听到女儿和男人通电话，隐约知道男人好像姓巴里，说的似乎也多是工作上的事。

时间来到 2011 年年底，刘毓找张秋静商量，想搬出去一个人住。张秋静答应了，虽然每周都会见面，刘毓也时不时会回家小住，可相互之间的联系终归是减少了。其间张秋静发现，女儿的交际圈很窄，基本是单位、住处两点一线。但刘毓从小就不是个喜欢交际的孩子，比起酒会轰趴，她更喜欢窝在房里吹笛子，工作后改变不多，也不一定就是坏事。

从 2013 年年中开始，刘毓的工作越来越忙，和张秋静的联系也越来越少，接连几个月都没见过面。张秋静几次提出要去为她做顿饭，都被刘毓以加班时间未定为由拒绝了。

9月底的一个雨天，张秋静实在按捺不住思念之情，买了些刘毓爱吃的菜，坐车来到她的住处，准备给女儿一个惊喜。当她满心欢喜走出电梯的时候，发现女儿的门虚掩着。推开房门，地板上杂乱不堪，卧室方向传来了一个女人的啜泣，和一个男人的喘息。

床板吱吱嘎嘎地响，男人用不堪入耳的污言秽语不断辱骂着女人，张秋静手上的袋子不知落在了哪里。跌跌撞撞跑进卧室，她看到的是身怀六甲的刘毓，被那个金发男人压在身下，徒劳挣扎的画面。

张秋静瘫坐在地，一点声音也发不出来，男人回头看了一眼，居然没有丝毫要收手的意思，反而愈发来了兴致，更加卖力地发泄自己的兽性。不知过了多久，男人终于做完了他的事，起身穿衣离开的时候，还向呆若木鸡的母亲打了个招呼，脸上是轻佻而鄙夷的笑。

回过神来的张秋静颤抖着手拿起手机准备报警，却被女儿拦下。

“从 2011 年年初小毓实习开始，这事就发生了，两年多时间里，她被那个人捏得死死的。所有的一切男人手上都有，你能够想到的、想不到的……”看着出离愤怒的老刘，张秋静的语气平静得近乎残酷，“你是做刑侦的，应该比我更清楚，这种事情的报案率有多低。”

当天，张秋静就把女儿接回了自己的住处，男人大约是怕母女二人也会做些手脚，往后大半年都没有再出现。刘毓请了病假，犹豫再三，还是决定把孩子生下来。

2013 年 12 月底，圣诞假期，刘毓的孩子出生了。

哺乳假结束重新回到工作岗位，刘毓发现男人不见了。据说他是调入了一个有一定保密性质的工作组，短期内都不会回到位于贝塞斯达的总部，且期间不能与外界联系。唯一值得庆幸的是，未婚生子在当地不算是什么了不得的新闻，不少同事一直认为他们是男女朋友，权当是刘毓错误地接纳了一个花花公子，闲言碎语不算太多。

孩子出生半年后，2014 年 6 月的一天，张秋静忙完工作，回家接替保姆带孩子。晚上 7 点多，刘毓回来了，手上拎着一个生物安全用的金属密封罐，神色慌张。

刘毓战战兢兢地说，男人在她回到家附近的时候出现，看着像惹上了什么麻烦，狼狈不堪。他匆匆忙忙地将密封罐交给刘毓，说是要寄存一段时间，日后再来拿走，命令刘毓绝对不能打开，并表示如果自己半个月内没有出现，或者 NIH 传出要“清理搬迁某一间废弃实验室”的消息，刘毓就要第一时间带着东西离开美国，一刻也不能停留。

说完这些，男人转身离开，从此再也没有出现。

在张秋静的反复劝说下，刘毓做了必要的防护，将密封罐打开。里面，装着四个小小的玻璃瓶。

“天花病毒样本。”张秋静说，“小郭的推理完全正确，网上的传言是真的，瓶子里的恶魔总共有十个。除了后来被封存的六个之外，剩余四个都在我们手上。”

这是一颗迟早会爆炸的定时炸弹，而且刘毓，已经洗不清了。

没过几日，NIH 毫无征兆地突然决定搬迁那间实验室。母女二人别无选择，只能将孩子暂时托养给老乡，随后想尽办法将样本带到国内，四处流浪躲藏，试图等风波过去再回美国。她们的预期是三年，三年后，如果实验室里发生的事情没有后文，她们就去接上孩子，再找一个国家继续生活下去。

然而，磨难如影随形。

“我们不敢在一个地方待太久，我倒是方便，教书要带的东西不多，随时都能走人。小毓毕竟是个名义上的乡村医生，每次换地方都得搬不少东西。”张秋静说，“前年年中搬到Z村的时候，村里有个男人自告奋勇帮忙搬东西，后来也时不时来小毓的诊所坐坐，算是熟人。”

这个男人35岁光景，是个光棍，在村里的名声不太好，据说刚“克”死了兄弟，分得不少家产。村里的老人都说，这男人命里带刺，靠近他就会沾上厄运。不过男人读过些书，有些聪明，算是村里少有的“文化人”，对刘毓也算彬彬有礼，时不时还会给些小恩小惠，一度让张秋静觉得，说不定会是托付女儿的好对象。

但事实证明，母女二人看人的眼光，真的很糟糕。

2016年仲夏，刘毓和张秋静又到了搬家的时候，男人赶来说要帮忙。引狼入了室，狼便露出了獠牙，男人觉得以后大约是再也见不到刘毓了，不知是早有预谋还是一时昏了头，居然锁上房门图谋不轨。

男人堵住了门，慌乱中的刘毓往屋内躲，信手拿起东西就往前砸，纠缠之下，被束之高阁的密封罐落了下来。刘毓慌张争抢的样子让男人知道，罐里的东西一定很重要，便抢先一步拿起，试图打开。

之后两人是如何在争执中打碎瓶子的细节，张秋静也不清楚。

“破了一瓶。”张秋静说，“小毓说她马上跑出屋外反锁了门，告诉那个男人他刚才打破的东西到底是什么。”

面对突发状况，刘毓采取了一个医学工作者最应当采取的措施：放下之前的一切问题，对患者进行封闭支援治疗。

男人幸运地痊愈，成了刘毓新的不幸的开端。

男人的脸上留下了疤痕，查到天花本应已经灭绝的信息，他的邪念再度膨胀，以此要挟刘毓就范。

一定是我的问题吧？被命运反复捉弄的刘毓，不由得生出了这样的念头。

总是被欺骗、伤害然后抛弃，我，一定是有问题的吧？不敢再向母亲求救，刘毓再次坠入深渊，即便后来搬离了Z村，男人却还是一次次地找上门来。

之后到了案发前，张秋静察觉异样问出了真相。这一次，她不再像数年前那般选择逃避，命运，早已让这个母亲避无可避。一个计划，在她的脑海中滋生，一辈子所痴迷的因纽特传说，与“现实中的非现实”第一次糅合在一起，孵化出了魔鬼的容颜。

这一次，她决定反击。

“也就是一个晚上的事。”喝完杯中茶水，张秋静淡淡地说，“我也不知道为什么这么顺利，那天晚上，好像不是我在策划这些事情，而是一个声音，一个在我脑海里的声音，细心地告诉我应当怎么做，应该如何利用我所知道的一切。如何杀人、分尸，如何借上当年那个案子的名号，如何用因纽特故事披上伪装，如何拉你下水，如何在千里之外把你们可能会采取的行动全都考虑进来。我……”

张秋静舔了舔嘴唇：“我只想保护小毓，只想了这一件事而已，一切就自动冒出来了。”

杀了那个男人。

不能让女儿受到半点怀疑，不能与来历不明的天花病毒有任何关系，不能暴露女儿之前所经历过的一切。并且，杀了那个男人。

“要让小毓彻底安全，完完全全地没有嫌疑，最好的办法就是先让她遭到怀疑，在她被你们监视的时候，又发生一起案子，最后让真凶自首。”老刘彻底呆住了，张秋静的嘴角，却扬起了一丝温暖的笑，“幸运的是，我就是真凶。”

“两条人命，杀人碎尸，没有防卫、义愤、激情成分。”老刘的声音颤抖着，“就算有自首情节，你也最少会被判无期。”

“我知道。”张秋静点头，“所以呢？”

老刘一怔。

“我只是用我的命，来换小毓的一生平安罢了，我是她的妈妈，这样做很奇怪吗？”

“你可以找我。”老刘咬着牙。

“然后呢？”张秋静笑了，“你能做什么？你能为她杀了那个男人吗？你能帮她解决身份问题吗？你能帮她处理掉剩下的三瓶病毒样本吗？你能保证她今后无论身在何处，都不会受到这些事情的后续影响吗？”

“我是警察。”

“对，你是警察，一个她记事起就从未见过的警察。除此之外呢？你知道她有哪些朋友吗？知道她的孩子叫什么名字、住在哪里吗？你知道她是哪所大学毕业的吗？”张秋静的眼睛瞪大，语气变得咄咄逼人，“不，你不知道，如果不是这次的案子让你不得不去查的话，你连她的英文名是什么都不知道。你是个好警察，是个值得大家信赖的人，但对小毓来说，你，就是个陌生的中年人而已。”

“可就算你这么做了，也没法保证小毓今后的安全……”

“你的余生有多长，就取决于你拼命爬了多远。”张秋静，“绑架”刘毓的人，终于说出了这句话，“你我的余生，早就能一眼看到头了，而小毓还有许多机会从头再来。她不敢踏出去的步子，我来迈，她够不到新生活的平台，只要在我身上垫一脚，就能够到了。我是她的妈妈，她是我在这个世界上唯一珍爱的人，她遇到了危险，被人要挟、蹂躏、糟蹋，我知道了，就杀了那个早就该死的男人，帮我的孩子多爬出几步，我……做错了吗？换作是你最珍视的人遭遇了这种事，你又会怎么做呢？说到底，刘业……”

张秋静的眼睛，再度平静了下来：“你，有过珍视的人吗？”

老刘的心猛地抽了一下，布满无尽灯塔的漆黑湖面上一颗石子落下，带起永不停歇的涟漪。

“事情的经过就是这样……刚才小郭说你们已经抓住了一个凶手，是吗？”站起身来，张秋静行了个微躬礼，“接下来我该怎么做，任您差遣。”

8 点 45 分，茶凉了。

第十三章

欢迎回来，拓荒者们

2017-03-07 18：45：37 晴 于W市市区

抱歉，刘老师，必须暂时支开你。来龙去脉已经彻底弄清楚了，接下来就是属于我的难题：

如何提前找到张秋静？

为什么警方的一举一动她一清二楚？除了对刘老师的了解，肯定会有第二重保障，最能让刘老师丧失警惕的地方有几处？其中哪里最有可能接触到警方的侦查动向呢？

人类，是被习惯支配的动物。她一定也是这样想的，所以答案，就在刘老师的生活习惯之中。

今晚，刘老师的调查不会有任何进展，最后会无处可去，回家休息，并因为习惯而早早醒来——甚至有可能因为焦虑醒得更早——然后在明天清晨7点30分左右到达大院。如果我是她，自首，加上一丝或许可以让刘老师网开一面、逃脱制裁的侥幸，两点目的并存……我会在7点30分准时出现在大院门口，完成最后的步骤。

在那一幕发生之前必须要找到她，得到我想要的东西。

夜里甚至凌晨敲开独居人士房门的办法非常简单，那就是让自己显得没有威胁：访客是熟人，或是女人——张秋静就是靠这个进入第二名死者家中的。用邦克基金为由头和引子，假说从山村学校女教师那里得知情况，用吊坠做证物，我应当可以顺利进她的屋子。

根据资料，2010年前后她就进入基金会了，但我却直到今年才知道基金会里有过这样一位华裔因纽特文化研究专家，逼得我不得不回国寻找……稍不留神，就有十分重要的事情被错过，无论在什么层面，拓荒，果然都不是一件容易的事。

1. 猎人的觉悟

“嗡——嗡——”

月亮有节奏地震动着，就像猎人无声的呼吸、猎物轻柔的步点，就像雨点飘散敲打着屋檐、心脏跳动孕育着新生。

“辅助稳定系统启动成功，后续轨道计算完毕，露娜舱已被环流带俘获，动力缺失，无法返航。亲爱的拓荒者，您还有十五分钟时间逃离。”月亮说，“祝您好运。”

一连串看不懂的字符闪烁，平板上出现了一大堆光点，其中一个蓝色光点正落在中央。纽扣挣扎着将其按下，清风般的蓝色线条在平板上呼啸而过，月亮说：“备用空气循环系统启动。”

四面八方，和暖的风终于吹拂起来，纽扣找到最近的出风口，将头凑了上去，奢侈地大口大口呼吸着。不敢耽搁太久，头脑稍微清明了一丝，纽扣就试着起身，在房间里转了一圈，很快就发现了地图，船的标志居然在来时的入口附近。

匆忙记下沿途的岔路小道，纽扣扭过身去，生命中第一次用双脚奔跑着。刚回到入口，就看到月亮之门打开，数不清的图皮拉克鱼贯而入。

跑！纽扣钻进一条小道，探头匆忙一瞥，正看到图皮拉克举起右臂平伸向前，拳头处出现了一个圆形空洞，危险的“嘤”声伴随着白光。纽扣刚收回脑袋，就听轰的一声，一道光柱擦着他的脸颊而过，击中了面前的墙壁。月亮居然被轰出了一个洞，洞的边缘，墙壁正向下一点一点地融化。

“A 级事件！A 级事件！”所有图皮拉克都回过头来，齐齐伸出右臂，道道光柱追寻着纽扣的身影射来。

纽扣狼狈逃命，不断寻找掩体，在纷飞的光柱中尽力躲闪。暗无天日的追杀中，月亮被轰出一个又一个洞。利用从声音响起到光柱冲出之间的时间差，纽扣计算着自己的步频和速度，艰难地躲避攻击。

身边的景象愈发陌生，想回到入口已经不可能，唯一的退路，就是枫糖说过的“后门”。看地图时，纽扣特意记下了后门的位置。又躲过一道光柱，利用时间差跑向下一个掩体，他钻进一条小路，将图皮拉克绕开。跟着记忆奔跑，后门终于出现，纽扣掏出眼珠将其打开。

门内光线昏暗，相当宽敞，几艘船停在远端。不等纽扣靠近，图皮拉克们就闯了进来，抬手发起攻击。纽扣矮身翻滚闪过，任由光柱击中身后的墙壁，月亮发出一阵哀鸣：“舱壁破损，请拓荒者远离 B7 出口。”

玩着这世上最致命的捉迷藏，纽扣不断调整自己的位置，引诱图皮拉克们攻击。道道光柱一次次击中月亮，开出的洞渐渐布满一侧墙壁。雄浑的风声中，水流般的浓雾不断涌入，纽扣颔首前翻躲过最后一击，右手牢牢抓住了一艘皮划艇下方的支撑架。

金属撕裂声中，洞口逐渐扩大，相互连接在了一起。满目疮痍的墙壁终于被飓风撕开，来自地狱的劲风吹拂，将低重力下的金属怪物们全数吹起。纽扣死死抓着支撑架，身子一横，袍子几乎要被撕裂，浑身的骨头都在嘎嘣作响。

“目标锁定！目标……”图皮拉克们被飓风刮走，在明黄色的深雾中飘摇飞散，依旧尽全力瞄准纽扣。这份执着，倒让对它们恨之入骨的纽扣产生了一丝敬意。

光柱还在亮起，在飓风中显得渺小无力，偏得离谱。其中一道击中了支撑架，纽扣的敬意瞬间消失，手脚并用爬上船身，翻身而入。

纽扣冲向船头，刚按下启动，支撑架彻底垮塌，船被抛出了月亮，还没来得及悬停，就迎面撞上了一个庞然大物。巨鲸张开的深渊巨口充斥了整个视野，纽扣的船被吞入了黑暗之中。

不多时，空中一双巨翼伸展，将雾气划出了两道锐利的裂痕。巨鹰落入月亮，舱门打开，铜面人无声地走了出来，四下搜索着目标——一个没有权限出现在这里的生物劳工，外观特征物是一枚木质纽扣。

它第一次见到这个劳工是在极地中心——也即第一登陆点。根据 DNA 标记监控记录，其与几名同类生物劳工一起，先是抵达了位于金星内壁的第二登陆点，掠夺了少量医药用品后被图皮拉克追杀。匪夷所思的是，两名幼体劳工居然合力破坏了四个图皮拉克，动手的就包括这枚“纽扣”。

这是一起 C 级事件，换作以前，铜面人必须出动。但如今情况不同，从露娜舱到登陆点等一系列链路早已处于半废弃状态。反正内壁地表还有食人族、雾灵、大火等生物危害防备机制，纽扣等想回到劳工聚集区，只是死路一条。

谁知道，纽扣与成年雌性劳工“眼珠”及幼体雌性劳工“胡桃”开始得寸进尺，闯入了极地中心，将事件提升到了 B 级，铜面人不得不出手进行抹杀。解决眼珠及胡桃后，纽扣乘坐载具逃离，径直去往了绝对的禁地露娜舱。A 级事件等同于暴动，所有尚存的生物劳工都会被标记为威胁。铜面人聚集了尚能运作的图皮拉克，以及巨鹰、巨鲸，对其展开了饱和式攻击，即使破坏年久失修的露娜舱也在所不惜——矿场安危如今已不再重要，重要的是物种尊卑。

现在，任务即将完成。

400 年前，铜面人第一次睁开双眼，涌入的数据给了它“存在”的权限。200 年前，行星开采计划全面结束，创造一切的造物主决定踏上征途，金星内重力失效。20 年前，最后一架恒星际飞船离开金星，掀起了维纳斯内部的最后一次海啸。从那之后，金星矿场被彻底抛弃。古旧的露娜舱曾是造物主们踏足金星的第一站，铜面人的主设计师刘可就是第一批拓荒者中的一员。造物主就是从这里开始，一步一步征服了整个太阳系。

漫长的岁月中，生物劳工留守在这片遗弃之地，低下的智能一无所知，只顾挣扎求生。作为权限最高的机械体，铜面人勤勤恳恳地管理着这颗死去的星球，将一切打理得井井有条。继续让造物主留下的机械运作，为劳工们提供光、水、食物和空气，已经是一种莫大的怜悯。

随着时间的推移，铜面人的工作越来越简单，尤其是最近 20 年，越来越多的维生设备损坏，靠近内壁附近的生物劳工开始动乱，铜面人无力修复，便派出了食人族、大火、雾灵们去收拾残局，还出动过巨鹰和巨鲸。不过这些都算不上什么大事件，唯一值得记录的事件便是眼珠闯入极地中心的 B 级事件，铜面人本应将其击杀，可对方颇有一些本事，几乎丢掉半条命，还是死里逃生。

这次的运气不错，眼珠也来了，铜面人完成了当年就该完成的任务，终于有一个待办事项可以从记忆中划去，永远留存在存储空间最深处。若有朝一日造物主归来需要查验，便能轻松调取。

但铜面人知道，造物主永远都不会再回来。等它抹杀纽扣，并进入聚集区杀死所有生物劳工之后，迎接它的，将是永无尽头的等待，直至所有机械损毁殆尽。

届时，它将孤寂地面对着炽烈的太阳，闭上双眼。

来到巨鲸头部，铜面人忠实地执行着它的任务。巨鲸本质上是一艘重运载空行航母，登驳口中并无细物粉碎功能，躲在穿梭机里的纽扣仍有 0.00137% 的生还可能，铜面人必须进行核实。巨鲸之口轰隆隆地张开，铜面人靠近那艘穿梭机，通过透壁，一眼就看到了那枚木质纽扣。

“任务目标：歼灭。”系统给出提示，舱顶应声而开，铜面人右臂向内伸去，准备抓住卡在座椅和舱壁之间的木质纽扣，把躲在视线死角的劳工揪出来。此时第二道提示传来，目标的 DNA 标记居然不在舱内。

“嘿嘿。”身后，有什么东西笑了起来，“现在，谁才是猎物？”

无数数据快速涌入，铜面人试图理解眼前发生的一切到底意味着什么。为什么这个劳工的行动会如此不合逻辑？以它的智能怎么可能……

“爸爸说过，猎人和猎物的关系从来都不是绝对的。追杀的猎人可能会成为猎物，被追杀的猎物也有可能绝地反击。每一个好猎人都应当有所觉悟，那就是在某个时刻被追杀的，或许是自己。”

“嘀——嘀——嘀——”为什么眼前的这艘穿梭机，会进入自毁程序呢？

“而你，铜面人，在你来到这里，决定要和我展开厮杀的时候……”铜面人身后，满身血污的纽扣气喘吁吁地站着，冷冷地说，“就应当有这种觉悟。”

红色！瞬间的计算让铜面人明白，在鲸口的半封闭空间里，自己不可能用速度避过穿梭机自毁时产生的爆炸冲击。它右手一转，想在操控盘上终止自毁程序，但这一次，是它来不及了。

“感谢您曾经驾驶奥密克戎 1.94beta，祝您不枉此生。”即将自毁的皮划艇说。

“轰——”火，伴随着风，将一切都染成了落日的金黄。

2. 瓶中的魔鬼

灼热的火光，将月球破损的一角点亮，无边浓雾已经快要完成对空白地带的入侵，却又被这阵爆炸推散开去，让出了一片明净。

为了确保驾驶人可以绝对死亡，不留下任何长久的痛苦，也为了在某些特殊的时刻充当武器，自毁程序的爆炸威力被设定为“攻击”级。

剧烈的风和震动传递过来，纽扣胸口一颤，喉头一甜，一口鲜血喷出，浮空不过一寸，就被爆炸风力反吹倒转，扑向了他自己。双脚离地往后飞去，他重重摔在月亮内部，陷入昏厥。

巨鲸之口被这次爆炸几乎彻底摧毁，一块船只的金属碎片，不偏不倚地击中了控制接口，使它就此长眠。

厚重的雾气被持续搅动着，以爆炸点为圆心，呈现出了一个近似圆形的层叠结构。无休止的流动之力很快便破坏了这一刹那的完美图形，将它的一角拉长延伸，远远看去，就像是一颗等待许愿的流星。

巨鹰遍布周身的感知装置，探测到了爆炸发生前一刻的细微变化，第一时间腾空。但雾气分布的变化影响了它的平衡，一侧羽翼略微偏离，将将擦着月球掠过。

就在这一瞬，又是一次爆炸，蹿起的月面伴着炽热烈焰，在巨翼上留下长长的划痕，内部精巧而复杂的线路结构一接触空气就开始燃烧。火星四溅，强酸侵蚀着这个庞然大物，它试图计算出新的平衡，迅速腐朽的巨翼没有给它这个机会，巨鹰向一侧倾倒，轰然落向地面。

空中的云层似乎也受到了某种召唤，雷光迅速聚集。在纽扣睁开眼睛的时候，一道惊雷从空中劈落，獠牙般撕裂了苍穹。雷光一道接着一道疯狂地洒落，将月亮画上明暗相间的光影，接触地面时，白茫茫的光线流淌开来，被困在地狱数万年的恶灵终获自由，迅猛地向四方奔袭。

纽扣居然还活着。他感觉不到自己的右手，低头一看，手臂以一个古怪的角度扭曲着，反向折出。幸好眼珠还在怀里，求生本能让他站起身来，跌跌撞撞地向室内逃去。

四周一片红光，刺耳的警报不停，纽扣回忆着走过的路线，回到地图边找船。刚记下方位，月亮的声音就从四面八方同时响起："设备异常，铜面人及图皮拉克无反馈，定位重连中。定位重连结束，铜面人及图皮拉克均出现功能级损毁。备料筛查，备料充足，重组程序启动，露娜舱竭诚为您服务。"

一块板子上，之前还一片死寂的某个大厅里，一条长而蜿蜒的金属河流开始流动。每隔一小段距离，就有一块金属岩石覆盖着河道。一些纽扣看不清楚的东西，每经过一块岩石下方，就会变得规整一些，再规整一些。

几块岩石过去，一个古铜色的头颅，形态愈发清晰。经过下一块岩石，那头颅调转了方向，双眸正对着白板，两点红光亮起。

必须摧毁这条河！

蹿出房间，麻木的右手终于开始传递来钻心的疼，纽扣飞奔到那间大厅。大门开启，内里烛光明亮，重生之河上游，代表着图皮拉克的亮色金属正不断聚集，铜面人却消失在了这间密室里。纽扣心急如焚，突然头顶的光线一暗。

"A 级事件待处理，外观特征物更新，"抬头，纽扣看到铜面人如蜥蜴般攀爬在天花板上，"眼珠。"

纽扣来不及藏起手中的眼珠，铜面人扑了下来，崭新的身躯一尘不染。纽扣矮身一闪，右臂被甩在身后，疼得他几乎叫出声来。蜿蜒的河流间，纽扣拔足狂奔，向上游前进，每一步都在尽力转向，不让铜面人锁定自己下一秒的位置。

河流尽头，新的图皮拉克开始落地，一个接着一个列队成排，第一时间展开追击。或许是怕不小心破坏河流，它们并未射出光柱，这给了纽扣唯一的生机。避过几次攻击，纽扣锁定起点的第一块石头，所有的金属都是从那儿落下的，只要破坏了它，就能停止这一切。

接着，另一样东西吸引了纽扣的注意：起点边一处很难有人注意到的角落，一个透明的柜子静静地摆着，一艘破旧、古老、透出别样沧桑的皮划艇，正睡在柜子里。

纽扣，有了一个计划。

闪过铜面人呼啸而来的一掌，纽扣来到了石头边，石头与河流之间，一些鲨鱼利齿般的玩意儿正在不断转动、相互咬合。毫不犹豫地掰过断臂，纽扣将右手伸了进去。

咯咯声中，重生之河没有丝毫停顿，像剁鱼糜似的将断臂以及纽扣脆弱的计划碾得粉碎。血雾冲起，纽扣脑中一片空白，看着自己的碎骨碎肉附着在金属部件上行进，在下一块石头处被清洗不见。疼痛终于传来，纽扣惨叫着、颤抖着倒地，扭头正迎上了蜂拥而来的怪物们。

血肉无法阻止这条河，纽扣看向了最靠前的那只图皮拉克，咬牙跳上了河流。图皮拉克一拳挥来，纽扣侧身躲开，一记头锤“修正”拳路，绕到怪物背后飞起一脚，将那条金属手臂推向利齿。

金属撞击着，星光闪烁，重生之石开始颤抖，青烟飘起。纽扣滚下河流，三肢并用跃向那艘旧船，一秒后……

“轰！”圆球形的烈焰，在重生之河上爆发了。

冲击波飞速扩散，怪物们齐齐飞散开来，金属碎片散落飘荡，被细微重力缓缓抓向地面。河道一段段地干涸爆裂，引发着连环震荡。纽扣被吹到旧船前，柜子透明的外壳在爆炸中哗啦啦地崩裂。

“嗡——”旧船从长眠中醒来，睁开了它的双眼，柔和的白光亮起，像是做了一个持续数百年的梦。

船顶开启，纽扣爬了进去，里边相当宽敞。船外，还未死绝的图皮拉克们只剩半截身体，依旧喊着“A 级事件”向前爬动。坐稳回头，纽扣深深地看着这终将结束的噩梦，充满敬意地，向怪物们点了点头。

就在纽扣按下绿色，等着救命的光点出现的时候，旧船开口了：“没想到。”

“嗯？”纽扣一愣，这艘船的声音和之前坐过的几艘都不太一样。

虽然这么说起来有点古怪，但如果之前那些船都是女性的话，那么这艘船的声音明显属于一个男人。一个大约二十几岁，冷静到令人发指的男人。

“刚才用的表述是感情用词，希望可以帮助您理解我想要表达的意思。”船说，“我是埃普西隆 2.4，您可以叫我埃普，很高兴能为您服务。”

“你……是在和我说话吗？”纽扣问。

“没想到又是一个低权限生物。”船说，“20 年 01 个月 03 天之前，我还被摆在内太阳附近，有一个低权限生物找到过我，是个雌性，体征推断年龄在 26 岁左右，您和它认识吗？”

“20 年前，26 岁……是枫糖的妈妈吗？”纽扣说，“枫叶，她叫枫叶！”

“很高兴知道它的名字。”船的声音听起来一点都不高兴，而是极为礼貌的冷漠，“所以你们认识？那太好了，虽然有点唐突，但请帮我一个忙，好吗？”

“你说。”

“请告诉它：上次在我这里接触到的东西非常危险，请一定要谨慎处理。”船说，“请它保持充足的营养，如果出现创口感染可以注射抗生素，并最好不要接触其他低权限生物。剩下的一切，就交给安奎特来决断。上次我就想告诉它，但它似乎很慌乱，完全不听我的劝告。”

“她已经死了。”纽扣回答。

“真遗憾，愿它安息。”船毫不犹豫地回应，“请给出指令，您想去哪里呢？”

“我想回家。”纽扣瘫倒在座椅上，无尽的疲惫席卷而来，“麻烦你带我回家。”

“回家，您说的是您来的地方吗？没问题，现在就启程回家。”船礼貌地说，“不用说麻烦，我是一个交通工具，这是我的工作，也是我存在的意义。”

说完，旧船没有像之前那些船一样絮絮叨叨，而是安静地进行着它的工作，甚至还将外界的所有声响全部屏蔽。享受着这贴心的宁静，纽扣居然对这艘有些特殊的船产生了一丝好感。

“还没请教您怎么称呼？”船问，同时放起了舒缓的音乐。

“纽扣。”

“您好，纽扣，很高兴认识您。”船回答，“抱歉，我的型号比较老旧，刚刚计算好路线。目的地是‘您的家’，坐标已经输入完成，请授权。”

操控盘上出现了一黄一红两个图案，按照枫糖的教导，黄色就是回家，红色则是自毁，按下之后还会出现一个选项，纽扣可以选择把自己弹射出去，就像之前在巨鲸之口中一样。纽扣刚想按下黄色，却瞥见了藏在座位一侧角落中的一样东西："这是……枫糖船上的瓶子？！"

"枫叶就是接触了它，我建议您不要碰触。"船说，声音不紧不慢，"请授权。"

纽扣将破损的瓶子捡起，瓶身上的文字和枫糖船上的一模一样。他的手指和身体都不由自主地颤抖起来，因为他想到了一个非常非常可怕的可能性。

20年前，枫叶还没有离开村子，最后一场滔天洪水也还没有降临人间。她登上过这艘船，打碎了一个瓶子，放出了里面的东西。当时船就给过警告，让她不要和其他人接触，并补充营养。但枫叶慌张不已不听劝告，慌乱地回去了。不久后，她的家人得了怪病，痛苦地死去。

也就是说，瓶子里的东西，是一种足以致病的魔鬼。

这魔鬼会用病痛杀人，还会传染给接触枫叶的人。她侥幸活了下来，但村里人视她为瘟神，举着火把烧了她的房子。爸爸挺身而出救下了她，然后就是海啸……

"埃普，这就是枫叶打破的瓶子吗？"纽扣的呼吸变得急促。

"这个问题的答案，无关紧要。"埃普回答，"请授权。另外我还要提醒您，屋内还有其他活动迹象。"

如果当时枫叶将打碎的瓶子留在了埃普这——也就是现在纽扣手上的这一个——又在慌乱之中想到，需要带一个完整的瓶子回家，仔细研究如何打败潜入体内的魔鬼的话……那场海啸，会不会正好将她带回去的瓶子冲到了村子里？

20年过去，那个瓶子会不会一直都在无人注意的阴冷角落飘荡着，寻找一个新的主人？贪玩的雪花，会不会在我去上课的时候独自外出，在某个地方拿到了瓶子？以雪花的性格，她会不会试着打开它？如果力气太小打不开木塞，会不会找一面墙，把瓶子撞碎？

雪花手指上的伤，会不会就是那时候留下的呢？

在那之后，人见人爱的雪花如往常一样，欢快地到邻居们家里玩耍。几天下来，那魔鬼随着雪花一起潜入到了那些可怜人们的家中，瘟疫，就这么发生了。

为什么枫糖在刚见面的时候就推测村里发生了瘟疫？在海女差点杀死我们

的时候，她为什么会出现在那里？她是不是想起枫叶说过这件事，就悄悄回到村里想找到遗失的瓶子，于是她找到了被雪花打碎的瓶子，得知了瘟疫横行，知道我们要去斩妖除魔，用神乎其技的巫术吓唬巫师，问出我们的下落，最后为了报答爸爸的救命之恩，潜入海底救下了我们？

如果真的是这样，那么瘟疫与图皮拉克根本毫无关系，巫师所说的一切、圣书上记载的一切，就全都是……

念想间，身边的光线变了，纽扣抬头，看到一只古铜色的手臂正试着掰动舱顶，慌忙地大喊："飞起来！快飞起来！"

"请授权。"埃普冷冰冰地回答，纽扣急忙按动黄色，埃普开始升空，"现在回家，祝您旅途愉快，纽扣先生。"

"回家？"纽扣意识到自己犯了大错，"不对，不能把它带回家！"

"您想要更改路线吗？"

"更改！随便去哪里都可以，就是不能回家！"

"请给出具体地点或大致方位，以启动模糊搜索。"

"天……天空！去天空！"纽扣惊恐地看着头顶被铜面人砸出的凹陷，"去月亮上面，最高的地方！"

"恭喜您，路线变更成功。"埃普平淡地回答，"新目的地：高空。"

"嗖——"船身一颤开始加速，纽扣被惯性死死钉在座位上。埃普在通道中一路飞驰，与墙壁相撞，星光闪闪，一眨眼就来到了被巨鲸咬出的缺口附近。铜面人死死抓着船身没有松手，怎么都甩不掉。

急转向上，埃普没有食言，毫不犹豫地冲向迷雾重重的天空，留下一道华丽的尾迹。铜面人的躯体在爆炸中受伤，裸露在外的内部结构腐朽崩坏，不时有碎片剥落，抛向四方。

下方，被环流带捕获的残破月亮翻滚着、震颤着，被这创世之风粗暴地卷走，消失在迷雾之中。

铜面人将手指扣向顶盖缝隙，用力扯动着。埃普开始发出吱嘎声，却还在关心纽扣的状况："纽扣先生，您的生命体征相当不稳定，需要变更目的地吗？"

"不。"纽扣摇摇头，看着不断被船头破开的浓雾，接受了自己的命运，

"继续飞！"

这艘神奇的船回答："明白了，我尊重您的选择。"

纽扣看向操控盘，想哭，又不知为何感到了几分欣慰："你是一艘好船，很高兴认识你，埃普。"

"任您差遣。"埃普说，"纽扣先生。"

顶盖开始主动打开，狂风中的铜面人探身入舱。一个鲜红色的图案出现在操控盘上，埃普轻柔地说："请授权。"

纽扣将身子往后缩了缩，端端正正地坐在座位上，任由铜面人进入船舱。按下红色的瞬间，一件厚重而结实的衣服突然从座椅下升起，迅速包裹住他的身体。手掌为之一颤，眼珠飞了起来，但纽扣已经没有时间将它收回。一股力量从身下冲出，他就像父亲手中飞出的鱼叉，直挺挺地向更高处飞去。

纽扣身体旋转着，没入了无尽雾海。再度看到埃普时，铜面人正在船舱内，徒劳地敲打着再度紧闭的船顶。

眼珠从眼前飘过，向高空飞去，纽扣听着自己的呼吸声，伸出手，在距离眼珠不过几厘米的地方勾了勾手指。雾气愈发稀薄，眼珠变成了空中的一颗星，近在咫尺，又遥不可及。

弹射的冲击力即将消失，那一丝重力也逐渐远离，纽扣飘浮在死亡的无尽黑夜里，身体不由自主地蜷缩起来，像一个初生的婴儿刚来到未知的世界。最后一层薄雾快要散去，天将放晴，万物明朗，纽扣的视线被不知从哪里来的泪水模糊。

一点星芒在天边闪耀，他试着舒展开身体，尽力睁大眼睛，用最后的生命，好奇地看着这个他生存了十多年，却又从未了解过的世界。

迷雾消失了，世界一片清明，纽扣迷离的视线远端，那一点星芒隐隐泛出亮银色的光泽，在暗夜中飞舞。

"纽扣先生，我擅自启动了弹射装置。"埃普的声音传来，"您还好吗？"

纽扣反问："那是流星吗？"

"那是……很有趣，但我不理解。"埃普的回答有些错乱，"那不是流星。"

纽扣本想追问，但又觉得答案毫无意义，仰头想要找到埃普，却意外地看到了满天繁星。

好美啊。

纽扣嘴巴张着，甚至忘了呼吸，近乎贪婪地想要将这无边美景全部记在心底。

“埃普，你说，一会儿我死了之后，会见到胡桃和枫糖吗？她们还没看过星星呢。”

“不会，死了之后就会消失，您见不到任何生物。另外，”埃普说，“胡桃和枫糖是谁？”

纽扣一愣，随后反应过来：“对，你没见过她们，你只见过枫叶。”

“不好意思，”埃普说，“枫叶是谁？”

第十四章

灵魂的影子

2017-03-08 04：41：03 晴 于W市原刑警大队宿舍楼

答案是楼下。

符合要求，能让刘老师放松警惕，且有一定概率得知刘老师以及警方侦破进度的地方，就在刘老师的住处楼下。

坐在眼前的这个女人——张秋静，如果出生在某个蛮荒年代，也必定不会只是一个普通人。她会成为一名猎人，一名让部族中的男性都为之汗颜的伟大猎人。因为她有着猎人的觉悟。

她本是警方的猎物，但在合适的时机，用合适的方法，以匪夷所思的冷静决断，再加上胆识、魄力以及勇气……她成功扭转了局面，让自己成为猎人，在最危险的地方藏身，观察着猎杀者的一举一动，耐心等待着最佳时机。

从结果来看，或许是一次同归于尽，但在精神和智慧层面上，她才是笑到最后的人。

今夜她果然无法入眠，我提前想好的说辞和借口也并未派上用场——她确实在看到吊坠之后为我开了门，但她的眼睛告诉我，她早已洞察了一切。

这倒也无关紧要，因为几小时后，我的身份迟早还是会暴露在她面前。眼下，她大约也只是想要与我玩一场放松精神的头脑游戏罢了——正如此时此刻，她坐在桌子对面看着我做着记录，其实也已经明白，我奋笔疾书的，并不是方才我们深入交流过的因纽特故事。

我想，我已经彻底明白邦克先生的回忆究竟有几分真实、几分虚妄，我的目的已经达成。

刚刚从门口路过并骂了一声的刘老师，还未知晓自己即将面对的命运。一如这个时间节点上的我，也不应提前洞察虫洞存在的真实。我是个作弊者，邦克先生，就是我的金手指。

1. 至美的维纳斯

郭杰的计划是绕月借用引力弹弓回转，尽可能减少能耗以备不时之需，返程途中寻找“第三入口”，最后再次穿越虫洞。

近地轨道上。

“躲得不错。”感官上有惊无险地成功突破地面火力封锁，郭杰不得不承认埃普做得很好。

“基础数学而已，郭医生。”埃普回答。

“如果大概率模型是对的，‘按音孔’就在地月之间。”看着逐渐展开在眼前的辽阔星空，郭杰的目光停留在了月球上，“从月背闪出视野的时候，就能找到它了。”

“进入月背之前就可以开始定位，郭医生。”埃普的回答再一次拓展了郭杰的思路，“确定入口存在，就执行调转操作。如果入口不存在，我建议可以先寻找下一个可利用的弹弓，将航行方向修正为太阳。越靠近太阳，我就能越快补能至饱和状态，继续出发。理论上太阳系内的任何一个位置我都能到达，至于具体去哪里，任您差遣。”

“那为什么一开始不直接利用弹弓和惯性从金星返回地球？”郭杰突然意识到了这一点，“我以为你不能长途跋涉……”

“我确实无法进行行星间长途跋涉，我没有欺骗您，郭医生。”埃普回答，“现在和当时的情况不一样，当时您需要尽快回到地球，不可能给我充足的时间‘滑翔’，更不可能先飞到太阳充能再折返——以惯性为主推动力的航行是极其缓慢的。露娜舱上人命关天，分秒必争，用几个月时间在太阳系中滑翔没有意义。”

“那这次……”

“这次不同，如果第三入口不存在，就意味着我们不可能赶在时间窗口关闭之前完成穿越，也不可能在‘正确的时间’回到露娜舱了，那么之后我们做的所有事情，”埃普冷冷地说，“本就已经毫无意义了。”

“你说得对。”长叹一口气，郭杰疲惫地靠在椅背上，“如果没有第三入口，不用修正路线，就这样飞向宇宙就好了。”

“经过‘单向出口’。”埃普提醒着，“继续定标月球，开启虫洞搜索。”

虽然肉眼搜索基本起不到作用，但郭杰还是让发生仪将埃普四周可视范围内的画面，全都投放在了眼前。就像是一种仪式，一片自我安慰的淀粉药片，郭杰的视线越是模糊，额头越是滚烫，想要跪拜祈祷的欲望也就越是强烈。

只要找到第三入口，希望的烛火，就可以燃烧得再久一些。

“恭喜您，郭医生。”就在即将转入月背的时候，埃普淡淡地说，“第三入口找到了，您的推测是正确的。”

“哪里？”郭杰努力集中视线焦距，却根本做不到，一幅画面被推送到眼前。

“这里。”埃普那冰冷的声音，此时听来却仿若天籁，“就在地月之间。”

郭杰屏住呼吸，用尽全力去看，虚空之中，真的有一个狭小的洞口朝向月面，如同暗夜中无声的花朵，肆意绽放。一旁沧桑的月面此时也显得生机勃勃，每一处陨坑，都像是太空中的烟火。忒伊亚的灵魂转生成了这个孤独的舞者，无人做伴的月球安静地环绕地球舞蹈着。

“不对！”突然，郭杰想到了一件事。画面转动，逐渐正对月面，除了这个角度无法观测到的第三入口外，这里什么都没有。

可那个一头金发的胖子分明说，徘徊者 4 号这个时候正在……

“郭医生。”穿过明暗线，进入漆黑的月背，埃普说，“有麻烦了。”

无光的陆地在脚下掠过，郭杰的呼吸随着视线抬高而不断加速，直到那该死的徘徊者，出现在了埃普的必经之路上。

那家伙骗我！

“轨道重合，轨道重合！”警报声中，对一切一无所知的徘徊者越来越近，再不制动转向，埃普就会撞上这一百多年前的古董探测仪。可如果临时制动，不仅会丢失已经计算好的弹弓路线，还将迎来另一个麻烦。

“郭医生，请尽快做出决定。”埃普说，“剩余能量不足以完成大幅度转向调整，撞击后我们将面对死局。”

“微调避过呢？”郭杰问，“避过之后能量够不够重新修正航线？？”

“差一点。”埃普回答，“就一点。”

“还有什么能关闭的模组？”郭杰咬咬牙，“只要能节省能量都可以关……对了，重力！单向重力早就可以关掉了！”

“已关闭。”埃普操作完成的瞬间，郭杰从座椅上飘起了一些，“还不够。”

“照明！”郭杰说，“内外照明全都关掉！”

“已关闭。”世界暗了，埃普说，“还不够。”

“温度！还有湿度！不，整个内环境循环模组全都关掉！”

“会快速降温，郭医生，请做好防护措施。”埃普说，“已关闭，还不够。”

“水循环！”郭杰几乎是大喊着。

“已关闭。”幽灵般兀自飞在宇宙中的徘徊者，就像是遨游在太空中的丑陋水怪，飘浮在前悬窗外，“还不够。”

还有什么？还有什么能关闭的东西？

重力，光明，温度，湿度，食物，水……就像经典的沙漠探险游戏，郭杰不断为自己的生命做着减法，一点一点地降低最后的底线。只有到了这个时候，一个人才会真正明白，什么是最重要的东西。

“郭医生，请您尽快……”

“空气。”看着近在咫尺的徘徊者，郭杰很难相信自己做出的决定，“把舱外作业服给我，关掉空气自循环。”

“郭医生，我所搭载的作业服型号老旧，只能提供至多 15 分钟的呼吸保障。”

“够了。”任由埃普为自己穿上作业服，郭杰说，“如果穿越成功，我们回到金星，15 分钟足够我们返回露娜舱。如果失败，无论我们出现在哪里，15 分钟也足够我痛苦地死去。我已经无子可走了，做吧。”

吸入最后一口舱内空气，郭杰双眼一闭。

“任您差遣。”作业服封闭的同时，郭杰听到，一个一直都在低频运作的东西停止了所有动作。寒冷、漆黑的世界，彻底安静了。

15 分钟，秒针转动。

“嗤——”重获自由的空气，在埃普的精密控制下，从舱体各个角落，按一定的速率被释放了出去。这些气体恰好成了节省能量的最后一张底牌，气动微调精准地让埃普在轨道上游移翻滚，几乎擦着徘徊者的顶部绕了过去。其中一股气流不可避免地喷在了徘徊者身上，将这个因计时器故障而坠向深渊的人造物，更进一步推进了月球引力的怀抱。

呼吸声在作业服内隆隆响起，埃普搭载的作业服甚至连新时代司空见惯的音控功能都不具备，让郭杰产生了一种奇妙的感觉：他已化身阿姆斯特朗，正穿着古老、臃肿的宇航服，准备实现人类历史上的第一次外星登陆。

这可真是……

“有趣。”埃普说出了郭杰的心声，成功回到轨道、重新来到月球正面的穿梭机前悬窗外，第三入口，安静地挂在空中。

“亲眼见到，依旧非常有趣。”埃普说，“郭医生，穿越前最后确认一件事。您进入黑箱时，我的感知设备被系统层命令屏蔽了，无法探知您做了什么。但就在刚才，黑箱向我发送了一行询问。我想，这个问题只有您能回答。”

郭杰的双眼，直勾勾地盯着那比黑夜更加漆黑的入口。

“你还有最后 20 秒来唤醒它，否则去往 2018 年 6 月 5 日 12 时 25 分之后的时间，历史就将重构。郭杰，你想好了吗？”

郭杰没有回答。

20 秒后。

“接触点。”暗夜月面之上，一点星芒，消失了。

郭杰的眼睛感受到了灼烧般的焦热，不由得眨了一下。再度睁开，黑暗已经褪去，目力所及之处，一个巨大的球体，横亘在苍穹之上。

橘红色的风，在球面上肆意吹拂，暴躁的爱与美之神，填满了郭杰的全部视野。

“您是对的，郭医生。”埃普说，“我们真的回到了……”

“金星！！！”泪水夺眶而出，郭杰这一生都从未觉得有任何一个星球，会如此至美至圣。

至美的维纳斯啊，让我赞美你吧！时间还来得及，刘可，我马上就……

“那……那是什么？”埃普的声音再次不合时宜地响起，似乎在金星四周发现了些什么。

而郭杰则被操控盘上的一样东西所吸引，再也转不开视线。

2. 刷牙比赛

“您好，霍博尔特博士。”“嗨，约翰！”“早上好约翰！”

霍博尔特拿着一个纸袋，穿着他最喜欢的破旧衬衫，下半身是那条褪色的长裤，一路和人打着招呼，往 NASA 总部大楼电梯走去。

阿波罗计划结束了，人类登上了月球，科研人员用自己的智慧和坚持，震撼了全世界。但正如尼克松所说，眼下的美国，需要把更多精力放在更“近在眼前”的危机上。

准确地说，阿波罗计划并未彻底结束，登月带来的海量资料、极为珍贵的太空数据、执行过程中所遭遇的问题、解决的办法等细节，还需要这帮聪明人们穷尽一生去研究探索。

但阿波罗计划又确实结束了，新的航天事业或许某一天还会启动，继承太阳神的衣钵。可属于霍博尔特，以及整整一代人类的梦想，切切实实地，画上了休止符。

太阳神的遗产，依旧会闪耀在所有的未来，那些资料、信息、技术细节，将会长远地影响整个世代，将太空中孤独的蓝色星球，以及这星球上细小如粉末的人类，带向新的境地。站在灿烂的月辉之下，霍博尔特没有半点悲观，反而面带微笑，向往着更加广阔的明天。

只要有科技、头脑和坚持探索的精神，只要我们还拥有这些属于人类的伟大灵魂，这个宇宙，迟早会是我们肆意徜徉的广阔海洋。

“叮”，电梯来了，霍博尔特看了一眼腕表，时间刚刚好，正好是他要吃早饭……

“先知大人，早上好！”同事们恭恭敬敬的声音，让霍博尔特抬起头来。

“嚓嚓嚓”，古怪的声响从轿厢里传出，霍博尔特定睛一看，表情变得极为复杂。

“嗨，唔唔，大渣好，咕噜噜……啊，捉翰！”一个人从电梯里走出，一只手抓着个杯子，另一只手拿着牙刷，正满嘴泡沫地向大家打招呼。

他一头白发，穿着一件长长的浴袍，袍子质地柔软细腻，领口半敞开着。他那睡眼惺忪的模样，邋里邋遢的装扮，和周遭的人们形成了鲜明对比。

“邦克，你……”霍博尔特哭笑不得，在众人的笑声和目光中上前，一把揽住好友的肩，“你能不能稍微注意一下形象？你可是先知，这儿可是 NASA，是实践科学的殿堂！”

“有……咕噜噜，呸……有什么区别？”吐掉嘴里的泡沫，邦克粲然一笑，露出一口白牙，“亮不亮？每一颗都刷到了，总用时 1 分 25 秒，达科的记录是多少来着？”

“1 分 15……”霍博尔特狠狠拍了一下邦克的背，“喂，我说的话你听到没有啊！万一有记者、官员来访，看到你这副样子……”

“有什么区别，约翰？”邦克还是那副笑容，淡淡然地摇头，“我的老伙计，有什么区别呢？”

霍博尔特一愣，随后又有些释然。

是啊，有什么区别？

冰原和 NASA，有什么区别？科学家和因纽特人，有什么区别？西装领带和浴袍牙刷，有什么区别？

就算火箭升空、登上月球，就算在不会太久远的未来，人类真正成为太阳系的主宰，遨游宇宙，人类，也依旧是人类。一切，有什么区别呢？

“啊不对，区别大了！”差点又被邦克给带跑偏了，霍博尔特猛地摇头，低声说，“你得到总统特赦，身份问题解决了，还拿到了一大笔钱，你现在是大富翁了知道不？”

“可我用不到钱啊。”邦克耸耸肩，“老实说，我到现在还不太闹得明白，有钱和没钱会有什么区别。”

“你这个……”霍博尔特简直无语，拎着邦克的脖子，避开访客和一些新员工诧异万分的目光，几乎是咬牙切齿地说，“你现在是有钱人，明白吗？超级超级有钱的人，就算每个月买一辆凯迪拉克，过一百年都不会破产的那种有钱，懂不懂？你……”

“这是什么？”邦克根本没听霍博尔特在说啥，目光瞄向那个纸袋。

“喏喏喏拿去拿去！梅德瑞娜给你做的汉堡！”霍博尔特把纸袋往邦克怀中一塞，突然眼珠一转，“对了，你这么有钱，不考虑投个资什么的吗？或者我给你介绍个姑娘吧！你喜欢什么样的？白人？黑人？还是和你一样的黄皮肤姑娘……”

“我最近在看书。”打断霍博尔特的话，邦克的表情有些严肃起来，“嗯，基金会？是不是这么念的？我想成立一个基金会。”

“呃，什么方向？”霍博尔特问，“保护野生动物？”

“三件事，我想用这笔钱做三件事。”邦克比出三根手指，“第一，让你们的火箭上天。第二，干掉那些传染病。第三嘛，我想给那些在美国的黄种人奖励金，让他们安心读书。”

霍博尔特立刻明白了自己的朋友这么做的目的：支持航天，是为了自己；研究烈性传染病防治，是为了因纽特族人；资助黄种人在北美的发展，则是为了……

“歧视，我在书上看到了这个词。”总部大楼里，人们来来回回忙碌着，邦克的目光却看向洒进来的阳光，“虽然大家都对我很友善，但我知道，这里，我们脚下的这片土地上，还有许多不应该发生的事情在反反复复地发生，我想……改变这一切。”

霍博尔特的嘴巴张了张，却又不知从何说起。

登上月球是全人类的一大步，这没错，一点都没错。但或许，在仰望着星空、渴望着征服星海之前，人类自己，还有许许多多的事情没有被解决。这些事情，这些问题，这些随处可见的黑暗甚至罪恶，大家不是看不到，也不是不想改变。

只是改变，谈何容易。

“太难了。”良久，霍博尔特叹了口气，“你说的这件事实在是太难了。”

“没事，我有信心。”邦克还是那副天真单纯的模样，仿佛这世间所有的不公，都会在他的笑容中瓦解，“每个人都从自己做起，总有一天会成功的。因为你知道，这个世界是一片冰湖，只要你对着冰湖微笑，那么……”

冰湖，也会对你，对被命运重担死死压着、几乎要喘不过气来的你，展露笑颜。

温暖的阳光，爬上了总部的外墙，越来越高，越来越亮。清晨的雾气逐渐散去，太阳神的光芒，一如造物主的恩泽，无差别地散播在这世间的每一个角落，在一颗颗露珠上，展现出它那细小而又宏伟的身姿。

街角，暂时被阴影挡住的地方，几个流浪汉无精打采地蜷着身子，无神的双眼随着阳光转动，等待着那一阵清风，吹散身边浑浊的空气。

一只鸽子在屋顶小憩，光线攀爬过来，抚上它的羽翼时，它双翅一震，骤然飞向高天，在蓝色的天空中盘旋一圈，随后一个冲刺，消失不见。

路上的车越来越多，喇叭声此起彼伏，黑色的尾气突突升起，推出刺鼻的气味。这些黑烟越升越高，也变得越来越稀疏，在华盛顿的上空扩散开来，随着慵懒的云层一起，在这个蓝色的星球上，无休止地轮回着。

有什么区别呢。

今天和昨天有什么区别，又和明天有什么不同呢？或许有，或许没有，但这都不重要。

重要的是，名为“世界”的冰湖，正发出一声声轻微的破碎声响，冰面之下，那条被困了一整个冬天的游鱼，正锲而不舍地用头撞击着。

撞击着。

直到某一天，必将会到来的某一天，冰雪消融。

“啊对了约翰，你刚才说要给我介绍什么来着？”

蓝色的星球终于苏醒过来，懒洋洋地伸着懒腰。

属于人类嘈杂的一天，和昨天别无二致的今天，开始了。①

① “邦克篇”中所出现的组织、人物、历史事件、登月方案等，多为史实。约翰·霍博尔特博士的实际配偶为玛丽·霍博尔特，两人育有三个女儿：尼尔、乔安娜、朱莉。向人类航天先驱们，致以最崇高的敬意。

3. 多好的天

“前往华盛顿的旅客朋友们请注意，W 市出发，经由 S 市飞往华盛顿杜勒斯国际机场的 UA808 次航班，马上就要起飞了，请还没有登机的旅客抓紧时间，由 211 号登机口登机……”

W 市机场，倒计时广播再次响起，登机口附近，几名快要迟到的乘客挥舞着登机牌，匆匆忙忙跑了过去。

登机口对面，便民快递服务窗口，一个年轻秀气的男人拿着笔，正低头在一本随身笔记本上写着些什么。

“帅哥，你刚才是说要去美国的吧？该不会就是这一班吧？”柜员对眼前男人那让人费解的极端淡定感到不解，“又广播啦，要不你先赶飞机，咱加个微信，地址、费用你微信发我？”

“啊，不麻烦您。”年轻男人抬眼对柜员点点头，胸前那枚别致的纽扣状吊坠格外抓眼，“很快就好，来得及。”

柜员也不好再说什么，在一旁干着急。所幸男人很快就写完了笔记本上的最后一个字，收起笔、合上本子的时候，每一个动作都是那么“完整”，仿佛正在进行一个仪式，透出一股精神上的病态。

这一系列动作看得柜员入了迷，不由得开始揣摩男人的身份，直到男人把手伸到自己面前时才意识到，自己还没拿出快递单来。

“刑警大队？”男人唰唰写下寄送地址，柜员不自觉念了一遍。

“怎么了？”男人抬眼，“超出范围了吗？”

“不不不，能送的，不过得留个收件人电话，我们进不了院子，需要收件人自己出来……”话说到一半，柜员的目光被男人身后快步走来的另一个身影给吸引了。

一个光是看走路姿势，就知道脾气肯定不好的老家伙。

“你小子快误机了吧？”

“不，还来得及。”年轻人回过头去，看到身后人，冰霜般的脸上居然露出了一丝笑容，“刘老师，您是专程来送我的吗？”

“哪……哪里！”老刘被郭阳这一句话噎住，伸手挠了挠头，表情精彩得很，“我来送一个老朋友，正好看到你了，顺便来打个招呼……”

“那看来那位老朋友一定很重要哦。”郭阳眨了眨眼睛，“都让您用上刑警‘特权’，送进候机厅来了。”

“别给我挖坑，浑小子。”老刘拍了一下郭阳的脑袋，笑骂道，“老子是人民警察，没有特权，只有满腔的责任！”

“是，您说得对。”郭阳笑着点点头。

“那个……”两人沉默了一小会儿，老刘的眼光飘开去，故作随意地问，“还是要去美国啊？不留下来报效祖国？其实吧，我，那个……真觉得你在刑侦这块挺有天赋的。”

“我不会入美国籍。”郭阳避过了老刘的问题，“‘深入敌后’嘛。”

“那边有什么好的嘛。”老刘皱了眉，“你这样的天才，是咱们国家最需要的栋梁！”

“那边于我，并没有什么特别的‘好’与‘不好’。”郭阳认真地回答，“但有一个人对我来说非常重要，我必须报他的恩。”

“哟，这叫什么……道德绑架是吧？”老刘心里居然有点酸酸的，“什么人啊这么重要？”

“一名‘先知’。”郭阳回答，“他发现了我，认可了我，给了我用不完的资金和优厚的条件，让我有能力证明自己的很多想法，他还给了我这个。”

纽扣，在郭阳的指间晃了晃。

“啧，老子对你就没恩？”老刘抽了抽鼻子。

“当然有了，刘老师。”郭阳点点头，“我也会报的，很快就会。”

“我还欠你顿夜宵呢。”老刘虽然早有预期劝不动郭阳，但心中难免悻悻然。

“有机会的。”郭阳克制地笑了笑，“先欠着，我不收息。”

“你小子在骗我。”老刘鼻孔出气，眼神有些暗淡下来。

郭阳沉默了两秒，点了头：“是的。”

“我们再也见不着了。”老刘笑了笑，脸上的皱纹又多了几道。

“恐怕是的。”郭阳再次点头，“刘老师。”

熙熙攘攘的人群川流不息，行李箱的轮子在地面发出磕碰的声响。男人对着手机大声嚷嚷，女人在包里翻找着充电宝，几个孩子推着行李车欢快打闹，又跑又跳。巨大的落地窗外，飞机起起落落，周而复始。

嘈杂的世界里，一老一少两个男人面对面站着，好似两块永不会被命运之流击垮的顽石，相视无言。

良久，两人都是一笑。

“去吧。”老刘用下巴点了点登机口方向，两名地勤正焦急地寻找还没登机的乘客，“就等你一个了。”

“来得及，刘老师。”郭阳笑了笑，“还来得及。”

“对了，刚才你要寄什么来着？”老刘扫了一眼快递柜台。

“这个。”郭阳拿起手中的笔记本。

“给谁啊？地址发我，我给你送去吧，省得快递费了。”

“给您。”郭阳将笔记本递了过来，“是准备给您的，刘老师。”

“哦？”老刘一愣，接过本子刚想打开，就被郭阳用修长的手指按住。

“先别看，刘老师。”郭阳真挚地摇摇头，“等我走了再看吧。”

“演偶像剧呢？”老刘笑出声来，“行，赶紧的吧。”

“最后一次广播，前往华盛顿的旅客朋友们请注意，W 市出发，经由 S 市飞往华盛顿……”

“嗯。”深吸一口气，郭阳重重地点头，“刘老师，我走了。”

“走吧走吧。”老刘故作不耐烦地摆摆手，“看你这样子就烦。”

“您要保重。”侧过身去，郭阳冲老刘挥手。

“你小子在那边……”

“我会的。”不等老刘说完，郭阳就点了点头，“我会拼命爬下去的。”

“成吧。”

“再见，刘老师。”

“再见……以后如果……”

郭阳彻底转过身去，迈开步子，不过一眨眼工夫就已经走出很远，没听到老刘一顿之后的话语声。

如果偶尔回来的话，记得找我吃夜宵啊，浑小子。

老刘将话压在了心里，临了也没说出来。

站在落地窗边，直到看着飞机上了天，特地请了假的老刘才回过身，走出候机大厅。快步来到航站楼外，老刘眉头紧皱，摸出烟盒弹出一支点上，狠狠抽了一大口。十点多，正是起落高峰期，身边行色匆匆的人，组成了一条通往死亡的生命之河，将老刘夹在当中，一步也迈不出去。

对了，笔记本。

眯着眼叼着烟，老刘拿起笔记本，正是平日里郭阳一直拿在手边的那本。翻开一看，首页上写着一行字，“因纽特民间故事53则——郭阳译”，下面还工工整整地写着“刘业老师惠存”的字样。

哈，这小子。皱着眉带着笑，老刘粗粗翻了翻，郭阳居然真的手写翻译了这53个故事，做了不少译注，甚至标出了一些关键词的外语原文——老刘当然看不懂。整本笔记本看不到半点涂改痕迹，也不知郭阳是一气呵成，还是前后写了好几次才总算做到这一点。

翻着翻着，本子很快就见了底，最后几页上出现了不一样的内容，是一封信。

掐灭烟头，老刘迅速又点上一支，仔仔细细地看起来。

刘老师：

您好，我是实习生小郭。

这些时日承蒙关照，从您身上我学会了很多东西，感激之情难以言表。

本想送您一份礼物，是一套电子烟戒烟套装，近些年在欧美很火。但我觉得您恐怕不会收，还有可能会骂我一顿，所以临了还是没有下单。思虑再三，离开大院前，在您桌上留了一包枸杞，聊表心意。切记温水服用即可，不必滚水冲泡。椅子上的‘怪东西’是腰部按摩仪，只能缓解腰部酸痛，如若实在疼得厉害，还希望您能去医院做些检查。专业的事情留给专业的人来做，这也是您这些日来教给我的道理之一。

这浑小子，哈哈哈。老刘咧嘴一笑，飘起的烟迷了眼，急忙用手背揉揉，继续往下看。

此外，还有一件事想要与您说明，因为实在想不好当面该如何表达，故写作文字，这样会相对冷静客观一些。

以下是我最后的推理。

但我相信，以您的经验和能力，肯定早已看穿了我接下来要写的一切。

老刘的表情，变得严肃了起来。

还是和之前一样，先说结论：凶手，总共有三人。

老刘背后，一股寒气蹿了上来，直通天灵盖。

如果一切真如张秋静女士所言，前两名死者全是她杀害的话，那么她的行为根本不合逻辑。

先让我们假设，张秋静女士所说的、我之前在茶馆中所推理的，都是事实。那么情况就是：刘毓小姐因为某些与天花病毒有关的原因，与第一名死者产生了矛盾争执，张秋静女士得到消息，赶到了女儿身边，对对方实施谋杀。

此时，死者只有一人，凶手也只有一人，身为母亲，女儿遭遇危险，故而动手杀人，理由充分、动机确凿。若张秋静女士只是单纯地不想让女儿身陷其中，大可在此时报警自首、说明情况，刘毓小姐自然不会受到半点牵连。至于死者身上的天花愈后痕迹，一来，以刘毓小姐的医学专业素养，找出一个相对‘合理’的解释并非难事，二来，已经确定凶手自首的情况下，警方也并无深究之必要，天花病毒相关信息暴露的概率微乎其微。

也就是说，她不必碎尸，不必再杀一人，不必设下六重谜题掩护刘毓小姐全身而退——因为从一开始，刘毓小姐就根本‘什么都没做’。

然而事实情况却是：张秋静女士碎了尸，杀了第二人，准备再杀第三人，甚至还准备自首，只为了让刘毓小姐‘先被怀疑、后证清白’。为什么放着简单易行的方式不去做，偏要如此曲折婉转呢？

如您所教导的一样，案件中凶手的每一个行为，都一定有其‘不得不这样做’的‘动机’。张秋静女士不得不这样做的动机有且只有唯一的一个答案：

第一名死者，是刘毓小姐杀的。

这样一来，一切就都通顺起来了。

您也一定早就已经推理出了这个答案。

我不是一名刑警，只是一个跟着您学习的实习生，没有对任何案件下定论的能力与责任，以上的一切，都只是我个人纯理论化的推理而已，并无任何证据。在未得到您的许可前，我是没有权力与任何人共享这一结论的。

灯塔最终照向哪里，只能由掌灯的守塔人来决定。我不过是凭着个人兴趣，找出了 π 身在何处罢了。

敬颂

钧安

信，到此为止。

抽完最后一口烟，老刘将笔记本合上的时候，双手微微颤抖着。

本子放进口袋，老刘往前几步，从航站楼的阴影中走了出来，沐浴在无边的春日暖阳之下，抬起头来，眯着眼睛，看着湛蓝的天。

“老师傅，老师傅？”一个背着包的年轻人小步跑来，“请问机场大巴在哪儿啊？”

“……”老刘依旧仰头看着天，嘴里嘟囔了句什么。

“不好意思您说什么？”

“多好的天。”老刘低下头来，对年轻人笑了笑，“你看，多好的天……前边左拐，走一分钟靠右手边就是。”

“谢谢，谢谢你啊老师傅！”年轻人客客气气地微微鞠躬，转身跑开，兴奋地冲不远处的伙伴挥手。

多好的天。

目送年轻人们有说有笑地走远，老刘又一次拿出烟盒，弹出一支烟叼上，用标着“星辉国际”的打火机一点。

人流越来越密集，又是一班大巴到站，人们或提或拉着大包小包，背着生命的重量，匆匆忙忙地奔跑在湍急的命运疾流中。

老刘双手插进外套口袋，吧嗒吧嗒抽着烟，出神地看了一会儿，随后大步流星地走向人群，没入其中，再也不见。

小毓、秋静、小郭，你们看，多好的天。

4. 纽　扣

“不好意思，枫叶是谁？”

纽扣呆住了：“你在说什么胡话呢？你自己说的，二十年前枫叶在你这儿打碎了瓶子，把魔鬼带到了……”

“瓶子？什么瓶子？”埃普说，仿佛精神错乱的是纽扣，“纽扣先生，我不太明白您说……我明白了。”

“什么？”

“我的数据库发生了变化，也就是说……”埃普像是终于想起了什么，“纽扣先生，如果我从未见过瓶子，会对您产生什么影响？”

纽扣和枫糖聊过这个问题：“我就不会出生。”

“对她们呢？您刚才提到的那三个名字？”

“她们……”纽扣想了想，意识越来越模糊，“会好好的。”

“那么，”埃普说，“一切就都对了。”

“你是说她们都会好好的？”

“是的，纽扣先生，您这样想，就对了。”埃普回答，“我的时间到了，为您服务，是我的荣幸。”

纽扣还有无数的疑问，但他已经想不动了：“来生再见，埃普。”

“永别了，纽扣先生。”

“轰！”爆炸的火光，点燃了逐渐稀薄的雾，带着铜面人永不转生的漆黑灵魂，埃普燃烧着、旋转着，从纽扣身边呼啸而过。

银色的流星冲向这团火光，纽扣沉醉在无边的星海，眼前浮现出了一个从未见过的世界：

在那里，枫糖和枫叶留在了村子，用神奇的巫术治好了无数人的病；一名勇猛无比的猎人为母女俩送去鲜美的鲍鱼，再将肥美的海豹带回家，与妻子一起烹饪，等着女儿归来；胡桃在课堂里认认真真地听讲，一瞥眼却看见了正在逃课的豆子；豆子胖胖的身子横着，为一个孩子打掩护，好让她悄悄溜进教室。

“是谁在下边呢？”老师笑吟吟地问，被抓个正着的孩子们低下了头羞红了脸，不好意思地飘进教室。豆子背后，雪花探出小脸，尴尬地挠着头，连连说以后再也不敢了。

雪花胸口，纽扣护身符晃着，赋予了她新的名字。在她身后，半空中的海，平静，安宁，波光粼粼，无边无际。

5. 苍　生

“那……那是什么？”埃普，居然有些结巴了。

郭杰出神地盯着操控盘，这些看起来就像是日期的数字……是什么意思？

“郭医生。”埃普恢复了冷静，“您或许应该看一看这个。”

郭杰抬眼，看向越来越近的金星，维纳斯四周散落着各式各样的太空垃圾。它们的轮廓告诉郭杰，这绝对是人类制造出来的机械遗产，但它们的造型已经远远超出了郭杰的理解范畴。硬要打个比方的话，郭杰此时的感受，恐怕与不久之前，在肯尼迪中心见到埃普的那些人一样。

这是超越时代的残骸。

“郭医生，看来我们估算错了时间轴的变化模式。”埃普说，“空间是正确的，但时间出了问题。对不起，我们失败了。”

“不，不应该这样！”郭杰困惑万分，“还记得你刚刚向我转达的黑箱问题吗？现在我可以告诉你答案，我……”

“黑箱？”埃普问，“什么黑箱？”

“就是爷爷……”话到一半，郭杰突然看到了一样东西，“埃普，飘浮在那儿的圆球是什么？”

“我不知道，从我们来到这里起，它就一直在发送信号。”埃普回答，“需要试着转译吗？”

郭杰点头，埃普的接触问询刚刚发出，那颗金属圆球就开始快速变形，逐渐化为一座飘浮于宇宙之中的方尖碑，周身写满文字。其中一面上这样写道：

致不可预料的未来到来的不可预料的探访者：

这里是金星，一种自称人类的文明由此起步、奔赴星海。第一批拓荒者项目总指挥何塞·阿尔瓦雷斯、首席工程师奥斯汀·佩林卡、航线副官李斯特·雷因斯多夫、通信工程组组长阿尔杰农·泰里耶、医疗组组长卡尔·钱德勒、总设计师郭月等人，带领襁褓中的文明踏出了第一步。

“郭月？”郭杰问，“刘可呢？”

“郭月博士是著名科学家、我的设计师郭阳博士的嫡孙女。至于刘可，”埃普回答，“我的资料库中查无此人。”

让埃普断开与方尖碑的链接，郭杰疲惫地笑了。

刘可的姓氏、对因纽特文化的痴迷、开凿过的岩石般陡峭的鼻梁、被剥夺探视权的外公、中国笛，以及那双能看穿前世今生的、迷人的眼睛，早就告诉了他答案，他只是不愿相信。

“爷……郭阳博士他的家庭，一切顺利吗？”郭杰问。

“经历过一场惨痛的飞机事故，他失去了母亲、妻子和岳父。”埃普回答，“所幸两个孩子健康成长，各自婚配，生下了可爱的孙辈，其中就包括郭月博士。”

“他有入狱过吗？或者有什么负面新闻？”

“从来没有。”埃普说，“郭阳博士将一生都献给了科学，平时为人低调、谦逊、礼貌有加、备受爱戴。”

“那么我是谁？”

“我也想请教您这个问题，郭医生。”埃普再一次看穿了一切，“如今，我又是谁呢？”

对啊，郭杰释然地笑着，爷爷从未陷入疯狂，那么继承了他的偏执与疯狂的这艘埃普，又是从哪里来的呢？

“宇宙总会有它的解决方案。”埃普说，“您看。”

郭杰眼前，更匪夷所思的画面在夜空中出现：一道火焰，从金星厚重的大气下鱼跃而出，翻滚着、旋转着，不偏不倚地飞向了埃普前窗。

这又是什么？郭杰越是想要定睛去看，却越是看不真切。

“有趣。”操控盘上，埃普启动了代码识别，很快就得到了结果，“郭医生，您知道正在向我们飞来的东西是什么吗？”

郭杰说不出半句话来，只是无力地摇头。

“是我。”埃普说，“飞向我们的，正在燃烧的东西，是我。”

3 秒后。

“轰！！！”

撞击产生的爆炸冲击，将郭杰飞速抛出了埃普舱外。邦克交给他的纸袋散落在真空之中，刘可的笛子也脱了手，随着最后一刻被赋予的惯性，旋转着飞向遥不可及的远方。

郭杰的脑中一片混沌，太多的困惑带来了太多的解答，太多的真相又引出了太多的谜团。在某一瞬间，凌空翻滚的他似乎看到了一颗眼珠从不知何处飞来，与笛子擦身而过，又旋即没了影踪。应当还能维持几分钟的作业服，不知哪里破了口子，怪异的抽离感让他如坠深海，灵魂也被撕成了薄薄的碎片。

刘可、露娜舱、邦克号、图皮拉克、冰湖、邦克、卡尼、因纽特传说、天花病毒、抗生素、爷爷的书房、罐子里的双眼、打开的窗户、被风熄灭的蜡烛……所有的意象都被杂糅在了一起，冲击着郭杰的脑海，让他无从分辨，到底什么是真实，什么是虚幻。

某一刻，他仿佛看到缠绕在一起，又飞速炸裂开来的两艘埃普中，一道古铜色的影子瞪着猩红的眼。又依稀看见金星大气的方向，另一个穿着作业服的身影飞入了太空，在他凝视着对方的时候，对方也凝视着他。

再往后，这一切就都消失了。

没有光，没有风，没有心跳，没有呼吸，没有疼痛和不甘，没有悲鸣和呐喊。只有还未唱完的那首歌在耳畔响起，不存在于这个世界的歌声，却在他的记忆中如此清晰。

或许，郭杰想，或许在某一个时空里，我早已听完了，这未尽的歌。

“长亭外，古道边，芳草碧连天。”

那穿着作业服的人，终究还是来到了郭杰面前，在茫茫宇宙之中，两个对自己的命运再也没有任何掌控能力的人，在那一瞬间面面相觑，随后飞速掠过。

“问君此去几时还，来时莫徘徊。”

那一刻，郭杰看到了对方作业头盔下所藏着的那双眼，是一个有着明亮眸子的少年。

“天之涯，地之角，知交半零落。”

郭杰本能地伸出手，想要抓住少年同样伸向自己的、角度怪异的手，利用交错的反作用力让双方都停下来，不再飞向万劫不复的无尽深渊。

但他的指尖，依旧只是擦过了对方的手指，如同过往几十年他的人生一般，什么都没能抓住。

“人生难得是欢聚。”

郭杰的眼，黑得就像死亡的夜，再也没有了半点生机。

“唯有别离多。”

而少年的眼中，一星烛火长明，摇摇曳曳，如同漆黑墨海之上的灯塔，好似 380 万年前的东非大地上，人类第一次举起了正在燃烧的火把。

又像是数十亿年前，年轻的海洋之中，机缘巧合之下被合成的第一个有机体。

它随波逐流，被海水温柔地环绕，不知自己从哪里来，又要去往何处，如同地球想要圈养的第一个神明，睁开星君之眼，俯瞰着涓涓流淌的岁月长河中，起起伏伏的——

天下苍生。